KB246412

우리 가문의 인물전설

김동욱

보고사

머리글

　배달의 겨레라며 단일 민족임을 자랑하던 우리 사회도 최근에는 차츰 다문화 사회로 변모하고 있다. 다문화 사회로 바뀌면 언뜻 뿌리를 따지고 조상을 찾는 일이 무의미할 듯한데, 그럴수록 근원을 분명히 하려는 생각들을 가지게 된다고 한다.

　전설은 본디 입에서 입으로 말로만 전해지던 것이었다. 그러나 오늘날은 보고들을 것도 많고 보고들을 것들을 전해주는 매체도 다양하여, 이야기로만 주고받는 전설은 사람들 뇌리에서 거의 사라져가고 있다. 그래서 전설 따위는 이제 골동품이 되어 사라져버렸을 법한데도 불구하고 자신이 속한 가문의 조상들에 대한 이야기는 줄기차게 이어져 가고 있다.

　이 책은 지난 2004년부터 구비문학 강의시간에 수강하는 학생들에게 자신의 부계나 모계의 가문에 전하는 이야기를 수집하도록 과제로 준 데서 비롯되었다. 그들이 조사해온 과제 가운데 대다수는 가문의 인물에 관한 전설이었다. 올해 필자가 봉직하고 있는 학과의 창설 20주년을 맞아, 더러 자신의 가문과 직접 관련이 없는 민담 등 구전자료와 족보나 가첩의 내용을 발췌하여 적어서 제출한 자료를 덜어내고, 6년간 연인원 115명이 조사한 76개 가문의 인물전설을 엮어본 것이 이 책이다.

　구비문학의 현지조사 방식을 적용하여 취재한 자료이므로, 일차적으로는 학술자료로서도 손색이 없다고 본다. 또한, 자신이 속한 가문의 뿌리와 역사에 대하여 들을 기회가 없었거나 한층 범위를 넓혀 관심을 갖는 분들에게는 교양서로도 도움이 되리라고 본다.

끝으로, 성심을 다해 자료를 조사해준 제자들의 노고를 치하하고, 원고 정리와 색인 작업을 거들어준 제자 남송이에게 고마움을 전한다. 또한 표지를 멋지게 디자인해주신 김재현 교수님과 열악한 여건 속에서도 학술서적 위주의 출간을 고집하시는 보고사 김흥국 사장님을 비롯한 편집진 여러분께 머리 숙여 감사의 뜻을 표한다.

경인년 춘분날 김동욱이 삼가 씀

차례

찾아보기

01

진주강씨

고구려 병마도원수 강이식(姜以式)장군

조사자의 아버지인 구연자가 평소에 알고 있던 이야기라고 하였다.

어, 지금부터 우리 진주강씨 시조 할아버지신 고구려 시대 때에 에, 병마도원수라는 벼슬을 하셨던 강, 이자, 식자 할아버지에 대해서, 어, 이야기를 할 테니 어, 잘 듣고 어, 조상의 얼을 새기도록 하여라. 병마도원수 강이식 장군께서는 고구려 영양왕 때 에, 그, 중국의 수나라, 아, 왕인 문제가 아, 고구려를 침범할 야욕으로 어, 지금으로 말하면은 외교문서인 그, 국서를 아주 그, 고구려를 협박하고 얍잡, 얍잡아 보는 내용, 무시하는 내용, 하는 내용으로 아주 무례한 그러한 외교문서를 보내오자, 아, 그 조정에서는 음, 거기에 대한 답변으로써 어떻게 해야 될 것인지 하는 것에 대해서 아, 갑론을박이 많았었는데 에, 우리 그 시조할아버지이신 에, 강이식 장군께서는 음, "이것을 글로 답할 것이 아니고 어, 이 무례한 음, 사람들에 대해서는 칼로, 즉 무기로 전쟁을 함으로 해서 버릇을 고쳐야 된다."라고 강력히 주장해서 왕께서도 쾌히 이, 그 말에 찬성하시고 할아버지를 병마도원수로 임명 음, 했지. 이 병마도원수로 임명받으신 할아버지께서는 수나라 군대 삼십만 명을 고작 오만 명에 불과한 음, 군사를 이끌고 임유관에서, 그, 지금으로 말하면은 에에, 에, 산해관. 즉 그, 만리장성 서쪽에 있는 요서지방인데 여기에서 살아남은 적병이 삼십 만 명 중 고작 이만 명 정도에 불과할 정도로 대승을 거두셨지. 이렇게 우리 강씨 시조이신 강, 이자, 식자 할아버지는 그, 우리 민족의 긍지와 또한 자부심을 심어주신 음, 그야말로 민족 영웅의 역사적인 인물이셨음 을 항상 그, 잊지 말고 우리 뿌리에 대한 그런 자긍심을 갖고 음, 무슨 일이든 최선을 다해 에, 집안을 빛낼 수 있는 그런 훌륭한 음, 아빠의 딸이 되기를 간절히 에, 소망하는 바이다.

2005년 5월 9일, 서울시 서초구 서초동, 강현수(姜炫秀,48), 강혜원 조사.

박사공파의 파조 강계용(姜啓庸)

조사자의 아버지인 구연자가 평소에 알고 있던 이야기라고 하였다.

아, 지금부터는 두 번째로 에, 잘 들어라. 우리 강씨에, 이는 인제 두 번째 이야기인데, 두, 어디 가서 "너는 무슨 파냐, 무슨 파냐?"하고 물 어보는데, 우리 강씨는 오 개 파가 있단다. 그래서 그 오 개 파에 대해 서 지금부터 얘기를 해 줄 테니까 잘 듣고 어디 가서든지 에, "저는 에, 무슨 파에 몇 대손입니다."하고 얘기할 정도는 돼야 된다. 지금부 터 얘기를 하마. 에, 우리 강씨는 에, 고구려 시대 때 병마절도사였던

강, 이자, 식자 할아버지를 시조로 모신다는 것은 조금 전에 에, 이 앞전에 얘기를 했으니까 잘 알 수 있을 것이고, 거기에서 인제 그, 에, 오 개 파가 있는데, 그게, 에, 은열공파, 박사공파, 소감공파, 관서공파, 아, 그 다음에 인헌공파가 아, 있단다. 에, 그 중에서 어, 너는 음, 그, 박사공파의 이십사대 손인 것을 우리 족보를 통해서 알 수 있고, 또 너도 인제는 어디 가서든지 '박사공파의 이십사대 손'이라고 얘기할 줄 알아야 된다. 그래서 박사공파에 대해서 얘기를 하자면은, 저, 에, 그, 박사공이라는 시호를 가지신 우리 조상님에 에, 에, 할아버지의 그 함자는 계자, 용자 할아버지라고 그러는데, 이 할아버지는 고려 중엽 이후인 그 원종 때에 그, 과거인 문과에 급제하셔서 어, 국자박사라는 벼슬을 하신 분이시지. 그래서 어, 우리 이, 조상, 우리 계열은 박사공파로, 우리가 그 박사공파의 직계자손임을 알 수 있지. 그야말로 어, 우리 뿌리가 아주 그냥 면면히 이어져 오는 것을 우리는 확인할 수가 있단다. 음, 그, 이 박사공파는 이후에 에, 이 강씨 중에서도 제일 자손이 번창하여서 그 조선조 오백 년 동안은 아, 과거급제 하신 분들이 무려 백사십여 명이라는 음, 그 훌륭하신 분들을 탄생했다는 것을 역사를 통해서 우리가 확인할 수 있고, 그 후손이라는 것이 우리한테는 대단히 그, 자긍심과 아, 그야말로 자부심을 가질 수가 있는 것이지. 에, 무려 이, 우리 그, 직계 계보인 박사공파는 우리 그, 주로 에, 남한에 많이 있고, 어, 또 그 전체 강씨 중, 대한민국 강씨 중 아, 지금 그 팔십 퍼센트 정도를 점유한다고 하니까 얼마나 많이 음, 계자, 용자 할아버지신 후손들이 번성하였는가 하는 것은 음, 우리가 이, 알 수가 있는 것이지. 그래서 다시 한 번 말하는데 이, 우리가 어디 가서든지 "너는 무슨 파냐?"라고, 어, 일가를 만났을 때 물어보면은 "저는 박사공파에 이십사대 손입니다." 하고 얘기할 정도는 되야 되고, 그래야만이 어디 가서 '그래도 강씨의 자손이구나.'하는 얘기를 들을 수 있는 것이란다. 명심하여라.

2005년 5월 9일, 서울시 서초구 서초동, 강현수(姜炫秀,48), 강혜원 조사.

강감찬(姜邯贊) 장군과 귀주대첩

조사자의 아버지인 구연자가 평소에 알고 있던 이야기라고 하였다.

자, 지금부터 세 번째 우리 강씨 선조들 중에서 뛰어나신 분들이 많은데 그 중에서 어, 강감찬 장군의 귀주대첩에 대해서 말할 테니 에, 잘 듣고 기억하도록 했으면 한다. 너도 그, 국사시간에 배워서 익히 알 수 있겠지마는 우리 조상님의 얼을 다시 한 번 상기해보는 그런 의미에서 아빠가 또 들려주니 잘 듣도록 하여라. 음, 강감찬 할아버지는 고려 성종임금 때 에 그, 장원급제 하여서 음, 그 예부시랑이라는 벼슬에 계시던 중 음, 거란족이 어, 사십만의 대군을 이끌고 어, 고려를 침공해오자 아, 다른 신하들은 에, "항복을 해야 된다."라고 주장하였으나 아, 우리 이 강감찬 할아버지께서는 항전할 것을 강력히, 당시 임금인 현종에게 주장하여서 어, 이, 에, 왕은 음, 그 강감찬 장군의 말을 받아들여 에, 항전할 것을 명하고, 그 우리 강감찬 장군을 총사령관으로 하여서 거란족을 치게 하셨지. 그러나 강감찬 장군께서는 뛰어난 외교 솜씨로 서로 피를 흘리지 않고 어, 적을 설득시켜서 어, 그대로 돌아가게 에, 하신 그런 전공을 세우셨단다. 에, 그러나 끊임없이 거란족은 그, 호시탐탐 노리고 있다가 다시 이, 고려 어, 강동육주를 내놓으라고 어, 이렇게 에, 강압을 하는 것을 에, 거절하자, 음, 거란족은 십만이라는 대군을 이끌고 다시 쳐들어오게 되지. 그때 할아버지께서는 아, 아마 칠십 세의 고령이라고 역사적으로 기술되어있는데, 그런 노구를 이끌고 직접 그 선봉에 스셔서 어, 적을 무찔렀으며, 에, 특히 그 강, 산의 양쪽에, 그 협곡의 강물을 그 상류에서 그렇게 그, 으, 막아놓고, 어, 부근에, 산 속에 매복해 있다가 아, 적군이 이, 강이 말라있는 그 바닥을 지나가자 아, 갑자기 그 막았던 물을 터뜨려서 어, 적군을 전부 거의 수장시켜서 에, 승리를 하였고, 그리고도 그 나머지 도망가는 적군을 끝까지 이, 공격하여서 귀주라는 지방에서 완전히 전멸시켰는데 이것이 바로 그 유명한 귀주대첩이라고 어, 하지. 이 전쟁 이후 거란족은 다시는 그, 고려를 넘보지 못할 정도로 전의를 상실하고, 고구려는, 아니네. 고려는 외침을 받지 않고 평화를 찾을 수 있었지. 이렇게 훌륭하신 우리 조상이신 강감찬 장군 할아버지의 역사적 사실을 우리는 항상 잊지 말고 진주강씨로서의 자부심을 갖도록 하여라.

2005년 5월 15일, 서울시 서초구 서초동, 강현수(姜炫秀,48), 강혜원 조사.

진주강씨 유래

조사자의 아버지인 구연자가 평소에 알고 있던 이야기라고 하였다.

그러면 지금부터 또 네 번째 이야기 진주강씨의 유래, 에, 세계에서 전해져오는 유래를 지금부터 얘기를 해 줄 테니 잘 들어라. 어, 강씨는 에, 중국에서 전해져 왔다고 이렇게 전해지며, 중국의 옛 전설에 나오는 삼황의 한 사람이자 에, 백성에게 농사짓는 법을 처음으로 가르쳤다는 그, 신농씨(神農氏)를 시조로 한다고 이렇게 전해져온다. 그 신농씨로 말할 것 같으면은 에, 그 농사짓는 법을 에, 그 백성들에게 알려줬는데, 에, 정식 이름은 염제(炎帝)라고 그래서, 흔히들 '염제신농, 염제신농'이라고 하지. 에, 기원전 이십팔 세기경에 태어났다고 하고, 얼굴은 아마 소이고 몸은 사람이다, 이렇게 에, 전해져오고, 어, 이 신농씨의 업적으로 마차와 쟁기를 만들고 소나 말 등 가축을 길들였으며 어, 들로, 그러니까 이를테면 인제 이 토지를 들로 어, 잡초를 태웠겠지. 정화시키는 법을 가르쳤다고 이렇게 전해져오는데 에, 한국의 강씨를 포함해서 아마 전 세계의 강씨가 아, 오천이백 년 전에 에, 신농씨에서 유래됐다고 하니 이 세계 강씨는 모두 한 뿌리라고 해도 과언이 아닐 것이다. 음, 그래서 이 강씨가 신농씨의 시조라고 할 수 있는 것은, 이유는 신농씨가 강수라는 곳에서 태어났기 때문에 그 지역의 지명을 따서 강씨 성이 또 됐다고 전해져 온다. 어, 우리가 역사적으로 중국역사에서 보면은 그 유명한 강태공, 어, 즉 곧은 낚시, 즉 바늘이 없는 낚싯대로 낚시를 하다가 아, 주나라 문왕에게 발탁돼서 다음 무왕을 도와 그 은나라를 멸망시키고 천하를 평정했다는, 그 유명한 강태공이 우리의 조상이라고 할 수도 있으면서 어, 신농씨의 오십사대 손이라고 이렇게 중국 문헌에 나와 있거든. 그렇게 이 전설적으로 내려오는 이러한 그 뿌리의 역사도 우리가 기억해둘 필요가 있고, 또 상식적으로도 알고 있음이 이, 우리 강씨를 이해하는 데 유익하지 않을까 싶어가지고 어, 다시 에, 알려주니 잘 기억하도록 했으면 한다.

2005년 5월 15일, 서울시 서초구 서초동, 강현수(姜炫秀,48), 강혜원 조사.

전 국무총리 강영훈(姜英勳)

조사자의 아버지인 구연자가 평소에 알고 있던 이야기라고 하였다.

자, 이제 다섯 번째로 어, 우리 강씨 일가 중 음, 현대사에서 어, 집안을 빛낸, 문중을 빛낸 인물 중 에, 한 사람이신 그, 전 국무총리를 지낸 강영훈 일가에 대해서 얘기하니 잘 듣고 어, 기억을 하기 바란다. 어, 강영훈 전 국무총리는 어, 평안북도 창성 출생으로서 그, 약관 이십칠 세 때, 에, 그러니까 일천구백사십구 년 해방이후 우리나라 군인이 창설되고 나서 육군 제일사단, 제십이 연대장을 지냈다. 그리고 어, 어, 육이오 전쟁 때에는 주요 직책인 국방부 관리국 국장이라던지, 육군 제일군단장 등을 지내면서 아마 혁혁한, 그러한 무공을, 전공을 세우셨던 분이라고 알고 있다. 에, 그 이후에 에, 에, 그 이후인 일천구백육십일 년도에 에, 육군 중장, 별 세 개로 예편하시고 난 다음에 에, 외교관으로써 어, 아마 영국 대사, 또 아니면 외무부법무대사, 로마 교황청대사, 이런 그, 뛰어난 아마 외교실력, 또 아니면은 군인으로 있었을 때의 부단한 노력에 의한 그 이 외국어 실력들, 이런 것이 참작이 되서 외교관으로서 활동을 하셨던 분이고, 그 외교관 이후에는 에, 대한민국, 그 정치를 위한 국회의원으로써 또 활동을 하셨단다. 이분이 국회의원 하시는 중 일천구백팔십팔 년 십이월부터 어, 우리나라 대통령 다음 가는 제이인자인 국무총리를 이 년간 하셨던 분이고, 어, 그 국무총리를 지내시고 난 다음에는 계속해서 어, 어, 대한적십자사 총재, 세종연구소 이사장등 주요직책을 맡으시면서 어, 국가를 위해서, 국익을 위해서, 이렇게 헌신을 하셨던 분이고, 어, 지금도 음, 아마 순수 민간단체로 알고 있는데, 에, 거기에 시민운동인 에, 숲 가꾸기 국민운동의 대표직을 맡으시면서 인제는 그, 대한민국의 그 환경을 조성하는데, 청정한 환경, 국민의 건강을 위한, 이러한 순수 민간운동의 에, 주요 역할을 하고 계시는, 그런 훌륭한 분임을 잘 알고, 이러한 훌륭한 분이 우리 일가이라는 것을 긍지와 자부심을 가지면서 또 자랑하는 마음 이런 그, 그러한 뿌듯한 긍지를 갖고 이런 훌륭한 분들을 본받아서 어, 우리 딸도 강씨라는, 강씨, 그 집안을 빛낼 수 있는 훌륭한 그러한 사람이 돼줬으면 하는 그러한 마음에서 알려주니 잘 기억하도록 그렇게 하여라.

2005년 5월 21일, 서울시 서초구 서초동, 강현수(姜炫秀,48), 강혜원 조사.

강씨 집안과 비봉산(飛鳳山)

조사자의 외할아버지인 구연자가 어렸을 적에 진주에 몇 년 정도 살았는데, 마을 앞에 있는 동산에 다 같이 나물 캐러 갔다가 동네 어른들로부터 들은 이야기라고 한다. 자세한 경위는 기억나지 않는다고 하였다.

음, 그 진주에 가면 비봉산이라고 있어. 그, 어, 그렇지. 할아버지 살았던 데. 그 비봉산이 있는데, 옛날에는 이거를 대봉산이라고 했단 말이야, 대봉산. 여기는 우리 강씨 전설이 하나 있어. 그 산에 그, 봉황을 닮은 바위가 있었는데, 어느 날 스님이 지나가면서 '그 바위에 강씨의 대성함, 이런 거를 갖고 있다.' 한 거야. 근데 그때가 고려였는데, 그때 경원이씨, 이놈들이 그냥 외척이 돼가지고 나라를 쥐락펴락한 거야. 응? 그러니까 이 사람들이 강씨가 강해질까 봐, 이자겸 그놈이 왕한테 나쁜 말을 해가지고, 우리 그, 우리 조상님들이 다 죽고 그랬어. 그래서 또 이자겸이 그 봉황바위를 깨버렸는데, 그때 그 바위에서 피가 나왔다 하더라고. 그래서 원래 대봉산이었잖아? 근데 '봉이 날아갔다.' 해서 비봉산이라고 하는 거야. 그리고 그 산 아래 호수가 하나 있는데, 봉지(鳳池)란 말이야. 그걸 또 부지(焦池)로 바꿔 부르게 했어. 그게 '봉황을 삶는다.' 해서, 그래서 우리 강씨 집안이 한 때 좀 약해졌었지. 근데 고려 한 중반에 도사가 또 나타나서 '날아간 봉황을 잡을라면 알자리를 만들어라.' 한 거야. 그래서 후손들이 만든 게 '봉 알자리' 이렇게 부르는데, 그게 봉공마을이야. 그리고 고려말부터는 아주 그냥 강씨 집안사람들이 다 잘 되고 우리나라에서 아주 큰 성이 됐어.

2008년 5월 18일, 충남 천안시 안서동 내 자취방에서 외할아버지와 통화
강대식(姜大植,70), 박고은 조사.

강씨 고집

구연자가 어렸을 적에 들은 이야기인데, 알게 된 경위는 기억을 못하였다. 그리고 조사자의 어머니가 어렸을 적 동생(외삼촌)과 잘 싸웠다는데, 만날 고집을 피우고 싸울 때마다 구연자가 '강씨 고집 다 소문내고 다닌다.'고 하였다고 한다. 그래서 아직도 조사자의 어머니를 보면 문득 생각나는 이야기라면서 얘기해주었다.

으, 그, 우리 진주강씨는 고집이 세다고 아주 유명하지? 그 강이식 장군을 시조로 한, 그 옛날 조선시대나 뭐, 이렇게 뭐, 일본이 쳐들어오고 그럴 때도 그 딴사람들은 다 출세할려고, 다 여기저기 붙고 이러는데, 우리 강씨 집안사람들은, 우리 조상님들은 그런데 안 붙고 '차라리 가난

하게 살겠다.' 이래서 막 산속에 들어가 살고, 뭐 이런 식으로 그랬단 말이야. 그러니까 출세를 할려고 막 아부하고, 이런 걸 싫어했단 말이야. 이러다보니까 '강씨는 고집이 세다.' 이래서 이런 말이 나왔단 말이야. 근데 사람들이 이거를 또 어? 좋게 말하는 게 아니라, '강씨 사람들은 고집이 세다.' 말한단 말이야. 근데 또 '강씨 고집이 남자보다 여자한테 더 세다.' 응? 이런 소리도 있어. 그래서 니 엄마가 그 고집이 그렇게 센 거야. 아주 말도 못해. '강씨 집안 딸들은 사납다.' 이래갖고는, 할아버지는 그래서 니 엄마가 고집 세고 으르렁으르렁 하는 것 같어.

2008년 5월 18일, 충남 천안시 안서동 내 자취방에서 외할아버지와 통화,

강대식(姜大植,70), 박고은 조사.

시조 강이식(姜以式) 장군

구연자의 아버지(외증조부)로부터 들은 이야기로, 구연자가 어렸을 적에 동네 친구들과 모여서 대장놀이를 하는 모습을 보고, 강씨 집안에 용감한 장군이 있었다며 이야기를 해주었다고 한다.

음(헛기침). 어, 그, 그, 저 고구려, 그 고구려, 응? 고구려 때 영양왕, 영양왕 때 장군이 한 분 계셔, 강이식 장군. 이렇게 해서 있는데, 우리 진주강씨 시조란 말이야. 근데 그 한 번은 수나라, 중국. 중국의 수나라에서 고구려에다가 편지를 보낸 거야. 근데 그 내용이 어, 아주 그냥 고구려를 욕하고 무시하는 내용이었단 말이야. 그래서 그, 어, 영양왕이 대신들을 다 불러 놓고, '어떻게 하나, 어떻게 하면 좋겠냐?' 하니까 다른 사람들

은 다 그냥 말만 많이 하는데, 우리 강이식, 그 시조, 강 장군이 '이거는 싸워야 된다, 말로는 안 통한다.' 이렇게 얘기했단 말이야. 그래서 왕이 강 장군을 전쟁에 대장으로 내보낸 거야. 그래서 수나라랑 치고받고 싸웠는데, 장군이 머리를 잘 써서 수나라를 이겼어. 그러니까, 수나라 왕이 지니까 고구려를 무서워 한 거지. 우리나라한테 못 덤볐어, 고구려한테 못 덤볐는데. 그, 그때 그 수나라 왕 아들이 나중에 왕이 돼서 다시 쳐들어 온 거야. 쳐들어오니까 우리나라는 강이식 장군이랑 그 을지문덕, 알지? 을지문덕 장군이랑 강이식 장군이랑 손을 잡고 수나라를 멸망시킨 거야. 그 어, 멸망시킨 게 아니라, 싸워서 이기니까 수나라가 망하고, 수나라 다음에 그 뭐야, 그 당나라! 당나라가 건국된 거란 말이야. 아무튼 그래서 강이식 장군 묘가 만주에 있었는데, 문화혁명인지 뭔지 한다고 해서 지금은 밭으로 돼 있다나, 뭐 이렇게 돼있어. 참 이렇게 가슴 아픈 일이지.

2008년 5월 18일, 충남 천안시 안서동 내 자취방에서 외할아버지와 통화,
강대식(姜大植,70), 박고은 조사.

금산사와 증산교주 강증산(姜甑山)

구연자는 진주강씨 충남지역 도종회 총무부장으로 평소 알고 있던 이야기를 해주었다.

그, 증산교라는 게, 그걸 얘기할려면 강증산, 그러니까 증산상제라고 불렀지. 이 강증산을 빼놓을 수가 없어요. 그 강증산이 무악산 서북쪽인가에서, 아, 여기를 청도산 귀신사(歸信寺)라고 해요. 강증산이 무악산

대원사 혹은 금산사라고 불렀던 절에서 수도승으로 지냈어요. 지냈는데, 여기서 그 절의 공양주 여인의 밥상을 받았는데, 그 여자가 차려주는 밥상을 먹지 않고 '그냥 내가라.'고 했다고. 그 공양주가 밥을 차려주기 전에 밥상에 손댔던 거를 미리 알고 있어서 그랬다고 하더라고요. 그래서 여기 금산사를 강증산이 세운 거라는 설도 있다고 하더구만. 에, 그리고 또 이 무악산에 관련해서 저기 신라 법흥왕[1] 때인가 그 때 대순전경[2]이 라는데도 이야기가 남아있고. 거기에 보면 왕이 이 금산사 미륵금상에 임해서 삼십 년을 지냈는데 그러면서 큰 뜻을 품고 빛을 내어주려고 했다 더만. 그래서 뭐 금산사를 미륵불이 강증산을 강림시켜서 대신 다스리게 하려고 했다고 보기도 하지. 그래서 무악산을 뭐 후천세계의 중심지라고 믿고서 후에 증산교 신도들이라는 사람들이 많이 와서 살았지. 아예 그 사람들이 장악해서 살았지 뭐. 그래서 이 무악산을 증산교의 중심지로 보는 거지. 강증산도 마찬가지고. 음 그래요.

2009년 5월 16일, 전화 통화로 구연, 강성덕(姜性德,68), 강영선 조사.

진주강씨의 시조, 강감찬인가 강이식인가

구연자는 진주강씨 전자중앙종친회 홈페이지를 관리하는 분으로 평소 알고 있는 이야기를 해주었다.

에이, 아, '진주강씨의 시조가 누구냐?'고 그렇게 물어보면은 안 돼지.

---

1) 백제의 법왕(法王)을 잘못 말한 듯함.
2) 귀신사의 대적광전(大寂光殿)을 잘못 말한 듯함.

(헤헤. 그럼 어떻게 되는 거에요? 자세히 들려주시면 감사하겠습니다.) 에, 학생도 진주강씨니까 하는 말이, 진주강씨가 워낙 전통 있고 뼈대 있는 성씨 아니여, 안 그래요? 그러게 이렇게 전통 있는 가문에는 시조가 한 명만 있는 게 아니지. 에, 옛날에만 해도 족보 기록하는 게 보통 일이 아니었어요. 그 훔치고 조작하고 했던 게 얼매나 복잡했다구. 에, 진주강 씨도 중간에 다시 가문을 일으키고 다시 맥을 잡았던 시조를 또 따로 보는 거라구요. 그 시조를 다시 기점으로 삼는 건데, 이를 중시조라고 하지요. 그니까 학생이 강감찬 이 분만 알고 있는 것이가 잘못됐다 이거 지. 강감찬 분은 중간에 들어간 중시조가 되는 것이고, 에, 강이식 장군이 라고 또 시조가 있어요. (아, 그렇구나. 진주강씨도 되게 복잡하네요. 김씨 랑 이씨만 복잡할 줄 알았더니.) 아니, 이 학생, 진주강씨가 그런 말 하면 쓰나. 으허허허.

2009년 5월 16일, 전화 통화로 구연, 강신우(姜新優,43), 강영선 조사.

진주강씨 인헌공파 강감찬(姜邯贊)

조사자의 아버지인 구연자가 평소 아버지(할아버지)로부터 들어서 알 고 있던 이야기라고 하였다.

우리 강가 조상이면 강감찬이지 뭐. 강감찬 몰라? 알잖아. (응, 알아. 그래도 뭔가 자세히 들려줘, 아빠.) 응. 우리가 강감찬, 아, 강감찬이 무슨 파였더라, 응, 인헌, 인헌공파지. 인헌공파 이세조, 강감찬의 이십육 대손 이 너 강영선인 거지. (아, 맞아. 나 초등학교 때 내 친구가 진주강씨

이십칠 대손이어서 내가 걔 고모뻘 됐었었지!) 응. 그리고 뭐 강감찬이면 귀주대첩은 알겠고, 귀주대첩에서 누구에게 이겼어? 거란이잖아. 암튼 그거면 됐지 뭐. 아, 할아버지가 강감찬을 매우 존경하셨었지. 우리 때야, 지금 와서야 그런 게 많이 사라졌지. 아빠 아버님 때는 다 기억하고 외우고 하셨었으니까. 뭐 이제 됐냐?

2009년 5월 27일, 우리집 거실, 강승희(姜承熙,48), 강영선 조사.

曲阜孔氏

02

곡부공씨

곡부공씨의 유래

조사자의 외할아버지인 구연자가 중학교 때 성씨 조사를 하면서 할아버지에게 여쭈어서 알게 된 이야기라고 하였다.

공씨는 중국의 곡부를 본관으로 삼고, 공자 탄생 이래 그를 시조로 하고 단일본으로 하여 계승해 왔어. 공자의 오십삼 세손 공완(孔浣)의 첫째 아들 공사회는 중국에 살았고, 둘째아들 공소(孔紹)는 원나라 순제 때 한림학자로 노국공주를 수행하여 고려에 와서 귀화하였단다. 귀화하여 문하시랑 평장사로 회원군에 봉해지고, 창원공씨로 하여 우리나라 공씨의 중시조가 되었다고 하더라. 그 후 노국의 공씨와 같은 조상이다 하여 천칠백구십사 년에 다시 곡부를 본관으로 하였단다. 또 어떤 기록에 의하면 천칠백구십이 년에 여러 신하가 입시한 자리에서 정조가 말하기를, '고려 말기에 공자의 오십사 세손 공소가 원나라의 노국공주를 수행하여 고려에 와서 귀화하였고, 그 후손인 공서린(孔瑞麟)이 태종1) 때 과거에 급제하여 태학사가 된 후 조광조 등과 함께 기묘명현이 되었는데, 그의 구 대손 공윤항(孔胤恒)이 경기도 용인군에 살고 있으니, 그들 자손에게는 세습제로 하여 녹용하는 것이 어떠냐?'고 의논하여 주달하게 했어. 여러 신하의 신중한 논의를 거쳐 왕의 전교대로 결정하고 공윤항의 맏아들 공영수(孔營洙)에게 녹과 벼슬을 주었지. 한편, 공씨의 본관을 곡부로 정하라고 명령한 사실 등이 기록되어 있다고 하더라고. 곡부공씨는 이렇게 해서 탄생하게 되었단다. (네에.)

2009년 5월 16일, 경기도 수원시 영통동 외할아버지
공노식(孔努殖,72), 박수현 조사.

---

1) 중종(中宗)을 잘못 말함.

玄風郭氏

03
현풍곽씨

곽씨 집안의 효부

조사자 아버지의 이종사촌인 구연자가 조사자의 친할아버지로부터 들었다고 하였다.

옛날에 너네 집안에 며느리가 하나 있었는데 그 뭐야, 어느 날 며느리가 볼 일이 있어서 나가 있었고, 남편도 일하러 산에 갔는데, 일 끝나고 먼저 며느리가 집에 돌아왔더니 시어미가 손주 목을 조르고 있던 거여. 며느리가 놀래서 시애미한테 '지금 뭐하시는 중이냐?'고 물었더니 시애미가 '내가 닭이 먹고 싶었는데, 방안에 수탉이 하나 들어와서 내가 잡아놨다.' 하는 겨. 근데 이 며느리가 대단한 게 '어머니, 제가 닭 잡겠습니다.' 하면서 아들래미를 얼른 시애미 손에서 빼다가 안았는데, 벌써 아들이 죽어 있었어. 근데 이 며느리가 아들을 가만히 눕혀 놓고, 얼른 닭을 한 마리 잡아놓고 시애미한테 갖다 줬지. 그러고, 나중에 들어온 남편이 '애가 어디 갔냐?'고 물어보니까 며느리가 뭐라 그래, 그대로 다 말했지.

그러니까 남편이 마누라한테 '내가 미안하네. 울 어머니가 노망나셔서 애를 잡았소.' 이러니까 마누라가 '애는 또 낳으면 되니까 어머니께 좀 더 잘 해드립시다.'라고 했다는 얘기가 하나 있어. 너네 집안이 옛날부터 이렇게 대단했어, 너네 할아버지한테 나 어렸을 때 놀러갔다가 들은 얘기다.

2008년 5월 24일, 아버지 이종사촌 댁, 윤재철(51), 곽승현 조사.

부처님을 부인으로

구연자는 현풍곽씨 대종회에서 일을 보는 분으로, 자료를 조사하다가 이 이야기를 알게 되었다고 하였다.

'석은사'라는 절이 거 어디야, 아, 어딘지 기억이 안 나네. 아무튼 그 석은사. 거기에 그 삼존불상이라는 게 있는데, 옛날에 그 근처에 현풍곽씨가 살았었는데, 현풍곽씨가 사는데, 현풍곽씨가 나중엔 뭐의 비관비명[1]으로다가 뭐 그랬던 모양이여. '우리도 좀 글을 해야 아, 양반이 디고, 인제 일을 하니께, 우리도 이렇게 뭐 무형, 참 말하자면 유형무형으로[2] 이렇게 있을께 아니라, 우리도 뭐 계획을 세워가지고 좀 일을 해봐야 되것다.' 그래가지고 인제 종중에 재주 있는 놈들을 가려서 십 년 공부에다가 이제, 시킬 계획을 해서, 말하면 모두 다 인제, 예, 좀, 거시기가, 수분도는[3] 사람들이 돈을 걷어 가지구, 그 사람을 인저 십 년 공부를 시키는

---

1) 비관비명(非官非名). 벼슬도 이름도 없이.
2) 유야무야(有耶無耶)로. 있는지 없는지 흐리멍덩한 모양.

데, 게, 그 한 사람이 추대가 됐다 이거야. 추대가 돼서, 이 석은사에 와서, 이, 여, 공부를 하는 거여. 게, 그 방을 하나 얻어 가지구서 공부를 하는데, 게, 인저 그 사람이 밥을 싸가지고 가도 부처님 앞에도 놓고 먹고, 또 말하자면 배추 한 개, 무슨 과실 한 개가 생겨도 꼭 부처님 앞에다 놓고, 이렇게 참, 먹고, 참, 자기가, 아, 참, 정진을 한다 이 말여. 그래 가지구서 인제 십 년 공부가 다 돼 가지구 이제 과걸 보러 갔다 이거여. 그, 이제 과거를 하러 가서, 과거를 보니께 턱 떨어졌어. 그러니 그래, 어떻게 됐는가 하면 과거를 못하는 놈은 곧 죽인다. 이렇게 됐다 말여. 그래서 '이제 가면 죽으니 나 죽는 건 아깝지 안하지만 우리 부모가 아, 나 죽는 걸 볼 때 얼마나 서러워하겠느냐?' 하구서 한강 옆에 와서 통곡을 하는 거시여. 그래서 해가 인제 넘어가, 이제 저녁이 됐는데, 그, 가만 보니까 그 밑에 불이 환한, 배에서 불을 환하게 해가지구 오더라 그거여. 그래서 오더니만 거기서, 배에서 사람이 하나 내려와 가지구서 '아, 저 서방님, 저의 댁, 저 아씨가 오라, 모셔오라 합니다.' 그런다 이거여, '아, 그런데 나를 어떤 사람이 모셔? 어떤 아씨가 나를 모셔오라 하는가?' 아, 이래 생각이 나지만, 그래 인제, 그 사람을 그냥 슬그머니 따라갔어. '나는 이왕 죽을 몸이니까 말대로 하자.' 이러고 따라갔다 이거여. 따라가니까 송천교 밑에 그 범절이라는, 하는 게 그 절경이라는데. 그런데 그 밑에 가서 배를 대더니만 고개를 올라 넘어간다? 그 고개를 다 올라가서, 넘어가니까 그 넘, 그 너머엔 불이 켜져 있더라 이거지. 그래 인제 글로 가는데, 참 훌륭한 데라 이거여. 그 가운데에 집이 여럿이 있는데, 가운데 훌륭한 집으루 인도를 하거든, 그래 인제 거 가가지구선, '아, 저 아씨님, 저 서방님 모셔왔습니다.' 이렇게 한다 이거여. '이제 오시느냐?' 하구 반갑게 이러고는 '아이, 가서 목간하라.'구 말여, 그래 목간을 시키고, 옷을 참,

---

3) 여유 있는?

좋은 옷을 내주는데, 게, 좌우지간 이 사람은 하라는 대로 하는 거라 인제. '그래 하지.' 하여간 뭐, 딴소리도 안하고, 인제 그 사람, 그 여자 시키는 대로 그 인제 했다 그거여. 인제 거기서 생활을 마련하는데, 뭐어 다, 뭐 재미났게 이제 사는 거지. 이제 사는데, 게, 이, 이 사람이, '책을 보고 싶다.', 하면, '책 여기 있습니다.' 이럭하고, 또 '고기가 먹고 싶다.' 하면 고기를 대령해 놓구, 뭐든지 아, '내가 어디 가고 싶다.' 하면 이제 '예, 어디 가고 싶죠?' 하면서 기기가락[4]하고, 아, 이렇게 저렇게 다 한다 이 말이여. 그래서 인제 아(아이)를 하나를 낳어. 어린 아를 하나를 낳는 데, 거 인제 얼마 있다 아, 인제 거시기 하는데, 말하자면 친구가 보고 싶어 그래, 자기 친구가 말여. 자기가, 자기 친구가 보고 싶어서 아, 그래 에, 이제 "참, 보고 싶구나." 하구 있으니까, 그 여자가 뭐라고 하는가 하니, "아, 그 친구가 보고 싶지요?" 아, 이런다 이거야. 아, 참, 그, 인제 잘 알고 있으니께 뭐 놀랠 거도 없지. 그래 인제, "보고 싶다."하니까 "그 친구는 내일 모레에 보게 될 겁니다. 그래서 오늘은 못 봅니다." 이렇게 얘길 햐. 게, "그러냐?"하고 말하자면, 그날이 돼가지고, "오늘은 저기 친구를 볼 테니까 여기 이 아이를 따라 나가시오." 그래서 이제 따라가는 데, 그래 그 애를 따라 나가라 해서, "그 사람을 인제 따라 나가면, 그 아무데 갈 것 같으문 그 친구 와 있을 거요." 그래 인제, 거길 인제, 그 하인을 따라가니까 어느 주막인데, 그 마루에 친구가 거 와서 앉았어. 이 사람이 마당을 이제 딱 들어가니까, 저 친구가 아, 반가워서, 십 년, 이제 십 년 또 이 뭐, 또 십 년이 됐다 말이여, 그러니께 쫓아 내려온단 말이여. 게, 쫓아 내려오는데, "아, 어짠 일이냐?" 그 말여. 서루 이렇게 인제 참 반갑게 인사하고, 또 인제 이렇게 거시기 하는데, "아, 우리 아버 지, 어머니 잘 계시느냐?"하니까 "잘 계신다." 이러고, "근데 자네 에,

---

4) 기기가락(曁曁可諾) : 과단성 있게 요구하는 대로 들어줌.

인제 자네가 아, 저 과거에 낙방한 디에 에, 다른 사람을 하나 거실 해가지구서, 그 사람이 과거 했으니, 인제 자네 에, 자네 가도 괜찮을 거여, 인제 들어가도, 인제 괜찮을 거여." 이럭한다 그거여. 게, 인제 "자네는 어떻게 생활을 하나?" 인제 이렇게 친구가 묻는데, "나는 인제 이렇게, 이렇게 해서, 이렇게 아들꺼정 낳고 이래 있다." 이럭하니까, 그 사람이, 친구가 뭐라고 하는고 하니, "야, 그거 요물이다. 야, 그거. 자네 당최 경계해야 되지." 이렇게 얘길 한단 말야. "야, 이 사람아. 안 그려." "안 그렇긴 뭐가 안 그려?" 그 사람이 칼을 하나 내주면서, "이거 우리 칠대조가 전하는 보검이다. 이게, 칼이, 이게 보검인데, 이것이 그 요물이라는 것은, 그냥 그 요물이 드러나는데, 에, 그 곁에만 놔둬도 제절로 가서 그 찌른다. 그러니까 요 칼을 가주 가서 그 요물을 제해라." 인제 이럭한다. "아, 이 사람아! 요물이 아녀. 왜 요물이여?" "아, 자네 말하자면 친구 사정도 그 친구의 그 마음도 모르네 그려, 이걸 가져갔다 가서 요물이 아니면 도루 나한데 돌려주면 되는데, 응, 왜 그라?" 그래 인제 참 일리가 있는 일이거든. 그 친구 대접하기 위해서 그 칼을 가주고 왔다 그거여. 인제 친구랑 작별하구서 말이지. 게, 인제 집엘 오니까, 그 집에를 오니까, 아, 그만 여자가 기분이 좋덜 안하네. 인저 말하자면 기분이 좋덜 안하는 거여. 인제 그 여자는 다 알고 있는 거지. "아, 왜요? 그래, 기운이 없어?" "아, 당신이 날 기분 좋게 해줬느냐?"구 말여. "당신이 얼마를 살았는데, 나를 못 믿어서 이렇게 하니 이게 되겠소?" "아, 이, 못 믿긴 뭘 못 믿어. 내 그 칼 가져온 것 땜에 그라? 아, 그 친구가 자꾸 권해서 그렇지. 왜 뻔히 알면서 왜 그랴?" 그럴 거 아녀? 알잖아? 아, 그래두 말이여. "그, 나는 안 가져 올라하는 걸 친구가 그렇게 해서, 친구, 그, 참 말하자면, 인정으로 내가 그런 거지 그게 그런게 아녀. 그러니까, 오해 말라."구 말여. 그래 그 여자가, "칼을 이리 내 보시오. 인제 보시오" 칼을 모가지에 이렇게 둘르고 여기다 이렇게 하고, "보시오. 내가 요물이요?" 그라드라

이거여. "아, 글쎄 내가 다 믿고 잇는데 뭘 그랴?" 인제 이래서, 인제 서로 타협이 됐단 말여. 그래 인제 그럭저럭 하다가 아들을 또 낳어. 그 인제 여자가 뭐라고 하니, "이제 고향엘 갑시다." 이거여. 아, 그래 "가자고, 그래." 자, 그 사람은 여자 하자는 대로 하니까 말이지. 게, 고향엘 따라서 내려왔다. 말하자면 노루미기 뒷재, 그 노루미기 들어가니 인제 그 가이[5] 뭐, 절 거시기가 있고, 동네가 있고, 인제 이런 데에 그 뒷재를 내리고, 내려오다가 말이여, 내려오다가 "아, 저 거시기 아, 아 데리고 아래설랑은, 아 데리고서, 먼 저 집으루 가라."고 응, "이제 집에 가려면에, 내려가라."고, "나는 요기 잠깐, 여기 저 절에 말여, 으, 나 공부하던 데, 거 좀 디다보고[6], 으, 쉬 오니까, 내 잠깐 고 디다보고 내려오겠다."고 말혀. 그래 인제 그 절에를 올라 올라가니까 그 전으로 말할 것 같으면 중이 수십 명이 있고, 참, 이렇게 하는 절이라 놔서, 참, 집이 환하게 이렇게 하고, 다 이렇게 모두 단정히 되고 이러는데, 그 사람이 그 절을 가보니, 공부하던 절을 가보니께 절이 퇴락을 해서 참, 형편이 없는데, 그날 자기가 있을 때에, 그 주지가 덩실덩실 춤을 추고 있더라 이거야. 그래 인제 이 사람이, 이, 가도 몰라. 오는 걸 몰라. 아 그래. "왜, 자네 왜, 왜 이러는가?" 이러니까, "아이고, 서방님도 오셨구먼. 아, 서방님이 여기 떠난 뒤로는 이, 참, 공중에서 어, 어, 북소리가 나고, 아, 이 절이 흥왕했지 않았습니까? 참, 말하자면, 중이 이, 수십 명이고, 이 절이 이렇게 거시 흥왕했었는데, 아, 서방님이 가신 뒤로 고저[7] 혼자 이렇게 에, 여기 이렇게 거시길 했습니다. 그래 오늘 서방님이 오시자 또 공중에서 북소리가 나고 이렇게 하니까, 아, 이 절이 참 부흥을 할란가 봅니다." 이렇게 하더라는 거여. "아, 그러냐?" 그러고 인제 이 사람은 이제, 가서 자기 공부하던 책상에

---

5) 가에. 주변에.
6) 들여다보고.
7) 고대. 곧바로.

가서도 앉아보고, 뭐, 그 책이, 꽂힌 책도 인제 에, 빼보고 인제 이렇게 하는데, 아, 자기 부인이 떡하니 와서 같이 앉아. "아, 왜 그 아래 찬찬히 내려가라니께 왜 여길 올라왔느냐?"고, 이렇게 하니께, "나두 여기 좀, 볼 일이 있어서 왔습니다." 인제 이렇게 하는 기여. 그래 인제, 내려다 놓고, 인제, 이래 인제, 앉아가지구서 말여. 그 부인이 뭐라고 하는고 하니, "나는 인제 당신하고는 헤져야 되겠습니다." 이거여. "아, 이게 무슨 소리냐구? 지금 농담을 해도 분수가 있지, 그런 소리 하느냐?" "아이, 사실 그런 게 아녜요. 나는 이 절의 에, 즉 말하자면 부첩니다. 내가 돌도 돼보고, 물도 돼보고, 소도 돼보고, 말도 돼보고, 으 참, 말하자면 이랬었는데, 내가 여자가 되보덜 안했습니다. 그래서 당신이 그 공부할 때에, 참 나한데 지성껏 말여, 누른밥 한덩이가 있어도, 나한테다 갖다놓고 먹고, 그 과실이라든지 뭐든지 이래, 에, 즉 말하자면 도시락 싸가지고 온 것도 참, 이래 해놓구서, 이래 해서 그 지성이 대단해가지구서 말여, 응, 내가 여자루 변해가지구서 당신의 그 마누라가 된 기라구. 그러니께 아들 둘이 이제 훌륭하게 될 겁니다. 그러니까 섭해 하지 마시오." 하구서 그만 온 데 간 데 없어져. 그러니께 그 부처가 돌아오니까 그 공중에서 북소리가 나고, 그, 결국 인제 거기, 이, 그렇게 했다는 거여.

2008년 5월 30일, 현풍곽씨 대종회, 곽봉환(54), 곽승현 조사.

비슬산의 사효굴(四孝窟)

조사자의 고모인 구연자가 어릴 때 할아버지(조사자의 증조할아버지)에게 들었다고 하였다.

예전에 대구에 '비슬산'이라는 데에, 유가면에 곽 노인이라는 사람이 살았는데, 그 임진왜란이 터지니까 아들을 넷을 데리고 비슬산 중턱의 사효굴이라는 동굴에 피신했어. 지금이 사효굴이지, 옛날엔 이름이 없었단 말이야. 아무튼 근데, 평소에 기침병으로 고생하고 있던 곽 노인이 쉴 사이 없이 기침을 했는데, 일본놈들이 비슬산에, 거기 그 사효굴 앞을 지날 때 이 노인네가 기침을 했단 말이지. 그래서 일본놈들이 "굴 속에 있는 사람은 빨리 나오라."고 소리치니까, 큰아들이 대신 나가서, 대신 죽었어. 그러고 나서도 둘째, 셋째도 죽고, 마지막에 넷째 아들놈도 이렇게 노인네 기침 때문에 죽어서 곽 노인만 남았는데, 다섯 번째에 또 기침이 터져서 걸려버렸어. 또 일본놈들이 소리 지르고 난리지. 그래서 이번엔 곽 노인이 직접 나가서 일본놈들한테 아들 넷을 잃은 사연을 말했더니, 잔악한 일본놈들도 감동해서 곽 노인의 등에 '효자의 아버지'라고 써 붙여 "누구도 노인을 다치지 못하게 보호하라." 했데, 그러고 나서 동네사람들이 이 동굴을 사효굴이라고 이름 붙였고 효자비를 세워서 아들들의 효성을 칭찬했다, 그 얘기가 있대.

2008년 5월 20일, 큰고모님댁, 곽경애(51), 곽승현 조사.

염라대왕도 알아준 현풍곽씨의 효성

구연자는 현풍곽씨 종친회에서 일을 보는 분으로, 평소 알고 있던 이야기라고 하였다.

옛날에 전라도 남원에 박씨라는 사람이 살고 있었대요. 근데 이 사람은 아들 쌍둥이가 있었는데 잘 커서 어른이 됐단 말입니다. 쌍둥이는 장가도 한날, 한시에 보내야한다는 이야기가 있어서 박씨는 쌍둥이 아들을 한날, 한시에 장가를 보냈는데, 그날 밤 갑자기 아들 둘이 모두 죽어버렸단 말이에요. 이거 어째? 금이야 옥이야 키워 장가까지 보낸 아들 둘을 한날, 한시에 잃은 박씨는 이게 분명히 염라대왕 때문이라고 생각했는데, 그래서 남원부사에게 '하루 사이에 아무 이유 없이 쌍둥이 아들 둘을 잃었는데, 이것은 분명 염라대왕의 탓 같으니 좀 알아봐 달라.'고 소지를 올렸더래요. 그러고 이 소지를 본 남원부사는 '염라대왕에게 알아봐 달라'는 소지에 화가 났으나, 소지가 들어온 것이었으니 어떻게 하면 염라대왕을 만날 수 있을지 곰곰이 생각해 보았다고 합디다. 그러다가 생각 끝에 현풍곽씨가 출천지대효자[8]이니 하늘에서도 곽씨를 알 것이라고 생각하고, 현풍곽씨를 불러서 '십오 일의 시간을 줄 터이니 염라대왕에게 이 일을 물어보고 오라.'고 했다고 하더랩니다.

  아니, 근데 이 현풍곽씨는 자신이 효자라는 이유만으로 '염라대왕을 만나고 오라.'는 명령이 내려졌으니 굉장히 억울했대요. 그런데 염라대왕을 만나고 오지 못하면 죽을 목숨이니 밤마다 '자신을 도와 달라.'고 염라대왕에게 빌었더랩니다. 그러고 십오 일이 지나서 관아로 나가는데, 그때 마침 관 행차[9]가 지나가게 되었다네요. 옛날에는 관 행차가 있으면 오리 나가서 엎드려 있어야 했어요. 그런데 현풍곽씨가 엎드리지 않고 그 앞에 서 있다가 잡혀가게 된 겁니다. 아, 그래 잡혀가니, 가마 속에서 나오는 분이 너무나 훌륭한 분이어서 고개도 들지 못하고 엎드려 있는데, 가마에서 나온 사람이, "무슨 일로 관 행차가 가는데 피하지도 못하고 있었느냐?"라고 물었다고 합디다. 그래서 현풍곽씨가 남원부사며, 박씨 얘기며, 다 얘기 했더래요. 그러자 그 사람이 자기가 바로 염라대왕이라

---

8) 출천지대효자(出天之大孝子) : 하늘이 내신 큰 효자.
9) 관 행차(官行次) : 높은 벼슬아치의 행차.

고 하면서 그 집 문 앞을 따라 열 길, 스무 길을 파 보면 알 수 있을 것이라고 했답디다. 이 말을 들은 현풍곽씨가 곧장 관아로 가서 그대로 이야기했고, 남원부사가 사람들을 시켜서 땅을 파 봤는데, 염라대왕의 말대로 문 앞을 따라 땅을 아무리 파도 아무것도 없었대요. 처음엔 열이 받아서 곽씨를 곤장을 놓을까 했는데, 그래도 계속 파 보니까 쌍둥이 아들 둘이 나란히 누워 있어서 사건이 해결됐다 하는 얘기가 하나 있습니다. 이거는 뭐를 말하냐 하면 현풍곽씨가 예전부터 '효'로 유명하니까 이 '효'로 유명한 현풍곽씨가 하늘에 빌면 하늘에서도 알아준다, 뭐 이런 얘기죠.

2008년 5월 22일, 현풍곽씨 종친회, 곽성환(61), 곽승현 조사.

安東權氏

04

안동권씨

능동(陵洞)의 안동권씨 시조묘

조사자의 작은할아버지인 구연자가 어린 시절 할아버지에게 들은 이야기라고 하였다.

임진왜란 당시에 청병으로 명나라에서 온 이여송은 난이 평정되자 우리나라 방방곡곡을 찾아다니면서 훌륭한 인물이 날 자리를 골라 혈을 끊고 돌아다녔지. 어느 날, 이여송이가 말을 타고 제비원 앞을 지나는데, 말이 우뚝 서서 더 이상 나아가지 못하는 거야. 이상히 여긴 이여송이 사방을 둘러보니 큰 미륵불이 우뚝 서 있는 것을 보고 필경 저 미륵불 때문이라 생각한 이여송은 차고 있던 칼을 빼어서 미륵불의 목을 쳐서 떨어뜨려 버렸던 거야. 그때서야 말발굽이 떨어져서 길을 계속 갈 수 있었단다. 칼로 잘린 까닭에 미륵불의 목 부분에는 아직까지 가슴으로 흘러내린 핏자국이 있고, 왼쪽 어깨에는 말발굽의 자국이 있다고 하지. 당시에 떨어진 머리는 바닥에 뒹굴고 있었는데, 어느 스님 한 분이 와서 떨어진 목을 제자리에 갖다 붙이고, 횟가루로 붙인 부분을 바르면서 염주 모양으로 볼록볼록 나오게 다듬어 놓았는데, 그 모습이 마치 염주를 걸어 놓은 것 같다고 했단다. 그때 이여송이가 서쪽을 바라보니, 멀리 천하의 명당이 있으므로 부장을 불러서, 자신의 목을 쳐서 그 명당자리에 묻으라고 명했지. 그러나 부장은 "그곳이 명당이기는 틀림이 없으나, 이미 다른 사람의 묘가 들어있다면 공연히 목숨만 잃게 되니, 일단 그 명당에 가보고 나서 결정하는 것이 좋겠습니다."하였단다. 이여송은 즉시 사람을 보내어 살펴보니, 과연 그곳에는 우리 시조의 묘가 들어서 있었던 게야. 그것을 본 이여송은 "아깝도다. 천하의 명당인데, 나와는 인연이 없구나." 하며 한탄했단다. 우리나라에는 오래된 분묘가 많으나, 왕의 분묘가 아니고 일반 사족의 묘 가운데 천년을 넘도록 잘 보전되고 지켜져 내려온 묘는, 우리 시조 묘 이외에 그 유래가 드물단다. 같은 삼태사인 안동김씨와 안동장씨의 시조의 묘만해도 긴 세월을 지내는 동안 어언 실전되어, 단을 모아 분묘를 대신하고 있는 실정만 봐도, 우리 집안이 시조의 묘소를 잘 모시고 있다는 것이 매우 자랑스러운 일임을 능히 잘 알 수 있어야 한단다.

2004년 5월 12일, 경기도 안양시 평촌동 작은할아버지댁,
권인덕(權仁德,75), 권주리 조사.

세효각(世孝閣)에 얽힌 유래

조사자의 작은할아버지인 구연자가 어린 시절 할아버지에게 들은 이야기라고 하였다.

이것은 안동권씨 문중의 이십구 대손이신 권성범(權聖範), 권사도(權思度) 부자의 효성을 후세에 기리기 위해 세워진 세효각이라는 비문에 관한 유래이란다. 할아버지가 들은 바로는 조선 순조 임금 시절 안동부에 권성범이라는 조상님이 살고 있었는데, 그분의 효성은 주위에 널리 알려져 있었지. 어느 해 그분은 부친상을 당하였는데 평소 효성이 지극했던지라 돌아가신 후에도 시묘를 게을리 하지 않았단다. 시묘 중 어머니 문안차 산에서 내려왔다가 다시 묘소로 가던 중 큰 홍수를 만났던 게야. 물이 많은 개독물을 건너지 못하시고 부친의 묘소를 향해 통곡 재배하고 있었는데, 그때 난데없이 큰 호랑이가 나타나 조상님을 업고 강을 건너 묘소 앞까지 데려다 주었단다. 그 조상님의 아들이신 권사도에게도 같은 사실이 있었단다. 이러한 소식은 구전을 통해 전국 방방곡곡에 알려지게 되었는데 나라에서는 이들 부자를 하늘에서 내린 효자라 하여 생려를 내리고 남석면 신석리 그분들의 묘소가 있는 산 밑에 세효각이라는 비각을 세우고 그 정신을 널리 기리도록 하였다는 유래가 있단다. 실로 안동권씨 문중의 자랑이 아닐수 없지. 너도 역시 권씨 문중의 자손이니까 부모에게 효도를 해야 진정 권씨 문중의 자손이라 할 수 있단다.

2004년 5월 12일, 경기도 안양시 평촌동 작은할아버지댁,
권인덕(權仁德,75), 권주리 조사.

권기(權紀) 선생의 효

조사자의 친할아버지인 구연자가 어렸을 때 동네 분들에게서 들었던 이야기라고 하였다.

　권기 선생은 어려서부터 용모가 덕스럽고 행동이 매우 단정하였단다. 일곱 살의 어린 나이로 어머니를 여의고 삼년간 고기를 가까이 하지 않음은 물론 어머니의 산소 곁에 움막을 짓고 시묘살이를 하였단다. 시묘살이란 죽은 사람이 묻힌 산소를 지키며 살아있을 때처럼 문안을 드리고 지키는 것을 말한단다. 권기 선생은 과거에 뜻을 두지 않으시고 고서탐구에 열중이셨으며 깊은 학문을 함부로 드러내지 아니 하셨으며 또한 벼슬을 마다하고 오로지 학문 닦기에만 힘쓰신 분이셨지. 그러던 어느 해 아버지가 등창을 앓은 일이 있었는데 병세가 매우 위독하였단다. 의원을 데려와 보이니 고개를 절레절레 흔들며 이르기를 "병세가 너무 지독하여 매우 어렵게 되었소. 단 한 가지 지렁이를 잡아 즙을 내어 곪은 데에 바르고 복용하면 차도가 있겠으나 때가 겨울이니 방법이 없소." 하는 것이었지. 의원이 돌아가신 후 권기 선생은 위중한 아버지의 병세를 안타깝게 바라보다가 밖으로 나왔단다. 낳아주시고 길러주신 단 한 분뿐인 아버님을 살려야 한다는 일념으로 매일같이 신령님께 도와달라고 비셨지. 엄동설한의 살을 에이는 추위 속에서 선생은 맨땅에 꿇어앉아 하늘에 빌면서 수없이 절한 후에 앉았던 자리를 파내려 가기 시작했단다. 선생의 절박한 마음과 지극한 정성을 알았는지 한 자쯤 파내려가니 수십 마리의 지렁이가 한꺼번에 머리를 쳐들고 나왔단다. 권기 선생은 하늘에 감사하며 지렁이를 잡아 즙을 내어 먼저 맛을 보고 아버지께 올리니, 그 즙을 드시고 병이 씻은 듯이 나았다고 한단다. 그를 본 모든 사람들이 지극한 효성에 하늘이 감동하여 이루어진 일이라고 하였단다. 우리 조상님들 중에는 유난히 효자이신 분들이 많았단다.

2004년 5월 15일, 우리집, 권인철(權仁徹,82), 권주리 조사.

안동권씨 시조 유래

구연자는 조사자 아버지의 소개로 만났는데, 안동권씨 인천종친회에서 보학(譜學)을 하는 분이었다.

제일 처음에 알아야 될 사항이 안동권씨 그 시조, 시조니 뭐니, 그 인자 안동권씨 시작된 유래가 가장 중요하니까. 그때가 어느 때인가 하면은 십 세기 초에, 그 후삼국, 백제하고, 후백제하고 고구려하고, 인자 신라는 망해가고, 발해로 인자 그 후삼국 망하였던 그 시절인데, 구백이십년대거든. 그때 인자, 견훤이가 후백제를 세우고, 그 고려는 왕건이가, 인자 고려를 세웠거든. 서로 인자 쟁탈을 하는 거야. 견훤은 전라도 쪽이고, 인자 왕건은 경상도 강원도 쪽이고. 그래서 신라는 어차피 망하게 돼 있었어. (예.) 응. 그래가지고 견훤군이 상당히 우세를 해가지고 구백이십구 년경에 대구에, (전화벨 울림) 공주, 그 왕궁을 쳐들어갔단 말이야. 그래가지고 인자 신라의 마지막 왕 경선왕[1])을 으, 막 그러하고, 거서 완전히 인자 그 하골을 바치라카고[2]), 이렇게 막 인자, 신라를 완전히 인자, 막 집어묵고 인자, 자기가 통일을 할 야욕을 가지고 앉아 있다가, 그랬을 때, 우리 인자, 그 안동권씨 우리 할아버님은 그때 당시 김씨였어. 김씨로서 안동의, 안동 고을의 그 책임 성주였어. 김선평(金善平)하고 장정필(張貞弼)하고 인자, 안동권씨 인자, 책임이었어. 그 당시엔 김행(金幸)이었어. 그래가지고 이제 보니까 안 되겠다 이거야. 왜냐하면 견훤이라는 사람이 인품이 모지란 사람, 그 질이 좋은 사람이 아니라서. 그런 사람이 만약에 우리나라를 갖다 통일한다 하믄, 결국은 우리나라가 그 북방민족한테 잡아먹히게 돼 있어. 그래서 인자 판단을 어떻게 했냐하믄,

---

1) ‘경순왕’을 잘못 말함.
2) 해골을 바치라고 하고.

'이거는 아니다.' 이래가지고 인자 우리 할아버지가 안동에서 그 인자, 장정필하고 김선평하고 인자, 일나가지고 왕건을 도와가지고, 견훤군하고 인자 매치를 한 거야. 그래서 인자, 인자, 경주에서 인자, 안동 쪽으로 인자, 올라와가지고 결국 전투가 붙었거든. 그 전투에서 만약에 졌다 카면, 으, 인자 파죽지세로 올라와가지고, 견훤이가 우리 민족을 통일하게, 정도로, 되 있다 이거야. 그때 우리 할아버지가 인자, 그거를 갖다 판단을 하서 가지고 전투에서 이깄거든. 그것이 인자, 분기점이 되가지고 인자, 그 패퇴를 하는 거야, 견훤이가 패퇴를 해가지고, 결국은 그 통일을 고려에서 하게 된 거야. 그래서 우리 할아버지 공로가 우리 민족사적으로 위대한 거야. 인자 그런 것들이 그래가지고, 왕건이가 아주 감사하거든. 그래서 머냐? 태사. 태사란 것은 한마디로 말해서 최고로 높은 벼슬일 뿐만 아니고, 임금님이 스승으로 모시는 이런 뜻이야. 으, 이래가지고, 태사로 모셔가지고 성도 권씨를, 알겠지. 잉? 권씨를, 판단을 잘했다는 뜻이야. 성도 권씨를 주고, 태사를 동시에 식읍을 주고, 식읍이란 무어냐 하면 안동 고을을 으, 자기 나라같이 자기 임금같이 하는 거야. 그래서 그게 식읍이야, 그 당시. 안동은 당시, 마음대로 임금이 되라, 이거야. 안동의 임금이 되라는 거야. 이것을 식읍으로 봐야지. 그러니 그때부터 우리 후손들이 인자, 아주, 일류의 양반, 최고의 양반을 갖게 됐거든. 거기서 인자, 우리 시조님이 성을 받은 유래고.

2007년 5월 27일, 인천시 남동구 구월동 안동권씨 인천종친회,
권재만(權載晚,68), 권용석 조사.

안동권씨 족보

구연자는 조사자 아버지의 소개로 만났는데, 안동권씨 인천종친회에서 보학(譜學)을 하는 분이었다.

그래가지고 인자, 그게 구백 삼십 년인데, 구백삼십 년부터 천 삼십 년, 천백삼십 년, 한 이백 년 동안 고려가 태평성세였어. 태평성세일 때는 우리 후손들이 현재는, 인자 시조할아버님의 한 칠대까지, 한 팔대까지는 그리 큰 벼슬을 안 하시고 주로 안동 쪽에서 그 인자, 구장이라 해가지고, 가만 앉아 있어도 그 아주, 안동 전체가 자기 나라나 마찬가지니까, 아주 머, 아주 누리고 살다가, 고려가 한 십일리 세기 쯤 들어가서 인자, 고려가 동요가 오기 시작해. 왜냐하면 이자겸의 난이 나고, 머, 으, 묘청의 난이 나고, 머, 너도 다 배웠지? (예.) 으, 인자 혼란기가 오고, 또 십삼 세기 들어서 몽고가, 침입이 들어온단 말이야, 몽고가. 그 당시부터 인자, 우리 인제, 우리가 십 세 때라. 태사할아버지가 일세 아닌가베? 으, 십세 때부터는 나라를 갖다가 관리를 해주고, 참 훌륭한 분들이 나라의 정치를 해야 되기 때매 정개를[3] 배웠단 말이야. 정개를 배워 가지고, 음, 십 세 때 추밀공 할아버지는 인자, 추밀원이라 카는데 인자, 그 이런 분들이 인자, 벼슬을 하고 인자, 그래가지고 에, 십 세 때, 이때 십이 세기인데. 몽고가 인제, 우리나라를 유린할 땐데, 그런 사항 속에서도 우리 할아버지들이 인자, 정치를 아주 잘하고, 근데 우리가 특색이, 지금까지 내려오면서 이, 벼슬한 분이 많고 머리가 좋아서 그런지, 저저저, 과거 급제도 많이 하고, 그랬지마는, 하나같이 이 권력에 아부한다든지 비리, 이런 분들이 없어. 그게 하나의 특색이야. 딱 정도로 걸어가. 그게 이제 십 세로 와가지고 파가 십오 파로 갈라지는 기라. 십오 파로. 잉? 그래서

---

3) 정계(政界)를.

이래가지고 족보로, 그 당시에 이, 가보라. 가보가, 이이이, 저저, 자기 가계에 대한, 그 인자, 보관을 하고 그랬는데, 정식으로 족보를 만든 것은 인자, 조선 왕조 잉? 와 가지고 성종 때, 성종 때. 이게 한 천오백, 십육 세기. 요때 한 십사 세기 말에 안동권씨가 처음으로 족보를 만들었어.

2007년 5월 27일, 인천시 남동구 구월동 안동권씨 인천종친회,
권재만(權載晚,68), 권용석 조사.

양반기반

구연자는 조사자 아버지의 소개로 만났는데, 안동권씨 인천종친회에서 보학(譜學)을 하는 분이었다.

그리고 그 이전에 이야기를 좀 하면, 고려 때도 인자, 이게 십 세 때 추밀공 할아버지, 할아버지, 이런 어른들이 에, 큰 벼슬을 하면서도 국가를 위해서 자기는 사심이 없이 헌신적으로 하셨고, 그렇게 함으로 인해서 우리 국왕들이 굉장히 알아주는 거야, 굉장히, 그 마음을. 으, 우리 안동권 씨 이런 어른들에 대해서 모든 것을 믿고, 그래서 인자, 요새 같으면 국무 총리, 장관, 이런 일을 하신 거야. 그런 일을 하시면서 으, 조금도 사심 없이 하시니까 그런 일 하면 추밀공의 손자 그 문충근4)이라는 할아버님은 자기와 자기 아들 다섯과 사위 넷, 아니 사위 셋, 아홉 분이 봉군을 받았다 이거야. 이런 또 특색이 있는 거야. 봉군이라 하면, (봉군이요?)

---

4) 문정공(文正公) 권부(權溥,1262~1346)를 가리킴. 아들 다섯과 사위 넷이 봉군(封君) 되었음.

으. 봉군이라 하면 임금 군자를 주는 거야. 무슨 군, 무슨 군, 이래가지고 이게 아주 특별히 대우 받은 거야. 자기뿐만 아니라 아들 다섯이랑 사위 셋, 이렇게 아홉 분이 받았다는 것은 이게 인자 반세기 동안 없어. 안동권 씨밖에 없어. 이런, 이런, 인자 그 실적이, 그 두드러지게 으, 우리 민족을, 국가를 위해서 큰일을 하려다 보니까, 그때부터 인자 안동권씨하면 물어 볼 거 없이 '우리나라에서 최고의 양반이다.'라는 말이 붙기 시작한 거야.

2007년 5월 27일, 인천시 남동구 구월동 안동권씨 인천종친회,
권재만(**權載晩**,68), 권용석 조사.

문중 교육사업과 특색

구연자는 조사자 아버지의 소개로 만났는데, 안동권씨 인천종친회에 서 보학(譜學)을 하는 분이었다.

지금까지! 천년 역사가 안동권씨, 하면 물어볼 거 없이 최고의 양반이 라 카는 게 머 때문에 그러냐 카면, 이렇게까지 훌륭한 큰 벼슬을 하면서 도 사심 없이 국가를 위해서, 이렇게 하나같이 하시니까, 여기서 보면 정 딴 집안들이 안동권씨라 카면, 아주? (예.) 그런 거의 특색을 알아야 돼. 그래가지고 지금이, 오늘의 와가지고, 전 인구가 팔십만 명인데, 팔십 만 명이 되는데, 지금 십오 파에서 각개 지파가 있고, 그래서 문중에, 사람이 고을마다 철저히 잘하고 있고, 제사, 제례에 대해서 아주 경건하 게 하고 있고, 또 인자 문중 교육 사업을 또, 젊은 사람들한테 교육을 하고 있단 말이야. 이게 지금, 우리가 지금 어느 성보다도 우리가 잘하고 있단 말이야. 그러니까 지금 대학교에서 이런 과제를 내주는 게 참 좋은 일이야. 지금 현대 교육이 물질교육에만 치우치다보면 나라가 얼마 못가요. 그렇죠? 생명이, 역사적으로 얼마 못 가게 돼있어요. 나라가 망하게 돼있는 거라. 그러나 우리 눈에 안 보이지만도 우리가 이런 사업을 하기 때문에 나라가 이렇게 전승되는 거라는 것을 알아야 돼. 이게 아주 중요한 거야. 이게 무슨 사업을 하고, 이런 전통, 이런 위대한, 이런 어떤, 우리 저, 우리 자긍심을 가져야 되는 거야, 안동권씨는. 이런 우리 힘이 그나마 이 나라를 갖다가, 이게 뿌리는 거야. 지금은 우리가 볼 때는 겉으로 건들건들해. 이게 아주 사회가 혼란스러워 보여도 뿌리가 살아있다는 뜻이거든. 뿌리가 살아있다는 거하고 없다는 거하고 어마어마한 차이가 있는 거야 알겠어? 우리가 눈에 안 보이는 힘이 이렇게 자꾸, 지금 이렇게 우리 현실생활에 이렇게 방생을 하는 거야. 현실생활에 적응을 해야 돼. 우리가 눈에 안 보이지만도 이런 기 적용이 돼가지고 우리사회가 유지해 가고, 또 어떤 어려움에 당하면 또 전화위복으로 피해가고 이렇지 않아요? 그러기 때문에 세계에서 오천 년 역사를 지켜온 나라는, 민족은 우리나라하고 중국뿐이야. 오천 년 역사를 민족이 그대로 지켜온 나라는. 세계사 배워봐서 알지만도 오천 년 역사라는 것은, 이집트가 오천 년 전에, 한 육천 년 전에 그, 생긴 국가지만도 지금 이집트가 중간에 그거 했거든, 로마에 넘어 갔고, 또 한때는 이슬람에 넘어갔고, 또 머고? 저저, 알산도[5] 제국으로 넘어가고, 이래 안해? 긍께, 이래 내려와 가지고, 최근에 영국으로 완전히 넘어갔다가, 최근에 독립한 거는 천구백 한, 이십 몇 년밖에 안 됐을 거야. 안 그래 ? 그러나 우리는 완전히 나라를 빼앗긴 것은 삼십육 년, 일본에 그거뿐이야. 몽고가 쳐들어와가지고 육십 년 동안 지배를 당했다 해도 이거는 나라가, 국호 자체가 뺏긴 건 아니야. 나라가 그대로

---

5) 알렉산더대왕을 말하는 듯.

유지하면서 인자, 몽고에게 조금 굴욕당하고 인자, 이랬다는 기지, 완전히 빼앗겼던 것은 36년뿐이야. 이게, 이런 민족은 세계에서 없어. 오히려 중국도 한족이거든. 중국은 인자 한족인데, 한족이 몽고족한테 완전히 넘어간 기 한, 백 한 칠십 년, 완전히 넘어갔거든. 으, 또 그러고 또 여진족한테, 청나라를 여진족이 세웠단 말이야. 그러나 지금은 청나라가 가지 붙어 있다가 같이 한족이라 카는데. 우리나라는 36년이고, 이건 세계에서 하나뿐이고, 이게 왜 있냐하면, 결국 우리가 지금 유교문화를 근간으로 하는 문중문화 거든, 으. 이게 문중문화의 힘이 위대한 거야. 문중, 우리나라의 문중문화의 제일 핵심은 어디냐 바로 안동권씨야. 이거는 인제 우리가 알아야 돼. 아주 중요한 사실이야. 인자 이거는 우리가 말하는 게 아니고, 전 다른 성씨들이 이렇게 얘기하고 있어. '성씨라 카면 안동권씨가 최고 양반이다.' 왜냐하면 우리가 역사적으로, 우리가 이렇게 국가에 공을 세우고 하나같이 벼슬을 해도 사심이 없었어. 지금 우리 역사에 다 나오고 있거든. 우리라 해서 좋게 얘기하는 게 아니고. 역사에 그대로 나타나고 있어.

2007년 5월 27일, 인천시 남동구 구월동 안동권씨 인천종친회,
권재만(權載晚,68), 권용석 조사.

위대한 선조들

구연자는 조사자 아버지의 소개로 만났는데, 안동권씨 인천종친회에서 보학(譜學)을 하는 분이었다.

아주 그 위대한 선조들이, 그런 임진왜란만 하더라도 말이야. 임진왜란이 물론 이순신 장군이 또 인자 이름을 날리셨지만, 사실은 육지에서는 권율 장군이 최고거든. 행주산성을 지켰다는 것이 위대하고, 또 잘 모르지만 저쪽에 경상도 쪽에 권응수(權應銖) 장군이라고 계셨어, 권응수. (권응수요?) 응. 권, 응자, 수자. 이 어른이 경주, 안동, 동래, 이쪽에는 일본놈들이 권응수 장군 말만 들어도 가까이 오질 못했어. 붙으면 깨지는 거야. 응. 그래서 인자 이쪽에는 행주에는 권율 장군이 지키고, 그러고 또 인자 권준(權俊)이라는 어른은 이순신 장군 바로 밑에서 응, 인자 부관으로서, 이순신 장군은 사령관이고 권준 장군은 부관이야. 부관으로서 권준 장군이 도와줬기 때문에 이순신 장군이 그렇게 성공할 수 있었어. 또 그런 게 있고. 또 인자 권, 생각이 안 난다. 또 어른은 중국에 가서 원병을 청해 오는데 그러니까네, 이순신 장군을 도와가지고 해전에, 그리고 육전에도, 육전에는 또 안동 쪽에 또 한 분은 중국 가서 원병을 청해오는 거지. 이렇게 국난을 당할 땐 우리 안동권씨인 기라. 만약 왕건을 도와서 고려를 건국 안 했시면 어떤 결과가 나오냐면은 견훤이 이기게 돼 있어. 견훤이 이겼다 하며는 우리나라가 완전히 망하게 돼 있어. 왜냐하면 북방민족의 거란이라는 민족에 큰 나라가 돼가지고 우리나라를 호시탐탐 노리고 쳐들어올라고 카드라, 과연 우리 고려가 건국되고 나서 한 백이십년 후에 거란이 쳐들어오기 시작했거든. 해도 반문이 있었단 말이야. 왜냐하면 고려라는 나라는 왕건이라는 임금이 아주 훌륭한 분이야. 아주, 그 응, 철학, 정신적으로 위대한 분이야. 국가 기반을 아주 훌륭하게 해가지고 그렇게 까지 유교불교를 같이 국가 이념으로 해가지고 나라를 부강하게 했기 때문에, 그 대비를 했기 때문에 거란이 세 번을 쳐들어왔는데 다 막고 있었어. 그런 다음으로 천 한, 십이 세기 말쯤 되가지고 인자 여진족이 쳐들어왔거든. 여진족이 쳐들어온 것을 함경도 쪽에 윤관 장군이라는 분이 잡고 있었거든. 그랬는데 인자 십삼 세기 들어와 가지고 몽고라는 나라는 인자, 잘 알다시피 세계 역사에 아주 참 폭풍이야. 그건 막, 십년은 전 아시아, 다 정벌하고 모스크바까지 정벌했거든, 으. 징기스칸 군대가 모스크바까지 정벌했다고. 근데 그 당시에는 징키스칸 몽고를 갈굴 만한[6] 세력이 전혀 없었는데, 근데 우리나라를 쳐들어와서 지긴져도 나라를 완전히 내주진 않았어. 그만큼 인자, 그러고 인자, 그 몽고가 여섯 번 쳐들어왔는데, 그 여섯 번을 우리나라가 상당히 저항한 거야. 으, 몇 번은 저쪽에 물러가고 말이야. 응? 장군을 죽이 가지고 최고 사령관을 죽이 가지고 끌구 가고, 특히 충청도 같은 데서는 칠십 일을 싸워도 못 무너뜨렸어. 이건 세계전쟁사에, 이거는 우리밖에 없어, 몽고군이 갔다 카면, 저쪽에 중앙아시아에, 사일이면 전부 무너뜨렸거든. 으, 다 무너뜨렸는데 우리나라는 칠십 일을 싸워도 청주성을 못 무너뜨렸어. 그래서 인자 충주라. 충성 충자, 고을 주자, 그런 뜻이 있어. 이런 게 머냐 하면, 이게 양반문화야. 선비정신, 이게 선비정신이 이게, 어느 집안이 핵심이냐 하면 우리 안동권씨가 핵심이야. 안동권씨가 이렇게까지 위대하고 훌륭한 그런 정신으로서 안동권씨란 성이 탄생되고 동시에 민족에 위대한 업적을 이바지하고 지금까지 천년 역사를 이끌어 왔기 때문에 이 나라가 지금까지 꿋꿋하게 살아있는 거야. 아주 중요한 사실을 알아야 돼. 이게 응? 요점을 알고, 어디 친구 간에도 그런 이야기를 머릿속에 넣고 살아야 돼. 알겠지?

2007년 5월 27일, 인천시 남동구 구월동 안동권씨 인천종친회,
권재만(權載晩,68), 권용석 조사.

---

6) 깔볼 만한.

안동권씨의 시조

조사자의 아버지인 구연자가 할아버지에게서 들었다고 하였다.

(아빠, 빨리 시조 얘기 해죠. 빨리 빨리.) 뭐? 권행? 아빠도 잘 몰라. 그거 뭐 역사책에 다 나와 있지. (그래도 해죠. 저번에 얘기 했었잖아.) 거 뭐, 왕건이한테 하사받았대. 김행 할아버지가 원래 안동김씨였대잖아.

2007년 5월 4일, 서울시 은평구 증산동 우리집, 권용운(權龍蕓,50), 권지현 조사.

양촌 권근(權近)의 묘

저저, 뭐야, 양촌선생이라는 사람이 있었는데, 그 사람이 죽고, 묻으려고 땅을 팠는데, 스님이 나타나서 물을 달라고 했대. 근데 이제 묘자리 파고 있는 데서 물을 달라고 하니까 사람들이 화를 낸 거지. 그러고 화를 내고 좀 더 파니까 물이 나오는 거야. 못자리를 파놨는데 물이 나왔으니, '이제 낭패다.' 싶어서 아까 그 스님을 찾아갔대. 그랬더니 그 산이, 그 뭐야. 그, 그, 여튼 '그 근처에 있던 산에 연못을 파야 물이 안 나온다.'고 '연못을 파라.' 그랬대. 그래서 거기다 연못을 팠더니 물이 멈췄다고. 그래서 거기에 묘를 쓸 수 있었다는 얘긴데, 옛날엔 할아버지가 진짜 재밌게 해줬었는데 기억이 잘 안나. 뭐 이런데 관심을 끊고 살았더니.

2007년 5월 4일, 서울시 은평구 증산동 우리집, 권용운(權龍蕓,50), 권지현 조사.

안동권씨의 유래

구연자는 안동권씨 종보사의 편집부장으로, 경북 영천에서 태어난 안동권씨 복야공파로서 경상도 방언을 구사하였다.

모범이 되는 걸 말해줘야 할 텐데, 기억나는 게 없어서. 근데 기억나는 것은, 원래 거, 안동권가가 성을 받을 적에 권세 권(權)이라고 하는 것이 저울대 권(權)도 대고, 한 근 두 근 할 때 그 저울대 권도 되고, 권세 권도 되고, 근데 그게 중용지도라고. 원래 이게 저울이 그게, 이쪽이 물건이 많으면 저쪽이 들리고, 그런 게 있잖아, 중용지도 인자 이리도 치우지지 아니하고 저리도 치우치지 아니하는 그게 중용지도거든, 요는. 저울대 권가가 중용지도거던. 그래서 요는 중용을, 우리가 말이지, 성이 말이지, 안동권가가 저울대권가라네. 이리도 치우치지 아니하고 저리도 치우치지 아니하고 인자, 그래하니까네 한 후보가 하는 말이, 에, '말할 적에는 행할 것을 돌아보며,' 이게 경험이란 말이다. '말할 때에는 행할 것을 돌아보며, 행할 적에는 말한 것을 돌아보라.' 요즘에 함 봐바라. 거짓말하는 거 많이 보제? 한 번씩 말을 할 때에는 내가 행할 수 있나, 없나, 판단해서 말을 하고, 실행할 때에는 앞에 내가 말한 것을 완성하나, 안하나, 그게 말뜻은 정확히 이행하나, 안하나, 그게 중용지도라고 말할 때에는, '행할 것을 돌아보며 행할 적에는 말한 것을 돌아보라!'

원랜 신라 종손, 신라 박, 석, 김씨가 있는데, 원래 우리가 신라 김씨 귀족이야. 귀족인데, 그게 왕건 태조가 진홍이라는[7] 난 때에, 정벌할 때 시조할아버지가 안동의 부족이, 그래가지고 이것이 진헝이의[8] 원수를 갚자면, 불공대천지수[9]라는 것을, 하늘로 같이 못한다 이거거든. 그

---

7) 진훤(甄萱)이라는. 견훤(甄萱)이라는.

8) 견훤이의.

러니까네 불공대천지수란 것은 아버지 원수는 나라 임금의 원수라는 게 불공대천지수다. 그러니까네 그걸 토벌할 때에 많은 공을 했어. 그래가지고 왕건 태조가 성의를 베풀었다. 성의를 할 때 다 태사라 카는 게 일품 비슬10), 요새 말로 국무총리급, 이런 비슬 등을 다 받았는데, 우리 시조할아버지는 그것도 다 받고, 특히 성을 받은 거라. 병기달근11), 병기달근이란 말이 모냐 하면, 간단히 말하자면, 옛날 맹자한테 일류 변사가, 맹자가 성인이라 한케네12) 일류 변사가 아주 어려운 질문을 한 거야. 질문도 어렵게 한 거야. 남녀가 유별하잖아? 근데 제수가, 동생의 마누라가 물에 빠졌단 말이야. 어려운 질문이야. 마누라가 물에 빠졌는데, 남녀유별하니 손을 안 대야 하는 거잖아? '이걸 놔둬야 하나?' 이거야. 그런 질문 한케네, 맹자가 하는 말이, '그냥 그걸 방관하며는 금수13)니라.' 제수한테 손을 안 댄 거예고14), 사램이 죽어가는데 그걸 구제 안하면, 이게 되겠으? 응? 사람이 죽는데? 그걸 건지자면, 사람을 구제하려면 팔로 댕기든지 발로 댕기든지 몸을 안아야 할 거 아니가, 그제? 그게 바로 권도니라15) 그래가지고, 우리가 마, 우리가 성을 권가라, 이게 대원칙은 손을 안 대야 되는데 불가피한 경우에, 어쩔 수 없는 경우엔 마, 구제를 해야 안 되겠어? 그제? 그런 게 있으니까네, 안동권가가, 우리가 그제 이걸 말 다하려면 책 한 권이 되니, 이

---

9) 불공대천지수(不共戴天之讎). 같은 하늘 아래 살 수 없는 원수.

10) 일품(一品) 벼슬.

11) 병기달권(炳機達權). 기미(機微)를 밝게 살펴 권도(權道)에 통달한다는 뜻. 권도는 달리 반경합도(反經合道)라고도 하는데, 이를 풀이하면 경법(經法), 즉 대경대법(大經大法)으로 돌아와 도리에 합치된다는 뜻.

12) 성인이라고 하니까.

13) 금수(禽獸). 짐승.

14) 제수에게 손을 대지 않는 것이라고.

15) 권도(權道)니라.

정도만 하자.(웃음)

2007년 5월 25, 서울 종로구 안동권씨 종보사(서울 분사), 권오훈(權五焄), 권은경 조사.

6·10만세운동의 주동자 권오설(權五卨)

구연자는 안동권씨 종보사의 편집부장으로, 경북 영천에서 태어난 안동권씨 복야공파로서 경상도 방언을 구사하였다.

가장 중요한 사람 한 분이 있는데, 조선 후반에 인제 권오설이란 분이 있는데, 무사였는데, 이 양반이 왜, 요즘엔 이 양반이 원래 좌익사상, 좌익은 마, 공산주의사상, 그제? 손병희라는 사람과 맞먹을 사람인데, 인제 그게 손병희면, 기미년 삼일운동인데, 고종황제 죽을 때고, 인제 윤희황제가[16] 죽어가지고 육십 만세운동이라는 것이 있거든. 거기에 총 주모자가 있었는데, 그게 권오설이거든. 인제 이 양반이 대구사범을 들어가 갖고, 그 당시엔 부자인데, 자기 사랑방에 학관을 개설하고 농민들, 노동운동을 가르치요. 그것이 탁월 안하나? (웃음) 그 농사짓는 노작민들을 가지고 노동운동을 전개하는 사람이라. 참 그 분이 훌륭했지. 근데 참 시대적으로 남북통일이 안 됐으니까네, 특히 이 박사[17] 시절엔 빨갱이라 하면 굉장히 그래했거든. 그래서 그 분이 매우 유명했지.

2007년 5월 25, 서울 종로구 안동권씨 종보사(서울 분사),. 권오훈(權五焄), 권은경 조사.

---

16) 융희황제(隆熙皇帝). 대한제국 마지막 황제인 순종(純宗)을 가리킴.
17) 대한민국 초대 대통령인 이승만(李承晩).

권희학(동정공파)

구연자는 안동권씨 종보사의 편집부장으로, 경북 영천에서 태어난 안동권씨 복야공파로서 경상도 방언을 구사하였다.

함 보자. 너희 파에 유명한 사람이, 여기 있다. 희학이, 십일 대 조부가 이름이 권희학[18]인데, 화원군인데, 화원군을, 군을 봉했다 이거야. 지금 보면 안동에, 남저면에 사당이 있어요. 직계손이네. 이 분이 참 합리해. 현재는 안동시에서 발전을 시켰지만, 옛날엔 화장실처럼 형편이 없었어. 지금 거기 가면 영조대왕하고 정조대왕의 영정이 있었는데, 지금은 어디 안동시에 있는 어디에 보존을 했는데, 이 분이 유명했어. 이 분이 누구냐 하면은, 이 분은 참 어릴 적엔 형편없는 일을 했는데, 안동부사한테 어떻게 인정을 받아가지고 어머니에게 효도도 하고 그랬단 말이다. 이 어른이 '분무공신'이 었단 말이다, 분무공신.

2007년 5월 25, 서울 종로구 안동권씨 종보사(서울 분사), 권오훈(權五焄), 권은경 조사.

현덕황후(顯德王后) 권씨의 복수

구연자는 안동권씨 종보사의 편집부장으로, 경북 영천에서 태어난 안동권씨 복야공파로서 경상도 방언을 구사하였다.

---

18) 권희학(權喜學,1672-1742). 이인좌의 난을 평정한 공으로 분무공신(奮武功臣) 3등으로 화원군(花原君)에 봉해짐.

이 이야기는 정사에는 안 나와요. 현덕황후가, 수양대군이, 세조가 단종을 직였잖아. 단종을 직일 때도 누가 죽이느냐에 따라. 그게 사약인데, 사약을 누가 줄 사람이 하나 없잖아. 금부도사가, 그니깐 통인, 통인이, 요새 말로 구급 말단 통인이란 말이야. 활 쏜 활끈을 목에 걸어 땡깄으니 죽었거든. 그기 정사는 안 나오고, 예사같은 데엔 나와.[19] 나라 임금한테, 상왕한테 '사약을 입에 잡수소.' 그래 할 사람이 없는 기라, 그기. 지가 한번 그게 막 대박[20], 선걸음에 죽였어. 죽고 나서 단종의 어머니 현덕황후가 수양대군의 꿈에 보였어. 꿈에서 말하기를, "니가 내 자식을 죽있으니 내가 니 자식 죽일 끼다." 그래가지고 요는 세조아들들이 이십대에 홀까닥 다 죽어버렸어. 그래서 현덕황후가 자기만 시동생한테 "이그, 더러운 놈!" 그러면서 침을 뱉은 기라. 말은 침을 뱉었는데, 그것이 요샌 그르지 않지만 옛날엔 '문둥병', 문둥병, 안됐잖아. 그래가 현덕왕후 묘를 파서 물에 띄어 뿌렀어. 그러다 어느 중이 바닷가에 뭐가 있는데 보니 관이 떠내려오거든. 중이, 대사가 그걸 걷어 모르게 해야 하거든. 육지에 끌어올려 땅에 묻은 기라. 그게 칠십여 년 만에 다시 복원이 됐어. 그래가지고 동구릉에 왔거든. 그래가 세조(수양대군)가 문둥병이 돼가지고 어딜 들어갔나면 물 좋은 데 목욕하고 다녔어. 그래가지고 충북 보은에 그 말이지, 옛날 불치병이라 풍병이 걸렸다. 근데 이건 정사에 안 나와. 왜냐? 나라 임금, 이걸 정사에 해뿌면 절단나니깐.

2007년 5월 25, 서울 종로구 안동권씨 종보사(서울 분사), 권오훈(權五勛), 권은경 조사.

---

19) 그것이 정사(正史)에는 안 나오고, 야사(野史) 같은 데엔 나와.
20) 대번에. 단숨에.

현덕왕후의 딸

구연자는 안동권씨 종보사의 편집부장으로, 경북 영천에서 태어난 안동권씨 복야공파로서 경상도 방언을 구사하였다.

현덕왕후의 딸이 경혜공주(敬惠公主)야. 단종의 누님이라! 인제 단종의 누님인데, 단종이 그리되니까 그 주위에 식구를 갖다가 다 죽이거든. 그러니까네 경혜공주하고, 단종의 누님하고, 정건[21]이라고, 단종의 매형이지. 이 사람을 광주로 보냈어요. 광주, 광주 보냈는데 요새처럼 유치장에 보내는 것이 아니고 일정한 모 민간집 주면서 자고 하거든. 근데 나이가 젊어서 단종의 매형하고 서로 만났는 모양이지 그래가 애를 포태했어. 이건 정사에 나온다. 애를 가졌는데, 그니깐 그쪽 고을에서 보호를 안하겠어? 그래가 경혜공주가 애를 출산할 때가 안 되서 조정에서 김 상궁을 보냈다. 그래서 딱 보니깐, '기집애 같으면 놔두고, 머시매면 밟아 죽이라.' 그렇게 옛날엔 군주주의가 무서웠어요! (웃음) '여자면은 살리주고 머시매면 죽이라.' 이거야. 나라에서 왜 죽이냐? 보복할까 싶어서 죽이라 이거야. 그래 명령해가 심 상궁을 보냈는데, 그리 갈 때에 세조의 중전이 김 상궁에게 부탁을 해. 어떤 부탁을 하냐면은, 단종도 죽어뿌고, 이게 말하자면 시숙, 사가의 혈육이 아무도 없다 아니가, 아무도 없으니까네, 에, 그래가지고 '여자면 다행이도 안 죽여도 되고, 남자라도 죽이지 말라.' 했단 말이다. '죽이지 말고, 여장을 해갖고 데리고 오라.' 이게 역사거리야. 여자 옷을 입혀 데려오라 했단 말이다. 딱 그러니까네 '책임은 내가 질게!' 정부에선 직이라 해뿌고 중전은 못 죽이고 하니까네, 생각해보니 불쌍하기도 하고, 인제 여자끼리 통하는 기라 그래가 안 죽이고 간 거야. 그래가 궁중에서 키워요. (그럼 아들을 낳은 거에요?) 남자지. 남잔데 궁중에서

---

21) 정종(鄭悰)을 잘못 말함.

여자 옷 입혀 키운 기라. 근데 하루는 세조가 보니깐, 왜 크다보면 남자, 여자 티 나는 거 아닌가? 그래가 이상한 기라. 그래가 하루는 중전에게 이상해 물으니깐, '여자이긴 한데 행동이 남자처럼 그러더라, 애가.' 그래가 중전이 이실직고 한 거야. '내가 죽을 죄 졌다.' 우리 시숙의 혈육은 문중의 외손자로, 현덕왕후도 외손자, 김 상궁에게 이리이리 부탁을 했다며 석고대죄를 한 거야. 옛날엔 중전도 나라 임금이 죽으라 하면 죽으라 하는 거야. 그래 세조가 걔 이름을 짓지. 이름을 '미수(眉壽)'라 지었어. 왜 미수로 지었냐 하면은 눈 깜박 할 사이에 살았다. 그게, 이게 관행으로[22] 말하면 "해주 정가"고, 강남가면 미수가, 나라에서 땅 줘가 엄청난 땅이 많아.

2007년 5월 25일, 서울 종로구 안동권씨 종보사(서울 분사), 권오훈(權五焄), 권은경 조사.

시조 권행(權幸)의 유래

조사자의 큰아버지인 구연자가 예전부터(돌아가신 할아버지가 해주 시고, 그 전에도 듣고, 듣고 해서 전해져오는 이야기) 알고계신 이야기라고 하였다.

어, 그러니까 말이여. 예전에, 신라시대에 권행, 아니 종성[23]에 김행(金幸)이란 분이 계셨어. 우리의 시조가 되신 분이지, 권행은. 경애왕 때 중요한 벼슬을 맡고 계셨는데, 나라가 어지러울 때, 견훤이 신라를 침입

---

22) 관향(貫鄕)으로.
23) 종성(宗姓). 같은 성씨를 쓰는 집안사람.

하여 왕을 시해하신 거지. 이에 격분한 권행은 김선평, 장길[24]과 함께 후백제 견훤을 물리친 게 병산대첩이라 했어. 그래서 태조 왕건이 능히 기미에 밝고 권도에 통달하였다 하여 권씨를 사성[25]하였어, 권씨를. 성을 줬다 이거여. 삼한벽상삼중대광아부공신태사로 제수한 후 고창군을 안동부로 승격시키고는, 이를 식읍으로 하사하였다. 이후 권행은 안동권씨 시조가 되었고 안동을 본관으로 하였다.

2008년 5월 18일, 큰아버지(장손집)댁, 권영면(59), 권오민 조사.

안동권씨 추밀공파 파조 권수평(權守平)

조사자의 큰아버지인 구연자가 예전부터 (돌아가신 할아버지가 해주시고, 그 전에도 듣고, 듣고 해서 전해져오는 이야기)알고계신 이야기라고 하였다.

시조 묘소는 안동시 서후면 능동에 있고, 세향, 세향은 시제 지내는 걸 말하는디, 춘추로는 한식날, 10월에는 증정날에[26] 거행하고 있어. 파는 십오 개파. 우리는 추밀공파 손인데, 추밀공은, 권수평이란 분이 계셔. 고려시대에 아주 널리 알려진 분이시지. 험험. 여튼 추밀공파, 십오 열사 성파 중에 추밀공, 인물이여. 후손들이 제일 많이 퍼졌고, 성공한 사람들도 제일 많아. 추밀공파 십오 개파 중에. 그리고는 어디 가서래도 "누구

---

24) 장정필(張貞弼)을 잘못 말한 듯.
25) 사성(賜姓). 성씨를 내려줌.
26) 중정일(中丁日)에. 음력으로 그 달 두 번째의 정일(丁日).

손이냐?" "백종공(伯宗公) 시대 할아버지." "위에 대 누구냐?" "십오 개
파 중에 추밀공파입니다." "아, 그렇구나!" 하는 거여.

2008년 5월 18일, 큰아버지(장손집)댁, 권영면(59), 권오민 조사.

양촌 권근의 물 나오는 묏자리

조사자의 큰아버지인 구연자가 예전부터 (돌아가신 할아버지가 해주
시고, 그 전에도 듣고, 듣고 해서 전해져오는 이야기)알고계신 이야기라
고 하였다.

권씨, 우리 추밀공파 중에 내가, 음, 보자. 그려. 양촌 권근이란 분이
계셨어. 우리 추밀공파 모임 때 뵈러 가고 그러는디, 고려 말에 안동권씨
에서 우뚝 선 학자로 수백 편이 넘는 시를 쓰고, 정몽주하고도 같이 높은
벼슬하고 그랬다는 거 아녀. 그 분 묘지에 전설을 저번에 들었는디, 처음
에 묏자리를 세종 때 지금 있는 곳으로 이장하게 되었는디, 상주는 아마
권람이란 분일 꺼여. 그때 여튼 엄청나게 사람들이 몰렸다는디, 유골을
파는데 한 동자승이 손에 바가지를 들고서 "물 좀 먹겠다."고 했다는디,
미칠 노릇이제. "위아래도 없냐?"고 그르치니, 동자승이 "관 밑에서 물이
펑펑 쏟아진다."고 했다는 거 아녀. 하도 화가 나서 이놈을 막 다그칠라하
니, 물이 펑펑 쏟아졌다는 거 아냐. 그래서 "물을 어떻게 하면 그치냐?"고
하니 부적을 하나 써주고, "장사를 지내라."고 하고 떠났다는디. 그 이후
엔 다시는 물이 안 나왔다고 한다.

2008년 5월 18일, 큰아버지(장손집)댁, 권영면(59), 권오민 조사.

안동권씨의 자랑 네 가지

조사자의 큰아버지인 구연자가 예전부터 (돌아가신 할아버지가 해주시고, 그 전에도 듣고, 듣고 해서 전해져오는 이야기)알고계신 이야기라고 하였다.

안동권씨의 자랑 네 가지가 있는디, 시조사의 시초, 기로사의 시초인디, 조선 초 태종이 연세, 작위, 덕망이 함께 높은 정이품 이상의 열 분이 만드신 기영회라는 것이 있어. 그것은 칠순을 넘어간 나이 많은 노인들이 많았는디, 임금도 나이가 차면 거기서 같이 지내고 하는, 여튼 그런 곳이여. 거기서 검교의정부 좌정승 정간공 희(僖)가 수좌가 되었다. 전 문형의 시초, 문형이란 대제학의 별칭, 그러니까 집현전 같은 학문을 연구하는 곳이여. 아무[27], 명예스러웠구말구. 그런데 양촌 근(近)이라는 분이 아주 뛰어나신 분이여. 나라에서 이를 인정받아 벼슬을 내리니, 그래서 우리 권씨가 조선 초에 문충공 양촌 근이 제일 먼저 맡았다. 호당의 시초는, 호당은 독서당의 별칭으로 나이가 젊고 장래가 촉망되는 관원에게 임금이 명을 내려서 직무에 얽매이지 않고 더 열심히 하게 하였는데, 집현전, 아까 말해줬지? 부교재인[28] 채(採)가 문형 변계량의 추천에 의해 첫 번째로 입당, 들어갔다는 거지? 그것이 그것이여. 족보. 족보는 잘 알겠지? 돌아가신, 현재 있는 분, 돌아가신 분들 생신, 생일, 태어난 날, 돌아가신 날, 기록해놓은 것이 족보지? 이 족보가 세계 최초로의 족보로 성화보란 족보가 있었어. 이게 세계에서 제일 먼저 만들어진 거지, 권씨네가 족보가. 이것은 문경공 권제(權踶)라는 분이 이루지 못한 것을 소한당 익평공 권람(權擥)이란 분이 초고를 만드신 거여. 그러나 미처 만들지 못하여

---

27) 암!
28) 집현전(集賢殿) 응교(應敎)인.

서거정이란 분이 안동부로 보내 만들게 하셨지. 그래서 지금 이렇게 자랑
스러운 겨. 뭐 더 질문할 꺼 있음 물어보고 그려. (예.)

2008년 5월 18일, 큰아버지(장손집)댁, 권영면(59), 권오민 조사.

05

강릉김씨

최연을 문하에서 쫓아낸 김시습

구연자는 조사자의 할머니댁 동네에 살면서 꼬마할머니라는 별명으로 불린다고 하였다. 어릴 적 할아버지로부터 전해들은 이야기라고 하였다.

김시습이, 김시습이 강원도 설악산에 은거하고 있었는데, 최연이라는 젊은이와, 그와 뜻을 같이 하는 젊은이 대여섯 명이 함께 그 은거하고 있는 김시습을 찾아갔어. 찾아가 가르침을 청하였는데 다 거절하고, 최연만 가르치겠다고 하고, 최연만 머무르고 나머지는 다 가라고 했지. 그리고 나서 최연은 반년 동안 사제간의 도리를 다 하고 항상 최연 곁에 있었어. 아니, 김시습 곁에 있었지. 그러던 어느 날 달이 높이 뜬 깊은 밤에 김시습이 잠자리가, 김시습의 잠자리가 비어 있는 거야. 최연은 김시습이 어디를 갔나, 하면서 생각을 했는데 깊은 밤이라 어떻게 찾을 수가 없었어. 그대로 있던 것이 여러 차례였는데, 어느 날 결심을 하고 김시습을 아니, 김시습이 몰래 나갈 때 최연이 그 뒤를 쫓아갔어. 그런데 김시습이 누군지 모르겠지만 두 사람과 마주하고 이야기를 했어. 어디쯤 도착했을까, 김시습이. 그런데 최연은 김시습과 조금 떨어져 있어서 그 이야기가 무엇인지 알아들을 수가 없었어. 무슨 얘긴지. 그 다음날 김시습이 최연을 보고, '너를 가르치려 했는데 네가 조바심을 내는 거 같아 가르칠 수가 없겠다.' 하면서 쫒아버렸지. 김시습이 밤중에 만난 사람들이 신선인지 누구인지는 끝내 알지 못했지만 아무튼 이런 얘기가 전해지고 있지.

2007년 5월 13일, 경기도 김포시 수참리 친할머니댁, 김정옥(金靜玉,65), 김유금 조사.

사랑의 월화정(月花亭)

조사자의 아버지인 구연자가 큰고모에게서 들었다고 하였다.

강릉에, 남대천 중간에 큰 연못이 하나 있었는데, 그 근처에 있는 집에는 연화(蓮花)라는 처녀가 있었어. 이 처녀가 예쁘고 심성이 고와서 매일 그 못에 물고기한테 밥을 줬대. 그렇게 몇 년을 하니까 이제 나중엔 물고기가 연화 발소리만 들어도 떼로 몰린다는 거야. 이제 하루는 또 못에 나와 앉아 있었는데 웬 남자가 지를[1] 보고 있는 거야. 그렇게 며칠이 지나도록 그 남자가 눈에 띄더래. 그러다, 그 남자가 이제 연화 앞을 지나가다가 편지를 하나 떨어뜨린 거야. 러브레터겠지, 러브레터. 그날부터 맨날 그 남자가 연화한테 편지를 주더래. 그 남자 이름이 무월랑(無月郎)이었는데, 이제 그 남자한테 연화도 답장을 한 거야. 남자가 지나갈 때 땅 위에 편지를 떨어뜨리고 왔는데, 펴보니까 내용이 '지금은 때가 아니

---

1) 저를. 연화를.

니 공부나 더 하고 부모님 허락 맡고 와라. 그러고 나면 너의 아내가 되겠다.' 뭐, 대충 이런 내용이었겠지. 그 편지를 보고 무월랑이 결심하고 서울로 떠났지. 그리고 세월이 흘러서 연화가 시집을 가야할 때가 온 거야. 근데 이 무월랑이 오질 않는 겨. 그래서 연화네 부모님이 억지로 결혼을 시키려고 한 거야. 근데 연화는 무월랑을 아직도 마음에 품고 있던 거지. 어쩔 줄 몰라 하다가 연화가 편지를 한 통 썼어. 그리고 연못으로 가서 고기떼들한테 부탁을 했지. 내가 준 밥을 먹었으니, 너네들도 내 청을 좀 들어달라고. 좀 치사하지? 그 편지를 고기떼들한테 줬더니 이것들이 서로 전해줄려고 몰려들었는데, 그 중에서 제일 큰 고기가 그 편지를 삼키고 물속으로 들어가 버렸대. 그리고 이제 서울에 올라와서 공부하고 있는 무월랑이 생선을 사서, 지 엄마 줄라고. 이제 생선을 사서 배를 갈랐는데 그 속에 편지가 있더래. 꺼내서 보니까 연화가 지 결혼한다고 급하게 쓴 편지가 있는 거야. 그래서 강릉으로 달려가서 연화랑 결혼해서 잘 살았대. 그리고 그 연못 옆에 정자를 짓고 월자랑 화자를 따서 월화정이라고 지었대. 그게 지금도 있다더라. 그리고 여기서 중요한 건 그 무월랑이 우리 선조라는 거야.

2008년 5월 24일, 경기도 안양시 만안구 본인집, 김남수(金南壽,49), 김수지 조사.

06
경주김씨

마의태자(麻衣太子)와 부안김씨(扶安金氏) 시조 김춘(金春)

조사자의 할아버지인 구연자가 경주김씨종친회에서 들었다고 하였다.

우리 경주김씨 시조가 경순왕인 거 알지? 그 왕의 큰아들 이름이 일(鎰)이야. 이 사람이 나중에 마의태자로 불리신 분이야. 들어서 알고 있지? 마의태자는 신라가 망했을 때 그때 말이야. 당시 망국의 한을 품고 경기도 양평에 용문산으로 들어가 밤낮으로 나라를 걱정하며 꿈에도 잊지 못하다가 은행나무 한 그루를 용문사에다가 기념으로 심으시고 금강산으로 들어가셨대.

은행나무는 그 후 무럭무럭 자라서 천년이 지나 오늘날까지 하나도 노고(老枯)함이 없이 독야청청(獨也靑靑) 잘 자라고 있어. (웃음) 이 은행나무가 말이야, 동양에서 가장 오래됐고 제일 큰 것으로 우리나라의 그 뭐, 뭐야, 그, (말끝을 흐리며) 천연기념물, 천연기념물로 정해졌대. 그 마의태자의 오세 손[1] 이름, 춘(春), 이 분이 고려시대 선종 임금님 때 그, 뭐더라? 부안부원군[2]으로 봉해졌어. 그래가 부안김씨 시조가 된 거야. 이만하면 된 거야?

2005년 6월 5일, 충북 옥천군 할아버지댁, 김응화(金應和,74), 김진욱 조사.

경주김씨의 시조와 계파

조사자가 서울시 중구 만리동 소재 경주김씨종친회 사무실을 찾아가 그곳의 임원으로 있는 구연자를 만나 들었다.

우리나라에서 가장 많은 성씨가 뭔지 알아? (김씨 아니에요?) 그래, 우리 김씨가 제일 많지. 그런데 이 김씨도 두 갈래야. 가락국에 수로왕을 시조로 하는 김해김씨계가 있고, 우리처럼 신라에 김알지를 시조로 하는 경주김씨계가 있어. 경주 계림의 소나무 가지에 걸려 있던 금궤에서 나왔다고 하여 탈해왕이 김(金)이라고 지어서 그때부터 김씨의 김(金)이 된 거야. 신라 초기 김씨 왕이 누구야? 미추이사금이지? 그가 알지의 칠대손이 된다 이거야. 지금까지 뚜렷하게 추정되는 본원은 대략적으로 오십여 본인데 들어본 거 있어? (네, 저의 어머니는 안동김씨예요. 그리고 광산김씨도 있고, 김해김씨도 알아요.) 그래. 헌강왕계는 광산김씨, 신무왕계는 영동김씨, 무열왕계는 강릉김씬데 이들을 제외한 나머지는 거의 다 경순왕의 후손으로 생각하면 돼. 신라의 마지막 왕이 누구야? 경순왕이지?

---

1) 현손(玄孫)을 잘못 말함.
2) 부령부원군(扶寧府院君)을 잘못 말함. 그 뒤에 부령현과 보안현(保安縣)이 합쳐서 부안(扶安)이 되었음.

이 경순왕은 아들이 아홉 명 있었는데 이중에 넷째 은열의 후손이 가장 번창했어. 네가 경주김씨 무슨 파라고 했지? (계림군파요.) 아, 계림군파? 경주김씨 중에 계림군파도 은열의 후손이야. 경주김씨 중에서도 구안동, 전주, 양근, 영광, 안산, 금녕 같은 사람들도 이 은열의 후손들이지.

2005년 6월 3일, 서울시 중구 만리동 1가 53-8, 김춘제(金春濟,63), 김현주 조사.

경주김씨의 본원(本源)

조사자가 서울시 중구 만리동 소재 경주김씨종친회 사무실을 찾아가 그곳의 임원으로 있는 구연자를 만나 들었다.

김해김씨 많이 들어봤지? '김씨계의 이대 주류' 하면 김해김씨랑 우리 알지계가 있잖아. 그중에 경주김씨는 앞에서 잠깐 말한 대로 파가 좀 복잡해. 한 너댓 파가 있는데 은열공파는 아까 말해서 알 거고 태사공파, 판도판서공파, 음. 영분공파, 호장공파 같은 게 있어. 이 중에서도 은열공 파하고 태사공파가 조선시대에 많이 활약했었지. 왕비도 세 명이나 나오고 정승은 말할 것도 없고.

2005년 6월 3일, 서울시 중구 만리동 1가 53-8, 김춘제(金春濟,63), 김현주 조사.

신라김씨의 탄생사적

조사자가 서울시 중구 만리동 소재 경주김씨종친회 사무실을 찾아가 그곳의 임원으로 있는 구연자를 만나 들었다.

알지설화 들어본 적 있나? (아니요. 알려주세요.) 그럼 삼국유사도 안 읽어봤겠네? (네.)음. 잠깐 기다려보자. 이 부분 읽어 봐바.(삼국유사 책을 가져와 알지신화에 관한 부분을 보여주셨다. 내가 본문을 읽은 후에) 다 읽어 봤어? 그러니까 사람이 알을 낳았으니 임금이 얼마나 괴상하다고 생각했겠어. 그래서 비단에 싸서 독에 넣어 배에 실어 보냈겠지. (조사자가 읽은 알지설화의 본문을 적어보자면 다음과 같다.

> 탈해왕(脫解王) 9년 왕이 밤에 금성(金城- 경주) 서쪽 시림(始林) 숲 사이에서 닭이 우는 소리를 듣고, 날이 밝자 호공(瓠公)을 보내어 살펴보게 하였다. 가보니 큰 빛이 시림에서 비치고 자줏빛 구름이 하늘에서 땅에 뻗쳤는데, 그 구름 속에 금색으로 된 조그만 궤가 나뭇가지에 걸려 있었다. 그리고 흰 닭이 그 밑에서 울고 있었다. 궤를 가져오게 하여 열어 보니 조그만 아이가 있었으므로 하늘이 준 아들이라 생각하여 거두어 길렀다. 지혜가 뛰어나 이름을 '알지(閼智)'라 하고 금궤에서 나왔으므로 성을 '김(金)'이라 하였다. 그리고 시림도 계림(鷄林)으로 고쳐 국호로 삼았다.
>
> 출전 : 《삼국유사》권1, 기이. <김알지 탈해왕대>

아, 이게 우리 김씨의 탄생설화야. 이 정도는 알고 있어야지. 이따 내가 테이프 줄 테니까 자세히 들어봐.

2005년 6월 3일, 서울시 중구 만리동 1가 53-8, 김춘제(金春濟,63), 김현주 조사.

영분공(永芬公) 약사

조사자가 서울시 중구 만리동 소재 경주김씨종친회 사무실을 찾아가 그곳의 임원으로 있는 구연자를 만나 들었다.

경순왕은 아들이 셋 있었어. 그중에 셋째 아들이 바로 영분공[3]이야. 이 공은 어머니와 두 형이 모두 잃고 오직 부왕의 대의로 큰 뜻을 품은 거야. 오로지 아버지 밑에서 충성을 다하고 효심이 지극하여 두 형에 비해 전혀 손색이 없었어. 오히려 더 지극했었지. 아마도 우리 후손이 지금까지 번창하고 있는 건 이 공의 큰 음덕 때문인 걸 알아야 해. 그런데 얼마나 외롭고 허전했겠어. 신라의 왕자로서는 영분공만이 유일하게 부왕을 모시고 고려에 갔어. 이후에 정치적으로 어려운데도 경순왕을 이어 열심히 사셨고, 왕건이 신라를 경주로 고치고 경순왕이 식읍으로 했던 경주를 본관으로 한 거야. 그래서 신라를 상징한 유일한 정통 씨족으로 계승된 걸 알 수 있잖아.

2005년 6월 3일, 서울시 중구 만리동 1가 53-8, 김춘제(金春濟,63), 김현주 조사.

중시조- 문간공 김경손(金慶孫)

조사자가 서울시 중구 만리동 소재 경주김씨종친회 사무실을 찾아가 그곳의 임원으로 있는 구연자를 만나 들었다.

---

3) 이름은 김명종(金鳴鍾)임.

김경손의 시(諡)가 문간공이야. 고종 때 몽고가 쳐들어 왔는데 이를 격퇴시키고 대장군 지어사대사(知御史臺事)에 오른 거지. 상서병부(병부상서(兵部尚書))로서 전라지휘사가 되어 도원수(都元帥)라고 부르게 됐어. 광주 일대에서도 반란이 일어나니까 민심을 수습하고, 이렇게 되니 이 김경손 문간공은 인망이 날로, 날로 높아지겠지. 그런데 어느 날 최항(崔沆)이 사기 모함으로 백령도에 유배되었어. 그래서 공은 자기 평생의 충위(忠義)가 물거품이 되니까 눈물을 흘리며 바다에 투신하게 된 거야. 이따가 주는 테이프에 다 있으니까 천천히 잘 들어봐.

2005년 6월 3일, 서울시 중구 만리동 1가 53-8, 김춘제(金春濟,63), 김현주 조사.

병조판서공 김덕재(金德載)

조사자가 서울시 중구 만리동 소재 경주김씨종친회 사무실을 찾아가 그곳의 임원으로 있는 구연자를 만나 들었다.

이 분은 경주사람이니까 신라의 경순왕 15대손이야. 정헌대부에 병조판서를 지내셨어. 이 분은 임금님 앞에서 소신을 말하여 임금의 뜻을 거스르게 된 거야. 그래서 장평으로 귀양살이를 갔는데, 10년 넘게 그런 귀양살이를 했으니 얼마나 외롭고 고향생각이 나겠어. 너도 집 떠나 있으면 집이 그립지? 그렇게 10년을 살아봐. 그렇게 외롭게 지내시면서 시도 짓고 홀로 평생을 지내시다가 끝내 죄를 용서받지 못하고 정(장)평 집에서 돌아가셨어. 그래서 조정에서 지사를 보내서 장례를 지냈다 이거야.

2005년 6월 3일, 서울시 중구 만리동 1가 53-8, 김춘제(金濟,63), 김현주 조사.

고려의 충신 김자수(金子粹)

조사자의 외할아버지인 구연자가 어렸을 적에 작은아버지로부터 들었다고 하였다.

(할아버지, 조상님들에 대해 할아버지께 듣고 쓰는 과제가 있는데요.) 숙제 뭐~ 그런 거니? (네. 조상님들에 대해 얘기해 주세요.) 그래. 너 고려의 충신 김자수라는 분 알고 있니? (아니요. 잘 모르겠는데, 그 분에 대해 말씀해 주세요.) 그래. 이 분은 고려의 충신이신데, 고려가 망하자 자결을 한 분이시지. 우리 상촌공파의 바로 조상님이시란다. (아, 그렇구나.) 그리고 이 분은 효자로도 유명한 분이시란다. 왜, 옛날에는 부모님이 돌아가셨을 때 묘 옆에서 살고 그랬던 거 알지? (네, 옛날에는 부모님이 돌아가시면 묘 옆에서 몇 년간 살았었다고 배웠던 것 같아요.) 이 분은 어머니가 돌아가시자 3년 동안이나 묘 옆에서 사셨다고 한단다. 말이 3년이지, 3년이 얼마나 긴 시간이니? 게다가 벼슬자리도 버리셨다고 하더구나. (우와, 3년이나요?) 그래. 3년 효자비도 있다고 하는데, 어디에 있는지는 잘 모르겠구나. (효자비까지요?) 이런 거 말하면 되는 거니? (네, 감사해요.)

2005년 5월 2일, 서울시 성동구 자양동 외할아버지댁, 김구환(金玖奐,72), 이수지 조사.

김알지(金閼智)

조사자의 외할아버지인 구연자가 어렸을 적에 작은아버지로부터 들었다고 하였다.

수지, '김알지'라고 아니? (그럼요. 신라를 건국하신 분이잖아요. 작년에 학교에서 학술답사 가서 제가 이 김알지 신화를 가지고 연극도 했는걸요. 그때 제 대사가 아직도 기억나요. 알지 거서간…) 하하하하. 요즘 대학교에서는 그런 것도 하니? 재미있었겠구나. 그 분이 우리 경주김씨 시조이시란다. (아, 그렇구나. 그건 또 몰랐네요.) 연극도 했다니 그럼 잘 알겠구나, 김알지에 대해서. (작년에 기억이 가물가물한데 신화는 기억이 나요. 그럼 김알지가 1대 왕인 건가요?) 연극도 했다면서 그걸 몰라? 김알지가 1대 왕은 아니고, 그 후손이 왕이 된 거지. (아, 그렇군요) 그래. 그럼, 김알지 신화에 대해서 말해 봐라. (네? 제가요? 닭 우는소리가 들려서 가봤더니 궤가 나무에 걸려 있어서, 궤를 가져와 열어보니 아이가 나왔는데, 그 아이가 알지라는 이야기 아닌가요?) 그래. 이 분이 우리 경주김씨 시조이시란다.

2005년 5월 8일, 서울시 성동구 자양동 외할아버지댁, 김구환(金玖奐,72), 이수지 조사.

경주김씨와 김알지

조사자의 외할아버지인 구연자가 알고 있던 이야기라고 하였다.

우리나라에 김씨라 하면은 경주김씨와 김해김씨라고 보면 돼. 가락국의 수로왕을 시조로 하는 김해김씨계가 있고, 신라시대의 그 김알지라고 하는 사람, 그 사람을 시조로 하는 경주김씨가 있어. 우리는 경주김씨인데, 경주김씨계의 원조인, 그니까 시조인 김알지는 금궤에서 나왔다고, 금궤짝에서 나왔어. 그래서 그 때 신라 왕인 탈해왕이가 말야, 금궤서 나왔다 해서, 김, 그러니까 쇠금(金), 이렇게 지은 거야, 성을. 그래서 시조지 뭐. 그래서 우리가 경주김씨이고.

2005년 6월 6일, 대전광역시 외할아버지 댁, 김기주(金基柱,80), 한송이 조사.

김알지 설화

그게 이제 탈해왕 때 얘긴데, 어떤 사람이 산속을 거닐다가 저 쪽에 나무 끝에 번쩍이는 걸 본 거야. 그래, 이상하게 여기 그럴 만한 게 없는데 하고, 가까이 가보니까 글쎄 생긴 건 알인데 반짝거리는, 커다란, 이제 알 같은 게 있던 게지. 그래, 이 사람이 기이하게 여겨 왕에게 고해서, 이제 같이 확인을 하러 갔는데, 이게, 진짜 커다란 달걀이 딱 앞에 있는 거야. 그래, 왕이 '이건 나라의 상조다.' 하고 있는데, 며칠 뒤에 거기서 사람이 태어난 거야. 그래, 왕이 '이건 필시 하늘에서 내려주신 아이다.' 하여 그 아이를 데려다 키우고 나중엔 벼슬까지 주게 된 거야. 근데 여기서 김알지라는 이름은 이제 임금님이 지어 주신 건데, 그 아이가 태어난 형상을 보고, 반짝이는 금알에서 태어난 자라 하여 쇠금(金)자 해서 김알지 라고 붙여 주신 거야.

2005년 6월 2일, 경기도 김포시 감정동 나진교 마을 할아버지댁, 김기열, 김대호 조사.

신라 김씨 시조 설화

조사자의 아버지인 구연자가 어렸을 적에 할머니(증조할머니)에게 들은 이야기라고 하였다.

증조할머니가 신라 김씨신 거는 알지? (네.) 아빠가 어릴 때 증조할머니께서 해주신 이야기야. 신라 때 경주 동쪽 하늘에서 빛이 나는 꽃버섯 같은 구름이 피어났어. 우리가 저번에 경주서 간 계림 기억나지? 계림에서 기이한 울음소리가 나고, 소나무 숲 위로는 오색구름이 빛나고 있었어. 왕이 딱 이 모습을 보니 희한하고, 뭔가 심상치 않은 거야. 그래서 신하보고 가보라 했지. 그 신하가 오더니 계림 숲속 큰 소나무 가지에 금궤가 달려있고, 그 밑에 흰 수탉 한 마리가 청아하니 울고 있다는 거야. 왕이 그 소리를 듣고 금궤를 딱 열었는데 그 속에 아이가 들어있었지. 왕이 이를 비범한 일이라 생각했고, 하늘이 내린 귀인이라 생각해 정성들여 길렀는데 이 아이가 김알지공이야. 금궤에서 태어났으니 김(金)가라 하고, 이름을 알지라 하니 이 사람이 신라 김씨의 시조인 김알지이시다.

2006년 6월 4일, 서울시 강서구 염창동 우리 집 거실, 조영석(曺永奭,55), 조민경 조사.

김씨의 시조 김알지

조사자의 아버지인 구연자가 예전에 들은 기억을 더듬어 말하였다.

옛날에, 실라? 아니 신라? 뭐 하여튼 거기에 딱하니 해가 비추는 거야. 근데 거기를 가보니까, 그 숲에 애가 있는 거야. 뭐? 금궤? 아, 그래?

잘 아는구만, 왜 묻냐? 어. 그래그래. 알았어. 하여튼 그 애가 있는데, 딱 애를 드니까, 애가 잘 생기고 후광이 비추면서 막 그런 거야. 주변에 동물들이 막 모여 들고, 하여튼 애를 막 잘 해주는 거야. 그래서 애를 데리구 와서 이름을 김알지라고 짓고, 그 애가 신라의 왕이 된 거지. 하여튼 김씨는 왕의 자손이다. 끝. 더는 모른다.

2007년 6월 9일, 경기도 군포시 금정동 우리집, 김병구(金丙九, 58), 김현성 조사.

신라 56대 경순왕

조사자의 큰아버지인 구연자가 예전에 집안 어른들에게 들은 이야기 라고 하였다.

허허! 참. 그런 건 나도 잘 모르지. 기껏해야 내 증조할아버지가 문관을 지내신 것밖에 몰러. 허허! 참. 그랴. 현성아! 우리가 경주김씨는 맞는데, 그 중에서도 계림군파야, 그건 알어? 근데 경주김씨가 원래 경순왕의 자손이란 말이다. 그 양반이 거, 신란가? 거기 마지막 왕인가. 뭐 하여튼 그런 분인데, 그 분이 참 불쌍한 분이여. 그 왕건이 있잖아? 걔가 만든 나라가 뭐지? 어어어, 그려, 그려, 고려. 고려가 만들어질 때 그 견훤이가, 애가 백제지? 어어어. 걔가 원래 경순왕을 뭐하다가 살려줬어. 근데 견훤 이 경순왕을 뒤에 업고 뭘 할려다가, 애들이 "견훤이가 좀 무섭다." 어! 그러니까, "그럼 왕건이랑 손을 잡자!" 뭐 이런 거야. 그래서 고려가 신라 를 망하게 하고, 그래서 경순왕이 항복했다. 그리고 뭐, 그 왕건이 딸이랑 결혼을 했나? 뭐 하여간 그러고선 신라가 망했지. 그리곤 뭐 어떻게 살았는지 잘 모르것다.

2007년 6월 15일, 충남 서천군 기산면 월기리 큰아버지댁, 김병기(64), 김현성 조사.

경주김씨의 유래

조사자의 아버지인 구연자가 아버지로부터 들었다고 하였다.

경주김씨의 유래로 말하자면, 경주는 경상북도 남동부에 위치하는 지명으로 기원전 오십칠 년 이곳에 육촌이 연합해서 고대국가를 형성하였지. (우와! 기원전 오십칠 년이요? 정말 고대였네요!) 또한 국호를 서라벌이라 하고 수도를 금성이라 하였어. (금성이 결국 신라가 되었겠군요.) 그렇지. 근데 잘 들어보렴. 서기 육십오 년경에는 시림에서 김씨의 시조 김알지가 탄생하였고, 국호를 계림으로 고쳤단다. 그러다 삼백칠 년여쯤인가, 신라로 바뀌었지. 신라 마지막 임금인 경순왕이 손위하자 처음으로 경주라는 명칭이 생겼단다. (아! 지금의 경주가 이렇게 된 거군요.)

2008년 5월 26일, 경기도 성남시 성남동 우리집, 김승수(金承洙,48), 김시현 조사.

경주김씨 가문의 가훈

조사자의 아버지인 구연자가 아버지로부터 들었다고 하였다.

　(아빠, 우리 집의 가훈은 정직이잖아요. 그럼 경주김씨 가문의 가훈은 뭐예요?) 경주김씨 가문의 가훈을 말하자면, 세상에 큰 용맹을 가진 사람이 있으니, '그는 헐뜯어도 노여워하지 않고, 덤벼들어도 놀라지 않고, 욕을 하여도 편찮아하지 않는다.'가 가장 중요하고. 대체로 용맹스런 사람은 의로운 일을 행하는데 용감한 것이야. 그러므로 분하고 성나는 생각을 마음속에 넣어두지 아니하고, 다만 그런 점을 보아도 온공한 태도를 취할 따름이지. 관후하고 포용력이 있어야 돼. 마음가짐이 평탄하여 능히 마음이 너그럽고 큼으로써 남을 건져 주기도 해야 한단다.(음, 그렇군요. 저는 이 부분이 가장 마음에 와 닿아요.) 또한 '평생에 마음의 과실을 말하지 말고, 세상에서 말하는 헐어서 꾸짖음과 칭찬함과 얻고 잃음과 영광과 치욕과 재앙과 복을 일체 도외시하라.' 이것이 우리 경주김씨 가문의 가훈인 거지.(정말 좋은 말들이네요. 꼭 마음속에 간직하고 지금부터 실천 할게요.)

　　2008년 5월 26일, 경기도 성남시 성남동 우리집, 김승수(金承洙,48), 김시현 조사.

대보공 알지의 탄생설화

조사자의 아버지인 구연자가 아버지로부터 들었다고 하였다.

　(아빠, 아까 김씨 가문 유래 말해주셨을 때 김알지라는 인물이 나왔는데, 그 인물에 대한 이야기는 없나요?) 김알지? 있고말고. 옛날 서기 육십오 년경인가? 왕이 밤에 금성 서편 시림 숲 사이에서 닭 우는 소리를 들었다고 해. 새벽에 호공을 보내어 살펴보게 하였더니, 거기 나뭇가지에

금빛 나는 작은 궤가 걸려 있고, 그 밑에 흰 닭이 울고 있었단다. 그리고나서 호공이 돌아와 그대로 고하자, 왕이 사람을 보내어 그 궤를 가져다 열어 보니 그 속에 조그만 사내아이가 들어 있는데, 그 외모가 출중하였다고 해.(외모가 뛰어났다는 뜻이죠?) 그렇지. 왕이 기뻐하여 좌우에 일러 말하기를, '이는 하늘이 나에게 아들을 준 것이 아니냐?' 하고 거두어 기르기 시작했어. 차차 자란 후에 총명하고 지략이 많으니 이름을 '알지'라 하고, 금궤에서 나왔다 하여 성을 김이라 하고, 또 시림을 고쳐 계림이라 하여 국호를 삼았단다. 삼국사기에 나와 있기를, '호공이 밤에 월성 서리를 가는데 크고 밝은 빛이 시림의 하늘로부터 땅에 뻗치어 그 구름 속에 황금색의 궤가 나뭇가지에 걸려있는 것을 보았다.'고 해. (우와! 정말 신기한 일이네요!) 그 큰 광명은 궤 속에서 나오고 있었는데, 흰 닭이 나무 밑에서 울고 있었대. 이 모양을 보고 호공이 이것을 그대로 왕에게 아뢰었는데 왕이 친히 숲에 나가서 그 궤를 열어 보니 사내아이가 있었는데 누워 있다가 곧 일어났어. 이것은 마치 혁거세의 고사와 같으므로 그 아이를 '알지' 라 이름 하였단다. (정말 제가 알고 있던 혁거세의 탄생과 비슷하네요.)

2008년 5월 26일, 경기도 성남시 성남동 우리집, 김승수(金承洙,48), 김시현 조사.

경주김씨 첫 임금 미추왕

조사자의 아버지인 구연자가 아버지로부터 들었다고 하였다.

일대 미추왕의 이름은 미추인데, 그 당시는 아직 시법[4]이 시행되지 않았으므로 이름을 인하여 칭호를 삼았는데, 요를 요라 하고 순을 순이라고 했지. 그 선조가 알지이고, 알지가 세한을 낳고, 세한이 아도를 낳았으며, 아도는 수유를 낳고, 수유는 욱보를 낳았으며, 욱보는 구도를 낳고, 구도는 미추를 낳은 거지.(정말 낳고, 낳고, 낳기만 했네요. 하하하!) 어머니는 박씨였고, 갈문왕 이칠의 따님였어. 비는 광명부인 석씨였고, 조비왕의 따님이였단다. 그리고 아들이 없었는데 나라 사람들이 추대하여 임금으로 삼았지. 이것이 바로 김씨가 국왕이 된 시초인 거지. (특이하네요! 나라 사람들의 추대로 임금이 된 거는요.)

2008년 5월 26일, 경기도 성남시 성남동 우리집, 김승수(金承洙,48), 김시현 조사.

미추왕릉의 유래

조사자의 아버지인 구연자가 아버지로부터 들었다고 하였다.

(위에서 말한 미추왕에 릉이 있잖아요 그 유래를 아세요?) 음, 기억은 잘 안 나는데 말해주마. 유례왕 때에 이서국이 금성을 공격해 왔어. 우리 군사가 대항할 수 없었는데, 홀연히 이상한 군사가 와서 협조를 했고, 모두 입에 댓잎을 물고 있었으며 힘을 합하여 적을 돌파하였다고 해. (이건 뭐 어부지리네요.) 군사가 물러간 후 돌아간 곳을 알지 못했고, 다만 댓잎이 미추왕릉 앞에 쌓여 있었는데, 이에 왕이 음으로 도와 전공이 있었음을 알고는 그 능을 죽현릉 이라 불렀지. 또 죽장릉이라고도 불렀대. (죽현릉, 들어본 거 같은데.) 그리고 황남리는 곧 본전이 있는

---

4) 시법(諡法) : 왕이나 대신이 죽은 뒤 이름을 부여하는 제도.

곳인데, 뒤에 내려오면 능산의 지명이, 또한 연혁이 많았으므로 지금의 지명으로 된 거지. (아, 그랬군요.)

2008년 5월 26일, 경기도 성남시 성남동 우리집, 김승수(金承洙,48), 김시현 조사.

김알지 신화

조사자의 할아버지인 구연자가 친척들에게 듣기도 하고 책에서도 보았다고 하였다.

김알지에 대해서 설명해줄게 김알지가 누구인지는 잘 알지? 김알지는 탈해왕이 닭울음소리를 듣고 신하를 시켜서 가보게 했는데 금빛이 나는 함이 있다고 신하가 보고하니까 왕이 가서 열어보니까 고운 사내아이가 나왔데. 아이가 금함에서 나왔으니까 김씨라고 했을 거야. 근데 김알지의 의미에 대해서는 여러 설이 있긴 한데, 뭐 의미야 어쨌거나 김알지가 김씨 부족의 시조출현을 나타내 주는 거지.

2009년 4월 6일, 할아버지댁, 김태순(82), 김은아 조사.

선덕여왕

조사자의 아버지인 구연자가 어렸을 때 고모에게 들었다고 하였다.

요즘 한창 드라마로 나오고 있지. 선덕여왕이 신라 이십칠 대 왕인데

성이 김이야. 몰랐었지? 진평왕의 맏딸이고 우리나라 최초의 여자왕이지. 아, 그리고 어머니는 마야부인 김씨고. 진평왕이 후사가 없이 죽으니까 백성들이 진평왕의 맏딸을 왕으로 받아들여서 왕위를 계승했지. 음, 했던 일은 육백사십 년대쯤일 거야. 고구려가 칠중성을 공격하니까 후퇴하고 의자왕에게 여러 성을 뺏겼지. 여왕은 이것을 당나라에 말하고 김춘추를 고구려에 보내서 구원을 요청했는데 실패 했어. 그리고 조금 지나고 고구려랑 백제가 침입하는 것을 당나라에 호소하고 원군을 간청하고, 김유신이 백제에게 빼앗긴 성을 회복하게 했는데 조금 지나고 또 백제한테 일곱 성을 뺏겼지. 여왕은 신병으로 죽었고. 그래도 내정에서는 민생을 향상시키고 당나라의 문화를 수입하고 첨성대, 황룡사 등을 건립하는 업적을 남겼지.

2009년 4월 19일, 우리집, 김영복(52), 김은아 조사.

불국사와 석불사를 세운 김대성(金大城)

조사자의 작은아버지인 구연자가 어렸을 때 할아버지에게 들었다고 하였다.

김대성은 신라 경덕왕 때 정치가인데 전세랑 현세의 부모를 위해서 불국사와 석불사를 창건했어. 근데 여기랑 관련된 설화가 있는데, 김대성은 경주의 가난한 집 여자에게서 태어나서 부잣집에서 품팔이를 했어. 하루는 '하나를 보시하면 만 배의 이익을 얻는다.'는 스님의 말을 듣고서 그동안 품팔이하여 마련한 밭을 시주하고 얼마 뒤에 죽었는데, 죽은 날 밤에 김문량의 집에 다시 태어나서 전세의 어머니 경조도 모셔다 살았어. 또 김대성이 사냥을 좋아했는데, 어느 날 사냥 중에 곰을 잡고 잠을 자는데 꿈에 곰이 귀신으로 변해서 자기를 죽인 것을 원망하고 환생해서 대성을 잡아먹겠다고 위협을 했다는 거야. 그래서 대성이 용서를 청하니까 곰이 자기를 위해서 절을 지어줄 것을 부탁했대. 그래서 김대성이 잠에서 깨고 나서 사냥을 중단하고 불교의 가르침을 따랐대. 그리고 현세의 부모를 위해서 불국사를 새우고 전세의 부모를 위해서 석불사를 세웠다고 해. 이 설화는 현재 사람들의 상태가 한결 같이 과거에 했던 행동의 결과라는 거야. 이건 내세보다 좋은 삶을 위한 현세의 착한 행동을 고취시키려는 것이지.

2009년 4월 27일, 작은아버지댁, 김영택(49), 김은아 조사.

경주김씨의 유래

구연자가 먼 친척에게 들었다고 하였다.

나는 경주김씨가 어떻게 나오게 되었는지 설명해 줄게. 경주김씨는 신라왕실의 삼성 박, 석, 김 가운데 하나야. 시조 김알지의 칠 세손인 미추왕이 왕위에 오르게 되고, 그리고 신라 마지막왕인 경순왕이 고려 태조 왕건한테 나라를 빼앗기기까지 삼십팔 명이 왕위를 계승했어. 꽤 많지? 경주김씨는 경순왕의 아들 구 형제 중에서 셋째아들 영분공이랑 넷째 아들 대안군이 계통에서 대표적이야 지금은 크게 다섯 파로 갈라지고 후대로 내려오면서 십구 개의 지파가 생겨났지. 그 후에 후손들이

번성함에 따라 현달한 인물이나 살고 있는 지역을 중심으로 분관되어
나갔어.

2009년 4월 27일, 작은아버지댁, 김영택(49), 김은아 조사.

태종 무열왕

조사자의 아버지인 구연자가 친척들에게 듣기도 하고 책에서도 보았
다고 하였다.

그럼, 우리 경주김씨의 왕에 대해서 하나 더 말해줄게. 신라왕인데,
태종무열왕 알지? 웅변에 능하고 외교적 수완이 뛰어난 분이지. 사신으
로 일본이랑 당나라에 다녀왔고, 특히 당나라에서 여러 차례 왕래하면서
외교적 성과를 거두고 군사원조까지 약속 받아서 삼국통일의 토대를 닦
았지. 연대는 잘 생각이 나지 않지만, 육백오십 년대일 거야. 진덕여왕이
죽자 군신들의 추대를 받고 즉위했지. 신라 최초의 진골출신 왕이고, 즉
위 후에 왕권을 강화하고 당나라와 계속 친교를 맺었고, 깊은 신뢰를
얻었지. 그리고 나중에는 당나라에 청원하여 당나라가 백제 정벌의 대군
을 파견하니까 왕자 법민이랑 김유신에게 오 만의 군사를 주고 당나라
군사와 연합해서 백제를 멸망시켰지. 또, 김유신의 매부가 됨으로써 경주
김씨 왕실과 김해김씨가 결합을 이루었지. 그의 직계자손 팔대가 계속됨
으로써 백이십 년 동안 정치의 황금기를 맞았단다.

2009년 5월 10일, 우리집, 김영복(52), 김은아 조사.

마의태자의 이름

조사자의 어머니인 구연자가 어렸을 적 아버지(외할아버지)로부터 들은 이야기라고 하였다.

아유, 이건 뭐 유명하고 대단한 이야기는 아니고, 너희 할아버지한테 들은 얘기인데, 너 마의태자라고 들어봤니? (마의태자요? 그, 이광수님 장편소설 제목 아니야? 마의태자. 흐흐, 들어본 것 같은데.) 에히. 그러니까 마의태자는 신라 마지막 왕인 그, 그, 경, 경순왕. 응, 경순왕의 아들이야. 왕 이름 기억하기도 가물가물허다. (웃음) 아무튼 그 경순왕이 엄마 경주김씨의 조상님이시거든? 그럼 마의태자도 경주김씨의 자손이 되는 거지. 근데 그 경순왕 때 신라는 매우 위태로운 상황이었는데, 그래서 결국 왕은 고려에 항복하기로 했어. 그때가 고려의 왕건, 또 백제의 견훤이 크게 세력을 떨칠 때였거든. 근데 경순왕의 아들인 마의태자가 '이 나라가 존재하고 망하는데 천명이 있는 법인데, 어떻게 힘을 모아 싸우지 않고 항복할 수 있느냐?'하고 또 나라를 가볍게 넘길 수는 없는 법이니까. 그러면서 '아버지의 그 선택을 받아들일 수 없다!' 하면서 반대를 하였지. 그치만 경순왕은 '더 이상 죄 없는 백성들을 죽일 수 없다.'하면서 결국 고려에 항복을 해버렸어. 그랬더니 경순왕의 태자는 통곡하면서 아버지와 이별을 하고 금강산으로 들어가 버렸어. 그가 보기엔 또 애써서 지키려는 노력도 없이 나라가 홀랑 넘어 갔다고 생각해서 그랬을지도 모르지. 그래서 그 태자는 금강산에 들어가 베옷을 입고, 풀을 뜯어 먹으면서 살다가 일생을 마쳤지 뭐. 한 마디로 비운의 왕자라고 할 수 있겠지? (아, 불쌍하다.) 그래서, 그 태자가 삼베옷을 입고 죽었다 해서 삼베 할 때 삼 마(麻)자를 써서 마의태자라고 불리게 된 거야. 허허, 마의태자란 이름에 좀 슬픈 이야기가 담겨있지?

이야기 끝났어.

2009년 5월 23일, 경기도 고양시 덕양구 우리집, 김이경(金利卿,51), 박민지 조사.

김알지 탄생담

구연자가 어렸을 적 가문의 시조에 대해 조사를 하면서 알게 되었다고 하였다.

응, 그래, 엄마는, 지금 녹음 계속되고 있는 거지? 아휴, 또 해줄 만한 이야기가 뭐가 있을까. (엄마 괜찮아, 계속해줘.) 엄마는, 엄마가 경주김 씨잖아. (응.) 그럼 경주김씨 시조인 김알지에 관한 이야기를 말해줄게. 유명한 탄생 설화라 너도 아마 알 텐데, 그치? (응, 많이 듣긴 들었는데, 그래도 괜찮으니까 들려줘요.) 음, 옛날 옛날에 시림이라는 숲이 있었는 데, 그 숲 사이에서 닭이 우는 소리가 나는 거야. 그래서 왕이 그 소리를 듣고 신하를 보내 '살펴보라.' 했어. 그래서 그 신하가 날이 밝고 가보니까, 글쎄 그 숲속에서는 신기하게도 자주색 빛깔의 구름이 땅에 뻗혀 있는 거야. 그래서 그 구름 속을 살펴보니 금색의 작은 상자가 나뭇가지에 걸려 있었어. 그리고 그 밑에는 하얀 닭이 꼬꼬댁~ 하면서 울고 있었지. 신하가 그 상자를 열어보니까 글쎄, 갓난아기가 있는 거야! (아!) 그리고 사람들은 그 아이가 하늘에서 내려준 아이라고 생각하고 거두어 길렀어. 너도 알다시피 그 아기가 김알지야. 근데 아이가 금색 상자에서 나왔다고 성을 금(金)씨라 짓고, 그때 알지란 뜻이 아기란 뜻이었대. 그래서 거기서 따와서 김알지가 된 거구, 알지? (응. 헤헤.) 또 그, 시림이라는 숲도 닭의

알로부터 김알지가 태어났다고 해서 닭 계(鷄)자를 써서 시림을 계림으로 고쳤어. 그렇게 김알지가 탄생한 거야. 흐흐. 끝. 녹음 됐어?

2009년 5월 23일, 경기도 고양시 덕양구 우리집, 김이경(金利卿,51), 박민지 조사.

07
광산김씨

직방재 김보원(金輔元)장군

구연자는 조사자의 큰아버지로, 어렸을 적 돌아가신 할아버지에게 들
은 이야기라고 하였다.

김보원이란 사람은 임진왜란 당시 의병장이었단다. 진주성 촉석루에
서 왜적과 싸우다가 전세가 어려워지자 자신이 입고 있던 옷을 찢은
후, 혈서를 써서 자기가 아끼는 말의 갈기에 매달아 "네가 비록 미물이
지만 어미를 안다면 이 편지를 집으로 가져가라."라는 말을 하고 집으
로 보냈지.

한편 고향에 있던 그의 부인 성씨는 그날 밤 괴이한 꿈을 꾸었단다.
꿈에 남편이 피를 묻힌 채, 손을 흔들며 용을 타고 하늘을 훨훨 날아가는
꿈이었지. 성씨 부인은 불길한 마음에 정화수를 떠놓고 남편의 무사함을
비는데, 때마침 남편의 애마가 힘없이 혼자 집으로 들어오고 있는 모습을
발견하고 남편의 죽음을 직감해서 애마를 붙들고 한없이 울었단다.

　한참을 애마를 붙들고 울고 있는데 말갈기 속의 편지가 손에 잡히는 거야. 편지의 내용은 '일개 한 선비로서 천리나 되는 곳에서 의에 따라 죽으니 죽어 한이 있을까?'라는 내용이었지.

　부인은 남편을 따라 죽을 작정을 한 후, 남편의 시체만이라도 찾자는 생각을 가지고 남장을 하고 진주성으로 향했지. 그러나 산속을 헤매다 도둑까지 만나게 되었어. 보따리까지 잃게 되자 부인은 남편의 이름과 전사한 이야기, 시체를 찾아간다는 말을 했지. 이 말을 들은 도둑도 당시 김 장군의 명성을 알고 자신의 무례한 행동을 사과하며 진주성까지 동행하여 김 장군의 시체까지 찾아주었지. 부인은 김 장군의 시체를 찾아서 장례를 치르고 김 장군을 따라 목숨을 끊었다고 하는구나.

　그 후, 광산김씨 일문은 김 장군과 부인의 넋을 위로하기 위해 충, 효, 열 삼강비를 세워 두 부부를 기리고 있단다.

2004년 5월 6일, 경기도 안양시 한림대병원, 김재성(金在成,65세), 김율희 조사.

참판 김명헌(金命獻)

　구연자는 조사자의 큰아버지로, 어렸을 적 돌아가신 할아버지에게 들은 이야기라고 하였다.

　조선 숙종 임금 때, 인물 좋고 학력이 뛰어난 김명헌이라는 사람이 살았단다. 과거를 보려고 여러 차례 시도 했지만 과거를 보는 족족 낙방을 하고 말았단다. 낙방을 했지만 김 참판은 끝까지 뜻을 굽히지 않았단다. 우리는 여기서 광산김씨의 끝없는 열의와 포기하지 않는 정신을 배워야 해. 아홉 번 낙방을 하고 열 번째 과거를 봤을 때 김 참판의 나이는 여든한 살이었다고 한다. 팔순 노인인 김 참판은 창창한 젊은이들과 시지를 놓고 율시를 썼다. 그중 한 구절이 "신년(身年)은 구구(九九)요. 낙방(落榜)은 삼삼(三三)이라." 즉 나이 여든한 살에 낙방은 아홉 번이라는 말이다. 이 시를 받아본 관리자는 자리 밑에 따로 김 참판의 시지를 놓고 과거가 끝난 후 크게 한탄을 했지. 이 늙은 선비는 아홉 번이나 낙방했지만, 글재주는 필시 매번 급제했지만 안타깝게도 매번 급제를 빼앗겼던 것이지. 사실 김 참판은 매번 급제를 했지만 그것을 감독하는 관리관들이 뇌물을 먹고 다른 사람의 것과 바꾸었던 것이란다. 이를 알게 된 감독관이 이런 일을 방지하지 위해서 김 참판에게 영수증을 써주었어. 영수증을 받고 고향을 돌아온 김 참판은 이번 급제를 장담하고 있었지. 그러나 김 참판은 집에 돌아와 병을 얻어 자리에 눕게 되었지. 병은 점점 깊어만 갔고 김 참판은 스스로 죽음이 가까워져 오는 것을 느꼈고. 일생의 소원이었던 과거급제를 못한 것에 대해 탄식을 했단다. 며칠 후, 결국 김 참판은 결국 싸늘하게 죽고 말았고, 입관식이 끝나자 김 참판의 집으로 관원이 찾아왔지. 이러저러한 순서를 거치다 보니 늦게 과거급제 소식을 전하게 된 것이지. 김 참판의 관 위에 과거급제 교지를 올려놓자 관이 떨리고 교지가 방바닥에 떨어졌다고 하는구나. 자리에 있던 사람들은 결국 눈물을 흘리고 말았단다.

2004년 5월 6일, 경기도 안양시 한림대병원, 김재성(金在成,65세), 김율희 조사.

남편 따라 죽은 열녀김씨

구연자는 조사자의 큰아버지로, 어렸을 적 돌아가신 할아버지에게 들은 이야기라고 하였다.

일제 초기에 장덕산이라는 이름을 가진 사내가 살고 있었단다. 장덕산은 이웃동네에 사는 광산김씨네 한 처자와 결혼을 하여 단란한 가정을 꾸리며 행복하게 살고 있었지. 그런데 호사다마라고 했던가. 이 집에 병마가 찾아들어 덕산이 자리에 눕고 말았지. 김씨는 남편 간호에 온 정성을 다 했단다. 그렇게 십년의 세월이 흘렀지. 물론 병을 얻어 누워있는 사람도고역이겠지만 간호하는 사람의 심정은 어떠하며, 고생이 병자 이상이라는 것은 말로 다 할 수 없는 거 알지? 그러나 김씨는 요즘의 너희와는 달리 눈살을 찌푸리거나 불평 한마디 없이 십년을 하루처럼 버텼단다.

그러나 김씨의 이런 정성에도 남편은 죽고 말았지. 이들 부부에게는 자식도 없었어. 남편이 죽자 김씨는 식음을 전폐다가 결국 남편의 시체 옆에 나란히 누워 죽고 말았어.

요즘과 달리 돈독한 부부의 정을 느낄 수 있는 이야기이며, 너희들 또래들은 그다지 공감을 느끼지 못할 수도 있겠구나.

2004년 5월 6일, 경기도 안양시 한림대병원, 김재성(金在成,65세), 김율희 조사.

금 다리 유래

구연자는 조사자의 할머니로, 돌아가신 할아버지에게 들었다고 하였다.

　　이 이야기에 나오는 다리는 지금도 전남 광주시에 있단다. 지금은 광주 시민들의 여름철 휴식처가 되었지만 이 다리에는 다음과 같은 유래가 전해져 오고 있단다. 충장공 김덕령 장군의 작은할아버지인 사촌공 김윤제(金允悌)가 이곳 북촌에서 만석군 부자로 살고 있었지. 그 북촌에서 건너편 지실의 식영정으로 자주 왕래를 했고. 그러나 다리가 없어 물을 건너다니고 어떨 때는 조그만 징검다리가 너무 불편했었다더구나. 생각 끝에 많은 돈을 들여 다리를 돌로 만들고 돌을 아주 깨끗하고 정갈하게 다듬어 놓았다더구나. 그런데 얼마 후 이 일이 조정에까지 알려지게 되었 단다. 김윤제가 돈이 많아 다리를 황금으로 만들어 놓고 걸어 다닌다는 헛소문이 퍼지게 된 것이지. 조정에서 현지로 검사를 나와 보았지만 사실 과 달랐어. 김윤제를 시기하는 사람들의 모략이었던 것이었지. 그러나 김윤제는 다리를 헐고 그 돌들로 밑의 강남보를 막아 주민들의 가뭄 걱정 없이 농사를 짓게 해주었다고 하는구나. 이리하여 결국 금 다리는 조그마 한 징검다리로 되고 말았지. 다시 서민의 다리가 되었던 것이고. 이런 연유로 지금의 금 다리라는 이름이 생겨난 것이란다.

2004년 5월 11일, 경기도 안산시 와동, 조남순(趙男巡,80), 김율희 조사.

김덕령(金德齡)의 태몽

　　구연자는 조사자의 할머니로, 돌아가신 할아버지에게 들었다고 하 였다.

　　충효리라는 마을에 우리 광산김씨가 많이 살고 있었어. 이 마을에 김붕섭(金鵬燮)이란 광산김씨의 아낙인 남평반씨가 길쌈을 하는 아낙네들의 이야기를 듣다가 스르르 잠이 들었지. 그런데 꿈에 느닷없이 큰 범이 나오더라는 거야. 그리고는 반씨의 품안으로 들어와 안기더라는 거지. 부인은 조금의 두려움도 없이 범을 쓰다듬었어. 범 또한 물지도 않고 마치 고양이 같았다더구나. 꿈에서 깨어나 아무리 생각해도 너무 이상한 꿈이었지. 그때 마치 문이 열리면서 남편이 들어왔지. 남편이 들어오자 부인은 꿈 이야기를 남편에게 전했지. 그러나 김씨가 하는 말이 "허, 이 집안에 장군 나겠구먼."이었어. 그로부터 얼마 후 반씨 부인은 하품을 쏟게 되었고 몸이 피로해진데다 입맛도 시원치 않았지. 호랑이 꿈을 생각하며 반씨 부인은 몸을 정결히 하고 음식을 가리는 한편, 종들에게도 말조심을 시키는 한편 범절에 마음을 쏟았지. 몇 달 후, 반씨 부인이 드디어 사내아이를 낳았는데 이때 닭이 홰를 치면서 새벽을 알렸다더구나. 붕섭 어른께 출산소식을 전하기 위해 하인이 사당채로 갔는데 그 하인은 질겁을 하고 말았단다. 범 두 마리가 뜨락에 웅크리고 있었기 때문이지. 질겁한 소리에 나온 붕섭 어른과 사람들 또한 호랑이를 보고 놀라고 말았지. 그런데 괴이한 것이 호랑이들의 행동이었어. 이내 어슬렁, 어슬렁거리더니 뒷산으로 올라가는 것이 아닌가. 이를 본 붕섭 어른의 말이 "산신령이 내 집에 산고가 있다는 것을 아시고 무사한가 지켜보도록 호랑이를 내려 보내신 게 틀림없소."였다는 게지. 과연 호랑이는 집안의 개, 돼지. 닭 따위 가축을 한 마리도 해치지 않고 사라진 것이었단다.

2004년 5월 11일, 경기도 안산시 와동, 조남순(趙男巡,80), 김율희 조사.

삼효부 정려

구연자는 조사자의 할머니로, 돌아가신 할아버지에게 들었다고 하였다.

옛날에는 고부 갈등이다 뭐다 하면서 시어머니와 며느리 사이가 좋지 않았다는 것은 잘 알지? 요즘은 덜하다지만 아직까지도 여전하고. 그렇지만 우리 가문에는 자랑스럽게도 삼대에 걸친 효부들이 계시단다. 조선 명종대왕 때 일이라고 하는구나. 광산김씨 가문에 조상을 모신 사당이 있었지. 어느 날 조상들을 모신 사당에 원인 모를 불이 났다는구나. 활활 타오르는 불길을 바라보던 할머니가 신주 조상을 꺼내 오기 위해 타오르는 불길 속으로 들어가셨지. 그러나 사당 안으로 들어간 할머니는 시간이 지나도 나오지 않는 것이었어. 이때 자부가 시어머니를 구하고 위패를 꺼내기 위해 또 사당 안으로 들어갔지. 자부도 역시 밖으로 나오지 않았고. 이를 지켜본 손부도 뒤따라 들어갔으나 모두 불에 타 죽고 말았단다. 이러한 사실이 조정까지 알려지게 되었고 명종대왕이 열녀 효부들의 가문이라고 칭찬하고 정려를 내리셨지.

2004년 5월 11일, 경기도 안산시 와동, 조남순(趙男巡,80), 김율희 조사.

약속은 지켜야 하는 김항(金恒) 선생

구연자는 조사자의 할머니로, 돌아가신 할아버지에게 들었다고 하였다.

　김항 선생의 어릴 때 이름은 재일(在一)이었다. 태어난 곳은 물 맑고 산 좋은 정말 평화로운 마을이었지. 선생은 어릴 때부터 성격이 인자하여 또래들 사이에서도 마음씨 너그럽기로 이름이 나 있었단다. 또한 선생은 키가 크고 몸집에 우람했지만 담담히 웃는 웃음 속에는 따뜻한 정이 담겨져 있었고. 선생이 채 열 살도 안 되었을 때의 일이란다. 마을 친구들과 함께 어스름한 동구나무 밑에서 숨바꼭질을 하고 계셨지. 그날은 선생이 술래가 되어서 여러 친구들을 찾고 계셨지. 숨고 있는 친구들이 선생을 골탕 먹이기 위해 몰래 그냥 슬쩍 집으로 돌아가 버렸단다. 선생이 한참을 친구들을 찾아 헤맸지만 웬일인지 한 명도 보이지 않았지. 얼마 후 이미 친구들이 집으로 돌아가 버렸다는 것을 알게 된 선생은 괘씸하게 생각하고 집으로 돌아간 후 사흘이 지나도록 친구들을 만나도 본체만체 하셨지. 답답해진 친구들이 선생께 사과를 했고, 선생이 이때 하신 말씀은 "사람은 개나 돼지와 같은 동물들과는 달라 약속을 했으면 꼭 지켜야 돼. 숨바꼭질도 약속이야. 장난이라고 함부로 하면 안 된단 말야."였단다. 그 후, 친구들은 선생과의 약속을 어기는 일이 절대 없었다고 하는구나. 너도 선생의 말을 새기며 절대로 약속을 잊거나 어겨서는 안 돼.

　　　　　2004년 5월 11일, 경기도 안산시 와동, 조남순(趙男巡,80), 김율희 조사.

괴 범천총 김용우

　구연자는 조사자의 할머니로, 돌아가신 할아버지에게 들었다고 하였다.

　범천총은 광산김씨의 한 분으로서 이름은 용우이시단다. 대략 4백 년 전 구좌면 한동리'굴미왓'이라는 집터에서 살았고, 키가 8척 장신인데다 눈이 쌍동공이어서 성을 내어 눈을 치켜뜨면 마치 호랑이 눈 같아 건장한 사나이도 기절해 버렸다고 하는구나. 한동리의 옛 이름은 '괴'였고 천총 벼슬을 했기 때문에, 출생지, 눈의 특징, 벼슬을 한데 묶어 '괴 범천총'이라 부르게 된 것이지. 범천총의 눈은 과연 무서운 것이었다는구나. 나는 새도 눈을 치켜뜨면 떨어진다고 할 정도였단다. 그래서 범천총이 곡식을 널어 말릴 때 닭을 보는 일을 극히 조심하였다고 하는구나. 부인이 마당에 곡식을 널어놓고 잘 보도록 하고 나가면 범천총은 종일 눈을 감고 지내야 했어. 틈만 있으면 닭들은 곡식을 먹으러 달려드니, 범천총은 집안에 앉은 채 눈을 딱 감고 막대기만 까닥까닥하며 '후어! 후어!'하고 쫓는 것이었지. 정말 우스운 일이지만 만일 눈을 번쩍 뜨고 '후어!'해 버리면 닭들은 그 자리에서 곧 죽어 버릴 것이기 때문이었다는구나. 어느 해 이 소식을 들은 제주목사는 아무런들 그럴 리가 있겠느냐고 하며, "눈을 뜨면 나는 새가 다 죽는다 하니 말이 되느냐? 범천총을 이리 대령해라."고 했단다. 범천총은 목사 앞에 와 뵙는데, 꿇어 앉아 눈을 지그시 감았지. 그러자 제주목사 하는 말이, "이놈, 너 눈이나 터서(뜨고) 이와기(이야기) 허라." "예, 눈을 트면(뜨면) 성주님이 놀래카(놀랄까) 허연(해서) 눈을 못 틉니다." "허어, 이놈! 벨소릴 다 허네, 터 봐라." 하도 뜨라고 하니, 범천총은 번쩍 뜰까 하다가, 그러다 혹시 무슨 일이 생길까 하여 천천히 반쯤 떴지. 그러자 목사는, "감게! 감게!" 하며 황급히 손을 내저었다 하는구나.

　범천총의 처가는 성산면 난산리였단다. 당시 제주목사가 부임해 오면 순력하였는데 목사의 순력행차는 이만저만한 인원이 아니었지. 도로가 잘 뚫리지 않은 때였으므로 순력행차는 도로가 아닌, 밭의 지름길을 지나는 일이 많았고, 이 행차가 한 번 밭을 지나갔다 하면 밭의 작물은 완전히 운동장이 되어 버리곤 했었단다. 어느 날, 범천총이 처가에 갔더니, 장인이 '이제 순력이 온다는디, 금년 우리 밭농사는 다 허여 먹었저' 하며 크게 탄식하는 것이었어. "염려 마십서, 저가 강(가서) 막읍주(막지요)." 범천총은 순력행차가 오는 장인의 밭 어귀에 가 앉아 기다렸지. 목사 행차가 풍악을 울리며 밭 가까이 이르자, 범천총은 '음흠!' 하고 기침을 크게 한 번 하고 눈을 치켜떠서 일행을 쏘아보았던 게야. 그러자 기세가 등등하게 울려오던 행차가 이리저리 흩어지고 멀리로 돌아 지나갔다고 하는구나.

이 무렵에는 육지 도비상귀가 많이 다녔단다. 도비상귀란, 육지에서 온 행상인으로 일용잡화를 가지고 집집마다 돌아다니며 파는 것을 말하는 것이란다. 어느 날 범천총네 집에 도비상귀가 들어왔어. "홍성(흥정) 허시오." 제법 건방진 투의 소리였지. 범천총은 방에 앉은 채 대답했다. "살 거 엇수다(없습니다)." 방문도 열지 않고 대답하는 품이 좀 건방지게 생각됐던지, 도비상귀는 더욱 거칠게 "홍성허오." 하고 소리 질렀다는구나. 범천총은 화가 나서, "누구냐?"하며 눈을 치켜뜨고 문을 홱 열었고. 순간 도비상귀는 당장 기절하여 자빠져 버렸단다. 잠시 후 정신을 차린 도비상귀는 겁이 나서 바깥으로 내닫는데 대변이 보고 싶어졌지. 겁똥이 나오는 것이었단다. 급한 김에 도비상귀는 범천총네 집에서 조금 떨어지자, 한숨을 내쉬며 길가에 앉아 똥을 누었지. 범천총네 집에서 한길로 나오는 길목에는 쐐기풀이 무성해 있었단다. 쐐기풀이란, 손으로 잡으면 마치 벌이 쏘는 것처럼 쏘는 풀을 말하는 것이란다. 도비상귀는 변을 다 보자 닦을 것이 없으므로 쐐기풀을 한 줌 뜯어 뒤를 닦았다. 항문이 매우 아팠겠지. "에끼, 제주 놈 독허단 말만 들었더니, 풀까지 되게 독허구나."하며 허리띠를 졸라매었다 하는구나. 한동리는 범천총 때문에 덕도 많이 보았지만 손해도 본 셈이란다.

당시나 지금이나 한동리와 이웃 마을 행원리의 경계 바다에선 해조류

가 많이 났단다. 그러나 당시는 이 해조를 잘 거두어들이지 못했기 때문에 바다의 수입이 별로 없었지. 그런데 바다는 고마운 것이 못 될 정도가 아니라 귀찮은 것일 때가 많았고. 당시는 배라고는 커야 풍선이요, 따라서 파선이 되어 어부가 죽는 일이 다반사였지. 죽은 시체는 며칠 없이 바닷가에 떠올라 오는 것이었고. 그 시체를 거두어 매장하는 일은 그 바다를 소유하고 있는 마을의 책임이었단다. 이 일은 귀찮은 일 중에도 귀찮은 일이었다고 하는구나. 당시 행원리에 가까운 한동리 바다에 '쇠죽으니'라는 바다가 있었어. 이 바다는 꽤 넓어서 바람만 불었다 하면 시체가 몇 구씩 떠올라 왔단다. 한동리 사람들은 이 시체를 치우는 것이 고역이었지. 범천총은 이것을 해결하고자 했어. 하루는 행원 사람들을 불러다 놓고는, "일로 이렌(여기로부터, 여기는) 너네덜(너희들) 바당이니(바다이니) 끊어 앗아라(가져라)."하고 억지로 떼어 맡겼단다. 세력에 몰려서 행원 사람들은 말 한마디 못하고, 바다를 맡아 시체를 치우는 수밖에 없었지. 그래서 '쇠죽으니' 바다는 행원 바다가 되어 버렸는데, 오늘날은 여기의 해조류 수입만도 몇 백만 원이 된단다. 행원리 사람들은 정말 전화위복인 것이지.

　범천총은 귀신과도 말을 했던 사람이었다는구나. 당시 조천면 함덕리에는 큰 당이 있었다는구나. 이 당은 신이 세어서 그 앞을 지날 때는 누구나 말에서 내려 걸어야 했단다. 만일 그대로 지나다가는 말 발이 저절로 절게 되어 더 가지 못하였단다. 어느 날 범천총은 이 당 앞을 지나다가 말에서 내려가도록 권고를 받았지. 범천총은 "장부 행차에 그럴 리가 있겠느냐?"하고 말에 채찍을 놓아 그대로 달렸어. 이상하게도 금방 말발이 절름절름하고 절더니 더 가지 못하였지. 범천총은 심히 고약스럽게 생각했단다. 곧 동네에 들러서 그 당의 매인 심방을 불러들이라 했다. "너가 이 당을 매었느냐(이 당을 맡아 제의를 전담하고 있느냐)?" "예, 매어 있수다." "이 당에 귀신이 있느냐?" "예, 틀림없이 귀신이 있수다.” “그러면 내 돈을 줄 테이까 곧 출려서 굿을 쳐라. 굿을 쳐서 저 백맷기(큰 굿을 할 때 세우는 기)를 일어 세우민(세우면) 귀신이 있는 거고, 못 일어 세우민 귀신이 없는 거다.” 굿이 시작되었어. 한참 굿이 고조되어 가니 깃대가 석자 가량 달달 떨며 일어서 가다가는 푹 쓰러지곤 하는 것이었단다. “예끼! 어느 게 귀신이냐. 귀신이 없는 거다.” 범천총은 곧 장작을 모아 오라고 해서 당을 불 질러 버렸지. 그러고는 성 안에 가서 볼일 다 보고 밤에 한동리로 돌아오고 있었어. 밤은 깊어 자정이 가까웠지. 구좌면 김녕리 사굴 앞쯤에 오고 보니, 어떤 부인이 바구니를 옆에 끼고 앞에서 걸어가는 게 보였어. ‘어떤 부인이 이 깊은 밤중에 길을 가는고?’ 이렇게 생각하며 말에 채찍을 놓았지. 말을 달려 봐도 부인은 여전히 그 만큼의 거리를 유지하여 앞에서 걸어가는 것이었어. 아무리 달려 봐도 부인을 미칠 수가 없었다는구나. 그제야, 범천총은 ‘저것은 사람이 아니려니.’하는 생각이 들었어. 한동리를 거의 가니, 부인은 숨을 내쉬며 돌 위에 앉는 것이었지. 범천총도 말에서 내리고, “어디로 가는 부인인디 이 밤에 질행(여행)을 헙네까?” “가는 질(길)이나 가지, 들을 것 엇수다.” 부인은 자꾸 대답을 회피하는 것이었어. 범천총은 자꾸 다가서며 캐어물었지. 그제야 부인은 ‘범천총네 집에 찾아가는 길이라.’고 했다는구나. 범천총은 다시 그 이유를 자꾸 캐어물어 가니, 자기는 화덕진군이라 했어. 며칠 전 함덕리의 당을 불 질러 버리니, 당신이 옥황상제에게 축수를 하고, 옥황상제는 다시 나를 시켜 범천총네 집에 가 불을 놓으라 하기로 지금 가는 중이라는 것이었지. 범천총은 그 자리에 꿇어 엎드리어 몇 번이고 몇 번이고 용서를 빌었어. 만일 어려우면 가구만이라도 밖으로 내어 놓게 해 주십사고 애원을 한 것이었지. 그제야, 화덕진군은 머리를 끄덕였어. 범천총은 동네로 달려가며 “우리 집 가구를 내어달라.”고 연방 소리를 쳤단다. 동네 사람들이 꾸역꾸역 나오고, 범천총의 회치는 소리에 영문도 모르고 가구를 내어 놓았지. 문짝까지 다 뜯어내었어. 그래도 무슨 변이 일어나지 않았어. 그제야 범천총은 조금 마음이 가라앉았단다. 화덕진군이 지금 불을 놓으러 오는 중이라고 설명해 주었지. 그러나 기다려 봐도 들어오는 사람도 없고 불도 나지 않았단다. 초조히 기다리던 동네 사람들은 맥이 풀렸다. "어느 거 화덕진군이라?" 모두들 심심하여져서 담배나 피우려고 쌈지를 꺼냈지. 누군가가 먼저 부싯돌을 한 전 착 갈기고 손끝에서 불이 번쩍했지. 이게 웬일인가? 순간 집 네 귀에는 불이 번쩍 달라붙었단다. 삽시에 불길은 하늘에 오르고 범천총네 큰집 네 채가 순식간에 불길에 휩싸이는 것이었어. 이것을 본 동네 사람들은 불을 끄려고 달려들었지. 범천총은 가만히 앉은 채로, "불을 끼우지 말앙(끄지 말고) 놔 둬 주게."하고 말리었다고 하는구나.

2004년 5월 11일, 경기도 안산시 와동, 조남순(趙男巡,80), 김율희 조사.

지관 김귀천(金貴泉)

구연자는 조사자의 할머니로, 돌아가신 할아버지에게 들었다고 하였다.

약 삼백여년 전 이야기란다. 우리 광산김씨 중에 귀천이란 사람이 있었지. 어릴 적부터 학문에 힘써 풍수에는 신안이란 평이 자자했다고 하는구나. 김 지관은 지차 아들이었단다. 어느 해엔가 아버지 상을 만났지. 우선 임시 토롱을 해 놓았단다. 그러나 형제간에 아무도 장사 걱정을 하는 눈치가 없었지. 형은 '동생이 유명한 지관이니 묏자리를 보아 놓겠지.'하여 동생을 믿고, 또 동생은 '형님이 장자(長子)이니 걱정을 하고 있겠지.'

하여 서로 미루고 있는 것이었지. 이 눈치를 알아차린 형수가 하루는 남편더러 타일렀다. "소상이 돌아와 가도 장사 걱정을 아니 허니 어떤 일이우꽈?" "아시(아우)가 큰 정시난 산털(묏자리를) 봐서 장사 지냅중(지냅시다고) 헐 테이주." "거 무슨 말이우꽈? 무사 큰상제라고 헙니까? 큰상제가 먼저 아시안티라도 산털 봐도랭(봐 달라고) 허여삽주(해야지요)." 형은 부인 말이 옳다 생각하고 아우에게 가서 의논했지. "아시, 소상은 근당(임박)허는디, 장사를 어떵허여 보젠 허염서(어떻게 해 보려고 하는가)?" "거(그것), 난 모르쿠다(모르겠습니다), 성님(형님)이 어떵(어떻게) 걱정허카분덴 허였주마(걱정할까보다고 했지요)." 형은 조금 섭섭했어. 같은 아버지의 자식인데, 신안이라고 이름 난 동생이 저렇게 무심히 앉아서 형에게만 떠맡기는 것이 되었느냐는 생각이 들었던 것이지. 그러나 말을 시작하면 궂은 말도 나올 것 같고 꾹 참기로 했어. "경허민(그러면) 아시가 언제 산털 봐 주주(봐 주게)?" "경헙주(그럽시다), 성님(형님)봐 도렝 허민(봐 달라고 하면) 봅주, 산을 보젱 허민(보려고 하면) 지관안티 타는 말안장에 맹지(명주) 바지저고릴 허영 입저사(해 입혀야) 헙네다." 차마 동생이 이렇게 이렇게까지 말할 줄은 몰랐던 것이지. 어이가 없어 더 말을 못하고 돌아와서 부인에게 자초지종을 이야기했지. 어디 자기도 자식인데, 묏자리를 봐 준다고 하여 타는 말에 안장을 차려 내놓고, 거기에다 명주 바지저고리까지 해 입혀야 봐 주겠다는 게 돼 먹었느냐고 투덜대었단다. 그러면서 아무 데나 가서 감장해도 동생을 빌어 묏자리를 볼 수 없겠다고 하는 것이었어. 형수는 아량이 있어 남편을 달랬지. 큰상주로서 부모의 장사 걱정은 당연히 해야 옳은 일이고, 아무리 동생이라도 큰 지관을 청하려면 그만한 대우를 하는 것은 당연하다면서 그대로 부탁을 하자고 했단다. 형은 다시 마음을 돌려 동생에게 구산을 부탁했지. 구산 나갈 날짜가 약속되었어. 형은 동생을 청해다 쌀밥을 잘 해 먹이고, 명주 바지저고리를 좋게 하여 입혀서, 좋은 말에 좋은 안장을 차려서 동생을 태웠단다. 형이 그 말을 이끌고 갔다고 하니, 차마 그렇게까지 했는지야 모르겠지만 어떻든 형이 극진히 동생을 모시고 들판으로 나선 것이란다. 형제는 여기저기 돌아다니다가 구좌면 지경의 '조노기'라 하는 곳에 가서 자리를 하나 골랐다. "여기 좋수다. 이만 허민 아바님 감장혈만 허우다." "음, 경허민(그러면) 정열(定穴)허게." 형이 정자리에 방위를 보아 무덤 자리를 정하라는 것이었지. "정열은 못헙네다." "어떵허연 말이라(어째서 말인가)?" "정열제(정혈을 정하는 삯) 천량(냥)을 놔사 헙네다." 동생에게 명주 바지저고리에다 타는 말에 안장까지 갖추어 바친 일도 기가 막히는데, 이제 삯을 천 냥이나 내라는 것이 아닌가, 실로 어처구니없는 일이었지. 그뿐 아니라, 백 냥이면 몰라도 천 냥을 마련하려면 재산을 거의 팔아야 할 판이니, 설사 동생이 아니라도 해 낼 재간이 없는 노릇이었지. 형은 탄식하며 돌아왔단다. "어디 산천 봐집데까?" "산천은 봤주마는 장사는 못허는 거로고." 부인이 사정을 듣고는 "우리 집 밭문서가 천 냥은 될 것이니, 이 문서함을 가져다 드려서 정자리를 고르고 장사를 하자."고 타일렀지. 형은 매우 못마땅해 보였지만, 부인이 자꾸 타이르므로 재산 문서함을 들고 동생을 찾아갔더랬지. "아시, 돈 천 냥은 읏고(없고), 이 문서함을 가져 와시메(왔으니), 받아그네(받아서) 정열허여 주게." "기영 헙서(그리 하십시오), 이레(이리) 가져옵서." 문서함을 받아서 궤 속에 들여 놓고 탁 잠근 후 "이제랑 나갑주."하는 것이었어. 동생은 형과 같이 그곳에 가 나침의를 놓아 정자리를 정해 놓고, 다시 어려운 조건을 내거는 것이었단다. "성님, 이딘(여기는) 산을 쓰젱 허민 (묘를 쓰려면) 주판관(州判官)을 헌관(獻官)허곡 쇠(소) 잡앙 희생허곡 비단 폐백허곡, 경허영(그렇게 해서) 산제를 지내어사 헙네다." 그게 말이 쉽지, 아무 때고 일반민이 주판관을 토신제(土神祭) 헌관으로 모신다는 것은 쉬운 일이 아니란다. 꼭 주판관을 헌관으로 모셔야 한다 하니, 할 수 없이 다시 돈을 써 가며 겨우 주판관을 모셔 토신제를 지냈지.

드디어 장사가 끝났다. "성님, 큰상제는 산소를 직허여사(지켜야)허는 법이우다." 역군들이 내려오게 되자 동생은 형에게 이렇게 말하고는 다른 사람들과 같이 슬슬 내려와 버리는 것이었어. 형은 혼자 아버지 산소 앞에 앉았지. 날씨는 근래에 드문 추운 날씨인데 싸라기눈이 촥촥 갈겨대었지. 곰곰이 생각하니 생각할수록 형은 화가 났던 게지. 같은 부모 자식인데, 제가 지관이노라 해서 명주 바지저고리에 타는 말까지 받았지, 거기에다 품삯으로 재산까지 가져갔지, 소 잡고 비단 폐백을 차려서 토신제 지내는 것도 다 형에게 맡기지, 이럴 도리가 있는가 말이란 게지. 그것까지도 좋다고 하자, 저녁에 산소를 지키는 것쯤이야 같은 부모의 자식으로서 응당 저도 같이 고생을 해야 할 것이 아닌가, 남의 일처럼 해서 저만 슬슬 내려가고, 이 형만 이 밤중에 고생시키는 법이 어디 있는가 말이지. 참 기가 막힐 일이었어. 형은 이렇게 울분을 토하고 가라앉히고 하면서 밤을 지내노라니, 무정 눈에 잠이 잠깐 찾아들었어. 어떤 백발노인 셋이 백마를 타고 구종을 거느려서 으리으리하게 저쪽 언덕에서 내려왔다고 하는구나. 앞에 오던 노인이 턱 멈추면서, "아, 우리가 노는 자리에 웬 놈이 작폐를 했다!" 그러자 둘째 노인이 아버지 묘를 보다가 큰 소리를 질렀다고 하는구나. "에끼, 괘씸하다. 이놈 꺼내어야 헙네." 심상치 않은 표정들이었지. 그런데 어쩐 일인지 셋째 노인이 이를 말렸지. "거(그것) 못헙네. 저 주판관, 토지관놈이 돈 천 냥을 받아 풀아 먹었으니 법이 읎어 못헙네. 우리 자릴 옮깁주(옮깁시다)." 이렇게 서로 의논을 하다가 자리를 옮겨가 버렸다는구나. 그 땅은 삼신선이 밤마다 내려와서 노는 자리였던 게지. 동생인 김 지관은 이를 알고 그렇게 하지 않으면 이 땅을 차지할 수 없을 것이기 때문에 형에게 그리 혹독히 군 것이었지. 형은 아직도 그것을 모르고, 그저 '묘한 꿈도 다 있다.'고만 생각하며 날이 밝기를 기다렸지. 아침이 되자 동생이 조반을 들고 올라왔어. "성님, 간밤에 무슨 꿈이나 읎입데까?" "무슨 꿈 말이고? 아무 꿈도 못 봐고(못

꿔지더군)." 화가 가라앉지 않은 형은 거친 소리로 짐짓 이렇게 대답했다는구나. "계건(그렇거든), 성님이랑 이십서(계십시오), 난 내려갔다가 또 오쿠다(오겠습니다)." 동생은 다시 저 혼자 내려가 버리려고 하는 것이었지. 형은 다시 혼자 고생할 생각을 하니 어이가 없어, 동생을 부르고 꿈 이야기를 했어. "예, 그럴 거우다, 이젠 되어시니 내려걸읍서(내려 가십시다)." 형제가 나란히 집으로 왔지. 그제야 동생은 재산 문서함을 형에게 가져왔단다. "성님, 이 문서함 받읍서, 그 땅은 이처록(이처럼) 아니허민 지탱 못할 땅이였수다. 우리 아바님 자손이 근 만 명은 될 테이닌 그보다 더 헌 디 이십네까?" 그 때에야 형은 동생의 성의와 지혜를 알고 손목을 잡으며 탄복했다고 하는구나. 세월이 흘러서 형제는 일흔 살이 가까웠단다. 어느 날, 형은 동생더러 "우리가 세상을 버릴 날도 멀지 않았는데, 죽은 뒤 묻힐 땅이라도 가르쳐 주지 않겠는가?"고 했지. 동생은 이미 다 생각해 두었다면서 형을 모시고 신후지지(身後之地) 구경을 나갔단다. 먼저 표선면 지경 게여기오름이란 곳을 가르켰지. "여기 어떵허우까(어떻습니까)?" "참 좋다!" 또 구좌면 지경의 게여기마루라는 곳을 가서 가리켰지. "여긴 어떵허우까?" "참 좋다!" "성님 마음에 있는 디 먼저 가집서, 성님 아니허는 디 저가 눕겠습네다." 형은 표선면 지경의 게여기 오름에 눕겠다고 했단다. "계민(그러면) 난 게여기마루에 눕겠수다." 이렇게 땅이 정해지자, 이제는 땅에 대해 토평(土評)을 하자고 했단다. "예, 게여기오름 산 좋수다, 천 명 속발지지(續發之地)로 문과(文科)가 연출(連出)허겠수다." "여기는?" "여기는 장원지지(壯元之地) 삼천명지지(三千名之地)우다." 형이 잡은 땅이 동생 김 지관의 자리만 못한 것이었지. 얼마 있자, 동생 김 지관의 아들이 먼저 죽었단다. 김 지관은 자기가 누울 묏자리 곁에다 아들을 묻었어. 다시 몇 해가 지나자 장손이 죽었지. 김 지관은 성산면 종달리 말산뫼에 묏자리를 보아 장사를 지내게 되었단다. 장손이 죽었으니, 김 지관은 굴건제복(屈巾祭服)하고 상장(喪杖)을 짚어 조객을 맞아야 했어. 그때 나이 여든한 살, 팔순 노인이 장손 장사에 곡을 해 가니 조객들이 다 측은해했지. 김 지관은 이름이 높았으므로 제주 삼읍에서 조객이 구름같이 모여들었단다. 그 조객마다 "이런 억울한 일이 어디 있습니까?"하며 위로를 하는 것이었어. 김 지관은 하관을 하여 개판(蓋板)을 턱 덮어 두고는 굴건제복을 훨훨 벗어 던지고 춤을 덩실덩실 추기 시작했지. 거기에다 노래까지 곁들였다고 하는구나. '여기 온 선비들이 나를 불쌍하다고들 하지만, 나는 불쌍한 사람이 아니오, 내가 내 자손 삼천 명이야 소가 밟아도 끄덕하지 않을 것이오.' 이런 내용의 노래를 부르며 춤을 추었다는 것이었어. 장손을 묻은 말뫼산은 과연 좋은 국세다. 산이긴 한데 오르고 보면 움푹 패어져, 마치 달팽이가 돌려 앉은 것처럼 사방에 청룡, 백호가 감겼고, 물이 한 곳으로만 굽이돌아 흘러나간다. 좋은 곳에 장손을 묻었다고 하는구나. 이렇게 장손까지 좋은 땅에 묻어 놓고 김 지관은 세상을 떠났어. 역시 이미 보아 놓은 신후지지에 감장을 한 것이었지. 김 지관의 자손은 증손에 칠 형제, 현손에 구 형제, 이렇게 칠 형제로 꽃 번성하듯 벌어져 갔단다. 그리고 현손에 명도 선생이 나고 이어 대대로 벼슬이 끊이지 않았지. 형의 자손은 먼저 문과에 급제했으나, 김 지관의 말대로 동생의 자손만큼 수로나 명성으로나 발복하지 못했다는 이야기가 있단다.

2004년 5월 11일, 경기도 안산시 와동, 조남순(趙男巡, 80), 김율희 조사.

광산김씨와 순창 김극뉴(金克忸) 묘

구연자는 조사자의 할머니로, 돌아가신 할아버지에게 들었다고 하였다.

옛날에 박씨 삼형제가 있었는데 모두 풍수지리에 능통한 도사들이었다고 하는구나. 이들은 각자 자신들이 죽으면 묻힐 신후지지를 잡았는데 큰형은 순창 인계의 말 명당을 잡았고, 둘째는 임실 갈담의 잉어 명당을 잡았으며, 셋째 막내는 임실 가실 마을 앞의 금계포란형을 잡았다고 전해진단다. 그런데 큰형 박 감찰에게는 딸만 있었고 아들이 없었지. 그는 자신의 제사를 받들어줄 아들이 없으므로 사위가 좋은 자리에 들어가 외손이 번창하면 자신의 제사는 받들어 줄 것이라 믿고 사위인 김극뉴에게 자신의 신후지지를 양보하고, 자신은 혈 위 부분인 입수도두에 묻혔다고 하는구나. 그의 예견대로 지금도 광산김씨 후손들이 제사를 모시려 오면 꼭 이곳에 먼저 제사를 드리고 있단다. 반면에 함양박씨 문중에서는 '이렇게 좋은 자리를 조카에게라도 주었으면 광산김씨들이 누린 복을 자신들 문중이 누렸을 텐데…' 하면서 두고두고 서운해 하고 있다고들 한단다.

2004년 5월 11일, 경기도 안산시 와동, 조남순(趙男巡,80), 김율희 조사.

역사를 빛낸 광산김씨 선조들

조사자의 큰아버지인 구연자는 현재 광산김씨 척약재공파 종친회의 회장으로, 가문에 대한 풍부한 자료를 가지고 있었다.

음, 한번 보자. 우리 광산김씨는 특별히 정치에 참여를 한다던가, 그런 가문이 아니라 잔잔한 그런 가문이였어. 그, 세도 알아? (네, 알아요. 세도 정치 할 때 그 세도 맞죠?) 그래. 우리는 정치상 권력을 잡았던 집안이라기보다는 학문에 뜻을 두고 학문적으로 성공한 학자들을 많이 배출한 가문이라고 할 수 있지. 큰아버지가 태어나기 훨씬 전 이야기이지만 종친회에서 많은 얘기를 들을 수 있었어. 우리 가문에 왕비가 있었다는 거 알고 있었냐? (우와! 그 왕의 부인, 왕비. 그거 말이에요?) 그래. 우리는 왕비도 있었어. 또 정치상으로 권력을 잡은 사람은 없었지만 조용하면서도 많은 인재가 있었던 뿌리 있는 가문이였어. 그러니까 문과 알지? 문과, 무과시험이라고 하잖냐? 그, 그 문과 급제한 사람이, 보자. 음, (한참 뒤) 그래. 삼백 명, 삼백 명이 넘게 합격했다고 했어. 우리 가문의 자랑이라고 할 것이 바로 이런 거지. 나라를 혼란스럽게 만들 만한 사람도 없고, 또 그 출세, 출세를 위해 역사에 먹칠한 선조도 없다는 거, 이게 바로 우리 가문의 자랑이지. 알겠냐?

2007년 4월 29일, 서울시 서초동 큰아버지댁, 김갑수(金甲洙,74), 김지선 조사.

광성군 김정(金鼎)의 춘천 무덤

그러니까 이제부터 얘기할 내용은 고려 공민왕 때 벼슬을 했던 광성군의 이야기를 해 줄 거다. (네.) 우리는 그 분을 춘천 할아버지라고, 큰아버지의 할아버지의 할아버지, 그 윗세대 어른들은 그렇게 부르셨지. 춘천할아버지가 왜 춘천할아버지냐! 우리 산소가 용인에 있지? 그리고 곤지암에 하나 더 있고 마지막으로 춘천에 산소가 있어. 그게 바로 광산김씨 삼형제의 무덤이 그렇게 순서대로 있는 거야. 용인에 첫째, 곤지암에 둘째, 춘천에 셋째. 그러니까 셋째 할아버지의 이야기를 내가 하겠다 이거지. (아! 그때 가족끼리 갔던, 춘천에 큰 산소. 거기 말하는 거예요?) 그렇지! 지선이가 기억하고 있네. 거기 이야기를 이제부터 할 거야. 잘 들어봐. (네.) 그 분은 고려 공민왕 때, 너 공민왕 알지? 고려시대 이야기야, 이게. 그러니까 얼마나 오래된 이야기냐! 정확하지는 않아. 그러니까 그 공민왕 때 신돈의 개혁정치에 참여를 하셨대! 그분이! 그래가지고, 아, 근데 공민왕이 신돈을 축출하고 나서 유배 되셨대, 그냥. 그리고 나서 휘(諱) 정이 어디 가서 어떻게 지내는지 아무도 알 수 없었는데, 어떤 기록에 '광성군의 무덤이 있다.'고 기록되어 있었대. 근데 묘지가 중간에 없어졌나 봐. 비가 억수같이 많이 오고 나서 없어졌다는 말도 있고, 모르겠어, 나도. 근데 그래가지고 아무도 그 묘지에 대해 모르고 있었는데, 후손 화택(和澤)이라는 사람이 우리 산소 있잖아, 춘천에. 거기, 춘천 원님으로 일하러 오게 된 거야. 거기서 일할 때 어느 날 꿈에 나타나서 지금 산소 위치를 알려 주셨대. 그래서 묘지를 다시 만들었고 지금까지 있는 거지. (아, 그래서 그 할아버지를 춘천 할아버지라고 부르는 거예요?) 그렇지. 그래서 춘천 할아버지라고 부르지.

2007년 4월 29일, 서울시 서초동 큰아버지댁, 김갑수(金甲陳,74), 김지선 조사.

자신의 앞날을 꿈으로 예언한 양간공 김연(金璉)

어디 보자. 그래! 휘 연이라고, 어릴 때부터 내시가 되어 임금님을 모셨어! 눈썹이 그림같이 아름다웠다고 그러더라고. 임금에게 잘 보여서 후에 일본 놈들이랑 싸울 때 쓸 전함 만드는 그 뭐야, 책임자가 됐다고 하더라고. 그렇게 일이 잘 되고, 임금에게 인정받고, 그렇게 했는데, 어느 날 밤에 자기 허리에 찬 주머니, 그러니까 그 주머니가 금색 물고기 모양처럼 만든 주머니 같은 건데, 글쎄 그게 똑 하고 떨어지더래. 그런 꿈을 꾼 거야. 그래서 그 할아버지가 자기 몸에서 떨어진 걸 이상하게 생각했대. (주머니가 떨어진 게 왜 이상해요?) 그 주머니가 벼슬한 사람들이 차고 다니던 건데 자기 몸에서 떨어지니까 오래 머물 수 없다 생각한 거지. 그래서 자기가 일을 관두고 산 속으로 들어가서 죽기 전까지 살았다는 이야기가 있어. 지금으로 말하면, 쉽게 말하면, 명예퇴직 같은 거지. 그런데 그렇게 자기가 벼슬을 버리고 산 속으로 갔는데 그 때 왕이 승진을 시켜줬대. 그러니까 명예도 지키고 승진도 하고 그랬던 거지.

2007년 4월 29일, 서울시 서초동 큰아버지댁, 김갑수(金甲洙,74), 김지선 조사.

고려를 위해 절개를 지킨 김약시(金若時)

뭐가 있을까. (책을 본다.) 아! 이걸 빼놓았구나, 이걸. (어? 뭐예요? 해주세요!) 김약시라고, 광성군의 셋째 아들인데, 태조 이성계 알지? (네! 알아요.) 김약시는 태조 이성계랑 동갑이었는데, 둘이 친구였대. 친하기도 친했고. 근데, 이성계가 조선을 건국했잖냐. 그때 김약시는 돕지 않았대. 고려가 망하고 나서 김약시는 살고 있던 곳을 떠나서 남쪽으로 갔대. 말도 안 타고 걸었대. 나라가 망했는데 자기가 어떻게 말을 타냐고. 그렇게 걸어서, 걸어서 남한산성 쪽 거기 어디에 집을 만들었대. 그렇게 허름하게 살고 있었는데, 이성계가 찾아온 거야. 벼슬을 주면서 같이 일을 하자고. 그런데 김약시는 아프다고 거짓말을 하고 벼슬을 거부했대 글쎄. 나라가 망했는데 새로운 나라에서 벼슬을 하는 게 그랬던 모양이야. 그래가지고 뭐야, 이성계가 자기 친구니까 쉽게 포기할 수 없었나봐. 옛날을 생각해서 더 후하게 대접을 해줬대. 그랬는데도 김약시는 거부를 하고, 자신의 선조들의 무덤 있는 데서 살았대. 그리고 자기가 죽으면 무덤도 비석도 만들지 말라고 했대. 그가 죽은 뒤에 자손들이 그대로 했다고 그러더라고.

2007년 4월 29일, 서울시 서초동 큰아버지댁, 김갑수(金甲洙,74), 김지선 조사.

광산김씨의 시조 김흥광(金興光)

조사자의 친할아버지인 구연자가 어렸을 적 아버지께 들었다고 하였다.

(할아버지, 우리 광산김씨 시조에 대해서 좀 알려주세요.) 저, 저, 광산 김씨 시조? 시조라. 그게 긍께, 가만 있어보자. 아아, 할아부지가 어렸을 적 할아부지의 아부지한테 들은 것인디, 확실치 기억도 모다고, 쪼께밖에 모르는디 괜찮겠는겨? (괜찮아요. 아시는 것만 얘기해 주시면 돼요.) 인제 야그하면 되는 것이여? (네.) 흠흠, 저그 저, 신라, 신라 때, 그때가 맞을 거여. 원체 광산김씨 시조는 광산김씨가 아니고 기냥 신라 왕의 아들이였디여. 신라, 저, 저, 어떤 왕한테메 아들이 하나 있었는디, 근디, 그 아들이 머리가 좀 솔찬했던게벼. 긍께로 그 아들이 나라가 좀 이상해 진다 싶은께 다른 곳으로 피해야겠다고 생각을 했댜. 그래가지고 내려온 디가 지금 쩌어그, 쩌기, 어데더라? 그, 그, 쩌어쪽, 담양 쪽인 것이여. 그기서 뿌리를 내려갖고 살았디여. 근디 그때쯤에 그 짝 이름이 광산 뭐시기였대나벼. 그리서 광산김씨가 된 겨. 이쯤하믄 되지? (네.)

2007년 5월 19일, 집에서 친할아버지 댁에 전화로 조사, 김기중(72), 김정아 조사.

광산김씨 왕비 인경왕후(仁敬王后)

조사자의 친할아버지인 구연자가 어렸을 적 아버지께 들었다고 하였다.

(광산김씨 인물 중에 좀 유명한 사람 없어요?) 웁긴 왜 웁서? 많지. 가만 있어보자, 궁께 광산김씨 인물 중에, 아아, (생각나셨어요?) 그려. 광산김씨 인물 중에 왕비님이 한 분 있었다고 하는 겨. (얘기해주세요.) 나가 시조보다도[1] 더 기억을 못하는 얘기기는 한디. 글먼 야그 해볼 텐께 들어. 그거시 말이여, 조선 때 있잖여? 숙종, 숙종 맞지? (아마도여. 하하하.) 그 숙종이라는 왕이 있었잖여? 그 왕의 왕비가 광산김씨 인물이려. 이름이 이, 이, 인, 뭣이더라? 인현, 인정, 아닌디. 아아, 맞다. 인경왕비려, 인경왕비. 맞을 거여. 그 왕비가 김 뭐시기더라? 오늘따라 이름이 왜 이렇게 깜깜하드냐. 아, 김만~기라는 양반의 딸이였디야. 어릴 적부터 왕비 되라고 궁에 들이갖고 결국에는 왕비가 되었디야, 암암. 근디 왕비 되고 쪼께 있다가 천연둔가 뭐시기 하는 병에 걸렸디야. 근디 뭐, 그때에 거시기한 치료법도 웁고, 해서 얼매 안 있다가 죽어뿐 거지. 워째껀에 불쌍한 양반이여. 왕비가 되갖그도 얼마 못해 먹고 죽었응께.

2007년 5월 19일, 집에서 친할아버지 댁에 전화로 조사, 김기중(72), 김정아 조사.

김흥달(金興達) 할아버지의 산소

조사자의 할아버지가 구연하였으나 목소리가 낮아 녹음이 제대로 되지 않았으므로 할머니가 할아버지에게 듣고 그대로 전달해 주었다.

---

1) 내가 시조에 관한 이야기보다도.

고흥군 동강면에 그, 두평이라는 마을이 있어. 그 마을 바로 앞에 에, 흥(興)자 달(達)자, 나로 해서는 오대조고, 너로 해서는 칠대조 할아버지 산소가, 아조 좋다고 풍수지리학설로 말을 해가꼬, 고흥에 송유지라는 책자에도 오를 만큼 좋은 자리단다.

2008년 4월 22일, 전라남도 보성군 벌교읍 칠동리 원당마을 할아버지댁,
김용백(金容栢,81)·최명숙(崔明淑,76), 김태영 조사.

벌교 원당마을 앞 열녀비(烈女碑)

조사자의 할머니인 구연자가 알고 있던 이야기라고 하였다.

또 그리고, 어, 우리 집안에는 십팔 세 때 결혼을 해가지고, 십구 세에 사별을 했어. 남편을 잃어버, 남편을 잃었는디, 이, 팔십일 세에 돌아가시도록 까지 시동생들을 다 거느리고 잘 보필 허다가 돌아가셨기 때문에, 그, 문중에서 열녀비를 세워 가꼬, 촌전에, 동네 앞에 그 비를 세와 논 것이, 열녀비가, 우리 집안의 열녀비다.

2008년 4월 22일, 전라남도 보성군 벌교읍 칠동리 원당마을 할아버지댁,
최명숙(崔明淑,76), 김태영 조사.

김흥광 할아버지의 제사

또 인자 그 다음에는, 이, 평창동 흥(興)자 광(光)자 할아버지. 이, 제사 때에는 참배객이, 옛날에도, 지금은 말할 것도 없고 옛날에도 차가 한 팔 키로 정도 이어질 정도로, 줄지어 이어질 정도로 참배객 수가 많았고, 거그, 으, 참석 인원은 거의 천여 명 이상이고, 그 중에는 대우그룹 회장 김우중 씨도 어, 우리 광산김씨라 참석하고, 그럴 정도로 많은 후손들이 모이는 곳이단다.

2008년 4월 22일, 전라남도 보성군 벌교읍 칠동리 원당마을 할아버지댁,
김용백(金容栢,81)·최명숙(崔明淑,76), 김태영 조사.

광산김씨 일가의 집터와 선영

그리고 인자, 또 우리 집터는 옛날부터 그, 풍수지리학으로 봐서 좋은 집터를 잡았기 때문에 자손 대대로 다 부유허게 산다는 것이 그 터가 좋고, 또 자손들이 좋아서 그렇게 살고 있고 또 인자 주변에 좋은 산소는 거의가 다 모두 우리 광산김씨의 묘소다는 것이 타인들도 다 부러워 할 정도로 좋은 자리에 산소를 모셔 놨다는 것을, 그, 집안에 뭐라고 할까, 그, 자랑거리라고 할까, 자손의 도리라고 할까, 할 정도로 잘 모셔져 가꼬 있다는 것이 남들의 입에도 다 오르내릴 정도로 좋은 자리에 다 모셔져 가꼬 있단다.

2008년 4월 22일, 전라남도 보성군 벌교읍 칠동리 원당마을 할아버지댁,
김용백(金容栢,81)·최명숙(崔明淑,76), 김태영 조사.

광산김씨의 주요 계보

광산김씨는 신라 십삼 대 왕의 셋째 왕자의 손인 홍광(興光) 할아버지, 이, 그 손(孫)인디, 거그에 대해서 이야기를 하자면, 공(公)의 휘는 익이요, 자는 태기(兌器)며, 오월재(梧月齋)는 그가 거처한 집이다. 김씨는 신라 왕자 부원군(府院君) 휘 홍광(興光)으로 본관을 받아 (한숨) 시조로 삼고 사공(司空) 휘 길(佶)은 고려 태조를 도와 평장사(平章事)를 증여받았는데, 그 뒤로 대대로 벼슬이 평장(平章)인 뒷사람들이 그 세, 에, 세거한 곳을 평장동(平章洞) 이라 불렀다. 정승 문정공(文正公) 휘 태현(台鉉)에 이르러 더욱 나타났고, 그 뒷, 말하자면 그 뒤에 태혀, 태자 현자(태현 할아버지) 이어가면서는 더 빛이 났다, 그 말이여, 이. 났고, 절도사(節度使) 휘 정무(丁茂)는 조선조에 벼슬을 하였으며, 현령(縣令)의 휘는 숙진이, 숙진(叔珍)이요, 군수(郡守) 휘는 극치이며, 그 대대로 어, 큰 벼슬도 했고, 문장도 많이 났고, 효자도 많이 났고, 그 좋은 집안이다 그 말이여. 인자 그러니까 그, 으, 홍광 할아버지의 사십대 손이 중자, 니 아버지가 중자요, 너는 선잔께 사십일대 손이 되는 것이다.

2008년 4월 22일, 전라남도 보성군 벌교읍 칠동리 원당마을 할아버지댁,
김용백(金容栢,81)·최명숙(崔明淑,76), 김태영 조사.

문장과 덕망이 높았던 김태현

음, 웃대 할아버지 중에는 태(兌)자 현(鉉)자 할아버지가 계셨는데, 그 할아버지는 음, 문장과 또, 덕을 많이 쌓고, 어, 고려조를 도와 공이 있었으며, 벼슬이 사공(司空), 사공이란 벼슬은 고려 때 삼공(三公)의 하나로 정일품이다, 그 말이여. 이. 이, 그런 벼슬을 했었고, 또, 송나라에 들어가 태묘(太廟), 태묘는 공자님의 사당. 이? 공자님 사당을 그려 와서 동아의 유림종장(儒林宗匠). 유림종장은 유도를 닦는 학자로서 경서에 능통하고 글을 잘 짓는 사람이다 그 말이여, 이. 유림종장이 되었고. (한 숨) 묵란, 묵란, 묵란으로 여러 번 전하여 그, 훌륭한 유림의 으, 문헌이 되었다 그 말이여, 문정이. 태자, 현자, 그 할아버지가 그, 문정이 되시니, 그, 종파(宗派), 명조(名祖)가 되셨고, 아들 넷을 낳아서 모두 문과에 올랐으며, 어, 길게 말하자믄 벼슬을 이어가는 그, 김씨 후손으로 이어가는, 뭐랄까, 길이 됐다 그럴까, 이어져 가게 됐다고, 전해졌다 그 말이여.

2008년 4월 22일, 전라남도 보성군 벌교읍 칠동리 원당마을 할아버지댁,
김용백(金容栢,81)·최명숙(崔明淑,76), 김태영 조사.

의병장 김덕령

조사자의 아버지인 구연자가 어릴 적 광산김씨의 인물에 대한 조사를 학교 숙제로 받아서 아버지(할아버지)에게 들었다고 하였다.

아니, 뭘 말해달라고 넌 그르냐, 어? (아빠, 기억나는 대로 그냥 해줘.) 암튼 이런 숙제는 아직도 있나보다, 어? 아빠 때도 이런 게 있었는디. 그 광산김씨 중에 말여. 우리가 무슨 파라고 했었지? (도남공파!) 그르치. 근데 말이야. 도남공파는 아닌데 광산김씨야. 김덕령이라는 장군이 있었어. 너 아는 겨 모르는 겨? (몰라, 몰라. 빨리.) 아무튼 임진왜란에 형이랑 어머니 다 죽었대. 형은 김덕홍인가 덕홍인가 몰겠네. 싸우다 죽고, 그

엄마는 이제 병으로 죽었댔나, 응 병으로 죽었댔다. 그래서 이놈이, 그니까 김덕령 장군이 원수 갚겠다고 돈 모아갖고 의병인지 뭔지 일으킨 겨. 그 때 선조가 충용장을 줬디야. 김덕령이가, 이순신 장군 있지? 이순신이랑 손잡고 공을 세운 거라. 그르케 되니께네 이 뭐냐, 이동학이랑 김덕령 장군이 짜고 공모했다 모함해가지고 억울하게 돌아가신 게지. 야, 니 엄마 살던 동네에 무등산 있지 아녀? 이 김덕령 장군 죽고, 전하가 충장공 주고, 이. 장군이 살던 곳이 그 광주여. 그래서 무등산에 충장사 짓고, 그 광주 제일 큰 거리가 충장로. 너 충장로 가봤지? (아니.) 이것도 니 할아버지가 일하면서 말해서 제대로 말해주셨는지나 몰겄다. (웃음) 우리 광산김씨여. 된 겨?

2008년 5월 17일, 경기도 고양시 일산구 주엽동, 김동명(金東明,61), 김하나 조사.

김방(金倣) 할아버지와 개미떼

조사자의 어머니인 구연자가 어릴 적부터 동네(전라남도 나주)에서 들어왔던 이야기라고 하였다.

세종대왕 때 김방이라는 전라북도 김제 군수였던 사람이 우리 광주로 왔대. 그때 광주가 흉년이 들어서 사람들이 다 굶주려 있었는데 그것을 해결할라고 경양방죽을 팠대나 봐. 근데 방죽을 파다가 잘못해서 개미집을 건드렸대. 그걸 본 김방 할아버지가 개미들을 안타깝게 여겨서 그 개미집을 장원봉 기슭에다가 정성스레 옮겨줬대. 그 다음부터 김방 할아버지가 기도드리면 이상한 일이 일어났대나 봐. 쌀이 계속 생기는 거야.

그렇게 모아진 쌀을 백성들에게 골고루 나눠줬대. 그리고 그 다음부터 가뭄이 계속 되고 기근이 들어도 광주 평야는 기름진 옥토로 변하고 해마다 풍년이 들었대. 백성들도 풍요롭게 잘 살게 되고.

2009년 5월 23일, 우리집, 민금숙(52), 김연좌 조사.

김해김씨

직필사관 김일손(金馹孫)

조사자의 아버지인 구연자가 초등학교 들어가기 전부터 아버지(할아버지)에게 들으며 자랐다고 하였다.

누구부터 이야기 해주꼬?(아무나 이야기하면 된다. 그냥 아빠가 알고 있는 거 해주라.) 그래. 그라며는 우리 집에 김일손이라는 할아버지 이야기 함 해주께. 테이프는 잘 돌아가나?(엄마 : 야. 잘 돌아간다 아이요.)그래. 알았다. 와 성질을 내노. 보자, 보자. 이 김일손이라는 할아부지는 윽수로[1] 대단했는 기라. 보통 아들 태어나기 전에 태몽 꾸제? (어.) 그래, 이 할아부지도 할아부지 어무이가 태몽을 꾸는데, 집 옆에 냇물에서 시뻘건 거, 그 연기가 막 하늘로 올라간다던 거라. 그래가 마, 하루 종일 하늘도 시뻘겋고, 정신도 하나도 엄꼬, 그래가 멍하니 하늘만 쳐다보고 있는

---

1) 몹시. 매우.

데, 갑자기 마, 망아지 한 마리가 그냥 치마 속으로 쳐들어오더라 이기지. 그래서 태어난 게 이 할아부진데, 이게 또 천재라. 니, 천자문 다 외울 수 있나? (아니. 한자시간에 배운 것도 다 모르는데 천자문은 무슨. 모르지. 당연히.) 그래, 이 아빠도 느그 엄마도 천자문 다 모르거던. 근데 이 할아부지는 완전 천재라서, 있다 아이가, 5살 때 천자문을 다 뗐뻤는 기라[2]. 그리고 지금 니 몇 살이고? (스물두 살이다 아니가.) (엄마 : 당신은 딸내미 나이도 모르요?) 됐다, 치아고[3]. 니 대학 일 학년 때, 나이 스무 살에, 이 사람은 장원급제를 했다 이 말이다. 알겠나? 근데 원래 미인박명이라고, 이쁘고 잘 생긴 사람, 억수로 잘난 사람들은 빨리 죽는다는 말 있다 아이가. 이 양반도 딱 그 꼴인 거라. 그 다른 사람이 말하는 거 들어보며는, 억수로 큰 그릇이고, 상소문도 지가 써야 될 때는 딱 바로 쓰고, 일할 때도 공과 사는 진짜 똑 부러지게 가리고, 그래 갖고 임금님한테 이쁨을 억수로 받았어. 근데 또 고런 거 시기질투 해갖고 쪼잔하게[4] 이상한 소문 퍼트리고 다니고 그런 놈들 있다 아니가? 그래가지고 이 양반이 무오사화 때, 무오사화가 니 먼지[5] 아나? (연산군 때 일어난 거 아니고?) 그래, 대충 알고 있는 거 같기는 하다. 그때 이 양반 추천했던 김종직이라는 양반이 있었는데, 그 양반은 이미 죽었었거든. 근데도 마 죽은 양반 무덤 헤쳐가지고 시체 목도 베샀고[6], 이 양반도 능지처참, 왜 소나 말한테 다리랑 팔이랑 묶어가지고 찢어 죽이는 거 있다 아니가. 그래, 죽고 마, 난리도 아니었던 거라. 그래가 좋은 양반 하나 갔지. 그러니까 니도 니한테 좋은 거만 할라고 하지 말고, 니가 하고 싶은 말은

---

2) 떼어 버렸던 것이다.
3) 치우고. 그만두고.
4) 좀스럽게.
5) 무엇인지.
6) 베었고.

똑 부러지게 해야 한다 이 말이다. 알겠나?

2006년 5월 5일, 경남 거제시 옥포2동 우리집, 김종석(金鐘石,49), 김은애 조사.

절효(節孝) 선생 행장

조사자의 할아버지인 구연자가 아버지(증조부)로부터 어렸을 적에 들었다고 하였다.

이기 언젠지는 나도 잘 모르겠어. 근데 이 양반[7] 죽고 나서 부르는 말이 '즈그 부모한테 하는 행동이 억수로 잘 해서 절효라고 한다.'라고만 알고 있거등. 그래 이 양반도 억수로 머리가 좋아. 김해김씨 집안은 머리가 좋은 사람밖에 없었나. 시안하게[8] 어릴 때 천자문을 다 한 사람이 많은 기라. 은애, 니도 어릴 때는 또롱또롱하니 잘 했는데 지금은 왜 그라노?(할아버지는 나만 가지고 그래요. 이야기 해주세요, 빨리.) 그래, 이 양반이 얼마나 머리가 좋았냐 하며는, 이 양반 열 살 적에 과거보러 가는 선비놈들이 이 어린 양반한테 공부 좀 가르쳐달라고 할 정도면 말 다했재? 그래 이 양반이 공부만 잘 하는가 했더니, 즈그 어머니 생각하는 것도 억수로 남달라가지고, 어머니가 집에서 한 발짝이라도 나갈라 카면, 그래, 지팡이랑 짚신이랑 챙기가[9] 쫄래쫄래 따라나서고 그랬단다. 이 양반도 인자 결혼도 하고, 아도 낳고 그랬는데, 이놈의 마누라가 또 천상

---

7) 김극일(金克一)을 가리킴.
8) 희한하게.
9) 챙겨 가지고.

게을러 퍼진 기라. 그래가 즈그 시어머이 밥도 안 해주고, 남편 밥도 굶기고, 지 먹을 꺼만 쏙쏙 챙기 묵고, 그래가 결국 즈그 알라도[10] 굶기 가 죽은 거라. 어째 어마이가 돼가, 지 배로 낳은 자식을 굶겨 죽일 수가 있나 이 말이다, 내말은. 그래가 그 마누라 쫓아내고 즈그 엄마랑 둘이서 살았어. 그런데 이 양반 어무니가 나이가 들고 또 혼자서 술을 자주 마셨는가봐. 그래 노니까 지금말로 당뇨에 걸린 거라. 그래가 그 손끝에 칼을 대서 피를 내 가지고 그릇에 담아 하루밤이 지난 후에 맛을 보니까 깨끗한 피 맛이 아니거든. 그래가 백방을 해가지고 약을 구해서 낫게 해서 그 이후로 십 년을 더 살았다, 그래. 이제 어무니도 죽을 때가 돼서 누워만 있으니까, 등에 등창이 한긋 생겼거든. 그거를 또 손으로 눌러 짜면 아플까 해서 항상 입으로 농혈을 빨아내가지고 버리고, 그래도 몸이 너무 약해서 결국에는 어머니께서 돌아가셨는 거라. 그래 그거를 장사를 지내야 대는데, 이 집안이 너무 가난해가지고 장사지낼 돈도 없고, 어머니 시신 묻을 땅도 없어. 그 걱정 땜시[11] 삼일 밤낮을 그냥 죽은 어미 앞에서 울어대는데, 산군 (호랑이요?) 그래. 그 산군이 와서는 옷자락을 물고 자꾸 잡아 댕기는 거라. 그래 따라갔더니 사람 관 들어갈 만한 구덩이랑 그 옆에 금은보화가 잔뜩 쌓여있는 거라. 그래가 그거 가지고 지 어미 장사 치르고 거기다 묻었다고 하는디, 그곳이 지금 나복산에 있다. 그 말이라.

2006년 5월 6일, 경남 거제시 하청면 유계리 할아버지댁, 김재곤(金在琨,70), 김은애 조사.

---

10) 아기도.
11) 때문에.

김씨와 허씨 우정이야기

구연자의 할아버지(고조부)께 학교 들어가기 전에 들었다고 하였다.

예전에 언제인지는 모르겠는데, 김가랑 허가 중에 진짜 친한 두 친구가 있었어. 김가랑 허가가 한 집안 속인 거는 알고 있재? (네.) 그래, 그 두 친구가 직업까지 어째 똑같아 가 심마니를 하고 댕기는데, 하루는 둘이서 같이 인삼을 캐러 갔는데 벼랑 밑에 손바닥만한 동자삼이 하나 딱 보이는 거라. 그러니까 서로 사이가 좋으니까 인제, 서로 내려가라 그러고 싸우다가 같이 내려가자 해가지고, 왜 산에 가면 피나무라고, 나무 있다 아니가.(아, 증조할머니 산소 가는 길에 심어져 있는 그 나무요?) 그래그래. 그거 껍질 벗겨가지고 밧줄을 만들어가 김 영감이 먼저 들어갔어. 근데 허 영감은 돈에 욕심이 억수로 많아가, 뭐라고 했냐며는 삼부터 올려주면 밧줄을 다시 내려준다고 했는 거라. 만일에 밧줄 안내려주면 벼랑 끝이라서 김 영감은 오갈 데가 없거든. 그래가 할 수 없이 삼부터 올려 보내 주니까, 이 허 영감이 그걸 가지고 냅다 도망간 거라. 이제 우짜노. 할 수 없이 김 영감은 거기서 죽어야겠다 생각하고 있는데, 밤이 되니까 억수로 큰 뱀12) 한 마리가 벼랑 사이에 있는 굴속으로 들어가더라 이 말이다. 그래 김 영감이 살던가 죽던가 한번 따라나 가보자 해가 글로 따라갔더니 번쩍번쩍 빛이 나는 돌을 핥더란다. 그래 숨어 있다가 뱀이 어딜 가면 지도 그 돌을 핥고, 그 돌이 핥으면 배가 불러지는 돌인 거라. 그래가 몇 년을 그래 살았는데, 하루는 뱀한테 딱 들킨 거라.(엄마 : 우짜노.) 그래, 뱀이 김 영감을 죽일라고 하다가, 자기가 구하는 여의주를 구해주면 안 죽이겠다고 하는 거라. 그 여의주가 어디 있냐면 벼랑 밑에 베 짜는 집 장롱 속에 있다고 해가13), 결국 김 영감이 그거를 가지고

---

12) 뱀.

온다고 해서 그 벼랑에서 일단 벗어났어. 원래 김 영감이 정직한 사람이라서 그 베 짜는 집 앞에 갔는데 달이 뜨도록 차마 그 구슬을 달라는 말을 못하는 거라. 그 여자한테도 필요할지 모른다 아이가. 그래가 달이 뜨고 밤이슬이 내릴 때꺼정 그래 주구장창 앉아있는데, 그걸 본께 그 여자도 딱해 보이는 갑지. 그래 영감보고 무슨 사정이 있어가 아침에 와 가지곤 진종일 앉아만 있냐고 물어보니까 그때사 그놈의 영감이 당신 집 벽장 속에 구슬 좀 달라고 말을 한 거라. 근데 생각 외로 여자가 구슬을 순순히 주거든? 그래가 그걸 가지고 절벽으로 돌아와서 그 뱀한테 물려주니까 뱀은 인제 용이 돼가지고 하늘로 승천하지. 근데 그 뱀도 정신이 똑바로 백힌 게 지가 용이 되게 도와준 게 고마워서 그 김 영감한테 구슬을 하나 줬는데, 그게 신기하게 도깨비방망이맨키로[14] 소원이란 소원은 다 들어주는 거라. 그래가 용 등에 타고 집에까지 오 가[15] 문을 딱 열었는데, 세상에 몇 년이 지나도 영감이 돌아올 생각도 안하고, 허 영감이 자기 집 찾아오 가 김 영감 죽었다 카니 가족들은 다 죽은 줄 알았던 거라. 그래가 몇 년째 제사 지내는데 딱 오늘이 기야. 그래가 즈그 집 문 열고 들어가는 김 영감보고 다 까무러지는 거라. 근데 또 그때 허 영감이 제사라고, 또 착한 척한다고 찾아왔는데 또 딱 만났어. 그래가 허 영감을 보자마자 김 영감이 열이 받아 가꼬 구슬가지고 '니 같이 의리 없는 놈은 죽어야 칸다.' 이라면서 구슬을 보이니까 허 영감이 고 자리에서 고꾸라져서 죽었다 이 말이지. 근데 이제 가족들이 생각해본께 즈그 아부지 죽이고, 허 영감이 부자 되고 지금까지 한 짓은 얄밉지만서도, 김 영감도 살아 돌아왔고 보물도 하나 들고왔응께 살려주자 하고 생각을 한 거라. 그래 그 말에 김 영감도 감동이 되 가 살려주면서 허 영감보고 '나 보는

---

13) 해가지고.
14) 도깨비방망이처럼.
15) 와 가지고.

앞에서 절대 나타나지 마라.' 그리 쫓아보낸 거라.(나 같으면 안 살려주겠다.) 그런 맴 가지면 안돼. 사람이 착한 마음을 가져야 이 사람처럼 복 받는다, 이 말이야. 이 김 영감이 바로 내 고조할아버지다 이 말이지.(모두 탄성)

2006년 5월 6일, 경남 거제시 하청면 유계리 할아버지댁, 김재곤(金在琨, 70), 김은애 조사.

호랑이도 감복한 효자 김규위(金奎偉) 할아버지

조사자의 둘째 외삼촌, 첫째 외삼촌인 구연자들이 아버지(외할아버지)로부터 들었다고 하였다. 둘째 외삼촌이 주로 구연하고, 첫째 외삼촌이 간간이 보충발언을 하였다.

저 할매를, 저 애매를, 뭐고? 음, 지 할아버지 할매를 모셔다 놓고, 에, 이 의령남씨 할아버지 할매를 모셔나 놓고, 아, 의령남씨 할매를 모셔나 놓고, 아들이 이 세상을 배리고, 저, 저, 여기 뭐꼬? 외촌 뒤에다가 묻어나 놓고, 묘를 써놓고, 대산면서 여까지, 이, 걸어댕기면서, (대산면이면, 되게 먼데.) 그래, 대산면. 이, 얼마 머나? 여여, 할매, 저저, 대산면아이가, 대산면. 대산면에서 우암에 계시면서, (우암 아이아? 우암.) 우암에서 결국 여까지 걸어와 가지고, 가지고, 여기서 효자, 그, 밤샘을 하고, 그, 할매 얼을 지키는 기라. 그런 저, 그거를 했기 때문에, 인자 이, 그 당시는 이 집에서 못 살았어, 인자. (그 당시는 잘사는 집이 아무도 없었지.) 시나위 할배하고, 아버지하고가, 그때가, 어딘가 있을 텐데, 잘 모르겠다. 확실히 비석을 한,(시나이 할배가 초안을 해 갖고, 입석을 몬하고 작고 하셨거든. 그래 그걸 바통을 받아가 아버지가 입석했다.)

이 웃어른들이 핸 기기 때문에 우리가 상세한 건 모르거덩. 모르긴 모르는데, 대산면에서, 우암 대산면, 우암에서 이 할아버지가, 규자 위자 할아버지가 결국에 여기까지 걸어와가서, 그래 인자, 에, 밤에 여서 여하시고[16], 인제 할매 묘 곁에 여하시고, 그래 대산면에 아침에 가고, 그래 핸 어른이라. 그래 놔나니, 이 자손들이 그, 그때는 삼년상이거덩? 그 삼년을 갖다가 그만 댕기찌, 여만 왔다 갔다 했지. 그래 해노니 후손들이 못사는 실정에 놓여있는 기라. 이런 얘기는 말하자면, 멀리서 오셨잖나? 오시는데 인제, 호랑이가 꼬랑댕이를 치고 이래했단다. 뭐 꼬리를 치고 타고 갔다. 타고, 그게 인쟈 우리가 사실은 이제 미신적으로밖에 안 들리니끼내, 뭐 듣기로는 그런 말이 들리더라. 뭐 호랑이가 길을 인도했다. (얘기해줘도 되지. 뭘 소리싼노?) 허허허. 호랑이가 결과적으로 다닌다면 이 할아버지가 할머니한테 그 먼 거리를 걸어서 와가지고 그 밤샘을 하고 가니까 밤에 호랭이가 길을 인도하면서 이래 찾아오셨다. 쉽게 말해서 그만큼 정신이 충실하셨기 때문에 짐승도 감복을 했다. 이런 전설이 있지.

2006년 5월 28일, 경상남도 김해시 진영읍 죽곡리 큰외삼촌댁,
김차영(金且永,74)·김원영(金源永,76), 최지훈 조사.

사육신의 한 분인 김계금(金係錦) 할아버지

조사자의 둘째 외삼촌, 첫째 외삼촌인 구연자들이 아버지(외할아버지)로부터 들었다고 하였다. 둘째 외삼촌이 주로 구연하고, 첫째 외삼촌이

---

16) 어머니 묘소에 와서 밤을 샌 뒤 아침에 돌아갔다는 말임.

간간이 보충발언을 하였다.

　계자, 금자, 할아버지가 육세, 이게 우리, 이게 우리 서강 할아버지거덩. 우리 신영의 서강 할배거덩. 근데 이 할아버지가 그 사육신인가 뭐꼬, 단종 죽었을 때, 사육신 아이가? 사육신이재? 사육신의 일인자가 되어가 있어. 인쟈, 왜 그러냐면은, 이 할아버지가 에, 뭐꼬? 배실을17) 갖다 문과에 급제 하셔가지고, 계자, 금자, 급제를 해가지고 그걸 했는데, 배실을 하고 있는데, 단종이 유배되는 머리18), 그 머리 고향에 내려온 기라, 관직을 버리고. 그래, 와가지고 그랬기 때문에, 정부에서 이 어른을 갖다가 사육신의이라, 그쪽의 사육신의 한 사람에 여어주고19) 있어. 그기 표시가 어디 가가 있냐면은, 에, 계룡산에 가면 위패를 모셔둔 데가 있어. 이기 사육신 모셔난 절이, 위패가 절로 지어가 있다, 계룡산. 그, 위패에 모셔져 있다고. 그만큼 인제 우리 지역에서는 할아버지를 갖다가 그만큼 위대핸 줄 아무도 몰랐단 말이야. 그래서, 나와서 막 낚시질이나 하고, 세월 보내고 있었으니까. 그래는데 정부에서, 그 당시 정부에서 그 위패를 거기 모셔나 놓고, 거기서 할아버지가 있어, 우리가 가봤거든? 가서 제사 모시, 일 년에 제사 꼭 모신다, 모시고. 그것도 이 할아버지를 갖다가 삼월 이십 이일 음력으로 여서 제사를 모시거덩. 모시고 그래하는데, 이 할아버지가 결국 사육신의 일인으로 되어가 있지. 이 위패가 이, 이, 역사적으로 나온 기록은 없어도 위패가 모셔져 있고, 그기 다 되가 있어. (그럼, 노량진에는 여섯 명만 모셔져 있고, 계룡산에는, 거기 여섯 명 아닌, 역사적으로 남지 않는 사람들도 모셔져 있고?) 거기 사육신하고 다 있어. 거기다 다 모셔났 는데, 단종부터 쭉 모셔났는데, 거기에도 우리할아버지가, 그 위패가, 그

---

17) 벼슬을.
18) 단종이 유배될 무렵이라는 뜻.
19) 넣어주고.

모셔져 있다고.

2006년 5월 28일, 경상남도 김해시 진영읍 죽곡리 큰외삼촌댁,
김차영(金且永,74)·김원영(金源永,76), 최지훈 조사.

김해김씨의 시조 김수로대왕

구연자는 조사자와 같은 동네에 사는 종친으로, 종친회 활동을 하고 있다고 하였다.

그러니까 일단 우리 김해김가는 전부가 다 이 분이 시조인 것인데, 이 분에 관한 기록은 역사서에도 아주 많이 기록 되어 있는 것이야. 나한테 이야기를 안 들어도 우리나라 어지간한 역사서를 보면 이 분에 관한 이야기는 줄줄이 다 나와 있는 것이야. (이렇게 자꾸 책을 보라고 해서 구연을 녹음하기까지 정말 힘들었다.) 그, 우리나라의 역사를 보면, 삼국시대를 이야기 하면, 맨날 다들 고구려 백제 신라 이야기들만 하자나? 하지만 삼국시대에 가야라는 나라도 있었어. 대학생 정도 되니까 그 정도는 알겠구만 뭐. 근데 그 가야라는 나라를 세운 왕이 김수로라는 왕이야. 이 분이 바로 우리 김해김씨의 시조가 되는 분이시지. 가야라는 나라가 세워지기 전에 그곳에는 말이지, 나라 이름도 없고, 왕도 신하도 없고, 그냥 무지한 백성들만 농사를 지으면서 살고 있었어. 백성들은 아도간, 신귀간, (잠시 생각을 하다가) 그 아무튼 구간이라고 해서, 족장 같은 사람들이 백성들을 이끌고 있었지. 근데 이 족장들이 백성들을 다스리기가 너무나 힘이 드는 거야. 그래서 어느 날인가 구지봉이란 봉우리에 올라가 "우리에게 왕을 내려 주십시오." 하면서 하늘에 노래를 불렀지, 그 노래를 구지가라고 하는 거야! (구지가를 설명하며 내가 알고 있던 구지가와는 전혀 다른 구지가를 불렀다.) 아, 근데 구지가를 한참 불렀더니 하늘에서 웬 황금빛 상자가 하나 내려오는 거야. 구간들이 그 상자를 조심히 마을로 가지고 내려와 열어보니 황금색 알이 여섯 개가 있었다는 것이야. 구간들이랑 마을 사람들이 얼마나 놀라고 기뻤는지, 함께 수없이 절을 하고 그날부터 칠일동안 먹고 마시고 잔치를 벌였다는 거야, 온 마을이 그냥! 그렇게 잔치도 벌이고, 또 칠일이 지나고 나서 알 여섯 개가 모두 어린 동자로 화한 것이야. 그 여섯 동자 중에 첫째가 바로 김수로대왕 인건데, 김수로대왕께서는 어렸을 적부터 키가 구척을 넘고 용모가 범상치 않았다는구만 그래. 결국 김수로왕께서는 대가야국을 세우시고 백오십 세까지 나라를 아주 훌륭하게 다스리셨지!

2007년 5월 19일, 인천광역시 계양구 효성동 신한노인회관, 김문수(金文秀,68), 김종안 조사.

석탈해를 물리친 수로대왕

구연자는 조사자와 같은 동네에 사는 종친으로, 종친회 활동을 하고 있다고 하였다. 대왕의 많은 업적을 이야기하다가 신라의 시조 중 하나인 석탈해를 물리친 이야기를 해주어서 녹음을 해보았다.

김수로대왕께서 나라의 기틀을 닦은 지 어언 사십 년이 다 되어 가고 있었던 시기의 일이여. 그때가 아마 나라는 평화롭고, 외국으로 많은 문물을 수출하여 재정도 풍부하고, 정말 최고의 나라 상태였을 거여. 아,

근데 신하 하나가 왕궁으로 쪼르르 와서 보고하기를, "탈해라는 놈이 해변에 나타나서는 신통한 능력을 부리면서 백성들을 괴롭히고 있다."는 것이지 않아? 그래서 수로대왕께서 직접 가서 그 탈해라는 놈을 만나보셨지. 그랬더니 이 탈해라는 놈이 건방지게 수로대왕에게 대결을 거는 것이여. 이제 왕의 자리를 걸고 크게 대결이 일어나게 된 것이지! 반나절을 결투를 벌이는데, 탈해 이놈이 자기가 밀리니까는 호랑이로 변신을 했어, 그러자 수로대왕이 황룡으로 변신을 해버렸지! 결국 탈해는 수로대왕에게 크게 혼뿌리가 나고 신라로 도망을 가버렸는데, 신라에 가서는 왕을 쫓아내고 자기가 신라의 새 시조가 되었다고 하더만. 이렇게 신라의 시조가 된 인물이 가야에 와서는 수로왕에게 혼뿌리가 나서 도망가 버렸다는 숨겨진 이야기도 있는 거.

2007년 5월 19일, 인천광역시 계양구 효성동 신한노인회관, 김문수(金文秀,68), 김종안 조사.

삼국통일의 일등공신 김유신(金庾信) 장군

조사자의 큰아버지인 구연자가 어렸을 적 증조부께 들었다고 하였다.

김해김가로써 내가 아는 가장 훌륭한 인물은 김유신 장군 일께야. 아마 너도 잘 알다시피 김수로왕이 세웠던 가야가 신라에게 망했잖냐? 그 후에 김해김가는 신라에서 귀족의 지위를 받고, 경주김가 다음으로 큰 세력을 이루고 있었지. 김유신 장군은 그런 상황 속에서 김서현 장군의 장남으로 태어났단다. 어렸을 적부터 아주 총명하여서 나이 열다섯에 벌써 화랑이 되고, 화랑들 중에서도 많은 무리를 거느렸지. 그 후에 약관의 나이가 되기도 전에 첫 전쟁에 출전하여 고구려군을 크게 물리치고, 그 후로도 수많은 전투에서 무패신화를 자랑한다고 하는데, 아무래도 내가 생각하기에는 한 번도 지지 않았던 건 아닐 꺼야, 아마. 김유신 장군의 가장 큰 공적은 삼국통일에 큰 기여를 하셨다는 것인데, 오만의 군세를 이끌고 백제의 용장인 계백장군을 무찌르셨지. 그 후에는 고구려의 연개소문까지도 무찌르셨어. 결국 이런 공을 세우신 장군은 돌아가신 후에 '흥무대왕'으로 추봉되시며 삼국시대를 대표하는 자랑스러운 우리 김해김가의 인물이신 거야!

2007년 6월 6일, 인천광역시 서구 검암동 큰댁, 김한봉(金韓捧,51), 김종안 조사.

한국 천주교 최초의 신부 김대건(金大建)

구연자가 성당을 다니면서 알게 되었다고 하였다.

조선시대 때 천주교를 엄청나게 박해했었던 거 알지? 그런데 그런 박해 속에서도 우리나라 최초의 신부가 되셔서 천주교의 선구자가 되신 분 또한 우리 김해김씨의 인물이란다. 바로 김대건 안드레아 신부님이신데, 안드레아라는 건 성당에서 주는 세례명이란 거야. 그건 알고 있지? 김대건 신부님의 아버님 또한 천주교 신자이셨는데, 아버지는 기해사옥 때 순교하셨지. 아버지가 천주교를 믿다가 돌아가셨지만, 김대건 신부님은 중국으로 유학을 가서 천주교를 공부하셨지. 물론 천주교를 공부하시며 철학, 신학, 중국어, 프랑스어, 영어하며, 아주 많은 것들을 공부하셨다고 하는구나. 이제 그렇게 긴 공부를 마치시고 드디어 신부님이 되는 서품성사라는 것을 받았단다. 솔직히 김대건 신부님도 그곳에서 편하게 신부생활을 하실 수 있었지만 조선에 천주교를 전파하겠다는 마음 하나로 목숨을 걸고 조선으로 다시 돌아오셨지! 조선에 다시 들어오셔서는, 그때 당시에는 우리나라에 신부님이 없었자나? 죄다 말도 안 통하는 외국인 신부님들뿐이었지. 그래서 조선으로 다시 돌아오셔서는 포교 활동에 최선을 다하셨지. 하지만 결국은 천주교를 불법 종교로 여기는 나랏법에 따라 신부님은 체포되게 되고, 저~기 서울에 가면 노량진에 새남터라고 있어. 그곳에서 순교를 하게 되셨지. 보통 사람들은 아마 이 분의 업적을 잘 모를 테지만, 천주교도들 사이에서는 매우 훌륭하신 인물이야. 내가 알기로는 그 바티칸의 교황청에서도 인정해주셨다고 하는구나.

2007년 6월 6일, 인천광역시 서구 검암동 큰댁, 김한봉(金韓捧,51), 김종안 조사.

암행어사 김계완 할아버지

구연자가 어렸을 적 증조부께 들었다고 하였다.

아마 이 분 이야기는 다들 모르고 있을 꺼야. 나도 아주 어렸을 적에 증조부께 들은 이야기라서 가물가물 하는구나. 조선 영조 임금 때, 우리 집안에 김계완이라는 선조께서 문과에 장원급제를 하셨다고 하는구나. 그런데 그때 당시 지방 관리들의 비리 때문에 고민이 많던 영조 임금께서 김계완 선조님을 몰래 불러서는 편지 한 통을 주셨다는 게야. 편지 속에는 '지방 관리들의 비리를 잡아내라.'는 임금님의 친필과 마패가 들어 있었다는 게야! 당시에 암행어사들까지도 지방 관리들에게 뇌물을 받아

챙기는 게 현실이었다는데, 임금님께서 그만큼 김계완 선조 어르신을 믿고 있었다는 게지. 아, 그래서 그렇게 암행어사가 되신 후에는 지이들 죄를 덮으려고 뇌물을 받치는 관리들을 죄다 잡아 드렸다는 거야. 집안은 끼니 걱정을 할 정도로 가난했었다고 하는데, 정말 대쪽 같은 분이셨지. 그래서 임금께서도 나중에 청백리에(청백리는 '인품이 훌륭하고 깨끗한 마음을 가진 관리'라고 설명함.) 임명해 주신 우리 선조가 김계완 할아버지라고 하는구나.

2007년 6월 6일, 인천광역시 서구 검암동 큰댁, 김한봉(金韓捧,51), 김종안 조사.

수로왕과 탈해의 겨루기

조사자의 아버지인 구연자가 할아버지로부터 전해 들었다고 하였다.

에, 왕이 된 지 이 년째 되던 해에 왕이 신답평이라는 곳에 갔어. (수도를 알아볼 양으로요?) 아니, 신답평이라는 곳에 갔어. 에, 그리고 나서 사방을, 이제 막 다 살펴보고는 신하한테 여기 좁다고, 근데 잘 꾸미며는, 이제 성을 쌓고 그러면, 이케 괜찮은 수도가 될 거라고, 그렇게 말했어. 그러고는 이제 공사를 했는데, 이제 공사를 하려면은, 이제 궁궐을 짓고 하려며는, 백성들이 일을 해줘야 되잖아. 에, 그 당시에 그, 백성들은 농업을, 농사를 지으면서, 에, 대부분 거의 그렇게 살았잖아. 그러니깐 농사를 지을 때 말고, 일이, 일을 안 하는, 거의 안 하는 겨울에 이제 공사를, 지은 거야. 그렇게 해서 이제 다 만들었지. 궁궐하고 그런 걸. 날 잡아서, 좋은 날 잡아서 그 대궐을, 이제 들어갔지. 한편 그 무렵에 에, 완하국에서,

(나하국이요?) 아니, 완하국에서. 함달왕이, 아니, 에, 그 부인이 임신을 했어, 임신을. 그래서 알을 낳았지. 거 알에서 사람이 태어났대. 그게 진짜 있는 겨. 그게 진짜 있구말구. 그래서 그 알에서 태어났다고 그 애 이름을 탈해라고 불렀어. 아무튼 그 탈해가 어느 날 바다를 건너서 수로왕한테 갔어. 아무래도 좀 큰 다음이겠지? 그러고 나서 탈해는 임금한테 거침없이 내가 왕위를 뺏으러 왔다고, 이렇게 소리쳤지. 에, 그런데 이 수로왕이 누구야. 수로왕은 놀라지는 않고 조용히 얌전하게 말했지. 뭐라고 말했냐면, "나는 하늘의 명을 받아서 나라를 안정시키고, 백성들을 편안하게 잘 살게 하려고 온 것이다. 이런 하늘의 명을 거역하고 왕위를 너 같은 자에게 줄 것 같냐?"라고 얘기를 했지. 그러니까 탈해가 술법으로 결판을 내자고 그래서, 에, 진 사람이 조용히, 에, 물러가기로 해서, 왕도 좋다구, 에, 말에 응했어. 어느새 주위에는 에, 구경하러 신하들이 몰려왔어. 신하들은 왕이 혹시나 질까봐 걱정을 했어. 에, 에, 그러면서 시합을 지켜봤어. 탈해가 먼저 매로 변신을 했어. 수로왕은 매보다 더 강한 독수리로 변신했지. 엄청 큰 독수리였지. 이번에는, 이번에 에, 탈해는 도술을 써서 또 에, 참새로 돌아왔어. 아니 참새로 변했지. 그러니깐 이번에는 왕이 저 매로 변신했어. 탈해는 부리나케 사람으로 다시 되돌아와서, 아니 돌아왔어. 에, 그러니께 수로왕도 본래 모습으로, 본래 자기 모습으로 돌아왔지. 탈해는 그제서야 갑자기 무릎을 꿇더니, 아까 술법을 겨룰 때 매는 독수리한테 지고 참새는 매한테 지니간 죽일 수도 있잖아? (수로왕이 인자했다는 뜻이네요?) 응, 근데 살려주었으니깐, 에, 그 수로왕의 인자, 에, 수로왕이 인자했기 때문이라고. 근까 그, 네가 어리석어서 그 왕을 상대로 자리를, 임금 자리를 다투었다고, 이제 즉시 자기 나라로, 이 나라를 아, 이 나라를 떠나겠다고 말했어. 에, 근까, 아참, 그 전에 용서해달라고 했지. 탈해는 그 즉시 중국 배들이 이케 왕래하는 나루터로 갔어. 그래도 수로왕은 혹시나 해서, 그 탈해가 사과를 했음에도 불구하고 혹시나 모르

잖아? 겨 해가주고 난리를 피우지 않을까 염려해서 수군 오백 척을 뒤쫓게 해서, 오백 척을 이용해서, 그러나 탈해는 배를 몰아서 신라 땅으로 들어가 버렸어. (탈해가 도망갔군요?) 그렇지. 수로왕이 강한 걸 알았으니깐. 그래서 그대로 따라 들어왔지.

2007년 5월 12일, 서울시 강서구 내발산동 우리집, 김영은(金英銀,55), 김유금 조사.

장원급제한 김일손

조사자의 아버지인 구연자가 할아버지로부터 전해 들었다고 하였다.

에, 김일손은 어렸을 때부터 재주가 있었어. 그러던 어느 날, 그러던 어느 날이 아니지. 음, 무인, 무인, 그러니까 장군 비슷한 그런 사람이겠지? 그 사람의 사위가 됐는데, 그 재능을, 재능이 있다고 했잖아. 그 재능을 속이고, 글을 모른다고 하면서 한 가지 책을 읽고 있었어. 한 가지 책인데 그게 십구사략만 읽었어. 절에 가서 공부를 했는데, 어느 날 장인한테 편지를 했어. 그 편지에는 '문왕이 죽고 무왕이 나왔으니 주공주공 소공소공에 태공태공이라.'라고 씌여 있었어. 장인이 이것을 보고 글 모르는 사위가 장난으로 보낸 거라고 판단하고 숨겼는데, 어느 날 한 선비가 이 편지를 보고, 우연히, 우연히 이 편지를 보고 놀라면서 대단한 천재라고 하는 거야. 장인은 놀라면서 도대체 왜 그러냐고, 왜 그런 거냐고 그 선비한테 물었지. 그러자 그 선비가 말하기를, "문왕의 이름은 창이니, 구두 밑창을, 아니 신발 밑창을 뜻하고, 무왕의 이름은 발이니, 발을 뜻함이다."라고 하면서 즉, "이 뜻은 구두 밑창이, 신발 밑창이 떨어졌으니

발이 나왔다.” 음, 그리고 “주공 이름은 단 즉, 아침을 뜻하고, 소공의 이름은 석, 즉 저녁을 뜻하고, 태공의 이름은 망, 즉 바란다는 것을 뜻하니, 이 뜻은 아침저녁으로 바라고 있다는 뜻이다.” 라고 하면서 어서 새 신을 사서 보내라고 했어. 그래서 새 신을 가지고 갔더니, 정말 신고 있는 신발이 구멍이 나서 발이 다 보이는 거야. 그래서 장인은 ‘아, 우리 사위가 바보가 아니구나.’ 하면서 사위의 재능을 인정했지. 그러던 어느 날 그 과거 시험이 있었어, 과거 시험. 처남들하고 이제 같이 과거장에 가서 과거 시험을 삼일 동안 치르는 것인데, 아무튼 그래가지고 시험을 보는데, 첫날에는 술만 마시고, 둘쨋날에는 놀다가, 셋쨋날에는 그 여러 장의 시험지를 가지고 들어가서 많은 양의 답안지를 한꺼번에 작성해서 제출을 했어. 쯧. 그리고 일찍 나왔어. 무인인 장인 있잖아. 그 장인이 김일손의 처남들에게 “과거장에서 김일손이 놀았냐?”고, 시험을 안 치고, 이런 걸 물어봤지. 그 사위들한테, 그런데 그래서 사위들이, 그 처남들이 얘기하기를, “오늘은 온갖 말도 안 되는, 자기들은 뭐라 쓴지 이해할 수 없는데, 그런 이해할 수 없는 답안을 쭉 써서 그것을 내려놓고 갔다.”고 얘기했지. 장인이 걱정하다 발표하는 날에, 그 김일손이 장원에, 그니깐 장원 급제를, 아니, “거기에 자기 이름이 없으면 아래는 보지도 말고 그냥 오라. 합격했어도 장원이 아니면 소용없다.”라고 생각한 거야. 아무튼 그렇게 말하고, 보냈는데 그, 정말 가서, 그, 봤더니, 정말 장원인 거야. 모든 사람들이 놀랬지. 글도 모르는 바보인 줄로 알았는데 장원 급제를 했다는 게. 그래서 처가 사람들은 그제서야 김일손을 잘 대접하게 됐지.

2007년 5월 12일, 서울시 강서구 내발산동 우리집, 김영은(金英銀,55), 김유금 조사.

가야의 건국신화

조사자의 친할머니인 구연자가 시집와서 시어머니로부터 들었다고 하였다.

음, 가야가 지금 없었고, 제도도 갖추어져 있지 않았어. 그 가야가 있던 터에는 오직 음, 아홉 추장이 있을 뿐이었어. 각기 백성들을 잘 다스렸어. 그냥 자연에서 함께 살면서 나름대로 잘 생활했는데, 그 날 사람들이 모여서 어떤 나쁜 운을 막는 제사 준비를 한창 바삐 하고 있는 때였어. 근데 그때 요상한 소리가 마을 사람들한테 들리는 거야. 그래서 사람들이 이제 그, 그, 그, 소리가 어디서 나는지 잘 들어보니깐 구지언덕에서 그 소리가 나는 거야. 근데 사람들이 무서우니깐 조심, 조심 까치발로 다가갔단 말야. 그 언덕에, 근데 그 언덕에 아무도 없는 거야. 그래서 "이상하다." 하고 생각하고 있는데 또 이제 소리가 들리는 거야. 이게 먼일인가 싶어서 이제 사람들이 막 "거기 누구 있소? 이리 나와 보시오." 하면서, 이제 족장들하고 마을사람들하고 막 얘기하는 거야. 근데 거기 누가 있는지 모르니 가까이 가고 싶은데 그냥 거기서 좀 떨어져 가지고 그냥 주변을 맴돌면서 물어봤단 말야. 그러고 나서 또 이제 소리가 들리는 거야. 누가 있다는 거야. 자기네가 있데. 누군지 모르겠지. 이때 누군지 모르니깐. 다시 물어봤겠지. 머, 족장들이나 동네사람들, 백성을, 그니깐 근데, 그니깐 또 모르는 목소리가 들리는 거야. 아, 그니깐, 그 전에 모르니깐 물어봤지. "지금 어됬니? 네가 있는 곳이 어디냐?" 그러니깐 구지에 있데. 그 구지, 구지 언덕. 음, 그러고 나서 이제, 그 이제 머 다시 얘기를 하는 거야. 자기가 이제 이 땅의 주인이, 이제 임금이, 왕이 되겠다, 하면서. 이제 그 머냐? 족장들이 어리둥절해 하니깐 이제 다시 얘기해주는 거야. 자기가 이 땅의 임금이 되고 싶은데, 그게 아니라, "이건 하늘의 뜻이다.

그래서 내가 이제 여기서 새 나라를 세우고 백성들을 다스려야 되겠다. 그러니 너희들은 나를 받들고 모셔야 한다. 그 전에 너희들은 나를 축복해 줘야 돼.”하면서 이제 노래를 하라고 그래. 그래서 이제 거북이 노래를 부르는 거야. 그 주변이 구지언덕이라고 그랬잖아? 그 왕이 되는 사람이 그 구지언덕 밑에 있었나봐. 그래서 이제 노래를 “거북아, 머리를 내밀어. 빨리 내밀어서 이제 나라를 세워야지.” 하면서 이제 그 주변 족장들하고 백성들이 노래를 불러. 음, 그래서, 그리고 나서 보니깐, 이제 하늘에서 아, 그, 먼가 줄 같은 게 내려와. 이게 진짜 신기하잖아? 그래서 이제 또 그 줄을 따라가. 따라가 봤더니, 궤짝이 있는 거야, 금 궤짝. 그래서 그 궤짝을 열어 보았지? 궤짝을 여니깐 아주 번쩍번쩍한 알들이 담겨 있는 거야. 근데 사람들이 아, 놀래가주고 절을 막 해. 이제 절을 하고 다음날에 와서 보니깐 또 알이 안 없어지고 있는 거야. 그게 아니고, 그 알들이 이제 아이들로 변해 있었어. 그 아이들이 아주 비범했어. 아주 키도 크고 아주 뭐, 이웃나라 머, 위대한 왕들과도 같이 음, 아주 총명하고 아주 용맹했어, 용맹. 그러고 난 다음에 보니깐 아주 그 애가 여섯이 있었는데, 그 중에 처음으로 그 모습을 보였어. 그 전에는 모습을 보이지 않다가. 아, 그 왕이 그, 수로왕인데 시기가 언제냐 하면은 서기 사십일 년인가? 사십이 년인가, 아무튼 삼월쯤에 나라를 세웠어. 그 나라가 바로 가야고, 그 나라를 세운 왕이 바로 우리 시조인 김수로왕이지. 아주 정치도 잘하고 음, 백성들이 아무튼 편안하게 살 수 있게끔 나라를 잘 다스렸다고 해.

2007년 5월 13일, 경기도 김포시 수참리 할머니댁, 김옥분(金玉分,86), 김유금 조사.

점쟁이가 환생한 김유신

구연자는 조사자가 사는 동네 방앗간집 할아버지로, 그곳에 살면서
어른들로부터 들었다고 하였다.

에, 진평왕 때 김유신이 태어났는데, 등에 칠성무늬가 있었어. 참 신기
한 일이지. 김유신은 열여섯 살이 될 때 검술을 익히고 술법을 터득했어.
그래 가주구 화랑에서 저 뭐냐? 그, 화랑을 이끄는 그런 사람을 국선이라
고 하는데, 그 국선이 됐어. 김유신은 영특해 가주고 이런 나이부터, 저기
나라하고, 이제 대적해 있는 고구려하고 백제를, 이제 치려고 밤낮으로
깊이 생각했지. 그 당시 이런 김유신의 계획을 알고서 백석인가? 걔가
같이 화랑, 화랑, 그 동료가 그를 따랐어. 그러던 어느 날 백석이 그, 요청
을 해가주고 그, 김유신이랑 둘이서 밤길을 걸었어. 한 고개, 그 위에서
쉬려고 하는데 두 여인이 김유신을 따라 온 거야. 해서, 골화천이라는,
그래서 그, 잠을 자려고 했는데, 밤에 졸리니까, 또 한 여자가 홀연 나타난
거야. 그래서, 그렇게 해서 여자가 세 명이잖아. 그래서, 그 김유신이 즐겁
게 이야기를 하고 있었어. 그 여자 세 명하고. 그때 여자애들은 약과 같은
거, 맛있는 거, 그런 걸 대접했어. 그러면서 이제 친해지게 됐지, 서로.
알고 그랬는데, 그 여인들이 그, 김유신을, 김유신한테 그 숲속으로 함께
가자고. 재, 백석이 같이 동행했잖아. 하지만 백석을 내버려두고. 그래서
김유신은 세 여자를 따라서 숲속으로 들어갔지. 근데 갑자기 깊이 들어갔
는데, 숲속, 세 여자가 이케 신으로 변신한 거야. 바뀌었지. 뭐, 음, 자기들
이 신이라 칭하면서 그, 자기, 김유신이 신라인인데, 그 적국 사람이, 그
뭐냐? 고구려나 백제, 어혀튼 적국 사람이 김유신 장군을, 어, 유인해서
가는데 장군은 모르는 거 같아 가주고, 그, 살리겠다고, 김유신을 알려
줘 가주고, 그 해가주고 온 거야, 김유신 장군한테. 그 말을 마치고 놀랬지,

장군은. 음, 그러면서 이제, 감사의 표시로 알려줬으니까, 살려줬으니까. 두 번 절을 하고, 그 이제, 백석한테 가서 뭐, 뭐, 집에 문서, 중요한 거를 놓고 왔다 하여, 이제 백석이 자기를 데려간다는 걸 알아채서 꾀를 내서 말을 한 거겠지. 그렇게 해서 백석을 집에 데리고 왔어. 중요한 문서를 놓고 왔다고 하면서. 그 이제, 고문을 하면서 백석을, 인제, 그, 물었지. 그랬더니 자기가 고구려 사람인데, 에, 그런데, 아, 그전에 그 적국이 고구려였어, 고구려이고 보니간. 얘기하다 보니 생각이 났네. 그러면서 고구려 신하들이 신라의 김유신이 자기네 고구려 점쟁이였다고 그러는 거야. 그랬다고, 자기한테. 근데 어느 날에 거꾸로 흐르는 물이 있는 거야. 그, 그래서 그 점쟁이보고 점을 치게 했지. 그랬더니 그 점쟁이가 대왕 부인이, 음양 있잖아? 음양. 음양 법칙을 거슬려서 그런 거라고. 그렇게 말하니까 대왕이 놀래 가주고, 왕비 있잖아, 대왕 부인이, 왕비가 놀랬지. 점쟁이가 자기를 나쁘게 몰아세우니. 저, 왕한테 말해서, 왕비가 왕한테 말해서, 그 점쟁이를 시험해서, 그 뭐냐? 그 해서, 그 시험을 통과, 맞추면 살려주고 틀리면 죽인다 했어. 그렇게 해서 쥐를 상자 속에 가두고 이게 뭐냐고, 여기 속에 뭐가 있냐고 했는데, 그 점쟁이가 쥐가 여덟 마리라고 했어. 틀린 거야. 거기에는 쥐가 한 마리 있었지. 그니간 틀린 거잖아? 그니간 왕이 죽이라고 한 거지. 목을 베라고. 근데 그 점쟁이가 죽으면서 내가 죽은 후 다시 태어나서, 대장으로 태어나서, 대장으로. 이제 고구려를 멸망시키겠다 말하고 죽었지. 죽이고 나서 쥐, 쥐 배를 갈라보니간 새끼가 일곱 마리 있는 거야. 그, 그러고 나니간 여덟 마리가 맞잖아? 새끼, 어미 여덟 마리. 그래서 그 다음 밤에 대왕이 꿈을 꿨는데, 그 점쟁이가 서현공인가? 부인 품속으로 들어가는 꿈을 꾼 거야. 근까 태어나 가주고, 점쟁이가 그 죽으면서 맹세했잖아? 멸망시키겠다고. 이게 사실일 거라고 이제 생각한 거야. 그래 가주고 백석을 보내 가주고 유인하겠다는 그런 생각이었겠지. 그, 그렇게 말했어. 백석이, 고문을 해서 캐물으니. 그래서 김유신은 그 백석을 바로 처형하고, 그 김유신 살려준 신 있잖아? 신, 세 신. 그래서 그, 고마우니깐, 자기 살려줬으니깐, 해서 삼신에게 제사를 지냈어. 그래서 뭐, 삼신은 제사를 받았지 뭐.

2007년 5월 13일, 경기도 김포시 수참리 방앗간집, 김권로(金勸勞,72), 김유금 조사.

칠불암과 허 황후

구연자는 조사자의 할머니댁 동네 할머니로, 돼지를 키웠다고 해서 '돼지 할머니'라는 별명이 붙은 분이다. 시집와서 형님들로부터 들은 이야기라고 하였다.

그까[20] 가락국에 김수로왕이 있잖아. 김수로왕 부인이 허황후잖아. 허황후한테는, 김수로왕하고 허황후 사이에는 일곱 명의 왕자가 있었어. 그런데 이 일곱 명의 왕자가 모두 속세와 인연을 끊고 절에 들어가서 세상에 나오지 않게 되었어. 그 절이 지리산에 있었는데, 허황후가 너무 보고 싶어서, 자식들이. 일곱 명의 왕자를 보기 위해서 지리산에 있는 절로 갔어. 그런데 그 절에 불법이 엄해서 허황후가 여인네라 못 들어가게 막았어. 허황후는 못 들어가는데도 그 절 앞에서 여러 날 안타깝게 기다렸지. 그러다 참다못해서, 너무 보고 싶으니깐 그 절에 들어가 아들들 이름을 차례대로 불렀어. 그러자 '출가를 이미 했으니 속세인을 대할 수 없다.'고 하는 칠형제의 목소리만 들렸어. 허황후는 그 목소리라도 들으니까 너무 반가웠어. 그래도 얼굴이 얼마나 보고 싶었겠어. 그래서

---

20) 그러니까.

얼굴도 보고 싶다고 간청을 했지. 그러자 아들들이 대답하기를, '절 앞 연못가로 오라.'고 말했어. 그래서 허황후가 연못 주변에서 왔다 갔다 하면서 아들들 모습을 보려고 했는데, 아들들 모습이 보이지 않는 거야. 그래서 허황후는 실망을 해가지고 이제 가려고 발길을 돌렸는데, 연못 속에 봤는데, 연못 속을 봤는데, 그 일곱 왕자가 합장을 하고 있는 거야. 그 모습을 보고 허황후는 감동을 했지. 그런데 잠깐 있다가 그 모습이 사라진 거야. 그 뒤로는 다시 나타나지 않았어.

2007년 5월 13일, 경기도 김포시 수참리 할머니댁, 김희분(金熙盼,82), 김유금 조사.

수로왕과 혼인하기 전의 허 황후

조사자의 막내 작은아버지인 구연자가 그 전에 아버지로부터 들었다고 하였다.

근까 김수로왕이 자신의 배필을 정하려고 하는데, 이제 부인을 정하려고 하는데, 음, 자신이 하늘에서 아니, 이곳에 온 것은 그 하늘의 명이니까, 자기 배필도 하늘이 명할 것이라고 해가주고, 그, 신하에게 뭐지? 이제 배하고 말을 줘서 배필을 찾아오라고 명령을 했어. 아 근데 또 점치는 사람, 그 점치는 애한테 점도 치게 했어. 근데 갑자기 배가 한 척이 들어오는 거야. (점을 치고 난 후에요?) 점을 치고 왔는데, 배가 오는데 붉은 돛을 달고 오는 거야. 어, 그래 가주고 어, 근데 점치는 사람이 저, 저 배에 그 배필, 그 부인이 있다고. (그 왕이 믿어요?) 부인이 있다고 해서 둘이 만나게 됐는데, 그 부인이 말하기를, '꿈을 꿨는데, 그 뭐 하늘에서 이쪽으로 오면은 왕이 부인을 구하고 있을 거라.'고 하면서, 해가주고 왔는데, 온 거래. 그래 가주고 이제 김수로왕이 왕비로 맞이한 거지. 그, 그 부인이 배에 보물을 싣고 왔다고 하더라구. 그리고 그 부인이 인도사람이라는 설이 있다는 구나. (인도하고 수로왕하고 어떤 관계가 있었나요?) 아니, 그게 그냥 이야기래. 이천 년 전의 이야기라더나 뭐라나. (그래서 그 왕하고 바로 결혼한 거예요?) 어, 그 하늘이 주어진 배필이니까. 아무튼 신인지 누군지 나와 가주고, 이제 그 저기, 왕이 있는데, 지금 왕 있는 데 있잖아? '거기로 가라.'고 해가지고 왔다구. 하늘이 주어진 거라 했지 뭐.

2007년 5월 13일, 경기도 김포시 수참리 할머니댁, 김철은(金哲銀,48), 김유금 조사.

김해김씨 유래

구연자는 현재 서울시 신길동에서 21년 동안 살고 있는데, 그 이전에는 안성에 살았다고 하였다. 현재 김해김씨 서울 종친회 회장을 맡고 있다. 구연 자료는 어렸을 적 할아버지께 들은 것도 있고 또 종친회에서 들은 것도 있다고 하였다.

(이제부터 시작할께요. 아, 감사합니다.) 응응, 먹어. 이런 거 처음 해봐서 뭐 나올란가 모르겠네. (그냥 말씀해주시면 돼요. 모르시면 넘어가셔도 되니까 너무 부담 갖지 마세요.) 허허, 그려. 그럼 물어봐. (김해김씨의 유래부터 말씀해주세요.) 우리 시조? 알잖어. 김수로왕이지. 아참, 몇 대 손인가? (삼현파 37대손이요.) 하하. 그렇구만. 저기. 저, 저 사람이 삼십

오 대손이여. 허허, 거참! 이런 거 보면 참 웃겨. 쌩판 남인 줄 알고 살다가도 다 한 핏줄이잖여. 저. 거기 일로 와. 인사 좀 해바. (아, 하하. 괜찮아요. 계속 할까요?) 응, 그래. 뭐 얘기 하고 있었드라? (김해김씨의 유래요.) 응, 그려. 우리 김해김씨는 김수로왕이 시조여. 김수로왕이 나라를 지었는데 그게 가락국이라고. 가락국에는 본래 아도간, 여도간, 피도간, 오도간, 유수간, 유천간, 신천간, 오천간, 신귀간, 이렇게 아홉 촌장이 각 지방을 다스렸다고. (그럼, 이렇게 아홉 촌장이 다스릴 때는 아직 김수로왕이 없었던 거죠?) 응. 그르치. 이렇게 아홉 촌장이 다스리고 있는데 구지봉에서 이상한 소리가 들리더라 이거야. (저 구지봉 가봤어요. 학교에서 학술답사에서요.) 아이고, 잘했네! 거기 가보기가 나도 쉽지가 않은디. 어느 핵교라고? (상명대학교여.) 거기가 원래 상명여대자녀. 우리 조카가 그 핵교 나왔는데. 문헌정본가 뭔가, 나도 이름은 잘 모르겠네. 나오면 도서관 사선가 뭔가. 그거 한다고 준비하던데. (아, 맞아요. 문헌정보학과. 도서관 사서 양성하는 학과에요. 그리고 저희 학교 여대에서 공학된 지 한 10년 됐어요.) 그렇게나 됐어? 나는 아직꺼정 여댄 줄 알았는데. 아마 미정이 다닐 때는 여대였을 꺼여. (얘기 계속 해주세요) 응, 구지봉. 거기까지 했나? (네.) 근데 그 구지봉에서 이상한 소리가 나는 거야. 그래서 아홉 촌장과 사람들이 올라갔지. 그랬더니 하늘에서 "산봉우리에 흙을 파며 '거북아, 거북아, 머리를 내밀라, 만약 머리를 내지 않으면 구어 먹겠다.'라고 하면서 춤을 추면 임금을 주겠다." 라고 하는 거야. 그래서 아홉 촌장은 사람들을 데리고 그대로 했지. 그랬더니 하늘에서, 파~란 줄이 내려오더라 이거야. 그 줄을 따라가 보니 상자가 있네. (상자요?) 그렇지. 상자가 있더라는 거지. 그래서 그 상자를 딱 열어봤더니 황금알 여섯 개가 있다는 거야. 그래서 그 알들을 아홉 촌장의 집에 가져다가 나눴더니 다음날 이 알을 깨고 여섯 어린아이가 나왔는데 가장 먼저 나온 아이가 수로야. 우리 시조인 김수로왕이시지. (그럼, 그 다섯 아들은 어떻게 됐어요?) 그 분들도 각자 맡아서 지방을 다스리셨지. (그럼 원래 있던, 아까 말했던 아홉 촌장들은 순순히 물러났나요?) 그건 잘은 모르겠지만. 아마도 그랬겠지. 역사에 기록이 그렇게 나와 있으니까. (역사적 기록이 있나요? 뭐라고요?) 알을 깨고 나온 사람들이 각 지방을 다스렸다고 나와 있지.

2007년 5월 19일, 김해김씨 서울 종친회, 김종석(56), 김나리 조사.

삼현파의 유래

구연자는 현재 서울시 신길동에서 21년 동안 살고 있는데, 그 이전에는 안성에 살았다고 하였다. 현재 김해김씨 서울 종친회 회장을 맡고 있다. 구연 자료는 어렸을 적 할아버지께 들은 것도 있고 또 종친회에서 들은 것도 있다고 하였다.

(아, 그럼 이제는 삼현파의 유래에 대해 말해주세요. 아, 근데 아까 맨 처음 나온 아이의 이름을 수로라고 했다고 했잖아요. 근데 왜 성을 김이라고 쓰게 됐어요?) 그야. 금알에서 나왔잖아. 그래서 김 성을 쓰게 된 거지. (아하! 아~ 그렇구나. 하하.) 진짜, 이제 삼현파의 유래에 대해 말씀해주세요.) 조선 20대 정종 때[21] 왕이 친히 김해김씨를 가리켜 삼한 갑족이라 칭하셨어. (삼한갑족이요? 무슨 뜻이에요? 한자가 어떻게 되나요?) 석 삼에 나라이름 한. 거북이등딱지 갑. (아~.) 근데 이걸, 뭘 뜻하는 거냐면, 그게 절효 김극일, 문민공 김일손, 삼족당 김대유, 이 세

---

21) 22대 정조 때.

현인을 가리켜 정종이 친히 삼현이라 이름 붙였어. (아, 삼현이, 세 명의 현자. 뭐 이런 뜻이네요?) 응, 응. 그르치. 한 집안에서 사대동안 삼현이 났다는 일은 과거에도 드문 일이므로 이로 인하여 삼현파라고 친히 이름 지어 주셨어. 그 이후로 딱 그 세 집안을 삼현파라고 하는 거지. (아, 재밌어요. 정종이 친히 이름 붙여주시다니. 굉장한 영광이었네요. 김해 김씨 중에서도.)

2007년 5월 19일, 김해김씨 서울 종친회, 김종석(56), 김나리 조사.

태인허씨, 인천이씨의 유래

구연자는 현재 서울시 신길동에서 21년 동안 살고 있는데, 그 이전에는 안성에 살았다고 하였다. 현재 김해김씨 서울 종친회 회장을 맡고 있다. 구연 자료는 어렸을 적 할아버지께 들은 것도 있고 또 종친회에서 들은 것도 있다고 하였다.

(처음 인터넷에서 종친회를 찾고, 인터넷으로도 굉장히 활발한 활동을 하고 있다는 거에 놀랬어요. 김해김 삼현파 종친회도 서울 종친회, 김해 종친회, 부산 종친회 이렇게 나눠져 있더라고요. 그리고 일 년에 두 번 정기적인 모임도 갖고 있는 거 같고, 또 아이를 낳으면 아이들 사진도 있고, 한편으로는 신선한 충격이었어요.) 하하, 그랬어? 나는 젊은이들이, 젊은 세대들이 이렇게 찾아오는 거 보면 참 놀라워. 뭐 그래. 내가 알고 있는 얘기를 가지고, 뭐, 숙제가 되는지도 모르겠고 허허 참! (웃음) 그래 도 우리 가문에 구지봉에서 불렀던, 그 뭐지, 그 노래 있자녀? 그, 그,

거북아, 거북아. (구지가요?) 응, 그거. 구지가. 그 노래가 국어책인가 뭔가. 요즘은 문학책인가? 거기에 실려 있어서 많이 알지, 젊은이들이. 애, 자부심이 들어 허허. (저도 처음 구지가를 볼 때 우리 시조라고는 전혀 생각하지 못하고 노래 내용이 굉장히 흥미로워서 기억하고 있었어요. 거북아, 거북아, 머리를 내놓아라. 그렇지 않으면 구어 먹으리. 단순한 내용 같은데 거기서 왕이 오시기를 기원하는 노래라니. 그래도 가사 내용은 정말 재밌어요.) 또, 그런 애기도 있어. 뭐 짧아서 얘기가 될랑가 모르겠네. (아, 끝난 게 아니었어요? 감사합니다.) 그래, 그래. 들어봐봐. 허허. 거참. 수로왕 즉위 칠 년에 허황옥을 왕비로 맞이했다고. 근데 그 허황옥이 아유타국 공주라고. (아유타국이요? 처음 들어보는데요?) 아마, 현재 인도라고들 학자들은 말들 혀. (그럼, 삼국시대 때부터 인도랑 무역을 했다는 얘기가 되잖아요?) 그런 거까지는 모르것네. 아마. 그렇겠지. 뭔가 오고갔으니까 외국의 공주랑 결혼을 했겠지. (그럼 우리 모계가 인도계가 되는 거잖아요. 하하. 단일민족이 아니네요? 그럼. 우리는 처음부터?) 왜케 어려운 얘기를 자꼬 한댜? 그건 선생님께 여쭤바바. (아, 네네. 자꼬 말씀을 끊었네요. 죄송합니다. 얘기 계속 해주세요.) 죄송할 꺼까지 뭐 있나. 응. 근데 그 허왕옥을 왕비로 맞아서 십남이녀를 나았지. 근데 맏아들은 당연히 김씨로 왕통을 잇고, 두 아들은 왕비의 간곡한 요청으로 왕비의 성인 허씨를 줬어. 그게 지금 태인 허씨지. (모계의 성을 줬다고요? 그 시대엔 그게 가능한 시대였나 봐요? 그럼 태인허씨와 엄밀히 말해 형제와 다름없네요? 와, 새로운 사실들.) 응, 그리고 나머지 일곱 아들은 불가에 귀의하여 하동 칠불이 되었다. (하동 칠불이 뭐에요?) 그건 나도 뭘라. 인터넷 찾아봐. 인터넷. (네. 하하. 감사합니다.) 왜, 이 처자 자꼬 혼자 끝을 맺는댜? 끝이 아니여. 아까 말한 거 있잖어. 형제냐고. 허씨에서 갈라져 나온 인천이씨와 태인허씨, 김해김씨, 이 세 성씨가 다 같은 혈족이라고. 종친회도 우리 종친회에서 다 같이 하고 있어. 그래서 우리 종친회 이름이 가락중앙종친회인 거여. (아!)

2007년 5월 19일, 김해김씨 서울 종친회, 김종석(56), 김나리 조사.

칠불암과 허 황후

구연자는 현재 서울시 신길동에서 21년 동안 살고 있는데, 그 이전에는 안성에 살았다고 하였다. 현재 김해김씨 서울 종친회 회장을 맡고 있다. 구연 자료는 어렸을 적 할아버지께 들은 것도 있고 또 종친회에서 들은 것도 있다고 하였다.

김수로왕과 허왕후가, 일곱 왕자가 성불하여 속세와 인연을 끊고 세상에 나오지 않자, 왕자를 만나보기 위해 지리산으로 갔지. (지리산에서 수도를 했나보네요?) 응응, 그랬나봐. 근데 불법이 엄하여 허왕후조차 여자라고 안 들여보내주는 거야. (절에 안 들여보내준다고요? 아까 허왕후의 성을 쓰게 해서 여성의 지위가 높았나 했더니, 불교에서는 엄마인 허왕후를 여자라고 못들이게 했다니? 이 시대의 여성의 지위에 대해 알아보면 흥미롭겠어요. 무엇이 진실인지. 하하.) 잘도 쏙쏙 캐내는구먼. 그래 한번 알아봐봐. 허허, 거참. 그래서 여러 날을 절 밖에서 안타깝게 기다리던 허왕후는 참다못해 아들들의 이름을 차례로 불렀지. 그러나 이미 우리 아들들은 출가해서 속인을 대할 수 없으니 돌아가라는 음성만이 들릴 뿐이었어. (안타깝다. 그래서요?) 허왕후는 그토록 바라던 아들들의 목소리만 들어도 어찌나 반가웠겠어. 그래도 어찌 얼굴을 보는 것만 하겠어. 얼굴을 보여 달라고 간청했지. 보여 달라고, 보여 달라고. (너무

매정해요, 참.) 그랬더니 아들들도 안 보고 싶었겠어? 지 어미가 새끼들 얼굴 보로 온 건데. '그러면 선원 앞 연못가로 오시라.'고 했디아. 그랬더니 허왕후가 불이나케 연못 주변으로 갔지. 근데 이게 뭐야? 연못 주변을 아무리 두리번거려도 아들의 모습이 보이질 않는단 말이야. 기다리고 기다려도 아들들은 오지 않고. 허왕후는, '나를 이놈들이 따돌릴려고 했구나.' 생각하면서 괘씸하다는 생각까지 들었지. (진짜 그랬겠어요. 야속해요.) 그래서 허왕후가 돌아서려는데 연못 속을 돌아보니 일곱 왕자가 합장하고 있지 뭐야. 근데 고새 사라졌어. 그리고는 다시 나타나지 않더래. 이 연못을 이후로 사람들이 영지라고 불렀고, 수로왕이 이때 머물렀던 곳을 범왕촌이라 불렀는데, 현재도 남아 있어. 범왕리로 변해 있지. 또 허왕후가 머물렀던 곳은 대비촌(大妃村)으로 일컬었는데, 지금은 쌍계사 아래편에 대비리(大比里)로 변해 있지. (아, 진짜 감사합니다. 감사합니다.) 허허, 별 말을 다해.

2007년 5월 19일, 김해김씨 서울 종친회, 김종석(56), 김나리 조사.

임란공신 김극희(金克禧) 장군

조사자의 아버지인 구연자가 어린 시절 아버지와 할아버지로부터 들은 이야기라고 하였다.

조선시대에 임진왜란 알제? 임진왜란이 뭐고? (조선시대에 일본에서 우리나라 침략한 거잖아.) 그래. 그때 우리 가문에서 훌륭한 일을 하신 분이 있다. 이름이 아마 극희일 거야, 김극희 장군. 그 장군님이 전쟁 때 싸우시다가 돌아가셨거든. 지금 갑자기 할라카니깐 기억이 잘 안 나는데, 얘기도 너무 옛날에 들어가지고. 근데 그건 확실하다. 장군님이 전사하시니깐 장군님 아들이 또 있었어. 그 아들도 왜, 아버지가 일본놈들 때문에 죽었는데, 분통하지 않겠나? 그래가지고 아들도 전쟁터에 나갔는데 죽었다 카더라. 김극희, 그 장군이 벼슬하시다가 임진왜란이 일어나니깐 아들한테 시켜가지고 이것저것 준비해가지고, 전쟁터에 나간 기라. 이순신 장군 알제? 이 분이 이순신 장군도 도왔단다. 도와가지고 싸우셨다던데, 자세한 건 잘 모르겠다. (아빠, 자세하게 해야 되는데…) 맞나? 아, 기억 잘 안 나는데? 근데 우리 김극희 장군은 한산도 대첩 알제? (이순신 장군이 일본하고 싸워서 이긴 거 아니가?) 그래 , 그거랑 명량대첩, 거기서 이순신 장군 도왔다더라. (이순신 장군을 어떻게 도와준 건데? 기억 안 나나?) 음, 아! 기억났다. 이순신 장군이 있제, 한산도 대첩을 지금으로 말하면 해군 있제? 해군들 데리고 한산도 쪽으로 옮길라고 했데. 근데 김극희 장군이 옮기지 말고 명량대첩, 거기가 좋다고 거기서 싸우자고 했다 카더라. 그래서 명량대첩에서 이길 수 있었다 카던데. 나중에 무슨 전투더라 거기서 돌아가셨다 카더라.

2008년 4월 26일, 경상북도 포항시 덕산동 자택, 김완섭(金完燮,53), 김혜현 조사.

김서현(金舒玄) 장군

조사자의 아버지인 구연자가 어린 시절 아버지와 할아버지로부터 들은 이야기라고 하였다.

이 분은 우리 파(派)는 아닌데, 뭐 어떻게 보면 같은 파일 수도 있다. 내가 알기론 그 뭐냐, 이 분 아들이 김유신 장군이거든. (아 맞나? 김유신 하니깐 좀 쉽게 느껴진다. 난 김유신 장군 경주김씨인 줄 알았는데.) 아이다. 김해김씨다. 김유신 장군부터 김해김씨가 파로 나눠졌을 걸? 자세한 건 잘 모르겠다. 아무튼 이 장군도 유명하신데, 이 장군의 아버지가 왕자였거든. 근데 가야 알제? 김수로왕이 세운 나라 말이야. 그 나라가 망했으니 왕자여도 뭐 할 수 있는 게 있어야제. 그래서 싸우는 것만 배운 거야. 그거 가지고 전쟁터에서 싸우고 카니깐 공을 인정받았지. 그리고 그 계급 있제? 신라시대에 있었던 거 있잖아. (뭐더라, 아! 그 골 들어가는 거, 뭐지? 아아아, 진골, 뭐 그런 거?) 그래 그거. 이 집안이 진골이었는데 그 취급도 못 받고. 그래서 김서현 장군이 출세할라꼬 진흥왕 맞지 싶다, 진흥왕 동생의 딸이랑 결혼한 거야.[22] 결혼도 쉬웠던 게 아인 거야. 왕족이잖아, 그 딸이. 그래가지고 그 딸을 숨기고 장군을 멀리 보냈는데, 그 딸이랑 야반도주를 한 거야. (사랑이야기밖에 없나?) 그래도 이 분이 싸움도 잘해서 공도 쌓고 그랬다더라. 그래가지고 나중에 낳은 게 김유신 장군이다.

2008년 4월 26일, 경상북도 포항시 덕산동 자택, 김완섭(金完燮,53), 김혜현 조사.

---

22) 김서현의 부인은 만명부인(萬明夫人)으로, 진흥왕의 아우인 숙흘종(肅訖宗)의 딸임.

상산김씨

김일 따님의 효녀각 이야기

조사자의 아버지인 구연자의 고향은 경상북도 상주인데 태어나서부터, 대구로 고등학교를 다니게 되기 전까지 그곳에서 어린 시절을 보냈고, 그때 들어서 알고 있던 이야기들을 구연해주었다. 또, 상주시 낙동면 승곡리는 매 명절 때마다 조사자가 내려가는 시골집이 있는 곳인데, 그곳에는 아직까지 상산김씨가 많이 모여 살고 있다.

김일은 그, 상산김씨의 시조 되시는 에, 김수의, 아마, 한, 에, 십, 십, 어, 아마 구 세손 되는 사람인데에, 그 효녀각은, 그, 경상북도 상주시 낙동면 내곡리에 위치하고 있는데, 으, 지금도 그 효녀각이 잘, 그, 보존되고 있고. 근데 이 효녀각이, 그러니까 인제, 그 생기게 된 이유는, 임진왜란 때 그 상주성이, 그 함락이 되니까, 이, 김일, 그니까 상산김씨, 그, 시조의 구 세손이신 김일이가, 향리, 향리라 카면 그, 지금의 상주, 그, 향리의 병졸 오백 명을 모아가지고 전쟁터에서 싸우다가 전사했단 말이야. 전사했는데, 그 당시에 그 김일의 딸이 십칠 세였는데, 십칠 세, 연약한 그 처녀 몸으로 아버지 소식을 듣고, 엄마하고, 인제 몸종하고, 슬픈 마음으로 전쟁터에까지 갔어요. 전쟁터에 가가지고 그 전장을 샅샅이 뒤져가지고, 인제, 그, 삼일 만에 아버지, 그 시체를 찾았어. 찾아가지고, 그, 가지고 오려고 하니까 적병들이 엄마를 막 위협하고 그랬어요. 그래도 인제 엄마는 굴하지 않고 적병들을 막 혼냈어요. 말로오. 혼을 내니까, 적병들이 엄마를 죽였어. 그래서 인제 그 김일 딸은 졸지에 인제 아버지는 전쟁터에서 죽었지, 엄마는 적병들에게 죽었지, 그래서 인제, 천애의 고아가 된 거야. 그래가지고 인제 부모님, 그 시체를 수습해가지고, 그 피눈물을 흘리면서, 삼십 리나 되는 밤길을 갖다가, 걸어서 고향으로 왔어. 그 고향이 그 아까 번에 말한 상주시 거기란 말이야. 옛날에는 장천이라고 그랬거든, 낙동리 화산 거기가. 이제 그 뒷산에다가 안장을 했어. 그리고 난 다음에, 왜란이 끝나고 난 다음에, 이제 임금이, 나라에서 인제, 그 사실을 알았어요. 김일이가 전쟁에서 죽었고, 딸이, 그 효심이, 그 지극하다는 걸 알았단 말이야. 나라에서 알아가지고, 김일에게는 인제 그 높은 벼슬을 내리고, 김일 딸에게는 효녀로서 효녀각을 짓게 했어. 그래서 그게 지금까지 전해 내려오고 있다고. 그게 이제 그 장천이라고 하는 거기가, 지금은 그 경북 상주시 낙동면 내곡리에 거기가, 이제 상산김씨 후손들이 가장 많이 사는 곳이 그곳이야.

2006년 6월 9일, 우리 집 거실, 김희현(金熙顯,55), 김미정 조사.

10
선산김씨

궤에서 태어난 비범한 김알지

조사자의 아버지인 구연자가 얼마 전에 있었던 종친회에서 들은 이야기와 원래 알고 있었던 이야기를 해주었고, 분명하지 않은 부분은 책을 찾아보고 말해주었다.

지금은 저기, 아, 서기 이천구 년도 시댄데, 옛날에는, 저기 아주 오래 전 옛날에는 서기 몇 년대라고 불렀었어. (네.) 그때 당시 서기 육십 년대의 그, 신라 탈해왕 시절에 팔월 새벽쯤에 그, 호공이라는 사람이 경주 거리를 지나는데, 밝은 빛이 어, 계림에서 비치는 것이 보였던 거야. (아, 네.) 그래서 그쪽으로 가봤더니 소나무 높은 가지에 금빛 찬란한 금궤가 걸려있었고, 그 아래서는 인제, 어, 흰 수탉이 울고 있었데. 호공이라는 사람이 이 장면을 보고 왕에게 아뢰었더니, 왕이 '그 궤를 가져오라.' 해서 그 궤를 열어보니까, 그 궤 안에 한 남자 아기가 울고 있더래. (네.) 이 아이를 보고 '참 신기하다.'고 생각을 해가지고, '이 아이는 하늘이 내린

아이다.' 생각을 하고, 어린아이라는 뜻인 알지라 이름을 짓고. (네.) 궤에
서 나왔다고 해서 성을 김이라고 지었데. (네.) 그리고 인제 왕이 좋은
날을 택해, 골라가지고 알지를 태자로 책봉하였는데, 태자의 자리를 알지
에게 물려주지는 않고 다른 왕에게 물려주어서 왕위엔 오르진 않았데.
그 후에 알지는 여러 자손을 낳았는데, (네.) 어, 알지의 칠대 손인 미추가
신라 십삼 대 미추왕에 오르게 되면서, 이제 신라 김씨 왕조가 시작되었
데. 음, 그러니까 우리의 성씨는 신라 때부터 시작된 거라고 볼 수가 있는
거지.

2009년 5월 2일, 강원도 원주시 단계동 우리집, 김근림(金槿林,48), 김선영 조사.

선산김씨의 시조 김선궁(金宣弓)

구연자가 어렸을 때 큰아버지(큰할아버지)에게 들은 이야기, 예전에
종친회에서 들은 이야기와 불분명한 부분은 책을 찾아 정리해서 더 자세
히 알게 된 것이라고 하였다.

자, 선영아, 이제 아빠가, 이제 이 선산김씨의 시조에 대해서 한번 이야
기를 해줄게. (네.) 원래 시조라고 하면은 옛날에 김선궁이라는 사람이
있었는데, 이 사람이 신라 문성왕의 팔세손이면서 김알지의 삼십 세손이
었어. (네.) 근데 이 사람이 어렸을 때 아버지한테 상해를 입힌 사람의
목을 베고 인제, 처벌을 자청을 해서 인제 감옥에 갇히게 됐어.(네.) 근데
이제 조정에서 그를 이제 아주 효자라고 생각을 해가지고 석방을 하였어
요. 그리고 표창까지 내린 거지. 그리고 나중에 인제 고려 태조 왕건이

후백제를 정벌할 때 선산군에 이르게 되었는데, (네.) 그때 근데 군사를 모집하게 되었는데, 그때 인제 그, 우리의 시조인 선궁이라는 사람이 자처해서 싸움에 나갈 것을 희망하였어. (근데 선산이 어디에요?) 아, 선산은 그 경상북도, 지금도 선산군이라고 하는 덴데, 옛 지명도 선산군이라고 불렀었어. 달라진 게 없는 것 같더라. 더 쉽네. 옛 지명하고 지금 지명하고 같으니까. (네.) 그래서 시조 김선궁이라는 사람이 싸움에 나가서 싸울 것을 나서서 자청하니까 태조 왕건이 기뻐한 나머지 인제, 친히 어궁(활)까지 하사하고, 선궁이라는 이름으로 이름까지 바꿔주셨어. 그때부터 인제, 고려 태조 왕건을 적극적으로 도와서 인제, 후삼국을 통일하게 되었는데, (네.) 공을 나라에서 많이 세워서 지금으로 말하면 국무총리 같은, 문하시중이라는 벼슬을 받아서 지내신 거야. (네.) 그래서 후손들이 시조로 모시기로 하고 본관을 일선으로 옛날에 했었는데, 지금이니까 선산 김씨지, 옛날엔 일선이라고 불렀었나 보더라고. (네.) 그런데 조선 태종 때 그, 일선이라는 지명이 선산으로 바뀌어서 본관이 그때부터 선산이라고 부르게 된 거지. 이게 우리 시조 이야기야. (네.) 아빠한테 선산김씨에 대해 자세히 들었으니까, 이제 너도 선산김씨에 대해서 더 잘 알고 생각해 보는 계기가 되었으면 좋겠다. (네, 알겠어요.)

2009년 5월 2일, 강원도 원주시 단계동 우리집, 김근림(金槿林,48), 김선영 조사.

순천김씨

4세 충렬문(忠烈門)

조사자의 어머니인 구연자가 시어머니(할머니)로부터 신혼시절 들었다고 하였다.

병자호란 때, 오랑캐가 강화도에 상륙하자 많은 사대부집 부인들은 포로가 되어 오랑캐에게 갖은 만행을 당했지. 이때 오랑캐에 욕을 당하느니 죽는 편이 옳다며 강화도 앞바다에 몸을 던져 순절함으로써 적군에게 욕을 면한 시어머니와 며느리가 바로 임진왜란 때 신립 장군과 같이 최후까지 적을 무찌르다가 순직한 우리 조상 김여물(金汝岉)의 후실인 평산신씨, 며느리 진주유씨, 손자 며느리 고령박씨, 증손자며느리 진주정씨야. 그 후 조정에서는 한 충신의 애국충성과 4대에 걸친 고부의 열녀정신을, 죽음으로써 지킨 것을 길이 기리기 위해서 하사한 정문이 있는데 그게 사세 충렬문이야.

2009년 5월 28일, 경기도 안양시 만안구 우리집, 조영애(曺英愛,48), 김호성 조사.

安東金氏

12

안동김씨

안동김씨의 시조 김선평(金宣平)

구연자는 조사자의 큰아버지로, 부친이 안동김씨 종친회 중 화수회의 회장이어서 구연자에게 집안의 이야기를 많이 해주었고 전통교육에 신경을 많이 썼으므로 가문의 내력에 대해 많이 알게 되었다고 하였다.

흠… 일단 안동김씨는 뭐… 전체적인 거부터 말해줄게. 알았제? 뭐, 김선평 할아버지가 시조인 거는 전에 말해준 거 기억나나? (네.) 그 때 납골당 문 열고 딱 들어가 가꼬 도형이랑 택형이랑 그때 누구 있었재? (양형이나 뭐 보경언니 있었죠, 뭐.) 응, 그렇제. 그 때 묘 안에 이름 쭉 차례대로 일케 쫙쫙 써놨던 거 기억나재? (네.) 그때 말했든 거 지금 족보책 집에 있어서 확실하게는 다 말 못해주지마는 그냥 김선평 할아버지에 대해서 말해줄 테니 들어보그라. 그 우리 김자 선자 평자 할아버지는 말이다. 신라 말에 고창에 성주가 되셔가꼬 그… 니도 잘 알끼다 그 견훤이랑, 아, 그 왕건 봤나? (네, 다 봤어요.) 그래 그기 보면 견훤하고 싸울 때 견훤을 싹 이겨버리고 상 받는 거 기억나나? (네.) 그래 그 상이 뭐. 이름을 높여 주신 것도 있지만은 고창군을 안동부로 높이게 되따. 그 우리 이번에 만든 족보책 보면 나와 있을 낀데, 아빠한테 물어봐서 함 찾아보그라.

2005년 5월 28일, 서울시 송파구 송파2동, 김화년(53), 김미란 조사.

백성을 구하기 위해 순절한 김상용(金尙容)

구연자는 조사자의 큰아버지로, 부친이 안동김씨 종친회 중 화수회의 회장이어서 구연자에게 집안의 이야기를 많이 해주었고 전통교육에 신경을 많이 썼으므로 가문의 내력에 대해 많이 알게 되었다고 하였다.

음‥ 미란이 너 그 김경징이랑 김상용 할아버지에 대해서 들어본 적 있나? (아뇨.) 뭐. 그럴 끼다. 그 분 얘기 해 본다면 김경징이란 사람은 좀 그 뭐라 해야 하나, 본이 안 되는 사람이라 해야 하나. 어쨌든 좀 안 좋은 사람이고 음, 김상용이란 분은 같은 시대 사람인데 이렇게 뭐냐, 대조되는 사람이다. 일단 김경징이란 사람은 엄청시럽게 탐욕시럽고 못 돼 가꼬 지 배만 채우다가 적들 쳐들어오니깐 바로 냅따 도망가뿌린 놈이다. (적이요?) 그래‥ 그게 언제드라, 잘 기억은 안 나는데, 음, 하여튼 그건 넘어가도 되제?(네.) 하여튼 그 적들이 쳐들어오니까네 그때도 거기가 도망가 있던 데였는데 도망가 있던 사람 다 버리고 자기 가족들만 챙겨서 냅따 도망갔던 거 아이가. 아, 근데 그 전쟁 이름이 뭐였더라? 왜케 기억이 안나노.(아, 괜찮아요. 큰아빠 근데 그 김상용? 그 분이랑 뭐가 대조된다는 거예요?) 아, 하여튼 얘기 해줄게. 그 김선원[1]이란 분은 말이다 이 때 같이 거기 있던 분이거덩. 적들이 쳐들어 올 때 그 안에 있는 사람들 다 도망 보내시고, 성이 막 쓰러져 가니깐 다 피신시키고 폭탄 터트려서 순절하시고 거 있는 사람 살리신 훌륭한 분이시다. 그분은 돌아 가셨지만은 많은 목숨을 살릴 수 있었던 기다. 미란이 니도 이런 조상 둔 걸 자랑스럽게 여겨야 헌다. 그 김경징도 우리 조상이지만은 사람들한테 원망 마이 샀을 것이다. 그때 사람들이 붉은 피 같은 풀이 나는 걸 경징이풀이라고 했다 안 카나. (아!) 이휴, 니는 글케 무책임한 사람 되면 안 되는 거 알제?(네, 당연하죠.)

2005년 5월 28일, 서울시 송파구 송파2동, 김화년(53), 김미란 조사.

안동에서 부곡으로 옮겨오게 된 경위

조사자의 아버지인 구연자가 어렸을 적 아버지가 형을 교육시키실 때 들었던 것을 기억나는 대로 말해 주었다.

난 잘 모르겠는데 안동 그 쪽에 임진왜란 때 그쪽에서 선조 한명이 살면서 아, 그 뭐야, 뭔 홀로 되신 어머니가 아들을 낳고 그 아들을 홀로 낳으셨는데, 잘 키우셨는데, 그 아들이 의협심이 강하고 그래서 의병을 일으켜 가지고, 그래가지고 인자, 거기서 뭐 이렇게 미운 오리털이 박혀 가지고, 그 뭐 일본애들이 (미운 오리털이 박혀? 오리털?) 아니, 의병을 일으키니깐(아, 미움을 받았다고?) 어어. 그래가지고 인자, 가족들이 그

---

1) 선원(仙源)은 김상용(1561-1637)의 호임.

걸 피해서 우리 부곡 옆에 영산이란 데 있자나? 거기에 왔어. 그래서 그 영산에 안동김씨 조친들이 좀 있어. (응.) 근데 이제 거, 거기서 우리 고조할아버지, 너네 때로 말하면 고조보다 더 우에, 우에니깐 잘 모르거 따. 아빠한테 고조할아버지니까, 고조였나? 고조, 고조? 잘 모르겠다. 하여튼 그 고조할아버지가 우리 부곡골로 온 거야. 그래서 거기서 그 이제 여러 가지 이렇게 형제들이랑 가지를 쳐가지고 그런 거야. 그 부곡, 부곡 거기에 안동김씨 들어선 거야. (응.) 거기가 보면, 산 제일 뒤에, 거 보면 우리 촌란, 거 제일 뒤에 큰 산 꼭대기가 있는데 거기 고조 할아버지 묘가 있어. 차례대로 종친 묘가 종종 좌좌좌좌…(우리가 전에 갔던 묘가 거기야? 우리 묘가 거기야?) 그건 아니지. (그럼?) 동네 큰집 그쪽 뒤에, 큰집 거기 그, 그, 우리 부곡가면 뭐야, 그 제사지내는 집 있제? 그 큰댁 북쪽으로 뒤에 큰 산이 있어.(응.) 거 산 위에 꼭대기에 할아버지 있고 차례대로 좌좌좌좌 있어.(아.) 그 묘가. 그 집안이 아무래도 거기에다 제사를 지내고 잘 해 놓대. 아빠 할아버지 대, 거 고조할아버지, 아이고 한참 원갑다.[2]

2005년 6월 8일, 서울시 송파구 송파2동, 김전년(51), 김미란 조사.

명직공파의 납골당 설립

조사자의 아버지인 구연자가 어렸을 적 아버지가 형을 교육시키실 때 들었던 것을 기억나는 대로 말해 주었다.

---

2) 멀다.

아빠 할아버지 대에서 인자, 새로 인자, 명직공파라 해가꼬, 파를 만들어 가지고, 할아버지가 일대로 해가지고, 그 인자, (우리 할아버지? 아빠 할아버지?) 아빠 할아버지.(아.) 너네 한테는 인자 고조할아버지 되지. 그 할아버지가 인자 그 삼대 외종으로 내려오다가, (아빠 할아버지면 증조할아버지 아니야? 나한테?) 증조할아버진가? 그 할아버지, 할아버지. 증조, 고조 아이가? 아부지가 할아버지 증조, 고조, 증조 맞네. 아, 맞네. (웃음) 그 증조할아버지가 3대 외종으로 내려오다가 3대 외종으로 내려와 가지고 자녀가 아주 귀했는데, 그 할머니가, 그 아빠한테 할머니 되시는 분이 파평윤씨라고. 그 할머니가 아주 자상하셨어. 기억에 우리 항상 많이 위하고 그랬는데, 그 할머니하고 할아버지하고 결혼해가지고 자녀들 많이 낳아서 큰고모, 돌아가신 작은고모, 딸 넷 아들들 6남매를 놓은 거야. 그래가지고 인자, 그 할머니가 그 할아버지 할머니가 손주들을 너무 좋아하셨어. 근데 인자, 이제 손이 귀한데, 그 좋게 하시는데, 큰 아버지한테, 맏 할아버지, 그 아빠의 큰아버지지. 그 니네 할아버지가 아빠의 큰아버지한테 너~무 잘했어. 탁, 형님 앞에 가면 무릎 탁 끓고 안동김씨랍시고 '형님!'하고 이렇게 인사라고 꼭 큰절하고, 너네 이런 건 다 순 엉터리야~. 야~, 임마. 이렇게 예절 바르고 어른들 좋은데 모시려고 산소를 하나 샀어. 어~ 그거 사가지고 지금 있는 산소에다가 할아버지 다시 모시고 이 뭐시 그 큰아버지, 큰 어머니 모셔놓고 이제 그 가족 납골묘를 만들어 놨자나? (어~어~) 그래. 근데 그 우리 그 명직공파 휘하의 식구들만, (아빠, 무슨 우리 진사공파라고 하지 않았어?) 그 진사공파에서 파를 하나 만들었어. (명직공파?) 이번에 거 선산하나 사가지고 아빠 할아버지대에서 좌악 내려오도록 파를 하나 만들어 가지고 아빠 할아버지를 일대로 해가지고 파종을 만들어가지고 좍 거 인자 효모원이라고 해가지고, (파, 안 그래도 많던데?) 지손이 많이 생기면은 파를 하나 만들 수가 있어. 그리고 그 원래 왜 파라는 게 개똥이 소똥이 다 만드는 게 아니고, 집안에 나름대로 이름이 있는 사람을 중심으로, 예를 들자면은, 박정희 같으면은, 대통령 박정희 같으면은, 밀양박씬가 그런데, 박정희 대통령되니깐 박정희 박씨 하나 만들어 가꼬, 거기서부터 계보를 좍 썼자나. 집안에 유명한 사람 있으면 파종을, (우리 유명한 사람 없자나? 우리 할아버지가 유명해?) 할아버지가 크게 유명하진 않지만 그래도 그 자손들 중에서 우리 집안이 제일 넓게 퍼져 있고, 다 잘되 있어. 고루고루 살고. 할아버지가 지금은 부도가 나서 이렇게 됐지만, 옛날에는 동네에서 좀 잘 나갔지. (그랬나?) 그래서 할아버지가 거 뭐야? (납골당?) 어, 그 납골묘도 만들고 집안이 모일 수 있는 데를 만들어 났거든. 그니깐 우리 후손들은 거가 하나의 모일 수 있는 아지트가 되는 거야. (아.)

2005년 6월 8일, 서울시 송파구 송파2동, 김전년(51), 김미란 조사.

훌륭한 사람이 나온다는 북한산 밑자리

구연자는 조사자의 집안 할아버지로, 안동김씨 종친회의 일을 맡고 있다. 과거 조선일보에 실렸던 것을 기억나는 대로 말해 주었다.

음, 지금 시조나 그런 것들은 다 알고 와다니까 음… 무슨 얘기를 해줘야 할지 모르겠는데, 음, 그럼 예전에 우리 가문에 관련된 기사가 나왔던 것 말해도 되는 건가?(네, 아시는 것 있음 말씀해주세요.) 그 내용이 뭐였나 하면, 과거 중종 때 말이야, 김번이라는 분이 있으셨거든? 그 분이 집터를 잡을 때가 됐었단 말이야. 하여튼 그 집터를 학조대사, 그 학조대사 아나? (아니요.) 그런 스님 계셔. 하여튼 그 스님이 탁하고 정해주셨는데 거기가 바로 북악산 밑이었단 말이지. 북악산 밑이 엄청시럽게 많은 대단한 조상들을 만들어낸 곳이란 말이야. 그 곳에 자릴 잡아서 그런지 몰라도 김번 손자 대부터 아주 대단한 사람들이 쏟아져 나왔댄다. 뭐 좌의정도 있고, 병자난에 김상용이라고, 성이 기우니깐 화약궤 그 거기다가 불 붙여서 폭사 순절하신 분도 있고. (아, 들었어요. 저희 큰아버지가 말해 주셨는데 그게 병자난이었구나.) 하여튼 좋은 곳에서 그런 훌륭한 분들이 엄청 나오셨다는 거야.(네…)

2005년 6월 23일, 서울시 동대문구 안동김씨 종친회, 김주현(65), 김미란 조사.

독립운동가 김좌진 장군

조사자의 외삼촌인 구연자가 어릴 적 들은 이야기들로, 아직까지 상세하게 기억하고 있었다. 또한 학생일 때 들었던 김좌진 장군의 이야기는 자신의 조상이었기 때문에 더욱 열심히 들었던 기억이 있다고 하였다.

정아도 잘 알지? 역사를 배운 학생이라면 청산리대첩 이야기는 다 알텐데? 그치? 그래. 청산리 대첩을 배우면서 가장 많이 듣던 이름이 어떤 분이었는지 기억하니? 그래. 너도 잘 아는 구나? 김좌진 장군. 그 분은 정말 대단한 독립운동가셨지. 누구나 자랑스러워 할 만큼의 인품도 지니셨고, 그 어릴 적에 자신의 집 노비를 다 풀어주셨던 것도 아니? 모르는구나. 삼촌은 우리 조상님이라서 상세히 아는 거지. 그 분은 굉장한 학식과 무술을 겸비한 분이셨어. 그 덕에 애국계몽운동가라는 말이 붙을 수 있었던 거지. 약 3년간의 힘든 옥살이를 하고 나오셔서도 끝까지 우리나라를 위해 일하셨지. 그분께서는 북로군정서의 총사령관을 맡으시면서 군사들을 키워나가셨어. 그리하여 우리의 청산리 대첩이 승리를 할 수 있었던 거야. 음, 그리고 또 무얼 이야기 해주어야 하나? 아, 신민부 알지? 요즘 애들은 수능 때문에 모르는 게 없으니 알 테지? 그래! 그 신민부! 독립운동을 하기 위해서 김좌진 장군이 이것 또한 만드신 거고. 정말 대단하신 분이야. 오로지 우리나라의 독립만을 위한 노력을 끊임없이 하셨던 분이지. 물론 다른 훌륭한 독립운동가 분들도 많지. 그럼, 아주 많아. 하지만 우리 조상 중에 이런 훌륭한 분이 있다는 것이 나는 무척 자랑스러워. 그래서 이렇게 당당하게 너한테도 이야기 해줄 수 있는 거지? 그래. 나도 오랜만에 내가 가지고 있던 역사를 너한테 설명해 주려고 하니까 잘 안된다. 잘 정리도 안 되고. 하하하. 삼촌이 도움은 되고 있니? 그래. 아무튼 김좌진 장군은 이렇게 한 평생을 나라를 위한 분이셨어. 지금도 살아계시면 얼마나 많은 도움이 되셨겠니.

2005년 5월 29일, 서울시 미아동 큰외삼촌 댁, 김시현(金時現,41), 박정아 조사.

김두한

조사자의 외삼촌인 구연자가 어릴 적에 들은 이야기도 있고, 드라마 야인시대를 보면서 흥미를 갖고 김두한에 대해 인터넷에서도, 책으로도 많이 알게 되었다고 하였다.

김두한 씨는 야인시대에서 봤지? 못 봤어? 그때 그걸 안 봤어? 아, 수험생이었구나? 그때 그걸 봤으면 김두한 씨에 대해서 많이 알았을 텐데… 김두한 씨는 아까 내가 말한 김좌진 장군의 아들로 알려져 있어. 물론 아니라고 말하는 사람들도 있지. 하지만 김좌진 장군하고 비슷한 면모를 가지고 있는 것 같지? 비록 남들이 말하는 깡패라고도 할 수 있지만? 음, 음, 외삼촌은 김두한 씨가 한 일은 그래도 의로운 일이었다고 본다. 일본으로부터 우리 상인들을 지켜내는 그 모습은… 그리고 김두한 씨는 국회의원도 지내셨어. 김두한 씨는 우리나라가 일제로부터 광복이 된 후에도 여러 운동들에 참여하셨어. 많은 일들을 하셨지. 그래서 깡패네, 영웅이네, 말들도 많은 거겠지? 하지만 한 가지 확실한 것은 아까 말했듯이 일제로부터 우리를 지켜내는 데 한몫했다는 사실이라는 거지. 어! 그래! 탤런트 중에 그 여자 알지? 뚱뚱해서 안경 쓴, 그래! 김을동. 그 분이 김두한 씨의 딸이라고 하더구나. 그 얘긴 들었어? 그럼 김두한 씨에 대해서 아주 모르는 건 아니고? 하하하. 그래? 역시 요즘 애들은 연애가 소식은 잘 아니까. 김좌진 장군의 얘기를 하다보니 김두한 씨 이야기까지 나왔구나. 외삼촌이 도움을 주긴 한 거니? 그래? 공부 열심히 해서 정아도 훌륭한 사람 돼야지?

2005년 5월 29일, 서울시 미아동 큰외삼촌 댁, 김시현(金時現,41), 박정아 조사.

아까운 문인 김병연

구연자도 김병연이 김삿갓과 동일인물이라는 것을 알게 된 것은 대학생이 된 후였다고 하였다. 그 이후 김삿갓의 시는 많이 접했지만, 김삿갓의 사연을 알게 된 것은 책을 통해서 알게 되었다고 하였다.

김병연이라는 분은 유명한 게 김삿갓이라는 이름으로 유명하지? 삿갓을 쓰고 돌아다니셨다고 하는⋯ 이 분의 시는 한번쯤 정아도 접해 봤을 텐데, 아닌가? 조선시대의 시인이셨지. 참 똑똑하신 분이셨어. 시대를 잘못 타고 났다고 봐야 할까? 이 분의 시를 읽어보면 권력가들이라고 해야 하나? 음, 그래. 권력가들을 비판하고 조롱하는 내용이 많았지. 아무튼 이 분이 그렇게 똑똑하셨던 분인데, 왜 그리 젊은 나이에 방랑생활을 하셨냐 하면, 흠, 흠, 김병연네 집안이 할아버지의 항복으로 역적의 집안으로 몰리게 되어서 망하게 된 거야. 응? 아! 누구한테 항복을 했냐구? 홍경래의 난 아나? 거기서 홍경래에게 그런 거지. 그래서 그렇게 망한 그 집안에서 김병연은 제대로 된 교육을 받을 수 없었지만 주위의 도움으로 글공부를 할 수 있었어. 그래서 과거에 급제를 하기도 했지. 근데 아 그게, 자신의 할아버지를 욕한 거야. 그 장원급제를 하게 된 게 할아버지를 욕해서 그렇게 급제할 수 있었던 것이지. 그 사실을 알게 된 후부터 김병연은 삿갓을 쓰고 떠돌이 생활을 하게 된 거야. 아까운 인재였다고들 하지. 시를 쓴 솜씨를 보면 아주 그 사람의 재능이 아깝기만 하지. 그러고 보면 우리 조상분들이 다들 글을 잘 쓰셨네? 그치? 참, 똑똑한 분들이 많으셨지. 아까운 분들이 많으셔. 정아도 열심히 공부해서 너희 박씨 가문에 자손들에게 훌륭한 조상으로 남아. 시간이 지나서 너의 후손들이 너의 이야기와 업적을 들으면서 자랑스러워 할 테니. 알겠니?

2005년 5월 29일, 서울시 미아동 큰외삼촌 댁, 김시현(金時現,41), 박정아 조사.

13
언양김씨

김취려 장군

조사자의 큰외삼촌인 구연자가 어릴 적 할아버지로부터 들었다고 하였다.

고려시대 김취려 장군은, 이제 문하시중 상장군, 이런 혁혁한 공을 세웠는데, 특히 그, 문경에 가면은 박달재[1]라고 있어. 거기에 우리나라에 그, 거란족이 침입해왔는데, 그거를 이제 물리친 분이시거든? 그러니까 그 박달재에 가면은 이 분 동상이 있어. 비(碑)도 있구. 그래서 그 많은 오가는 사람들이 보는데, 특히 이 분은 이제 키가 한 이 미터정도로 크고, 수염이 (옛날, 옛날에요?) 그렇지, 수염이 이 배꼽 밑이까지[2] 이렇게 하얀 수염이 이렇게 내려오는 거여. 그래, 그래서 옷을 입을라면 수염이 가로고치잖어.[3] 그러니까 옆에 시녀 둘이 수염을 붙들고 있어야 (웃음)

---

1) 박달재: 충청북도 제천시 봉양면 원박리와 백운면 평동리의 경계를 이루는 고개.
2) 밑에까지.

옷을 갈아입고 그래. 그래서 또 이, 덕도 많고 그래서 이, 적장들도 와서 감복을 하고 가구 그래서, 이 분이 이제 고려시대에 왕건이 모셔져 있는 그, 그 전각에 이 분 이름이 인제 우리 언양김씨로서 올러가 있어. 그래서 이 분은 이제 아주 그 우리나라 그, 전쟁 기념관이라고 용산에 있는, 거기에도 이 분이 그 이월달인가 그, 우리나라 그, 역사의 인물로서 기록된 분이기도 해여. 그래서 이제 이 분은, 이제 우리나라를 위기에서 이제, 많이 구해준 분이고. 하여튼 우리나라를 이제, 거란족, 수차례 걸쳐서 침입해온 거를 다 이 분이 막은 거여. 그래서 인저[4] 우리나라 그, 지금 역사가 인저 오래 지냈지만은[5], 이 고려시대 아주, 명장으로서 아주, 유명하지. 그래서 인저 고려시대에 태조 왕건이 고려를 건국할 적에, 그 여러 장수들이 있거든? 건국 충신들. 그분들하고 함께 그 이름이 올러가 있는 거여. 아주, 명, 그 명신으로, 명 신하로. 그래서 왕들 그, 그 뭐야, 사진과 함께 그 거기에 올러 있는 분이여. 그래서 우리 언양김씨로서는 이 분이 가장 그 혁혁한 공을 세운 분이라고. 인제 이렇게, 세운 분이여.

2008년 5월 20일, 충남 천안시 원성동 외조부모댁, 김동녕(金東寧,65), 송금랑 조사.

덕을 베푼 김윤

조사자의 큰외삼촌인 구연자가 어릴 적 할아버지로부터 들었다고 하였다.

---

3) 가로고치다 : '거치적거리다'의 충청도 사투리.
4) 인저: '이제'의 충남 사투리로 사전에도 등록되었다. 구연자는 '이제', '인제', '인저'를 섞어 사용함.
5) 지났지만은.

　이제 '김'자 '윤'자 이분도 언양김씨에서 유명한 분인데, 이 분은 김취려, 이 분의 증손자여, 이 분은. 그런데 이 분은, 인제 이 분도 인제, 키도 크고 생기기도 잘생기고 말을 잘해. 외교가여, 외교가. 그래서 우리나라를 고려시대에는 '충'자 들어가는 왕이 왜 충, 충성 충(忠)자를 썼냐면은, 원나라한테 충성한다고 해서 충성 충자를 쓴 거여. 그래서 이 분이 인제 우리나라를, 그 임금이 곤란한 때, 이런 때는 인제 그 임금한테 그 신하로서 충성을 다해서 원나라한테 잡혀간 임금도 구해오구, 그렇게 인저 훌륭한 일을 많이 했는데, 특히 인제 그 일화로써는 인제, 반란을 일으킨 그, 졸병들을 잡았는데 모든 신하들이 (다른 방에서 주무시던 할머니께서 방에서 나오시면서 조사자에게 "네가 왔어?"라고 묻고, 조사자는 "네."하고 대답, 할머니: "난 누가 그렇게….") 뭐 하는 거여 지금. 모든 신하들이 옛날 이렇게 고문을 해가지고 취재해서[6] 불으라고 그래잖어. 그럼 이 분은, "그래지 말고 덕으로써 베풀어서 해라." 그러니까 고문한다고[7] 했으니까 자기가 인제 스스로 다 이실직고를, 다 한 거여. 그래서 그 모든 사람을, 이제 그 부하들이니까, 이제 그 사람들을 살려내고, 덕을 베풀어서 인제 우리나라를 위기에서 인제 구해준, 그런 아주 강직한 분이구. 그래서 이 분은 인제 그런 공인이[8] 인정돼 가지고, 임금이 이 분한테만 뭐 녹봉이라든가, 뭐 전답, 이런 저기를 내린 거, 내렸지만은, 가족들한테도 다 그런 거를, 전답 뭐 그런 하사품을 받으신 거여. 이 분두 인저 언양김씨로서는 인저 혁혁한 분이구.

　2008년 5월 20일, 충남 천안시 원성동 외조부모댁, 김동녕(金東寧,65), 송금랑 조사.

---

6) 최조해서.
7) '고문 안 한다고'를 잘못 말함.
8) 공훈(功勳)이. 공적(功績)이.

의병장 김천일

조사자의 큰외삼촌인 구연자가 어릴 적 할아버지로부터 들었다고 하였다.

또, 김천일 장군은 인제, 우리나라 역사에도 많이 나오는 분인데, 이 분은 의병장군으로서 우리나라를 위기에서 구한 분이여. 그래서 이 외교술도, 이제 옛날에, 이조시대에는 이제, 돈도 없구 그래가지구 의병에서 부하를 많이 데려갈라면, 뭐 돈도 많이 들어가구, 먹을 것, 이런 거 많이 들잖어? 그걸 이냥[9] 스스로 조달해가면서 이렇게 나라를 위기에서 이제, 구한 분인데, 그래가지구 이 나주, 진주, 순창, 이쪽[10] 전라도 지방에 가면은 이 분을 기리는 이런 그, 뭐야, 그, 비석이 아니고, 이렇게 인제 그 (동상?) 으이[11], 으이, 전각, 서원 이런 것들이 한 다섯 개나 이렇게 많아. 그러니까, 그그, 그 지역 주민들이 인저 나라를 구한 훌륭한 분이니까. 그래서 인제 이 분이, 언양김씨에서도 이 분을 이제 가장, 아주, 우리나라를 위기 때 이제 구하구, 임금한테도 인제, 영의정(할머니, 헛기침)이라는 그런 칭호까지 얻으신…. (할머니의 "그거 물어보러 온 거, 그래?"라는 말에 조사자 "네."라고 대답. 할머니: "으이?")

2008년 5월 20일, 충남 천안시 원성동 외조부모댁, 김동녕(金東寧,65), 송금랑 조사.

---

9) 그냥.
10) 이쪽.
11) 응.

삼방이 출신의 사헌부 집의 김동연

구연자의 큰할아버지는 충남 천안시 목천면 덕전리에 쭉 살았는데, 그 분에게 어릴 때 들었다고 하였다.

'김'자 '동(東)'자 '연(淵)'자, 이 분은 이, 중종 때, 중, 중종[12] 때 인제 그, 문과에 인제 급제해서 이제 벼슬을 하신 분인데, 이 분, 이제 고향이 이제 여기 목천이여. 목천에서 이제, 지금 산소도, 이제 목천에 거기 계시다고. 그래서 이제 뭐까지 지냈느냐면은, 이, 지금으로 말하면은 이제 감사원 차장, 감사원장 다음에 이제 차장[13], 고까지 한 분이여. 그래서 이 분은 인제, 이, 우리가 인제 우리 외삼촌네 집이 이 분의 후손이여, 다. 그래서 이제 이 삼뱅이[14], 요 골팅이[15]서는 그래두 가장 많이 알려진 이 분이여. 그리구서 인제 이 분은 이제, 이 분 효자여. 왜냐면 저기 이 분 동생이 인제, 저기 '중리'[16]라고 덕전학교 가면 비각이 있는데, 그건 이 분 동생이 아주 효자라구. 그 형은 서울서 벼슬을 하고 있으니까, 동생이 부모를 모셨다고. 그럼 형은 인저…. 그래서 동생도 이 분 때문에 벼슬도 또 얻구, 그런….

2008년 5월 20일, 충남 천안시 원성동 외조부모댁, 김동녕(金東寧,65), 송금랑 조사.

---

12) 영조(英祖) 때를 잘못 말함.
13) 조선시대 사헌부(司憲府)의 종3품 집의(執義) 벼슬을 이렇게 말한 것임.
14) 충청남도 천안시 목천읍에 있는 석천리, 송전리, 덕전리(중리) 세 마을을 말함.
15) 외진 곳에 위치한 작은 마을.
16) 지금의 덕전리를 중리라고 불렀다고 함.

오랑캐와 싸우다 죽은 절도사 김응상

구연자가 큰할아버지에게 들은 이야기와 구연자가 직접 겪은 이야기라고 하였다.

‘김’자 ‘응’자 ‘삼'[17)]자는 이제 이 분, 이제, 그 임진왜란 일어나기 직전에 오랑캐, 이제 벼슬을 한 분인데, 오랑캐가 침입을 해서 그거를 이제, 이순신 장군하고 그 당시에는 쌍벽을 겨루는 그런 인물이여, 인물이었었어. 그런데 이순신 장군은 이짝 이, 전라도에 와 있고, 우리 할아버지는 서울에 있었구. 그런데 인제 저짝 백두산, 그 중국하고 경계에서 오랑캐가 침입하니까, 거기 가서 인제 장수를 추천하니까, 추천할 사람이 딱 두 사람으로 한 거여. 이순신 장군하구 김응삼 씨하구. 이렇게, 우리 인제 할아버지하고. 그러니까 이순신 장군은 전라도에 와 계시구, 전라 좌수영에 와 계시구, 우리 할아버지는 서울에 계셨다구. 그래서 (할머니, 헛기침) 추천하니까, 인저 전라도에서 왜군 막으라구 보낸 분을 불러들일라면 시간도 없구 그러니까, 임금이 인제 우리 할아버지를 절제사[18)]로 이제 임명을 해서 거기 가서 인제, 싸우고 해서, 이걸 무찌르다가 적한테 인제 맞아서 죽었어. 여기 화살로 맞아가지구. 그래서 인제 죽었으니까, 옛날에는 통신 연락이 안 되잖아. 그 고향이 요기 성거, 요기, 저기, 천흥리[19)]라고 알어? (네.) 거기여. 말이, 그, 자기 주인이 죽었으니까 여[20)]까지, 저 백두산 근처에서 여까지 뛰어온 거여, 며칠을. 그, 그래서 집에 와가지구 쓰러진 거여. 그래서 인제 그 가족들이 ‘아, 주인이 죽었구나.’ 그걸

---

17) 조선조 선조 때의 무신인 김응상(金應祥)을 잘못 말함.
18) 동북면(東北面) 병마절도사(兵馬節度使)를 잘못 말함.
19) 충청남도 천안시 성거읍 천흥리.
20) 여기.

알고서는 인제, 이 할아버지 무덤이 이렇게 있는데, 무덤 밑에 말 무덤이 또 있어. 그래서 인제 외삼촌이 인저 거기 시제 드리러 많이 간다구. 그래서 인제 한번은 시제 드리러 갔다가, 이제 이 할아버지 산소를 갔는데, 우리, 이제 할아버지, 친척 할아버지 둘 하고 나랑 셋이 갔는데, 산소 밑에 가니까, 산소가 이제 언덕 위에 있는데, 언덕 밑에 가니까 개가 이냥 몇 마리인지도 보이지도 않는데 이냥 막 짖는 거여. 그러니까 두 할아버지들은 무서워서 못 가겠다고 주저 않더라구. 그래서 외삼촌이 '아, 저거는 나를 오라는 거구나.' 그렇게 생각하고 올라갈라구 그러니까 할아버지들이 가지 말라고. 그래서 내가 이제 기냥²¹⁾ 올라가니까. 산소가 인제 이렇게, (옆에 있던 재떨이를 앞에다 끌어다 놓으면서) 봉분이 여기 이렇게 있으면, 뒤에 제전이 (재떨이 뒤쪽을 손가락으로 반원을 그리며 훑으면서) 이렇게 있잖아, 이렇게. 딱 올라가니까 개가 안 짖는데, 개가 몇 마리냐면 다섯 마리여. 어떻게 했냐면, 봉분에 올라가 있는 게 한 마리구, 네 마리는 뒤에 이렇게 나란히 서있는 거여. 그래서 그 이제 옛날, 이제 이 좌승지 벼슬을 한 분이라 무덤이 크거든. 내가 무덤 밑에 이렇게 서니까 개, 개가 이렇게 올려다 보이는 거여. 그래서 딱, 그래서 나는 이제 그때 어떻게 생각했냐면, 뒤에 이렇게 (재떨이 뒤쪽을 손가락으로 반원을 그리며 훑으면서) 나란히 있는 게 네 마리, 요기 (재떨이 한 가운데를 가리키면서) 한 마리란 말이여. 그런데 그것도 전부 진돗갠데 하얀 개여. 그래가지구 내가 인제 거기서 기도를 했어. 뭐라고 기도를 했냐면은, 크, 그날 아침에 시제를 다섯 분을 지내고 왔거든? 이 할아버지서부터 윗대로 (녹음 불량으로 채록 불가) 다섯 분을…. 그래서 '아' 그분들 영혼이구나, 이렇게 생각해가지구, 이제 이 할아버지들을 인도환생 시켜달라고 이렇게 기도를 하구. 한 일 분이나 이 분 정도 했을까? 고개를 들어보니까

---

21) 기냥: 그냥

개가 이냥 흔적도 없이 없어져. 그래가지구 내가 생각날 적마다 이제 기도를 했어. 이 할아버지들, 으이, 사람으로 환생시켜 달라고 이렇게 기도를 하니까. 한 3개월 정도 하니까. 너도 이제 집에서 개 키워봐서 알잖어. 학교 갔다 오면 개가 반갑다고 앞다리를 이렇게 딱 들고 막 혀로 막 핥고 그래잖어. 꿈에, 내가 여기 이, 이 할아버지 산소에서 본 그 개가 나타난 거여. 나타나서 내가 인저 시골 우리 살던 집에서 인제 학교 갔다가 이렇게 오니까, 그 전에는 인저…. 대문을 열고 이제 이렇게 들어가니까 개가 반가워서 앞다리를 들고 나를 껴안더니, 뭐라고 그러느냐면은, '애야, 고맙다.' 그래는 거여. 그래서 '아, 우리 할아버지가 인저 사람으로 환생하겠구나.' 그렇게 생각을 해서, 그 뒤로는 꿈이 안, 꿈을 이제 안 꾸고, 그래서, 그래서 인저 그 후로도…. 이, 그 할아버지를, 인제 놀래가지구, 그 동네다 물어본 거여. "그 동네. 그 하얀 개가 그렇게 돌아다니냐?" 그런데 그게, 그, 내가 생각할 적에는, 그, 나만 올라오라구 막 짖은 거여. 그러니까 그 할아버지들은 거기서 주저앉아 있구, 나만 올라가서 인제 그렇게 기도해주니까, 그게 인제, 내 눈에는 인제, 하여튼 목소리는 개로, 그 할아버지들은 개로 이렇게 들었는데, 나는 실지로[22] 개로 본거여. 그런데 그게, 산으로 이렇게, 개는 이렇게 비탈로는 잘 안 내려가거든. 요렇게 올려져있는데 더…. 그게 이렇게 가는 길이 멀어. 길은데, 보이기라도 할 텐데, 일 분 동안에 몇 백 미터를 도망가는 거 뒷모습이라도 보일 텐데, 그게 안 보이더라구. 그래서 그게 개로 환생한 그 할아버지들, 그래서 내가 이런 얘기를 직장에서두 하고 그러면은, 그 옛날 전설에 나오는 거 마냥 이, 이, 희한하게 본다구. (신기하죠.) 그래서 나는 사실은 고 얘기를 너한테 해줄라구. 내가 인제, (끝난 줄 알고 녹음기를 만짐) 그래서 이 분이 (채록 불가) 충신이여. 우리 이 고장에, 충청도에서 오충신

---

22) 실지로: 실제로

중에 한 분이여. 그래가지구 천안역전 같은데, 그 전에는 이 할아버지 이름이 나왔었어, 역전에. 그런데 지금은 그게 뗐더라구.

2008년 5월 20일, 충남 천안시 원성동 외조부모댁, 김동녕(金東寧,65), 송금랑 조사.

延安金氏

14
연안김씨

시조 김섬한

조사자의 넷째 큰아버지인 구연자가 아버지(할아버지)로부터 들었다
고 하였다.

우리 가문의 시조는 고려 명종 때 사문박사를 지낸 김섬한이야. 신라
김알지의 후예인 두 왕자가 왕에게 직간을 하다가 형은 북빈경, 그러니까
지금의 강릉에, 아우는 연안으로 유배되었는데 아우의 후손이 바로 김섬
한 할아버진 거지. 이후 후손들이 김섬한 할아버지의 유배지인 연안을
관향으로 삼아 세계를 계승하면서 훌륭한 인물을 많이 배출하여 조선
중기 명문대가로 불렸단다.

2006년 6월 11일, 경기도 의왕시 왕곡동 우리 집, 김태진(金太珍,71), 김규연 조사.

김안로의 장원급제 이야기

조사자의 넷째 큰아버지인 구연자가 아버지(할아버지)로부터 들었다고 하였다.

김안로는 조선 중기 영의정까지 지낸 문신이야. 1506년 별시문과에 장원급제하여 여러 관직을 역임했지. 아, 장원급제한 사연에 대해 알아? 김안로가 젊었을 때 관동지방에서 노닐다가 어느 날 밤 주막에서 꿈을 꾸었는데 귀신이 나타나 시를 읊어주었어. 꿈이 하도 이상해서 김안로는 깨어난 뒤에 잊지 않도록 종이에 써 두었지. 그 이듬해 정시를 치르러 시험장에 들어갔는데, 연산군이 율시 여섯 편을 시제로 내어서 시험하였어. 그 가운데 '봄날 이원제자들이 침향정 가에 앉아서 한가로이 악보를 펼쳐본다.'라는 제목도 들어있었는데, 한자로 압운하라는 것이었지. 그때 김안로는 귀신이 읊어준 글귀를 생각해 보았는데 제목과 뜻이 아주 잘 들어맞아 꿈에서 배운 그대로 써서 내었어. 그러자 시험지를 채점하는 고관이 그 글을 보고 크게 칭찬하면서 장원으로 뽑았지. 그런데 글을 잘 알아본다고 소문난 정승 김안국이 마침 시관으로 끼어 있다가 김안로의 글을 보고 너무 잘 지은 글이라, '이 글은 귀신이 지은 것이지, 사람이 지은 시가 아니다.'라고 말하며 곧 김안로를 불러 물었어. 김안로는 자신이 겪은 일에 대해 다 말했지. 사람들은 김안로가 하늘이 준 운명이라고 하며 장원을 축하해주었단다.

2006년 6월 11일, 경기도 의왕시 왕곡동 우리 집, 김태진(金太珍,71), 김규연 조사.

비운의 왕비, 인목왕후

조사자의 넷째 큰아버지인 구연자가 아버지(할아버지)로부터 들었다
고 하였다.

조선 선조의 계비인 인목왕후는 1602년, 그러니까 선조 35년에 왕비에
책봉되었지. 그리고 1606년에 영창대군을 낳았어. 이 때는 광해군이 세자
의 지위에 있었는데, 당시 실권자인 유영경은 적통론에 입각하여 적출인
영창대군을 세자로 추대하려고 했단다. 그러나 선조가 급사하고 광해군
이 즉위하자, 유영경 일파는 몰락했어. 또한 왕통의 취약성을 은폐하기
위해 선조의 첫째 왕자인 임해군을 제거하고, 영창대군을 폐서인 시킨
뒤 살해했으며, 영창대군의 외조부 김제남을 사사시키고, 인목왕후를 폐
위시킨 다음 서궁에 유폐시켰단다. 이러한 폐륜행위는 결국 인조반정을
일으키게 했고 인목왕후는 대왕대비가 되었지. 인목왕후는 인조의 왕통
을 승인한 왕실의 큰 어른의 위치에 처하면서 가끔 국정에 관심을 표하여
한글로 가르침을 내리기도 하였단다.

2006년 6월 11일, 경기도 의왕시 왕곡동 우리 집, 김태진(金太珍,71), 김규연 조사.

〈동명일기〉의 작가 연안김씨

조사자의 넷째 큰아버지인 구연자가 아버지(할아버지)로부터 들었다
고 하였다.

〈동명일기〉의 작가 '연안김씨'는 김반의 딸이며 이희찬의 부인이었

어. '연안김씨'는 일출의 장관과 조선 태조의 고적지를 구경한 후, 그 때의 일출 감회를 기록했단다. 이것이 바로 <동명일기>야. <동명일기>는 사물을 예리한 눈으로 관찰하고 섬세한 필체로 표현하고 있지. 즉, 우리나라의 매우 중요하고 우수한 작품이며, 특히 기행수필에서는 최고봉이라 할 수 있단다.

2006년 6월 11일, 경기도 의왕시 왕곡동 우리 집, 김태진(金太珍,71), 김규연 조사.

永
山
金
氏

15
영산김씨

시조 김령이(金令貽)

조사자의 큰아버지인 구연자가 아버지(할아버지)로부터 들었다고 하였다.

시조 김령이는 신라 신무왕의 넷째 아들 익광의 후예로 고려조에서 전객시령을 지내고 추충동덕보사공신으로 검교도첨의찬성사에 추증되어 영산군에 추봉되었지. 전객시령이라고 하면 지금의 차관 정도라고 할 수 있는 높은 벼슬이었어. 여기서 영산은 영동의 옛 이름인데, 우리 가문의 집성촌을 이루고 있는 곳이기도 하단다. 왜 우리가 영동에 집성촌을 이루게 되었냐면 말이지, 김령이 시조의 큰아들이 길원(吉元)이란 분이었는데 고려 공민왕 때 판도판서, 이게 모냐면 판도사의 으뜸벼슬인 거야. 판도판서에 오르게 되었고 홍건적을 토평한 공으로 영산부원군에 봉해졌고 그리하여 후손들은 영산에 세거하면서 김령이를 일세조로 하고 본관을 영산으로 삼아 세계를 이어온 거란다. 우리는 당진에서 집성촌을 이루고 있지만 시 제사를 지낼 때는 영동으로 내려가기도 한단다. 큰집의 큰할아버지 알지? 그 분이 여기 당진골을 대표해서 가시기도 하지. 우리 영산김씨가 희성이긴 하지만 그래도 이렇게 높은 벼슬까지 한 분이 우리 가문의 시조이시라는 것에 자부심을 가져야 해!

2004년 5월 5일, 충남 당진군 송산리 큰아버지댁, 김응대(金應大,70), 김양희 조사.

세종 때의 학자 김수온(金守溫)

조사자의 큰아버지인 구연자가 아버지(할아버지)로부터 들었다고 하였다.

김수온 선생은 천사백사십일 년, 그러니까 세종 이십삼 년이지. 그때에 진사로 식년문과에 급제하여 교서관의 정자로 있을 때 세종의 특명을 받았어. 너 집현전 알지? 국문과이니 집현전에 대해서는 잘 알겠구나. 그 집현전에서 수온선생은 ≪치평요람≫을 편찬하고, 천사백사십오 년 승문원 교리로 ≪의방유취≫의 편찬에 참여한 후 부사직으로 석가보를 증수하였지. 뒤에 영중추부사에 이르고 성종조에 좌리공신으로 영산부원군에 증수하였다. 그러니까 지금의 군수 정도가 되지 않을까 싶다만, 하여튼 그 분은 학문과 문장에 능하셨지. 사서오경이라는 책을 알지? 그 책의 구절을 정하고 ≪명황계감≫을 번역하는 등 많은 업적을 남겼으며, 고승 진미의 동생으로서 불교에도 조예가 깊어 불경의 국역과 간행에도 공이 큰, 아주 훌륭한 분이란다. 지금 말하자면 대통령과 함께 일을 했다는 것인데 대단하다고 생각하지 않느냐?

2004년 5월 5일, 충남 당진군 송산리 큰아버지댁, 김응대(金應大,70), 김양희 조사.

독립운동가 김철

구연자가 어렸을 때 집안 식구에게 들었다고 하였다.

근세에 들어와서도 우리 집안에는 훌륭한 분들이 많이 계셨지. 그 중에
서도 독립운동가도 계셨단다. 독립운동이 몬지는 알고 있지? 우리나라에
일제의 억압을 받고 있을 때 상해에 임시정부가 세워진 건 너도 알고
있는 일이지? 대학생이나 됐으니 그 정도는 알겠지. 모, 하여튼 천구백십
년 국권이 피탈되니까 이렇게는 안되겠다 싶은 거였지. 그래서 천구백십
일 년 남만주로 건너가서 신흥무관학교를 졸업하신 거야. 삼일운동 후
한족회의 간부로 계셨고 서로군정서에 가담하셨고, 다 고등학교 때 들어
본 것들이지? 이후에 천구백이십오 년 정의부의 중앙집행위원으로 활동
하시다가 하이룽현에서 일본경찰에게 살해당하셨다고 하더라. 같이 독
립운동을 한 김구나 모 다른 사람들에 비하면 이름이 많이 알려진 분은
아니라서 안타깝구나. 그래도 우리가 이렇게 독립된 땅에서 살 수 있는
건, 우리 조상도 한 몫 하셨다는 것에 자부심을 가져야 해.

2004년 5월 5일, 충남 당진군 송산리 큰아버지댁, 김응대(金應大,70), 김양희 조사.

충효의 전통가문 영산김씨

조사자의 당숙인 구연자가 어렸을 때 집안 어른들에게 들었다고 하였다.

우리 조상 중에는 효가 뛰어나셔서 벼슬에 오른 분들도 있단다. 우선
김언건(金彦健)이라는 분인데, 이 분은 천오백십일 년 중종 육년에서 천

오백칠십일 년 선조 사년까지 사신 분이야. 효가 지극해서 감찰에 추증되기도 하였지. 여덟 살 때 아버지를 여의었는데, 아침저녁으로 묘소에 가서 곡을 하니 묘지의 거리가 십리 길이었단다. 그런데도 춥고 더움을 가리지 않고 빠짐이 없었으니 듣는 자가 모두 눈물을 흘렸다. 선생을 보고 향리 사람들이 자기 아들이 모두 선생 같이 효도를 하기를 바랐다고 한다. 어려운 과정에서 학문을 닦았고, 장년이 되자 노수신, 임훈 등과 교유하셨다는 기록이 남아있단다. 천오백사십 년에 과거시험을 보셨지만 실패하셨어. 그래서 은거하면서 농사에 힘쓰면서 홀어머니를 지성으로 봉양하였는데, 이에 감동하셔서 벼슬까지 오르신 분이란다. 또 김각(金覺)이라는 분이 계셨는데, 그 분은 천육백십 년 광해군 때 용궁현감을 지냈고 임진왜란 때 큰 공을 세워서 맹주가 되기도 하셨다더라. 근데 더 훌륭한 것은 효가 지극하셨다는 거야. 이것만 봐도 우리 집안은 충효의 전통가문인 것을 알 수 있지?

2004년 5월 5일, 충남 당진군 송산리 큰당숙댁, 김응식(金應植,79), 김양희 조사.

16

의령남씨

宜寧南氏

의령남씨의 시조 남군보

조사자의 큰아버지인 구연자는 7형제 중에 첫째로, 족보에 대한 것이나 집안 전통에 대한 것에 관심이 많고 또한 잘 알고 있었다.

알고 있는 게 좋은 거지. 그 옛날에 중국, 중국에서 거, 김충이라는 사람이 있었어. 송이는 그 당나라, 알고 있재? 그 분이 여행을 하다가 태풍을 만나서, 바다에 떠밀려서, 그 신라로 떠밀려갔는데, 그 중국으로 다시 돌아가는 게 아니라, 신라 땅서 살고 싶다고 했지. 그러니, 그 나라, 그때 그 왕이 중국 여남에서 왔다는 것 때문에 남씨 성을 내려줬지. 이름을 민이라고 하고, 그래서 남민. 들어봤나? 한 번도 못 들어 봤나? 그기 남씨의 시조다. 근디, 그 시조 후손이 중시조로 나눴지. 우린 둘째아들이여. 군보, 둘째 군보다. 의령 시조가 됐다. 그래서 우리 의령남씨 시조는 남군보님이시지.

2007년 6월 2일, 서울시 강서구 화곡1동 친가, 남복용(61), 남송이 조사.

의령남씨의 훌륭한 선조들

조사자의 큰아버지인 구연자는 7형제 중에 첫째로, 족보에 대한 것이나 집안 전통에 대한 것에 관심이 많고 또한 잘 알고 있었다.

남씨가 중국에서 온 성씨라서, 사람들이, 가문에 대한 생각들이 다른 성씨들보다 좋진 않아. 우리나라에는 양반 성씨들이 넓은 세력이 있었으니, 남씨 중엔 조선 때 정승 벼슬한 사람이 꽤나 있다고 들었다. 뭐 그 대제학도 지내고 그 많으니. 유명한 조상님들은 남재 공, 남이장군, 그 뭐, 남곤, 남공철, 남유용 공, 뭐 많은데, 더 많은데, 지금 다 기억은 안 나고, 이따 생각나면 더 말해 줄게. 아 그 생육신 중 한 사람 남효온도 의령남씨셨다. 우리 의령남씨는 조선 때 번성했었다. 꽤나 좋은 가문이었지. 중간에 대가 한번 잠깐 끈길 뻔한 적도 있었다는데, 뭐 잘 넘겼으니.

2007년 6월 2일, 서울시 강서구 화곡1동 친가, 남복용(61), 남송이 조사.

남송이의 태몽

조사자의 어머니인 구연자가 조사자를 뱃속에 가졌을 때 처음으로 꾼 태몽이라고 하였다.

엄마가 저 담양 돌을 주으러 다녔어, 전라도 담양에서. 어, 그런데 냇가에 맑은 냇물이 흐르는데 그 물속에 돼지, 그 돼지같이 생긴 검은 돌이 있었어. 그래서 엄마가 그 돌을 꺼내서 옷으로 잘 싸서 챙겨 나왔지. 집에

온다고 차를 탔는데 차안에서 그 예쁜 돌이 갑자기 다시 보고 싶은 거야.
그래서 옷 속에 꽁꽁 싸둔 돌을 꺼냈는데, 그 까맣던 돼지모양 돌이 엄마
품안에서 눈부시게 하얗게 빛나고 있었어, 눈이 부시게. 정말 예뻤어.

2007년 6월 2일, 서울시 강서구 화곡1동 친가, 전정애(44), 남송이 조사.

17
광산노씨

광산노씨 시조

조사자의 친할아버지인 구연자가 예전부터 알고 있던 이야기라고 하였다.

(할아버지, 할아버지!) 할애비 귀 안 먹었어. 왜 이놈아. (할아버지 노씨 가문에 대해서 알려줘.) 뭐라고? 크게 말해봐. 귀 안 들껴. (노씨 가문에 대해서 알려 달라구!) 에이, 몇 살 인데 그것도 몰라. 노씨의 시조는 노수야. 노씨는 다 한가족이야. 우리 광산노씨가 첫째고, 교하노씨, 이렇게 돼있어. 할애비는 노수의 25대 손이고, 너 애비는 26대야. (아, 할아버지, 더 자세히.) 흠. 진호야, (친척 동생) 물 좀 다오. 노씨는 중국 범양 당나라 한림학사를 지낸 노수가 신라 헌강왕 때 황소의 난을 피하여 아들 열셋 형제를 데리고 평안도에 정착 했어. 용강 쌍제촌으로 옮겨서 뿌리를 내렸는데, 그게 노씨의 시작이야. 그 후 아들 열셋 형제가 고려조에서 벼슬을 지내며 나라에 공을 세웠어. 노수의 맏아들 해는 광주백, 오는 교하백

지는 풍천백, 구는 장연백, 만은 안동백, 곤은 안강백, 증은 연일백, 판은 평양백, 원은 곡산백이야. 그리고 후손들은 봉군 받은 고을 이름을 관향으로 삼았고, 교하백 오의 후손에서 신창, 광주백 해의 후손에서 해주, 경주는 안강백 곤의 후손에서, 만경은 평양백 판의 후손에서 왔어. (할아버지 이해가 안돼.) 이놈아. 니 애비한테 물어봐. (할아버지가 얘기해줘.) 우리가 광산 노씬지는 알고 있지? (응.) 광산노씨는 시조 수, 그니까 노수야. 근데 맏아들 해가 신라에 벼슬하여 공을 세웠기 때문에 후손들이 그를 시조로 하고 본관을 광주로 했어.

2007년 4월 28일, 서울시 개봉동 건영아파트 101동1601호 할아버지댁,
노병국(80), 노진영 조사.

학자 노수신

조사자의 친할아버지인 구연자가 예전부터 알고 있던 이야기라고 하였다.

광주노씨는 노씨 중에서도 가장 번성하여 많이 있는데, 소재 노수신을 낳아 더욱 그래. 중종 때 문과에 장원, 호당에 들고 문형을 맡았는데 선조에 영의정에 오르고, 기로소에 들어갔어. (그럼, 노수신도 우리 노씨의 할아버지네? 그 할아버지는 언제 태어나고 무슨 일 했어?) 노수신은 그, 그 뭐야? 학자였어. 1515년에 태어나서 1590년에 돌아갔어. 명종, 선조 때의 학자였어. 자는 과회이고 호는 소재이고 본관은 광주야. 이해돼? (응, 히히히.) 웃기는, 뭐가 좋아서 웃어. 이연경의 사위로 학문을 배웠고,

이언적과 학문을 배웠어. 젊었을 때 문과에 장원해서 퇴계와 함께 사가독서하고, 사간원 정언으로 이기를(?) 논핵해서 쬈거났는데, 을사사화에 파직되어 순천에 유배되었다가, 또 무슨 사건으로 진도로 옮겨져, 거서 귀양을 살았어. 그 동안 이황, 김인후, 이항, 기대승과 서신으로 학문을 배웠어. 쉰한 살에 괴산으로 이배되었다가 어떻게 돼서 대사헌을 했어. 쉰아홉 살에 우의정이 되고, 할애비 나이에 좌의정이 되었지, 아마. 근데 이제 저기 저, 탄핵을 받고 파직되었다. 하애튼 노수는 지금으로 말하면 대학총장이야. (우와!) 넌 공부 잘 하고 다녀? 장학금 받지? (할머니가 작은 소리로 받는다고 해. 응.) 허허허. (또 없어?) 기다리 봐. (담배 피고 오신 후 또 알려주신다.) 노수신은 조선 중기의 학자야. 본관은 광주. 자는 과회, 호는 소재·이재· 암실· 이야. 아버지는 활인서 별제를 지낸 홍이야. 장인인 이연경에게 배웠고, 휴정과 사귀면서 불교를 믿었어. 중종 때 장원으로 급제했지, 아마. 그리고 어떻게 해서 탄핵해서 파직했어. (그거 아까 할아버지가 말해줬어.) 그랬어? 늙어서 원. 나도 갈 때가 다 됐구나. (할아버지 물 갖다 줄까?) 오냐. 물 다오. (여기.) 우리가 광산 노씨잖아? 광주노씨하고 광산노씨하고 같은 집안이야. 이름만 다르지 본관은 같아서 그래. 광산은 광주의 옛 이름이었어. 알고 있었어? (응. 할아버지, 나는 그럼 몇 대손이야?) 너하고 진선이 쌍둥이는 27대손. 너희 는 '진'자 돌림이야. 그래서 노진선, 노진영, 노진용, 노진호, 노진서… 니 애비는 '균'자 돌림. 저, 저, 큰집의 노남균, 노향균, 노택균, 노백균, 노명균, 노성균. 애비 노종균, 거거, 니 작은 애비 노경균… (와! 신기하 다.) 우리는 양반 가문이야. 거저, 노수가 양반이고, 그 후손들도 양반이 야. 그니까 거시기 너도 공부 잘해야 돼. (응, 할아버지 땡큐!)

2007년 4월 28일, 서울시 개봉동 건영아파트 101동1601호 할아버지댁,
노병국(80), 노진영 조사.

노씨의 유래

조사자의 외할머니인 구연자가 할아버지(고조할아버지)로부터 들었
다고 하였다.

음, 우선 우리 노씨는 노수(盧穗)라는 분으로부터 시작되었어. 그 분은
중국 범양 출신으로 당나라 한림학사를 지내신 분이셨지. 한림학사가
뭔지 알랑가 모르겠다. 여튼 중국 분이신데 어떻게 우리나라에 정착하게
되었냐면 말이야. 안록산의 난 알지? 국사시간에 많이 들어봤을 꺼다.
그 난을 피하려고 아들 아홉 형제를 데리고 바다를 건너 처음에 평안도에
정착하셨단다. 그리고는 용강 쌍제촌으로 옮겨 뿌리를 내렸고, 우리나라
노씨의 연원을 이루었지. 이때부터 시작된 거다, 우리 자랑스러운 가문이.
그 후에 아들 아홉 형제가 고려조에서 큰 벼슬을 지냈단다. 이 분들이
모두 나라에 공을 세워 각각 봉군이 되었지. 맏아들 해는 광주백으로,
오는 교하백, 지는 풍천백, 구는 장연백, 만은 안동백, 곤은 안강백, 증은
연일백, 판은 평양백, 원은 곡산백으로 봉해졌어. 앞에 말한 외자가 아홉
아들의 존함이란다. 이렇게 뿌리를 내려서 고려와 조선조에 걸쳐 계속
번성을 누려왔지. 지금도 많은 인물이 배출되어 명문의 대열에 올라있고
말이다. 너네 집에 신문 가지 않든? 거기 보면 대통령부터 시작해서 훌륭
한 사람들이 많지 않느냐. 이를 감사하게 여겨서 지금 니 고모 사는 데
말이다. 전라남도 광주. 거기 오치동 삼각산에 노수 할아버지와 아홉 형
제들의 비석을 세워서 우리 시조의 업적을 기리고 있단다. 앞으로도 많은
인재들이 배출되기를 기원하는 거지.

2008년 5월 12일, 서울시 관악구 봉천동 외삼촌댁, 노정례(盧正禮,74), 신형순 조사.

광주노씨 시조

광주노씨에 대한 거다. 광산노씨라고도 불리지. 시조는 첫째아들인 해(垓)의 자손들이야. 바로 우리 본관이란다. 지금 노무현 대통령도 마찬가지고. 우리 본관은 안타깝게도 두 갈래로 전해진다고 하는구나. 그 두 갈래가 어떻게 되는지는 이 할머니가 잘 몰라서 미안하구나. 우리 가문에서 제일 뛰어난 사람은 조선조에 성리학자로 유명한 수신(守愼)이란 사람이란다. 천오백십오 년쯤인가 아무튼 그 무렵 때 별제 홍의 아들로 태어났지. 십칠 세 때 이연경이란 사람의 사위가 되고, 중종 때 호당에 뽑혔단다. 명종 초에 을사사화라는 사건에 휘말려서 파직을 당했어. 총명한 사람인데 참 안타깝지. 십구 년 동안이나 남해랑 진도에 있는 유배지에서 생활하며 이황, 김인후 같은 당대에서 알아주는 사람들과 서신으로 학문을 토론했어. 그래서 그런지 문장과 서예에 뛰어났다는구나. 특히 양명학을 깊이 연구했지. 이 사람 말고도 부호군을 지낸 인복과 한석은 숙종 때의 학자였던 계원과 함께 가문을 빛냈단다. 예전에도 그렇고 뛰어난 인재가 많이 있지. 이 할아버지는 노무현 대통령이 제일 자랑스럽단다. 에고, 이제부터라도 열심히 잘해야 할 텐데.

2008년 5월 12일, 서울시 관악구 봉천동 외삼촌댁, 노정례(盧正禮,74), 신형순 조사.

18
문화류씨

고려 개국공신 류차달

조사자의 큰외삼촌인 구연자가 어렸을 적부터 할아버지 아버지에게 들던 내용과 족보와 책 등을 통해 알고 있던 내용이라고 하였다.

뭐 사진도 찍어야 하나? (조사자 : 아니예요. 녹음해야 해서. 신경 쓰지 않으셔도 돼요. 말씀해 주세요.) 나도 뭘 얘기해야하는지 모르겠는데, 참, 기억이 안나. 어, 니가 알다시피 우리는 문화류씨야. 문화류씨의 시조는 고려를 세운 류차달이야. 개국공신. 류씨는 차씨하고 같은 시조, 할아버지가 같단 말야. 그래서 류씨랑 차씨는 결혼도 안해. (조사자 : 진짜요?) 응. 같은 형제니까. 문화류씨세보에 따르면 류씨는 중국 고대 제왕의, 황제의 후예야. 그 후손 중 한 명이 우리나라로 들어와서 기자조선 때 정치적인 화를 면하기 위해서. (조사자 : 네.) 전씨하다가 신씨하다가 차씨하다가 세 차례나 성을 바꾸고 이름도 무일로 바꿨어. 이 무일의 32대 손이 신라 애장왕 때 재상을 지낸 차승색이야. 그는 응? 애장왕 숙부인

언승이 난을 일으켜 애장왕을 죽이고, 헌강왕이 되자 헌강왕을 암살하려다가 실패해서 구월산으로 숨었어. 그리고 성을 류씨로 고치고 이름을 색이라고 고쳤어. 그래서 류색이야. 그 5대손이 문화류씨 시조인 류차달이야. 그는 왕건이 후백제를 토벌할 때 자기의 사재, 응? 털어서 군량을 보급하고, 응? 그때, 인제 군량을 실어 나를 수 있는 구르마 같은 그걸, 응? (조사자 : 네.) 보급해서 고려 창업에 기여한 공으로 큰 벼슬에 올랐어. 그리고 왕건이, 이 차로써 차씨, 그 목적을 달성했다는 뜻으로 이름을 차달이라는 이름을 하사했어. 왕건이. 그래서 그 사람 이름이, 응? 류차달이야. 그에게 아들이 둘 있었는데 그 아들 둘을, 형을 차를 주고, 동생을 류씨를 줘서, 그래서 차씨와 류씨가 생긴 거야. 그러니까 차씨랑 류씨는 형제니까 지금까지도 결혼을 안해. 이게 문화류씨와, 문화류씨 차씨의 내려오는 내력이야.

2007년 6월 10일, 서울시 강남구 청담동, 류삼수(柳三秀,65), 한민혜 조사.

우리나라 최초의 족보

조사자의 어머니인 구연자가 여기저기서 주워들은 이야기라고 하였다.

우리나라 최초의 족보야. 족보가 생긴 건 이 문화류씨 때문에 생겼대. 류만수라는 사람과, 아까까지 생각났는데, 하하하, 아! 맞다! 류량이라는 사람이, 응? 이성계가 조선을 세울 때 구테타 도운 조선 개국공신이야. 개국공신이 뭔지는 알지? (조사자 : 당연히 알지. 설마 모르겠어?) 그러나 류만수는 제1차 왕자의 난 때 이성계의 제일 큰 아들 방원에게 참사를 당했어. 근데 류량은, 예문관 대제학 대사헌을 거쳐 우의정을 지내고 계속 승승장부했어. 그렇지만 류만수는 희생되었지만, 그 밑에 후손들은 조선, 조선시대 때 계속 명문으로 성장했어. 세종 때 영의정을 지낸 류정현, 단종 때는 판서를 지낸 수, 판서를 지낸 수, 판서를 지낸 유 등 3형제들이 모두 그 참수를 당한 류만수의 손자들이야. 그의 후손은 순조 때, 응? 그의 후손, 순조, 수는 연산군 때 영의정을 지내고, 선조 때는 영의정을 지내고, 또 그의 후손, 또 류전 또한 영의정을 지낸 후손들이야. 유명한 사육신의 한 사람인, 사육신 알지? 그 사육신 지낸 류성원, 류성원 알지? 사육신. (조사자 : 응, 알아. 그거 노량진가면 있다? 하하하.) 그래. 똑똑하기도 하다. 여튼 그 사육신 중에 성삼문, 박팽년 등과 단종 복위운동을 하다가, 단종이, 응? 세조한테 쫓겨나서 유배 갔을 때 단종을 다시 임금에 올릴려고 세조를 쫓아낼려고 복위운동을 하다가 사전에 발각되자마자 스스로 목숨을 끊어버렸어. 이때, 이 시기 때 세종조에 이르러 문화류씨는 우리나라 최초의 족보인 문화류씨보를 만들었대. 이게 우리나라의 족보의 유래인 문화류씨 족보가 우리나라 족보의 근원이래.

2007년 6월 10일, 경기도 시흥시 정왕동 자택, 류명옥(柳明玉,50), 한민혜 조사.

반계 류형원

조사자의 어머니인 구연자가 여기저기서 주워들은 이야기라고 하였다.

그리고 현대에 이르러서 유명한 실학자 반계 유형원 있지? (조사자 : 응.) 왜 반계유록인가 하는 것도 있고, 당대 최대의 학자였지만, 별로 빛을 못보고 야인으로 평생을 살았어. 당시 사회제도와 토지개혁 제도 등 경제 혁신을 주장했는데, 뭐 그 사상들의 결실은 보지 못했지만, 오늘 날에도 너, 사회시간, 역사시간에도 이런 거 배웠지? 외우고하잖아. (조사자 : 뭐?) 경세치용 이런 거, 반계 유형원, 지금까지도, 응? 실학자 중에서 도 높이 평가되고 있는 사람이지.

2007년 6월 10일, 경기도 시흥시 정왕동 자택, 류명옥(柳明玉,50), 한민혜 조사.

정의로운 버들 류씨

조사자의 어머니인 구연자가 여기저기서 주워들은 이야기라고 하였다.

그리고 우리나라의 일제시대 때는, 일제시대 때 우리가 응? 얼마나 우리나라에서, 36년 동안 암흑기였니? 독립운동가들이 류씨들이 많았어. 그래서 유동설이라는 사람은 독립운동을 하다가 목숨을 잃기도 했고, 그리고 우리 안동 하회 마을에 많이 갔지? (조사자 : 응.) 하회마을에 가면 류성룡 생가가 있잖아. 여러 번 들린 적 있지? 생가, 거기에는 박물 관이 따로 전시되어 있잖아. 거기 나라를 위해 애쓴 류성룡 선생님의 애장품도 많지만 그때 같이 나라를 위해 애쓴 이순신 장군의 흔적도 많이 있지? 갑옷도 있고, 응? 칼도 있고, 여러 가지 많이 봤지? 이렇게 우리나 라를 위해서 거북선을 만든 우리나라 위대한 이순신 장군을 같이 보필한 류성룡이 엄마, 버들류씨 조상이야. 이런 피가 흐르고 있는 엄마, 그 피를 물려받은 너! 뿌듯하지? (웃음)

2007년 6월 10일, 경기도 시흥시 정왕동 자택, 류명옥(柳明玉,50), 한민혜 조사.

驪
興
閔
氏

19
여흥민씨

공출을 받지 않은 민 주사

조사자의 어머니인 구연자가 친정아버지(외할아버지)에게 들었다고
하였다.

때는 바야흐로 일제강점기 시대 때 이야기란다. (사투리, 사투리.) 엄마
어렸을 때 느이 할아버지한테 항상 당신이 청렴 결백허며, 느이들이 인생,
앞으로 살아가면서 닥치는 일마다 어떻게 처리해야 되는 거, 그런 거
가르쳐주기 위해서 당신이 몸소 체험했던 이야기를, 응? 귀에 따갑게
들어서, 다시 이야기 해준다? (할아버지 얘기 해줘.) 근데 일제시대 때,
긍까 그때 엄청 못살고 힘들었을 때, 저기 느이 외할아부지가 어, 그때
당시는, 그 지금은 9급 공무원이지만 그때는 면서기였어. 면서기였어,
면서기. 그러니까 일제시대 때 면서기라고 했어, 면서기. 느이 외할아버
지가 면서기 적이였는데[1], 면서기는 일선에서 직접 국민들하고 양민들하
고 만나는 거야. 그니까 공출을 직접 해오는 거야. 그냥 농사지어 놓으면

은, 그거를 바로 일본으로 보내야 하니까. 그때 막, 그, 우리나라 흉년들었
는데도, 일본도 흉년들어놔서 우리나라 꺼 다 약탈해서, 다 일본으로 보
냈을 때였어, 일제시대 때. 근데 외할아버지는 도저히 자기네 먹고 살
것도 없는데, 위에서는 계속 공출시키라 그러니까, 너무 맘이 아퍼서,
자기 뭐를, 뭐지? 뭐, 위, 상사한테 잘 보일려면, 진급할려면 눈 딱 감고
백성들한테, 국민들한테 막 호되게 해가지고, 다 내라고 해가지고, 크,
협박공갈해가지구, 그때는 공무원들은 그게 죄가 안됐어. 근데 자기는
도저히 그걸 못하겠어서, 도저히 못할 짓이 아니라 하고[2] 그냥 느이 외할
아부지는 공출을 안 해버렸지. 안 뺏어오구. 그냥 회사에 가서, 직장에
가서 없어서 못한다. 사람들이 없어서 못헌다구 거짓말을 했는데, 같이
일하는 면서기하시는 분이, 계속 공출을 안 시키니까 느이 외할아버지한
테만, 양민들이 느이 외할아버지만 좋은 소리하고 같이 일하는 다른 면서
기들헌테는, 자기들한테는 나쁜 소리만 하니까, 인제 모함을 하기 시작한
거야. 어떻게 해서든지 벼랑 끝에, 벼랑 끝에 끌어내려야 되겠다, 모함을
해서. 그래서 그 사람들이, 같이 일하는 누가 저녁 몇 시에 만나기로 했다,
저기서. (어디? 산에서?) 화악산이라는 데가 있어. (무슨 면 사람이?)
청풍면, 응, 청풍면에서. 외할아버지가 청풍면이라는 데서 근무를 했는데,
청풍면의 화악산이라는 데서 누가 만나자고 했다고. 근데 당신은 그 사람
한테 죄를 진 것도 없구, 근데 의아한 거야. 그래서 자신은, 그니까 당신
말로는 연장 같은 거는 아무것도 소지를 안하시구 간 거야. 떳떳하게
가서, 죽을죄를 졌으면 죽는 거고, 단단하게 맘을 먹고 간 거야. 그래서
할머니한테도 마지막이 될지도 모른다고 하고. 근데 만났는데, 만나자고
했던 그 사람이 품속에 칼을 품고 온 거야. 가운데서 말한 그 사람이
이간질을 시킨 거지. 민 주사가. 민 주사라 그랬나? 그때. 민 주사가 당신

---

1) 면서기를 하실 때였는데.
2) '도저히 할 짓이 아니라 하고'를 잘못 말함.

을 만나자고 했다. 그니까 그 사람은 중간에서 이리저리 이간시킨 줄 모르고. 아차. 민 주사를 그냥 가해를 해버리려구, 그 사람은 칼을 품고 왔다는 거지. 그래서 둘이 서로 웬일이냐구. 그니까 누가 만나자고 해서 그랬다. 서로 그렇게 된 거야. 그니까 둘이 서로 누가 이간질 시켰다는 거 알아 가지구 얼싸 안구, 마구 울었대. 그러구 얼마 안 계시다가 거기서 는 일본놈들한테 충성해야 하니까 그냥 나와버렸대. 사표 쓰구.

2007년 5월 25일, 경기도 안양시 동안구 신촌동, 민순숙(閔順淑,50), 박영은 조사.

여흥민씨 5형제와 삼강서원(三江書院)

조사자의 외할아버지인 구연자가 민씨 여흥회에서 듣고 온 이야기를 전해주었다.

흠! 밀양에 서원이 하나 있어, 서원. 근데 그 서원이 인제 민구령, 민구 소, 민구…연. 민구연, 민구주, 민구서,[3] 그 다섯 형제들끼리 만든 거란 말이야. 흠! 그 우애가 하늘에 이른다 해서 삼랑강 위에 정자를 짓고 오우정이라고 이름을 지었단 말이지. (오오정이요?) 오우정. 근데 인제 그 형제끼리 거기서 자고 먹고 같이 공부도 허면서, 노래도 하고 즐기기 도 하고 말이야. 흠! 근데 이것이 임호신[4]이 귀에 들어간 거지. (그게 누구예요?) 조선시대 관린데 이 사람이 효성이 지극해서 벼슬까지 얻은

---

3) 조선조 명종 때의 인물인 민구령(閔九齡) · 민구소(閔九韶) · 민구연(閔九淵) · 민구 주(閔九疇) · 민구서(閔九敍).

4) 임호신(任虎臣, 1506-1556) : 조선조 명종 때의 문신.

사람이고 그래. (아! 얘기해주세요. 얘기가 들어갔는데?) 응. 그런 형제가 있다. 그래서 인제 응?, 임호신이가 그걸 확인해보려고 부하를 데리고 오우정을 찾아갔단 말이야. 갔는데 정말 그 형제들이 거기서 윷가락처럼 가지런히 자고 있는 거야. 그래서 그 우애에 감동해서 조정에 얘기를 했더니 벼슬도 주고 포상금도 줬다 이거야. 근데 이것들이, 지들끼리 계속 그러고 살고 싶었는지 벼슬을 하지 않고, 지들끼리 향리에서 후학하고 나중에 서원을 세운 거지. 그게 바로 그 삼강서원인가, 서강서원인가? 삼강서원이 맞을 거야. 삼강서원인 거지.

2008년 5월 18일, 서울시 강서구 과해동 외할아버지댁, 민광식(閔光植,93), 김수지 조사.

아기씨의 원혼

조사자의 외할아버지인 구연자가 민씨 여흥회에서 듣고 온 이야기를 전해주었다.

음, 숙종 때 인현왕후의 아버지, 부원군[5]이랑 부원군의 큰형 인재[6], 둘째형 노봉[7]이 있었어. 근데 인제 그 노봉이 좌의정으로 있을 때 있던 일인데 말이지. 흠! 강원도로 아버지를 만나러 가는 길에 인제 날이 저물어 버린 거야. 그래서 이천에서 하룻밤을 묵게 됐어. 인제 대접을 받고 흠! 술에 취해서 밖을 내다봤더니 처녀가 지나가는 거야. 그래서 술김에

---

5) 여양부원군(驪陽府院君)에 봉해진 민유중(閔維重,1630-1687).
6) 인재(認齋) : 민유중과 민정중의 형인 민시중(閔蓍重,1625-1677)의 호.
7) 노봉(老峯) : 민유중의 형이자 민시중의 아우인 민정중(閔鼎重,1628-1692)의 호.

수청을 들라고 해버린 거지. 술김이었지만 그 처녀가 좀 예뻤던 거지. 흠! 그래서 인제, 쩝, 근데 누가 좌의정을 거부할 수 있었겠냐구. 그 처녀의 아버지 되는 사람이 인제 처녀를 보냈는데 그, 노봉이 자고 있었던 거야. 흠! 그 처녀는 밤새도록 거기서 취한 노봉을 보고 있었겠지. 흠! 그래서 인제 응, 노봉이 놀란 거지. 술이 떡이 되도록 마셔서 어제 밤 생각을 못한 거야. 그래서 지가 어찌 그럴 수 있겠느냐고 길을 떠났어. 흠, 근데 그 남은 처녀는 밤새도록 외간 남자랑 한 방에 있었는데 어떻게 다른 남자를 만날 수 있겠어. 그래서 시간이 지나서 안 되겠는지 그 처녀 아부지 되는 사람이 노봉을 찾아왔어. 처녀를 거두어달라고. 그래서 거두어줬는데 얼마안가 이 처녀가 죽은 거야. (기침) 흠! 아이고, 그래서 아, 근데 이 처녀가 죽기 전에 지가 죽고 나면 '제사상을 메만 갈아서 제사지내도록 해 달라.'고 했다는 거야. 그래서 삼백년이 지났는데도 여지껏 그러고 제사를 지낸다더라. 불쌍하지 않겠어. 근데 요상한 건 인재 집 자손이나 부원군 자손이나 번성하고 벼슬도 좋았는데, 노봉 집은 자손도 귀하고 벼슬도 신통치 못했다더라. 그게 아기씨 원혼이 사무쳐서 그러냐고들 말하는데 그래서 여지껏 그 자손들이 해마다 제사도 지내주고 그런다더라.

2008년 5월 18일, 서울시 강서구 과해동 외할아버지댁, 민광식(閔光植, 93), 김수지 조사.

호랑이의 선물

조사자의 외할아버지인 구연자가 민씨 여흥회에서 듣고 온 이야기를 전해주었다.

선조 때 몽룡[8]이란 사람이 있었는데, 자가 치운이고, (치운이요? 그게
뭐예요?) 이를 치(致)자에 이를 운(云)[9]자. 치운. (아, 한자로?) 응. 흠!
그리고 호가 운와야. (와는 무슨 와자예요?) 움집 와(窩)자. 근데 그 꿈에
큰 호랑이 한 마리가 대나무 숲을 뛰어오르다가 꼬리를 감추고 달아나더라
이거야. 흠! 그랬더니 그 해에 박 호[10]라는 사람이 장원급제를 했어. 근데
그 이름 그대로 대 죽(竹)자 밑에 범 호(虎)이니 꿈이 들어맞은 거지.

2008년 5월 18일, 서울시 강서구 과해동 외할아버지댁, 민광식(閔光植,93), 김수지 조사.

백로·새우 바위

조사자의 외할아버지인 구연자가 민씨 여흥회에서 듣고 온 이야기를 전
해주었다.

해남에 산이면 상공리에 백로인지 새우인지 그렇게 생긴 바위가 하나
있는데, 이제 흠! 그 바위 위쪽에 여흥민씨 선산이 있단 말이여. 흠! 근데
인제 김서구라는 양반이 해남군수로 있을 적에 여흥민씨가 워낙에 흠! 세
도가 높잖나. 그 기세에 불편함을 느껴서 그 바위를 없애버린 거야. 그러니
까 그 높던 여흥민씨 백자돌림들이 한꺼번에 죽어버린 거여. 그런 일도 있
었대. 흠!

2008년 5월 18일, 서울시 강서구 과해동 외할아버지댁, 민광식(閔光植,93), 김수지 조사.

---

8) 민몽룡(閔夢龍,1550~1618). 조선조 광해군 때의 문신. 자는 치운(致雲), 호는 운와(雲
窩).
9) 구름 운(雲)자를 잘못 말함.
10) 조선조 선조 때의 문신인 박지(朴篪,1567~1592)를 잘못 말함.

20
고령박씨

박정희 대통령

조사자의 큰아버지인 구연자가 직접 보고 들은 이야기라고 하였다.

아버지께 많이 들었지? 박정희 대통령. 그래. 잘 알지. 참 역사적으로 중요한 인물이셨지. 그 분으로 인해 고통 받은 사람도 많았고… 아마 내가 알기론 5,6,7,8,9대까지의 대통령이셨는데, 참, 말이 많은 분이셨어, 아직도 말 많은 분이시지. 똑똑하다, 친일파다, 그래. 독재자로 많은 희생을 한 점, 참, 질책 받을 만한 일이지. 그런데 또 한편으로 생각해보면 그 분의 새마을운동이 아니였음, 아마 우리는 이렇게 발전할 수 없었을 거여. 경제 발전엔 그만큼, 그래, 그마만큼 많은 도움이 되신 것도 사실이지. 그 노래 알려나? "새 아침이 밝았네…" 알으? 몰르? 참 매일같이 듣던 노래일 것이야, 나도 어렸지만 기억은 나. 그리고. 그리고 말이야. 그 때 우리나라 노동자들의 힘찬 노력 덕분에 그 분이 이루려고 했던 발전을 이룬 거지. 그걸 알으셨다면 그리 욕심을 부리지 않았을 턴데.

그 분이 친일파라고들 하는데. 친일파라. 그건 아닐 것이야. 왜냐하면 그런 분이 우리나라 발전을 시키려 하셨겠나? 하지만 사람들의 생각은 다 주관적이지? 그렇기 때문에 그런 말들이 있는 거지. 독재자는 맞어. 참 욕심이 많은 분이셨지. 꿈도 욕망도 크셨지. 그런 욕심들이 화를 불러일으켜서 그렇게 돌아가시고 만 거야. 그런 과한 욕심은 부리면 안 돼지. 그럼. 너무 똑똑하셨던 것인지 뭔지는 몰라도 참 안타깝기만 하지. 하지만 독재를 했다는 것, 희생을 불러왔다는 것은 비난받아 마땅한 것이야. 참. 박근혜 씨가 박정희 씨 딸인 것은 알지? 그 여자도 참 똑똑하지. 그래. 참. 똑똑한 여자야.

2005년 6월 5일, 대전광역시 큰아버지댁, 박우빈(朴遇彬,64), 박정아 조사.

암행어사 박문수

구연자가 할아버지로부터 전해 들었다고 하였다.

정아가 어느 정도 알 만한 사람으로 이야기를 해주어야 되겠지? 음, 그래. 정아, 춘향전 읽어봤지? 거기서 이몽룡이, 거지 행세를 하고 나타났다가 암행어사로 못된 관리들을 혼내주는 장면… 허허, 알지? 그래. 우리 조상 중에 박문수라고 알으? 그 분이 딱 이몽룡처럼 그르케 부정한 관리를 혼내주시던 분이셨지. 그래. 알지? 정아도 많이 봐쓰? 그래. 박문수는, 모르는 사람은 우리 박씨 가문이 아닐 꺼지? 박문수는 우리 몇 대손이드라? 갑자기 또 까마귀 고기를 먹었고만. 여하튼 그 분은 조선시대에 암행어사로 아주 유명하셨어. 서민들의 영웅이었다고 해야 허나? 그래, 영웅

이셨어. 서민들의 옆에서 그 어려움을 다 보고 느끼고, 그런 어려움을
준 탐관오리들을 잡아 버리셨지. 아주 무서워했다고 하드라. 탐관오리들
헌테는. 허지만 서민들한테는 그런 구세주가 어딨었겠어? 안 그려? 그
지? 그래. 흠, 흠, 참 똑똑하고 정의로운 분이셔서 많은 관직에 올라가기
도 하셨고. 워낙 좋은 집안에서 태어나기도 하셨고. 좋은 집안에서 태어
나셔서 자랐어도 서민들의 어려움까지 다 돌보시고 올곧은 성품을 지니
고 계셨기 때문이였지. 아무리 똑똑해도 올곧은 성품을 가지고 있어야
하는 거다. 그런 성품을 지니고 계신 그런 조상께서 계시다는 것이 참
자랑스러운 일인 거다. 흠, 흠, 이 정도면 되겠냐?

2005년 6월 5일, 대전광역시 큰아버지댁, 박우빈(朴遇彬,64), 박정아 조사.

어사 박문수의 실수

조사자의 외할아버지인 구연자가 어머니(외증조모)로부터 어릴 때 들
었다고 하였다.

어사 박문수가, 그 어떤 사람이 쫓아오는 것을, "뒤에서 나를 죽일라고
쫓아온다."고 "숨겨달라."구, 그래서 저기에다 파묻어났는데, 아, 뒤에 사
람이 쫓아와서 때리니까 안 가르쳐 줄 수가 있어야지. 그래 그 사람을
잡혔단 말여, 잡히게 했다고. 아, 왜 그 못 가르쳐주구, 여기, 저, "세경황
을11) 하고 갔으믄 그 사람 살릴 걸 그러지 않았느냐?" 그래. 거, 박문수보
다 더 용한 사람이 있드래. 그래서 그 사람, 박문수는 그 사람을 못 살렸는

---

11) 소경 흉내를.

데 그 조그만 사람이 그런 얘기를 하더래. 박문수, 박 어사가 어디를 가보니까 그 산에다가 묘를 쓰는데, 아, 거기다 쓰면 금방 망할 자리에다가 쓰거던. 그래 쫓아 올라가서 "거기 묘자리, 누가 잡아줬느냐?" 그러니까, "저 아무 할아버지가 잡아줬다."고 그러니까, 거기 쫓아서 "어찌 그런데다 잡아줬느냐? 거기 금방 망할 자리에다 잡아 줬느냐?" 그러니까, "아, 거기, 거기다 쓰면 금시발백[12]이다." 그래. 저기, "그 사람을, 그걸 몰르는데, 그 아래다 쓰면 좋은 자린데 그 아래다 써라." 그리하고서 그저 돈을 많이 주었데야. 그저 돈을 많이 줬디야. 그 돈을 많이 줬으니간 금시발복이 아냐? 그렇게 지관들이 용하디야.

2007년 5월 12일, 경기도 안성시 양성면 외할아버지댁, 박승운(朴勝雲,75), 조성태 조사.

---

12) 금시발복(今時發福). 풍수학에서 묏자리를 쓰자마자 복이 생긴다는 명당.

21
무안박씨

務安朴氏

무안박씨의 시조 박진승(朴進昇)

조사자의 외할머니인 구연자가 남편(외할아버지)에게 전해 들었다고
하였다.

시조 진승은 신라 시조왕인 박혁거세의 이십구 대손인 경명왕의 팔대
군 중 여섯째아들인 완산대군 언화(彦華)의 구 세손이야. 좀 복잡하긴
하지만 박혁거세의 후손이 되기도 하는 거지. 그 분은 고려 초에 벼슬이
국자좨주에 이르렀으며 공이 있어서 임금으로부터 무안을 하사 받은 거
지. 임금에게 국가의 땅을 받는다는 건 정말 큰 공을 세웠다는 건데, 대단
하지 않니? 그래서 그 하사 받은 땅에 후손들이 본관으로 삼고 터전을
이루면서 지금까지 살아오는 거지.

2004년 5월 23일, 서울시 강동구 외삼촌댁, 최기호(催埼浩,74), 김양희 조사.

보산정(寶山亭)의 전설

구연자가 시댁 식구들로부터 들었다고 하였다.

보산정은 경기도 양평군 단월면에 있는 정자로써, 고려말 공민왕 때 무안박씨 선조인 간의대부 송림(松林)공[1]이 당시 정계와 왕궁의 혼란을 피해서 이곳에 낙향을 했다고 하는구나. 이곳에 시회장으로 건립한 것이 그 기원이라고 해. 시회장이 무엇인줄 아니? 선비들이 경치를 보고 시를 쓰고 놀던 그런 곳이지. 고려 우왕 일 년에 창건하고 그 뒤 송림공의 육 대손 이조참판 함양공 박원겸(朴元謙)의 수학당으로서, 이후 저명한 유림은사와 애국지사들의 시회장으로서 혹은 유한아사의 소요지로서 사용되었다고 하더라. 이곳에는 정자 둘레에 몇 그루의 노송이 있고 전면에는 전설이 담긴 신비로운 연못이 있단다. 그럼 전설을 말해줄 테니까 잘 들어라. 조선 영조 때 이곳에는 무안 박씨의 부자가 살았는데 집에서 일하는 종의 잘못으로 화를 입었대. 그러자 종들을 남김없이 죽이려고 했다더구나. 그 중 한 사람이 산 속으로 도망을 가서 도사가 되어 죽은 종의 한을 풀려고 이곳 연못에 사는 청룡이랑 황룡을 없애려고 했다. 용을 없애면 한이 풀린다고 생각했었나 보드라. 소금 일백 석을 뿌린 결과 청룡은 보산정으로 황룡은 봉황정으로 각기 가버렸다고 하더라. 후에 다시 무안박씨 가문이 일어나게 되었는데 두 용을 다시 이곳 못으로 옮겨오도록 기원하기 위해 박수봉(朴壽奉)이라는 분이 건조했다는 전설이 내려오고 있단다.

2004년 5월 23일, 서울시 강동구 외삼촌댁, 최기호(催埼浩,74), 김양희 조사.

---

1) 고려 공민왕 때 간의대부를 지낸 박정(朴禎)을 가리킴.

고율시의 대가 박창하(朴昌夏)

조사자의 외할머니인 구연자가 남편(외할아버지)에게 전해 들었다고
하였다.

이 분의 자는 하경이고 호는 여락당이란다. 천육백구십이년 숙종 십팔
년 첨지중추부사에 이르렀으며 고율시 오륙백 편을 남겼다. 숙종 때의
유명한 시인으로 널리 이름을 떨쳤다고 하더구나. 국문과인 네가 잘 알아
둬야 할 분인 것 같구나. 그 분은 그 분 자체도 훌륭하지만 그의 자식들도
아주 훌륭한 분들이었지. 그의 아들 징(澄)은 식년문과에 병과로 급제하
여 한성부 우윤에 이르렀고, 급제 알지? 지금 말하면 대학에 떡하니 붙은
거라고 할 수 있지. 또 다른 자제인 호(浩)는 진사가 되었으나 관직에
나가지 않고 경학에만 전념하여 예학의 우두머리가 되었었대. 예학이
모냐고 하면은 예의 본질과 의의, 내용의 옳고 그름을 탐구하는 유학의
한 분야라고 한단다. 알지? 모, 고등학교 때 이런 거 배웠을려나? 우리
집안은 많은 문인들이 있었단다. 너도 글 쓰는 과이니까 이런 분들이
조상님이라는 걸 뜻 깊게 생각하거라.

2004년 5월 23일, 서울시 강동구 외삼촌댁, 최기호(催埼浩,74), 김양희 조사.

맹인들의 세종대왕 박두성(朴斗星)

조사자의 외할머니인 구연자가 남편(외할아버지)에게 전해 들었다고
하였다.

너 맹인 알지? 그 맹인들은 글을 못 읽잖아? 근데 우리 집안에 박두성이라는 분이 계셨거등. 그 분이 한글 점자의 창안자야. 천구백육 년 한성사범학교를 졸업하고 어의동 보통학교 교사로 있다가 천구백십삼 년 제생원 맹아부, 그러니까 지금 서울맹아학교 있지? 그곳의 전신이란다. 하여튼 거기에 교사로 있었던 거야. 천구백이십 년 한글 점자 연구에 착수하여 천구백이십육 년 완성을 했다. 그래서 나중에 국회에서 한글 점자투표를 인정받아서 사용이 허용된 거지. 천구백삼십일 년 성경의 점자원판의 제작에 착수했다고 하더구나, 많은 사람들에게 성경을 읽히게 해주신 게 감사할 따름이지. 그게 천구백오십칠 년 성경전서의 점역을 완성했지. 이 분은 생전의 공적으로 맹인들의 세종대왕으로 추앙 받는 아주 훌륭한 분이란다.

2004년 5월 23일, 서울시 강동구 외삼촌댁, 최기호(催埼浩,74), 김양희 조사.

모촌(牟村) 마을의 유래

조사자의 아버지인 구연자가 어렸을 때 아버지에게 본관인 무안박씨에 대해 많은 이야기를 물어보면서 듣게 되었다고 하였다.

음, 이제부터 전라남도 무안군에 있는 모촌(牟村)마을의 유래에 대해 음, 설명할게. 허허, 이거 뭔가 말하기 쑥스럽네. (괜찮아요, 아빠! 계속해 줘요.) 알았어. 음, 전남 무안군에 있는 모촌마을은 우리 무안박씨로 구성된 전형적인 자가 일촌이야. 이 아빠 고향인 해남 연구마을에도 무안박씨 사람들이 많이 모여 살잖아? (네!) 그런 것처럼 모촌마을도 마찬가지인 거지. 이 모촌마을은 무안박씨의 무안파조인 절암(節菴)[2] 선생이라는 분이 터를 잡아 만들었는데, 사실 아빠도 절암 선생에 대해선 잘 몰라, 하하. 하지만 어쨌든 이 모촌마을은 원래 맥촌(麥村)마을이었거든? (맥촌마을이요?) 응. 맥촌마을. 그것이 왜냐하면, 절암 선생이 임진왜란 때 큰 전공을 세우고, 또, 그, 광해군. 광해군 때에도 민심 어지럽히는 사람들을 쫓아내고 하면서 왕이 인정하게 된 거야. 그래서 충절촌 맥구(麥邱)의 맥자를 따서 맥촌이라 부르게 됐대. 근데 이 맥촌마을이 모촌마을로 개칭하게 된 이유는, 그 중원의 중모(中牟)마을 고사랑 연관이 되는데, 그 중모 땅에는 학덕이 높으면서도 벼슬하지 않고 초야에 묻혀서 유유자적하면서 사는 은사가 많았대. (아, 은사.) 근데 그 절암 선생에게도 삼형제의 자손들이 있었는데, 그 삼형제 모두가 공부도 잘허고 효행도 지극하였는디, 하하. (하하하.) 또 도에만 집중허고, 또 술에도 뜻을 두지 않아 유유자적하는 은사처럼 살았어. 응, 그래서 사람들이 맥촌을 은사촌이라 부르고, 또 은사가 많은 그, 그, 중모 땅의 모(牟)자를 빌어다 모촌이라고 부르게 된거구. 그래서 지금은 모촌마을이라고 부르는 거야. 이것이 모촌마을 이름의 유래여. 됐지?

2009년 5월 25일, 경기도 고양시 덕양구 우리집, 박당현(朴堂炫,53), 박민지 조사.

박제상과 망부석

구연자가 박씨의 시조인 박혁거세의 후손 박제상에 대해 조사를 하다가 알게 되었다고 하였다.

---

2) 박정(朴廷).

음, 이거는 망부석에 관한 이야기인데, 민지 너 망부석이 뭔지는 알지? (네, 아내가 떠난 남편을 기다리다 죽어서 돌이 되었다는.) 그래 맞아. 박제상이란 사람은 신라 때, 그, 눌지왕의 충신이었는데, 그래서 고구려에 볼모로 잡혀간 왕자를 기꺼이 구하러 갔어. 그래서 왕자를 구해냈는데, 근데 또 다른 왕자가 일본에 붙잡혀 간 거야. 그래서 또 구하러 갔지. 허허, 그래서 박제상은 그 왕자를 무사히 구해냈는데, 정작 자신이 그곳에 붙잡혀 버린 거야. 근데 거기서 박제상은 일본 왕이 계속 꼬셨는데도 불구하고 꿋꿋한 모습으로 그들의 설득에 넘어가지 않았어. 그래서 결국 불행허게도 불에 타서 죽음을 당했지. 어, 그래서 그 소식을 들은 박제상의 아내가 높은 바위에 올라가 통곡하며 왜국을 바라보면서 기다렸는데, 근데 그게 그대로 굳어버려서 돌부처가 되어 버린 거야. 그래서 훗날 사람들이 그걸 망부석이라고 불렀고, 오늘날까지 이렇게 망부석 이야기가 전해져 내려오고 있어. 허허, 끝이야.

2009년 5월 25일, 경기도 고양시 덕양구 우리집, 박당현(朴堂炫,53), 박민지 조사.

보산정(寶山亭) 아래 연못의 유래

조사자의 아버지인 구연자가 어렸을 때 아버지에게 본관인 무안박씨에 대해 많은 이야기를 물어보면서 듣게 되었다고 하였다.

음, 민지야, 경기도 양평 알지? (네, 예전에 가족끼리 놀러가지 않았어요?) 응, 맞아. 그, 그 양평에 보룡리라는 마을이 있는데, 그곳에 있는 보산정이라는 정자 앞의 연못에 관한 이야기를 해줄게. 음, 보산정은 고려시대 정자인데, 무안박씨 선조인 그, 박정(朴廷)이란 사람이 혼란을 피하려고 이곳으로 낙향하면서 이 보산정이 생겨난 거야. 근데 그, 이, 보산정 앞으로는 그, 연못이 하나가 있는데, 그 연못에 관한 전설이 하나 있어. 그, 조선시대 때 그 곳에 무안박씨 부자가 살았대, 근데 그, 집안의 종이 잘못을 해서 집안에 화를 입게 된 거야. 그래서 그 주인이 종들을 죄다 모아 죽였어. 근데 그, 종 중 한 놈이 산중으로 도망쳐서 그 놈이 도사가 되었어. (도사요?) 응. 왜냐하면 그 죽은 종들의 한을 풀겠다고 도사가 된 거야. 그리고 종들의 한을 풀기 위해 그 연못에 살고 있는 청룡, 황룡을 없애려고 거기다가 소금을 한 백 석을 뿌렸어. 그래서 청룡은 보산정으로, 황룡은 저 다른 곳에 있는 봉황정으로 가버리게 된 거지. 그, 나중에 무안박씨 일문이 재성(再盛)하니까, 그 두 용이 다시 이 연못으로 옮겨 오게 할라고, 그곳을 다시 지었다는 이야기도 있대? 아무튼간 이렇게 보산정 앞에 있는, 연못에 관한 전설이 있어. 흐흐.

2009년 5월 25일, 경기도 고양시 덕양구 우리집, 박당현(朴堂炫,53), 박민지 조사.

22
밀양박씨

알에서 태어난 박혁거세

조사자의 할머니인 구연자가 조사자의 할아버지 생전에 들었던 이야기라고 하였다.

신라 나라가 생기기 전에 여섯 개 마을에 촌장이 있었는데, 이(李)씨 조상, 최(崔)씨 조상, 손(孫)씨 조상, 그 정(鄭)씨 조상, 배(裵)씨 조상, 설(薛)씨 조상, 이렇게 있었지. 이렇게 여섯 촌장들이 자기들 아들들을 데려다가 언덕에 모여 가지고는 백성들 다스릴 임금을 이렇게 떠받들기를 의논을 했대. 근데 이렇게 의논을 하다가 보니까 남쪽에 양산에 아래쪽에 무슨 정이라던가 하는 우물이 있었는데, 그 물이 그냥 빛깔을 내면서 또, 또 그 옆에는 하얀색 말이 앉아 있었더라는데, 땅에 앉아서는 있는데, 그 모양이 사람이 절하는 모양 같았다는 거야. 그래서 거기를 그냥 다 같이 가봤더니만 박같이 생긴 알이 하나 있었는데, 알을 깨보니까, 지가 깨졌는지, 그것들이 깨봤는지, 아무튼 거기서 사내가 하나 불쑥 나

왔다는데, 그거를 본 사람들이 그냥 혁언하게 나왔구나, 그래가지고 혁
거세라고 불렀어, 그리고 또 박같이 생긴 알에서 나왔다고서는 성씨를
박으로다가 붙여버렸지. 그래가지고 박혁거세, 이게 인제 박씨 시조가
된 거지.

2006년 6월 3일, 경기도 용인시 운학동 할머니 댁, 이내복(81), 박동선 조사.

서라벌(신라)의 건국

조사자의 할머니인 구연자가 조사자의 할아버지 생전에 들었던 이야
기라고 하였다.

그 박씨 시조가 알에서 깨난 날에 그 어디에 알영정이라는 우물이
있었는데, 그 날에 그 우물에 용이 나타났다는 거지. 그 놈의 용이 왼쪽인
지 오른쪽인지 갈비뼈에서 어린 계집애가 나왔대요. 거기서 나온 그 얼굴
이 어찌나 고운 건지. 근디, 입모양이 아예 닭 주둥이 같아 가주구는 어느
냇물에서 목욕을 시켰더니만 그 닭 주둥이가 뚝 떨어져가지고 그랬대.
그래가지고는 그 계집애가 나온 우물 그 이름을 이제 빌려가지고는 이름
을 알영이라고 지었는데, 인제 그러니까 박혁거세랑 나이가 똑 할 거
아니냐. 그 때 열 셋이 될 때 박혁거세가 이제 왕을 하고 그 계집이, 알영
이를 데려다가 왕비를 삼은 거지. 그래가지고는 나라 이름을 갖다가 서라
벌, 이렇게 짓고 그게 이제 신라였던 거지. 이제 그런 거지.

2006년 6월 3일, 경기도 용인시 운학동 할머니 댁, 이내복(81), 박동선 조사.

충정공 박심문(朴審問)

조사자의 아버지인 구연자가 청년회 모임에서 들은 이야기라고 하였다.

이제 세종 18년 때 문과에 급제하신 박심문이란 분이 계셨어. 이제 그 분이 수양대군을, 거 알지? 그 수양대군이 정권을 이제 잡을려고, 막 그러면서, 막 난이 일어난 그때 이제 사육신 있잖아, 김종서랑 막 그런 사람들이 이제 살해를 당했다구. 인제 그거를 알고서 박심문이 크게 인제 화가 난 거지. 그래가지고 이제 조정에는 나가서 일을 하지 않고서 인제 은밀하게 인제 같은 생각 있는 사람들끼리 도모를 해가지구는 단종인가? 인제 복귀를 시킬려고 도모를 하셨었지. 그러다가 명나란가를 갔다가 오는데, 어디선지 아무튼 육신이 참형됐다는 소식을 이제 들으신 거야. 그러니까 그 얘기를 이제 듣고서는 자기도 음독자살을 하셨다 이거야. 그 분이 세종이랑 그 왕들한테 신임도 아주 그냥 두텁게 받고 그러셨던 분이시지. 그런 분이셨다는 얘기야.

2006년 6월 4일, 경기도 용인시 마평동 우리집, 박승순(48), 박동선 조사.

영의정 박승종(朴承宗)

구연자가 고교시절 선생님에게 들은 이야기라고 하였다.

우리 조상 중에 박승종이란 분이 계셨는데, 그분은 여러 가지 많은 관직에서 이름을 떨치셨었지. 그 중에서도 그분은 밀양박씨 중에 유일하게 영의정에 오르셨던 대단하신 분이신데, 막 사주를 해가지고 나쁜 일당들이 인목대비를 죽일려고 인제 계략을 쓰고 그럴 때 자기 자신의 죽음을 무릅쓰고, 그걸 저지할려고, 막 그런 의로운 분이셨다는 게 더 중요한 거라고. 그러다가 인제 뭐 그런 반란인지 뭔지가 일어나게 되면서, 손녀가 인제 누구 세자빈이 되고서는 그 오래오래 권세를 누린 걸 자책하신거지. 그래가지고는 아들이랑 같이 목을 매가지고 자결을 하셨었다고는 하는데, 무엇보다도 의로우신 분이었다는 거 그걸 본받아야 되는 거지.

2006년 6월 4일, 경기도 용인시 마평동 우리집, 박승순(48), 박동선 조사.

청렴한 관원 박훈(朴薰)

구연자의 아버지 생전에 들은 이야기라고 하였다.

이제 박훈이라는 분이 계셨었는데, 그 분이 관직에 있을 때마다 그냥 치적을 갖다가, 그니까 나라를 어찌나 잘 다스리시는지 말이야, 아주 명망이 높으셨었다고 그러지. 막 그러니까 나라에서 얼마나 그 큰 인재로다가 신망을 응, 두터우셨겠냐고, 근데 그놈의 간신들이 갖다가 막 질책을 하고, 왜냐면 이게 너무 실력이 월등하시니까. 그러기도 하셨다고 그래. 특히나 그냥 높으신 분들이랑 신망이 두터우니까는 같이 큰일도 같이 도모하시고 그런 공적을 세우셨지. 아주 평생 동안을 그냥 나라를 위해서 청렴하게 일만 하신 훌륭하신 분이라고.

2006년 6월 4일, 경기도 용인시 마평동 우리집, 박승순(48), 박동선 조사.

우물에서 태어난 알영

조사자의 큰외삼촌인 구연자가 작은 할아버지에게 들었다고 하였다.

우리 집안이 밀양박씨로 왕족 가문이지 암암. 우리 집안 시조가 바로 박혁거세야. 그 분이 어떻게 내려오셨는지는 알지? (네, 설마 그 신화 얘기는 아니겠죠?) 응, 아냐. 아냐. 내려온 날 정오 무렵이었어. 마을 우물 가에 용 한 마리가 나타나 왼쪽 겨드랑이 밑으로 여자애를 낳았는데 그 자태가 매우 고왔다는 거야. 근데 오직 입술만 닭의 부리처럼 생겨서 보기가 흉했데. 사람들은 신기하기도 하고 불쌍하기도 해서 그 아이를 데리고 월성 북쪽 시내로 데리고 가서 목욕을 시켰지. 그런데 목욕을 끝내고 보니 어느 사이에 부리는 떨어지고 앵두같이 예쁜 사람의 입술이 모습을 드러내는 것이 아니겠어? 사람들의 놀라움은 이루 말할 수가 없 었어. 그때부터 그 시내를 부리가 빠졌다 해서 발천(撥川)이라 부르게 되었지. 아, 딴 데로 새버렸군. 그래서 그 여자아이는 그가 나온 우물 이름을 따서 알영이라 했고 그 분이 바로 박혁거세의 황후지.

2006년 5월 20일, 경기도 수원시 율전동 큰외삼촌댁, 박남식(55), 이미래 조사.

박혁거세의 탄생과 죽음

조사자의 할머니인 구연자가 남편(할아버지)의 생존시에 들은 이야기 라고 하였다.

니 그, 시조가 누군지는 아냐? (네. 박혁거세요.) 글믄 얘기는 쫌 아냐?

있냐이, 근디 이것도 된가? (아무거나 해주세요.) 근께 옛날에 진한이라고 있었는디. 땅이여. 근디 거기 여섯 마을이, 근께 우두머리가 있을 꺼 아니냐? 느그 말로 짱이야. (웃음) 근께 산을 올라갔나, 아무튼 높은 곳으로 올라갔어야. 왕 모실라고. 근디 딱 본디, 우물가에 흰말이 보인 거여. 그래아꼬 신기한께 가까이 갔단 말이여? 근디, 간께는 말이 알 한 개만 두고는 날라가 붓어. 근디 알이 빨간색인 거여. 그래아꼬 사람들이 그거를 잘 보관했단 말이여. 근디 어느 날 본께 알이 딱 깨어났는디, 워메! 사람인 거여. 사내아이! 근디 거기다가 잘~생겼어. 캬~ 그래아꼬 막 태났은께 목욕을 시킨디, 몸에서 반짝반짝 빛이 나. 글고 새하고 거거, 짐승들하고 춤을 추는 거여. 뭘 웃어, 가시나야. (웃음. 아니에요. 계속해주세요.) 그래아꼬 보통 애기가 아니그만. 이래아꼬 이름을 혁거세라 했어. 혁거세가 있냐, 세상을 밝인다, 이런 뜻이여. 알겠냐? 근디 어떻게 박씨가 되었느냐 하믄, 근께 박처럼 생긴 알에서 나왔다 이거여! 근께 이름이 박혁거세가 되브렀재. 인제 사람들이 신기하다 하고 왕으로 받들었어야. 근디 이제 그, 그, 아내! 근께 배필을 구해야 되지 않겄냐이? 근디 그때! 딱 우물가에 용이 나타나 가꼬 겨드랑이에서 여자아이가 태어난 거여! 뭘 웃냐? (웃음. 겨드랑이요?) 그래야. 겨드랑이! 근디 이뻤어. 이쁜디 주둥이가 딱 이래 튀어나와가꼬, 닭주둥이 있재. 딱 그것만치 생긴거여. 그래두 이뻤다고 해. 근디 이제 또, 뭐냐, 아! 목욕을 시켰어. 근디 그 튀어나와 있던 것이 딱 떨어져. 갸 이름이 알영인디. 왜 알영이냐믄, 그것이 태난 우물이 알영이였어. 근께 우물 이름이. 이것도 태난 것이 신기하다, 이런께 베필로 딱 정했재. 그래아꼬 13살에 둘이 결혼을 했어. 근디 박혁거세가 태난 것도 그라고 신기한디, 죽을 때도 보통 그냥 삑 죽지 않았재. 알어? (아니요. 알 것같은데 기억이 안나는데요.) 어휴, 뭐했냐. 이런 것도 몰라아꼬, 쓰겄냐? 근께 박혁거세 몸땡이가 다섯 개로 나눠졌다고. 그래아꼬 땅에 딱 떨어졌는디 그때 알영이 있재. 음, 뭐라고 하냐.

왕 아내. 아 아무튼 그것도 따라 죽었어. 근디 아무튼 뭐냐. 그, 그 다섯 개 몸땡이를 한데다 묻을라고 사람들이 막 힘쓴디. 커~다란 뱀이 나타났어. 무섭재잉. 그래아꼬 막 다 도망가고 결국에는 그것들이 한꺼번에 못 묻었다고 했어. 근께 박혁거세 무덤이 다섯 개재잉. 그래아꼬 그 무덤들을 뭐라고 하냐믄! 사릉이라고 했어야. 뱀이 나타났다 해가꼬, 뱀이. 근디 나는 안 믿었어야. (웃음) 느그 할아버지 살아계셨을 때 들은 얘긴디. 가물가물해가꼬 맞는가는 모르겠다야. 느그 할아버지 있었으믄 신나아꼬 얘기해줄 것인디.

2007년 5월 12일, 전남 목포시 산정동 할머니댁, 정추덕(鄭秋德,80), 박예원 조사.

증조할아버지의 혼인이야기

조사자의 큰아버지인 구연자가 아버지(할아버지)에게서 들은 이야기라고 하였다.

니 성이 밀양박씨잖여. 박씨가 종류도 많어야? 밀양박씨, 반남박씨, 죽산박씨, 순천박씨, 또, 영암박씨, 무안박씨, 함양박씨, 울산박씨… 아, 더 많은디. 이 많은 박씨의 시조가 누군지 아냐? 박혁거세여. 그것이 이 많은 본관 중에 단 한 본도 외래 귀화족이 없다고 해서 박혁거세를 유일한 시조로 받아들였다는 거재. 그래아꼬 되도록이믄 박씨끼리는 본관이 달라도 결혼을 피하려한다 이거재. 니 할아버지가 해 준 얘긴디. 니 할아버지가 아버지가[3] 좋아하던 여자가 있었는디. 근께 첫눈에 반했다고 했

---

3) 너의 할아버지의 아버지(증조할아버지)가.

어. 근께 니 증조할아버지재? 증조할아버지가 결혼을 하려고 데리고 온 여자가 무안박씨였다고. 근디 집에서 반대를 했재. 여자는 참한디 박씨라는 게 걸렸다는 거여. 근디 니 고조할아버지가 박씨는 안된다고 반대를 하셨재. 그때는 아버지의 힘이 강한 시대 아니냐? 지금에야 나도 니 큰엄마한테 이라 잡혀산디, (웃음) 그때는 아니였재. 그래아꼬 결국에는 헤어졌다고 하드라야. 근디 니 증조할머니 만나아꼬 잘 사셨다고 하시드라. 이 얘기는 나랑 니 아빠랑 니 작은 아빠랑 학교 다닐 때 해주신 얘기여.

2007년 5월 13일, 전남 목포시 산정동 할머니댁, 박순민(朴舜民, 48), 박예원 조사.

밥할머니 이야기

조사자의 큰아버지인 구연자가 아버지(할아버지)에게서 들은 이야기라고 하였다.

너 통일로 가봤냐? 내가 어렸을 때 아버지랑 같이 간 적이 있는디. 근께 아버지가 또 할아버지한테 들은 거라고 했어잉. 너한테는 증조할아버지 되겠그만? 통일로 구파발 그, 그, 전철역 못 가믄4) 뭔 석상이 있어. 옆에? 근디 그 석상을 밥할머니라고 했어야. 흠, 임진왜란 일어날 때 있냐. 벽제관 전투. 그래 거기서 패한 군들이 북한산으로 후퇴를 했단 말이여? 근디 삼중에서 포위를 당하고 있었는디 바로 그때! 밥 할머니가 막사를 찾아와 가꼬 김명원이라고 있어. 김명원한테 왜군을 물리칠 비책을 전해주었다 이거여! 그 비책이 뭐냐 하믄 북한산에 노적봉 들어봤재?

---

4) 전철역 조금 못 가서.

거기를 짚으로 둘러가지고 북한산 계속 상류에서 석회를, 잉? 석회를 푼 물을 흘려서 보내라. 이랬단 거여. 근디 그게 왜 비책이냐. 담날 밥 할머니가 거기 지나간디 왜병들이 물었다고해. 왜 물이 뿌옇냐고. 근께 할머니는 조선군이 쌓아논 게 쌀이고, 마침 밥 먹을 땐께 밥을 하고 있다 했어. 근께 쌀 씻는 물이 내려오는 거 아니냐고. 근께 왜병이랑 말들이 그 물을 먹었단 말이여. 근께 배탈이 나고, 아프고 그랬다지. 글고 조선군 수만 명이 진격해온다. 이 말을 듣고 겁난께 포위를 풀고 물러갔다, 이 이야기여.

근디 그게 다가 아니재. 어떻게 석상을 만들었겄냐잉. 그게 다가 아니 재. 글고 그 전투가 있고 행주산성이 일어났자녀? 그때 여인들이 조직을 만들었어. 치마부대라 해가꼬, 치마에다가 돌을 담아아꼬 나르고 부상자 들을 치료를 하고. 또 주먹밥을 만들어서 군사들한테 나눠주고, 잉? 맹활 략을 해브렀재. 그 치마부대를 지휘한 게 밥할머니라 이거여. 근디 그 밥할머니가 밀양박씨 출생이다, 이거재. 어렸을 때부터 총명했다고 해? 밥 할머니가? (실제로 살아 계셨던 분이세요?) 모르재. 그건. 허허, 근디 없는 말 꾸며냈으까? 거거 석상 있다 한께 찾아가봐야. 어렸을 때 봤는디 아버지가 사람들이 많이 애꼈다. 이러드라.

2007년 5월 13일, 전남 목포시 산정동 할머니댁, 박순민(朴舜民, 48), 박예원 조사.

박계곤(朴繼崑)의 효심

조사자의 작은할머니인 구연자가 옛날에 남편(작은할아버지)이 아들 (당숙)에게 해주는 이야기를 들었다고 하였다.

이건 웅, 너네 작은할부지가 여기 기성삼춘하고, 한테 해준 이야기여. 요새 텔레비전 보면 부모한테 이상하게 막 나오제? 그런 거 보고 뽄받지 말라구, 웅? 옛날부터 이런 얘기를 할아부지들하고 한 겨. 알았어? 박짜, 계짜, 곤짜이라구, 느이 본관 밀양 박씨 뭐시였지? (화록공이요.) 그려. 그거 중에 박계곤이란 분이 계셔. 박혁거세, 저거, 이십칠대인가? 이십팔대 꺼여. 그거 뭐, 후손이신 분이여. 니가 규정공, 화록공이제? 그이 규정공파 꺼여. 그 분이 독포리에서 나셨댜. 가난하게 사셨다고 해. 근데 그 분이, 그 박계곤이라는 분이 아부지 어무니를 너무 너어무 잘 모신 겨. 항시 곁에 있고, 곁에 있고, 그런 거, 음식도 뭐 드시고 싶냐고 물어보고 그런데, 그 분이 어느 날 제주, 저기 저 섬에 거의 말딴으로 들어가시게 된 겨. 그래서 제주도 가는 사람들이랑 다 같이 배 타구 가는디, 급나게 바람이 불었쟈. 그래서 배가 뿌서진 겨. 뭐라 그래뜨라? 워나게 오래 되어 뿌서 기억이 안나나. (당숙모 : 무인도요, 어머니.) 아아, 그래서 무인도, 저그 무인도에 배에 같이 탔던 사람들이랑 무슨 섬 근처에 겨우 갔댜. 으메, 그랬더니 면날 며칠 기다려도 륙지 사람들은 안와, 여기를. 음식도 없어지고 그러는디, 박계곤 그 분이 배 뿌서진 조각 갖다가 뭐라고 막 쓰드래? 그 상황에서두 엄마 아부지 생각하믄서 막 쓴 겨. 그거 써가지구 바닷물에 띄워 보냈는데 그게 또 신이 잘잘 봬 줘 가지구[5] 육지 거겨에 간 게야. 것두 부모가 있는 곳에 간 겨. 그거를 바다, 막 보고 있던 아부지 가 봐 가지구 울며불며, 아부지가 보니께, 척 보니 아들 글이여, 그래서 옛날에 경찰서 있잖여? 관에 가서 그걸 알려찌. 그래서 사람들이 배를 타구 그 사람들을 구해왔지. 그리구 옛날부터 그이 아부지가, 박짜, 여짜, 운짜라구 계셔. 근디 그 분이 돌아가신 거야. 그러구 나서 맨날 삼년동안 죽만 먹었어. 그 분이, 박계곤 그 분이. 그래스 사람들이 더 말 했는지도

---

[5] 신이 잘 봐줘 가지고.

모르제? 이렇게 아부지 어무니한테 잘 했으니께, 더 하늘이 이뿌게 봐서 왕한테두 가구, 아랫사람들한테두 잘하구, 그러구 그래서 좋았쟈. 아들이 하나 계셨는디, 치짜, 성짜라구, 구 분도 또 그렇게 잘되었어어. 구러다가 옛날엔 일찍이 주겄잖여? 그려서 일찍 돌아가셨쟈.

2007년 5월 23일, 인천 부평 부개동 작은할머니댁, 김성례(金星禮,82), 박영은 조사.

열녀 박씨

　조사자의 당숙인 구연자가 옛날에 아버지(작은할아버지)에게 들었다고 하였다.

　잘 기억 안 나는데, 할머니가 해주신 이야기랑 비슷한 얘기야. (네.) 아까 얘기한 분 있지? 그 분 딸이신데, 이름은 기억이 안나? 하여튼 옛날부터, 그러니까 어렸을 때부터 마음이 정말 착해서, 근데 옛날엔 양반집 애기들은 밖에도 안 나가구 그랬을 거 아니야, 응. 그리구 응, 딸이랬지? 딸이니까 착했겠지. 그래서 참 여자 같은 것만 배우고 그랬대. 항시 집안사람들 한테두 말 함부루 안 하구, 그러다가 이짜, 항자, 춘자라는 분한테 시집을 갔어. 아, 어쨌드라? 근데 그러다가 시집간 지 얼마 됐지두 안았는데 죽어버린 거야. 근데두 마음 아프겠지. 막 울고 싶은데두 참꾸, 그 분은 자기 몸 안 돌부고 삼년상 있지? 그거 다 치른 거야. 근데 어리잖아. 주위 사람들이 어떻게 혼자 살겠냐구, 그랬대. 근데두 자기는 다씨는 다른 사람 안보고 여기서 뼈를 묻겠다구, 그렇게 하늘에 맹세를 했대. 그게 자기는 죽어서 까지두 변함없을 거라구 하면서, 근데 어쩌다가 보니까 집안 사정이 안 좋아진 거야. 으이구, 그러다가 얼마 안 있다가, 아아,

아까보다는 오래, 연세가 칠십일 때에 돌아가셨어. 그 분이 살아생전에
착한 일두 막 많이 하고 그랬으니까, 사람들이 그 분을 열녀 박씨라구,
정절부인이라구, 위에서두 막 그르케 부루구, 임명했다 그려? 오래오래
말을 했대. 자세히는 기억이 안 나.

2007년 5월 23일, 인천 부평 부개동 작은할머니댁, 박기성(朴基城,51), 박영은 조사.

박씨 부인을 정성껏 모신 계집종

조사자의 고모인 구연자가 옛날에 친척들이 했던 이야기를 들었다고
하였다.

아이구, 내가 이런 것두 해부네. 아이구, 내가 잘 헐지 모르겠는디, 옛날
에 있잖아, 느이 할아부지 친척들이 해줬어. 할아부지 친척들이 오셔서
해줬어. 느이 응, 일찍 돌아가신 건 알제? 그니께, (아, 네. 네.) 그려서
자주 오셨어, 근디 집에 오소?6) 뭐시데, 뭐라구? 허튼 죽성리에서 박씨
부인이, 죽성리라고 쩌어기 있어. 근디 있었는디, (네에.) 그 사람이 그
죽성리엘 찾아갔나벼, 종으로. 응, 당신 자신을, 당신을 모시게 해달라구.
그려서 박씨 부인이 왜 젊은디, 왜 종허려구 허냐구? 그냥 가라구. 오~랜
동안 설득을 했댜. 하지 말라구 했겠지. 께에속? 근디 자기는 꼬옥 허겠다
구, 보내지 말아달라구, 어떻게 자기가 당신같이 존경받을 분을 안 모시
구 어디 있겠냐구 한 겨. 그려서 박씨 부인은 기속 그러니께 짠했겠지,
쪼고만한 애가 와가지구 응, 계속 그러니까? 그려서 (고모, 근데 이름은

---

6) 계집종의 이름이 '오소' 무엇인데 잘 생각이 나지 않는다는 말임.

뭐에요?) 오 뭐시긴데, 곤가? 미안허다, 기억이 안 나야. 여튼 그래가지구 죽을 때까지 박씨 부인을 모셨어. 그려서 동리 사람들이 웅, 대단허다구, 저런 계집웅 없을 거라구 칭찬하구, 그게 그으렇게 소문이 자자했댜. 웅.

2007년 6월 6일, 경기도 안양시 동안구 신촌동에서 서울 미아동으로 전화 조사,
박경애(朴景愛,59), 박영은 조사.

뛰어난 음악가 박연(朴堧)

구연자는 밀양박씨종친회 회원이며, 예전에 영동에 가서 유적을 방문하고 알게 되었다고 하였다.

그러면 내도 얘기 하나 할란다. 내 그래도 되나?(네. 많이 해주실수록 저는 좋죠.) 그러믄 학상, 혹시 박연이라는 사람 들어봤능가? (이름은 예전에 들어본 것 같은데요.) 그려. 그러믄 지금부터 설명 해줄 테니께 잘 듣고 적으라. 호는 난계요. 시호는 문헌, 초명은 연이여. 영동(永同)서 티어났는디, 태종 땐가 암튼 그래. 그때 급제해서 여러 직하다가, 세종이 왕이 되구서는 악학 뭐시기에 임명 되서 악사를 맡아 보았다구 혀. (그런데 악학 뭐시기가 뭐예요?) 아, 나도 잘 몰러. 그때는 그런 벼슬이 있었는 갑지. (껄껄 웃으며 손사래를 침) 암튼 그때는 악기들이 지 멋대루구 악보도 잘 없었는디, 이 박연이가 필요하다꾸 임금님한테 상소해서 허락이랑 얻고 했나 벼. 글구는 궁에서 조회 때 쓰던 향악인가, 항악인가 그거를 없애고 아악인가? 아악 맞을 거여. 암튼 그걸루 대체하게 해서, 궁에서 쓰던 음악, 잘 만들어뻤졌다 그래. 글구는 나중에 명나란가도 댕겨와서 디게 높은 벼슬 했다고 읽었어. 그 뭣이냐 지금도 영동에 가면 초강서원

(草江書院)이라 있거든. 거기서 제사도 지내고 난계 음악젠가 뭔가도 있고 그런다 허대. 난중에 한 번 가보라. 알았지비?

2007년 5월 25일, 서울시 중구 만리동 밀양박씨종친회, 박정광(朴正廣,57), 박미라 조사.

가사문학 발전에 이바지한 박인로(朴仁老)

구연자는 밀양박씨종친회 회원이며, 예전에 책에서 읽었다고 하였다.

자, 그러믄 또 하나 알려주꾸마. 학상, 이것도 잘 듣고 적으라. 호는 노계요, 자는 덕옹이라. (어, 이름부터 말씀해주세요.) 내가 말 안했나? 에헤이. 난 한 것 같은디 뭘. (안하셨어요.) 그려? 그러믄 적으라. 박자, 인자, 로자. 다 적었나? 이 양반은 글 짓던 사람이여. 또 전쟁도 나가가꼬 무공도 세우고 혔다 안하냐. 어려서부터 시 잘 짓고 하더니만 무과도 급제허고, 나랏일 쫌 허다가 난중에 고향에 와가꼬는 책도 읽꼬 시도 짓고 해뿟졌어. 시 중에 가사라 카는 게 있는디, 그거 참 잘했다고 혀. 애국심도 높고 이래저래 좋은 책 많이 남겼다 안하나. 잘 들었나?

2007년 5월 25일, 서울시 중구 만리동 밀양박씨종친회, 박정광(朴正廣,57), 박미라 조사.

실학자 박제가(朴齊家)

조사자의 사촌오빠(큰 아버지의 셋째 아들)인 구연자가 예전에 과제를 위해 큰아버지께 여쭤보고 책도 읽어보았다고 하였다.

그러니까 밀양박씨 중에 가문 빛낸 사람, 좀 유명한 사람 그런 사람 얘기하면 되는 건가? (네. 부계가문에 내려오는 이야기 조사하고 있거든요.) 그래? 그럼 내가 아는 걸루다가 몇 명 이야기 해줄게. 나도 옛날에 학교 다닐 때 비슷한 숙제 같은 거 했다. 너 박지원이라는 이름 들어봤어?(네. 들어봤어요. 아. 그 사람 밀양박씨예요?) 아니, 그건 아니고, 박지원이는 반남박씨야. (아, 반남박씨구나. 저 초등학교 때 저희 반에 반남박씨 있었거든요. 박지웅이라고.) 너. 그 애 좋아했지? 이름까지 기억하네. (그건 아니거든요. 그냥 이야기 빨리 해주세요.) 그래. 그러자. 그 박지원 문하에서 실학을 연구한 사람 중에 박제가라는 사람이 있었어. 너 실학이 뭔지는 알지? (네. 그럼요. 그리고 저 박제가라는 이름도 들어본 적 있는 것 같아요.) 그러셔? 웬일루다가? 아무튼 그 박제가는 청나라에 가서 청나라 학자들에게 새 학문을 배워왔다고 해. 한 마디루다가 유학파야. 시를 쓰기도 했는데 시집이 청나라에 소개되면서 시 대가라고 알려지기도 했고, 학문 관련해서는 북학의(北學議)라는 책도 썼다구 해. 그 당시의 많은 학자들과는 다르게, 실생활과 관련된 기구나 시설, 정치 이런 것들에 관심이 많았다구 하더라. 여기까지밖에 기억이 안 난다. 미안.

2007년 5월 27일, 서울시 동작구 흑석동 큰아버지댁, 박연수(朴演秀,29), 박미라 조사.

독립운동가 박은식(朴殷植)

조사자의 사촌오빠(큰 아버지의 셋째 아들)인 구연자가 예전에 과제를 위해 큰아버지께 여쭤보고 책도 읽어보았다고 하였다.

아, 내가 하나 더 얘기 해 줄게. 니가 꼭 알았으면 싶은 사람 있는데. 독립 운동가였거든. 니 짐작 가는 사람 있나? (너무 어려운 거 아니에요? 그냥 알려주세요.) 그래. 그러자. 박은식이라는 이름 들어 본 것 같지 않아? 나 학교 때는 국사시간에 배웠던 거 같은데. (이름만 살짝 들어본 것 같기도 하고, 아닌 것 같기도 하고 그런데요.) 그러면 그렇지. 너는 뭐 배웠냐? 박은식은 교육도 하고, 언론일도 하고, 민족운동도 하고 그랬었나봐. 황성신문에 글 써서 사람들도 계몽하고, 독립협회도 가입하고, 일제의 침략상도 많이 고발하고. 3·1운동 담에 임시정부가 만들어지고 나서는 임시정부가 만드는 독립신문 사장도 하고, 나중에는 이승만 다음으로 대통령도 했어. (진짜요? 완전 신기해요. 저는 전혀 몰랐는데. 이승만이 2대 대통령이라고 알고 있는데.) 아, 박은식은 상하이 임시정부 대통령이었고 이승만은 실제 대한민국 대통령이었고. 아무튼 그래. 이거 나도 옛날에 공부했던 거라 또 잘 기억이 안 난다. 미안.

2007년 5월 27일, 서울시 동작구 흑석동 큰아버지댁, 박연수(朴演秀,29), 박미라 조사.

효심 가득한 박곤(朴坤) 장군

조사자의 아버지인 구연자가 어렸을 때 아버지(할아버지)에게 들은 이야기이다. 이 이야기를 들려주면서 구연자에게 항상 어머니(할머니)에게 잘하라고 하였다고 한다.

음, 우리 밀양박씨에는 그, 조선 초기, 전기 때 장군을 하셨던 박곤 장군에 관련된 얘기가 있어. 이렇게 하는 거야? 녹음 잘돼? (헛기침) 뭐 어쨌든 박곤 장군이 어렸을 때 장군 어머니가 '물고기가 먹고 싶다.' 하셨는데 마침 겨울이라서 고기가 없었단 말이야. 근데 장군이 알면서도 마을 앞에 냇가에 나가서 얼음을 깨고 낚시를 해가지고는 고기를 바친 거지. 근데 장군이 생각을 해보니까 어머니가 계속 고기를 드시고 싶어 하시면 하, 이게 참 대접하기가 어려울 것 같단 말이야? 그래서 집 앞에 뜰에다가 연못을 파고 고기를 길렀단 말이야. 근데 거기서 유독 비늘이 붉은 고기가, 큰놈이 하나 있었단 말이야. 근데 하루는 꿈에 그 고기가 나타나서는 용 모습을 하고, "박곤아, 너의 효성에 감동했다. 상을 주겠다." 하더란 말이야. 박곤 장군이 잠에서 깨보니까 머리맡에 비늘이 있는 거야. 그 뒤에 박곤 장군이 여러 벼슬을 하고, 백성도 잘 다스리고, 부하 관리들한테도 모범이 되고, 그래서 가는 곳마다 칭찬을 받았다 하는 얘기가 있어. 끝.

2008년 5월 17일, 경기도 부천시 원미구 약대동 우리집, 박길용(朴吉龍,45), 박고은 조사.

알에서 태어난 박혁거세

조사자의 어머니인 구연자가 어렸을 때부터 집안 어른들에게 들었던 이야기라고 하였다.

진한은 들어봤제? 삼한 중에서 한 군데. 거기는 마을이 여섯 개가 있었다드라. 원래는 마을 이름하고 어떤 성씨가 다스렸는지 들었뜬 거 같은데 기억이 안 나네. 아무튼 이 여섯 개중에 하나는 최씨도 있었는데 우리 전주최씨는 아니고 경주인가, 그랬던 거 갓따. 아무튼 삼월 초하루였을 껀데, 여섯 개 마을에서 수장들이 모여가지고 알천 언덕에서 이야기를 하고. 아니지, 회의를 하고 있었대. 뭘 얘기하고 있었냐 하면은 바로 임금이 없어서 고민을 하고 있었던 거였다 하드라고. 그런데 갑자기 남쪽으로 봤는데. 알천 언덕에서 별로 안 먼 거리, 그러니까 가까운 거리에 있는 양산? 아마 그럴 거 같은데, 거기서 이상한 기운이 올라오는 걸 알았다고 했드라. 그래가지고 조끔 더 높다란 언덕에 올라가가꼬 보니까 우물가에서 오색찬란한 빛깔이 나고 있었던 거라. 그래가꼬 그쪽으로 우르르르 몰려갔는데, 거기 자주색깔 알이 하나 뎅그렇게 놓여 있었다드라. 근데 또 이상한 그는 그 앞에 희인 말 한 마리가 절을 하고 있었던 거라. 그 있는 사람들이 다 놀래가꼬 멍하게 서 있썼는데, 말이 하늘로 날아가 버렸다고 하데? 진짜 목이 아프네. 느그 아빠는 우찌 얘기 다 해줬노? (엄마, 조금만 더 해주세요!(웃음)) 아, 어디까지 했노. 아, 그래가꼬 알을 깨밧는데 늠름하게 생긴 남자애기가 나와가꼬 사람들이 나 놀랬다 아이가. 애를 동천에 델꼬 가서 씻기기 시작했는데 점점 씻길수록 빛이 나는 거라. 또 뭐고, 그 새하고 짐승들이 다 모여가지고 춤을 주기 시작한 거라. 그런 걸 보고 하늘에서 내려준 왕이라고 생각해서 사람들이 혁거세라고 이름지어주가지고 왕으로 모셨다 카드라.

2008년 5월 4일, 경남 거제시 신현읍 상동리 우리집,
박정실(朴貞實,44), 최민지 조사.

옷자락이 잘린 두루마기의 유래

찬성공 신생(信生)이라는 사람의 바로 밑에 이어지는 후손 영(英)이라는 분이 있었다드라. 그 사람은 양녕대군의 외손자였고, 뭐 아무튼 잘하는 것도 많았고, 용맹했다고 하더라구. 그 후손들은 대대로 옷자락이 잘린 두루마기 한 벌을 유물로 물려받는, 가문의 음, 특징적인 점이 있다고 하더라구. 그 이유에 대해 전해 내려오는 이야기가 있어서 지금 얘기해 볼라고. 하루는 화려하게 차려입고 조은 말을 타고, 어디 문이었더라? 아무튼 골목을 지나고 있었다드라. 근데 거기서 어떤 아리따운 여인이 불렀대. 그래가꼬는 그 남자가 말에서 내린 거야. 그래가지고 여자를 따라갔는데 집이 깊숙한 곳에 있었다데? 이미 날이 어두워져 버려가꼬는 남자가 어쩌할 줄 모르고 있었는데, 여인이 울어버린 거 아이가. 당연히 그 남자는 '왜 그러냐?'고 물었다고 하드라. 여자가 하는 말이, '네가 보통 사람이 아닌데, 나 때문에 죽겠다.' 이랬다는 건데, 남자가 그 말을 다시 생각해보니까, 자기가 우는 여자 때문에 죽게 생긴 게 아냐? 그 여자도 말하기를, '도적의 무리가 있는데 자기를 이용해서 남자를 끌어들인 뒤에 죽인다.'고 하는 것 아니가. 그래서 그 남자한테, '자기를 구해서 같이 나갈 수 있겠냐?'고 했드만, 또 그 남자는 '그러겠다.'고 했네? 그래가지고 밤이 됐는데 그 남자는 칼 들고 기다렸다드라. 그랬는데 그 여자보고 올라오라고 밧줄이 내려오는 거라. 그때 남자가 벽을 무너뜨려가지고 여자를 업고 나왔다드라. 담을 몇 겹 넘고 나왔다던데 어찌 나왔는지 모르겄다. 아무튼 여인이 붙잡는 옷자락을 잘라버리고 집으로 돌아온 거였다데. 그 뒤로는 벼슬도 관도삐고[7] 싸움도 관둔 채로 학문에만 전념했다고 하드라.

2008년 5월 4일, 경남 거제시 신현읍 상동리 우리집, 박정실(朴貞實,44), 최민지 조사.

---

7) 그만두어 버리고.

절개를 지켜 자결한 박심문(朴審問)

조사자의 당숙인 구연자는 어릴 때부터 할아버지에게 많은 이야기를 들으면서 자랐다고 하였다. 할아버지는 증조할아버지에게 들은 밀양박씨 조상들의 이야기를 후손들은 알아야 한다면서 이야기를 해주었다고 한다.

박심문이라는 사람을 혹시 아니? (아니요.) 박심문은 박강생의 셋째아들이야. 박강생은 세종 때 집현전학사와 부제학을 지낸 사람이지. 박심문에게는 두 형이 있었는데, 아버지와 두 형 모두 일찍 세상을 떠난 거야. 그래서 박심문은 홀어머니와 함께 지냈지. 홀어머니 밑에서 아주 잘 자랐지. 이십구 세에 문과에 급제를 했다지. 박심문은 함길도의 도절제사인 김종서의 종사관으로 여진을 몰아내고 남도민을 이주시킬 것을 건의했지. 이 일로 박심문은 육진 개척에 공을 세웠지. 그런데 수양대군이 왕위를 찬탈하자, 벼슬을 버리고 고양군의 임진 나루로 집을 옮겨 살았어. 그러던 중 명나라에 질정관에 임명되어 굳이 사양했는데, 박심문은 어쩔 수 없이 가게 되었지. 참 불쌍하지. (네.) 떠나기 전 날 성삼문, 이개 등과 단종복위를 논의 했대. 명에 갔다가 돌아오는 길에 의주에서 사육신의 처형 소식을 들은 거지. 그래서 박심문은 그 소식을 듣고 자결하고 만 거야.

2009년 4월 10일, 경기도 수원시 권선구 금곡동 당숙댁, 박영근(朴焕勳,54), 박수현 조사.

충헌공 박척(朴陟)

구연자는 충헌공파로서 가문의 인물인 박척에 대해서 이야기를 해주었다. 이 이야기 또한 어릴 때 할아버지가 들려주었고, 나이가 들어서 자료를 찾아보았다고 한다.

박척은 기품과 절개가 웅대하며 경학과 사서에 능통하여 과거에 합격하고 고려 충렬왕 때 내부시승이며 충선왕 때에 순충동덕찬화공신으로 삼중대광에 밀성군으로 봉해졌단다. 고려 문신 충헌의 시호를 증정 받고, 패지(牌地), 즉 공신에게 주는 토지를 하사받았대. 말이 조금 어렵지? (네, 조금요.) 충선왕이 태자일 때 정가신, 민지등과 함께 원나라에 가서 삼 년을 지낼 때, 공도 함께 수행하여 김심과 더불어 심양에서 높이 모시는데 힘쓰고 충선왕을 모시고 돌아와서 즉위하였으나 왕유소(王惟紹)와 송방영(宋邦英)이 정사를 마음대로 전횡함으로 이들을 주살하니, 이에 비로소 충선이 국정을 전담하게 되어 조야가 서로 가까워지고 태평하게 되었다고 해. 그는 항상 충의와 청백을 신조로 삼았으며, 부하들로부터도 존경을 받았단다.

2009년 4월 10일, 경기도 수원시 권선구 금곡동 당숙댁, 박영근(朴煐勲,54), 박수현 조사.

날개가 달린 밀양박씨

조사자의 고모인 구연자가 어릴 때 잠이 안 와서 할머니에게 이야기를 해달라고 해서 들었던 이야기라고 한다.

  지금부터 백팔십 년 전에 제주도에 밀양박씨 부부가 살고 있었대. 근데 이 부부에게 아이가 잘 생기지 않은 게야. 아이를 가지려고 별의별짓을 다 한 거지. 하지만 부질없는 짓이었지. 기다리다 못해 탄식이 깊어지고 여기저기에 정성을 드리러 돌아다녔지. 그런데 하늘도 이 정성을 알았던지 마흔이 넘어서야 아기가 생긴 거야 드디어. 부푼 기대 속에 아이를 낳았는데 아이의 몸짓이[8] 컸어. 그런데 아기를 목욕시키다가 아기의 겨드랑이 사이에 이상한 게 있는 거야. 자세히 보니까 날개가 있는 거야. (날개요?!) 그래, 날개가 있던 거지. 아기가 백일이 될 무렵, 아기가 나는 연습을 하고 있던 거야. 어머니는 놀래서 아버지에게 얘기를 했더니, 아버지는 아이가 잠든 사이에 날개를 지져버린 거지. 날개가 사라진 후 아이는 기운이 조금 떨어지고 얌전해지긴 했지만 별 탈 없이 자랐지. 하지만 날개를 지져버린 자국이 아물지 못하고 조금씩 아프기 시작했대. 여러 가지 약을 써보았지만 효과가 없던 거야. 그래서 결국 아이는 스물 아홉 살이라는 나이에 세상을 떠나고 말았지. 참 안타까운 이야기이지.

2009년 5월 11일, 경기도 수원시 장안구 정자동 우리집, 박연숙(朴然淑,46), 박수현 조사.

박혁거세(朴赫居世)의 탄생

조사자의 아버지인 구연자가 학교에서 배웠던 것이라고 한다.

  박혁거세에 대한 설화는 알고 있지? (응, 아빠.) 육촌장이 알천의 언덕 위에서 이야기를 하고 있는데 갑자기 어디선가 빛과 함께 흰 말 한 마리

---

8) 몸집이.

가 보였대. 그래서 육촌장들이 다가가보니 흰 말이 있었던 곳에 알 같기도 하고 박 같기도 한 포가 있어 기이하게 여겨 헤쳐 보니 그 속에서 남자아이가 나오더래. 모두 갸륵하게 여기고 동천에서 목욕 시키니 몸에서 광채가 나오고 새와 짐승도 춤을 추며 천지가 진동하고 일월이 청명하였지. 아기는 소벌도리에 의해 길러졌으며, 박혁거세가 다스리기 시작한 서라벌에는 해마다 풍년이 들었고 모든 것이 풍족하여 백성들은 태평성대를 노래하였어. 후에 왕에 즉위하여 박혁거세 왕이라 하고 작위의 명호를 거서간이라 하였으며, 국호를 서라벌이라 하였으니, 박과 같은 알에서 나왔다하여 성을 박(朴)이라 하였고, 뒤에 혁은 빛난다는 뜻이며 거세는 세상에 있다는 뜻으로 혁거세라 하였던 것이야. 이렇게 신성하신 분이 우리의 시조란다. (아!)

2009년 5월 24일, 경기도 수원시 장안구 정자동 우리집,
박원근(朴元根,49), 박수현 조사.

咸陽朴氏

23

함양박씨

함양박씨의 시조

조사자의 외삼촌인 구연자가 할아버지와 증조할아버지께 들은 이야기
라고 하였다.

박씨의 시조? 삼촌도 들은 건 없는데. (그래도 생각 잘 해보고 얘기해
주세요.) 음, 그럼 대강 기억나는 것만이라도 얘기해 줄게. 우선 우리는,
집은, 함양박씨 문원공파야. 이 함양박씨라는 게 그 팔대군파라는 거에
정통 자손인 거지. 시조가 고려시대 사람일 거야. 이름은 확실히 모르겠
다. 이게 크게 육대파가 있는데, 이것도 후에 여섯 명의 왕자였던가? 그렇
게 나눠서 물려 받아가지고 육개 파가 된 거라고 알고 있어.

2007년 5월 24일, 서울시 사당동 외갓집, 박종현(38), 김정아 조사.

박충좌(朴忠佐)

조사자의 외삼촌인 구연자가 할아버지와 증조할아버지께 들은 이야기
라고 하였다.

(집안에 다른 유명한 사람은 없어요?) 아, 삼촌 진짜 아는 거 없는데.
생각할 시간을 좀 줘봐. (어렸을 때 들었던 이야기 같은 거 없어요?)
어렸을 때 얼핏얼핏 들은 기억은 있는데 뭐, 기억할 이유가 없으니까
다 잊어버렸지. 아, 그 박충좌라는 분이 있긴 있다. (얘기해 주세요!) 삼
촌이 어렸을 때 하도 책 읽는 거 싫어하니까 책 읽기 좋아하는 선조도
계셨다면서 삼촌의 큰할아버지가 얘기해주신 거야. 진짜 어렸을 때 들은
거라 잘 생각은 안 난다. 그 분도 문원공파 분이시고 아마 고려 사람일
거야. 항상 올바른 일을 하려고 힘을 쓰신 분이라 유배도 많이 가고 관직
엔 잘 안 나가시려고 했대. 그러다 결국엔 관직을 임하셨지만. 책 읽는
것을 되게 좋아해서 호도 아마 글월문자가 들어가는 거였던 거 같애.
삼촌은 어렸을 때 그냥 거짓말인 줄 알았어. 책 읽히게 하려는 걸로. 근데
크고 나서 문득 생각나서 찾아보니까 진짜로 있더라고. 그래서 좀 놀랐었
지. 별 얘긴 없지? 그 때 얘기해 주실 때도 그냥 대충만 해주신 거라.
이 정도도 많이 기억한 거야.

2007년 5월 24일, 서울시 사당동 외갓집, 박종현(38), 김정아 조사.

임진왜란 때 순사한 박명수(朴命壽)

아! 하나 더 얘기해줄까? (아, 뭐 또 생각난 거 있어요?) 이건 들은
건 아니고, 저번에 종친회에 갈 일이 있어서 갔었는데, 그런데 가면 집안
의 인물들 써 놓은 책자 같은 거 있잖아? 그걸 보고 있는데, 박명수라는
이름이 있는 거야. (에? 박명수? 개그맨 박명수?) 삼촌이 또 박명수 팬이
잖아. 설마, 설마 하면서 봤는데 다른 분이긴 하더군. 이건 확실히 기억나
는 분인데, 휘선의 십구세손이라고 하더라. 뭘 하셨던 분이냐면, 임진왜
란 때 전주 쪽에서 전투를 하시다가 전사하신 분이래. 이름은 개그맨이랑
동명이여도 훌륭한 일을 하신 분이라 좀 뭔가 새롭다고 해야 할까? 삼촌
은 좀 그랬어.

2007년 5월 24일, 서울시 사당동 외갓집, 박종현(38), 김정아 조사.

24
경주배씨

경주배씨의 시조 배현경(裵玄慶)

조사자의 어머니인 구연자가 아버지(외할아버지)로부터 어렸을 때 들었다고 하였다.

어, 희정아. 이거는 엄마 아버지, 너한텐 외할아버지한테 들은 얘긴데, 배씨의 시조는 배 현(玄)자, 경(慶)자. 그리고 경주배씨고, 시호는 무열공파고. 그런데 원래 배 현자, 경자 시조 할아버지가 원래는 평민 출신이었대. 근데 굉장히 무예가 출중하고, 또 고려 태조한테 직언을, 정말 옳은 말을 하는 걸로 유명하셨대. 그래가지고 굉장히 태조한테 충성하고, 태조도 좋아하고. 그래가지고 돌아가실 때 자기의 부하가, 충신이 죽을 때도 왕이 옆에서 지켜줬다고 하더라고. 그리고 나중에 무열공이라는 칭호를 내리셨다고 하더라고. 그리고 '내가 네 후손들을 책임진다.'고 하셨대. 엄마 배씨는 경주배씨고, 무열공파고.

2008년 5월 18일, 서울시 동작구 상도동 우리 집, 배미용(裵美容,50), 최희정 조사.

25
성주배씨

이순신 장군이 좋아했던 장수 배흥립(裵興立)

조사자의 큰아버지인 구연자가 아버지(친할아버지)로부터 어릴 적 명절에 가족들이 모두 모인 자리에서 들었다고 하였다.

(큰아빠, 있잖아요, 어렸을 때 혹시 우리 조상에 대해서 할아버지나 다른 사람한테 뭐 들으신 얘기 같은 거 없으세요?) 글쎄. (잘 생각해 보세요. 웃음) 저, 저, 몇 개 있기는 한 거 같은데, 잘 기억은 안 나는데, (얘기 좀 해주세요, 그거.) (웃으며)뭐, 녹음하는 거여? (웃으며, 네.) 음, 그, 너 우리 조상 중에 배흥립이라는 분이 계시는데, 너 아냐? (아니요. 웃음) 우리가 성산 배씨잖아? (네.) 이 분이 우리 조상인데 어려서부터 집안도 좋았데. 그랬는데 너 임진왜란 알지? 그 이순신 장군이 싸웠던 그거? (네.) 그때 이순신이랑 같이 나가서 싸웠대. 그거 말고도 칠천량 해전이라고 있는데, 그, 거서도 도망가는 놈을 잡을라고 계속 쫓고 그랬다잖아? 그래가지고 결국에는 우리 군사들 안전하게 돌아가게 해주고.

뭐, 최고였지. (아~.) 이순신 장군이 나갔던 전쟁에는 거의 뭐 다 같이 출전했대. 이 이순신 장군이 이 분을 엄청 좋아해가지고 술도 자주 마시고, 뭐, 아무튼 배홍립을 엄청 믿고 좋아했대. (아, 근데요. 이거 어디서 누구한테 들으신 거예요?) 니 할아버지한테 들었지. (언제요?) 나 어렸을 땐데, 명절이었나? 아무튼 가족들 다 있는 디서 들었지.

2007년 5월 5일, 인천광역시 석남동 큰아버지댁, 배상남(裵相南,54), 배유리 조사.

삼별초의 장군 배중손(裵仲孫)

조사자의 큰아버지인 구연자가 배홍립의 이야기에 이어서 해준 이야기이다.

이것은 나도 잘 모르겠는데, 그냥 들은 거만 얘기한다. (네.) 이 배중손이란 사람은 삼별촌가 뭔가 군대 같은데, 그 삼별초를 이끌었던 장군이래. (아, 삼별초 알아요. 웃음) 근데 그때 우리나라가 몽골한테 엄청나게 시달리고 그런 시기였대. 그때 우리나라 왕이 결국에는 이 몽골한테 항복할려고 하니까, 자기는 항복할 수 없다고 인제 싸운 거지. 뭐, 남은 군사들하고 무기하고 다 갖고 우리 시골에 진도 알지? 거기로 다 떠나서 새로운 나라를 세우겠다고 한 거지. (아~.) 이 삼별초가 엄청나게 날렸대. 아주 뭐 전쟁마다 이기고, 그래서 이 몽골을 얕잡아보고 그렇게 된 거지. 근데 거기서 또 몽골 놈들이 우리나라 왕이랑 손잡고 삼별초를 친 거야. 진도까지 와서. 그래가지고 인제 거기서 싸우다 죽은 거지.

2007년 5월 5일, 인천광역시 석남동 큰아버지댁, 배상남(裵相南,54), 배유리 조사.

일등 개국공신 배극렴(裵克廉)

조사자의 아버지인 구연자가 어릴 적에 자신의 집안을 조사해오는 숙제가 있었는데, 그 과정에서 여담으로 들은 이야기라고 하였다.

(아빠, 어제 큰아빠가 해준 거 말고 딴 얘기 없어?) 없어. (아, 왜, 생각해봐.) 있는데 별로 기억이 안나. (아, 그래도 해봐. 누군데?) 배극렴이라는 사람하고 배정지라는 사람인데, 둘 다 별로 짧은데, 잘 기억이 안 나는데. (아, 그래도 해봐. 괜찮아.) 음, 배극렴이란 사람이 우리나라에 쳐들어오던 왜놈들하고 계속 뭐, 싸우고 그래가지구 이기고 그랬던 사람이래. 근데 너 이성계 알지? 엄마 조상이잖아? (어, 알지.) 그 이성계 밑에 있었나봐. 이성계 밑에 있다가, 이 이성계한테 우리나라 세력들 있잖아? 그전에 없애라고 하고, 그때 우리나라 왕을 쳐서 이성계를 왕으로 올린 거지. (아, 진짜?) 그래서 일등 개국공신 되고 그랬지.

2007년 5월 6일, 서울시 관악구 신림10동 우리집, 배상춘(裵相春,51), 배유리 조사.

뛰어난 무신 배정지(裵廷芝)

조사자의 아버지인 구연자가 어릴 적에 자신의 집안을 조사해오는 숙제가 있었는데, 그 과정에서 여담으로 들은 이야기라고 하였다.

(그 담에 또 한사람은?) 또 배정지란 사람인데, 이 사람은 별 거 없는데. (그래도 해봐.) 이 사람은 그냥 고려 때 무신인데, 엄청 뛰어난 사람이었겠지. 원나라에 들어가 가지고 왕이 엄청 잘 싸우는 용사라고 칭찬하고 그랬나봐. 그래서 배정지한테 백금도 내려주고 그랬대. (끝?) (웃음) 짧다

고 했잖아. 잘 몰라. 잘 싸우고 그래서 여기저기 격파하고 그랬겠지. (뭐야~. 웃음) 언제인지는 모르겠는데, 어떤 사람이 반란 같은 걸 일으킨 적이 있는데 그 때 이 사람이 진압하고 그래서 관직도 받고 그랬어. 근데 무슨, 뭐, 사건 같은데 관련 돼서 유배가고, 그 이후에는 시도 짓고 그냥 그렇게 살았나봐. (이 사람은 별거 없네?)

2007년 5월 6일, 서울시 관악구 신림10동 우리집, 배상춘(裵相春,51), 배유리 조사.

26

황주변 씨

黄州邊氏

행주대첩의 실질적 공신 변이중(邊以中)

조사자의 어머니인 구연자가 문중에서 편찬한 조상님에 대한 소설을 읽었다고 하였다.

그러니깐, 망암(望菴) 변이중 선생님이셔. 임진왜란 때 화차를 발명하셨대. 지상전에서 위력을 발휘했는데 이게 행주싸움을 승리로 이끈 실질적인 주역이라고 하더라. 교과서에 보면 행주대첩이 여자들이 행주치마에 돌을 싸서 나른 걸로 싸움을 해서 이겼다고 하잖아, 그게 잘못된 거라고 책에서는 그러더라. 화차로 싸움을 해서 이길 수 있었던 거래.

2005년 6월 10일, 조사자의 자택, 변금희(邊金姬,50), 장용준 조사.

27
달성 서씨

시조 서신일(徐神逸)

구연자는 조사자의 작은할아버지로, 증조부로부터 어릴 적에 들었다
고 하였다.

시조 서신일은 신라 오십이 대 왕인 효공왕 때에 아우를 지내다가
나라의 운이 다함을 알고 이천 효양산에 복성당을 짓고 은거하면서 스스
로 처사라 하고 후진양성에 여생을 바친 분이거든. 아마 잘 모르는 이들
이 많을 것이야. 서신일에 관한 재미있는 설화가 전해 내려오지. 그의
처음 조상인 신라 개국공신인 서두라는 아성(이천의 옛 이름) 대장군으
로 있었고, 서신일 대(代)에 이르러 산촌에 살고 있었는데, 하루는 사슴
한 마리가 화살을 맞은 채 사냥꾼에게 쫓겨 집 안으로 뛰어 들어왔어.
이를 불쌍히 여겨 화살을 빼주고 먹이를 주며 정성껏 간호해 준 다음
다시 산으로 놓아주었어. 그 날 밤 꿈에 한 백발의 산신령이 나타나서
말하기를,

“오늘 집에 왔던 사슴은 나의 자식으로 사냥꾼의 화살을 맞아 죽게 되었는데 다행히 그대의 은덕으로 살게 되었으니 그대의 자손이 대대로 재상을 지내리라.”

고 한거야. 그러니깐 아까 그 사슴이 산신령의 아들인 거였지. 나이 팔십이 되도록 슬하에 혈육이 없던 그는 그 날부터 부인의 몸에 태기가 있어 아들을 낳으니, 그가 서필(徐弼)이고, 서필의 아들이 바로 유명한 서희(徐熙) 장군이야.

서신일의 시조 이야기가 전해 내려오면서 맘씨 고운 시조 할아버지 때문에 예로부터 우리 집안에는 영험한 학자들이 많다고 해.

2004년 5월 5일, 인천시 숭의동 작은 할아버지 댁, 서정한(徐廷翰,70), 서유림 조사.

서성(徐渻)의 넓은 마음씨에 감동한 하늘

구연자는 조사자의 작은할아버지로, 증조부로부터 어릴 적에 들었다고 하였다.

조선시대 초기 여기에 세도가 당당한 집이 있었으니 서성이라는 사람의 집이 있었어. 이 서성은 임진왜란 때 이항복이나 유성룡과 함께 임금을 모시고 국란을 해결하고자 애를 썼고, 천육백이십칠 년 정묘호란 때도 임금을 모시고 강화도로 간 충신이었어. 후에 약봉 대감, 또는 달성부원군이라고 불리는 어른이시다. 이 달성 대감의 넓은 마음씨 때문에 출세했다는 이야기가 전해 내려와. 아들을 장가들이기로 생각한 어미는 마음씨 곱고 솜씨 좋고, 옷이며 음식이며 못하는 것이 없는 며느리를 보았어.

첫날 밤 신부가 한사코 고개만 숙이고 자기 몸에 신랑이 손도 못 대게 하는 거야. 완강한 거부에 서 도령은 그만 화가 나서 힘을 주어서 숙이고만 있는 신부의 얼굴을 잡고, 호통을 쳤지. 울고 있는 신부를 가만히 바라보니 장님이었던 거여. 하지만 서 도령은, "우리는 이제 부부요, 그러니 당신이 못 보면 나도 못 보는 것이고, 내가 보면 당신이 보는 것이 아니겠소. 나에게 눈이 둘이나 있소. 나는 이 두 눈이 다 내 것인 줄 알고 이십 년이나 써 왔는데, 이제 보니 하나는 당신의 눈이었구려. 이제 눈 임자가 나타났으니 돌려주겠소. 내가 볼 수 있고 내 눈을 가져갈 수 있는 신부는 이제 밝게 세상을 살 것인데, 무엇이 그리 두렵소? 자, 우리 밝게 삽시다. 내가 당신의 손발이 될 테니…" 신부는 너무나 고마워했고 마을 사람들도 잘 살 것이라는 덕담이 오갔고 신랑의 넓은 마음씨를 칭찬했지. 세월이 흘러 장님 새댁은 가지고 다니면서 먹을 수 있는 밥을 만들어서 팔았는데 새댁이 만든 희한한 밥은 인기가 있어서 명물이 되었어. 이제 서씨 집은 살림이 넉넉해서 새로 집을 지을 때가 된 거야. 집을 짓는 목수는 자신의 친구 아들을 썼어. 집을 다 짓고 나서 서씨 내외는 집을 둘러보는데 기둥이 거꾸로 세워져 있는 것을 보고 기둥을 다시 지으라고 했어. 목수는 기둥 하나 때문에 집을 다시 지으라는 말에 이해가 안 갔지. 그러자 서씨가 하는 말이, "집이야 새로 지으면 되지만 우리 서씨 집안이 무너지면 안 되지. 우리 조선 나라가 무너지면 안 되지. 목수가 집을 지어서 사람을 살게 한 것이나, 그 집안의 기둥이 되는 인물이 나와서 가문을 튼튼히 세우는 것이나 같네. 기둥이 동량지재라고 한 것을 보아서 인재가 나라 일을 하여서 나라를 튼튼하게 하는 것이나 같네. 자네는 집의 기둥이고 우리 아들은 나라의 기둥이야. 그런데 집의 기둥이 제대로 안 섰으니 이 잘못된 집에서 사는 우리 아들이 제대로 나라 기둥 구실을 할 수 있겠는가? 내가 비록 출세했다고 하여 배가 아픈 나머지 '어쩌랴?' 하고 이 기둥만은 알고도 거꾸로 세운 것이지?" 그러자 목수는 잘못을 뉘우치며 굴복하고 말았어. 이런 선조가, 달성서씨 집은 물론 우리 한국인에게 계시다는 것은 그 얼마나 영광인가? 그렇지?

2004년 5월 5일, 인천시 숭의동 작은 할아버지 댁, 서정한(徐廷翰,70), 서유림 조사.

위정부인 달성서씨(爲貞夫人 達城徐氏)

구연자가 어릴 적 어르신들에게 들은 이야기로, 옛날에는 오늘날과 같이 텔레비전과 같은 대중매체들이 없었기 때문에 이러한 전해 내려오는 이야기를 쉽게 들을 수 있었다고 하였다.

열녀 서씨 이야기는 알고 있는가? 유명한 이야기인데? 시도 있는데… 아마 들어 본적은 있을 거여. 옛날에 달성 서사달이라는 사람의 딸이 있었어. 그 딸내미는 어버이에게 효도하는 정성은 어릴 때부터 선천적으로 뛰어나서 눈 속에서 붕어가 안 마당에 떨어지는 일까지 있었대. 그 딸이 시집을 갔는데 그 지아비가 죽었어. 아! 그래서 한 달간을 굶고 시름시름 방안에서 있다가 대를 껴안고 울고만 있었지. 어느 날 집 뒤에 나가서 댓숲에서 울부짖었는데, 눈물이 떨어진 자리에 홀연히 흰 대가 세 그루 돋아나 있는 거야. 이 서씨 부인의 이야기가 팔방에 퍼지고 그 이름이 구중궁궐에 알려지자 세종대왕이 흰 대를 그려서 바치게 하여 감상하고 어제시(御製詩)로써 표하였어. 또 정려를 세워주도록 특명을 내렸지. 이 서씨 부인 이야기는 서씨 부인의 절개가 드높게 드러난 이야기지. 그 서씨 부인의 모습을 세상 사람들과 왕이 바람직한 모습으로 생각하고 궁에까지 서씨 부인 모습을 그려놨다는 이야기를 보면 얼마나 대단한 사람인지 알겠지?

2004년 5월 5일, 인천시 숭의동 작은 할아버지 댁, 서정한(徐廷翰,70), 서유림 조사.

시부모를 따라 죽은 열녀 서씨

구연자는 조사자의 어머니와 같은 동네의 친구로, 18년 전 안동에서 이사해 왔다. 안동의 민속촌에 세워진 열녀비의 전설을 어렸을 적부터 귀에 익게 동네 할머니에게 들었다고 하였다.

안동의 어느 고을의 향리인 김창경(金昌慶)이라는 사람이 어느 날 서씨를 아내로 맞아들였어. 이 사람은 집안 사정도 넉넉지 못하고 시부모는 앉은뱅이 불구였는데, 서씨부인은 아무 불평도 없이 남편과 시부모를 정성껏 모셨어. 이 착한 며느리가 들어온 뒤부터는 불구와 가난으로 찌들 었던 어른들의 얼굴에서 웃음이 떠나가질 않고 행복한 가정이 되었어. 서씨가 시집 온 일 년 만에 남편이 까닭 없는 병으로 갑자기 죽게 된 거야. 서씨부인에게 남편의 죽음은 청천벽력과도 같은 일인 거지. 앞일을 생각하니 눈물과 한숨이 절로 나왔지만, 불구인 시부모의 애통해하는 모습을 보니 기운을 차려야만 했어. 서씨부인은 앉은뱅이의 시부모의 눈과 발이 되어주고 또 생계를 꾸려나가야 했어. 동네의 방아품과 빨래품 을 팔아 양식을 구해오기도 하고 산에 가서 땔감나무를 해다가 장터에 내다 팔기도 하고…이렇게 부지런한 서씨 며느리 덕분에 시부모는 굶주 리지 않았어. 그러나 아들을 갑자기 잃은 뒤로부터는 화병이 들었는지 시름시름 앓기 시작했어. 며느리 서씨는 시부모의 병환을 치료하기 위해서 병에 좋다고 하는 약초를 캐서 다려 올리기도 하고 품을 판 돈으로 약을 지어 드리기를 정성껏 했지만, 시부모의 병은 점차 악화되기만 했어. 이미 서씨는 시부모가 죽으면 같이 죽으리라는 마음을 먹고 병구완을 하고 있었으니 그 정성이 지극하지 않을 수 없었던 거야. 이러한 서씨의 병구완에도 불구하고 시부모는 차례로 세상을 떴어. 서씨는 즉시 목숨을 끊고 자신의 불효를 사죄하려고 했지만 자기가 죽으면 시부모의 장례를 치러줄 사람이 없으니깐 눈물 속에 시부모의 장례식을 마쳤어. 이제 자기가 남아서 할 일을 다 했다고 생각한 서씨는 먼저 간 남편과 시어른의 뒤를 따르기 위해서 죽기로 마음을 먹고 끝내 서씨는 구 일간의 단식 끝에 목숨을 끊었어. 이어 마을 사람들은 서씨의 효성에 감동하여 그녀의 장사 지내고 그 이야기를 관청에 알려 열녀비를 세우게 했어. 지금 그 열녀비가 안동에 세워져 있는 거야. 서씨부인 비가.

2004년 5월 8일, 인천시 용현동 아줌마 댁, 김용옥(金容玉,53), 서유림 조사.

달성서씨 가문에 내려오는 재미있는 이야기

조사자의 할아버지인 구연자가 어렸을 적 동네 아저씨들을 따라 산소에 갔었는데 우스갯소리로 들려주었다고 하였다.

달성서씨 집안에서 산소를 쓰려 했지. 그때 풍수지리 하는 사람이 '어떤 사람이 총을 들고 노루를 쫓거든 산소를 쓰라'고 했댜. 그 후, 비가 내리는 날에 어떤 사람이 총을 쏘면서 노루를 쫓고 있었어. 이것을 본 달성서씨는 이때라 생각하고 사람들을 시켜서 땅을 팠는데. 땅을 계속 파다보니 아래에 커다란 돌이 있었는디, 그 돌을 찍어 없애려 하니까 옆에서 지켜보던 풍수지리 하는 사람이 '그 돌은 없애지 말라'고 한 거여. 근디 풍수지리 하는 사람의 말을 미처 듣지 못한 한 사람이 곡괭이로 그 돌을 계속 찍어 없애버렸어. 돌 아래에는 고기 한 쌍이 놀고 있었는데, 그 중 한 마리의 눈에 돌조각이 들어가서 고기의 한쪽 눈이 멀게 된 거여. 그 후로 달성서씨 가문에는 대대로 한쪽 눈이 먼 사람이 생겼다고 하드라.

2004년 5월 9일, 충남 신평 할아버지 댁, 서정식(徐廷植,74), 서유림 조사.

달성판관의 명판결

어느 서울 사는 가난한 선비가 과거에 급제했고, 얼마 후 달성판관으로 임명되었어. 해진 옷을 입은 어린 상주가 울면서 하소연하기를, '가난한 살림에 홀어머니를 모시고 살았는데 갑자기 어머니가 돌아가셔서 장례비용을 마련키 위해 상주의 몸인데도 닭 다섯 마리를 팔러 시장에 나왔는데. 근데 시장에 나온 것은 처음이라 어떻게 파는지 모르고 쩔쩔매고 있는데, 한 닭 장수가 와서 자기가 팔아주겠다고 하면서 가버렸다.' 는 거여. 아무리 기다려도 닭 장수는 돈을 주지 않았다는 거여. 얘기를 듣고 난 사또는 닭 장사를 잡아오라고 시켰고 닭 장사에게 저 닭이 네 놈 것이라면 저 닭에게 아침에 뭘 먹였는지 말해보라고 했어. 닭 장사는 쌀, 보리 등 온갖 곡식을 먹였다고 대답하고, 어린 상주는 집안형편이 어려워 수수알만 먹였다고 대답했어. 이를 듣고 난 달성 사또는 한 마리를 잡아 그 속을 살폈는디, 그 속에선 쌀은 나오지 않고 수수알만 나온 거여. 그러자 달성 사또의 불호령이 떨어지고 닭 장수는 곤장을 맞아

바보가 되었댜.

2004년 5월 9일, 충남 신평 할아버지 댁, 서정식(徐廷植,74), 서유림 조사.

서씨 일가의 지극한 효성

구연자는 조사자 할아버지의 동네 친구로, 어렸을 적 동네 어른에게 들었다고 하였다.

옛날 신평면 살고 있던 서씨부인은 시집온 지 일 년째 되던 해 남편이 죽고 말았어. 마을 사람들이 꽃다운 나이에 홀로된 것이 안타까웠응께 개가하라고 했지만, 서씨부인은 늙고 병든 시아버지를 홀로 남겨두고 떠날 수가 없었으니께. 그저 좋다는 약이 있으면 어느 곳이든 어떤 어려움이 있든 꼭 구해서 시아버지의 병환을 지극히 보살핀 거여. 그러던 어느 날 그런 효성에 감탄한 어떤 도승이 이곳 마을을 지나다가 서씨부인한테 ‘오늘 이 약초를 캐어 다려 먹이면 시아버지가 쾌차할 것이라’고 말하고는 어디론가 가버린 거. 약초를 캐기 위해서 산 속을 헤매 댕기다가 약초를 발견하긴 했는디, 발을 한 치만 헛디뎌도 벼랑으로 떨어져 꼼짝없이 죽을 무서운 벼랑에 약초가 있는 겨. 서씨부인은 목숨을 하늘에 맡기고 조심조심 약초가 있는 곳까지 올라가서 겨우 몇 포기의 약초를 캐어 내려왔어. 서씨부인은 캐온 약초를 정성껏 다려 시아버지께 드렸더니 시아버지는 씻은 듯이 나았어. 아 근데, 이번엔 며느리인 서씨가 쓰러진 겨. 며칠을 산 속을 헤매면서 음식도 제대로 먹지 못했지, 또 여자의 몸으로 너무 힘든 일을 했으니께는, 근데 서씨의 효성을 닮은 겨우 다섯 살짜리 아들놈도 효성이 남달랐어. 병든 어머니를 간호했지만 어머니의 병은 점점 더해만 간 거. 그러던 어느 날 할아버지 병환을 낫게 해준 도승이 다시 마을에 나타나서 한다는 말이, "과연 효성의 집안이로구나." 하고 감탄을 했댜. 아들이 도승의 뒤를 따라가서 '우리 어머니 병을 낫게 하려면 어떻게 해야 하는지 가르쳐 달라.'고 하자, 효심에 감동한 스님은 잠깐 생각에 잠겼다가 매일 냇가에 나가서 잉어를 잡아다가 어머니께 달여 드리면 곧 낫게 될 것이라고 말했댜. 어린놈이 잉어를 잡지는 못하니깐 매일 물 속을 보며 울기만을 했어. 얼마 지나고 울고 있는 아이 앞에 잉어가 헤엄치고 있는 거여. 그 다음날도 또 다음날도 잉어는 쉽게 잡혔댜. 그러고 나니 어머니의 병이 씻은 듯이 나았고, 마을 사람들은 효성이 지극하여 용왕님이 도와준 것이라고 칭찬을 했지. 이 이야기가 잉어소에 내려오는 서씨 집안의 효성 이야기여. 나도 어렸을 적엔 이 이야기를 듣고 나서 냇가에 가서 부모님께 물을 갖다 드렸었어. 그럼 부모님이 아프지 않을 것이라 알았응께.

2004년 5월 9일, 충남 신평 할아버지 댁, 김상찬(金相燦,76), 서유림 조사.

고려 초기에 국기를 확립했던 서필(徐弼)

조사자의 아버지인 구연자에게 어렸을 적 증조부가 족보를 보여주면서 조상들에 대해서 자세히 설명해 주었다고 하였다.

고려 광종 때 서필이라는 어른이 계셨어. 항상 솔직한 간언으로 왕을 보필하여 왕을 올바르게 인도하신 어른이셨지. 광종의 지나친 사치생활과, 귀화한 중국인을 지나치게 우대하는 당시의 폐단을 시정했어. 심지어는 왕의 말이 죽었을 때 그 관리자를 왕이 죽이려 하자 공자(孔子)가 마굿간이 탔을 때 말에 대해서는 묻지 않고 사람의 희생 여부를 물었다는 고사를 인용하여 간하자 왕이 이를 용서했다는 일화가 있기도 해. 이처럼 당시 어지러운 정세였던 고려 초기에 국기를 확립하는데 기여하셨던 분이셨어. 이에 광종은 서필을 자신의 스승이라고까지 말했다고 해. 훌륭한 신하가 있기에 훌륭한 왕이 존재함을 잊지 말아야 해.

2004년 5월 12일, 인천 용현동 집, 서현식(徐現植,53), 서유림 조사.

온 대구에 은혜를 베푼 구계 서침(徐沈)

구연자의 할아버지에게 들었고, 어렸을 적 서침에 대한 글을 보았다고 하였다.

1465년 대구에 경사가 겹쳐 일어났어. 고려 현종 때부터 속현이었던 대구가 세종 임금 덕으로 대구군으로 승격했고 또 서침이라는 사람 덕에 그 당시 백성들을 힘들게 했던 환곡이자가 줄어들었어. 그 사연은 대구를 현에서 군으로 승격시키면서 세종이 외적 방어의 요지를 물색하던 중에 좋은 곳을 발견을 했어. 근데 그 곳이 달성 서씨의 세거지라는 이야기를 듣고 세종은 한 옛 부지와 바꿀 것을 요구하고 자손대대로 세록을 주겠다고 제의를 했대. 그때 서침이 말하기를, "나라의 모든 것이 국왕의 소유인데 어찌 대가를 바라겠냐?"며 사양을 한 거야. 이어서 세종이 다시 소원을 물으니, 서침은 사사로운 은혜를 입기보다 많은 이들이 혜택을 받는 것이 좋겠다고 하여 백성들의 환곡 이자를 감해줄 것을 청한 거야.

그러자 세종이 깊은 마음에 감동하여 쾌히 승낙하고 환곡 이자를 다섯 되씩 감해주었대. 그러자 마을 사람들은 서침의 은덕을 칭송하고 그 은혜에 감사해 했대. 예로부터 어진 임금 밑에 어진 신하가 난다는 말이 있는데 훌륭한 서침의 이야기에서 사실이 입증된 셈이지.

2004년 5월 15일, 인천 용현동 집, 서현식(徐現植,53), 서유림 조사.

고려의 명신(名臣) 외교가 서희(徐熙)

조사자의 아버지인 구연자에게 어렸을 적 증조부가 족보를 보여주면서 조상들에 대해서 자세히 설명해 주었다고 하였다.

서희는 광종 때에 문과에 급제하여 송과의 국교를 여는 등 탁월한 외교적 수완을 발휘한 어른이셨어. 특히 거란족의 침입 때 거란의 장군 소손녕과 담판을 지어 고려를 살린 유명한 분이셔. 거란은 고구려의 계승이므로 현재 고려가 가지고 있는 고구려의 옛 영토를 거란에 반환할 것을 요구해왔는데, 이때 서희는 우리의 국호는 고려이고 이는 과거 고구려와 같은 말이며 우리가 고구려의 후손이므로 거란족들이 영유하고 있는 고구려의 영토를 우리에게 반환하는 것이 마땅하다고 말을 했대. 또한 송나라와 외교를 단절하고 거란에 국경을 개방할 것을 요구하는 소손녕에게 거란과 고려의 국경엔 여진족이 살고 있어 거란으로 가기가 바다 건너 송으로 가는 것보다 어렵다며 거란이 돌아가는 길에 여진을 정벌하여 준다면 국경을 개방하지 못할 이유가 없다고 말하셨어. 그러자 거란은 서희의 이 안을 수용하고 돌아가는 길에 여진을 정벌하여 강동6주를 고려에게 내 주었대. 거란이 내준 강동 6주를 완전한 고려의 영토로 바꾸기 위해 혼신을 다하였고 탁월한 외교적 수완으로 고려를 살린 훌륭한 분이셔. 어르신의 외교적 수완과 국제정세를 읽는 눈은 현재에도 귀감이 되고 있단다.

2004년 5월 18일, 인천 용현동 집, 서현식(徐現植,53), 서유림 조사.

충절 서재승(徐在承)

조사자의 고모할머니인 구연자가 아버지로부터 들었다고 하였다. 증조부께서도 항일운동에 참여했던 분이었고, 어렸을 적 항일투쟁을 하던 분들에 대한 이야기를 들어왔다고 하였다.

목렬의 아들 재승은 일찍이 유학에 전념하여 시와 예학에 정통했으며 효성이 뛰어나 세인들의 칭찬을 받으신 인물이셔. 1905년 일본의 침략에 의해 을사조약(乙巳條約)이 체결되자 의분을 참지 못해 의병을 일으켜 항일투쟁에 앞장섰으며, 군자금 조달을 위하여 힘쓰시다가 체포되어 일본 헌병과 격투하시다가 40세로 순절하신 분이셔. 그 후 이 어른의 충절을 기려 사림(士林)에서 충의라 사시(賜諡)하였고, 대한민국 건국포장이 수여되셨어. 이만큼 어르신의 은공이 얼마나 뛰어났는지 알 수 있지.

2004년 5월 9일, 충남 합덕, 서정순(徐廷淳,62), 서유림 조사.

대학자 서거정(徐居正)

구연자는 조사자의 사촌언니로, 역사학 공부를 하고 있었다.

거(居)자, 정(正)자 쓰시는 어르신이 계셨어. 벼슬의 꽃이라고 부르는 홍문관에 최장기간 역임한 인물이기도 해. 세종과 성종에 이르는 육대 왕조에 걸쳐 무려 사십오 년 간 대학자로 명성을 날린 분이셔. 문장과 글씨에도 능한 어르신은 성리학은 물론 한문학과 천문, 지리, 의약 등에 이르기까지 정통했고, 경국대전, 대동여지승람 등의 편찬에도 참여했으며 왕명으로 향약집성방을 국역하셨어. 한편, 신라 이래 조선 초기에 이르는 시문을 엮은 동문선과 동인시화를 펴내는 등 조선조의 한문학을 집대성하여 참으로 많은 업적을 남긴 분이셔.

2004년 5월 14일, 인천 용현동 집, 서진아(徐珍我,26), 서유림 조사.

독립투사 서재필

구연자는 조사자의 사촌언니로, 역사학 공부를 하고 있었다.

서재필은 많은 이들에게 유명한 인물이야. 그의 일생을 신화에 가깝다고 말할 만큼 파란 만장한 생을 살다간 인물이기도 해. 독립협회 참여와 독립신문 발간 등 개화기에 그가 남긴 업적은 실로 대단해. 국민들과 나라의 개화에 앞장 선 인물이야.

그리고 그가 만든 독립협회는 우리나라의 독립과 자주 근대화를 추진하는데 큰 역할을 했대. 그는 학생들을 교육하고 계몽하는 인재들을 양성하는데 큰 기여를 하였어.

비록 미국으로 추방당하기는 했지만 한국인들에게 민족 사상을 고취시킨 인물이었고 한국인의 정치, 사회의식 발전에 끼친 그의 공헌은 매우 크다고 평가될 만큼 훌륭한 인물이시지.

2004년 5월 14일, 인천 용현동 집, 서진아(徐珍我,26), 서유림 조사.

28
이천서씨

도시조(都始祖) 서신일(徐神逸)

조사자의 둘째 큰아버지(仲父)인 구연자가 아버지(할아버지)께 들었다고 하였다.

시작할까? (네.) 음, 시작하기에 앞서서, 참 좋은 것 같다. (네?) 이렇게 너희들이 조상들의 이야기에 관심을 가지고, 음, 이렇게 이야기를 들으려고 한다는 게 기특해서. (아~) 그럼 시작해볼까? (네.) 어떤 이야기를 할 거냐면… 서씨 성씨의 시작부터 알아야겠지? 그러니 우선은 서씨라는 성의 시작에 대한 것을 말해주어야겠구나. 서씨의 시작에 관한 이야기는 여러 가지가 있지. 음, 우선 말이야, 단군시대 예국 군장이던가? 에, 여수기라는 사람이 있었어. 근데, 그 사람에게는 아들이 아홉 명이나 있었지. 그리고는 그 아들들에게 각자 고을을 나누어 주고는 다스리게 했어. 그러자 그들은 열심히 다스려서 공을 많이 쌓았지. 그래서 백성들은 '여러 사람이 고마움의 뜻을 표한다.'는 뜻으로 여(余)자에 두인변(彳) 즉, 사람이라는 뜻을 붙여서 서(徐)라고 고쳐서는… 성(姓)으로 주었다고 전해기도 하지. 그리고, 흠흠, 어떤 책의 기록에 따르면, 그, 기자조선? 의 마지막 왕인 기준이 위만에게 나라를 빼앗기고는 남쪽으로 쫓겨 오게 된 거야. 그리고는 지금의 이천으로 피신 와서 살게 되었고, 그곳 지명을 따서는 이천서씨가 되었다는 말도 있고, 그 다음은, 너의 시조할아버지에 대한 이야기를 해볼까? 너의 시조할아버지는 서 신(神)자, 일(逸)자를 쓰셨는데, 그 분은 통일 신라 시대 때 아간 벼슬이라는 것을 하셨지. (아간 벼슬이 뭐예요?) 음, 아간 벼슬은 말이야. 신라시대의 관등으로 아찬이라고도 한단다. 음, 학교에서 신라 골품제도라는 것, 배웠지? (네.) 그 신라 17등급의 벼슬 품계 가운데서 여섯째의 품계에 속하는 거란다. 다섯째까지는 진골에게만 준 거니까, 평민으로서는 가장 높은 벼슬이겠지? (아~) 시조할아버지께서는 통일 신라가 망하자 고려에 참여하지 않고 경기도 이천시에 있는 효양산으로 갔단다. 효양산은 말이지. 크흠, 옛날 부모에 대한 효심이 뛰어난 효자 한 사람이 이 산중에 살고 있었고 지나는 사람들마다 '저 산이 뛰어난 효자를 키웠지.'라 한다 해서 이름이 그렇게 붙여진 거란다. 어쨌든, 시조할아버지께서는 효양산으로 가셔서 농사도 지으시고, 교육을 업으로 삼으시면서 제자들을 키우셨지. 근데, 하루는 머슴들을 데리고 농사일을 하러 가셨는데, 그 곳으로 웬 사슴 한 마리가 화살에 맞아서는 급히 뛰어와 쓰러지더란다. 그래서 말이지, 너의 시조할아버지께서는 사슴이 너무 불쌍해서는, 숨겨주셨지. 잠시 후에 사슴을 따라온 사냥꾼이 나타나서는 사슴이 어디로 갔냐고 물었지. 이에 시조 할아버지께서는 '짐승이 그대 한사람이 두려워서 도망쳤을진대… 어찌 많은 사람들이 이렇게 떠들면서 일하는 곳에 뛰어들 리가 있겠는가.' 라고 하시며 시치미를 떼셨고 사냥꾼은 하는 수 없이 돌아가고 말았지. 그리고는 사슴의 화살을 뽑아주고, 치료도 해주시고, 보내주었지. 그리고 그날 밤 꿈속에서 흰 수염의 산신령이 나타나서는, '아까 낮의 그 사슴은 나의 아들인데 그대의 힘을 입어 죽음을 면하였으니, 나는 그대의 자손들로 하여금 대대로 재상이 되도록 도우리라.'라고 말하며, 꼭! 사슴이 일러준 곳에 묘소를 정하라 말하고는 사라져버렸지. 후에 시조할아버지께서는 나이⋯ 82세에 아들 서필을 얻으셨고 86세에 돌아가셨단다. 흠, 그리고 시조할아버지의 장례행렬이 이어지는데, 어디서 웬 사슴이 나타나서는 상주의 옷깃을 물고 이끌더란다. 그러더니 사슴이 양지바른 산기슭에 멈추고는 발굽으로 땅을 파헤치지 않겠니? 사람들은 이를 신기하게 여기고는 그곳을 시조 할아버지의 묘소로 정했지, 음. 그리고는 후에, 아들 서필은 고려 광종 때 그, 내의령인가? 하는 벼슬로 나라를 안정시키고 그 아들 서희는 거란군의 침입 때 적장, 소손녕과의 담판으로 거란의 군사를 후퇴시키고는 강동6주의 땅까지 되찾기도 하셨지! 서희 장군에 관한 이야기는 학교 수업시간에 들어봤지? (네.) 음, 이렇게 훌륭하신 분이 많으시니 너는 서씨라는 성에 대한 자부심을 가지고 살아야 한다, 알았지? (네.)

2006년 5월 6일, 경기도 시흥시 둘째 큰아버지 댁, 서재복(徐在福,63), 서옥진 조사.

서희와 소손녕의 강화회담

조사자의 둘째 큰아버지(仲父)인 구연자가 아버지(할아버지)께 들었다고 하였다.

서희 장군은 저번에 말했다시피 시조 할아버지의 손자로, 너도 잘 알고 있는 위인이시지. 서희 장군의 외교담판은 익히 들어 알고 있지? 그에 관한 이야기를 할까 한다. 고려가 한창 북으로 진출하려 하고 송나라하고

만 친하게 지내니까 거란은 불안해서 그, 소손녕을 앞세우고는 대군을 이끌고 고려를 쳐들어온 거야! 근데 말이지, 조정은 여진을 통해 거란의 침공계획을 알고 있었음에도 아무런 대책을 세우지 않았던 거지! 그렇게 있다가 나중에서야 급박함을 느끼고 전국에 있는 병사를 모으기 시작했고, 이럴 때, 서희 장군은 북계에서 적을 방어하게 되었지. 북계는 그, 지금의 평북지방을 말하는 거야. 80만 대군으로 그, 봉산군이던가? 암튼, 고려 쪽 군대를 빼앗은 거란군은 다행스럽게도 더 이상 진격하지 않고 항복하라는 협박만 계속 했지. 이에 조정에서는 항복하자는 의견과 서경, 음… 서경은 지금의 평양이란다. (아! 서경이 평양이라는 거 TV에서 들어봤어요.) 그래, 그 쪽 이북 땅을 주고 항복하자는 의견이 우세하고 있었지. 하지만 서희 장군은 다르셨어! 거란이 출병한 목적이, 영토 확장에 있지 않음을 간파하신 거지. 크흠, 그리고는 거란과 담판 지을 것을 강력히 주장하셨던 거야. 그의 의견을 어떤 사람이 지지했고 왕도 이를 찬성했지. 이때 소손녕은 청천강 남쪽을 공격하다가는, 결국 패한 상태였지. 남진이 막힌 소손녕은 고려에게 항복하라고 계속 재촉했고. 고려에서는 장영인가? 하는 사람을 화통사로 거란에 보냈으나 소손녕은 화통사로 간 그 사람과는 회담하기 싫다고 했고, 음, 다른 대신을 보내라고 했어. 결국 아무것도 못 하고, 어쩔 수 없이 그냥 돌아왔고, 왕은 중신들에게 '누가 소손녕에게 가서 말로 적병을 물리치겠는가?'라고 물었지. 이 물음에 아무도 대답하지 않고 있는데, 오직! 서희 장군만이 일어나서는 '신이 비록 부족하지만 왕명을 받들겠습니다!' 라고 말하고는 소손녕에게 갔지. 음, 소손녕에게 갈 때, 왕이 직접 강가까지 나와서는 손까지 잡아가면서 위로해주었지! 흠흠, 소손녕에게 간 서희 장군은, 글쎄, 가자마자 둘 사이에 기 싸움이 벌어진 거야! 소손녕은 위세를 떨기 위해, 서희 장군 보고 뜰에서 자신에게 절을 해야 한다고 말했지. 하지만 서희 장군은 이 말에 흥분하지 않고 침착하게 '뜰에서 절하는 것은 신하가 임금에게 하는 예절인데, 두 나라의 동등한 대신이 서로 만나는 자리에서 어찌 그럴 수 있겠는가?'라고 대답했지! 음! 근데, 이런 대답에도 소손녕은 고집을 꺾지 않고 뜰에서 절할 것을 주장했고, 서희 장군은 화를 내고는 자신이 머무는 곳으로 가서는 꼼짝도 하지 않았어. 그러자, 한풀 꺾인 소손녕이 서로 대등하게 만나자고 했지. 음, 일차 기 싸움에서 서희 장군이 승리한 거지, 뭐! 그리고는 소손녕과 서희 장군이 대등하게 서서 인사하고는 서로 마주앉아 이야기를 시작했지. 소손녕이 먼저 말하기를 '고려는 신라의 옛 땅에서 건국했고, 고구려의 옛 땅은 우리 껀데 어째서 당신들이 침범하는가?' 라고 물었지. 소손녕은 고려가 신라를 이은 신라의 후예라는 거지. 자신들이 그, 발해를 멸망시켰으니 옛 고구려의 땅은 자신들 꺼라는 말이지. 음, 고려가 신라의 후예라고 인정하면 대동강 이북 땅의 소유권이 우리라고 말할 수 없어지게 되지. 이런 소손녕의 말에 서희 장군은 고려는 고구려의 후예이고, 그렇기 때문에, 음, 나라 이름을 고려라 하고 평양을 국도로 정했던 거라고 말했지. 그리고는 고려의 그, 북진정책이 타당함을 주장하고, 그리고 고려와 거란의 관계를 수립하기 위해서는 중간에 위치한 그, 여진족을 평정하는 걸로 해결하자고 제안했지. 흠, 그래서 거란은 서희 장군의 대답을 인정하고 군사를 이끌고 돌아갔지. 그리고는 고려가 압록강 동쪽 땅을 개척하는 데도 동의했지, 흠.

2006년 5월 15일, 경기도 시흥시 둘째 큰아버지 댁, 서재복(徐在福,63), 서옥진 조사.

서희와 잿머리 성황당

조사자의 아버지인 구연자가 어렸을 적, 아버지(할아버지)와 안산에 갈 일이 있었는데, 거기서 잿머리 성황당에 관한 이야기를 들었다고 하였다.

　음, 서희 장군은 지난주에 둘째 큰아버지께 들어서 잘 알고 있지? 그러니, 서희 장군이 어떤 인물인 지는 넘기고, 아빠가 어린 시절 안산에 갔다가 너의 할아버지께 들었던, 서희 장군에 관한 이야기를 해줄까 한다. 안산시에는 그, 잿머리 성황당이라는 것이 있단다. 고려 성종 때, 그, 내의시랑이었던 서희 장군은 음, 송나라에 사신으로 가게 되었지. (내의시랑이요?) 그래, 내의시랑. 내의시랑이라는 관직 말이지. 음, 나라 안의 제반 사무를 관장하는 고위직의 벼슬이지. 오늘날 차관급 정도? 에 해당하지. 어쨌든, 서희 장군이 잿머리 해안에서 배를 타려고 하는데, 갑자기 막, 잠잠하던 바다가 폭풍우가 몰아쳐서는 배를 띄울 수가 없게 된 거야. 그래서 바다가 잠잠해져서 배를 띄울 수 있게 기원하는 제를 올렸지. 제를 올리고는 그 날 밤에 서희 장군이 객관에서 잠을 자는데, 음, 꿈에 말이지, 소복을 입은 두 여인이 나타났단다. 서희 장군의 꿈에 나타난 두 여인은 '우리 두 사람은 다른 사람이 아니라 신라의 마지막 임금의 부인과 장모 되는 사람입니다.'라고 말했지. 음, 그 모녀들은, 신라 마지막 왕을 살아생전에 모시지 못하고 죽어서 한을 갖고 있는 영혼이었던 거야. 신라 마지막 왕이 거기서 그, 부인을 만나서는 부부로 맺어졌지만, 개경으로 돌아간 후로는 소식이 없어졌다고, 음, 그래서 평생을 함께 지내지 못해서는 한이 돼갖고, 그래서 그 한을 풀어달라는 거였지. 한을 풀어주기 위해서는 사당을 지어 그 두 모녀와 왕의 초상화를 그려서는, 사당에 두고 일년에 단 한 번씩이라도 제사를 지내 달라는 거였어. 그리고는, 그 여인들은 '항해 길에 올랐을 때 바람과 파도가 이는 것을 막게 해드리겠습니다.' 라고 말하고는 사라졌고, 서희 장군은 꿈에서 깨어났지. 크흠, 서희 장군은 꿈이 참으로 이상하다 생각하고는, 나루터로 나가 보았지. 바다는 배가 떠날 수 없을 만큼 파도가 심했지. 서희 장군은 '이건 예사

꿈이 아니다!'라고 생각하고는, 그곳 관아 사람을 불러서는 꿈 이야기를 하고 사당을 짓게 했지. 며칠이 걸려서 사당이 완공됐고, 음, 서희 장군은 그림을 잘 그리는 화가를 불러서 영정을 그리게 했지. 그렇게 사당을 짓고 영정을 그리는 동안에도, 흠, 바다는 잠잠하지 않았지. 그리고는 모든 것이 완공되고 나서야 흐리고 거칠던 바다가 개이고 조용하기 시작했지. 그리고 서희 장군은 제사까지 지내주고 중국으로 무사히 떠날 수 있었단다.

2006년 5월 22일, 서울시 구로구 고척동 우리 집, 서재칠(徐在七,51), 서옥진 조사.

고려의 충신 서견(徐甄)

구연자가 어렸을 적, 큰형(큰아버지)에게 들었다고 하였다.

서견은 고려 공민왕 때? 그쯤에 문과에 급제해서 고려 말에는 장령이라는 벼슬을 지냈단다. 하지만, 결국 고려는 이성계에 의해서 망하게 돼버렸지. 그래서 서견은 금천(衿川)에 숨어서 여생을 보냈지. 조선의 임금이 사는 북쪽은 쳐다보지도 않고 사실 정도로 충절을 지키셨지. 음, 그리고 고려의 망국을 읊은 시도 지으셨는데 말이지. 그 시가 아마⋯. '千載神都隔渺茫(천재신도격묘망) / 忠良濟濟佐明王(충량재재좌명왕) / 統三爲一功安在(통삼위일공안재) / 只恨前朝業不長(지한전조업부장)'일 거다. 정확한지는 모르겠구나. 나중에 네가 인터넷으로 확인해보렴. (그게 무슨 뜻이에요?) '천년 도읍 전성기엔 뛰어난 신하들 임금 보좌 하더니 삼국을 통할한 공(功)은 어디 갔느뇨. 고려조의 왕업 길지 못함이 한스럽도다.'라는 뜻이지. 이것도 나중에 확인해보렴. 크흠, 조선이 개국되고 조정에서는, 서견을 잡아다가 벌을 주자는 말이 많았지. 하지만, 태종은 고려의 신하가 임금을 잊지 않고 시를 지어 사모하니 가상하다면서, 음, '조선의 신하 중에도 서견과 같은 사람이 있었으면 좋겠다.'라고 말하며 벌을 주는 것을 거부했지. 후에 서견이 죽은 뒤에 어떤 이가 상소하여 그의 무덤에 '충신묘'라는 표를 내렸고.

2006년 5월 25일, 서울시 구로구 고척동 우리 집, 서재칠(徐在七,51), 서옥진 조사.

29
경주손씨

경주손씨 시조 손순(孫順)

조사자의 큰외삼촌인 구연자가 큰아버지(큰 외할아버지)로부터 들었다고 하였다.

음, 이 얘기를 들은 지가 워낙 오래 돼서 잘 기억이 나려나 모르겠네. 허허. 신라시대에 손순이라는 사람이 있었는데, 그 사람이 손씨 가문의 시조라고 할 수 있지. 아버지도 돌아가시고 집이 어려워서 내외가 모두 품을 팔아 홀어머니를 모셨는데, 어린애가 하나 있어서 그 홀어머니 음식을 매번 뺏어 먹는 거야. 아, 그래서 매번 지 자식이 늙은이 밥 뺏어 먹으니 민망했을 거 아니냐. (기침) 하루 이틀도 아니고 말이지. 나중에 아내와 의논을 해서 '애를 땅에 묻고, 우리는 효도를 더 잘 하자.' 이렇게 의견이 모아진 거야. 그리고 나서 애를 델고 산에 올라갔지. 땅을 파는데 뭐가 걸려서 주변을 다 파보니까 큰 옥돌이 있었지 모냐. 애 어미가 "애 묻으려다 옥을 얻었으니깐 애의 복이다. 그러니깐 묻지 말자." 이렇게 말한 거야.

그래서 옥돌가지고 애 엎고 내려간 거야. 집에 가서 옥돌을 두드리니까 소리가 궁까지 들렸단다. 왕이 그 소리를 듣고 이상하니까 찾아오라고 명령을 한 거지. 뭐, 이리저리해서 왕 앞에 데리고 왔는데, 왕이 어떻게 된 건지 물어봤거든. 그래서 이유를 설명했더니, '하늘의 뜻'이라고 하면서 돈도 주고 집도 주고 벼슬까지 준 게야. 나중에 손순이 월성에 묻혀서 월성손씨가 된 거지. 이게 맞는가 모르겠구나, 하하하.

2008년 5월 12일, 서울시 관악구 봉천동 큰외삼촌댁, 손해룡(孫海龍,53), 신형순 조사.

30
밀양손씨

효자 손순(孫順)

구연자 집안의 시조인 손순의 이야기가 계속 전해져 내려와 그 이야기를 집안 어른들이 해주었고, 족보를 살펴보면서 알게 되었다고 하였다.

손순의 어머니하고 이제 자신의 아내하고 자식이 있었는데, 생활이 어려워서 살기가 힘들었어. 손순이 매우 효자였던 모양인데 아들이 배가 고프니까 할머니 음식까지 뺏아 먹었던 거야. 그걸 보고 이제 부인이랑 이야기를 나눈 거지. 아이를 묻고 어머니를 배부르게 하자고 해서 이제 아이를 업고 산에 올라가서 아들을 묻힐 땅을 팠는데 땅 속에서 이상한 종을 하나 발견했는데 아들이 복이 있다고 생각을 해서 아들을 안 묻고 산을 내려왔지.

이제 그 종을 갖고 집에 와서 들보, 거기에 달아놓고 두드리니까 은은한 소리가 멀리 퍼졌는데 그 소리가 대궐까지 울려 퍼졌다는 거야. 그래서 왕이 종에 얽힌 손순의 이야기를 듣고 왕이 벼를 몇 십 가마 내려줬다는 얘기지.

2004년 5월 23일, 충북 청주시 상당구 탑동 큰아버지 댁,
손한기(孫韓基,57), 손유리 조사.

손동현 효자각

구연자가 공부하면서 알게 되었다고 하였다.

옛날에 손동현이라는 사람이 있었는데, 그 분이 밀양 손씨 우리집안 41대 손이지 말하자면. 인제 그 분이 41대 손으로 밑으로 삼 형제를 뒀는데 손자가 참봉 머시기라고 있고 아들은 벼슬을 지낸 거지. 근데 이제 아버지가 돌아가시고 자기 어머니도 병으로 앓아누우니까 아주 열성으로 모셔서 효성이 자자했는데 그거를 이제 산천, 뭐냐 그 풀이고 나무고 새가 감동해서 이제 하루는 아침 일찍 아버지 성묘를 가려고 나서는데 뱀이 그 분을 인도해서 산신령을 만났지. 그 산신령을 만나서 산삼을 캐 가지고 와서 그 어머니에게 드리고 나서는 어머니 병이 다 나았다는 겨. 부모가 다 돌아가시고서도 매일 성묘를 하고 또 효성이 지극하다고 소문이 나서 정문을 해 줬는데 백성한테 널리 알렸다고 하는 이야기도 있어. 효자각이 있다대 어디.

2004년 5월 23일, 충북 청주시 상당구 탑동 큰아버지 댁,
손한기(孫韓基,57), 손유리 조사.

효성 지극한 손도길(孫道吉)

구연자가 학교 다닐 때, 큰할아버지로부터 들었다고 하였다.

우리 집안에 손도길이라는 어른이 계셨는데, 그 분이 부모님에 대한 효성이 남달라서 이제 사람들한테 효자라고 소문이 자자한 거야. 이제 그 분이 여섯 살 땐가 아마 그 무렵에 친척집에 갔다가 복숭아 두 개를 받았는데 안 먹고 있으니까 친척 사람이 왜 안 먹느냐고 이제 그렇게 물어봤지. 인제 그 어른이 대답하기를 부모님께 갖다 드릴 거라고 하니까 칭찬을 받았다고 하는 거지. 가난한데도 생선 같은 것을 구워다가 부모님 한테 봉양하니까. 늙은 어머니가 병이 깊어서 위독해졌을 때 피를 이제 어떻게 해서 삼 일을 더 살게 하고 죽었다고 하고. 그 어머니가 돌아가신 뒤에도 묘 옆에서 막을 짓고 모시려고 했는데 아버지가 살아계시니까 걱정이 돼서 이제 그렇게는 못하고 삼년상만 치른 거지. 이 분이 나중에 경찰서장 한텐가 표창을 받고, 저기 또 성균관에서도 표창을 받았다고 하는 이야기도 있어.

2004년 5월 23일, 충북 청주시 상당구 탑동 큰아버지 댁, 손한기(孫韓基,57), 손유리 조사.

손씨 효자 이야기

조사자의 아버지인 구연자가 어렸을 적 아버지의 할아버지로부터 들었다고 하였다.

손 효자라고 있었는데 그 손 효자가 매일 아버지한테 닭을 키워서 닭을 대접했댜. 근데 그 아버지가 밥을 먹다가 닭 뼈가 목에 걸렸는데 손 효자가 어떻게 할 수가 없으니까 쩌기 약을 구하려고 저 태안의 어디 거리를 달려갔대. 이제 약을 구하러 간 거지. 손 효자가 크게 울어서 사람들이 물어보니까 그 이야기에 감동한 거지. 그래서 약방들을 같이 수소문해 줘가지고 약을 구했다네. 그 약을 가지고 왔는데 그 중에서 닭, 이제 뼈가 걸리면 코끼리뼈가 제일 좋다고 한 겨. 그래서 그 이제 가지고 집으로 와서 아버지한테 약을 먹였는데 닭 뼈가 목에서 없어 졌다자나. 그런 얘기도 있고, 또 손 효자가 아버지가 병이 심해서 누워있을 때도 피를 대서 아버지 입에 넣어주고 그렇게 해서 며칠을 더 살았댜. 그거지 뭐.

2004년 5월 26일, 충북 영동군 학산면 우리집, 손명기(孫明基,48), 손유리 조사.

우리나라의 대표효자 손순

구연자가 종친회 활동을 위해 전국 방방곡곡을 다니면서 알게 되었다고 하였다.

이 어른은 옛날에 신라 모량부에서 살았는데, 그는 아내가 있었고, 아들이 있었고, 또 어머님이 계셨어. 그래서 인제 이 어른의 부부간에 그 할머니는 성씨가 백씨거든. 흰 백(白)자. 백씨인데 백씨 할머니와 같이, 나머지는 품팔이를 해서, 그래가지고, 어머니 한 분 계시는 어머니를 모셔서, 그러면서 살았어, 그런데 그 부부에는 아들이 하나 있었어. 그게 인제, 그 아들이 우리 직계 할아버지인데. 그 아들이 인제 어리니까, 자꾸 할머니하고 다니면 좀 진지라도 좀 깨끗하게 하고 쌀이라도 하나 더 넣어서 반찬이라도 하나 더 해서 하면. 할머니는 손주새끼 이쁘니까 무릎에 앉혀놓고 손주 입에다 다 떠 넣고 말이지, 잡수실 게 없었어. 어려웠어. 그러니까 보다 못해서 우리 할아버지가 할머니한테 그랬어, 마나님한테. 이러면 안 되겠다, 우리는 젊으니까 아들은 또 앞으로 또 낳을 수 있지만 어머니는 한번 돌아가시면 다시는 뵐 수 없지 않느냐, 어머니가 편안하게 배불리 잡수셔서 편안하게 계시다가 돌아가시면 아들을 갖다가 말이지, 요새말로 나쁜 말로해서 없애버려야 되겠다. 그래서 아들을 부부가 합의 를 해가지고 아들을 업고 뒷동산에 올라간 거야. 그것이 지금 경주에 가면, 경주에 가서 영주로 넘어가는 고개가 있어. 그 고개를 넘어가면 이쪽 산 쪽에다가 땅을 파고 묻으려고, 땅을 파려고 했어. 동네 뒷산으로 넘어가서. 땅을 파는데 마나님이 옆에서 애를 업고 있다가 같은 값이면 깊이 파라. 얕게 파서 나중에 죽으면, 얕게 파면 짐승이 먹으면 안 되니까 될 수 있으면 깊이 파라. 파고 있으니까, 속에서 있으니까 말이지. 땡그렁 소리가 나는 거야. 괭이 깨치는 소리가. 뭔가 하고 다시 이렇게 파서 보니 까 동종이 나왔어. 동형태의 종. 그것을 이렇게 나무에다 매달아놓고 때 려 보니까 완전히 울리는 종소리더라. 그 할머니가 말하자면 우리의 할머 니, 말하자면 그 부인이 이것은 애의 복, 어린 아이의 복이다. 애를 묻으려 다가 이런 복을 얻었으니 복이 아니냐. 아들을 묻지 말고 다시 데려오자, 그래서 다시 데려왔어. 데리고 와서 집에, 그리 큰집은 아니겠지. 그 종도 도로 가지고 와가지고. 그 남편도 자식을 묻고 싶은 사람은 없겠지. 다시 업고 집으로 돌아온 거야, 돌아와서 그러다가 달아매고 종을 쳤더니 그 당시 흥덕왕이 경주 왕실, 그 종소리가 어디에서 나는 소리냐? 그래서 듣지 못한 종소리가 들리는구나. 그래가지구, 가서 확인해 봐라. 그래서 시종들이 말을 타고 달려갔겠지? 가서 종소리 나는데 가서 숨어서 보니 까 우리 할아버지 집에서 말하자면 손순 할아버지 집에서 그러니깐 어떻 게 된 건가 물으니까 이래저래했다. 그래서 시종들이 왕에게 가서 그대로 전하니까 왕이 야, 이럴 수 있느냐? 전에 중국에서 고사에 자기 아들을 갔다가 아들을 묻으려고 갔다가 거기에서 금 솥이 나왔다는 고사가 있는데 이번에 손순이 어버이를 위해서 아들을 묻으려다가 동종이 나왔으니 이것은 하늘의 뜻이니 그래가지고는 불러서 칭찬도 하고, 한 마을을 갔다가 할아버지에게 내려준 거야. 거기서 20리쯤 떨어진 처음에 자식이 있었는데 해마다 벼 50석, 쌀로는 50가마쯤 되지. 해마다 하사를 했지, 그러고서 나중에 벼슬을 주고 돌아가신 다음에 문효라는 시효를 주셨어. 그런 고사가 있는데 그래서 우리나라 효자의 대표적인 분으로 하면 문효공으로 하는 거야. 나라의 효자다. 그래서 이분의 유적지가 지금도 그대로 보존되어 있고 사신 곳이, 나중에 하사받아 사신 곳도 보존되어 있고 그 터에는 절터가 있었는데 절터는 없어지고 지금은 탑만 서 있고 그 터를 지금은 다른 사람이 집을 짓고 살고 있어.

2005년 6월 3일, 서울시 종로구 창신동 293-5 밀양손씨종친회,
손남중(孫南中,72), 손보규 조사.

동국통감을 지은 손비장(孫比長)

구연자가 종친회 활동을 위해 전국 방방곡곡을 다니면서 알게 되었다고 하였다.

이 분은 조선 전기의 문신이고 본관은 밀양, 자(字)는 영숙(永叔)이야. 성종 때 분인데 우리나라 동국통감을 만드신 어른이야. 말하자면 우리 역사책이지. 동국통감을 지으신 서거정과 이분들이 같이 지으신 분이야, 서거정은 책에서 많이 봤지? 이 서거정은 훈구파인데 말하자면 공신들 자손들인데

우리 할아버지는 사림파에 속해. 사림. 이조 역사 배우면 나오는 사림파에 속하는 할아버지야. 처음에 동국통감에 대하여 성종임금이 만족하지 않았는데, 특히 사론알지 사론? 그 사론에 대하여 만족하지 못하셨어. 거기에 써있는 사론은 다 있었던 사론을 인용한 거고, 그래서 성종임금이 동국통감을 개편하여 완성시켜서 그게 신편동국통감이라고 하는 것인데 그게 바로 지금 우리가 보는 동국통감이야. 이렇게 서거정과 같이 동국통감을 만든 분이야.

2005년 6월 3일, 서울시 종로구 창신동 293-5 밀양손씨종친회,
손남중(孫南中,72), 손보규 조사.

도산서원의 중수에 앞장선 손영제(孫英濟)

구연자가 종친회 활동을 위해 전국 방방곡곡을 다니면서 알게 되었다고 하였다.

밀양 토박이로 사시는 영제라는 분이 계셔. 영국이라는 '영(英)'자하고 제주도라는 '제(濟)'자를 쓰시는 분인데 이분의 호는 추천이라고 해. 보통 추천이라고 한다고. 그런데 이 분은 퇴계 선생, 퇴계 이황, 문인이라고도 하는데, 퇴계 선생이 고향에 돌아와 계실 때 예안 현감을 지냈어. 예안. 지금은 별로 높은 것은 아닌데 예안 현감을 지내면서 퇴계 선생의 도산서원을 중수했을 적에 자기 사제를 털어 중수한 사람이야. 그래서 퇴계 문중에서 이 추천 할아버지를 굉장히 높이 사. 추천이라고 그러면 아, 훌륭한 어른이다. 하는 학자고 훌륭한 어른이야.

2005년 6월 3일, 서울시 종로구 창신동 293-5 밀양손씨종친회,
손남중(孫南中,72), 손보규 조사.

왕조실록을 지켜낸 손홍록(孫弘祿)

구연자가 종친회 활동을 위해 전국 방방곡곡을 다니면서 알게 되었다고 하였다.

임진왜란 때 오면 우리가 자랑하는 게 있어. 홍자 록자를 가진 분이 있어. 이분은 호가 한계 선생인데 찰한(寒)자 하고 시내계(溪)를 가진 선생인데, 이 어른이 우리나라에 사고가, 조선 초기에 사고가 네 군데가 있었지. 예를 들어 국가의 사고. 중요 기록을 보관하는 사고, 이게 사고 아니야? 사고가 서울에 있고 전주에 있고 오대산에 가 있었고 또 그래서 전국에 네 군데에 있었어. 네 군데에 있었는데 임진왜란이 일어나자 전주에 있는 사고, 전주사고. 전주사고를 일본 놈들이 다 불태워버리고 하니까. 그래서 이 어른이 다른 사고를 지키는 참봉 오이라는 분이 계시는데 같이 힘을 합쳐서 다른 사람들은 다 도망가고 보따리를 싸서 도망가고 그러는데, 그 양반은 이태조, 지금은 영정이라고 하는 사진, 영정하고 국조실록이라고 하지, 왕조실록이라고 하고, 이게 왕조실록이면 날마다 왕이 쓰는 일기란 말이야. 요것을 이 어른이 내장산 전라북도, 내장산에 갔다가 처음에 내장산으로 피난시켰다가 내장산이 위태해질 가능성이 있으니까 짊어지고 저 묘향산으로, 실컷 짊어지고 자기 노복들을 시켜서 자기 돈으로 국조 실록을 지켰어. 그래서 다른 데 세 군데, 왕조실록, 국조실록은 다 없어졌어도 전주사고 것만은 있는 것이, 볼 수 있는 것이 다 이 할아버지 덕이야. 그래서 그 분 보고 한계 선생이라고 했고, 나중에 나라에서 별제라는 벼슬을 주고 그랬어.

2005년 6월 3일, 서울시 종로구 창신동 293-5 밀양손씨종친회,
손남중(孫南中,72), 손보규 조사.

당당한 사람 손화중(孫華仲)

구연자가 종친회 활동을 위해 전국 방방곡곡을 다니면서 알게 되었다고 하였다.

동학하면 손병희 선생을 떠올리는데, 이 동학란은 손병희 선생이 아니라 손화중이라는 선생님이 계셔. 손화중 장군이라고 하는데, 전봉준과 같이 전봉준 장군과 같이 전봉준, 김계남, 손화중, 이분들이 동학을 처음에 동학란을 주도해서 싸웠어. 이 어른이 얼마나 훌륭한 분이냐 하면, 동학은 충청도 이북에 있는 동학을 북접이라고 했고 전라북도 쪽에 있는 동학을 남접이라고 하는데, 말하자면 전봉준 씨는 그 당시 사실은 동학교도가 아니거든. 학자야, 양반학자인데, 아버지가 많은 고초를 당해서 그런 거고, 동학을 지도한 분이 이 손화중씨인데 이 어른이 패해가지고 동학란이 진압을 당하는데, 나중에 숨을 곳을 찾았는데, 재실이라는. 시골에 가면 사당 같은 데를 말하는 데 그 재실에 가서 숨어계시다가 그 재실에서 그 재실지기더러 "나는 이제 어차피 잡히는데 어떻게 할 수가 없고, 그러지 말고, 차라리 내가 남의 손에 잡힐 바에야, 그 당시 많은 포상금이 걸려 있었거든. 고발을 하고, 그동안 나를 지켜주고 해서 했으니까 니가 날 고발하고 보상금을 니가 받아라." 해서 재실지기를 시켜서 잡혀 돌아가신 분이야. 그만큼 의리가 있고, 그가 정읍 사람이거든. 본받아야 할 사람이지.

2005년 6월 3일, 서울시 종로구 창신동 293-5 밀양손씨종친회,
손남중(孫南中,72), 손보규 조사.

명판관 손변(孫抃)

구연자가 종친회 활동을 위해 전국 방방곡곡을 다니면서 알게 되었다고 하였다.

고려 명종 때 태어나셔서 고종 때 명신(名臣)으로 청백리에 녹원되고, 명판관으로 지금까지 추앙을 받고 계시는 분이야. 변, 이 할아버지가 재밌는 이야기가 있어. 칠십에 생남비오자니 가장전지 진부여서 외인물침(七十에 生男非吾子니 家庄田地 盡付女婿 外人勿侵)이라는 멋진 판결을 냈어. 지금도 법조계에서 법언으로 쓰이고 있는 거야. 경상도 안렴부사로 계실 때의 일인데, 남매간에 재산관계로 큰 일이 있었어. 그동안 여러 다른 장들이 꽤나 힘들어하던 사건이었는데 "칠십에 아들을 낳았으니 내 자식이겠느냐? 가장과 재산은 모두 사위에게 주노니 외인은 상관하지 말라."하니, 하나 남은 외아들이 자라서 무일푼이 되어 계속 이의를 제기했지. 계속 제의를 하니까 많은 관장들이 다 아까 말한 대로 판결하니까 아들은 답답해했어. 이때 새로 부임한 변 할아버지께 또 다시 이의를 제기했어. 이 할아버지는 두 남매를 불러놓고 이렇게 판결했지. "칠십에 자식을 낳았다 하여 어찌 내 자식이 아니겠느냐? 가장과 재산은 모두 주노니 사위는 외인이라 여기에 손대지 말라." 나이가 많아서 아들을 낳아도 내 자식이 아니겠느냐? 하는 부분이기에 아주 재밌는 부분이야. 두 남매를 불러 놓고 부모의 마음은 아들, 딸 상관없이 재산을 나누어 갖고 우애하라고 했어. 지금 법원에서도 아주 명판결로 삼고 있어. 알았지?

2005년 6월 3일, 서울시 종로구 창신동 293-5 밀양손씨종친회,
손남중(孫南中,72), 손보규 조사.

3·1운동 지도자 손병희(孫秉熙) 선생

조사자의 큰아버지인 구연자가 할아버지께 전해 들었고, 위인전을 통해서도 습득하였다고 하였다.

손씨 가문에는 많은 위인들이 계시는데, 그 중에서도 손병희 선생님을 대표적인 인물로 뽑을 수 있단다. 손병희 선생님 알고 있지? 어, 그래. 손병희 선생님도 밀양손씨의 대표적인 위인 중에 한 분이신데, 이 분의 호는 의암(義菴)이라고 해서, 의암선생이라고 불렸고, 음, 이 분은 독립운동가로써 우리나라, 우리나라 민족운동의 큰 이바지를 하신 분이라고 할 수 있겠, 있단다. 그니까 이 분이 그 일본군의 억압과 질타 속에서도 이제 그 전봉준, 이런 분들과 함께 독립운동을 전개해 나가셨는데, 이 분은 독립운동 외에도 천도교, 동학의 지도자로써도 큰 역할을 감당해 내셨단다. 에, 그런 외중에 일본으로 건너가셔서 많은 독립운동가분들과 합세하셔서 개혁운동에 힘쓰셨단다. 특히 이 분은 민족대표 그 삼십삼인의 대표로써 삼일운동을 주도하셨는데, 삼일운동 중에 경찰에 체포되셔서 감옥에서 계시다가 몇 년 후에 출감하셨지만, 오랜 복역으로 인해서 몸이 많이 쇠약하시게 되셔서 결국 사망하시게 됐단다. 손병희 선생님은 천도교 지도자였다고 했지 않니? 천도교 지도자로써 농민 운동의 시초를 탄탄히 해주셨다고도 할 수 있는데, 어, 이 분이 그 농민군의 지도자로 변신해서, 앞장서서, 에, 앞장서셨었단다. 그러니까 에, '이 분을 통해서 우리가 배울 게 있다.'라고 한다면, 이 분은, 아, 많은 저서도 가지고 계시는데, 그 책은 지금 잘 기억이 잘 안 나는구나. 다음에 기회가 되면 찾아보자구나. 허허허, 이 분을 추모하는 비도 여러 군데에 설립되어 있고, 탑골공원에, 그 종로 탑골공원에, 위암선생의 동상이 세워져 있으니까, 이제 그만큼 손병희 선생이 우리의 조상으로써 위대한 분이었던 것을 인식하

고 있어야 할 것이야. 이 분은 우리 민족 후예들로 하여금 국민정신 고취
에 큰 기여를 하신 분이라고 할 수 있지.

2006년 6월 6일, 서울시 서초구 잠원동 큰아버지댁, 손영일(孫泳一,72), 손미혜 조사.

마라톤으로 국가의 위상을 높인 손기정 선수

그 때가 천구백삼십사, 육 년에 베를린 올림픽인데, 손기정 선수가 우
리나라 사람으로는 최초로 금메달을 따내었었는데, 그때는 정말 어떻게
상상도 못할 일이었다라고 하는데, 대한민국을 알리는 데 중요한 역할
을 했다고 할 수 있단다. 우리나라가 일본 놈들한테 빼앗겼을 때라서
더 그랬는지 몰라도, 아무튼지간에 그 때 대단했다고 그르더구나. 할 수
없이 일본의 국기를 달고 뛰었지만, 그 분은 반드시 우리나라 사람이었
다. 무슨 기록 같은 것도 단축시켜서 많은 죽목을 받았을 뿐만 아니라,
나라도 없어서 힘들고 지쳐있을 때에 큰일을 해내어 주신 위대한 위인
분이라고 할 수 있었다, 있었을 것이다. 이 분이 밀양손씨의 손기정 선
수이시란다.

2006년 6월 6일, 서울시 서초구 잠원동 큰아버지댁, 손영일(孫泳一,72), 손미혜 조사.

정직한 손병희

조사자의 이모인 구연자가 예전에 집안에서 들었는데, 삼촌에게서 들

었는지 아버지에게서 혹은 할아버지에게서 전해 들었는지 잘 기억이 안 난다고 하였다.

이거는 손병희 선생 얘긴데, 너 알지? 그 분이 밀양손씨야. 그 분이 젊었을 적에 저자거리를 돌아다니다가 웬 복조리 같은 돈다발을 주웠거든? 그걸 보고는 이걸 찾아줘야겠다 싶어서 둘러보니까 어떤 장수가 표정이 아주 체한 것처럼 안 좋은 거야. 그래서 이 사람이다 싶어서 그걸 갖다 줬어. 그러니까 이 장수가 너무 고마워서 돈을 주니깐, "아, 됐다."고 "됐다."고 거절했다는 거야. 요즘 사람 같으면 그냥 가져다 썼을 테데, 이 선생은 안 그랬대. 끝!

2006년 5월 5일, 경남 김해시 어방동 대우 유토피아 아파트 101동 1801호,
손유경(49), 현주연 조사.

효자 선략장군 손유호(孫攸好)

조사자의 이모인 구연자가 예전에 아버지(외할아버지)에게서 들었다고 하였다.

옛날에 조선시대에 효자로 소문난 사람이 있었대. 이 사람이 커가지고 관군이 돼서, 그, 뭐지? 그, 잘 생각 안 나는데, 무슨 전쟁에도 나가고 유명한 분이셨대. 그래서 이제, 잘 싸우고 그랬는데, 그래서 임금님도 상을 내리고 관직도 올라가고 그랬는데, 고향에 살고 계시던 이 사람 아버지가 아프다는 소식을 들은 거야. 그래서 이 사람은 효자니까 그 상이랑 관직이랑 다 두고 고향에 내려와서 아픈 아버지 돌보고 그랬대.

그 사람이 선약장군님인가 그럴 꺼야. 그러니까 너도 좀 배우라고. 넌
누구 핏줄이길래 그러냐? 아하하.

2006년 5월 5일, 경남 김해시 어방동 대우 유토피아 아파트 101동 1801호,
손유경(49), 현주연 조사.

礪
山
宋
氏

31
여산송씨

단종의 왕비 정순왕후(定順王后)

조사자의 엄마인 구연자가 어렸을 때 아버지(외할아버지)에게 들었다고 하였다.

여산송씨 중에는 왕비가 하나 있었지. 단종의 왕비인데 송씨였대. 정순왕후라고. 근데 그 정순왕후가 어떻게 왕비가 됐냐하면 왕비를 뽑을 때 왕비의 자질이 있나 없나 얼마나 답변을 잘하나 질문을 하잖아? 근데 이 정순왕후가 그렇게 대답을 잘한 거야. 이제 처녀들이 왕 앞에 쪼로록 앉아 있는데, 앞에 방석이 하나 있었대. 근데 그 다른 처녀들은 다들 냉큼 방석 위에 앉았는데 이, 이 정순왕후만 그냥 맨 바닥에 앉았대. 그래서 이 왕이, "넌 왜 방석위에 앉지 않고 바닥에 앉았니?"하고 물어보니깐 글쎄 이 정순왕후가 "아버지 이름이 새겨진 방석 위에 어찌 감히 앉습니까?" 요랬대. 아주 효심이 깊은 거지. 음~ 또 무슨 고개가 젤 넘기 힘드냐고 물었는데, 다른 처녀들은 무슨 고개, 무슨 고개, 하며 높고 넘기 힘든 고개 이름들을 줄줄이 말했는데, 아, 또 이 정순왕후는 "보릿고개요."라고 대답을 한 거야. 그 땐 먹고 사는 게 힘들었던 시절이거든? 그걸 보릿고개 라고 하잖아. 보릿고개가 어떤 고개보다 그게 제일 힘들었던 거지. 그러 니깐 그게 정답인 거야. 아! 얼마나 똑똑해. 왕이 또 질문을 했지. "세상에 서 제일 좋은 꽃은 뭐냐"하고. 다른 처녀들은 또 예쁘고 향기 좋은 꽃을 말하는데, 이번엔 또 정순왕후가 "목화꽃이요."라고 대답한 거야. 목화. 목화가 뭐냐 하면, 목화솜알지? 옷 만들어 입고 그러는 솜 나오는 꽃 말이야. 아 그렇게 말하면서 목화는 가난한 백성들에게 추운 겨울날 몸을 따뜻하게 해주는 목화솜을 준다고, "제일 좋은 꽃은 목화요."라고 말한 거야. 똑똑하지? 그래서 대답을 이렇게 잘한 정순왕후가 왕비가 되었대.

2007년 6월 11일, 엄마와 전화통화로 조사, 송순석(47), 안선영 조사.

32
은진송씨

보문산을 안 쳐다본 송시열

조사자의 큰외삼촌인 구연자가 대전에서 학교 다닐 때 선생님과 친구
들에게 들은 이야기라고 하였다…

송시열이라는 분은 이조시대에 아주 기냥, 그 분은 벼슬을 많이 한
분이 아녀. 그렇지만, (안 하셨어요?) 어, 후학을 많이 가리켜가지구, 그
분 제자들이 벼슬길에 많이 올라간 거여. 과거에 많이 급제를 해가지구.
그 학문이 워낙 뛰어나니까. 그래서 대전 회덕 이짝으로 가면은 그분에
대한 사당이 많어. 지금 그 송씨 문중에서 가지구 있는 재산 대부분이
그분을 잇는 사당들이여, 거기가. 그래가지구, 그 저기가 많은 거여. 그래
서 지금 그 후손들도 벼슬길에 올러가 있는 사람 많거든. 우리 거기에
그, 과장이 한 분 있는데, 그 분이 대전 사람인디 은진 송씨여, 과장이여.
이, 그 행정고시 합격해가지구 서른여덟인가, 하여튼 그렇게 됐는데, 서
기관으로 있어. 그래서 그 분은 자기는 벼슬을 안 했어도 워낙 학문이

뛰어나서, 자기 제자들이 관직에 많이 나가는 거여. 그래가지구 그 분들
이 정치 이념을 송시열 선생한테 들어가지구 뭐를 이렇게, 이렇게 해라,
이렇게 다 그 지도를 받아가지구 정치를 바르게 한 분이여. 그래가지구
그 분 일화로는 인제 그게, 회덕에 살았는데. 그 분은 인제 이, 전국 어디
안 다닌 데가 없어. 그래가지구 사당이 충청북도에도 있구, 뭐 이냥 여러
군데 많어. 뭐, 이름, 이런 정자 같은 것두 지어놓구 그런 겨. 그런데 이제
대전에 가면은 보문산이라구 있어. 그전에 이제 경상도를 갈라면은 이짝
추풍령 그 짝으루 넘어가야 하는데, 보문산을 꼭 보게 돼. 그런데 보문산
이 덕이 없는 산이라고 해서, 항상 이렇게 부채, 옛날 선비들은 부채 이렇
게, 이걸 뭐라고 하지? 이걸 뭐라고, 쫙 피는거? (아, 그거 있는데, 저도
몰라요.) 으이, 그 부채로 이렇게 안 볼라구 이렇게 가리구 지나간 거여.
(왜요? 왜?) 아, 보문산이 인제 잘못 생겨가지구. 그래서 그런 거는 이제,
우리 같은 사람은, 대전 사람은 거기에, 거기 팔각정도 있구 그래서 많이
올라가거든? 지금도 하여튼 많이 올라가는데, 그 찻길도 나고 그래가지
구. 그 분만 거기를 쳐다보지를 않는 거여, 보문산을. 이제 대전 시민공원
으로 돼 있지만은, 이제 그 전에 송시열, 그 당시에는 산이 덕이 없이
생겼다구 그래가지구 그걸 쳐다보지도 않은 거여. 그러게 옛날 사람은
그렇게 아주 강직한 거여. 그러니까 이, 나쁜 걸 봐도, 이, 정 나쁜 거는,
사람 나쁜 거는, 으이, 애길 해서 바로 고치지만은, 산 같은 거는 어떻게
할 도리가 없잖아. (할 도리가 없죠.) 그러니까 아예 보지를 않은 거여.
그렇게 기냥 강직하고. 그래, 지금도 우리나라 유림 대표 하면은 그 분이
송시열이여, 누가 뭐래두. (그렇구나.) 그런데 너는, 너도 은진 송씨매,
그 송씨 시조 중에서 하여튼 최고, 그 하여튼 덕망 높으신 분이 송시열
그 분이라구. 지금 그 뭐, 이렇게 옛날에 이렇게 뭐지? 도공이1) 이렇게

---

1) 도공(圖工)이. 화공(畵工)이.

그어가지구, 그런 그걸 뭐라고 하지? 초상화라고 하나? (예, 초상화.) 초상화 같은 것두 많이 남기구. 대전에 뭐, 보문산 부근, 그런 데에 그 사당들이 많아. 또 그 땅들도 많은데, 그걸루 인해 가지구 송씨 문중이 번창을 한 거여. 대전에 가면은, 우리 친구도 거기 진미식품이라구 하는데, 걔도 송씨여. 그 그늘로 해서 애덜두…. 지금두 인제 대전 사람들은, 이 사법고시 같은 거 합격하는 거 보면 대전 사람에 송씨들이 가끔 나온다구.

2008년 5월 20일, 충남 천안시 원성동 외조부모댁, 김동녕(金東寧,65), 송금랑 조사.

33
고령신씨

高靈申氏

뛰어난 능력을 지닌 신숙주(申叔舟)와 숙주나물의 신숙주

조사자의 어머니인 구연자가 친정아버지(외조부)에게 어릴 적에 들은 이야기라고 하였다.

신숙주에 대한 소개 말고, 흥, 옛날에 들은 애기 중에 재밌어서 기억에 남던 거 애기하라고? 그러믄, 음, 콩나물 애기랑 해야지. 녹음해. 할아버지(나의 외조부) 말 들으면, 신숙주는 어, 머리가 남들보다 훨씬 비상했나 보더라. 주변 사람들이 다들 신숙주를 천재라고 불렀대니간. 왜 지금도 몇 개 국어하면, 사람들이 우와― 하고 그러자녀. 몇 개 국어가 뭐야, 영어만 온전히 해도 그만이지. 암튼 간에 신숙주는, 그 옛날에 7개 국언가~, 8개 국언가~를 능숙하게 했다 이거야. 언어학자여서 그런가? 중국어, 몽골어, 일본어는 당연히 그냥 하고 인도어랑 아라비야 말까지 자기 맘대로 한 거야. (여진어도 포함) 그 옛날에 7개 국어면 대단하지 뭐. 국어에는 최고니간 말 다루는 데에는 거칠게 없었다 그거지. 왜~ 내가 자주 애기

하자너. 너도 신숙주 얘기, 자손이니까 글에 소질 있나보다고. 국문꽈 아무나 가냐? (딴 얘기 말고 빨리~.) 알겠어. 콩나물 얘기할게. 아니구나, 숙주나물. 신숙주가 내 조상인데 임금 버린 사람이라고 흠뻑 욕 들어먹는 거 보면 좀 그러긴 한데, 그래도 솔직히 들으면서 웃겼거등. 왜 숙주나물 얘기 재미찌? 원래 녹두 콩으로 만든 나물이니까는 녹두나물인데, 다들 숙쭈나물 숙쭈나물 하자나. 그게 신숙주가 임금 버리고 변절해서 사람들이 욕할라고 그러는 거래. 쑥쭈나물 씹어 먹으면서 신숙주 욕한다 그거지. 금세 상해버리는 숙주나물이 신숙주 같다고 다들 생각했었나부지 뭐. 그래서 왜 임신부들이 숙쭈나물 먹으면 안된다고 괜히 겁주고 그러는 게 안직도 있자나. 야, 그런 거 다 뻥이야.

2006년 6월 2일, 서울시 강서구 화곡동 우리집, 신계순(申桂順,47), 유미선 조사.

강한 민족정신을 지닌 신채호(申采浩)

조사자의 어머니인 구연자가 친정아버지(외조부)에게 어릴 적에 들은 이야기라고 하였다.

고령신가에 유명한 사람이 많이 있나보다. 영 자랑스럽다. (웃음) 신채호는 뭐, 너도 알겠지만 독립 운동하던 역사가고. 신채호가 역사적으로 뭔 일을 했는지는 솔직히 난 잘 모르겠어. 분명 언젠가 배웠을 텐데 뭐~ 다 까먹은 거겠지 뭐. 암튼 간에 신채호 얘기를 내가 하자며는, 일제시대 때 세수를 서서 했대. 그래서 당연히 수구려서 해도 물 튀는데, 서서 하면 뭐 말할 꺼리가 되나. 그러니깐 주변 사람들이 왜 서서 세수하냐고. 응.

허리 굽혀서 하면~ 당신처럼 그 정도로 젖진 않겠다. 뭐 막 그런 거야. 뭐 신기하기도 하겠지. 너 같으면 안 신기하겠냐? 완전히 서서 세술 하는데. 뭐 사람들이 물어보고 그러면, 조선총독이 떡- 하니 버티고 있는 땅에다가 허리를 숙일 수야 절대 없다! 했대. 대단한 사람이야. 완전 살아가는데, 뭐, 그냥 우리나라 우리나라가 있는 거 아냐. 할아버지(나의 외조부) 얘기 들어보면 우리 조상님들이 독립운동을 많이 했다더라. 뭐 몸으로 뛴 사람도 있고, 경제지원한 양반들도 있고. 일제시대 때 독립운동 하던 사람들 보면 진짜 대단해. 나 같은 사람 조상님 중에 그런 사람이 있다는 것도 신기해, 정말.

2006년 6월 2일, 서울시 강서구 화곡동 우리집, 신계순(申桂順,47), 유미선 조사.

신숙주에 대한 해석

조사자의 어머니인 구연자가 친정아버지(외조부)에게 어릴 적에 들은 이야기라고 하였다.

왜 신숙주가 섬기던 임금 내팽겨치고 다른 임금을 섬겼대서 홈씬 욕 들어먹잖아. 막 성삼문이랑 대면서, 근데 또 할아버지(나의 외조부) 얘기 들어보면 다시 이해가 가는 게, 두 임금 뫼시는 게 그 때는 진짜루 잘못한 거긴 한데, 요즘 세상에서는 안 그렇다 그거야. 뭐 핑계일 수도 있지 뭐. 암튼 뭐가 됐든 간에. 바다 건너 외국 갔다가 우리끼리만 싸고 살지 말고 다른 나라랑도 이웃해야 합니다~ 고 주장하고 그랬나봐, 신숙주가. 근데 뭐 언제나 그렇듯이 안 받아들였겠지 뭐. 뭐 언제나 그러잖아. 흠. 신숙주가 세대를 잘못 타고 난 것일 수도 있다, 했대. 어르신들이. 뭐, 그냥 입 가는대로 그냥 한 소릴 수도 있는데, 막 나도 생각해보면 어쩌면 그럴 수 도 있겠다 싶더라고? 똑똑한 머리가지고 바가지로 욕 먹는 거 보며는. 할아버지한테 또 얘기 나중에 들어봐. 뭐 귀찮다고 하겠지만 쫄라 봐. 니가 쪼르면 우리 조상님 얘기 많이 들을 수 있을 거다. 너 오면 좋아할 거고. 끝이야?

2006년 6월 2일, 서울시 강서구 화곡동 우리집, 신계순(申桂順,47), 유미선 조사.

34
영월신씨

寧越辛氏

왕의 교지

조사자의 큰외삼촌인 구연자는 조사자 어머니(신승정)의 큰 오빠로, 집안의 큰일이었기 때문에 어렸을 적부터 집안어른들에게 자주 들어왔다고 하였다.

(어머니 : 큰오빠(큰외삼촌)가 그러이께네, 일본시대 끝나고 빨갱이들이 금천 아제(신청일 아버지)가 우리랑 십이 촌인데 신청일(辛淸一)이는 선천 아제라고 불렀는데, 호적에는 신청일 형사부장질 했어. 봉화경찰서에서 하다가 우리 아버지하고 같은 항렬 착할 선자, 집에 이름은 선천 아제 족보에 다나와 있단다.) 족보는 큰 아 종삼이(이종사촌 형)가 가져갔다. 영호루 뒤 망악정(望岳亭) 현판에 기록 있데이. 그런데 열쇠를 승철(신청일 아들)이가 가지고 있는데 글세 그놈이 유세를 해. 열쇠를 잘 안 죠. 부원공파(신씨 가문 파)는 일가고 관리하는 총무가 피가 틀리데이. 강원도 영월에서 조상님 고조할아버지가 좌의정을 했는데 강원도 영월

에서 비를 세웠는데, 단종 때 능이 있어서 동네사람들이 드시게 사는데 승철 아제가 세운 비석을 땅 파고 묻어 버렸는데, 반대파들이 들고 일어나서 그래 됐다. 증조할아버지는 임금으로부터 교지를 받았는데, 육이오 때 우리 집에 빨갱이가 불을 질러서 집이 다 타고 겨우 아부지가 교지를 가지고 나왔는데, 지금 교지가 울진에 사촌형 집에 보관중이고 전화해서 알아볼까네, 불꽃이 티서 작은 구멍이 나 있데이. 원래는 내가 가지고 있었는데 제대로 보관을 해야 된다며 승철이가 가져 갔데이. 우리 아부지는 임금 우(禹)자 착할 선(善)인데, 문중에서 조상님 제사를 다 맡아서 관리 해왔는데, 나는 지금 하부지 하든 거 그대로 못 하재. (어머니 : 큰오빠, 우리 바빠서 지금 대구로 가야 되요.)

2005년 5월 29일, 경북 봉화군 봉성면 봉성1리, 신승호(65), 박대희 조사.

불굴의 희생자, 지용호 서장

조사자의 어머니인 구연자가 어렸을 적에 자주 들어왔던 내용이라고 하였다.

아까 전에 큰 외삼촌이 얘기한 거 들었제? 그 일이 있고 몇 년 뒤에 일어난 일인데, 큰 외삼촌이 얘기한 신청일이라는 사람 있제? (아, 네.) 그 사람이 지금의 십이 촌정도 돼. 먼 친척 같은데 그때는 매우 가까운 친척이었거든. 여기 비석 봐도 나와 있는데, 옛날에 외할머니 젊었을 때만해도 공비놈들이 불도 지르고 살인도 하고 그랬어. 그래서 경찰하고 대한청년단이라고 있어. 그 사람들이 공비하고 맞섰는데, 너희 외할아버지가 예전에 청년회 단장 했었어. 그리고 신청일이라는 분이 경찰이었어. 그때 공비가 쳐들어 왔는데, 경찰들이 많이 죽어서 전세가 밀리고 있었거든. 그때 부하를 살릴려고 지용호라는 경찰 서장이 공비 앞에서 외친 거지. 자기가 서장이라고 알겠제? 그래서 다른 부하를 살리고 서장이랑 같이 희생한 사람이 일곱 명인데, 그때 신청일이라는 우리 조상님이 있었어. 그래서 여봐라. 비석 보면 이름 있제?

2005년 5월 29일, 경북 봉화군 봉성면 봉성1리 애고개, 신승정(49), 박대희 조사.

平山申氏

35
평산신 씨

신숭겸(申崇謙) 장군의 영웅담

조사자의 아버지인 구연자가 원래부터 알고 있었던 이야기라고 하였다.

다솜이 너랑 언니가 용감하고 씩씩한 게 누구 때문인지 아니? 신숭겸 장군, 누군지 알지? 그분 후손이기 때문이야. 그분은, 태조 왕건 알지? 자신이 모시는 분을 대신해 기꺼이 목숨을 내놓은 분이야. 태조를 구하고 대신해서 장군이라는 이름에 맞게 명예로운 죽음을 맞이한 거지. 이런 이야기가 남 이야기가 아니야. 네 조상에 대한 이야긴데 다솜이가 알고 있었으려나? 왕이 되는 것보다 더 어려운 것이 왕을 만들고 왕을 내리는 일이야. 그 일들을 네 조상 신숭겸 장군이 해냈다는 것을 자랑스럽게 늘 생각해야한다.

2007년 5월 12일, 경기도 파주시 금촌(우리 집), 신종균(50), 신다솜 조사.

할머니가 꾼 장녀 신혜진의 태몽

조사자의 할머니인 구연자가 직접 꾸었던 언니의 태몽이라고 하였다.

거, 뭐, 이야기랄 것도 없이, 느이 언니 태몽을 할미가 꾼 건 알지? 그 꿈이 어찌나 여지껏 생생한지, 할머인 얘기하고 또 얘기해도 질리지가 않아. 느이가 큰집이고, 느이 언니가 장녀잖냐? 그만한 꿈을 이 할미가 꾼 거지. 독수리, 그 독수리, 지금 집 말고 누산리 집 그 집 주차장부터 거 독구(진돗개) 묶여있는 그 자리 있잖니? 거기가 원래 소가 한가득 있었어. 그 자리부터지 아마? 할미네 집, 그 집을 꽉 채울 만큼 커다란 시커먼 독수리가 저 멀리서부터 날개를 피고 날더니 할미네 집 안으로 들어오는 거야. 그래서 할미가 저 멀리서 보이길래, "우와! 크다. 거 참 크네." 이 말만 하다가 그 집채만한 독수리가 날아오는데, 무서울 법도 한데, 무섭긴커녕 할미가 덥썩 품에 안고 좋아하지 뭐냐. 그게 느이 언니란 얘기여. 어? 느이 언니가 지금 고등핵교 국어슨생님을 하고는 있지만, 느이 언니가 장군감이야, 장군감. 할미가 이 꿈 꾸고 아들인 줄 알았는데 떡하니 느이 언니가 태어난 걸 보면 여자로 태어나도 평생 장군감으로 살 아이란 말여. 아이고 느이 언닌 어딨냐. 한 번 들르라 해라. 보고싶다 야.

2007년 5월 19일, 경기도 김포시 할아버지댁, 전춘옥(73), 신다솜 조사.

'용'과의 인연

조사자의 막내이모인 구연자가 직접 꾼 조사자의 태몽과 집안 어른에
게 전해들은 이야기라고 하였다.

너 매일 태몽, 태몽 하더니 오늘은 진지한 모드로 작정을 하고 왔구나?
그래 얘기해 줄게. 혜진이(조사자의 언니) 태몽은 너희 김포 할머니께서
꾸셨다고 그랬지? 넌 이모가 꿨어. 우선 주인공은 용이야. 근데 중요한
건 한 마리가 아니라 두 마리가 양쪽 대문 기둥을 타고 아래서부터 동그
랗게 뱅글 돌면서 스물스물 올라가더니 글쎄, 양쪽 기둥을 맞대놓은 위에
기둥 한 가운데서 만나는 거야. 이모는 이게 무슨 꿈인가, 한참을 그 용
두 마리를 보고 섰다가 그놈들을 만지려고 손을 뻗었는데 올 듯 말 듯
몸을 움직이면서 뭔가 말하려는 것 같았거든. 그 꿈을 꾸고 한동안 예사
꿈이 아니다 싶더니, 내 동생 그러니까 너네 엄마가 널 갖게 된 거지.
우리 가족은 용이랑 참 인연이 많은 편이야. 신성한 동물이라고 불려서
그런지, 그 용꿈이 참 귀한데도, 외할머니 외할아버지도 웃어른들께 전해
들은 용 이야기만 해도 한두 가지가 아니라니까. 너 기억나니? 외할아버
지 작년 생신 때 오셨던 친구분 있잖니. 멋진 안경 쓰고 오셨던 멋쟁이
할아버지. 그 할아버지가 우리 자매들은 언제 승천하느냐고 장난으로
말씀 하셨던 거. 이모들이 어릴 때, 그러니까 너한테는 증조할머니 증조
할아버지구나. 외할아버지 태몽 이야기를 해주시는데, 너희 아버지가 말
없이 너희들한테 살갑게 못하고 대쪽 같은 아이라면서, 너한테는 외할아
버지구나. 아무튼 아휴! 뭐가 이렇게 복잡하니, 다솜이 너, 태몽 이야기
해주려다가 증조할아버지까지 이야기가 거슬러 올라갔네. 중요한 건 외
할아버지는 네가 지금 봐도 흐트러짐 없이 아직까지도 참 멋쟁이시잖니.
증조할아버지 말씀을 빌자면 용꿈을 꾸고 나서 태어난 인물이 너희 외할

아버지라는 말이야. 그러니까 너도 용꿈을 이모가 꿔 준 건 우리 집이 용들이랑 친해서 또 등장해준 거라고 할 수 있지. 신성하게 여겨지는 만큼 잘, 그 꿈에 맞게 너도 멋지게 남들이 우러러 볼 수 있는 삶을 살 거라고 이모는 생각해. 이참에 외할머니께 안부전화 드려라. 지금 우리 집이랑 인연 깊은 용 이야기 하고 있다고.

2007년 6월 2일, 서울특별시 광진구(막내이모댁), 백화자(52), 신다솜 조사.

평산신씨의 유래

조사자의 할아버지인 구연자가 아버지(중조부)로부터 들었다고 하였다.

너의 조상은 신숭겸 장군이야. 음, 신숭겸은 궁예가 세운 나라에서 있다가 폭정이 너무 심해져서 다른 사람들과 궁예를 몰아냈지. 그리고 왕건에게 거사를 권했고 그래서 왕건은 고려를 건국했어. 그렇게 건국한 뒤에 신숭겸은 고려개국 사 공신의 한 사람이 되었어. (훌륭한 사람이셨나 봐요.) 음, 그렇지. 장군으로서 훌륭히 싸웠고, 왕건을 대신해 죽었기 때문이야. (그런데 그것 때문에 신씨라는 성을 갖게 되었어요?) 음, 이제 얘기를 해줄게 들어봐. 신숭겸은 왕건을 모시고 황해도 평산까지 사냥을 나갔어. 근데 그때 왕건이 '활솜씨가 뛰어난 장군의 활솜씨를 한 번 구경해보자.' 라고 했어. 신숭겸은 어릴 때부터 활을 잘 쏜다고 소문이 났었데. 근데 아무리 잘해도 그런 커다란 자리에서 하려면 떨리기도 하고, 성공을 못하면 망신이잖아. 근데 왕이 시킨 거니까 안 할 수 없었지. 그래서 신숭겸은 왕건한테 "무엇을 맞힐까요?" 했더니 "저기 지나가는 새." 세 마리 였나? 아무튼 여러 마리의 새 중에 몇 번째인지는 기억이 안 나는데, 왼쪽 날개를 맞추라고 한 거야. 근데 정말로 신숭겸은 왕건이 말한 새의 왼쪽날개를 맞췄어. 그러니 왕건이 놀랄 수밖에 없지. 놀랍기도 하고 기 특하기도 해서 신숭겸에게 평산을 본관으로 삼게 해줬어. 그리고 그 새가 날던 땅을 신숭겸한테 줘서 그 땅을 자손대대로 조[1]를 받을 수 있도록 해줬데. 그렇게 우리 집안은 고려 태조 왕건으로부터 직접 성을 하사받은 거야. 하하하. 그러니 우리는 뼈대 있는 집안이라고 할 수 있지. 하하하. (하하하. 진짜 뼈대 있는 집안이네요. 앞으로 제 성에 자긍심을 가져야겠 어요.)

2008년 4월 27일, 경기도 부천시 상동 할아버지댁, 신현수(申鉉守,83), 신지혜 조사.

열부 신씨(申氏)

구연자가 평산신씨 종친회에 가서 들었다고 하였다.

예전에 청원인가, 지금은 거기가 아마 청주일 꺼다. 거기에 평산신씨 정려비가 세워져 있어. (네.) 열부라고 해야 될까? 이게 예전일이니까 여자의 이름은 아마 없었나봐. 이름은 모르고 그냥 이씨 부인이라고 다들 말하더라고. 나는 그냥 신씨라고 할게. 이씨 부인이라고 말하면 신씨인 게 티가 안 나잖아? 하하하하. (하하하. 맞아요.) 신씨의 남편은 전주이씨 로 높은 명문의 집안이었어. 그 사람은 시부모를 끔찍하게 모시고 동서지

---

1) 조(租). 세금.

간에도 우애가 돈독해서 이곳저곳에 알려졌지. 근데 시집온 지 일 년도 안 돼서 남편이 괴질에 걸린 거야. 부인이 정성을 다해 간호했지만 결국 남편은 죽었어. 그래서 같이 따라 죽으려고 했는데, 애를 밴 상태여서 따라죽을 수 없었지. 그 후에 아들을 낳았어. 남편도 없이 혼자 아들을 낳아 힘들게 살았지. 과부가 되니 많은 사람들이 조롱을 하지. 그래도 아들을 생각해서 꿋꿋하게 살았어. (역시 어머니란 대단한 분이신 것 같아요.) 그렇지. 그 아들이 세 살이 되던 땐가, 네 살이 되던 때인가, 그때쯤 친정으로 데려갔어. 친정에 데려가서 아이를 잘 돌봐달라는 말을 남기고 시집으로 다시 돌아와서는 음식을 전혀 먹지 않고 며칠 동안 피를 토했지. 그렇게 힘들게 살다가 결국 남편을 따라 저세상으로 갔어. (아이고!) 신씨 유일한 혈육인 아들이 어머니를 본받아서 장차 커서 모범이 되었어. 자기 어머니 얘기를 많이 하고 다녔나봐. (아들도 효성이 극진하네요.) 그러게 말이야. 그렇게 아들이 자기 어머니 얘기를 많이 하고 다녀서인지 어떻게 나라에서 알았던 거야. 비록 죽었지만 남편을 사랑하고 기다리는 그런 마음이 모범이 된다고 생각해서 상을 주었다고 하네. 무슨 비 같은 것도 세워줬을지도 몰라. (아, 맨날 글로만 되어있는 열녀, 열부 이야기를 들었었는데, 이러한 일이 저희 집안에도 있었네요.) 그럼, 역사가 오래 됐으니 별 일이 다 있었지. (진짜 그런 것 같아요.)

2008년 4월 27일, 경기도 부천시 상동 할아버지댁, 신현수(申鉉守,83), 신지혜 조사.

효녀 신씨

구연자가 평산신씨 종친회에 가서 들었다고 하였다.

옛날에 우리나라가 왜놈들한테 침략을 당했을 때였어. (일제시대요?) 아니, 그것보다 더 옛날일 거야. 음, 정확히는 모르겠지만 임진왜란, 이 정도일 거야. (아!) 침략을 당하니까 모든 사람들이 피난 가느라 정신이 없었지. (그렇죠. 침략을 당하는데.) 그런 난을 피해서 신, 무슨 사람의 가족도 강인가 바다인가를 건너려고 했어. 근데 왜놈들이 계속 쫓아오는 거야. 얼른 배를 끌고 도망가야 되는데 이걸 어째. 비가 너무 와서 뱃줄이 끊어진 거야. 왜놈들이 이 사람들을 가만히 두겠어? 모든 가족을 다 죽이고 딸 하나만 살려놨지. 그리고 딸을 데려가려고 하는 거야. 근데 그 딸은 놈들이 칼을 들이대면서 위협했는데도 따라가지 않겠다고 했어. '아버지와 모든 가족을 죽인 사람을 내가 따라가겠냐?'고 하면서 말이야. 그렇게 말하니까 왜놈들도 할 말이 없어졌는지 그냥 그 딸까지 죽였데. 효성이 참 기특해. (진짜 효성이 대단하네요.) 그렇지? 근데 불쌍하지. 시대를 잘못 만나서. 쯧쯧. 이게 나중에 세상에 알려지면서 기특하다고 무슨 비석인가 세워줬다는데, 무슨 비석인지는 잘 모르겠네. (우리 집안에는 열부도 있고, 효녀도 있고 참 바람직한 것 같아요. 하하.) 그렇게 생각하니까 그렇네. 하하하하.

2008년 4월 27일, 경기도 부천시 상동 할아버지댁, 신현수(申鉉守,83), 신지혜 조사.

고려 개국공신 시조 신숭겸

조사자의 큰아버지인 구연자가 아버지(할아버지)로부터 들었다고 하였다.

    우리 시조가 신숭겸 장군인 건 알지? 왕건이 평산을 지나가는데 새가 날아가는 걸 본 게야. 어, 헌데 왕건이 신숭겸보러 맨 앞에 나는 새를 잡으면 상을 주겠다고 한 거지. 근데 그 신숭겸 장군이 화살로 그, 저 맨 앞에 새를 맞춰버렸어. 근데 이상하게 그 새가 화살에 맞았는데도 계속 마을을 돌더니 왕건 앞에 떨어졌지. 그러니까 왕건이 신기해하고 놀라서 신숭겸한테 그 동네를 준 게야. 그래서 어찌 됐간? 신숭겸이 평산에 자리 잡고 살게된 거지. 그래서 평산신씨가 된 게야. 이 정도면 되나? 허허.

2008년 5월 11일, 경기도 용인시 수지읍 큰아버지댁, 신현성(申鉉聖,66), 신형순 조사.

36
청송심씨

심씨의 본관지 청송

조사자의 큰아버지인 구연자가 어디선가 보았는데 잘 기억이 나지 않는다고 하였다.

고려·조선의 문신이었던 심 덕(德)자 부(符)자라는 조상님은 우왕 때 예의판서로 강계 도만호를 겸직했고, 밀직부사·의주 부원수를 거쳐 서해도 부원수를 역임하셨어. 이듬해에 밀직사에 오르셔서 정조사로 명나라에 다녀와 지문하부사에 올라 여러 차례 왜구 방어에 공을 세우셨어. 그 후 문하찬성사로 다시 명나라에 갔다가 이듬해 돌아와 청성부원군에 봉해지고, 서경 도원수가 되어 요동 정벌에 이성계를 따라 출정하셨고, 위화도 회군 후 판삼사사가 되어, 문하좌시중·경기좌우도 평양도 도통사에 오르셨어. 이듬해에는 무고를 받아 한때 토산, 토산이라는 곳은 지금 황해도 금천이라는 곳이지. 토산에 유배되셨었어. 그 후 좌시중으로 왕자 석을 따라 명나라에 다녀왔고, 이어 안사공신이 되어 문하시중·판

도평의사사사가 되고 청성군 충의백에 봉해지셨지. 그리고 천삼백구십
이 년 조선이 개국되자 청성백에 봉해지셨어. 이곳이 우리가 본관으로
삼는 청송이라 불리는 곳이지.

2008년 5월 19일, 경기도 부천시 소사구 소사2동 우리집, 심엽기(58), 심황석 조사.

현재(玄齋) 심사정(沈師正)

조사자의 아버지인 구연자는 어디서 알게 되었는지 기억이 안 난다고
하였다.

현재 심사정은 조선시대 삼재[1] 중 한 사람으로 유명했던 분이시지.
영의정 지원(之源)의 증손이시지만 아버진가 할아버지가 역모에 가담을
해서 벼슬길이 막히셨어. 그래서 정선의 문하에서 일찍이 그림을 공부하
셨대. 그때 당시 역모가담이라는 죄면, 집안 꼴이 말도 아니겠지? 그래서
그림그릴 때 후원자도 따로 있었고 자신을 도와주는 친척들에게 도와줄
때 마다 그림을 그려줬다고 해.

2008년 5월 19일, 경기도 부천시 소사구 소사2동 우리집, 심은기(55), 심황석 조사.

---

1) 조선시대의 이름난 화가인 겸재(謙齋) 정선(鄭敾) · 공재(恭齋) 윤두서(尹斗緒)와
   현재 심사정을 아울러 일컫던 말.

順興安氏

37
순흥안씨

안향(安珦)

조사자의 어머니인 구연자에게 아버지(외할아버지)가 어린 시절 들은
이야기를 해주었다고 하였다.

음, 엄마는 안향이라는 분에 관한 이야기를 말해줄까 해. (안향? 처음
들어봐요.) 응, 엄마도 어렸을 적 들었을 때는 '그 사람이 누구지?' 했었어.
안향이라는 분 말이야, 순흥안씨 집안의 사람으로 원종 초에 과거에 급제
해서 여러 벼슬을 하셨지. 흠, 삼별초의 난이 일어났을 때도 적들에게
붙잡히시게 되었던 적이 있었지. 적들은 그 동안 안향의 명성을 들어왔기
때문에 나중에 그를 이용하기 위해서 유혹도 하고 협박도 했지만, 그
분은 결코 굴복하지 않으셨지. 정말 대단하신 분이지?(네.) 안향이라는
분은 그, 성리학이란 것을 도입해 오신 분이신데, 그 사실은 유명한 것이
니 접어두기로 하고, 충렬왕 때인가? 안향이 상주 판관으로 파견되었던
적이 있단다. 그 때 있었던 일을 이야기 해줄게. 상주 판관으로 파견된

안향은, '여자 무당 세 명이 안 좋은 신을 받들고는, 막, 여러 사람들을 유혹하고 있다.'라는 이야기를 듣게 되지. 그들은 합주, 지금의 합천으로부터 여러 군과 현들을 돌아다니고 있었는데, 이르는 곳마다 공중에서 사람이 부르는 소리를 꾸며 내었지. 그 소리가 마치 '길을 치라.' 라고 말하는 것 같았데. (길을 치라는 게 무슨 말이에요?) 그건, 엄마도 잘 기억이 안 나는데 아마 '뚫고 나가다.' 이런 뜻이었던 것 같아. 그래서, 암튼, 이 소리를 들은 사람들이 바쁘게 제사를 지내느라 정신이 없었지. 안향은, 여자 무당 셋은, 상주에 오자마자 그들을 붙잡아다가 곤장을 치고는 감옥에 가뒀지. 무당들은 자기들을 붙잡아 두면 화를 면치 못할 것이라고 위협했고, 상주 사람들이 모두 겁을 내었지만… 음, 안향은 동요하지 않았지. 며칠을 굶은 무당들이 그제서야 용서해 달라고 싹싹 빌기 시작한 거야. 그래서 안향은 그 무당 셋을 놓아주었고, 하늘에서 들려오던 그 이상한 귀신 소리가 사라졌어. 그리고, 음, 안향이 언젠가 안동에 갔다가, 그 고을 아전에게 발을 씻으라고 한 적이 있었어. 그 때, 그 아전이 '비록 작은 고을의 아전이지만 어찌 나를 모욕하고 발을 씻으라고 하십니까?'라고 말하면서 버럭 화를 냈지. 그리고는 다른 여러 아전들과 의논하고는 안향에게 싸움을 걸려고 했던 거야. 그런데, 한 늙은 아전이 안향의 얼굴을 보고 와서는 '안향은 반드시 귀하게 될 사람이니 쉽게 보지를 말라.'고 말했지. 실제로 안향은 청렴결백한 관리였고 말이야.

2006년 6월 1일, 서울시 구로구 고척동 우리집, 안계순(安桂順,43), 서옥진 조사.

고려시대의 교육자 안향

조사자의 아버지인 구연자가 어렸을 때 아버지로부터 들었다고 하였다.

우선 내가 안향에 대해서 간단히 설명한 뒤에 자세히 말해주도록 하마. 안향에 대해서 모 아는 지식이 있어? 흠, 잘 모르겠다고? 고려시대에 교육자를 손꼽으라면 우리의 조상 안향이란다. 이 안향 선생은 경상도 홍주에서 태어났단다. 원래 어렸을 때 이름은 유였는데 후에 향이라고 바꾸었단다. 이 안향 선생은 어린 시절부터 글 읽기를 참 좋아했다고 한단다. 원래 순흥안씨의 가문에서는 글에 대해 뛰어나다고들 하잖니. 아무튼 안향 선생은 이 뛰어난 글 읽기와 글쓰기 등 모든 방면에서 뛰어난 자질을 가지고 있어, 18세 어린 나이로 문과에 급제하였다고 한단다. 안향 선생은 충렬왕 14년 때 원나라에 들어가 국자감에 대해서 돌아보고, 연경에서 주자전서를 보고 필사해서 돌아와 주자학에 대해서 연구하게 되었단다. 이 주자학이 우리나라에 최초로 들어온 거지. 이 안향 선생의 생애에 국정은 몽고의 침입도 많았고, 민생들이 지쳐있는 상태였지. 그래서 이런 모습을 보고 안향은 영리하게 나라의 다스림을 위해, 인재들을 기르기 위해, 선비 양성의 재정적인 뒷받침을 하기 위한 방법을 모색하고 점차 국학의 운영을 순조롭게 진행하였지. 즉 이런 안향 선생은 중국에서 많은 책들을 가지고 오고, 어려운 시기에 꿈을 가진 선비들에게 학문에 길을 증진시킬 수 있게끔 길을 마련해 주었지. 이런 안향 선생의 학문적인 사랑에 대해서 너도 본받아야 할 것들이 많겠지?

2006년 5월 21일, 서울시 양천구 목동 우리 집, 안정우(安柾友,47), 안계령 조사.

좌찬성 충현공 안홍국(安弘國)

조사자의 할머니인 구연자가 시집을 와서 듣게 되었다고 하였다.

(네, 할머니.) 충현공 할아버지가 옛날에 쌈싸우러 나갔을 때야, 쌈싸우러. 그래서 나라에 쌈싸우다가, 거기서 역적으로 할아버지가 몰려가지고 돌아간 거여, 충현공 할아버지가. 그래서, 그게 왜 그랬냐면은, 우리는 안씨잖어? 안씨하고, 아이 뭐라나? 김가라나, 뭐하고 싸워가지고, 그 사람하고 역적이 된 거여. 시방까지도 그렇디야. 우리가 몰러서 그렇지. 그래서 이 안가가 무지 많았는데, 그 충현공 할아버지, 그 쌈할 적에 우리가 역적으로 몰리니까 다 죽잖어? 가족이 다 죽으니까, 그냥 그 가족이 풍지박산이 된 거여, 죄다. 그래가주고 김가로다, 한가로다, 뭐 이렇게 성을 갈아가지고 도망을 한 거여, 죄다. 그래가지고 충현공 할아버지, 그런 할아버지가 계셔. 우리 충현공 할아버지 산소 있잖어? (아, 예.) 저기 할머니 산소 있는 데, 거기 충현공 할아버지 산소야. 웃대 할아버지, 여기 안 서방네가, 저기로 하면은, 크게 될 저기인데, 그 아래로 내려와 가주구서 자손들이 번성하질 못했어. 자손들이 있었어도 공부를 가르쳐야지 뭐를 하지, 죄다 맹문으로다가, 죄다 그렇게 살았으니까 그렇게 됐지. 그 할아버지 때는 잘 된 건데, 충현공 할아버지는 자신만 그렇게 했지, 자손도 없이 그 혼저 나라에 쌈만 하다가 한 세상 가셨나봐. 시방 난이실 종산 있잖어? 그거 다여. 우리 할아버지 종산? 그것도 종산이지, 그것도. 우리 산이 아녀, 종종산이여, 종산. 오산에 또 종산, 오산에 향답, 그런 거 다 충현공 할아버지가 쌈할 때 벌어논 재산이여. 나라에서 땅으로다 인계해 주신 거랴. 충현공 할아버지, 크게 되신 할아버지 계셔, 우리 안 서방네. (안 서방네가 잘될 건데.) 응, 그렇게 잘될 건데. 그 할아버지만 한 분이 그렇게 되고, 그게 왜 그러나면, 쌈을 그냥 싸웠음 우리가 이겼디

야, 충현공 할아버지가. 그런데 이게 같이 맞싸우는 사람이 밤에 와가지고 우리 할아버지 타고 댕기는 말굽을 죄다 머리카락으로 감아 놨디야. 머리카락으로다. 발꼬락을 감아가지고, 이제 쌈을 하러 가는데 발꼬락을 감아 놨으니 어떻게 걸음을 걸어가, 말이 뛰어가질 못하지. 그링께 거기 한테 졌다잖어. 그래서, 그래서, 진 거레여. 말굽을 죄 머리카락으로 감아서 해놔서, 당하지를 못하지. 발꼬락을 머리카락으로 감아 놨으니 어떻게 걸어가. (하긴 뭐, 안 서방네가 번성할 꺼여. 저기 뭐 온성인가 어딘지 아부지 그 전에 현지 내려가고, 그럼 엄청 많디여, 안 서방네가. 그냥 현찬 게 됐자너.) 그렇게 되는 바람에, 안 서방네가 그렇게 된 거여. 안 서방네가 뿌리가 참 좋은 건데, 그래두 나도 양반 찾아주느라고 그렇게 시집간 거라니까. (하하하하하.) 양반이 못살아, 양반, 양반 찾아 주느라고 그렇게 간 거여, 옛날에. 아, 앰비, 아주 큰 양반은 양반 깎아 먹고 사는 건지 몰르지. (그랴, 그렇게 저기 성을 가리고, 나를 저기 현 서방네로 안했는데, 저기 할머니가 땅 있다고 기껏 했는데, 애들이 그래자너? 그 종중산을 저부지가 그냥 큰 손고락 내고 해가지고, 그냥 아부지 앞으로 하나도 못하고, 그렇게 됐다, 그런 소리 잘 하더라구. 종중산에 댕겼으면은, 아부지 앞으로 하나…) 그려. 그 저기, 그 우리 족보책 있잖아? 그 책을 보면 알수가 있잖아. 족보책을 봐. 내가 뭐 얘길할 수가 있나. 그런데 족보책에는 언문도 있고 한문도 있어. 건너방에 있어. 족보책 가져오리? (아니, 아니에요.)

2006년 6월 9일, 경기도 안성시 숭인동 62번지, 최금환(崔金渙,83), 안헌수 조사.

순흥안씨의 시조 안자미(安子美)

조사자의 작은 할아버지인 구연자가 족보를 보고서 알게 되었다고 하였다.

(네, 이제 하시면 되요.) 안씨가 원래 명문이여. 우리가 순흥안씨인데, 아, 그, 고려 때인가? 안자미라는 분이 계셔. (네.) 응, 그 분이 고려 때 그 뭐라더라, 좌우간 높은 벼슬을 하시던 분이 계셔. 그 분이 우리 안씨 시조가 되는 분이야. 이 할아버지가 순흥이라는 데에 정착을 해서 관향이 순흥이 된 겨. 이 할아버지 밑에 아들만 셋이 있었는데, 족보를 봐야 알것는데, 어, 그래. 첫째가 안영유, 둘째가 그, 어, 영린, 막내가 영, 저, 영화여. 우리가 2파자녀? 그건 알지? (네, 알아요.) 그랴. 그 둘째, 안영린 할아버지부터 우리가 시작된 거여. 여하간 그 뭐냐, 그 안자미 할아버지가 묘를 찾을 수가 없어, 응? 그, 그 묘 자리를 찾을 수가 없어서, 그, 그 자리에서 제사를 지내야. 응, 뭐 그런다구 하더라구. 하이구, 아니, 뭐 막상 말하라 그럼, 내가 아나. 나두 족보를 봐야 알어. (아니요, 그냥 아시는 대로만 말씀해 주시면 되요, 할아버지.) 그려? 좌우간 안자미, 그 할아버지가 어떻게 태여났는지는 몰러. (네?) 아, 그게 뭐라냐? 그, (아, 탄생 신화 같은 거요?) 그래, 그거. 그게 없단다, 할아버지가. (왜요?) 아, 글쎄 그걸 나도 몰러. 하여튼 그 할아버지가 우리 성씨 만드신 겨. 그리고는 세 자손 분들이 우리 3파를 만들고, 우리가 2파이고, 그런 겨. 지금도 뭐 그 할아버지 묘 자리 있던 데 가면 일년에 한 번씩 몇 천 명이 와서 절하고 그려. 그러신 분이 시조님이셔.

2006년 6월 10일, 경기도 용인시 처인구 이동면 송전리,
안복균(安福均,70), 안헌수 조사.

고려의 충신 안원(安瑗)

조사자의 작은 할아버지인 구연자가 족보를 보고서 알게 되었다고 하였다.

(할아버지, 말씀하세요.)하면 되는 겨? 흠, 왜 안원이라고 있었어, 조상님 중에. 이 분은 고려시대 때 사시던 분이여. 그 문신인가? (고려 때 문신과 무신에서 문신이요?) 그렇지. 그, 문신이셨을 꺼여. 그러니까 시대가 고려, 조선으로 사이 있잖어? 왜, 그쯤이 정확하다고 보면 될 꺼여. 안향은 알지? (네, 알아요.) 안향을 모르면 공부 헛했어, 이놈아. (네.) 그 중국서 성리학을 들여오신 분이잖어. (네.) 이 분의 오대손일 꺼여. 이 할아버지가 나라에 충성이 보통이 아니신 분이셨어. 충신이여, 충신. 고려를 사랑하신 분이여. (아~.) 이 할아버지도 죽임을 당한 거야. 그려, 죽기는 죽었겠쟈. 이성계가 조선을 세우려 하니깐 죽기 살기로 안 된다고 하고 하니, 거 가만 놔둬? 조선이 생기고 난 뒤에도 그냥 반대를 하고 하니까, 하고 그랬어. 아, 왜 나라가 첨에는 술렁술렁하자너? (네.) 그러니까 반대파인 정도전 놈들한테 그 모냐, 그려, 탄핵을 받아서 귀향을 간 거여. 그런데 왕이 서울로 수도를 옮기고 나니까, 억지로 이 할아버지에게 벼슬을 맡기는 거여. 그 벼슬이 뭐였더라, 아, 그게 뭐였지? (아유, 그걸 내가 아나.) 족보에서 찾아보면 있을 꺼여. 거 좀 봐봐. (네, 할아버지 아니에요. 꼭 벼슬 이름도 끝까지 다 안나 와도 되요.) 안 나와도 되? 알라면 알아야지, 뭐 그려? 아, 그럼 진작에 말하지. 그려, 그리고 나서 이성계가 벼슬을 주었는데도 고집이 대쪽같아서 안 하셨댄다. (아.) 이성계 담에 뭐여? (네?) 이성계 담 왕이 누구여? 그, (아, 이방원이요.) 그려. 이방원이가 왕 하니까 직접 찾아 와서 그 뭐냐, 왕이 직접 찾아가서 벼슬 좀 허시오, 허시오, 했지. 할아버지가 사람 잘 사귀고 성실하고 근면하셨

으니까 그랬을 꺼여. 그래가지고. 왕께서 직접 납시셨는데 거기서 안하면 되겠냐 ? 이 분이 마지못해 간청이 못 이겨서 벼슬을 또 했어. 뭐 또, 뭐 하나 받으셨는데, 그 뭔지 모르겠다. 내가 벼슬 이름을 뭐 알 수가 있나, 하하. 이거 뭐 하나 모르것네, 하하. 하여튼 또 벼슬을 했는데. 그려. 이방원이가 좀 큰 벼슬을 줬나벼. 중국을 갔으니까. (중국이요?) 그려. 중국 가서 중요한 책들을 구해 왔나벼. 그리고 그 책을 구하고 다시 조선으로 들어와 가지고 벼슬살이 좀 있었는데, 또 그 뭐냐, 그 또 쫓겨나신 거야. 그리고 아마 세상 돌아 가셨을 꺼여.

2006년 6월 10일, 경기도 용인시 처인구 이동면 송전리, 안복균(安福均,70), 안헌수 조사.

효자 안옥

조사자의 작은 할아버지인 구연자가 족보를 보고서 알게 되었다고 하였다.

그 왜, 안씨 중에 효자 이야기가 있어. 그 할아버지가 이름이 뭐냐? 그, 안옥이였어. 그 할아버지가 제 고향이 아니라, 그 뭐냐, 응. 타향살이를 하는데 아주 어려서 어머님이 돌아가시고 또 얼마 안 있어서 별안간 아버님을 다 돌아보내신 겨. (아.) 아, 그러니께 무덤 옆에다 움막을 맨들어서 맨날 죽을 먹으며 삼년 동안 시묘살이를 한 겨. 그리고 어머님을 위하여도 어려서 이행타 못했자녀. 왜 그, 시묘를 하겠다고 움막에서 살았던 거여, 그 분이. (네.) 그러니까 그 정성이 얼마나 대단하냐? 마을 사람마다 죄다 그냥 효자 났다고 하던 겨, 그 분을 보고. (아, 그 시묘살이

하는 거 보고요?) 응, 그렇치. 그런디 이 할아버지가 자식이 셋 있었어. 응, 셋이여, 셋. 딸만 셋이 있었는데, (딸이요?) 응, 셋. 딸이 셋 있었는데, 아, 그런데 이 딸도 효성이 지극하여, 이 할아버지가 병이 나서 오늘내일 하니까, 손꼬락을 깨물면 피 나자녀? 그 피를 입에다 잘 넣어 주니까 병이 싹 나셨어. 둘째, 셋째, 죄다 어머니가 병만 나시면 그냥 손꼬락을 깨물어 피를 맥여 드리는 겨. 그러니게 그리 소문이 난 겨. 마을에, 마을에 죄다 안씨 가문 효자라고 그러는 겨.(아.)

2006년 6월 10일, 경기도 용인시 처인구 이동면 송전리,
안복균(安福均,70), 안헌수 조사.

안씨(安氏)의 유래

조사자의 아버지인 구연자가 어렸을 때 할아버지(증조할아버지)에게 들었다고 하였다.

어, 그러니까 안씨의 시조? 시조가 뭐라더라? 그, 그, 그, 뭐야 어! 어! 안자미라고 하던데, 뭐~ 그게 원래는 우리나라 사람이 아니고, 저기 저, 저, 저, 당나라 사람인가? 응~ 다른 나라 사람인데, 그 당나라 사람이 신라 땐가 우리나라로 건너왔대. 건너왔는데 이름이 안원인가? 아! 아니 다, 아니다, 아니고. 원래는 성이 이씨였대. 응, 원래는 이씨였는데, 그 아들들이 어, 아들이 3형제 있었는데, 왜놈들을 무찌른 공으로 안씨 성을 받았다나, 봐. 그게 시조지 뭐.

2007년 6월 11일, 집에서 전화 통화로 조사, 안상덕(49), 안선영 조사.

안씨를 빛낸 조상

조사자의 아버지인 구연자가 어렸을 때 할아버지(증조할아버지)에게 들었다고 하였다.

안창호, 안중근, 뭐 많지 뭐. 독립운동 열심히 하신 분들. 음, 또 뭐야? 그, 그, 관동별곡 알지? 그거! 그거 지으신 분이 안씬데. 이름이, 이름이, 우리 조상이지 뭐. 또 뭐야? 그 정승 판서! 높은 벼슬 지낸 사람이 많았대. 주자학 도입한 것두 안씨라고 하던 거 같구. 갑자기 말하려니깐 생각 안 나네. 흐흐흐. 그래두 독립운동 하신 분들이 많지. 안씨 성 중에는. 허~ 이름은 기억 안 나는데, 많았어. 또 그, 그, 애국가 작곡한 것도 안씨고. 다 애국자네. 애국자 집안이야. 하하하.

2007년 6월 11일, 집에서 전화 통화로 조사, 안상덕(49), 안선영 조사.

신사무옥과 안당(安塘)

조사자의 아버지인 구연자가 어렸을 때 할아버지(증조할아버지)에게 들었다고 하였다.

순흥안씨가 조선전기에는 원래는 막, 높은 벼슬도 많이 한 가문이었대. 아까도 말했었지? 좌의정, 우의정 뭐 그런 높은 벼슬들. 근데 그, 신사무옥이라고 들어봤어? 뭐, 그 사건 이후로 힘들어졌다더라구. 몰라? 몰라? 신사무옥 모른다구? 어, 신사무옥이 뭐냐면 아빠도 자세히는 모르는데,

그, 뭐야? 이름이, 안씨 성인데 그 분이 사림 후원자로 알려져서 아들들이랑 다 같이 처형당했대. 송씨가 그걸 일러 바쳤다는데 엄마가 또 송씨잖냐? 아무튼. 하하하. 그래서 그 사건 이후로 벼슬자리를 다시 하기 힘들어진 거야. 만약 그 때 그 사건만 아니었으면 우리 안씨가 계속 벼슬도 하고, 더 막, 훌륭한 사람들도 많이 나오고, 더 큰 가문으로 번성했겠지, 아마두.

2007년 6월 11일, 집에서 전화 통화로 조사, 안상덕(49), 안선영 조사.

순흥안씨의 시조 안자미

조사자의 아버지인 구연자가 어렸을 때 아버지(할아버지)로부터 들었다고 하였다.

우리 집은 순흥안씨로, 그 순흥안씨는 다 하나의 선조에서 내려와 그 선조가 바로 안자미야. 시조 안자미에게는 그 아들이 삼형제가 있었어. 장남인 안영유(安永儒)의 후손을 일파, 차남인 안영린(安永麟)의 후손들은 이파, 셋째 아들은 뭐겠어? 셋째 아들인 안영화(安永和)의 후손들은 삼파인 거지. 이렇게 우리 순흥안씨는 다 같은 가족인 거야. 그 다, 하나의 시조로부터 내려오니까. (그 외의 시조에 대해서 더 말씀해주세요.) 그리고 우리 집은 내가 용자니까, 아버지가 이십칠 대 용자 돌림인데, 그 내가 용자 돌림이니까, 그 내가 촌수가 높아서 나이 많은 사람들도 나보고 다 아저씨, 삼촌 그렇지만은, 또 그 아버님이 높아서, 되게, 그 우리 집안이 그 안씨 가문에서, 그 촌수가 높은 집안이야. 아빠는 잘 모르지만은,

그 촌수 높고, 그 안씨 종가에서, 순흥안씨에서 이십칠 대 손이 용자 돌림
으로 함부로 이름에 못 넣어. (이십칠 대가 용자 돌림이에요?) 응. 아빠가
이십칠 대로, 용자돌림으로, 촌수가 높아. 그리고 아빠는 순흥안씨에서
활동을 안 해서 잘 모르지만, 그 우리 집안은 변호사도 많고 그 외의
높은 사람도 많은 훌륭한 집안이야. 그 잘은 모르겠지만, 안향(安珦)이라
는 분이 계신데, 순흥안씨가 사대부의 명문가로 이름나게 된 것이 이
분의 학문에서 비롯된 거야. 그래서 나는 위대하게 생각하고 존경해. 아,
내가 술을 안 마시고 왔었어야 잘 말해주는데, 내가 잘 말했는지 모르겠
다(웃음).

2009년 5월 23일, 경기도 의왕시 오전동 우리집, 안차용(安嵯龍,46), 안지혜 조사.

독립운동가인 안중근 의사

구연자가 학창시절 수업시간에 배운 내용이라고 하였다.

우리 집은 그 안중근 의사가 선대로 있어. (안중근도 순흥안씨에요?)
그럼. 안중근이 우리 종씨야 몰랐어? (아, 몰랐어요.) 그 안중근 의사가
독립 운동가잖아? 그, 그, 다른 독립 운동가들이랑 손가락 끊고 구국투쟁
할 것을 맹세하고. 아, 저번에 보니까 네 과티에 그 그림, 손가락 다섯
개 중에 하나 없고 네 번째 손가락 (직접 손을 굽혀서 보여주며) 이렇게.
(아! 알아요.) 그리고 뭐냐? 그 이토히로부시[1], 이토히로부시를 용감하게
죽였자나? 그 어느 누가 그렇게 할 수 있겠어? 그, 결국 그 다음에 사형을

---

1) 조선 통감부의 통감으로 와 있었던 이토 히로부미(伊藤博文)를 잘못 말함.

당했지. 이번에, 그 남산에 안중근 의사 기념관 다시 지을 거야. (서울 남산에요?) 그래. 그 서울 남산에 다 지으면 한번 가봐.

2009년 5월 23일, 경기도 의왕시 오전동 우리집, 안차용(安嵯龍,46), 안지혜 조사.

순흥안씨 열녀

조사자의 고모부인 구연자가 명절에 장모님(할머니)으로부터 들었다고 하였다.

어, 선조 시대에 이경립이 순흥안씨 가문의 사람을 아내로 삼았어. (이경립이라는 사람은 어떤 사람이에요?) 그 이경립이라는 사람은 어, 학문이 뛰어나 성균관 진사의 벼슬을 했는데, 그 당시 유행하던 천연두에 걸리고 말았지. 그 아내는 지극정성으로 수발하였는데, 그럼에도 불구하고 남편은 세상을 떠나고 말았어. 그때의 이경립의 나이가 네 또래일 거야. (아!) 그 아내는 젊은 나이에 남편을 떠나보내고 과부가 된 것도 모자라 태기가 있었대. 그 아마 오 개월인가 후에 아이를 낳았지. 어, 그 아내는 남편의 탈상 삼 년을 마친 후 아이에게 "어미는 죄가 많아서 아버지를 여위었으니 네 아버지를 따라가겠다."며 "너는 부디 커서 훌륭한 사람이 되어라."는 유언을 남기고 자결했어. 그 후 이 소식은 널리 퍼져 왕명에 의해 저 어디냐, 너희 막내고모 댁 사시는 음성 알지? (네.) 그 음성읍 약물재 마을에 비석이 세워졌어.

2009년 5월 25일, 경기도 안양시 호계동 ○○부동산, 유성원(劉惺嫄,62), 안지혜 조사.

울릉도 지키고 억울한 일을 당한 안용복

한창 일본이 독도는 자신의 땅이라 했던 때, 구연자가 지인에게 들었다고 하였다.

너 혹시 안용복이라고 들어봤니? (아니오.) 그 분도 너와 같은 가문이야. (아!) 요새도 일본인들이 독도와 울릉도가 자신의 땅이라고 주장하고 있지? 그게 얼마 전에 그런 게 아니라 어, 한 오륙백 년 전부터 그래왔단다. (정말요?) 그래. 동래부에서 태어나 그곳 수군으로 일하던 안용복은 울릉도에 가게 되었어. 그런데 그곳에서 일본 사람들이 고기잡이를 하며 자기네 땅이라고 주장을 하는 거야. 이를 가만 두고 볼 수 없는 안용복은 일본인들에게 울릉도는 우리 땅이라고 맞섰지. 어, 원래 그 사람은 일본 말을 잘했다고 하더라. 그러다 일본인들이 안용복을 납치해서 백기주도라는 섬에 이르렀어. 그 백기주도에서 안용복은 또 '울릉도는 우리 땅이 맞다.'며 자신을 풀어줄 것을 요구했지. 그러자 가만히 듣고 있던 막부는 그 말이 맞다고 생각하여 안용복을 풀어줌은 물론, '앞으로 일본인은 더 이상 울릉도에 들어가서는 안 된다.'는 금령까지 내렸대. 그렇게 무사히 잘 귀국하였으면 좋았을 텐데, 안용복은 대마도 족장에게 감금당하고, 금령이 담긴 막부의 문건도 빼앗기고, 오십 일 동안 억류를 당하고 말아. (왜요?) 글쎄다. 안용복은 그렇게 억류돼 있다가 동래부 왜관으로 가게 되는데, 거기서도 대마도와 비슷하게 오십 일인가, 사십 일 동안 억류되어 있어야했어. 그 후 풀려나 자신이 근무하던 동래부사에 찾아가 이 억울한 이야기를 전했는데, 동래부사에서조차 안용복이 '다른 나라의 국경을 범했다.'며 이 년 동안 감옥살이를 시켰다더라. 이런 억울한 일이 또 있을까.

2009년 5월 25일, 경기도 안양시 호계동 ○○부동산, 유성원(劉惺源,62), 안지혜 조사.

제주양씨

시조 양을나(梁乙那)

구연자는 종친회 감사 일을 맡아 하며 연구하게 되었다고 하였다.

우리 시조 강생(降生) 사적과 개국신화를 보면, 지금으로부터 사천삼백여 년 전 멀리 단군시대로 거슬러 올라가게 된다. 알지? 단군은 사천삼백구 년 전 평안북도 영변군 소재 태백산 박달나무 아래에서 탄생하시어 평양에 개국 전도(천도) 하시었고, 우리 시조이신 양을나는 단군과 때를 같이 하여 제주도 한라산 기슭의 모흥혈에서 탄강하시어 탐라국을 창건 하시었다. 당시의 동양정세를 보면 중국 대륙에는 한족의 선조 도당씨 요제가 건국한지 얼마 안 되고 한반도에는 단군이 개국한 때이며, 시조 양을나께서는 제주도에서 탐라국을 개국하시어 삼국이 정치하였다고 하겠다. 그러므로 우리 양씨는 신라 육성 이전에 이 땅에 자리 잡은 왕손이며, 가장 역사를 길게 갖은 토족인 것이여. 또한 양씨는 모두가 탐라국 삼성혈 설화의 양을나를 단일 시조로 하는 동계혈족이다, 이거지. 우리 시조 을라왕의 탄강에 관하여서는 고대 동서 각국의 시조들이 그러하듯이 신비스러운 역사적 기록을 남겨 두었는데, 중국에서는 천지개벽으로 시조가 태어났다 하고, 단군 임금은 단목하에서 태어났으며, 신라의 혁거세와 가락국의 수로왕은 알에서 나왔다 하나, 우리 시조는 지금도 그 유적이 뚜렷한 삼성혈이 있으니 다른 시조와는 특별하시다. 시조 양을나왕은 한라산 북녘 기슭에 있는 모홍혈에서 땅으로부터 솟아 나오셨다고 한다네. 그래서 우리 시조는 지신족에 속하는 거야. 이 때 모홍혈 세 구멍에서 차례로 각각 한 분씩 나오셨다고 하는데, 그 맏이가 우리 양씨의 시조 양을나이시고, 둘째가 고씨 시조 고을나이시며, 셋째가 부씨 시조 부을나이시다. 그러므로 그 뒤로부터 이곳을 삼성혈이라 부르게 되었고, 또 모홍혈이라는 모(毛)자도 셋 건너 긋고 새 을(乙)자를 한 글자로서 삼을나라는 뜻으로 모자가 쓰여 졌다고 하며, 삼성이 일어난 곳이라 하여 모홍혈이라 부르게 되었다는 설이 탐라지와 탐라기년에 기록되어 있어.

2005년 5월 6일, 서울시 중구 서소문구 50-2 삼영빌딩 1303호 제주양씨종친회, 양현용(梁顯龍,68), 양눈꽃송이 조사.

성지 삼성혈

구연자는 종친회 감사 일을 맡아 하며 연구하게 되었다고 하였다.

지금은 제주도라고 부르지만 그 옛날엔 탐라국이라고 불렀어. 탐라에는 태초에 인간과 만물이 없었어. 이때에 세 신인이 처음 한라산 북녘 광양땅 모홍혈에서 나셨는데, 첫째는 양을라요, 다음은 고을라요, 셋째는 부을라이시며 지금으로부터 사천삼백여 년 전의 일이야. 그들의 모양은 매우 크고 도량이 넓어서 인간사회에는 없는 신선의 모습이었다. 이 삼신인은 황야에서 짐승 가죽으로 옷을 해 입고 육식을 하면서 생활하여 왔는데 하루는 지금의 남제주 연서포 쪽을 바라보니까 나무로 만든 함에 붉은 흙으로 뚜껑을 봉한 이상한 물건이 바다에서 떠 와서 동쪽 해안에 닿으므로 달려가 열어 보았더니, 그 안에 옥으로 만든 함이 있었고 보라색 옷에 분홍 띠를 띤 사자가 따라와 같이 석함을 열었더니, 그 안에서 푸른 옷을 입은 처녀 세 사람과 망아지, 송아지, 그리고 오곡의 종자가 있었어. 사자는 말하기를, "저는 벽랑국에서 온 사자입니다. 우리나라 임금께서 세 따님을 낳으시고 말씀하시기를, '서해의 한 섬에 신자 세 분이 탄강하시어 앞으로 나라를 세우게 될 것이나 배필이 없으시다.' 하시고 저에게 명하여 세 따님을 모시라 하여 왔습니다. 마땅히 배필로 삼으셔서 대업을 이루소서." 하고는 말이 끝나자 홀연히 구름을 타고 사라져버렸네. 이에 세 신인은 나이 차례대로 각기 세 처녀와 혼인하여 연못 옆 동굴에서 신방을 차리고 생활하니 인간으로의 생활이 시작이며 이로써 농경사회로 발전하고 정주의 기초가 됐다 하겠다. 그래서 자줏빛 함이 올라온 성산읍 온평리 바닷가를 연혼포라 하며 지금도 삼공주가 도착할 때 함께 온 말의 발자국들이 해안가에 남아 있다. 또한 삼신인이 목욕한 연못을 혼인지라 부르며 신방을 꾸몄던 굴을 신방굴이라 하며 그 안에는 각기 3개의 굴이 있어 현재까지 그 자취가 보존되고 있어. 삼신인은 물이 좋고 기름진 땅을 찾아 활쏘기로 거처할 땅을 점쳤는데 양을라의 지역을 제일도라 하고 고을라의 지역을 제이도라 하고 부을라의 지역을 제삼도라 했네. 그 후 각각 오곡의 씨앗을 뿌리고 말과 소를 기르게 되니 백성이 날로 늘고 부유해져 갔다.

2005년 5월 6일, 서울시 중구 서소문구 50-2 삼영빌딩 1303호 제주양씨종친회,
양현용(梁顯龍,68), 양눈꽃송이 조사.

삼성혈 설화

구연자는 종친회 감사 일을 맡아 하며 연구하게 되었다고 하였다.

개국신화에 의하면 삼신인 양을나, 고을나, 부을나 이 세 신인이 이곳
에서 동시에 태어나 수렵생활을 하다가 우마와 오곡의 종자를 가지고
온 벽랑국 삼 공주를 맞이하면서부터 농경생활이 비롯되었으며 탐라왕
국으로 발전했다고 전해지고 있단 말이지. 삼성혈은 모흥혈 이라고도
하며 이 세 개의 지혈은 품(品)자형으로 나열되어 있는데 그 중 하나는
둘레가 육척, 깊이는 바다까지 통한다고 전해지며 나머지 두개의 혈은
각각 삼척인데 오랜 세월이 흐르는 동안 흔적만 남아 있어. 삼성혈의
주위는 돌담 및 수백 년 된 고목으로 둘러싸여 있으며, 성역 안에는 팔백
년 된 곰솔나무와 일백 여 년 안팎의 소나무, 녹나무, 조팝나무, 머귀나무,
조록나무 등 무려 칠십여 종의 진귀한 나무들이 하늘을 뒤덮고 있고 또
모든 나뭇가지들이 혈을 향하여 경배하듯이 신비한 자태를 취하고 있어
탐라개국의 경건함을 더해 준다. 또 아무리 비가 많이 와도 빗물이 고이
지 않고 눈이 내려도 혈 내에는 눈이 쌓이는 일이 없는 성혈로서 이곳을
찾는 관람객들이 아주 신기해서 깜짝 놀라고 가지.

2005년 5월 6일, 서울시 중구 서소문구 50-2 삼영빌딩 1303호 제주양씨종친회,
양현용(梁顯龍,68), 양눈꽃송이 조사.

중시조 양순(梁洵)

구연자는 종친회 감사 일을 맡아 하며 연구하게 되었다고 하였다.

중시조께서는 나당 연합군에 의해 완전한 정복으로 신라통일이 성취한 후 안정된 상황 하에 이르렀을 무렵 신라국에 입조, 한라군으로 봉한 것이 천삼백여 년 전 일이며, 당 선조가 신라조로 부터 양(良)을 양(梁)으로 개사성(改賜姓)한지 삼백십여 년 후의 일이었고, 우리 선세가 양과동에 뿌리 내린지 팔백여 년 후의 일이라고 하겠다. 순 중시조께서는 신라국의 대학에 입학하여 학문을 닦아 단기 삼천십팔 년에 장원과에 급제하니 한림학사에 제수되고, 재행이 특출하고 뛰어나 명예를 크게 떨침에 당시 여론은 최고 재상의 재기라고 칭하였으며, 추대 되었으나 신라군 문사들은 외지에서 온 사람이란 텃세로 저지 받아 한라군으로만 봉작에 그치고, 또한 본관을 제주로 득관(得貫)하니, 제주양씨의 중시조가 되시어 기세되니 후대에 자손들이 신라와 고려조를 거치는 동안에 동국저명한 대성이 되었다고 전하고 있다.

2005년 5월 6일, 서울시 중구 서소문구 50-2 삼영빌딩 1303호 제주양씨종친회,
양현용(梁顯龍,68), 양눈꽃송이 조사.

양·고위차개환(梁高位次改換)사건

구연자는 종친회 감사 일을 맡아 하며 연구하게 되었다고 하였다.

탐라개국 삼신인의 위패는 삼성사 창건 초부터 제일위에 양을나, 제이

위에 고을나, 제삼위에 부을나 차순으로 모셔져 있었다. 그러던 것이 영조조에 이르러 고을나 후손 한 사람이 한때 고을나를 수위로 위패를 바꾸어 놓아 큰 물의를 일으키고 말았지. 분분한 세론 속에 윤구연 목사가 조정에 상소문을 올리고, 그 진상이 조사되어, 왕명으로 양을나를 수위로 원상환원된 사건이 "양고위차개환변정장초"야. 사건의 내막은 이러하다고 기록되어 있네. 영조 이십칠 년 고을나의 후손 고윤규가 간계를 꾸며서 숙종 삼십육 년에 최계옹 목사가 위패를 바꿔 놓았다 하여, 제일위 양을나 위패 자리에 고을나 위패를 바꾸어 모시고 말았다. 이 부당한 처사에 격분한 윤구연 목사는 이를 시정하기로 마음먹고 장문의 상소문을 조정에 올렸는데 문제의 <변정장초>는 왕조실록에까지 기록되어 오늘에 전해지고 있다.

2005년 5월 6일, 서울시 중구 서소문구 50-2 삼영빌딩 1303호 제주양씨종친회,
양현용(梁顯龍,68), 양눈꽃송이 조사.

영월엄씨

엄씨의 시조 엄임의(嚴林義)

조사자의 할아버지인 구연자가 아버지로부터 들은 기억도 있고, 큰집에서 가족모임 때도 들었다고 하였다.

요것이, 요것이 우리 엄씨가 어치케 해서, 이자 이것이 우리 시조 할아부지 이름이여, 이것이. (이거? 엄임은? 아~ 엄임의) 시조공, (우리가 중국에서 온 거야?) 그라제. (안 보여요?) 뵈도 안하고, 이것이 우리 시조 내력이여. 요것이 우리 엄씨, 우리 엄씨 시조 되시는 중국 후암, 에라, 글씨도 뵈도 안하고. 저녁에는 에라, 어두컴컴항께, 시조 엄임의공 중국에서 이자 건너왔거든? 글씨도 어떠게 짤잘한가 뵈도 안하네. 후예입니다. 시조공께서는 피락사? 파락사? 지금의 뭣이냐 이게 (사신?) 사신으로 이리 건너왔다만 이 땅에 이제 오셔서 건너와서 이 중국씨가 원 시조여. 중국씨가 그랑께 조선으로 건너온 시조가 이제 다시 건너 안가고 한하고, 이제 임의공 할아부지가 우리 시조가 된 거제. 우리가 후예가 된 거제.

고려초에서부터네. 그랑께 이자 우리가 이십팔 댄가 이십구 댄가? 늑 아부지가 이십구 대고, 니가 삼십 댄가? 그것도 찾아봐야 쓰겄다. 고려 때에 호부외랑 때 벼슬을 지내다가 나라에서 내성군에 봉하시니 내성군이 뭔 벼슬인디, 이거이 요새 같으면 뭔 벼슬인지 알겄냐? 모르겄다. 강원도 영월땅으로 와서 그래서 영월이 우리 고향이여. 그라고 우리 파는 이제 퇴휴당파여. 강원도 영월 행정에 처음 살게 된 거여. 영월 땅에 처음 살기 시작했어. 그 후손이 영월을 본관으로 했다 이 말이여. 그르케 해갖고 가끔 나눠질 거 아니냐. 이리 나눠지고 저리 나눠지고 그래갖고, 지금 보자. 십오만 명에 이르는 대 시조를 이루게 되었습니다.

2004년 5월 21일, 전라남도 해남군 할아버지댁, 엄익선(嚴翼璇,79), 엄효영 조사.

우리나라 최초의 은행나무

조사자의 할아버지인 구연자가 아버지로부터 들은 기억도 있고, 큰집에서 가족모임 때도 들었다고 하였다.

지금 영월읍 하송리에 있는 젤 웃대에 할아버지가 하송리 거기서 있어갖고 거대한 은행나무는 그 은행나무를 할아부지가 심게 가지고 시조할아버지가 심었당께. 공께서 친히 심으시고 우리시조 할아버지가 심었당게… 은행나무를 들여온 것이 우리 시조제. 그리고 이곳을 행정이라 하셨다합니다. 이 은행나무는 뭐 오늘날 정부에서 천연기념물로 76호로 지정하여 보호하고 있습니다. 이제 천연기념물로 삼았어. 이제, 이제 정부에서 보호코롬 보호해. (지금도?) 잉 지금까지 이곳 인근에서 나라에 큰 이변이 있을 때마다. 그 은행나무에서 눈물 흘렸다고 그런 거 많이 있드라. 어떤 무언의 예시가 있었다하여 유명합니다. (눈물 흘린 거를 무언의 예시라고 한 거야?) 그라제. 즉 1910년 한일합방 때와 1945년 8.15해방 때 동편의 가지가 부러졌으며 6.25동난 때는 북편의 큰 가지가 부러졌다고 합니다. 그래서 신들린 나무라 하여 신수라고 합니다. 신들린 나무라고 그러케 이자 이름이 나갖고 지금도 우리 집안에서만 그란 것이 아니라 영월에 가면 그 유래를 이자 딱 이자 알아 또한 시조공께서는 영월 근처에 산 명을 직접 지으셨다 합니다. 한 예로 충청북도 제천에서 영월읍에 채 못미쳐 있는 험준한 산봉은 중국 중경 지방에 있는 검각산과 똑같다고 이자 장중하다 하여 검각산이라 하셨다 합니다. 중국 땅에 있는 그 땅과 똑 같응께 이자 그라고 불렀다고.

2004년 5월 21일, 전라남도 해남군 할아버지댁, 엄익선(嚴翼琁,79), 엄효영 조사.

단종의 시신을 거둔 엄흥도(嚴興道)

조사자의 할아버지인 구연자가 아버지로부터 들은 기억도 있고, 큰집에서 가족모임 때도 들었다고 하였다.

영월읍 북쪽 오리 지점에 있는 동을 지였습니다 그런데 천사백오십칠년에 정축, 세조대왕 때 세조 삼년 정축년에 세조가 왕립? 왕위를 찬탈하고 그 어린 조카 노산군을 영월에 유배했다가 사사한 음 유배시켜 놓코는 이제 죽였당게. 그 시절에 영월 호장인 십일 세 아닌데 어디냐? 단종 때의 충신이여. 태조년간에 강원도 영월에 호장이신 아버님, 그때 호장인께 요즘 같으면 이제 군수 뭐 군수벼슬이나 되까 어짜까? 그런 거 홍도공은 영월에 호족으로써 호장으로 지내셨습니다. 세종이 죽고 나서 이자 문종이면 이자 왕위에 올랐는디 이년만에 죽고 나서 십 세에 세자에 책봉되고, 단종이 열 살에 세자에 책봉이 이자 됐는디, 천사백오십이 년에 보위에 올랐습니다. 보위에 올랐단 거는 이자 왕위에 올랐다고, 올랐는데, 문종 임금이 어린 세자를 위해 중신 황보인 이것이 뭐 벼슬이냐 사람 이름이냐? 아 세자가 너무 에린께 세자를 지키라고 김종서 등한테 맡기고 신숙주 이자 벼슬아치들이여, 이자 그때 유명한 박팽년. 교과서에도 역사책에 뭔 얘기가 있냐만은 천사백오십삼 년 시월에 한명회들하고 짜고, 이자 황보인 김종서를 주게 불고 이 년 후에 천사백오십오 년 유월에 단종 임금을 상왕으로 삼고 왕을 뺏어 불었다 이 말이여. 사육신이 김찬의 배신으로 탄로 나서 천사백오십팔 년 세조 삼년에 상왕 단종은 노산군으로 감봉되어 그랬제. 이때, 안경 썼어도 나는 잘 안 뵌다. 청령포로 유배시겨 부렀제. 일설에 의하면 엄홍도는 청령포 근처에 살면서, 어린 단종 근처에 살면서 엄홍도가 지켰당께. 그때 관심을 갖고 이자 어느 날 밤 울음소리를 듣고 강을 헤엄쳐 적소에 이르러 노산군을 뵈온 이후부터 강물이 불어갖고 죽을지도 모릉께 영월읍내로 델고 나오고, 엄홍도가 이자 홍도군께서 온실을 지어. 그런데 이 해 엄홍도 몇 대 할아버지가, 이때 엄홍도가 단종을 살렸제이. 노산군을 다시 올릴라고 하다가 발각되어 노산군을 서인이 되어불고 이자 시월 이십사일 영월에서 죽임을 당했고, 이자 죽여 뿌렀제. 아예 단종을 죽여 부렀제. 그 시신을 삼족을 멸한다는 엄명을 내려 동상에 내뿌러 놓고 건들면 죽여 분다고 했냐 안. 십일 대 엄홍도 공께서 이자 시신을 몰래 해갖고 선산을 맨들았어, 엄홍도 씨가. (염장이 뭐야?) 염장이란 건 이자 장례지냈다 그말이여. 장례를 지냈습니다. 그 후로 이제 이백사십이 년만인 천육백구십구 년 숙종 이십오 년 기묘년에 노산군묘가 장릉으로 이자 옮겼쓸 거이다. 그곳에 모셨던 시조공을 비롯한 십 세조까지의 묘소와 모두 실전되었습니다. 정부에서 이자 막 기양 억지로 파서 어디로 옮겨 불고 어짜고 했다 이거여. 그래갖고 이리저리 흩어졌어. 이자 말할 수 없이 엄씨들을 맬종을 시킬라고 이자. 그랬단 말이여 (할아버지 진지 잡수시고 또 합시다잉?)

2004년 5월 21일, 전라남도 해남군 할아버지댁, 엄익선(嚴翼琁,79), 엄효영 조사.

28대손 항일 독립 운동가 엄송여(嚴松汝)

조사자의 할아버지인 구연자가 아버지로부터 들은 기억도 있고, 큰집에서 가족모임 때도 들었다고 하였다.

송여공은 십칠 세 때인 천구백이십구 년, 우리나라가 넘어간 뒤구만. 그때 십일월 팔일 광주 학생운동이 발생하자 일본의 감시를 받았닥 하냐 뭐락하냐 천구백삼십삼 년에 중국으로 망명하고자 십일월 일제 감시를 피해, 이거이 뭔 글자냐? 부산항을 떠나 상해를 거쳐 중국 상해를 거쳐서 남경 (남경이 어디지?) 중국 남경, 그런 디가 있어. 선상에서 만난 임정요인의 안내로 김구주, 뭐이냐 김구 주석! 이청천이, 대장이냐 뭐이냐, 군인, 군인을 찾아가 항일 전쟁 길에 나섰습니다. 일본하고 중국하고 이자 항일 전쟁할 때 천구백삼십삼 년 김구 주석이 하명을 내렸어. 김구주석하고 이자 하명을 내려서 중국남양군관학교 한군인 특별반에 입교하여 이범석 장군의 지도를 받고 이자 장군 천구백삼십오 년 유월 군관학교 교육을 마친 다음에 송여공은 남경, 남경도 중국 땅이여 상하이 아래쪽인가? 저쪽에 한인 애국, 안 뷘다. 뭐시기에 가입하여 양동우 선생의 정치교육 무장

특수활동 교육을 받은 다음 애국학생 뭐냐. 이거 입구자에 모르겠다. 임하라는 비밀지령을 받고 상해를 떠나 십일월에 입국하였습니다. 일제의 감시망에 걸려, 걸려 부렀어. 이제 개성에서 체포되 부렀네. 경상도 모진고문 끝에 천구백삼십육 년 치안유지법에 위배되어 이년 형을 구형받고 경성, 서울 뭐이라 하냐? 서울 서대문 형무소 독방에서 옥고를 치루셨습니다. 천구백삼십팔 년에 출감했을 때는 이자, 이자 감옥에서 나와 갖고, 편모이신 어머님은 이미 글쎄 작고하시고 일 년여 동안 은둔생활을 하다가, 일 년 동안 이자 꿈어 갖고[1] 살았어. 만주로 이자 건너가서 동지들과 동지하고 항일 다시 국내로, 돋보기 없냐? 또 감시를 받다가 감시망을 피해 산에서 숨어 지냈습니다. 소련군이 참전하자 일제검거령이 내려 다시 체포 투옥되었다가 팔월 십육일 출감하였습니다. 팔일오 광복 후 해방이다, 해방. 팔일오 해방 후에 천구백사십칠 년 송여공은 뭐이냐? 광복군 국내지원을 창설하고 원군지관학교, 사관학교다, 육군사관학교다. 육군사관학교 제삼기, 뭔 글씨냐? 특채냐, 뭐이냐? 특채에 입교한 다음 육군소위로 임관했는갑다. 안뵈야. 뭔 연대장 같은 거 연대장으로 복무 중에 육이오를 당하여, 맞어. 육이오를 이때 당했어. 구국전전에 나섰습니다. 육이오 전쟁이 이때 일어나서 나갔어. 휴전선, 천구백오십팔 년 십이월 육군 제이사령부 병천, 위원장이냐, 뭐이냐? 마지막으로, 대령을 마지막으로 돌아가셨단 소린갑다. 그랑께 일제시대 때 엄송여 공이 항일투쟁을 해서 운동을 했다 그거여. 나도 인자 모르겠다.

2004년 5월 21일, 전라남도 해남군 할아버지댁, 엄익선(嚴翼琁,79), 엄효영 조사.

---

1) 숨어 가지고.

28대손 여성 항일 독립투사 연미당(延薇堂) 여사

조사자의 할아버지인 구연자가 아버지로부터 들은 기억도 있고, 큰집에서 가족모임 때도 들었다고 하였다.

여성 독립 운동가로구나. 일제 때 독립운동가 이십팔 대손이다 여자냐? (응, 여자 맞어.) 이십팔 대손, 이거 누구냐? 항섭군의 부인인 항일투쟁을 고취하는 방송을 담당하는, 방송했는 모냥이구나, 활동하셨습니다. 또한 천구백사십사 년에는 중국국민당정부와 대한민국 임시정부 간의 이게 뭐냐, 협동로? 광복군의 대일본군 투쟁상을 한국어로 방송하였습니다. 잉, 그라고 일본군대에 징집된 한국인 투사 한국인 병사들에 대한 뭐이냐 초모? (초모가 뭐야?) 모르겠다. 대한 초모 넘어오라는 공작을 하면서 애국부인회도 결성하고 한국여성들의 항일 궐기를 촉구하였습니다. 또한 천구백사십삼 년에는 한국 독립군에 입대하여, 여잔디도 입대해 했구마이. 조국 독립운동 활동을 하였습니다. 엄항섭 군과 함께 활동하다가 육이오 때 항섭군이, 엄항섭이 이자 김구 주석하고 함께 활동했던 사람일 거이다. 언제 읽은 거 같은디, 올 지녁에 못한다. 항섭군이 월북, 넘어가 부렀네. 지 혼자, 자기가 넘어가 부렀다. 부인만 놔두고. 가고, 천구백팔십일 년 일월 일일에 서거하셨습니다. 이 서거, 남편이 올라가고 나서 자기는 그 다음에 죽었네. 올 지녁에 못한다마다. 여사의 독립투쟁을 기리어 천구백구십 년에 건국훈장 애국장을 후사하셨습니다. 여까지만 해. 독립운동사 육권에 (이 얘기가 있다고?) 이 얘기가 있닥 안하냐? 독립한국 운동사 중국 아니 중자냐? 중국호 백범일지 백범일지를 참조하라 이거여. (아~)

2004년 5월 21일, 전라남도 해남군 할아버지댁, 엄익선(嚴翼琁,79), 엄효영 조사.

조선 중기의 문신 엄홍(嚴泓)

조사자의 할아버지인 구연자가 아버지로부터 들은 기억도 있고, 큰집에서 가족모임 때도 들었다고 하였다.

십육 세손 휘 홍공은 천오백이십칠 년에 태어나시고, 어디 보자 홍공이 십칠 세에 진사되시고, 진사가 되시고 십칠 세에 어떻게 진사가 됐지? 내가 아냐? 문천군수 적성현감 등을 역임하셨습니다. 이것도 뭔 벼슬이름이여. 천오백구십이 년 선조 이십오 년 임진년에 임진왜란이 발생하여 전국이 유린당하고 선조대왕이, 여그 선조대왕이락하네. 임진왜란으로 임금이 의주로 도망가 부렀다. 도망갔을 때 육십이 세의 고령을 무릅쓰고 김성일(金誠一)의 지시에 따라 의병장이 되고 예순다섯 살이나 묵어놓코도 의병장을 맡았다고. 곽찬(郭趲)을 소모관으로 삼아 의병을 모집하고, 이때 유명한 가문은 낙동강 건너 가야산 덕유산등지로 피난 갔습니다. 그러나 김성일은 영지를 내려 전현풍군수로 엄홍공을 초치하여, 이제 불렀다 그 말이여. 불러서 격문을 띠워 관리와 백성들을 모집하여 왜군을 물리치는데 큰 공을 세웠습니다. 왜군들이 이자 쳐들어온 것을 다 물리쳐 부렀구만. 이자 왜군을 물리치는데 큰 공을 세웠습니다. 이 사실은 임진란 때 영의정을 지낸 유성룡의 시문이 실린 서애집과 숙종 때 사람 이재형(李載亨)의 시문집인 송암목록[2]에 실려 있습니다. 가보에 의하면 홍공은 세 번 중국에 사신으로 다녀왔다고 합니다. 그랑께 이 사람이 임진난 날 때 의병한 사람이라 이거여 이만큼 공이 크다 이거제.

2004년 5월 21일, 전라남도 해남군 할아버지댁, 엄익선(嚴翼璇,79), 엄효영 조사.

---

2) 송암집(松巖集).

임진왜란 때의 의병장 엄현

조사자의 할아버지인 구연자가 아버지로부터 들은 기억도 있고, 큰집에서 가족모임 때도 들었다고 하였다.

천오백사십칠 년 중종 사십칠 년, 천오백구십이 년 선조 이십오 년, 이때 임진왜란 때 의병장이었던 모양이여, 이 양반이. 십육 세손 휘 현공은 천오백사십이 년 생원이신 아버님 휘 용공생과 진사이신 휘 팽공 따님이신 풍양조씨 사이에서 나셨습니다. 이름은 형도. 이것이 뭐이다냐. 호는 삼성당. 이름이 삼성당이여? 호는 삼성당이고. 현공은 이천에서 학문과 무술을 연마하던 중 임진왜란이 발생하여 팔도가 왜군에 유린당하자 호남방면으로 가서 나라에 대한 충의심으로 격문을 띄워 의병을 모으니 수백 명의 의병이 모여들었습니다. 이 사람도 의병을 했어. 현공은 맨 앞에 나서서 선봉을 해서 왜병과 접전할 때 포로와 적병을 참수하니, 머리를 다 비부렀다 이거여. 싸움을 해서 많이 이겼당께, 세가 불리해진 적장은 야반도주, 밤에 다 도망쳐 부렀다 이거여 몰래. 이때 공은 지체 없이 진격하여 해남, (어, 해남?) 여그 나오냐 안. 해남군 대리에서 대진하게 되었습니다. 해남이였네 거기가 잉? (해남 어디였을까? 대죽린가? 대흥사쪽인가? 어디까?) 내가 아냐? 나온께 나온갑제. 그러나 때는 엄동설한이라 보급이 여의치 못하고 의병과 마필이 굶주림을 견디지 못하여 부득이 퇴진하여 전열을 다시 정비하였습니다. 그리고 십일월 오일 야간 공격을 펼쳐 용전분투하였으나 화살이 다하고 힘이 모자라 마침내 순절하시니 향년 그때 나이가 오십이 세였다고 합니다. 이때 수행하던 귀선과 종식 두 손자와 의병들이 공의 시신을 이천으로 운구하던 중 월출산 아래 월하리에 이르러 일기불순으로, 긍께 날씨가 안 좋아 부득이 더 행진을 못하고 산일번지 우간에 봉안하셨습니다. 가다가 거기다가 무덤을 했다 이거여. 그리고 이곳 도강현 지하리에 정주하게 되니 입향조가 되셨습니다. 거기에다가 자리를 피고 그 자리에다가 아예 묻었다 이 말이여. 배위는 (배위가 뭐여?) 배위가 저기 그 처 (부인?)응. 배위는 의인 분성김씨이며 장자 백과 차자 우를 남기셨습니다.

2004년 5월 21일, 전라남도 해남군 할아버지댁, 엄익선(嚴翼璇,79), 엄효영 조사.

조선 선조 때의 문신 엄인술(嚴仁述)

조사자의 할아버지인 구연자가 아버지로부터 들은 기억도 있고, 큰집에서 가족모임 때도 들었다고 하였다.

조선 선조 때의 문신. 십칠 세손 휘 인술공은 천오백사십 년에 중종 때의 저명한 문신 학자이신 십성당 휘 흔(昕)공과, 십선당, 우리 머시기까 어쩌끄나 우리랑 같은 계열이야? 그라꺼이다. 장사랑 대유공의 따님이신 숙인 무안박씨 사이에서 나셨습니다. 자는 술지, 이름은 술지라 이거여. 인술공은 사세 때인 천오백사십삼 년, 인술공이 이제 사세 때인 중종, 흔공께서 서거하시고 어머님 박씨의 품에서 어렵게 자랐습니다. 그러므로 성장과정에 관한 기록이나 수학경력 등은 전하지 않고 있습니다. 후일 기록으로 미루어 음직으로 관계에 나간 듯합니다. 인술공은 천오백구십구 년 안산군수를 지냈는데 그 치적이, 다스리고 머시기 그런 거. 그런데 다스리는 걸 제대로 하지 못했다고? 그란갑다. 그러나 천육백일 년 선조 삼십사 년에 정선군수로 임명되었고, 이 년 후인 천육백삼 년에 강원도 암행어사 조탁은 정선 엄인술의 치적이 매우 좋다고 서계(書啓)하였습니다. 임금한테 관리가 써서 머시기 바치는 뭐 그런 것이 있었던 모냥이여. 다음해 인술공은 회양도호부사에 임명되었는데 이해 시월 강원도 암행어사 송, 이름이 안보여 모르겠다, 뭔 이름이여? 은 인술은 도임한지 오래 되지 않았으나 백성을 사랑하는 정사를 우선으로 한다는 서계를 임금께 올려 거듭 치하하였습니다. 그랑께 암행어사들이 칭찬을 했다고 안하냐. 어디보자. 또 얼마 후에 사헌부에서 아뢰기를 체직시키라고 했구나, 젊은 사람들 쓰라고 인술공을 체직시키라고 했어. 그랑께 임금이 윤허하였으나 체직하지 않아도 될 것이다 하여 그대로 유임케 하였습니다. 체직이 뭔 말이까? 인술공은 천육백육 년에 서거하시니, 이게 뭔 글자지? 행년 그해 육십칠 세셨습니다. 이게 세자구나. 후일 증손 집(緝)공이 귀히 됨에 따라 통정대부 승정원 좌승지에 추증되셨습니다. 그랑게 이게 후손이 잘됭께, 이 사람 죽고 나서 이 사람이 잘 됭께 이자 이런 벼슬로 더 높게 쳐줬다 이 말이여.

2004년 5월 21일, 전라남도 해남군 할아버지댁, 엄익선(嚴翼璇,79), 엄효영 조사.

고려 공민왕 때의 문신 해주목사 엄익겸(嚴益謙)

조사자의 할아버지인 구연자가 아버지로부터 들은 기억도 있고, 큰집에서 가족모임 때도 들었다고 하였다.

(의겸공?) 익겸공이제 (할아버지, 이 익자야?) 아니여. 나는, 날개익자여, 날개 익. 휘 익겸은 충숙왕 년간에 출생하시고 여러 관직을 거쳐 공민왕 때 해주목사가 되셨습니다. (근데 이때도 목사가 있었어?) 내가 어치

케 아냐, 그거슬. 그러나 당시 일본의 왜구가 발호하여 해주에 두 번이나 침입하였습니다. 그런데 천삼백칠십삼 년 구월 다시 침입했을 때 목사 익겸공은 살해당하는 참사가 있었습니다. 이때 목사를 구하지 못하고 방치한 해주관속들은 모두 주살하는 엄벌을 내리고 해주목은 한때 군으로 강등하였다가 후일 다시 목으로 환원하였습니다. 여그 사짜가 빠졌는 갑다. 해주 목사가 맞제. 이거슨 고려사를 참조하라고 하냐? 고려시대에 왜군이, 고려시대여. 그랑께 고려사를 참조하라고 하제.

2004년 5월 21일, 전라남도 해남군 할아버지댁, 엄익선(嚴翼琁,79), 엄효영 조사.

고려말의 충신 엄태사

조사자의 할아버지인 구연자가 아버지로부터 들은 기억도 있고, 큰집에서 가족모임 때도 들었다고 하였다.

이것도 이제 고려 때의 뭐시기 고려말의 충신, 그때 거시기 정몽주 이런 사람들처럼 그런 거. 엄태사는 영월, 영월인으로서 생, 살았다. 졸과 그 선계 (조상 같은 거 그런 거?) 잉. 선계 등은 전하지 않고 있습니다. 태사께서는 일찍이 고위관직을 지내시고 고려왕조 말기에 공민왕 당시에 태사 특진보국대광 또는 삼공 사마 사도 사공 정일품으로 나라의 최고 위명예직을 역임하셨습니다. 긍께 요새로 말할 거 같으면 국무총리 같은 거제. (국무총리? 높네.) 그라제, 국무총리. 태사께서는 고려가 망하자 장태사와 함께 불사이군의 절의로 항거하며 신조, 조선시대에서 준 관급미, 나라에서 준 곡식, 곡식 같은 것도 안 받고 머시기 그냥 살았다 이거여.

관급미도 거절하고, 서도 황해도 수양산 아래 고촌에 와서 산에 올라 고사리를 뜯으며 굴술을 출입하니 사람들이 엄씨굴이라고 불르고, 칭하고, 다 버려불고 안보겠다 하고 들어가 굴에 가 살았단다. 사대부들이 모두 그 고상한 절의에 미치지 못함을 두렵게 여겼다 합니다. 엄태사는 고려말의 충렬록에 십렬(十烈) 중의 한 분으로 다음과 같이 기록되고 있습니다. 조선시대에 벼슬들이, 잘잘이 잘잘이 써져 있는 거여. 승숙 조덕곡, 종학 이인재, 금성인 림탁, 문충공 조홍, 순흥인 안종적, 중강 변구수, 양촌 원선, 야당 허금, 엄태사, 장태사 등 십인입니다. 여그까지만 해. (이것만 하고, 이것만.) 또한 엄태사 공은 여말선초에 운곡 원천석이 강원도 치악산 절상에 제단을 쌓고, 이자 거기에서 지사도 드리고 불공도 드리고 했다 이거여. 제단을 쌓고 고려의 종사를 이어가게 하고자 변혓사를 지냈는데, 이때 동지들과 더부러 종참하였다고 합니다. 태사공이, 보자. 선생은 조선조의 태종을 왕자시절에 가르친 바 있어 태종이 즉위하자 자주 불렀으나 응하지 않자, 태종이 그 집을 찾아갔지만 거절했다 이 말인 거 같은디. 그라기에 계석에 올라 집 지키는 할머니를 불러 선물을 후하게 주고 돌아가 그 아들 형을 현감에 임명했다고 합니다. 후세 사람들은 그 무슨 석이냐 이것이 지금도 치악산 각림사 곁에 그 자리가 남아 있습니다. 야사 육권을 지었으나 증손 때에 이르러 국사와 저촉되는 점이 많아 화가 미칠까하여 불살렀다고 합니다. (그래서 그라믄 절을 세웠단 소리야?) 그라냐 어짜냐? 모르겄다.

2004년 5월 21일, 전라남도 해남군 할아버지댁, 엄익선(嚴翼璇,79), 엄효영 조사.

고려 충렬왕 때의 문신 엄근

조사자의 할아버지인 구연자가 아버지로부터 들은 기억도 있고, 큰집에서 가족모임 때도 들었다고 하였다.

휘 근공은 고려조의 고종연간에 출생하시고 그 선계는 알 수 없습니다. 조상이 누군지 잘 안 나왔다, 모른다 이거여. 고려조의 원종연간에 여러 관직을 지내셨고, 보자 전의시사를 지내시고 보문각의 뭔 벼슬을 역임했다고 안하냐? 안 뷘다. 우간의 대부와 사관호 엄비는 육말 옆에 살며 옆에 큰 연못가 대연에 암말 자마(雌馬)를 매두었는데 용이 나타나 사귀더니 망아지 구(駒) 한 필을 낳았는데 달리기에서 절군(絶群)의 준족(駿足)이었다. 연못은 그 후 큰 홍수가 나서 인멸되었다는 기록이 있습니다. 먼 소린지 모르겠다.

2004년 5월 21일, 전라남도 해남군 할아버지댁, 엄익선(嚴翼琁,79), 엄효영 조사.

영친왕을 낳은 엄비(嚴妃)

조사자의 어머니와 큰 이모인 구연자들이 어릴 때 아버지(외할아버지)에게 들은 이야기라고 하였다.

(영월엄씨 이야기는 없어요?) 영월엄씨가 특별하게 지낸 사람은 없지만, 옛날에 엄 상궁 있잖아? 그 사람 얘기야. (이모 : 판서 제이공파 영월엄씨야. 영월에 단군제, 사월에, 칠월인가, 오월달인가. 거기 살던 사람이

와서 그러는데, 내가 엄씨라니까 그러드라구. '어머나! 그럼 거기 단군제 굉장히 크게 한다.'고 하더만.) 유일하게 왕비를 배출을 했는데 고종의 왕비가 됐잖아. 작은마누라. 그 가수도 했던 이은이. 그 가수 아버지가 이은이잖아. '비둘기처럼 다정한~' 노래 부른 사람. 그치? (이모 : 비둘기처럼 다정한 사람들이라면.) 하여간 고종의 작은마누라였지만 영친왕 생모도 했었어. 그리고 개화기 때 육영사업 뭐 해가지고 공도 많이 세웠대. 엄씨로써 유일하게, 엄 상궁이. 그거밖에 없어 엄씨는.

2008년 5월 25일, 서울시 개봉동 우리집, 엄경원(嚴慶媛,52)·엄순자(嚴順子,61), 이영현 조사.

영월엄씨의 시조와 저명인사들

조사자의 어머니와 큰 이모인 구연자들이 어릴 때 아버지(외할아버지)에게 들은 이야기라고 하였다.

엄흥도. 엄흥도 있잖아. 그, 단종 때 엄씨. 그, 시신 몰래 숨겨가지고 저기 그, 몰래 무덤 해줬대잖아. 엄씨 있었어. 그리고 자전거 잘 타는 사람 있잖아, 엄씨. 옛날에 자전거 잘 타는 사람 있었어. (이모 : 엄복동이.) 아, 맞어. 엄복동이 엄청 유명했어. 일제시대 자전거 잘 타던 사람. (엄씨 시조는 누구예요?) 엄임의(嚴林義). 엄임의라고 중국에서 무슨 벼슬해가지고 음악 같은 거 가지고 우리나라 들어온 사람이래. 그리고 영월에 내려와 살아서 영월엄씨 시조래.

2008년 5월 25일, 서울시 개봉동 우리집, 엄경원(嚴慶媛,52)·엄순자(嚴順子,61), 이영현 조사.

同福吳氏

40

동복오씨

동복오씨의 유래

조사자의 할아버지인 구연자가 아버지, 할아버지, 그리고 집안 어른들로부터 전해들은 것과 족보를 보고 알게 된 것이라고 하였다.

선영아, 에, 그러니까, 넌 동복오씨다. 에, 그러니까, 그게 무엇인고 하니, 오씨는 중국 제나라 사람인 저저저, 오첨(吳瞻)이란 사람이 에, 신라 지증왕 원년 함양, 함양 땅에 와서 왕의 명, 명에 따라 그, 누구냐? 신라에 김씨 사람인 김종인가 하는 자의 딸을 배위로 하고, 그, 그, 그 사이에 이남 일녀를 두게 되었는데, 그러니까, 저, 오씨가 귀화 성씨가 되었어. 이십삼 세손인 수권(守權)이 저, 아들 셋을 두었는데 그러니까, 그, 그 아들들이 고려시대, 고종 삼년인가에 침입한 에, 거, 거란족을 쫓아내고 그 훈공으로 그게, 고종으로부터 첫찌는 현보(賢輔), 그 사람은 저기 해주군, 둘째 현좌(賢佐)는 우리, 그러니까, 동복오씨의 동복군. 셋째 현필(賢弼)이란 자는 보성군에 각각 저, 봉군 되었다지. 동복오씨 족보가 여기 있지 않냐? 이게 그, 동복오씨 족보 책이지. 여기 초간판에 보면 자, 현, 현좌의 큰 아들인 오녕(吳寧)이, 오녕이란 사람이 일세이며, 이세는 호, 호장. 호장을 지낸 중환(仲環), 중환이고. 저, 삼세는 고려 시중 문헌공 그래. 문헌공 대승(大陞)이셔. 그러니까, 우리는 삼세인 문헌공을 따라 문헌공파라고 들어봤지 않느냐? 그러니 니가, 문헌공파인 거야. 우리 시조들부터 살아온 그 때 주소가 뭐냐? 저기, 저, 황해도에 있는 벽, 벽성군 대거면 저, 도평리, 도평동인데 지금은 그러니까, 지금은, 황해남도에 포함되지.

2007년 5월 6일, 경기도 의왕시 오전동 이삭아파트 할아버지댁,
오윤택(吳允澤,78), 오선영 조사.

집현전 학사 오계종(吳繼宗)

조사자의 할아버지인 구연자가 아버지, 할아버지, 그리고 집안 어른들로부터 전해들은 것과 족보를 보고 알게 된 것이라고 하였다.

우리 집안에 학자가 많아. 에, 선영이는 오, 오계종이라고 들어봤느냐? 하고 물으면, 그러니까 넌, 넌 모른다 할 것이 뻔한 거 아니냐. 허허허. 오계종이란 조상은 저, 태종 때부터 살아서 세조 때 돌아가신 분이야. 그, 그 조상이 어디냐? 그러니까, 세종대왕이 있지, 그러니까, 저, 그게, 집현전 학사야. 세종 때 그러니까, 명경과에 합격해서 거기, 거기에 들어간 거지. 에, 명경과가 무엇이냐 하면 그, 그, 고려시대 이렇게, 과거시험의 한 분과지. 여기에 통과하기가 엄청나게 힘들다는데 대단하지? 그런데 그, 단종이 물러나니까 지리산에 들어가서 은거했다지. 그런데, 에, 천사백, 천, 천사백, 몇 년돈가, 천, 천사백오십구 년에 자다가 꿈에 그, 성삼문이를 만나고는 죽었어. 그 양반 유언은 관, 관곽을 쓰지 말고 에, 자기 비석도 세우지 못하게 하였다고 전해지고 있지. 그런데 어허, 성삼문이 무엇인지 저, 저, 관, 관곽이 무엇인지 대학생인 이학년인가? 대학생 이학년인 선영이는 에, 알아들었어? 그러니까, 그게, 그, 성삼문은 단종의 복위를 꾀하다가 죽은 사육신, 사육신 가운데 한 사람이야. 게, 조선왕조의 대표적인 절신으로 꼽히지. 그러고, 그게, 저, 관곽이란 무엇인고 하니 사람이 죽었을 때 그 시체를 넣는 것이야. 관이지, 관.

2007년 5월 6일, 경기도 의왕시 오전동 이삭아파트 할아버지댁,
오윤택(吳允澤,78), 오선영 조사.

오준(吳浚)의 효성천

조사자의 할아버지인 구연자가 아버지, 할아버지, 그리고 집안 어른들로부터 전해들은 것과 족보를 보고 알게 된 것이라고 하였다.

저, 오준이란 사람이 있었는데, 그 양반이 어려서부터 효자였어. 거, 오준의 아버지가 오랫동안 아팠는데, 이 양반이 거, 어찌나 지극했던지. 그, 욕창을 앓으니 입으로 그 상처를 빨아내고 저, 변까지 맛보아 병세를 살폈다 이거야. 그게, 저, 자신의 손가락을 잘라 아버지의 입에 피를 넣어주고, 여기, 여기 어디냐? 그래, 허벅지. 허벅지 살까지 베어 드렸어. 야~ 얼마나 지극한 효성인지 안 봐도 알 수 있겠지? 그게, 그렇게 결국 아버지가 돌아가셨는데, 저, 거, 무덤 앞에 움막, 움막을 짓고 시묘를 했어. 여기서 또 시묘가 무엇인고 하니, 선영인 시묘가 무엇인지 아느냐? 시묘란 거, 저, 부모의 거상 중에 무덤 옆에다가 움막 짓고 삼년 동안 지내는 거지. 이제, 저, 이제 까먹지 말고 알아두어라. 그런데 그 양반이 아침저녁으로 제수를 올리려고 멀리까지 가서 물을 길러다 바쳤지. 그러니까, 그게, 그의 효성에 하늘까지 감동하였는지 갑자기 벼락이 치지 뭐야. 그래서 움막 옆에 에, 맑디맑은 샘물을 솟구쳐 오르게 한 거지. 여기에 우물을 만들어 주니 거기 사람들이 아직도 이를 저, 효, 효성, 효성천이라 불렀어. 이게 어디 있냐 하니 전남, 전라남도, 거기에 있는. 어디냐? 고, 고창에 있어. 우리 장손 선영이는 니 아버지를 위해 에, 이런 효성을 바칠 수 있겠느냐? 허허허.

2007년 5월 26일, 경기도 의왕시 오전동 이삭아파트 할아버지댁,
오윤택(吳允澤,78), 오선영 조사.

41
해주오씨

고려의 문신 오연총(吳延寵)

조사자의 아버지인 구연자가 어렸을 적 할머니(증조모)에게 들었다고
하였다.

옛날에 고려시대 알지? 그 때 사람인데, 가난한 집에서 태어났대. 그래
도 공부를 열심히 해서 문장 같은 거를 잘해서 과거시험에 붙었나봐.
이건 집안내력 같다. 아빠도 그랬잖아. 하하하. 아무튼 그 뒤로 중국에
왔다리갔다리한 모양이야. 그리구 중국 송나라 알지? 그 때 송나라 때
사신으로 가서 황제를 축하했다고 들었던 거 같아. 그리고 거기서 되게
귀한 책을 가져와서 왕이 예뻐했대. 뭐 그리고 계속 벼슬을 쭉 했다던
데…. 그러다가 여진족이랑 싸워서 이겨가지고 또 왕이 예뻐했다더라.
그리고 여진족이랑 몇 번 더 싸웠던 모양이야. 두 번 정도인가, 이겼는데,
한 번은 실패했나봐. 근데도 그렇게 미움은 안 받고 계속 벼슬을 했대.

2007년 5월 10일, 인천시 남구 용현동 할머니댁, 오용근(吳龍根,55), 오유미 조사.

임진왜란에 참전한 오응정(吳應鼎)

조사자의 아버지인 구연자가 어렸을 적 할머니(증조모)에게 들었다고
하였다.

임진왜란 일어났을 때, 이순신 말고 우리 오씨에서도 싸워서 상 받은
사람이 있어. 그 무과라고 하지? 글 쓰는 거 말고 주로 장군이나 이런
사람들…. 아무튼 무과에 급제해서 벼슬 여러 개 하다가 임진왜란이 일어
났을 때 참가했어. 거기서 공을 세워가지고 임금한테 상을 받았대. 그리
구 그 무슨 재란이냐? 그, 응. 정유재란 때 남원인가, 아마 거기 맞을
거야. 거기서 싸우다가 전사하셨대.

2007년 5월 10일, 인천시 남구 용현동 할머니댁, 오용근(吳龍根,55), 오유미 조사.

학자 오천민(吳天民)

조사자의 아버지인 구연자가 어렸을 적 할머니(증조모)에게 들었다고
하였다.

아! 우리 집안에 학자도 있어. 열세 살 때 시험, 아니 그 과거에 합격했
는데, 별로 벼슬에 뜻이 없었나봐. 벼슬 안 하고 공부만 했대. 그래서
성리학 알지? 거기에 완전 전문가가 되었댄다. 벼슬 하라고 나라에서
벼슬자리를 줬는데 안 했나, 하다 그만뒀나? 아무튼 교육에 힘썼어. 그리
고 향약 알지? 그거를 실시했대. 너도 공부 좀 열심히 해라.

2007년 5월 10일, 인천시 남구 용현동 할머니댁, 오용근(吳龍根,55), 오유미 조사.

독립운동을 한 오인수(吳寅秀)

조사자의 아버지인 구연자가 어렸을 적 할머니(증조모)에게 들었다고
하였다.

(우리 집안에는 독립운동 한 사람 없나?) 왜 없어~. 이름이 안 알려져
서 그렇지. 있어! (누군데?) 의병이라고 해야 하나? 어렸을 때 할머님(아
버지의 할머니)이 얘기해주셨어. 사람들을 삼백 명 모은 사람도 있고,
천 명 모은 사람도 있다고 한 거 같은데. 하여튼 이 사람은 광주에서
일본군이랑 싸워서 일본군 꽤 많이 죽였대. 그니까 일본군이랑 싸워서
많이 이긴 거지. 그러다가 나주일 거야, 아마. 거기서 일본군이랑 싸우다
가 결국 전사했다고 하더라구.

2007년 5월 10일, 인천시 남구 용현동 할머니댁, 오용근(吳龍根,55), 오유미 조사.

서예가 오태주(吳泰周)

조사자의 아버지인 구연자가 어렸을 적 할머니(증조모)에게 들었다고
하였다.

너 장희빈 알지? 이 사람이 그 장희빈 아들 경종을 세자로 하는 거
반대하다가 쫓겨났잖아. 그래서 그 다음부터는 정치 안 하고 서예만 했던
사람이야, 이 사람이. 근데 이 사람이 원래 글씨를 잘 써서 유명한 서예가
였어. 너도 글씨 잘 좀 써라. 아빠 봐봐. 아빠도 글씨 잘 쓰잖아. 하하하.

이 사람 결혼도 공주랑 했다고 하더라구. 유명하긴 했나봐, 공주랑 결혼할 정도면. 확실하게 잘 기억이 안 나지만. 신기하지? 그 유명한 장희빈 아들 세자 문제에 반대한 사람이 우리 가문에 있는 거?

2007년 5월 10일, 인천시 남구 용현동 할머니댁, 오용근(吳龍根,55), 오유미 조사.

42

강릉유씨

강릉유씨(江陵劉氏)의 유래

조사자의 큰아버지인 구연자가 할아버지(증조부)에게 어려서부터 들어온 이야기라고 하였다.

그니까 쉽게 설명하는 게 좋지? 응? 근께 강릉 유, 우리 성씨 말이여. 이게 그니께 쭝국에서 온 성씬데, 음, 한나라 알지? 한나라. 쭝국 한나라. 고기 시조 유방, 응? 유방의 40대손 유전(劉筌)이 우리 시존데, 으, 시존데, 유승비(劉承備)라고 하지들, 유승비. 아무튼 그 분이 병부상서까지 지내신 분인데, 응. 병부상서. 정치를 하시던 중에 어떤 법이 생겼는데, 그게 음, 할아버지(시조 유승비)께서는 영 제대로 되지 않은 법이다~ 싶은 거야. 그니간, 영 아니다 이거야. 뭔가 잘못된 거 싶다 이거야. 응? 그래가지고설랑 임금께 상소를 했는데, 이게 안 받아진 거지. 응. 그래설랑에, 그~냥 우리나라에 아예 와 버린 거여. 그때가 언제였냐며는 고려 시대야. 고려. 응. 문종 때? 문종이었던가, 기억이 안 난다. 허이구야. 흠,

그려서 온 겨. 영일 알어? 영일? 경상도 영일에 터를 혀고 우리 유, 유씨 시조가 되신 겨. 어, 그래가지고설랑 고려 때 와서 과거를 봤댜. 응. 유승비 우리 시조께서. 응. 뇌서 급제까지 했댜. 뭐 나중에 나랏일에서 내려오시기야 했지. 그러구 나설랑 그 증손쥬는 조선개국공신으로 인정 받구 옥천에 봉해져서 후손들이 본관을 강릉으로 하고 있는 겨. 지금껏 계대 후손들이 우리 남(남한)에만 십만이 살구 있댜는데, 뭐 북도 치면 이십만 은 엥간히 넘길 테지 뭐. 많다. 잉? 뭐, 그런 거여.

2006년 5월 20일, 서울시 양천구 목동 큰아버지 댁, 유시영(劉時英,59), 유미선 조사.

봉조하 유승비(劉承備)

조사자의 큰아버지인 구연자가 할아버지(증조부)에게 어려서부터 들어온 이야기라고 하였다.

그런디, 응? 고려 때 관직 맡으시다가 상서도성으로 치사혀실 때, 충혜왕이 할아버지께 봉조하[1]를 내렸담 말이여. 그래서 응? 종신토록 봉을 사하고능 국가 행사 때마덤 조복입고 참석해라 한 겨. 영광이지. 응. 근디, 아니 지금 그 분 묘소가 음. 지금껏 묘소가 찾을 길이 없어서 말이여. 응. 우리 족회서 여러 해를 두고정 쉴찬히[2] 상의한 난중에 제단을 서울 상일동으로 혀서 뫼시고 있지. 응. 흠.

2006년 5월 20일, 서울시 양천구 목동 큰아버지 댁, 유시영(劉時英,59), 유미선 조사.

---

1) 조선시대 전직 관원을 예우하여 종2품의 관원이 퇴직한 뒤에 특별히 내린 벼슬로, 종신토록 신분에 맞는 녹봉(祿俸)을 받으나 실무는 보지 않고 다만 국가의 의식이 있을 때에만 조복(朝服)을 입고 참여하였음.
2) 수월치 않게.

坡平尹氏

43

파평윤씨

고려 개국공신 윤신달(尹莘達)

조사자의 아버지인 구연자가 어렸을 때부터 집안 어른들에게 들었다고 하였다.

어, 우리 집안은 본관이 파평이고, 우리 시조 할아버지는 함자가 신(莘)자, 달(達)자이시고, 태사공 할아버지야. 어, 고려 때 태조 왕건을 도와서 어, 거, 후삼국을 통일했고, 또 고려 건국하는 데 공을 많이 세우셔서 어, 태사 삼중대광에 봉해지신 훌륭하신 할아버지지. 이, 또 할아버지는 전설도 있으시단 말이야. 어, 지금의 경기도 파주 파평면이라고 있는데, 거, 파평산 기슭에 용현[1]이라 하는 연못이 지금도 있대. 근데 어느 날 이, 인제 그 용현에 구름과 거, 안개가 자욱하게 낀 거야. 그러면서 천둥과 벼락이 쳤대. 그래서 그 마을 사람들이 그, 놀랐을 꺼 아니여?

---

1) 용연(龍淵).

그래서, 놀래서, 향불을 피우고 또 그 저, 기도를 올렸대. 인제 그렇게 한지 사흘째 되는 날, 그 마을에 있는 그 윤씨 할머니, 그 노파가 인제 보니까 그 연못 한가운데 번쩍번쩍 그 금으로 만든 그런 궤짝이 떠있는 것이야. 그래서 그 금궤를 거, 어, 건저 가꾸[2] 열어보니까 이, 아주 이, 옥동자가 이, 아주 그 찬란한 광채를 이, 내면서 떠 있더래. 그래서 그 아이를 어, 그 집으로 데리고 가서 이, 소중하게 기른 거야. 근데 이, 아이의 어깨 위를 보니까 붉은 사마귀가 있고, 양쪽 겨드랑이에 보니까 잉어비늘이 어, 80여 개가 나 있대. 발에는 그, 막 황홀한 그, 빛이 나는, 어, 일곱 갠가 하는 그 점이 있었다누만. 이, 이, 윤씨 노파가 아이를 잘 거두어서 길렀대. 장성을 해서 훌륭한 사람이 됐는데, 그게 바로 우리 시조 할아버지시라고. 어, 그 윤씨 노파의 성을 따서 또 윤씨가 됐고, 또 그 고장이 파주군 파평이다 보니까 우리가 파평윤씨가 됐지. 그게 그, 우리 집안의 그, 유래여. 알았지?

2006년 5월 20일, 서울시 도봉구 창동 자택, 윤영식(尹映植,54), 윤원섭 조사.

잉어 자손 파평윤씨

조사자의 아버지인 구연자가 어렸을 때부터 집안 어른들에게 들었다고 하였다.

어, 우리 그 파평윤씨, 우리한테는 그 잉어와 관련된 응, 전설이 전해져 내려오는데. 우리 그 시조할아버지, 그 태사공 할아버지의 겨드랑이에

---

2) 건져 가지고.

잉어비늘이 있었다는 그런 전설도 있고, 또 인제 그 5대손이신 그 문숙공, 그 윤관(尹瓘) 할아버지와도 관련된 그런 전설이 있어. 그게 뭐냐면, 그 문숙공 할아버지가 어, 함흥, 그 광포라는 데서 전쟁을 하는데, 이, 그, 거란군의, 이, 포위가 됐어. 어, 그래서 이, 포위망을 뚫고 탈출을 해야 하는데, 이, 급히 탈출을 하면서 가다 보니까 어느 강에 이르셨는데, 이 강을 건널 길이 막막하자네. 그런데 이 잉어들이 나타나가지고 어? 그 다리처럼 이렇게, 잉어들이 이렇게 길을 뚫어준 거야. 그래서 그 잉어 때문에, 잉어를, 잉어 등을 밟고 무사히 건너서 탈출을 하셨다 이거지. 그렇게 하니까, 탈출을 하시니까, 적군들이 뒤쫓아 왔을 꺼 아니여? 긍까 이, 적군들이 도착하니까, 그, 으, 문숙공 할아버지한테 다리 역할을 했던 잉어 떼들이 어느 순간 그냥 확 흩어져서 없어져 버린 거야. 그래서 그 잉어의 도움으로 목숨을 건지셨다, 하는 그 설이, 전설이 있어. 그래서 어, 파평윤씨, 우리 집안은 잉어자손이고, 그리고, 또 그 잉어의 은혜에 보답하기 위해서 잉어를 먹지 않는다, 하는 그런, 어, 전설도 있지. 그래서 그 잉어와 인연이 있는 그런 집안이다, 이렇게 돼있어.

2006년 5월 20일, 서울시 도봉구 창동 자택, 윤영식(尹映植,54), 윤원섭 조사.

44
해남윤씨

해남윤씨의 시조 윤존부(尹存富)

조사자의 작은 외할아버지인 구연자가 어릴 때 (외증조부)께 들었다고
하였다.

(안녕하세요? 할아버지.) 응, 그래, 뭘 물어보고 싶은 거이냐? 시조에
대해서요. 아, 시조는 윤 존자 부자. 윤존부. (네.) 그러고 시조로부터 칠
세. 우에서부터 내려올 때는 '세'로 이야기하고, 내가 우로 칠 때는 '대'로
이야기 하는 거이여. (네) 그랑께 시조로부터 칠세까지는, (네.) 칠세, 거
까지는 이제 저, 이름만 전할 뿐 보충자료나 문헌이 읍써. (네.) 그케 해서
문서도 없고, 어, 그리고 중시조께, 칠세까지는 없고, 팔세부터 강진에
산 기록이 있고, 그랑께 그게 시조라 해. 그리 됐고, 시조는 그렇다면은
그때로부터 팔세 때, 그게 인자 문서로 있어서, (네.) 아, 우로 쳐 보면은
십일 대, 고려 십일 대 문종 때, 아, 산 사람이다, 그렇게 알 뿐이고. (네.)
그게 그랑께 고려 문종 때, (네.) 그르고 중시조는 인제 뭐, 벼슬이랑은

그때부터 있어. 있는디, 그건 보존돼 있고, 그 담에 없는 사람은 그럼
어쩌냐. 강진, 저 강진에 다가 제각을 쌓고, 그대로 시제로 모시고 있어.
(네.) 그라면 그러한 것은 어, 그, 제각은 현재, 지금 저, 강진에 가 있는디.
(네.) 거기가 인자 지방문화재 이십팔 호로 지정돼 있고, (네.) 그 담에,
그 저, 그라고 그때로부터 치는 노비문서가 있는디, (네.) 노비문서. 그놈
으로 해서 '시조가 언제일 꺼이다.' 라고 추정하는 노비문서는, 우리나라
에서 가장 오래된 죄인 노비 문서에서, (네.) 그것은 보물 사백팔십삼
호로 지정돼 있고, (네.) 그것은 강진, 아니 해남 고산 유물관에 가 있어.
글고 니 어머니 윤수미는, 해남윤씨 삼십일 세손. 우에서부터 삼십일 세
손이여. (아, 제 엄마요?) 그래, 느그 엄니가. (아!) 응, 해남윤씨 삼십일
세손이고, (네.) 고산 윤선도는 십오 대조가 댜. (아!) 그라고, 윤가는 현재
지금 그랑께, 저 객관적으로 이야기하면은 윤씨는 이십삼 개 본들, 본,
본관 또는 관향, 줄여서 본이 있는디, 그 중에서 해남윤씨는 파평윤씨
다음으로 어, 많은 사람들이 있고, (네.) 큰 성씨다 이것이여.

2009년 5월 21일, 전화 통화로 구연, 윤오성(69), 김선영 조사.

고산(孤山) 윤선도(尹善道)

구연자가 1년에 몇 번씩 있는 종친회에서 들었다고 하였다.

그러고 해남의 그 유명한 고산은 누구냐 하면은 고산 윤선도. (네.)
어, 아, 그 냥반이여. 그 냥반은 조선중기에 이름난 유명한 시인이여. (네.)
그 사람이 그 오우가, 어부사시사 (네.) 이런 거 지은 사람이여. (네.)

그라고, 그 사람의 작품은, 어, 보물 사백팔십이 호로 고산 유물관에 보존 돼 있고, 고산이 살던 집은 사적 백육십칠 호로 나라에서 지정되야 갖고 있어. 그 뿐만 아니라 고산 윤선도가 살던 완도군 보길도는 고산 유적지 가 있는디, 현재 거 보길도 간다 해쌌트냐[1]? (네.) 그래서 그게 유적지로 거기 있어. (아, 그렇구나.)

2009년 5월 21일, 전화 통화로 구연, 윤오성(69), 김선영 조사.

대법원장을 지낸 윤관(尹錧)

구연자가 종친회 소식지에서 보고 알았다고 하였다.

우에서부터 쳐서 윤관이라고, (네.) 윤관. 거거는 이십구 세, 시조로부 터 이십구 세손인디, 고산의 십이 대손이여. 그 사람은 대법원장을 해버 렸어. 우리나라 십이 대 대법원장을 지냈는디, 천구백구십삼 넌부터 대법원장을 혔어. 이것은 해남윤씨에 머리 좋은 사람이 많은께 그려. (아, 네.)

2009년 5월 21일, 전화 통화로 구연, 윤오성(69), 김선영 조사.

---

1) 하지 않더냐?

해남윤씨 설화가 많지 않은 이유

대법원장을 지낸 윤관의 이야기 끝에 구연자가 한 말이다.

칠 세까지, 시조로부터 칠 세까지는 으떤 자료가 없고, (네.) 문헌도 없고 그래. (아, 그게 유실돼서요?) 응. 그라고 인자 고려 무신난 있고, 어쩌고 항께 저, 피난댕기고 어쩌고 하니라고 그렇게 됐겠제? (아!) 그려서 문헌도 없고, 묘도 없어. 묘도 없응께, 아까 내가 저, 강진에다가 각만 쌓아가지고 제사를 모신다고, 그렇게 이야기 한 거 아니냐. 그게 개성서 살다가 이리로 내려와 버린 겅께, 거그서 벼슬하다가, 그랑께 여러 가지로 봐서 고산 윤선도로부터 요리조리 혀서 파봉께[2] 그렇더라 이 말이여. (아!) 그려서 구체적인 자료도 팔 세손, 중시조부터, 강진에 내려와 갖고 살았을 때부터 있어. (아, 그럼 다 팔 세손부터 있는 거에요?) 아, 응응. 그런다 이 말이여. (아!) 그럼 이제 되었냐? 다음에 또 궁금하면 물어 봐라. (아, 네. 감사합니다!)

2009년 5월 21일, 전화 통화로 구연, 윤오성(69), 김선영 조사.

---

2) 파 보니까. 조사해보니까.

45
경주이씨

표암공(瓢巖公) 이알평(李謁平)

국당공파 세보 발행인인 구연자가 평소 알고 있던 이야기를 해주었다.

우리 이씨의 시조 알평에 대한 이야기야. 먼 옛날, 그러니까 언제냐. (무언가 찾아보셨다.)그래, 기원전 백십칠 년 한무제 원수 육년 갑자에 하늘로부터 진한 땅의 표암으로 처음 알평이 내려오셨고, 그 뒤에 양산촌 장으로서 수많은 부족들을 다스리시며 혁거세를 양육 시켰어. 혁거세 알지? 혁거세가 알에서 깨어난 뒤에 그 혁거세를 돌본 사람이 너희 할아 버지라는 거야. 신라의 초대 왕으로 추대하시는데 육부 촌장의 의장으로 서 역사적으로 유명한 화백회의제도를 시행하셨어. 그것이 바로 오늘날 의 민주주의 제도의 전신이라고 할 수도 있을 거야. 그러니까 우리 알평 할아버지가 민주주의의 선구자다 이거지. (웃음) 그리고 서기 삼십이 년 신라 삼대왕인 유리왕 대에는 진한육촌을 육부로 개칭할 때 지금의 경주 부근에 해당되는 양산촌의 급량부라 부르고 성씨를 이씨(李氏)라고 내려주셨다고, 그리고 경주라는 지명을 붙여서 경주이씨(慶州李氏)라고 지금 우리가 부르는 거지. 무슨 말인지 알겠어? 우리 할아버지가 바로 신라건국의 모체인 사로의 육부 중 알천 양산촌을 다스렸다 이거야.

2005년 6월 10일, 서울시 성동구 성수동 경주이씨 국당공파 종친회,
이광석(李廣石,68), 이재원 조사.

문희공(文僖公) 이세기(李世基)

국당공파 세보 발행인인 구연자가 평소 알고 있던 이야기를 해주었다.

이세기 할아버지는 고려조 충렬왕 때의 훌륭한 재상이셨어. 그 분의 형제인 이인정과 이진 할아버지 역시 높은 벼슬에 오른 선비집안이셨지. 이세기 할아버지는 복야의 아들로써 충렬왕조에 이르러 과거에 급제하시고 벼슬에 들어가 여러 자리를 거치셨지. 한 시대에 형제들이 연달아 높은 자리에 오르셨기 때문에 왕의 문생이라 사람들이 극찬을 하셨어. 더불어 왕의 총애와 남다른 대우가 이보다 더할 수 없었겠지. 마침내 할아버지는 재상 지위에 이르게 되고 대제학에까지 올랐으니 그 능력과 덕의 우월함을 우리가 미루어 상상할 수 있겠지. 게다가 할아버지의 자제분들과 손자분들이 학문으로 그 명성이 세상에 널리 알려졌으니, 자식교육에까지 철저하셨다고 할 수 있겠지. 이렇게 훌륭한 분이셨어.

2005년 6월 10일, 서울시 성동구 성수동 경주이씨 국당공파 종친회,
이광석(李廣石,68), 이재원 조사.

계림부원군(鷄林府院君) 양희공(襄僖公) 이흥적(李興商)

국당공파 세보 발행인인 구연자가 평소 알고 있던 이야기를 해주었다.

경기도 광주에 가면 계림부원군 이흥적 할아버지의 묘소가 있어. 그 분이 어떤 인물인가 하니 조선조에 높은 관직에 오른 훌륭한 선비셨지. 낳아서부터 총명하고 지혜가 있었으며 재능이 뛰어나셨어. 그러나 일찍이 출세에 눈이 멀어서 관직을 하려는 마음을 가진 적이 없을 만큼 본성도 훌륭하셨어. 그리하여 할아버지는 나이가 좀 들어서 관직에 이름을 올리게 되셨지. 주로 마을을 다스리셨는데 가는 곳마다 훌륭한 업적이 많으셨어. 그래서 우찬성을 제수 받으시고 훈공으로써 계림부원군 호칭을 봉하게 되신 거지. 75세 즈음 돌아가셨다고 전해지는데 그 분의 부고를 임금이 전해 듣고 크게 슬퍼하시고 대신을 보내 특별히 조문하셨다고. 지금 할아버지의 대한 이야기는 기록되는 바가 없어. 그래서 더 많은 이야기는 전하지 않지만 떨어져 나간 옛 전기에 의해 스스로 행하고 조정에 있을 때 충분히 세상의 모범이 되어 풍속을 중요시하고 백성에게 이익을 주고 윤택하게 했음을 알 수 있지.

2005년 6월 10일, 서울시 성동구 성수동 경주이씨 국당공파 종친회,
이광석(李廣石,68), 이재원 조사.

증병조판서공(贈兵曹判書公) 이유일(李惟一)

국당공파 세보 발행인인 구연자가 평소 알고 있던 이야기를 해주었다.
이유일 할아버지는 재능과 인품이 크고 엄격하셨다고 해. 일찍이 부친

을 여의고 홀어머니를 모시는 데 효도를 다하셨지. 참 효성이 깊으셨어. 또 청렴결백하셔서 평생에 재물과 곡식을 자기 것으로 생각하지 않으셨고, 한결같이 모부인이 주고 쓰는 것을 따르셨지. 또한 할아버지는 동기간에 우애가 두터우셔서 분재할 때에도 아무런 증서를 쓰지 않으셨다고. 학문에도 두터우셨지만 평소의 행실과 품행이 곧고 바르셔서 온 동네에 칭찬이 자자했다고 하지. 안팎 자손들이 학문을 좋아하는 사람이 많아서 집안이 날로 발전해 나갔어. 이거야 말로 우리 할아버지의 유덕하심에 대한 하늘의 보답이라고 생각할 수 있겠지.

2005년 6월 10일, 서울시 성동구 성수동 경주이씨 국당공파 종친회,
이광석(李廣石,68), 이재원 조사.

서간공(西澗公) 이경(李蕘)

국당공파 세보 발행인인 구연자가 평소 알고 있던 이야기를 해주었다.

서간공 할아버지께서는 옛 선인들의 기개를 좋아하셔서 그에 대한 글을 읽고 행실을 깨끗이 하셨다고 해. 비록 살림은 궁하셨지만 그 행실과 마음가짐을 바꾸지 않으셨어. 광해군조에는 숨어 사셨지만 사람들이 알아주기를 원하지 않으셨지. 비로소 인조 때에 부제학 이명웅이란 분이 서간공 할아버지를 조정에 천거하셔서 공릉과 영릉의 재랑을 제수 받으셨지. 뒤에 여러 벼슬을 거치셨는데 이 벼슬도 본인의 뜻보다는 임종을 앞둔 나이 드신 부모님의 뜻을 섬기기 위해서 벼슬길에 오르신 거란 말이지. 결국 어머니가 돌아가시게 되자 다시 벼슬을 구하지 않고 인천에서

책을 읽으면서 남은 생을 보내셨지. 할아버지께서 일찍이 선인을 잃고 난리를 당하여 항상 장사를 제대로 치르지 못함을 부끄러이 여기시며 사셨지. 그래서 돌아가실 때까지 가볍고 따사로운 옷을 구하지 않으시고 소박하고 검소하게 장사지내기를 유언으로 남기셨다고 전해지는 거야.

2005년 6월 10일, 서울시 성동구 성수동 경주이씨 국당공파 종친회,
이광석(李廣石,68), 이재원 조사.

바람에 날아간 시험지

조사자의 큰할아버지인 구연자가 어렸을 때 할아버지(고조부)에게 들었다고 하였다.

느그 조상님 중에 말이제, 제(齊)자, 현(賢)자를 쓰시는 분이 계셨제. 니 아냐? (이자, 제자, 현자시면 이제현을 말씀하시는 건가요? 알죠.) 아, 아는구만그려. 그 분이 우리 익재공파의 시조 할아버지여. 흠, 그렁께 말여, 그 분이 과거시험을 보러 갔단 말여. 그 과거장에서 시험지를 다 쓰고 난 뒤 내려고 하는디, 갑자기 바람이 딱 부냐. 그 바람에 시험지가 날아가 버려써 야. 근디 그게 발이 달렸는지 사라져 버린 게 아니냐. 그렁께 시방 이틀이 지난 후 중국의 그 머시냐, 황극전이라는 곳에 시험지가 발견된 겨. 운이 좋은 거제. 중국에서 이 시험지를 고려로 다시 보내서, 그 분이 급제를 할 수 있었다는 야그란 말이제.

2006년 5월 20일, 전라남도 해남군 북일면 큰할아버지댁,
이행구(李行俱,62), 이미래 조사.

해학을 즐겨한 이항복(李恒福)

조사자의 큰할아버지인 구연자가 어렸을 때 할아버지(고조부)에게 들었다고 하였다.

애기 때부터 해학이라는 걸 잘 했다구 하더구먼. 해학이라는 게 뭔지 아남? (그게 웃기는 이야기, 머, 이런 거 아닌가요?) 머, 그런 비슷한 겨. 일찍이 비국회의가 열려서 모든 재상들이 다 모이는 자리였는디, 긍께 그만 늦게 나타난 겨. 근디 그 사람들이 왜 늦었소? 하고 물으니 이런 야그를 했다고 하더구먼. "회의에 오려고 집에서 일찍 나왔는디, 오다가 보니 사람들이 모여서 싸우고 있지 않겠소? 곧 대로상에서 환관은 스님의 머리털을 쥐고, 스님은 환관의 음경을 잡고 서로 놓지 않고 있는 것을 보았소. 이를 구경하다가 좀 늦었구려." 하니 모든 재상들이 이 야그를 듣고 우스워서 어쩔 줄 몰라 했다구 하더구먼.

2006년 5월 20일, 전라남도 해남군 북일면 큰할아버지댁, 이행구(李行俱,62), 이미래 조사.

이항복과 말발굽

조사자의 아버지인 구연자가 아버지로부터 들었다고 하였다.

이항복의 소년 시절 때의 애기야. 매일 대장간에 와서 대장장이가 구워 놓은 말발굽 징들 위에 앉아서 놀다 가곤 했는데, 돌아갈 때는 꼭 품안에다 징을 하나씩 넣어서 가져가는 거야. 대장장이는 처음에는 그저 장난이려니 생각하고 모르는 척 지켜보기만 했는데, 하루도 거르지 않고 그 일이 계속되자 점점 괘씸한 생각이 들었지. 양반댁 도령한테 야단을 칠 수도 없어서 그러고 있었는데, 어느 날 대장장이는 이항복을 혼내 주려고 마음먹고 불에 달궈진 징을 이항복이 즐겨 앉아 노는 곳에다 놓아두었어. 여느 날처럼 대장간에 들른 이항복은 그런 줄은 꿈에도 모르고 매일 앉던 그 자리에 털썩 주저앉았지. 대장장이가 시치미를 뚝 떼고 지켜보니, 당연히 펄쩍 뛰며 소리를 지를 줄 알았는데 잠시 어쩔 줄 모르는 표정만 지을 뿐 슬며시 자리를 옮겨 평상시처럼 놀다가 징을 또 한 개 품에 넣고서 가 버리는 거야. 대장장이는 별수 없다고 생각하고 더 이상 신경을 쓰지 않았지. 그러다 하루는 대장장이의 부인이 외간남자와 눈이 맞아 재산을 다 빼돌려 도망간 사건이 일어났어. 모든 재산을 다 잃고, 대장장이가 실의에 빠져 있을 때 이항복이 커다란 항아리를 하나 들고 찾아왔어. 그 안에는 그 동안 날마다 한 개씩 주워 갔던 말발굽 징이 고스란히 다 들어 있었어. 그는 대장장이에게 "이것을 새 출발하는 밑천으로 쓰라."며 건네주었지. 대장장이는 이항복의 깊은 뜻을 그제서야 알게 되었다 이거지.

2006년 5월 25일, 경기도 수원시 조원동 우리집, 이용덕(李龍德,49), 이미래 조사.

임진왜란 때 순절한 이예립(李禮立)

조사자의 아버지인 구연자가 아버지로부터 들었다고 하였다.

이 이야기는 정말 잘 기억이 안 나는데. 음, 거 머냐? 예립! 예립 할아버지라고 했던 거 같아. 임진왜란 때에 왜, 충무공 이순신 있지? (응, 그럼 이순신이 우리 조상인 거야?) 아니, 그 분은 아니야. 그 분 옆에서 모시면서 명량 대전에서 함께 싸우시고 대승을 거두신 분이였어. (우리 조상님들 중에서는 일인자가 되기보다 이인자로 머무르신 분이 많은 거 같아.) 그치? 경주이씨 시조 알평이라는 분도 박혁거세를 따른 것을 보면 말이지. 어쨌든 노량 대전에서 순절 하셨고. 이순신이 화살에 맞아서 죽을 때 '나의 죽음을 알리지 마라.' 라고 해서 안 알리고, '싸워라!' 라고 외쳤던 분이라던데, 거 참, 내 기억이 맞는 건지.

2006년 5월 25일, 경기도 수원시 조원동 우리집, 이용덕(李龍德,49), 이미래 조사.

익재 이제현

조사자의 할아버지인 구연자가 아버지(증조부)께 옛날에 들었다고 하였다.

흠, 이야기를 시작해 볼까나? 우선 할아버지가 선희는 익재공파 몇 대손이라고 했었지? 그렇지. 익재공파 사십삼 대손이라 했지. 선희한테는 아주 큰 할아버지 중에 제(齊)자, 현(賢)자이신 할아버지가 계셨어. 할아버지도 할아버지의 아버지께 어렸을 때 들었던 이야기라 기억이 가물가물하다. 정확히 몇 해인지는 기억이 안 난다만, 할아버지께서 팔십일 세의 나이로 돌아가셨단 기억만이 나네. 아무튼 거 뭐냐, 제(齊)자, 현(賢)자 할아버지는 십오 세 때 과거에 오르셔서 명성이 자자하셨다고 하셨어. 우리 선희는 열다섯 살 때 이 할애비한테 과자 사달라고만 했었지? 하하

하. 이 할애비도 너무 오래 전에 들었던 얘기라 기억이 도통 맞는 건지 모르겠네. 고려 초기였던지, 말이였던지, 음. 그 뭣이지? 문신? 그래, 그 문신으로 정치가이기도 하셨고 성리학자이며, 글도 쓰셨다던데. 음, 시인 이셨다고 했던 거 같다. 상당한 인재이셨다고 들었지. 아무튼 명성이 자자하신 할아버지셨어. 할애비도 생각이, 이제 생각이 안나. 허허.

2006년 3월 27일, 경기도 파주시 광탄면 우리집, 이상권(李相權,74), 이선희 조사.

판윤공 이지대(李之帶)

조사자의 할아버지인 구연자가 아버지(증조부)께 옛날에 들었다고 하였다.

또 얘기해 달라고? 이 할아버지 머리 아프고 귀찮게 이놈이. 가만있어 봐라. 도통 생각이 제대로 나야 말이지. 음, 어디보자. 그래!! 할아버지가 아까 얘기한 제현(齊賢) 할아버지의 5세손이신 판윤공 지대 할아버지가 계셨어. 할아버지께서는 강하고 정직하셨고, 바른 말을 잘 하셨다고 하셨어. 그러니까 다시 말해서 곧은 분이셨지. 우리는 이를 본받아야 하는 거야. 곧은 성품 말야. 알겠지? 그리고 할아버지는 사치하시는 일이 없으시며, 바르신 분이라고 들었단다. 할아버님들의 성품은 오랜 시간이 지났는데도 이 할애비가 기억이 나네. 하하하. 아! 할아버님은, 수군으로도 나가셨던 할아버지는 왜구를 지키셨다고도 했더랬지. 그리고 또 하나 할아버지의 얘기가 있었는데, 아~휴, 그게, 그게 음, 아! 할아버지께서는 생전에 구량천(九良川)의 흐름이 마을 뒤편으로 바꾸어 흐를 때는 구량에서 떠나라는 말에 따라 어느 해 심한 홍수로 강심(江心)이 마을 뒤로 변하자 자손들이 터를 비우고 흩어졌다는 일화도 있었다고 하셨던 것 같은데.

2006년 3월 27일, 경기도 파주시 광탄면 우리집, 이상권(李相權,74), 이선희 조사.

재사당(再思堂) 이원(李黿)

조사자의 아버지인 구연자가 할아버지(증조부)로부터 들은 이야기라고 하였다.

아빠가 몇 살 때였더라? 아빠가 거의 지금 선희 나이였었나? 어른들이 모여 계신 자리에서 아빠의 할아버지께서 얘기해 주셨던 것 같아. 재사당 원 할아버지는 익재공 할아버지로부터 팔 세손이시지. 원 할아버지께서 십 세에 진사시(進士試)에 합격하셨어. 그리고 정확한 나이는 기억이 나지는 않지만 어린 나이에 호당이라고 글만 읽게 하는 그런 독서당 같은 거라고 했었나? 어찌되었든 그런 것에 합격도 하셨다고 했었지. 성품 자체도 호탕하시면서도 인품이 뛰어 나셨다고 하더라구. 아! 그리고 할아버지께서 금강산 유람의 체험을 기록한 기행문도 있었다고 했었는데, 제목은 잘 생각이 안 나네. 이따 집에 가서 한번 찾아보기로 하자. 아빠도 할아버지께 우리 할아버지의 할아버지 이야기를 들으면서 '곧은 성품을 본받아야겠다.' 생각했었는데 우리 선희는 어때? (집에 돌아와 알아본 결과 책의 제목은 ≪재사당일집(再思堂逸集)≫이라는 것이었다.)

2006년 4월 9일, 외가댁을 가던 아버지의 차 안에서, 이정환(李定煥,47), 이선희 조사.

양무공(良武公) 이언춘(李彦春)

조사자의 막내 작은아버지인 구연자도 대학시절 과제를 하면서 큰형 (큰아버지)에게 듣게 되었다고 하였다.

나도 예전에 레포트 쓰느라고 큰 형한테 물어본 적 있었거든. 그때 내가 했던 레포트가 있었으면 좋았을 뻔했다. 하하하. 우선 기억나는 분은, 세계는 판윤공 지대→ 장자 부사공 점→ 차자 군수공 원림→ 찰방공 광증→ 차자 진형→ 장자 충효재공 안국→ 차자 양무공 언춘으로 이어졌었다고 했던 거 같애. 정확한 순서인지 모르겠다. 신라 중시조 소판공(蘇判公) 거명(居明)의 후손이며 한성판윤(漢城判尹) 지대(之帶)의 칠 세손으로 훈련원정(訓練院正) 안국(安國)의 아들이셨어. 유년기부터 판단력이 출중하고, 담력이 남달랐다고 하시더라. 달현 전투라는 데에서 이시랑을 좌대장(左隊長)으로, 아들 상립(尙立)은 우대장(右隊長)을 장악케 하고 공(公)은 의병을 총지휘하여 야간공격으로 큰 전과를 거둔 업적도 있다고 했지. 꽤 용맹스러운 할아버지셨던 거 같지?

2006년 5월 17일, 경기도 용인시 막내 작은아버지 댁, 이경진(李慶鎭,31), 이선희 조사.

문숙공 이예립

조사자의 막내 작은아버지인 구연자도 대학시절 과제를 하면서 큰형 (큰아버지)에게 듣게 되었다고 하였다.

또 다른 한 분? 음, 문숙공(文肅公) 예립(禮立) 할아버지라고 계셨었어.

사마시에 올라 진사가 되셨던 분이라고 하지, 아마? 임진왜란 때에 임금을 모시고 방어하기를 부지런히 하셨다고 한 거 같애. 특별히 순검사로 뽑혀 충무공 이순신과 더불어 한산과 명량 싸움에서 대승을 하였는데, 노량 싸움에서 순절 하셨다고 하더라구. 이 할아버지에 대해서는 기억나는 건 이게 다인데? 너무 짧은가? 하하하.

2006년 5월 17일, 경기도 용인시 막내 작은아버지 댁, 이경진(李慶鎭,31), 이선희 조사.

효자 천승호(千乘昊)와 열녀 월성이씨

조사자의 이모(엄마의 큰 언니)인 구연자가 어렸을 때 친가 쪽 이모에게서 들은 이야기라고 하였다.

옛날에 효자 천승호라는 사람이 살았는데, 그렇게 효자였다데. 그 천승호가 일곱 살에 아버지를 여의고 홀어머니를 모시고 살았대요. 근데 그 겨울에 어머니가 풍에 걸리셔가지고, 어머니 병을 낫게 할려고 돌아다니다가 화사가 좋다는 얘길 들었대. 화사가 뭔 줄 알어? 화사가 그 여시같은 그거, 꽃뱀이야, 그게. 흐흐흐. 그 꽃뱀을 산골짜기에서 어렵게 구해서는 어머니 병이 낳았대요. 그 병이 낫고 나니까 어머니가 또 병에 걸리시고, 걸리시고 해가지고는 아무튼 어머니 병이 낫는 거라면은 뭐든 다해서 효자라고 아주 그냥 소문이 났대. 그리고 천승호 부인이 또 월성이씨래요. 아이쿠, 흐흐. 그 월썽이씨여서는 천성이 곱고 정숙해서 시어머니 봉양을 극진히 하고, 아무튼 그 현모양처였나 봐. 근데 이제 그 천승호가 아프네? 천승호가 그렇게 앓다가 죽고 나서, 이 부인이 일주일 만에 따라서 저

세상으로 갔대. 이 부부가 얼마나 이뻐 보였겠어. 그래가지구 임금한테 선비들이 이 얘기를 올렸더니, 천승호 효자하구 그 월썽이씨 부인을 기려서 효자열녀비를 세웠대. 이게 그, 저, 금곡동에 있다던데. 금곡동이면, 그 느희 집 분당이다. 엄청 가깝네. 함 가봐. 월성이씨 열녀비 좀 보구 효도 해야지. 이 얘기만 들으면 울 엄마 생각에 눈물 나.

2007년 5월 19일, 서울시 서초구 사당동 이모네 집, 이태희(李泰喜,60), 최정원 조사.

불국사 새 이야기

조사자의 이모인 구연자가 어머니(외할머니)가 돌아가신 후 불국사에 갔을 때 직접 겪은 일이라고 했다.

우리 엄마 별명이 부처님이었잖아. 그러니까 니 외할머니지? 돌아가시기 전에 절에서 사시다시피 하니까는 거기서 아주 유명했다데. 불국사 스님들이 우리 엄마만 오면 부처님 왔다고 우스갯소리를 하고 그랬다구. 어찌나 절을 열심히 하시고, 절 사람들한테 꼼꼼하신지 그저 경주 불국사 하면 우리 엄마라 할 정도로, 난 진짜 대단했어, 우리 엄마가. 근데 엄마가 병나고 돌아가시기 전에 얼마나 그저 나한테 부탁을 하는지, 자기 죽고 나면 스님들 잘 챙기고 절하러 자주 오고 하라고 어찌나 부탁을 하던지, 내가 불국사 걱정 말라고 했지. 그리고 나서 엄마가 돌아가신 게, 그러니까 육년 전이지? 근데 나도 병나서 수술하고 몇 년을 글쎄 거길 못 갔어. 암도 유전이라잖어. 엄마 그렇게 암으로 돌아가시고 하늘에서 아마 맘이 편치 않으셨을 꺼야. 고생 많이 하시다 가셨는데, 근데 수술을 하고 나서는 그렇게 꿈에 자~꾸 그 불국사가 나오는 거야. 그래도 암이란 게 또 언제 그럴지 모르니까 절도 할 겸 거길 갔는데 그저 스님들이 만나면 어찌나 반가워하던지 자꾸만 엄마 생각이 나서 눈물이 나데. 그리고서는 이제 스님들이랑 얘기 좀 하다가 내려오는데, 거기 새가 한 마리 나타나서는 내 머리 위에서 빙빙 도는 거야. 엄마야. 그게 나는 텔레비전에서만 나오는 얘긴 줄 알았는데 그게 그렇게 계속 돌더니 산으로 가더라고. 스님들 말로는 그게 우리 엄마일 꺼라고 그러더라고. 그리고 나서 이제 시간이 지나면서 몸이 어찌나 좋아지는지. 엄마 덕에 지금까지 버티는가 부다. 나도 이제 내 혼을 불국사에 담아야겠어. 절도 열심히 하고, 그치 정원아?

2007년 5월 19일, 서울시 서초구 사당동 이모네 집, 이태희(李泰喜,60), 최정원 조사.

경주이씨의 시조 알평(謁平)

조사자의 아버지인 구연자가 할아버지(증조부)로부터 어릴 때 들었다고 하였다.

경주이씨는 우리나라에서 최고 많은 성씨 중에서도 가장 역사가 기원전에 생긴 성씨여. 아주 제일 역사가 깊은 성씨라고 봐야 해. 이씨 중에서도 물론, 인제 김씨가 성씨는 제일 많을 거야. 그런데 우리나라 김씨하고 이씨하고, 이씨가 아마도 백 개 성씨를 가지고 있고, 김씨가 백 한 대여섯 개 정도 가지고 있을 거야. 실지적으로 역사는 기원전 성씨니깐. 김씨는 김수로, 가라국왕 김수로를 시조로 하는 것이고, 경주이씨는 기원전 사람

알평이라는 분을 시조로 가지고 있어. 하늘에서 내려왔다는 '육인천강설'이라는 설이 있는데, 그 내용이, 그 천강설의 내용을 훑어보면 이런 이야기가 나온다고. 실지적으로 박씨의 시조가 박혁거세인데, 박혁거세를, 박혁거세가 알에서 나왔다자나? 알에서, 알에서 나왔다고 하잖아. 그런데 알을 발견한 사람이 발견을 해서, 깨서 키운 사람이 알평이라는 경주이씨의 시조라고. 키워서 알에서 깨어가지고, 키워서 사실 신라를 건국했거든. 이런 이야기를 어떻게 보면 경주이씨의 시조 알평은 박씨 시조인 박혁거세를 키워서 신라를 건국했으니깐, 아무튼 키웠으니깐 박혁거세는 알평의 업동이라고 봐야 해. 우스개소리로 얘기하면 박씨는 이씨의 업동이시다. 전설적으로 얘기하면 이런 이상한 웃긴 이야기가 나온다고. 역사가 엄청나게 깊은, 제일 깊고 명문거족들이 제일 많았었고. 신라시대에는 말도 못했지만, 고려말기는 특히 유명한 것이, 조선조에 와서 백사 이항복이 최고 명재상이지. 이항복이라 하면, 이항복이 인목대비 폐비에 반대해가지고 결국은 광해군한테 유배를 가고 그러지만, 철령이라는 고개를 넘으면서 유명한 시가 있다고. 시조가. 읊은 시조가 있어.

> "철령 높은 봉에 쉬어가는 저 구름아.
> 고신(孤臣) 원루(寃淚)를 비삼아 띄워다가,
> 외로운 신(臣)이 원한 맺힌 눈물을 비삼아 띄워다가,
> 님 계신 구중심처(九重深處)에 뿌려 본들 어떠하리."

상당한 충성심과 절개를 담은, 아주 절개가 있는 시이거든. 유배를 보낸 광해군조차도 이시를 듣고 눈물을 흘렸다는 이야기가 있어. 아무튼 그 정도의 유명한 학자를 배출했고, 그 이항복의, 백사 이항복의 후손들이 계속해서 우의정, 좌의정 명재상들로 계속 이어간다고. 실지적으로 경주이씨가 조선을 지배했다. 근대에 와서는 알 거야. 지금 이 앞선 국회

의원 정보원장 이종찬씨의 조부, 작은 조부님이 이시영씨. 대한독립운동가 이시영씨가 최근 근대에서는 부대통령을 하신 분이시지. 경주이씨는 최고 명문, 실지적으로 백여 개의 이씨가 있는데, 거기서 원주이씨라든가 하천이씨라든가 다시 파로 갈라져 나왔다고. 근본은 모든 근본은 경주이씨에 있다고 보면 되. 자부심을 가지고, 이씨에 대한 자부심을 가지고, 항상 깨끗한 마음으로, 깨끗한 마음이나 정신이나 잘 해가라고. 모든 것이 마찬가지이니까 이상!

2007년 5월 30일, 경기도 수원시 우리집, 이춘각(李春覺,59), 이국희 조사.

꿈속에 나타난 여덟 마리 자라

야담에 이런 이야기가 있어. 조선조에 무관 공린(公麟)이라는 사람이 장가를 가게 되는데. 장가가는 집안이 유명한 사육신 한 사람인 박팽년이라고. 장가를 가게 되는데, 돈이, 별로 가난하고, (집안이) 청빈해서 그래서 폐백을 아마도 큰 광주리에 담아 가지고 갔나봐. 폐백이라는 것은 멋있게 함에다가 담고. 아주 지금도 폐백 결혼할 때는 함에다가 담고 아주 좋게 장식해서 가는데 그냥 광주에 담고 갔던 모양이야, 아마도. 그러니깐 박팽년의 처인 공린의 장모가 예절도 모른다고 폐백을, 중요한 폐백을 광주리에 담고 왔다고 해서 반대를 한 모양이여. 그런데 박팽년이는, "사람만 고르면 된다." "사람만 좋으면 되지 무엇을 그러느냐?" 아내를 달래가지고 혼사를 치렀어. 헌데 장모가 인제 낮에 해논 것이 서운하기도, 미안하기도 해서 자라를 여덟 마리를 사가지고 기둥에 딱, 사위에게 아침에 삶아줄려고 기둥에 딱 묶어두었던 모양이여. 그런데 장가든

첫날밤에 사위인 공린, 경주이씨 공린 꿈속에 큰 자라가 나타나서 "내 아들 8형제를 살려내라."고 막 애원을 하거든. 아 그래 꿈에서 깨네. 그래서 가보니깐, 기둥에 가보니 자라가 묶여서 꿈틀대고 있어. 그래서 "안 되겠다." 전부 다 거북이를 바다에 살려 줘버렸어. 그래서 결혼을 해서 다음에 우연히도 팔형제를 났네. 또 남자만. 팔형제를 낳어. 팔형제가 전부 문장이 뛰어나고 학문하고 무가 아주 문무를 겸비한 자식들이야. 그런데 우연히도 중종 때 갑자사화. 갑자사화 알지? 갑자사화에 연루되어서 셋째가 죽은 모양이야. 아! 셋째가 죽기 전에 인제 생각났는데 내가 머 하나 빼먹었는데 "팔형제를, 내 아들을, 팔형제를 살려내라."고 자라가 꿈속에서 나타나서 얘기할 때 여덟 형제를 모두 바다에 살려낼려고 갔는데, 한 마리가 죽어 있었어, 그때. 그러니깐 일곱 마리를 살려낸 것이지. 근데 자기 자식 여덟 명 낳아가지고, 모두 똑똑했는데 셋째가 죽임을 당했어. 죽었어. 갑자사화에 연류되어 가지고. 아 꿈하고 딱 맞아떨어지고 그래서 현재까지 경주이씨에서는 자라고기를, 자라를 절대 먹지 않는다. 아, 실지적으로 그것을 가법으로 지켜오고 있어. 그것이 현재까지 우스운 이야기 같지만. 실지적으로 옛날 우스운 설이, 말 같지 않은 설이 그것이 가법으로 이어져 가지고 수백 년 동안 이어가지는 것이 신비스럽다고 할 수 있겠지.

2007년 5월 30일, 경기도 수원시 우리집, 이춘각(李春覺,59), 이국희 조사.

경주이씨의 유래

조사자의 외할아버지인 구연자가 아버지(외증조부)로부터 어릴 때 들었다고 하였다.

내가 경주이씬데, 쩌, 신라 때 박혁거세 전에 육부 촌장 시절에 그 조상이 우리 할아버지 웃대 조상이라꼬, 으허허허. (진짜에요?) 어, 육부 촌장. 육부 촌장이 그, 있었거든. 거기서 원래 이씨는 하나야. 거, 쭉 내려 오다가 인제 전주하고 다 갈리는 거야, 벼슬하민서. 그래 벼슬할 때마다 다 갈렸거든. 경주가 옛날에 월성이거든, 그래서 월성이씨라 하는 거야.

2009년 5월 27일, 서울시 서초구 서초3동 외할아버지댁, 이상락(李相樂,74), 송여름 조사.

백사 이항복의 도량

조사자의 아버지인 구연자가 어릴 때 할아버지로부터 들었다고 하였다.

우리 가문의 시초이신 이항복은 호가 백사야. 그 분이 임진왜란 때 병조판서를 다섯 번을 하셨는데, 이 얘기는 그 분이 영의정에 있을 때의 이야기야. 일을 마치고 돌아오시던 길이었는데, 영의정이었던 만큼 사람들이 지나가는데 모두 비켜줬어. 그런데 그 날은 운이 좀 나쁘셨는지 조그만 사고가 생겼었던 거야. 얼굴에는 주름살이 잡혀있지만 꼬장꼬장해 보이는 한 여자가 머리에 광주리를 이고 있다 미처 길을 피하지 못하고 사고를 당한 거지. 근데 하인들은 오히려 그 여인에게 가 영의정님의 가는 길을 방해한다고 방망이를 휘둘러 댄 거야. 이런 상황을 보기 싫던 이항복은 그냥 피해서 가자고 했지. 집에 돌아온 이항복은 아까 그 하인들을 불러다가 크게 야단을 쳤어. '하인들이 하는 행동이라도 그 잘못은 곧 자신의 잘못이 된다.'고 말하며 크게 꾸짖고 있었는데, 그때 그 여인이 이항복의 집으로 찾아와 악을 쓰고 소리를 지르며 '영의정이란 작자가 종놈들을 시켜 여인네를 해할 수 있느냐?'고, '네가 그러고도 정승이냐? 백성을 살릴 궁리를 하지 않고, 백성을 깔아뭉개고 위세를 부리냐?'고 영의정인 이항복에게 소리를 쳤어. 하인들이 여인을 만류할 수도 있었지만, 이항복은 하인들에게 '여인에게 아무것도 하지 말고 구석에 얌전히 있으라.'고 했지. 마침 그때 왔던 손님이 '어떻게 저런 패악을 내버려 두냐?'고 이야기 했대. 그런데 이항복은, '자신의 잘못으로 저리 하는데, 어찌 자신이 나서서 그만 두라고 할 수 있겠냐?'고 말했지. 여자는 끝을 모르고 악을 썼어. 이항복이 포기하고 발길을 돌리며 한 마디 했는데, 이 말로 사람들은 이항복이 참 도량이 넓은 재상이라는 소리를 들었는데, 그 말이 뭐냐 하면은 '자신이 복을 타고 났다.'며 '아직도 욕 얻어먹을 복이 남아있다.'며 넓은 도량을 보여 줬어. 이렇게 우리 선조이신 백사 이항복은 백성 위에 군림하지 않고 백성의 소리를 들어 살필 줄 아는 인물이셨어.

2009년 5월 30일, 경기도 평택시 세교동 우리집, 이규영(54), 이종애 조사.

경주이씨의 시조 알평공

조사자의 큰외삼촌인 구연자가 경주이씨 종친회에 참여해서 들었다고 하였다.

　어떻게 뭐 유명한 조상 이야기는 나도 잘 아는 게 없고, 경주이씨 시조 이야기는 종친회 모임에 갔을 때 들었는데, 그거 이야기 해줘도 되는 거지? 어, 경주이씨는 먼 신라 때 신라에 육촌이라고, 경주지역에 여섯 개의 마을이 있었는데, 그 육촌 중에 하나의 촌장이 우리 경주이씨의 시조님이신데, 그 시조가 이름이 알평이었어. 이게 그래서 보면, 경주이씨는 신라의 여섯 마을의 여섯 가지 성씨 중에 하나였기 때문에, 우리나라 이씨 중에서는 역사가 아주 길단 말이지. 그리고 이 여섯 마을의 여섯 명의 촌장이 모두 하늘에서 내려왔대. 그리고 이 촌장들이 박씨의 시조인 혁거세가 열세 살이 되던 해에 왕으로 삼고 신라라는 나라를 만든 거지. 아, 그 박혁거세가 또 시조 알평의 마을에서 태어났다더라고, 그 박혁거세가 어떻게 태어나는지 알지, 그 알에서 태어나는, 그래 그때 신라를 같이 건국한 공로로 여섯 촌장들이 다 성씨를 받는데, 우리 조상인 알평은 이씨를 받은 거지. 그래서 그때 경주이씨가 생긴 거야. 또 그때 이, 이게, 우리 경주이씨가 신라를 건국한 공로를 가진 명문집안이라는 이야기가 맞다는 게 드러나지. 경주이씨를 천출로 아는 사람들도 꽤 많더라고, 이렇게 명문집안인 증거가 확실히 있는데. 그래 다시 그 시조님 얘기를 하면, 이 시조님이 또 여러 가지 일을 하셨는데, 신라 건국 공로만 세운 게 아니고 그 신라에 있던 화백제도도 만드셨다더라. 또 이건 사실인지 모르겠지만, 한가위가 알평 시조님 집에서 처음 있었다고 하기도 하고. 경주이씨는 아마 시조가 제일 유명한 것 같고, 그래서 그런지 난 시조님 이야기 밖에 모르겠네. 또 더해야 되는 거니?

2009년 5월 23일, 경기도 안양시 동안구 부흥동 큰외삼촌댁, 이상근(李相根,52), 이은진 조사.

46
공주이씨

한나라 대사마 이천일(李天一)

조사자의 할아버지인 구연자가 어린 시절 잠투정 할 때, 할머니(고조모)가 들려주었다고 하였다.

대학 가더니만 요론 숙제도 하고 말이여, 참 좋은 것이여, 니가 할애비한테 언제 요론 거 물어보기나 했느냔 말이여. (아, 할부지. 저 초등학교 때 시조 찾아보기 숙제할 때도 여쭤봤잖아요.) 그려? 기억 안 나는디, 암튼 우리 시조는 이자, 천자, 일자 쓰시는 분이신 겨. 너 알에서 태어난 박혁거세 알지? 그 신라시대쩍 사람이여. (할부지, 박혁거세 모르는 사람이 어딨어.) 어릴 쩍부터 학문도 뛰어나셨댜. 그리고 검은 월매나 잘 쓰셨는디. (진짜루?) 아. 그럼 참말이여. 그리하야 벼슬길에 올라 문장가로 이름을 날렸는디, 중국에서 니 시조부를 부른 겨. 한나라 시대 때, 참. 태룡이는 왜 안 내려왔냐?(개 고삼이잖아요. 학원 간다고 안 왔어.) 응, 그랴. 어디까지 말했드라? (한나라 시대!) 그려. 인쟈 그 중국에서 벼슬이

대사마장군까지 간 겨. (대사마장군이 뭐에요?) 그것이 말이여. 우리나라
로 말할 거 가트믄 병조판서라는 겨. 또 너 흉노 오랑캐 알어? (네. 흉노
족?) 그려. 그 오랑캐 무찔러서 요동백인가 뭐신가 그것이 된 겨. 인쟈
병들어 가주구 우리나라로 와서 공산군이 되셨다. 너 공주가 옛날엔 공산
이라고 불렀든 거 아느냐? (알죠. 공산성 있잖아요. 저 가봤어요, 거기.)
허, 참. 그려? 암튼간에 그 분이 우리 시조신 겨. 그러니께 공부 열심히
혀.(네!)

2008년 5월 17일, 충청남도 공주시 반포면 봉곡2구 83 할아버지댁,
이운영(李韻永,80), 이현비 조사.

사봉(沙峰) 이명덕(李明德)

구연자의 아버지가 들려주었다고 하였다.

아이구, 또 해야댜? (네. 앞으로 네 개만 더 말씀해주세요.) 그려. 오랜
만에 옛날 야그 들으니께 좋은 겨? (그럼요. 재밌어요.) 이번 야그는 조선
시대 때 살으셨든 할아부지여. 사봉 이명덕 선생. 너 저번에 느그 애비랑
서원 다녀왔지? (네. 아빠랑 명탄서원 가봤는데요. 문 잠겨 있던데요?)
관리인이 지키고 있잖여. 들여보내달라고 해보지 그랬느냐. (다음에 다시
가 볼게요.) 에. 그기에 선생 영정 사진 있는디, 암튼 그 분은 고렷쩍에
태어나신 분이여. 인쟈 장성하여서 조선 태조 오 년에 문과에 떡~하니
붙으서 가주구 승승장구 하셨댜. 그려서 세종대왕 때까지 내려와 세종대
왕을 보필했다는 거 아녀. 요즘에 케이비에스에서 하는 거 있잖냐. 세종

대왕!(아. 대왕세종?) 그려. 그 세종대왕을 말이여. 그 담에는 예문관대제학허구 판중추원사에 이르셨다. 또, 뭐더라? (할부지. 물 좀 잡수세요.) 그려. 목이 껄쩍지근햐. 그려서 그분이 인쟈 목민관으루다가 백성들을 살피고 그러니께 우의정에 중직 된 겨. 낙향해서는 부모 봉양 잘허고… 끝이여. (할아버지, 이제 쫌 있다가 또 말씀해주세요~)

2008년 5월 17일, 충청남도 공주시 반포면 봉곡2구 83 할아버지댁,
이운영(李韻永,80), 이현비 조사.

절개를 지킨 송은 이명성(李明誠)

구연자의 아버지가 들려주었다고 하였다.

너 요즘도 태룡이랑 잘 싸우냐? (아니에요! 이제 우리 안 싸워요. 옛날에 어렸을 때 쫌 그랬지.) 그려. 형제끼리는 우애있게 지내야 하는겨. 누나가 양보하구. 동생이 누나 존경허구. 그래야 하는겨. 아까 이명덕 선생 얘기 했잖여. 이번에는 그 형님 되시는 송은 이명성 선생 야그여. 이명성 선생으로 말할 꺼 가트믄 고렷쩍에 이색 선생한티서 학문을 배우신 분이여.(고려시대 유학자?) 그려. 현비가 공부 쫌 했나뱌? 그리구 정몽주 선생허구두 친교사이가 된 겨. 암튼 시대가 변하고 조선시대로 바꾸니께 딱! 동생 이명덕 선생헌티 그렸어. 아우야. 너는 벼슬을 하여야 한다. 그려서 부모님 봉양을 대신허야 혀. 나는 두 임금은 못 섬긴다. 그려서 백이숙제마냥 산 속에 들어가서 풀이랑 나무껍질로 연명한 겨. 그러다 보니께 자손들이 그 분이 언제 돌아가셨는지도 정확히 모르는 겨. 숨어

지내시다가 돌아가셨으니 아무도 모르는 겨. 참, 한 뱃속에서 나왔지만서도 서로 생각한 것이 다른 겨.

2008년 5월 17일, 충청남도 공주시 반포면 봉곡2구 83 할아버지댁,
이운영(李韻永,80), 이현비 조사.

병자호란 중 의로운 자결을 택한 공주이씨

구연자의 고모가 들려주었다고 하였다.

이번엔 말이여. 공주이씨 부인 야그를 해줄 껴. 남자들 야그만 하니깐 재미없었을 껴. (네. 좀 그랬어요.) 공주이씨 부인은 어렸을 적부터 성품이 밝고 깨끗혀서 어른들이 많이 구여워 했댜. 우리 손녀만큼이나. (헤헤. 진짜요?) 그려. 근디 어릴 쩍에 아버지를 여의고 너무나 슬퍼할까봐 이씨부인네 외조모가 이씨부인 이모집으로 이씨부인을 보냈댜. 어르신들 상심해할까 봐서 울지도 않고 있다가 이모댁으로 가니 설움이 올라와 통곡을 했댜. 어린 것이. 그러다가 커서 혼사를 치루고 아이도 낳았는 겨. 그 아이가 조선시대 학자 윤증(尹拯)인 겨. 근디 병자호란이 터져서 이씨부인이 시집간 강화도가 홀랑 뒤집힌 겨. 그때 하녀한테 윤증을 맡기고 이씨부인은 자결을 혔어. 오랑캐에게 죽임 당허느니 먼저 죽겠다고. 강화도에서는 가장 먼저 절개를 지켰댜. 그 이씨부인이. 자결해서. (가장 먼저 절개를 지켰는지는 어떻게 알아요?) 에? 옛날부터 내려 온 야그니께 맞을 거여.

2008년 5월 17일, 충청남도 공주시 반포면 봉곡2구 83 할아버지댁,
이운영(李韻永,80), 이현비 조사.

민족대표 33인 이필주(李弼柱) 선생

구연자의 아버지가 들려주었다고 하였다.

독립투사는 야그하믄 안되냐? (가문 사람 이야기니까 해도 괜찮을 거 같은데요?) 난 꼭 이 어르신 야그를 허야겠어. (누군데요?) 이필주 선생 아냐? (글쎄요, 잘…) 이 녀석이. 공부 열심히 헌 줄 알었고만 것두 아닌게 벼? (할부지께서 얘기해주시면 되잖아요.) 잘 들어둬. 이필주 선생으로 말헐 거 가트면 일제시대 때 그 민족대표 삼십삼인에 들어가셔서 선서하신 분이여. 이 분이 말이여 딱! 니 나이 때 한국군으로 들어가서 총대를 멘 분이여. 그리고 뭐냐, 너 교회당 다녔잖나? (중학교 때?) 이 분도 그거여. (기독교인?) 우리는 불교인디. 어쨌든간 그러서 민족대표 선서하셔서 이 년 간 옥고를 치루신 분이여, 그분이. (다른 독립투사는 되게 오랫동안 고생하시던데.) 야, 이눔아. 그 끔찍한 곳에서 하루 견뎌내는 것도 무쟈게 힘든 일이여! 암튼 그렇게 고생하시고 나와 야학도 만드시고 신사참배 있잔여. 그것도 거부하시고 일제에 싸우다가 병으로 세상 하직하셨댜.

2008년 5월 17일, 충청남도 공주시 반포면 봉곡2구 83 할아버지댁,
이운영(李韻永,80), 이현비 조사.

47
벽진이씨

碧珍李氏

고려 개국공신 이총언(李恖言)

조사자의 아버지인 구연자의 할아버지(증조부)가 들려주었다고 하였다.

우리 벽진이가 시조 할배가 고려 개국공신 이 총(恖)자, 언(言)자 할배다. 니 외할매댁 가다가 벽진면 지나가면서 봤제? 거기가 우리 벽진이가 집성촌이다. 그 동네 가면 전부 다 벽진이가다. 왕건이 삼한이랑 싸울 때 벽진면에 와 갖고, 그때 시조 할배가 왕건이를 도와 갖고 삼한을 정복했거든? 그래 갖고 개국공신-벽진장군이 된 기다. 왕건이가 직접 <금석의 부>라는 친서를 보냈는데, 그게 '대대로 마음을 간직한다.' 이 뜻이다. 전에 왕건(드라마) 했을 때 보면은 우리 할배 얘기 나온다. 니네 모친이 녹화해 놨는데 함 보니라.

2006년 4월 1일, 충남 천안시 안서동 자취방, 이우목(李優木,52), 이은정 조사.

생육신 이맹전(李孟專)

조사자의 아버지인 구연자가 집안 어른들에게서 들었다고 하였다.

고려시대고 조선시대고 원래 우리 집안에 크게 벼슬하고 그런 사람이
없다. 조선시대 때는 워낙에 우리 집안이 벼슬도 안하고 그냥 조용히
살았다. 이 맹(孟)자, 전(專)자 할배가 있는데, 이 할배가 생육신이거든?
생육신이 뭐냐면, 단종 때 세조가 단종 몰아내고 지가 왕 차지하잖나?
그때 끝까지 반대하고 벼슬 버리고 그런 사람보고 생육신이라꼬 칸다.
사육신은 세조한테 죽은 사람이고, 이 할배는 죽지는 않고 그냥 벼슬
버리고 시골 내려가 갖고 살고 그랬다, 이 할배가. 뭐 사육신보다는 덜
유명한데, 그래도 찾아보면 나온다, 생육신이라꼬.

2006년 4월 22일, 경북 문경시 흥덕동 우리집, 이우목(李優木,52), 이은정 조사.

화서선생 이항로(李恒老)

조사자의 아버지인 구연자가 관련서적을 통해 습득하였다고 하였다.

이항로라는 양반이 있는데, 그래, 조선말에 대표적인 위정척사론을 주
장한 인물이다. 이 할배가 좀 많이 강직해갖고, 응? 대원군이 이 할배한테
꼼짝도 몬했다고 하니까는 얼마나 대단한 양반이지. 니들 화서집이라고
아나? 이 할배 호가 화서선생인데, 집에 책 보면은 화서집이라는 책이
있는데, 이걸 이 할배가 썼단 말이다.

2006년 4월 22일, 경북 문경시 흥덕동 우리집, 이우목(李優木,52), 이은정 조사.

타성바지 없는 집성촌

조사자의 큰아버지인 구연자가 집안 어른들에게서 들었다고 하였다.

저-기, 어데고? 덕과면이라꼬, 전북에 덕과면이라는 데가 있는데 거기
가 또 우리 벽진이가 집성촌이 있는데, (전라도, 벽진이가가 있어요?)
집성촌이 좀 여러 군데 있는데, 아마도 전라도에는 거기 하나뿐인 듯싶다.
본관이 성주 벽진면이고, 집성촌이 덕과면에 또 있는데, 워낙에 거기가
집성촌이긴 하지만은 거긴 타성바지가 하나도 없어, 희한하게. (타성바지
가 뭔데요?) 타성바지가 뭐냐면, 저, 다른 성씨가 와갖고 거서 사는 거
말이지. 원래는 거기가 벽진이가만 사는데, 다른 김씨나 박씨나 들어와
갖고 사는 거다, 응. 암튼 그 덕과면에만 특히 타성바지가 들어와서 못
사는, 뭐 그런 게 있다꼬 카데. 딱히 사람들이 텃세 부리는 게 아니고
그냥 살다가 보면 다 망해 갖고 나간다니 참 희한하제. 거기에 딱 벽진이
씨만 살라꼬 옛날부터 정해논 건갑다.

2006년 5월 4일, 대구광역시 비산동 큰아버지댁, 이우석(李優石,65), 이은정 조사.

星州李氏

48 성주이씨

성주이씨 효부

조사자의 어머니인 구연자가 집안 어른들에게서 들었다고 하였다.

저어기, 외할매 집에서 좀 가다 보면은, 다사면에 비가 하나 있거든? 그게 딱 내 어렸을 때, 그때 생긴 거제. 그게 열녀빈데, 성주이씨 집안에 효부가, 막 효도한다고 세워 논 기라. (효부, 누구?) 아, 몰라, 그건. 그냥 성주이씨 어데 며느리지, 뭐. 그 남편이 아마도 장남이 아닌가비라[1]. 근데도 그 메느리가, 시어마씨가 팔다리 못 쓰고, 그러는 걸 모셔 갖고, 그걸 그래 사십오 년이나 모셔갖고 살았다는 기라. 참, 요새 누가 그렇게 모시노? 니 같은 년은 내 늙으면 고만에 갖다 버릴 기다, 안 그러나?!

2006년 5월 5일, 경북 문경시 흥덕동 우리집, 이윤숙(李贇淑,51), 이은정 조사.

---

1) 아닌가 보다.

49
연안이씨

延安李氏

이귀(李貴) 꿈의 해석

조사자의 아버지인 구연자가 할아버지(친할아버지)로부터 어렸을 때 들었다고 함.

아 참, 내용이 잘 생각나지 않아서 큰일이다. 아주 어렸을 때 들어서 이 얘기가 맞는 얘기인지도 모르겠다. 암튼, 이귀가 말년에 병들어 인사를 분별하지 못할 지경이어서, 자손들이 밤새 둘러앉아 지키고 있었어. 그런데 새벽닭이 우니 문뜩 깨어나, 한 아랫사람을 불렀지. 곧장 아무 마을에 가서 호조 서리 집을 찾아 무슨 일을 하고 있는지 알아보고 오라고 했지. 심부름 갔던 사람이 돌아와 아뢰기를, "가 보니 호조 서리 집에서 무당을 불러 신굿을 크게 하고 있는데, 특히 '연평대감(이귀)' 상을 성대하게 차려놓고 노래하고 춤추며 요란하게 굿을 하고 있었습니다." 하고 말했지. 이귀는 그리고 다음 얘기를 했어. 밤에 자신의 영혼이 육신에서 떠나 날아서 큰길을 따라 가는데, 문득 장모님이 광주리를 옆에

끼고 오기에 인사하니, 장모님은 "지금 어느 마을 호조 서리 집에서 신굿을 하고 있으니, 거기 참여하러 가는 길인데 서랑도 함께 가자."고 했다고. 그래서 같이 가니 과연 호조 서리 집에서 크게 굿을 하면서 무당이 귀신들을 불러 맞고 있었지. 이귀가 들어가니 참석했던 귀신들이 모두 기립했고, 음식상 앞에 가서 각종 음식의 냄새를 코에 쏘이니 저절로 배가 불러지는 것이지. 이러고 나와 장모님을 작별하고 집에 오니 자신의 육신이 완연하게 자리에 누워 있었고, 그 육신 가까이 가니 어느덧 깨어났다고. 분명 꿈은 아니었다고 말을 했지. 뭐, 이 얘기가 아버님이 어렸을 때 말씀하시기를, "귀신은 냄새만 맡으면 식사한 것이 된다는, 뭐, 귀신의 행위가 현실과 정확하게 연계된다는, 뭐, 그런 얘기지.

2006년 6월 12일, 인천광역시 남구 주안 2동, 이관진(李寬陳,52), 이민아 조사.

50
인천이씨

영모재(永慕齋) 이온(李榲)의 효행

구연자는 인천이씨 공도공파 함안지회장이고, 35세로 36세인 조사자에게 집안어른이 되는 분으로, 인천이씨에 관한 많은 자료를 공부하였다고 한다.

어, 음, 함안에서 왔으면 합천을 알라나? 크, 그 저기 합천에 가면 영모째라고, 우리 인천이씨 십 세손 온이라는 이름짜 쓰시던 분이 있다 그래. 그 조상님의 재각인데, 함안에서 뿌리교육 했을 때 갔을낀데, 니는 안 갔드나? 어, 그래. 그 이온 조상님이 을마나 효씸이 지극한지를 한번 얘기를 해보자이. 크, 크흠, 그래. 그 이온 조상님이 을마나 부모를 정성으로 모싰쓰면 하늘이 감동해가지고 맑은 날에 벼락을 쳐서 쌀 궤를 내려줬던 기라. 그래가지고 그 이온 조상님은 또 그걸로 부모를 봉양하고, 근데 삼 년 동안 그래 열씸히 부모를 공양했는데, 부모가 세상을 배릿거든[1]. 근데 신기하게도 부모가 세상 배린 다음날에 또 맑은 날에 벼락이 치드만[2]), 그 하늘에서 떨어짓던 쌀 궤가 하늘로 사라진 거라. 근데 그게 그래, 소문이 온 도성에 나가지고, 조정에서 경남에다가 정려(旌閭)고 백비(白碑)[3]고, 막 감동해 가 세워줬던 게 지금 저 합천에 가면 용호정이라고 정자까지 떡 하니 있다.

2009년 5월 4일, 충청남도 천안시 구성동 99번지
인천이씨 교육관 오천재, 이규일(李圭日,74), 이은진 조사.

26세 이희성(李希聖)의 효행

구연자는 인천이씨 공도공파 함안지회장이고, 35세로 36세인 조사자에게 집안어른이 되는 분으로, 인천이씨에 관한 많은 자료를 공부하였다고 한다.

어, 이온 조상님 얘기 하니까, 또 효씸이 지극한 조상님이 또 계셨다. 우리 조상님들은 다들 효심이 지극하셨는데, 그 중에 이온 조상님이랑 지금 얘기할 낀데, 이십육 세인가? 그래, 이십육 셀끼다. 이십육 세손에 희성이라고 이름짜 쓰시는 분이 계셨는데, 이 분도 또 나라에서 알아줄 만큼 효심이 지극했거든, 저, 이 분은 대구에 가면 또 정려가 있다이. 그게 효심이 그 분이, 을매나 지극했으면 단지주햏, 혈, 단지주혈[4]이라고 그 손가락을 끊어서 피를 모친한테 먹여서 병을 싹 낫게 하셨거든. 또

---

1) 세상을 버렸거든. 세상을 떠나셨거든.
2) 치더니만.
3) 비문(碑文)을 새기지 않은 비석. 주로 청백리(淸白吏)를 기리는 의미로 세웠음.
4) 단지주혈(斷指注血).

그것뿐이 아니라 그 모친이 어떤 뱅인지5) 알라고 똥까지 먹어가면서 약을 지어 바친 게 또 나라에 소문이 파다하게 퍼졌지. 그래서 그렇게 조정에서 자자손손 효심을 보전하라꼬 솟을대문에 정려를 크으게 하나 세워줬지. 크, 크, 크흠, 우리 조상님들은 음, 그래 효심이 지극했다고 다들 그래 알지. 저 우리 조상님들 효행에 관한 책이 또 우리 교육관에서 만들어질 만큼 그래 많지. 우리 효심이 깊은 인천이씨 책이, 그래.

2009년 5월 4일, 충청남도 천안시 구성동 99번지
인천이씨 교육관 오천재, 이규일(李圭日,74), 이은진 조사.

이징옥(李澄玉) 장군의 무용담

조사자의 할머니인 구연자가 남편(할아버지)에게 들었다고 하였다.

아이고, 뭐 내사 내 조상 얘기도 모리는데, 그래도 그 유맹한 이징옥 장군 얘기는 느그 할배가 느그 애비한테고, 느그 고모고 삼촌이고, 많이 얘기하드라. 그거 이징옥 장군 얘기는 내 잘 모리겠지만, 그 이징옥이가 무용이 대단했다데, 고마 혼자서 오십 명이고 백 명이고 도적을 때리 잡고 그랬다데. 아, 뭐, 그 징옥이가 행님이 둘인지, 행님 하나 동생 하난지 잘 모리겠는데, 여튼 그 셋이 다 그래6) 쌈을 잘해서 마을사람들이 좋아했는데, 그 이징옥이 에미가 하루는 '멧돼지가 보고 싶다.'카더라대7),

---

5) 병(病)인지.
6) 그렇게.
7) 하더라고 하더군.

그 살아있는 산 멧돼지를, 또 이징옥이는 저짜[8] 집 뒤에 있는 산에 올라가가 삼 일 동안 계략을 짜가, 황소만한 멧돼지를 질질 끌고 집에 삼 일만에 딱 들어왔는데, 그 이징옥 장군 에미가 그것을 딱 보고 있다가 '징옥이 니는 장차 위대한 대장군이 될 끼라.'고 딱 그랬다데, 근데 또 이징옥이가 호랑이도 때려잡아서 이게 또 유맹하다데, 아랫마을에서 여자가 슬프게 울고 있는데, 가서 징옥 장군이 사정을 물어보니까 '저짜 대밭에서 집채만한 호랑이가 지금 지 남편을 먹고 있다.'고 글카는 기라[9], 그래서 징옥 장군이 단숨에 가서 잡아 여자의 원수를 갚고, 그 가죽을 팔아가 장례까지 치러줬다드라. 그게 그렇게 유맹해서 인천이씨에 이징옥 장군만한 조상이 없다카대. 느그 할배는 이 얘기를 그래 맨날 느그 애비 자랄 때 해주드만[10].

2009년 5월 4일, 충청남도 천안시 구성동 99번지
인천이씨 교육관 오천재, 이규일(李圭日,74), 이은진 조사.

---

8) 저쪽.
9) 그렇게 말하는 것이야.
10) 해주더구나.

전주이씨

全州李氏

효령대군(孝寧大君)

조사자의 할아버지인 구연자가 할아버지에게 전해 들었다고 하였다.

우리가 전주이씨 효령대군파인 거 알고 있지? (그럼요. 저희가 효령대군파 이십일 대손이잖아요.) 그럼, 효령대군에 대해서도 알고 있겠네? (부끄럽지만 잘 모르겠어요.) 효령대군은 태종 이방원의 둘째 아들이란다. 구십일 세까지 사셨단다. 놀랍지? (네? 구십일 세요? 옛날사람들은 평균수명이 굉장히 짧았다고 하던데…) 그럼, 여섯 분의 왕을 모셨으니까. 얼마나 오래 사신 건지 알겠지? (왕이 여섯 번이나 바뀔 때까지 사셨어요?) 그래. 불교에 출가를 한 뒤에는 불교의 발전에도 굉장히 힘쓰셨단다. (아! 불교에 출가하셨다는 건 학교에서 국사시간에 배웠던 것 같아요.) 그랬구나. 여섯 왕들에게 극진한 대우를 받기도 하셨고… 효성과 우애가 지극하셨다고 하더구나. (그러셨구나.) 수지, 조상님에 대해 너무 모르는 거 아니니? (네. 매일 말로만 효령대군파… 하고 다녔으면서, 정작 효령대군에 대해서는 아무것도 몰랐던 것 같아요.) 요즘 대학교에서는 이런 숙제도 내주고 좋구나. (그렇죠? 그래도 저는 할아버지가 가까이에 사셔서 다행이에요. 친구들은 엄청 고생하더라고요. 친구들이 부러워했어요.) 그래. 다행이구나.

2005년 4월 20일, 경기도 구리시 아천동 할아버지댁, 이강준(李康俊,69), 이수지 조사.

이성계(李成桂)

조사자가 할아버지 댁에 갔을 때 마침 할아버지 친구인 구연자를 만났다. 이 분도 전주이씨라고 하여 이 이야기를 듣게 되었다.

나도 전주이가여. (정말요? 할아버지, 그럼 우리 조상님들에 대해 말씀해주세요.) 우리 조상님이라··· 이성계에 대해서 말하면 되는 겨? (네, 그럼요.) 이성계가 우리 조선을 세운 분이시잖여. 알지? (그럼요. 알죠.) 그려. 이성계가 원래 고려의 장군이었는데 조선을 건국했어. 강도 흐르고 산으로 둘러싸인 서울에 도읍을 정했지. 왕의 성씨도 이씨로 바꾸고 말이여. 백성들을 위해서도 많이 노력한 분이시기도 하지. 유교를 중요시하기도 했고··· (아, 그렇군요.) 우리 조상님이 우리 조선을 세운 대단한 분이신 겨. 알았지? (그럼요. 잘 알고 있죠.) 그려, 그려.

2005년 5월 23일, 경기도 구리시 아천동, 이완재(李完宰,70), 이수지 조사.

이봉창(李奉昌) 의사

조사자가 할아버지 댁에 갔을 때 마침 할아버지 친구인 구연자를 만났다. 이 분도 전주이씨라고 하여 이 이야기를 듣게 되었다.

수지, 우리 이봉창 의사에 대해 알고 있니? (네? 이봉창의사요?) 우리나라를 위해 독립운동을 하신 분이신데… (아니요. 잘 모르겠는데…) 우리의 원수 일본 국왕에게 폭탄을 던진 분이시지. (진짜요? 윤봉길 의사 같은 분이시군요?) 우리나라의 애국지사 중 한 분이셔. (그 뒤에는 어떻게 되셨어요?) 비록 실패했지만 우리 민족의 기개를 드높인 분이시지. 나라를 사랑하고 우리 국민을 사랑하신 애국자이셔. 이런 분들 덕분에 우리가 이렇게 독립된 나라에서 살 수 있는 거여. 알재? (그럼요. 그럼 그 뒤에 어떻게 되셨어요? 일본에 잡혀가셨을 꺼 아니에요.) 그 뒤에 일본에 잡혀가셨재. 조사과정에서도 배후였던 김구의 신원을 밝히지 않으시고 다른 만들어낸 사람의 이름으로 둘러 댔다고 한단다. 그 뒤 일본 놈들에 의해 사형을 당하셨지. (그렇군요. 우리 조상님들 중에 그런 분이 계셨다는 건 오늘 처음 알았네요.) 그려? (네. 감사합니다.)

2005년 5월 23일, 경기도 구리시 아천동, 이완재(李完宰,70), 이수지 조사.

전주이씨 효령대군

조사자의 고모인 구연자는 현재 학원선생님이고 기자경력이 있어 집안 인물에 대해 상식이 많았다.

우리가 전주이씨 효령대군파야. 니네 아빠는 삼십육 대. 그러니까 너는 삼십칠 대지. 효령대군 얘기는 너무 잘 알려졌지 뭐. 효령대군이 태종의 둘째아들이고, 양녕이 첫째, 그리고 충녕이 셋째지. 아주 자세히는 모르는데, 양녕은 그때 시기가 참 복잡해서 왕을 하기가 싫었나봐. 당연히 맏아들이 해야 하는 건데도 하기 싫었는지 결국 소원대로 왕위를 이어받지 못했지. 그리고 나서 효령대군은 자기한테 왕위가 올 줄 알았는데 충녕한테 가버렸단 말이야? 그래서 바로 중이 되어버렸거든, 그래서 그 충녕대군은 정말 훌륭한 세종대왕이 되셨지만… 그런데 그게 정말 왕 자리가 자기한테 안 와서 중이 된 건지, 양녕대군을 따라 왕 자리를 내놓은 건진 모르겠지만, 아무튼 중이 되어서 이렇게 우리 자손이 번창한 걸 보면 정말 희안해. 효령대군파가 정말 많잖아.

2005년 5월 14일, 경기도 파주시 봉일천 동문A 고모댁, 이복주(李福柱,42), 이승주 조사.

새로운 나라 조선의 대들보 이성계

조사자의 고모인 구연자는 현재 학원선생님이고 기자경력이 있어 집안 인물에 대해 상식이 많았다.

그게 고려가 끝날 쯤일 꺼야, 내가 알기로는. 이성계가 원래 처음엔 군사적으로 실력을 키웠단 말이야. 그리고 홍건적이 쳐들어오고, 외부에서 쳐들어오면 그걸 막는 일등공신이 되버리고. 그래서 공을 쌓다가 이런저런 벼슬도 받고, 그 당시에 왕이었던 사람을 내리고 공양왕을 왕으로 세울 꺼야, 아마. 그런 다음에 전국에 모든 힘을 자기가 쥐게 되는 거야.

그걸 병권을 잡았다고 그러거든? 병사적인 힘을, 모든 권리를 가지고 있다고. 나중에는 자본 쪽으로도 휘어잡았을 꺼야. 그리고는 공양왕이 왕이었는데, 원주로 보내버리고, 자기가 왕 자리에 올랐어. 처음엔 고려라고, 그냥 국호 쓰다가 명나라한테 거의 사대적인 입장이 되어서는 명나라가 하라는 대로 조선으로 칭호도 바꾸고, 아무래도 왕이 바뀌면 나라가 시끄러우니까 그걸 좀 바로잡을려고 교육정책도 하고, 법도 세우고, 그랬었어. 이게 말로 전할 땐 쉬워도 전쟁 나가서 공 세우고 이런 게 진짜 대단한 거야, 우리 시조라서 더 자랑스러울지도 모르지만.(웃음)

2005년 5월 14일, 경기도 파주시 봉일천 동문A 고모댁,
이복주(李福柱,42), 이승주 조사.

대한민국의 자부심 세종대왕

조사자의 고모인 구연자는 현재 학원선생님이고 기자경력이 있어 집안 인물에 대해 상식이 많았다.

또 우리 전주이씨 중에 세종대왕이 빠질 수 없지. 말할 것도 없이 정말 훌륭한 왕이지, 세종대왕은. 너도 국문과니까 알겠지만, 일단 세계에서 인정하는 한글 만들고, 하루도 쉬지 않고 공부하신 분이라고 하고, 장영실 같은 유능한 사람 알아보고? 또 측우기, 물시계 이런 거 발명한 거 다 알지? 거기다가 음악에까지 신경 쓰는 왕이 어디 있겠어. 정말 대단하고 우리나라 왕 중에 최고가 아닌가 싶어. 세계 유명 잡지에도 한글의 우수성 나오고 있지? 너는 국문과니까 더 긍지를 가지고 한글 배워야

돼. 고모도 기자하면서 한글 맞춤법이나 단어 쓰면서 알겠더라. 제대로 배워야겠다는 거. 너는 이제 시작이고 또 세종대왕의 후손이니까 잘 할 수 있을 거야.

2005년 5월 14일, 경기도 파주시 봉일천 동문A 고모댁,
이복주(李福柱,42), 이승주 조사.

공을 세운 환조(桓祖) 이자춘(李子春)

조사자의 삼촌인 구연자는 역시 학원 선생님으로, 지식이 풍부하고 역사에 관심이 많았다.

공을 세운 사람을 말해 달라고? 그냥 우리 집안사람 중에 공이 있는 사람 말하면 되는 거지? 음, 천 삼백 년대에 공민왕 때 환조라는 분이 계셨는데, 그 때 공민왕이 세운 정책에 잘 수긍해서 쌍성이라고 그 성을 무너뜨리고, 그니까 함락시킨 거지. 이북 땅을 되찾는데 큰 공을 하셨데. 그래서 공을 인정받아서 벼슬도 받고, 상도 받았고. 그렇게 인정받아서 나중엔 병마사 들어봤지? 병마사도 하시고, 어떤 한 지역을 맡아서 다스리는 일을 하셨어. 그 때에는 아무래도 영토문제도 많이 갈등이 됐을 테니까, 나라의 땅을 조금이라도 넓히는 게 그 나라 힘을 좀 더 키우는 역할을 했겠지. 그래서 환조께서 공을 인정받고 좋은 벼슬까지 지내신 거야.

2005년 5월 21일, 서울시 수유동 삼촌댁, 이종권(李宗勸,40), 이승주 조사.

태조의 제3남 익안대군(益安大君)

조사자의 외가 쪽 할아버지인 구연자가 어렸을 때 아버지로부터 들었던 이야기라고 하였다.

음. 무슨 말을 먼저 하나. 흐흠. 저기 액자 보이지? 지금 방에 놓여진 그림이 바로 익안대군이란다. 이 익안대군에 대해서 이야기하자면, 허험, 우선 익안대군은 태조 고황제의 제 삼남으로 정종대왕의 동생이며 태종대왕의 형이지. 예전에 내 아버지가, 그러니깐 너는[1] 증조할아버지가 내 어렸을 적 말씀하셨는데, 익안대군은 성품이 온화하고 사리가 밝았었더라고 말씀하셨었지. 그래서 고려 말 혼란한 때 태조가 정국을 안정시킬 무렵에 이 익안대군이 옆에서 모든 일에 계획 같은 걸 치밀하게 세워 도움을 많이 주었지. 그런 일로 태조가 왕위에 오를 때 이 익안대군의 공을 높이 삼아 개국 일등공신으로 올려 주었지. 흐흠, 또 말하자면 제일차 왕자의 난이 일어났을 때. 왕자의 난 알지? 아무튼 그 난 때 사태수습의 중심이 되어 태종대왕으로 하여금 간신을 제거했지. 이런 일로 익안대군은 초기의 왕실이 튼튼해지게 하는데 마련해 주었단다. 이 익안대군은 두 조정에 큰 공을 세워 가지구 개국과 정사에 일등공신에 책록되기도 했단다. 태종대왕은 익안대군을 믿고 끝까지 신임했지. 모두 대군의 효성과 우애가 극진하고, 밝은 성품을 가지고 있다는 것을 태종대왕은 안 거지. 대군은 음, 아마도 한 사십오 세인가 그 일기로 세상을 마쳤는데, 세상을 떠날 당시 태조 고황제는 거마를 보내 장례식을 치러주었지. 익안대군의 높은 성품과 긍지를 너도 가져야 한단다.

2006년 5월 6일, 서울시 중구 신당5동 할아버지 댁, 이응래(李應來,83), 안계령 조사.

---

1) 너에게는.

유교정치문화를 꽃피운 군주 성종대왕

종친회 회장이었던 구연자가 종친회에서 이야기를 주고받았을 때 들었던 이야기라고 하였다.

성종대왕에 대해서 얘기를 해보자면 조선왕조 오백년사에 있어서 유교정치 문화와 흐흠, 많은 서적의 편찬과 또한 활발한 학문 활동을 한 임금이 바로 성종대왕이라고 할 수 있지. 십오 세기 후반기를 거의 장악했다고 볼 수 있는 성종은 안타깝게도 삼십팔 세에 승하하셨지. 너무 젊은 나이지? 요즘 세대에 비해. 하지만 성종이 즉위한 이래 이십오 년간은 매우 정치적으로 문화적으로 활발하게 이루어졌단다. 조선 전기에 있어서, 나아가 조선 시기 전체에 이 성종대왕이 차지하는 것이 조선 사회를 이해할 수 있는 밑바탕인가 암튼 그런 것을 할 수 있단다. 우선 성종의 업적은, 먼저 이 왕은 자신 스스로 학문적인 능력을 극대화 시켰지. 그래서 유교적 정치에 이념을 입각한 군주로서 위상을 확보하게 되었단다. 즉 유교윤리를 확립시켰지. 또한 이 왕은 흐흠, 법전에 대한 작업을 했지. 경국대전이라고 많이 들어봤지? 그걸 완성시킨 사람이 바로 성종대왕이란다. 그 얘기에 대해서 조금 얘기해 주마. 경국대전을 편찬할 때 솔직히 그 작업이 장기간 이루어지는 거잖니? 이에 대해 조정의 의논이 분분하기만 하고 쉽게 결정되지 않았단다. 그 상황에서 새로운 법을 제정하려고 하는 측면과 또 현행법을 그저 정리하는 수준에서 제정이라는 양측이 대립해 있었던 게 원인이지. 아무튼 성종은 이런 여러 논의 끝에 대전의 수정편찬을 하고 한층 추진력을 붙였단다. 그래서 천사백팔십사 년에 경국대전의 편찬을 마치게 되었지. 성종대왕은 국가를 유지하기 위해 국방을 강화하고, 아까 말한 유교윤리, 흐흠, 확립했었다고 했지? 이에 유교문화에 대해 많은 일들을 가담했지. 그 밖에 다른 업적도 있지만 나이가 들었나. 생각이 잘 안 난다. 흐흠, 아무튼 그 동안 알지 못했던 성종대왕에 대해서 아니깐 흐흠, 머릿속이 꽉 찬 거 같지?

2006년 5월 6일, 서울시 중구 신당5동 할아버지 댁, 이응래(李應來,83), 안계령 조사.

조선왕조의 오랜 왕 영조대왕

종친회 회장이었던 구연자가 종친회에서 이야기를 주고받았을 때 들었던 이야기라고 하였다.

영조대왕은 조선왕조에서 가장 오랜 기간 동안 재위를 했었지. 아마 오십이 년간일 꺼야. 천칠백이십사 년부터 천칠백칠십육 년까지니깐. 오십이 년 맞지? 그의 휘(諱)는 금(昑)이고, 자(字)는 광숙(光叔)이야. 영조대왕이 왕세자로서 왕위에 오를 때에는 험난한 과정이 있었지. 모 이런 과정이 있어야 영조에게 있어서 왕이라 하는 것이 지위가 힘들고, 또한 힘뿐만 아니라 지혜까지도 있어야 함을 인식함을 알게 된 거지. 그래서 내 생각엔 오랜 기간 동안 재위를 하지 않았나 싶다. 영조를 떠올리면 너는 가장 무엇이 생각나느냐? 그렇지. 사도세자를 뒤주 속에 죽게 한 일이 떠오르는 구나. 물론 그 일도 있었지. 음, 이 영조가 왕위를 등극한 이후로 조선왕조 최대의 사건인 이인좌의 난이 발생하였단다. 이 난이 일어난 뒤 계속해서 왕위의 등극을 꾀하는 역모들이 연달아 일어났지. 원래 인간이라는 것이 그렇지 않느냐. 그래서 이 영조대왕은 탕평정치를 시행했지. 이 탕평정치란 말이야, 노론과 소론 내에서 탕평 세력들을 고르게 등용하고 영조 자신의 주도하에서 정국을 이끌어가는 정치란다.

또한 영조는 흐흠 경연제도를 몸소 실천하였단다. 경연이라는 것은 음, 이걸 어떻게 설명해야 하나. 임금에 대해 덕을 수양하기 위한 것인데 이 경연을 영조는 붕당정치 하에 경연이 필수적이라는 것을 인식해 시행해 나갔지. 음, 영조는 팔십삼 세에, 일기로 세상을 떠날 때 그의 정치상 모든 것들을 손자인 정조에게 물려주었지. 왜 자신의 아들이 아닌 손자냐구? 그건 영조에게는 불행하게도 적출이 없었고, 또 직접적으로 왕위를 받은 왕자도 없었단다. 두 아들이 모두 영조의 재위 때에 죽어 가지구 손자인 정조에게 물려 준거지. 이 영조는 내가 생각하기에 조선 왕조에서 가장 큰 업적을 이루어 낸 것 같아. 영조가 균역법을 실시해가지고 사회적으로 민생을 살렸잖니? 학교에서 배우지 않았어? 그렇지. 영조는 성인으로서 위상을 보이기 위해 노력을 많이 했단다. 영조에 대해서 더 알고 싶으면 책을 더 찾아보던지 하거라.

2006년 5월 6일, 서울시 중구 신당5동 할아버지 댁, 이응래(李應來,83), 안계령 조사.

조선왕조의 특별한 왕 광해군

종친회 회장이었던 구연자가 종친회에서 이야기를 주고받았을 때 들었던 이야기라고 하였다.

우선 다른 왕들은 아까 말해준 영조나 성종의 왕같이 조(祖)나 종(宗)으로 끝나지 않느냐. 그런데 내가 지금부터 말할 인물은 군(君)으로 부려지는 광해군이란다. 이 광해군은 왜 조선왕조 역사상 군으로 불리느냐, 왜 왕의 묘호로 불리지 못했느냐 함은 그가 신하들에 의해 폐위 되가지고 왕으로서 인정을 받지 못하였기 때문이란다. 지금까지 우리는 광해군을 연산군과 같이 조선 왕조의 폭군으로 알아오지 않았느냐? 너도 그렇게 알아왔지? 흐흠, 그러나 우리는 조금 다르게 생각해 보아야겠다. 광해군은 어릴 때 무척 영리하고 뛰어났다고 했단다. 정무록에 나와 있는 일화에서는 선조가 세자를 고르지 못해 여러 왕자의 기상을 보려고 앞에다 보물들을 많이 진열해 놓고 고르라고 하였단다. 그런데 아니, 여러 왕자가 자신의 앞에 많은 보물들을 보고는 서로 다투어 보물을 취하는데, 유독 광해군만이 붓과 먹을 가져와, 이를 보고는 가상하게 여겼다고 하였단다. 네가 만약 그 상황이라면 어떻게 행동했을 것 같느냐? 너도 다른 왕자들과 똑같이 보물들만 눈에 멀겠느냐 아님 광해군 같이 행동을 하였을 것이냐. 흐흠, 선조는 광해군의 성품을 보고 세자로 책봉하였단다. 비록 임진왜란이 일어나는 중이였고, 갑작스러운 상황들이 벌여졌었지만 십팔 세의 광해군은 세자로서 이러한 위기에 대처하는 능력들을 거침없이 발휘했었단다. 광해군이 즉위를 하자 임진왜란으로 파탄이 난 국가 재정을 튼튼히 하고 또 난중에 불타버린 궁궐들 있잖냐. 그것들을 창건하기도 했단다. 또한 조세를 고르게 하고 민생들을 구제하려고 하였지. 이런 어려운 판국인데 광해군 형인 임해군은 광해군의 정사를 낱낱이 비방하고 영창대군을 옹립하는 세력들 또한 광해군을 깎아내리려고 안달이 났지. 어떻게 형인데 그런 짓을 하느냐고? 그건 말이다. 흐흠, 임해군 자신은 왕위를 동생에게 빼앗겼다고 분한 마음을 항상 먹고 있었단다. 그래서 아마도 광해군의 안 좋은 일들을 낱낱이 밝혀내기만 하였지. 인조는 후에 반정에 의해서 광해군을 몰아내고 왕위를 차지하였고, 그로 인해 중흥의 왕으로 인식하지 않았느냐. 하지만 전대의 정치, 사대주의에 어긋나는 일들 말이다. 그런 일들을 한 광해군은 나라를 어지럽힌 혼군으로 규정하였단다. 이런 인조의 자손으로 이어지는 왕정체제 동안 이러한 광해군의 인식은 정당하지 못한 것으로 평가하기 일쑤였지. 조금만 더 이야기 해달라고? 흐흠, 그래 맞다. 이 이야기를 해주어야겠구나. 십오 년 사십이 일 동안 조선을 다스리면서 보여준 광해군의 정치와 업적들은 인조반정에 의해 억지스러운 모습들을 가지고 있지만 말이다. 강력한 왕권을 추구하고 부국강병을 지향한 태도야말로 광해군의 자질을 다시 한 번 확인 할 수 있지 않느냐. 흐흠, 너도 광해군을 폭군으로만 생각하지 말고, 광해군의 모습들을 차근히 살펴보도록 하거라.

2006년 5월 6일, 서울시 중구 신당5동 할아버지 댁, 이응래(李應來,83), 안계령 조사.

왕자의 난을 일으킨 이방원(李芳遠)

조사자의 아버지인 구연자가 아버지(할아버지)에게 들었다고 하였다.

이성계는 아들이 많았제. 그 중에서도 방석이라고 새끼 마누라한테 낳은 아들을 이뻐해 가꼬, 왕위를 물려줄라는디, 한 놈이 성을 낸단 말여. 그 놈이 이방원이제. 아부지가 새 나라를 세울 때 옆에서 그냥, 고생고생은 다 했는디, 왕 자리는 다른 놈한테 넘어간단 말이여? 부에가 나긋냐, 안 나긋냐. 그래서 이방원이가 아부지한테 가가지고, "어째서 큰 아들들 다 냅두고 어린놈한티 왕을 물러주요?"라고 해도 안 듣고, 그냥 아부지한테 미움만 받아싸. 긍께 이방원이가 더 화가 났는게배. 같이 조선 세울 때 아부지 도와줬던 정도전 죽이고, 또 이놈 죽이고, 저놈 죽이고, 다 죽이고, 그냥 지가 왕이 되 버려. 이성계는 다 늙어 가꼬 이빨 빠진 호랭이가 되부렀는데, 또 자기를 지켜줄 장군들이 없응께 어쩌것냐. 그냥 "너, 다 해라."하고 맨날 욕을 해대는 거여. 죽일 놈, 살릴 놈 하면서 평생을 안 봐. 아부지가 안 밀어중께 이방원이는 속이 상하겄지만 열심히 나라를 다스렸어. 그리고 아들 셋을 낳았지. 첫째 아들이 양녕대군. 우리가 이 양녕대군파여. 그리고 효령대군. 그리고 충녕대군이제.

2006년 6월 10일, 우리 집 거실, 이경택(李京澤,55), 이보영 조사.

양녕대군

조사자의 아버지인 구연자가 아버지(할아버지)에게 들었다고 하였다.

자, 이방원 얘기를 해줬으니, 이제 또 그 아들 얘기를 해야제. 태종 이방원이 아들 셋이 있었는디 양녕대군, 효령대군, 충녕대군이여. 태종 이방원은 첨부텀 그냥 큰아들한티 세자 자리를 줘버려. "니네 나처럼 싸우지 마라.' 하고. 근데 양녕대군은 세자라고 앉혀 놨는디 맨날 술만 퍼묵고 여자만 끼고 댕긴단 말여. 그래서 폐위를 시키고, 둘째 아들놈헌티 세자를 주려고 하는디 둘째 아들 놈은 또 머리 깎고 산으로 들어가 부네. 이거 참 복장 터질 노릇이제. 아들이 셋이나 있는디, 둘이 제 구실을 못하니. 그래서 결국 막내아들놈헌티 세자 자리를 주니께, 아들이 받아서 세종대왕이 되는 거여. 근디 왜 첫째 아들놈허고 둘째 아들놈이 그랬는가 허면, 양녕대군이 세자가 되서 동생들을 보니께, 셋째 동생이 자기보다 더 잘났단 말이지. 공부도 열심히 하고, 행실이 똑바른 거여. 게다가 아부지가 왕이 어떻게 된 줄 아니께 신물이 나가지고 못하겄단 말이여. 대신들이 와서 '이러시오, 저러시오.' 하는 꼬라지도 못 보겄고, 그래서 둘째 동생헌티 얘기를 해. "너나 나나 왕이 될 만한 놈들은 아니다. 우리 막내 동생은 그래도 왕이 되면 잘할 거 같응게 막내헌티 왕 자리를 주자."
그렇게 둘째 아들은 스님이 되야 불고, 지는 미친놈처럼 맨날 술만 퍼묵
고 댕기면서 사고를 치는 것이제. 사실은 양녕대군이 똑똑한 놈이여. 원
래는 난도 잘치고 글도 잘했다고 혀. 폐위되려고 일부러 미친놈 짓거리
하고 다닌 것 뿐이제. 아부지에 비해서 욕심이 없었다고 할 수도 있지만,
누가 진짜 재목인지 알아보는 것도 능력잉게.

2006년 6월 10일, 우리 집 거실, 이경택(李京澤,55), 이보영 조사.

함흥으로 이주한 전주이씨 시조 이한(李翰)

조사자의 아버지인 구연자가 아버지(할아버지)에게 들었다고 하였다.

전주이씨의 시조는 다들 이성계로 알고 있어. 그것은 이성계가 조선을
세워서 왕이 되니께, 똑똑한 사람을 시조로 세우려고 그런 것이고, 사실
은 시조가 따로 있제. 이한이라고 신라말 사람이여. 이 이한이라는 사람
이 이성계 고조할아버지뻘[2] 되는디, 어릴 때 전주성에서 친구들이랑 놀
고 있었단 말이여. 근디 날씨가 무지하게 안 좋은 거야. 막 비가 내리고
천둥번개가 치고 난리가 나니께 애들이 어쩌겠냐. 잠시 피할 곳을 찾아서
가다가 동굴을 발견했어. 동굴에서 언제나 날이 좋아질까나 하고 발을
동동 굴리면서 앉아 있는디 호랭이 한 마리가 그놈도 비를 피하려고 들어
왔단 말이시. 그러니께 애들이 다 놀래가꼬 어쩌냐, 어쩌냐 하고 있응게,
다 죽을 수 없는 노릇 아니여. "한 놈만 희생하자. 호랭이가 한 놈을 잡아

---

2) 21대조임.

먹을 때 남은 놈들은 줄행랑을 치자.”고 하고 모자를 던져서 결정하기로 한 거지. 긍께 애들이 다 울면서 모자를 던졌제. 그러니께 호랭이가 가만 보더니 모자 하나를 덥썩 무는 거 아니겠어? 애들이 눈도 제대로 못 뜨고 가슴이 벌렁벌렁 해가지고 보니까, 이한 모자를 물고 있는 거여. 그래서 이한이 울며 겨자 먹기로 호랭이 앞에 나섰어. “나 잡아먹으쇼”하고 앉아 있는데 호랭이가 잡아먹으려고 하진 않고 뒤로 주춤주춤 물러나는 거여. 아, 그래서 이한이 “이놈이 왜 이러나?” 싶어서 또 호랭이 앞에 가서 앉았는데, 또 호랭이가 물러나네. 어메, 그랬더니 동굴 밖에 나오자마자 날씨가 화창해져 불고 동굴에 번개가 떨어져서 동굴이 박살이 나부렀어. 이한이 놀라서 뒤돌아보는 사이에 호랭이도 없어져 불고. 이한이 지가 죽으려고 했는디 결과적으로는 지 혼자 살고 다 죽은 꼴이잖여. 지도 이게 뭔 일인지 몰라가지고는 터덜터덜 혼자 산을 내려왔어. 그랬더니 친구들 부모들이 와가지고는 내 아들 어딨냐고 고래고래 소리를 지르고 울고 불며 하면서 매달리는 거여. 그리고 이한 때문에 다 죽었다고 죽일 놈 살릴 놈 항께 못 견디고 전주를 떠나 함흥까지 간 것이제.

2006년 6월 10일, 우리 집 거실, 이경택(李京澤,55), 이보영 조사.

홍선대원군 이하응(李昰應)

조사자의 아버지인 구연자가 아버지(할아버지)에게 들었다고 하였다.

이번에는 홍선대원군 이야기를 해볼끄나? 홍선대원군은 엄청나게 똑똑한 사람이여. 민비의 시아버지라서 맨날 지지고 볶고 했지만, 똑똑하기는 둘째가라면 서럽지. 뭐가 똑똑하냐.이하응이 사는 시대는 철종 때였어. 철종은 왕 할 사람이 없으니까 대신들이 그냥 산에서 나무하고 있는 왕손 데려다 앉혀놓은 거야. 산에서 나무 하다 왔으니 뭘 알겠냐? 허수아비지. 그때 세도가가 안동김씨야. 안동김씨는 그때 당시 날아가는 새도 떨어트린다는 말이 생길 정도로 세력이 셌어. 이하응은 그래서 안동김씨 눈밖에 안 나려고 일부러 미친놈 짓을 하고 다닌 거야. 가난하니까 안동김씨 집에 무슨 일 있으면 가서 살랑살랑 아부하고 먹을 것 얻어먹고 다니고 하니까 누가 경계를 하겠어. 그냥 궁도령, 궁도령 하면서 다들 무시하고 그랬제. 그러다가 이제 철종이 죽고 후계자가 없는 거제. 그때 이하응이 자기 둘째 아들을 왕으로 세워. 그게 고종이야. 고종이 나이가 어려서 이하응이 대신 나라 일을 보게 되는데, 안동김씨를 몰아세우게 되는 것이제. 안동김씨가 그때서야 이하응한테 속아났다는 걸 알고 매일 조심하고 살았제. 이하응은 정권을 잡고 나서 안동김씨를 누르고 자기 마음대로 조선을 주물러버려. 천주교 믿는 놈들 다 죽이고, 쇄국 정책을 펴. 잘한 것도 많았는데 욕도 많이 먹었제.

2006년 6월 10일, 우리 집 거실, 이경택(李京澤,55), 이보영 조사.

단종과 수양대군(首陽大君)

조사자의 아버지인 구연자가 아버지(할아버지)에게 들었다고 하였다.

단종은 열 살 때 세자가 되서 열두 살에 왕이 돼. 열두 살이면 지금 초등학생인데 알긴 뭘 알겠냐. 밖에 나가서 뛰어놀고 싶지. 애기를 왕자리에 놓고, 신하들이 자기 세상을 하고 있응께, 단종의 삼촌인 수양대군이 보니까 기분이 나쁘단 말이제. 단종 윗대인 문종 때부터 왕이 하고 싶었는데, 어린놈은 왕 자리에서 징징거리고 있제. 엄한 놈들이 와서 내 세상이다 하고 앉았제. 안 되것다 하고는 계유정난을 일으켰단 말이야. 그래서 한명회랑 신숙주 등의 도움을 받아서 조카를 죽이고 아우를 귀양 보내서 왕이 된단 말이지. 왕이 되서 나라를 다스리긴 했는디 지금도 욕을 많이 묵제. 이방원이하고 다를 게 없어. 어린 조카 놈 죽이고 왕 되고 조상들이 세운 나라에서 반란을 일으키고. 그렇지만 세조는 똑똑했어. 왕이 될 만한 사람이었지. 처음부터 세종대왕이 문종이 아니고 수양대군한테 세자 자리를 줬으면 그렇게까지 하지 않았을 거여.

2006년 6월 10일, 우리 집 거실, 이경택(李烹澤,55), 이보영 조사.

전주이씨의 시조 이한

조사자의 작은할아버지인 구연자가 아버지(증조부)에게 들었다고 하였다.

우리 전주이씨가 말이여, 얼마나 좋으신, 어? 성씨인 줄 알어? 흔한 성이라고 말여, 어, 하찮게 여기면, 어, 안돼. 알어찌? (네, 작은할아버지. 얼른 좀 말씀해주세요.) 어, 그래, 그래. 전주 이씨는, 왜 전주 이씨냐면, 전주에서 대를 이어왔기 때문에, 어 그래서 그런 거야. 우리 시조의 휘(諱)는, 한(翰)이고, (작은할아버지, 휘가 뭐예요?) 그것도 몰라? 휘라는 게, 이름이라는 뜻이야. 그리고 호는, 호는 알지? 호는 견성이시다. 응?

시조께서는 얼마나, 얼마나 덕이 높고, 문장도 뛰어나시고, 어 그래서, 신라 때 사공 벼슬도 지내셨어. 알었어? 그 밑에 아들도, 응, 계셨는데, 아들도 시조님같이, 똑똑하셨어. 벼슬도 지내셨지. 뭔지는 기억이 안나. 허허허허. 어쨌던 간에, 시조를 이제 알어찌? 잊어버리지 말구. 녹음 잘 해가지구, 가져가서 찬찬히 들어. 우리 시조님이 얼마나, 응, 대단하신 분인지. 똑똑히 새겨놔야지. 알었어? (네, 작은할아버지.)

2006년 6월 10일, 인천광역시 남촌동 할아버지 댁, 이근춘(李勤椿,68), 이예경 조사.

나라를 세우신 시조, 이성계

조사자의 할아버지인 구연자가 아버지(증조부)에게 들었다고 하였다.

짧긴 한데, 잘 들어봐라. 조선을 누가 세우셨는지 아나? 바로 태조 이성계가 세우셨지. 이름은 성계, 호는 송헌이시지. 알지? 시조 이성계께서 어찌나 총명하셨냐면, 나라를 세우셨단 말이야. 역사 이야기지. 역사에 강하냐? (아니요.) 차근차근 설명해주께, 들어. 처음에 나라를 세우시고, 처음에 나라 이름을, 고려라고 하셨어. 그러다가 나중에, 조선으로 바뀐 거거든? 나라 이름이 그렇게 중요한 게 아니고. 여기서 딱 봐야 될 것이 뭐냐면, 우리 시조께서 나라를 세우셨다는 거. 그게 중요한 거야. 나라를 세우셨다는 거는, 그 분이 그럴만한 그릇이시다, 이거지. 무슨 말인지 알겠지? 이 나라를 세우신 분이 우리 시조다, 생각하고, 자부심을 가져야 돼.

2006년 6월 10일, 인천광역시 남촌동 할아버지 댁, 이성춘(李惺椿,70), 이예경 조사.

세종대왕의 총애를 받은 경녕군(敬寧君)

조사자의 작은할아버지인 구연자가 아버지(증조부)에게 들었다고 하였다.

전주이씨 파중에, 응, 경녕군3)이라고 계시지. 응, 알어? 그 분이 바로 세종대왕님의, 응, 스승님이셔. 세종대왕님을 가르치셨으니, 응, 아주 대단하신 분이지. 그 분을 얼마나 애끼셨냐면은, 명나라하고 무역을 할 때, 마찰이 있으니까, 경녕군이 나서서, 응, 좋게좋게 돌려놓고, 후한 대접도 받으셨대. 그러니 세종대왕님이 애끼실 만허지. 그치? 그때 나이가 벌써 스물넷이니까, 대단하신 거지. 그래서 세종대왕님이 곁에 두시고, 나라를 돌보신 거야. 도움이 되니까, 다른 분도 아니고, 임금님께. 그러니 세종대왕님이 얼마나 애끼셨겠어. 묘소도 글쎄, 왕릉처럼 잘 꾸며라, 그러셨다니까. 임금님도 곁에서 모시고, 대단하셨지.

2006년 6월 10일, 인천광역시 남촌동 할아버지 댁, 이근춘(李勤椿,68), 이예경 조사.

신이 내린 궁수, 이성계

조사자의 작은할아버지인 구연자가 아버지(증조부)에게 들었다고 하였다.

시조 이성계께서, 병마사로 계셨을 때라고 생각난다. 언젠가, 원나라

---

3) 조선조 태종의 첫째 서자.

군사가 말야, 압록강을 넘어가지고, 의주까지 왔단 말야. 근데 말야, 시조께서 끌고 나간 군사가, 얼마 안 되었어. 막 싸움을 했단 말야? 근데 싸움이 끝나고 이성계가, "나는 이번 싸움에서 왼쪽 눈만 쐈다." 이러신 거야. 군사들이 신기해가지고, 싸움이 다 끝난 뒤에 확인을 하러 갔더란 말야. 그랬더니 적군들 눈에, 왼쪽 눈에, 이렇게이렇게, 딱 화살이 꽂혀 있더란 말야. 얼매나 신기했겠어. 그래가지고, 군사들이, 돌아온 군사들이, 신기해하면서 말야. "우리 장군은 신궁수다!" 이렇게 말야, 말을 했대. 그래서 그때부터, 시조께 붙은 별명이, 신궁수, 활을 자알 쏘는 신궁수라고, 붙었대.

2006년 6월 10일, 인천광역시 남촌동 할아버지 댁, 이근춘(李勤椿,68), 이예경 조사.

왕이 될 징조를 꿈꾼 이성계

조사자의 작은할아버지인 구연자가 아버지(증조부)에게 들었다고 하였다.

이것도 말야, 태조 이성계에 얽힌 이야기일거야. 뭐냐면, 이성계가 아직 왕이기 전에, 시조께서 꿈을 꾸셨는데 말야, 자기가 왕자, 한자로 왕(王)자 알지? 그걸 새긴 서까래를 지구서, 어디로 막 가구 있더란 말야. 꿈에서 깨나가지고 신기해가지고, 스님을 불러서 해몽을 해달라구, 응, 그랬더래. 근데 스님이 꿈을 딱, 들어보더니, 그 꿈이 말이야. 왕이 될 꿈이라고, 장차 왕이 될 거라고, 그렇게 말을 하더래. 시조께서 기분이 좋아가지구 딱 돌려보내구 나서, 그 후에 정말 왕이 되셨잖아? 그런 이야기가 있어.

2006년 6월 10일, 인천광역시 남촌동 할아버지 댁, 이근춘(李勤椿,68), 이예경 조사.

목조(穆祖)의 꿈 이야기

조사자의 큰아버지인 구연자가 할머니(증조모)로부터 어릴 때 들었다고 하였다.

일찍이 목조가 전주에 살 때 사랑하는 관기가 있었는데, 관찰사가 그녀에게 수청을 들게 하였지. 밤이 되어 목조는 곧장 객관 서쪽 채 방으로 그 기생을 나오라 하였는디, 그 기생은 다리를 벌벌 떨면서 일어났다 하드만. 관찰사가 크게 화가 나가지고 종자를 부르면서 "도둑이 문 밖에 왔으니께, 빨리 잡아들이도록 하라."고 외쳤다고 하지 뭐여. 그리고 나서 목조는 장막 속으로 곧장 들어가 칼로 관찰사를 찌르고, 그 기생을 안고 말을 채찍질하여 나왔데. 밤에 백여 리를 달려가다 그 길로 영북으로 갔는디, 처음에는 덕원에 살다가 뒤에 경흥으로 가서 살았다고 하드만. 말달리기와 활쏘기를 잘하고 사냥을 좋아하니 오랑캐들이 두려워하였다 하데. 그날 밤 어떤 사람이 꿈에 나타나 "나는 바로 아무 못의 용입니다. 아무 못의 용이 내가 사는 못을 빼앗고자 하여 내일 만나 싸우기로 했는데, 그가 강해서 내가 이기지 못할까 걱정이니 부탁건대 그대는 나를 구하여 주시오."라고 말했는데, 그 당시에 목조가 말하길, "무엇으로써 구별할 수 있겠습니까?"라고 물었데. "그는 희고 나는 누른빛이므로 분별할 수 있습니다." 하니, 목조는 허락하고 다음날 아침 일찍이 활을 들고 갔어. 갑자기 못 물이 끓어오르고 물결이 용솟음치기 시작하더니, 황·백 두 용이 서로 얽혀서 물 위에 엎치락뒤치락하였다네. 목조는 화살로 흰 놈을 맞히니, 못 물이 시뻘개지고 백룡이 도망갔다지. 이날 밤에 또 꿈에 와 고하기를, "당신 힘입어 생명을 보전했으니 앞날에 꼭 두터운 갚음이 있을 것이오. 자손 때에 가서 보게 될 것이다."라고 하는 야그가 있어.

2007년 5월 26일, 전남 나주시 금천면 큰아버지댁, 이종인(70), 이지은 조사.

환조 이자춘

조사자의 큰아버지인 구연자가 할아버지(증조부)로부터 어릴 때 들었다고 하였다.

몽골인 조씨가 자기 아들 나해에게 인장과 인부를 주고 쌍성총관부로 도망가게 한 연음에 이자춘은 연경에 표를 올려가지고, 몽골인 조씨와 그의 아들 나해, 그리고 뭐다냐, 쌍성총관을 고발하고 사부에 직접 가서 조사를 받으니, 이부 관리가 조서를 꾸미면서 말하기를, "너가 너의 형의 직위를 빼앗은 것은 아닌지 조사해야겠으니, 너희 형수와 조카도 데리고 와야 한다!"고 해서, 이자춘이 그 말을 듣고 다시 돌아와 형수 박씨에게 갔더니만, 이부에게 형수를 데리고 오란다는 말을 전하니께, 형수 박씨가 이르길, "삼촌께서 우리 아이의 직위를 돌려준다는 약속을 하셔야 갈 것입니다. 약속을 하시지 아니하면 삼촌에게 좋은 말이 제 입에서 나올 리가 있겠습니까!" 이자춘이 가슴을 두드리며 말하기를, "형수님도 너무 하시오. 아버님이 병환으로 쓰러진 이후에 누가 화주와 함흥을 일구어

왔습니까? 저와 형님이 아니셨습니까? 형님이 저를 믿기를 자기의 손과 같이 하였고, 제가 형님을 생각하길 아버지와 다르게 여기질 않았습니다. 제가 교주를 생각하는 것은 비록 형님과 형수님의 피를 받았다고 하나 저의 자식으로 여기고 있는 것을 형수님은 모르십니까? 그리해서 조씨의 농간에 넘어갈 이 화주와 함흥의 기반을 다시 찾아다가 교주에게 주려는 것인데, 형수님이 저를 의심하신다면 제가 누구를 믿고 우리 땅을 찾아온 단 말입니까? 만약에 제가 대리로 이 땅의 다루가치가 되질 못하여 그것 이 나해의 것이 된다면 교주에게 돌아갈 한 치의 땅이 남겠습니까? 자칫 잘못한다면 형수님은 자기가 세상에 나온 증거도 잃게 될 것이 뻔합니 다.”라고 하니, 그 말을 듣고서 박씨가 이르길, “그렇다면 이 약속을 문서 로 써주시오!” 그걸 이자춘이 듣고 생각하다 말씀하길, “그럴 필요가 있 겠습니까? 어차피 조정에 가서 이부에서 조사를 받을 것인데 제가 나중 에 약속을 깨게 되면 요번 조서를 가지고 다시 송사를 하시면 쉽게 찾게 될 것이 아니겠습니까?” 그 말을 듣고 형수 박씨는 교주와 함께 연경으로 들어가 조서를 받고, 이자춘이 그 송사에서 승리하여 인장과 인부를 돌려 받으니, 이자춘이 명실상부한 화주의 다루가치가 되었네. 이자춘이 쌍성 총관부를 노려보며 말씀하길, “내 요번의 원한은 꼭 갚을 것이요!”라고 말씀이 전해 내려오고 있다지.

2007년 5월 26일, 전남 나주시 금천면 큰아버지댁, 이종인(70), 이지은 조사.

태조 이성계의 건국

조사자의 큰아버지인 구연자가 할아버지(증조부)로부터 어릴 때 들었 다고 하였다.

이성계는 고려 충숙왕 사 년 시월 십일일인가, 함길도 영흥군 흑석 마을에서 이자춘의 아들로 태어나셨고, 그 무렵 당시에 이곳은 원나라의 땅이었지. 이자춘은 원나라의 천호장 벼슬을 지내고 있었지만, 그의 조상은 전주에 뿌리박고 살던 호족이었지. 이성계에 조상이 흑석 마을로 옮겨 와 산 것은 그의 사 대조였던 이안사 때부터여. 이성계는 어릴 때부터 활을 아주 잘 쏘았지 뭐야. "아니, 아이가 어른 활을 가지고 쏘잖아?" 사람들은 이성계를 보고 깜짝 놀랐어. 이성계는 형 원계, 천계와 함께 말달리기와 활쏘기를 겨루는 대회에도 참가해서 항상 최고였어. 신궁이라는 말을 들으며 자랐지. 이자춘과 이성계 부자는 고려군과 손잡고 쌍성총관부를 함락시켰으며, 함주(함흥) 이북을 고려 쪽으로 끌어들이는 데 큰 공을 세웠지. "이자춘을 삭방도 만호 겸 병마사로 봉하노라!" 공민왕은 이자춘에게 벼슬을 내렸고, 그 해 사월이지, 이자춘은 병으로 세상을 떠나고 이성계가 뒤를 이어받았는디, 이성계는 상장군으로 동북면 상만호가 된 것이여. 이성계는 그 뒤 홍건적과 왜구를 몰아내고, 그런 후에 이성계는 낮잠을 자다가 서까래 셋을 지고 '꼬기오' 하고 우는 꿈을 꾸었어. 이성계는 도가 높은 스님을 찾아가 꿈 이야기를 하며 해몽해 달라고 하였는데, "서까래 셋을 등에 지셨다면, 장차 왕이 되실 것입니다. 등에 서까래를 진 글자가 임금 왕자이기 때문입니다. 또, 꼬기오를 한자로 쓰면 고귀위(高貴位)가 됩니다. 가장 높고 귀한 자를 말하는 것이지요." "대사께서 제 스승이 되어 주십시오."하고 말했는데, "아니올시다. 삼인봉에 가시면 제 제자인 무학대사가 있습니다. 그를 만나 보십시오." 장군으로 이름을 떨치던 이성계는 위화도회군으로 세력을 잡더니, 마침내 천삼백구십이 년 칠월 십칠일 수창궁에서 새 왕조의 태조가 되었어. 나이 쉰여덟 살 때였지. "나라 이름은 그대로 고려로 부르고 제도도 고려와 같이하겠소." 이성계는 나라를 다스려 갈 열일곱 가지 정책을 발표했고. 새 왕조를 일으키는 데 공이 큰 사람들, 즉 배극렴, 조준, 정도전 등 열일곱 명을 일등공신에 봉하고, 조영규, 조반 등 열두 명을 이등공신에 올렸다지. 고려를 끝까지 섬기려던 충신들은 광덕산 아래 두문동이라는 마을에서 세상과 인연을 끊고 살았는데, 두문동에 마지막까지 남아 있던 일흔두 사람은 마을에 불을 질러도 밖으로 나오지 않고 불에 타 죽음으로써 고려왕실에 충절을 다했다는 이야기도 있어. 아무튼, 이성계는 무학대사를 모셔오고, 태조 이성계가 왕위에 오른 지 이 년째인 천삼백구십삼 년 이월 십오일부터 나라 이름을 '조선'이라고 짓고, 천삼백구십이 년 삼월부터 계룡산을 도읍으로 정하고 큰 공사가 시작되었지. 그러나 큰 강이 없어서 부적당하다고, 그 해 십이월에 공사가 중단되었지. "무학대사, 도읍지는 어디로 정하면 좋겠소?" "한양이 좋을 듯싶습니다." 조선이 두 번째로 정한 도읍지는 무악이었어. 지금 그곳은 서울 신촌과 연희동 일대여. 정도전이 예로부터 제왕은 남향에 자리 잡았다고 주장하며, 무악을 반대하여, 지금의 경복궁 자리를 궁궐터로 잡았데. 천삼백구십사 년 구월, '신도 궁궐 조성도감'이라는 새 서울의 대궐을 짓는 일을 맡은 관청을 두었지. 다음해에 종묘와 경복궁이 완성되었고. 천삼백구십삼 년 시월, 태조는 궁궐이 완성되기도 전에 개경의 각 관청에 두 명의 관인만 남겨놓고 조정을 서울로 옮겼습니다. 태조는 정도전에게 새 대궐과 각 전각들, 그리고 팔대문과 도성의 마을 이름을 지으라고 하였지. 정도전은 경복궁 등 여러 이름을 지었고. 한양에 도성을 쌓았는데, 총 십구만여 명의 장정이 동원되었어. "유교로써 나라를 다스리는 근본을 삼으리라!" 태조 이성계는 숭유, 농본, 사대교린 외교 정책으로 나라를 다스리고. 새나라 조선은 이렇게 시작되었지.

2007년 5월 26일, 전남 나주시 금천면 큰아버지댁, 이종인(70), 이지은 조사.

양녕대군 동기간의 우애

조사자의 큰아버지인 구연자가 할아버지(증조부)로부터 어릴 때 들었다고 하였다.

태종 십팔 년 동안 기반도 튼튼히 닦고 빛나는 치적을 남기고, 천사백 십팔 년 셋째 아드님 세종께 양위하고 상왕으로 있던 세종 원년 이월의 일이었는데, 세자의 지위를 박탈당한 후에도 여전히 방종의 길을 걸으시며 양광4)의 태도를 그치지 않는 양녕대군이 오늘도 무슨 마음인지 남몰래 궁중을 빠져나가 동으로 발길을 달리어, 봄이라고 하지만 아직 깊은 산골짜기에는 잔설이 남아 있는 아차산 기슭에 도달하시여 추운 것도 잊고 온 종일을 헤매이고 돌아다니다 보니, 옷은 해어지고 신발도 떨어져서 빨간 발가락이 내다보여. 그래서 날은 저물고 황혼이 닥쳐올 무렵 평구역에 사는 그 전 궁노 이수의 집에 모습을 보였지. 이수는 궁노로 있었기 때문에 양녕대군의 모습을 아는 바인데, 금지옥엽의 귀하신 몸이 폐포파립으로 천한 백성의 집에 오셨음이 기막힌 일이라 여겨 양녕대군을 방에다가 모신 다음 도성으로 다림질 쳐서 궁중에 아뢰었는디, 이 말을 들으신 상왕 태종께서 놀라우심과 마음 아프심은 실로 일구난설5)이라 말씀하시길, 경녕군과 효녕대군을 부르시어, "이 일을 어찌하면 좋으냐?"고 물으시니 경녕군 말씀이 말이여, "저희 둘이 아차산에 가서 같이 오겠다."고 말함으로 상왕께서는 환관 유빈 엄영수에게 의복과 활, 술을 가지게 하고 경녕, 효녕 두 왕자님을 모시어 양녕대군 계신 곳으로 길을 떠나게 했다지 뭐여. 그 당시의 세 분 왕자님의 연령은 양녕대군이 제일 위이고, 경녕군 효령대군 차례로 한 살씩의 차이였는디, 본시 거짓

---

4) 양광(佯狂) : 거짓으로 미친 체함.
5) 일구난설(一口難說) : 한 마디로 다 말하기 어려움.

행동을 하는 양녕대군이라 두 동생의 왕자를 보니 부끄럽기 말할 수 없었어. 양녕대군 말이, "대낮에는 면목이 부끄러워 도성이나 궁중에 들어갈 수 없으니, 날이 저물거든 들어가겠다." 하시는데, 경녕, 효령 둘도 지당하다 여기며 날이 저문 후에 들어왔는디, 캄캄한 밤인데도 양녕대군은 소매자락으로 얼굴을 가리고 부왕을 뵈었다지.

2007년 5월 27일, 전남 나주시 금천면 큰아버지댁, 이종인(70), 이지은 조사.

태종 이방원의 총명한 어린 시절

조사자의 큰아버지인 구연자가 할머니(증조모)로부터 어릴 때 들었다고 하였다.

어느 날, 스승의 먼발치에서 공부하던 이방원이 당돌하게 물었는데, "'수신제가치국평천하(修身齊家治國平天下)'라고 사부님께서 대학 팔조목으로 가르침을 주셨습니다. 그 순서가 참말입니까?" 물어서, "그 순서가 옳은 길이라고 옛 선현들이 말씀하셨느니라." "자신의 몸을 갈고 닦은 사람만이 가정을 이룰 수 있고, 가정을 잘 건사한 사람만이 나라를 다스릴 수 있고, 그런 사람만이 천하를 평화롭게 한다는 것이 얼른 이해가 안 됩니다. 가르침을 주시옵소서." 하니 스승께서 "너의 뜻은 무엇이라고 생각하느냐?" 스승은 답을 주지 않고 이방원의 학습 진도를 확인하기 위하여 되물었다. "자신의 마음을 바루어 몸을 닦고 나라를 다스려도 평천하를 이룰 수 있다고 생각합니다." 거침없이 속내를 풀어놨다. 단순한 성격 그대로다. "고얀 놈 같으니라고, 걷지도 못하는 놈이 뛰어도 된다고 생각하려 드느냐?" 스승의 불호령이 떨어졌고, 노기 띤 얼굴이 붉으락 푸르락하다가, 가정을 잘 건사하지도 못하는 주제에 나라를 다스리려 들어도 괜찮다고 생각하는 것은 용납할 수 없는 발상이었지, 학문과 스승을 모독하는 처사로 여겨지기도 하고 해서, "사부님 잘못했습니다. 용서해 주십시오." 이방원은 스승 앞에 무릎 꿇고 머리를 조아렸어. 당돌하기도 했지만 잘못을 스스로 뉘우치는 것도 빨랐지. 스승은 순서와 질서를 가볍게 여기는 이방원의 생각이 발칙하다고 생각했어. "예전에 가르쳐 주었던 격물치지(格物致知)를 잊었느냐? 사물을 궁구하여 그 앎을 투철히 하고 몸과 마음을 바르게 하여 나라를 다스릴 때 그 앎을 자신과 가정에 그치는 것이 아니라 베풀어야 한다는 것인 즉 '수신제가치국평천하'에 흐르는 정신이다." "명심하겠습니다." "절목의 으뜸은 수신이며, 여기에서 말하는 평천하(平天下)는 덕을 나누어 주는 것을 의미하느니라." "명심하겠습니다. 사부님." 머리를 조아리고 있던 방원이 바닥에 코가 닿도록 넙죽 절하며 주억거렸다. 책을 펼쳐놓고 공부하던 방원이 아스라이 보이는 송악산을 물끄러미 쳐다보더니만 작심한 듯 스승에게 또다시 질문을 던졌어. 잘 들어봐. "한 사람이 마음을 갈고 닦아 가정을 이루고 성의 정심으로 깨우친 몸과 마음으로 앎을 베풀기 위하여 치국에 나서도 평천하를 열지 못하는 것은 무슨 연유일까요? 한 사람이 만 사람을 평하게 하는 것은 환상일까요?" 혼란한 시대의 정곡을 찌르는 이방원의 물음에 스승은 놀랐다. 자신을 포함한 이 시대의 어른들에게 질타의 목소리로 들려왔지. 이인임을 비롯한 이색, 정몽주, 길재, 이숭인 등 당대의 석학들의 무능력이 문제냐? 학설이 잘못된 것이냐? 추궁하는 목소리로 들려오기도 하고. 이즈음, 태조 왕건에 의해 창건된 고려 왕조는 한치 앞을 내다볼 수 없는 안개 상황이었고, 공민왕이 총애하던 익비와 신하 홍륜이 사통하여 임신하고, 그 사실을 밀고하여 임금의 총애를 받으려는 신하가 있는가 하면, 그 모든 비밀을 알고 있는 최만생을 죽이려다 오히려 자신이 되치기 당하여 침전에서 살해되는 어처구니없는 일이 벌어졌지. 패망으로 가는 왕조 마지막 징후다 하여, 그 뒤를 이어 왕위에 오른 우왕은 공민왕의 아들이 아니라 요승 신돈의 자식이라는 소문이 도성에 파다했어. '신돈의 시녀 반야가 낳았으니 틀림없다.'는 카더라성 소문이다. 하여, 훗날 공민왕이 반야에게 홀려 신돈의 집을 거쳐 낳은 아들이라고 밝혀졌고, 소문의 속성상 추측에 억측을 더해 빠르게 퍼져 나갔지. 도성의 민심이 흉흉했고. 장본인 우왕은 황음에 빠져 백성을 돌보지 않고 있었고. 나라를 바로 잡아야 할 권신은 세력다툼에 혈안이 되어 이전투구를 벌이고 있었지. 권문세족과 사찰은 토지를 장악하고 백성들을 착취했어. 춥고 배고픈 백성들은 하늘을 우러러 한숨을 토해냈고. "오호, 너의 학문이 여기까지 왔느냐? 기특하구나." 충격을 애써 감추며 머리를 쓰다듬어 주는 스승의 손이 떨리고 있었어. 나라의 안위를 걱정하는 학자의 한 사람으로서 주체할 수 없는 무력감에 깊은 나락으로 떨어지는 것만 같았지. 아직 약관의 어린 나이에 세상을 논하는 제자가 대견스럽기도 하고 두렵기도 했을 거야. 요즘도 마찬가지지만 어제의 벗이 오늘 적이 되는 일이 비일비재한데 말이여, 권력과 이익을 위해서라면, 이합집산을 거듭하며 중상모략과 암투가 난무하는 혼란의 시대를 꿰뚫어 보고 있는 이방원의 예리함에 소름이 끼쳤어. 참말이지 제자가 아니라 한 마리 호랑이를 키우고 있다는 느낌이 들어 오싹했다지 뭐야.

2007년 5월 27일, 전남 나주시 금천면 큰아버지댁, 이종인(70), 이지은 조사.

전주이씨 '왕의 물 축제'

조사자의 큰아버지인 구연자가 전주이씨 축제로 종친회를 다녀오면서 해준 이야기다.

세종대왕시대였지? 세종대왕은 뭐, 몸이 뚱뚱하고, 건강도 아주 안 좋았다나봐. 업적을 남긴 사람이니 앉아서 공부만 해서 그런가? 하여튼 세종대왕은 당뇨병으로 눈이 실명되기 직전에 이르는데, 어떤 노인이 궁궐에 와서 말하길, "청주와 전의 목천에 신비의 우물이 있는데, 물맛이 마치 그 뭐, 뭐요, 톡 쏘는, 그래. 사이다 있지? 그 맛처럼 톡 쏘는 맛을 낸다 하여서 초수라 부르는데 여러 병을 치료할 수 있습니다." 하고 사라졌다는 거지. 실명이 되기 직전이니 이보다 더 좋은 소식이야 일을 수가 있을까. 바로 그 청주로 간 거지. 그런데 이것도 잠시였다는 거야. 그 뭐, 뭐요, 있잖소. 그래서 전의로 가서 치료하려고 했는데, 그 지역이 가뭄이 들어서 백성들이 살기 어렵다고 해서 또 그리로 못 가고. 그래서 몇 사람들을 뽑아서 관직을 주어서 물 떠오는 심부름을 시키게 되고, 그 일을 제대로 못해 내면 아주 큰 벌을 받게 되었다는 내용인데, 이건 전주이씨 종파 축제로도 남아 있어.

2007년 5월 25일, 강원도 강릉시 노암동 할머니댁, 이건각(李建珏,70), 이승희 조사.

덕천군(德泉君)의 탄생

조사자의 아버지인 구연자가 문중 어른들에게 어렸을 때 들었다고 하였다.

전시에 왕자가 대조전에서 탄생하였더란다. 임금이 하교하기를, "하늘과 조상신이 나의 가방(家邦)을 돌보아 준 덕에," 아! 한자 꼭 넣어라. "왕자가 탄생하여 조사에 주인이 있게 되었다."라고 하는데, 산실청의 도제조 이하에게 차등 있게 시상하였대. 이것이 덕천군의 탄생이라고 알고 있는데, 어려운 말이 너무 많지? 아빠도 어른들께 들은 거라 좀 어렵네.

2007년 5월 27일, 경기도 의왕시 우리집, 이건희(李建熹,49), 이승희 조사.

열악한 시대

조사자의 아버지인 구연자가 문중 어른들에게 어렸을 때 들었다고 하였다.

당시 부왕이었던 정종대왕은 이년밖에 왕위에 앉아 있지 못했었고, 태종대왕의 등장으로 처신하기가 매우 곤란했던 걸로 추정이 되는구나. 아무래도 세력이 약했던 탓이 아닐까. 그래서 왕자로서 행동할 수 있는 행동반경이 매우 좁았을 것이야. 뭐, 세상사는 게 다 이렇지. 덕천군은 어머니 성빈지씨의 소생으로 보조공신에 추증되었는데, 여기에는 또 말이 있지. 태종대왕이 "인덕이 출천(出天)하고 모후가 지씨라 샘물에 물이 마르지 않으니, 그 물이 복의 물이다." 라고 한 거야. 그리고 나서 덕천을 군호로 하고 덕천군이라는 이름을 주셨지. 덕천군은 아마도 인물이 후덕하고 왕자이긴 하지만, 대단한 기상(?), 뭐, 좀 남다른 성품을 지녔던 것 같네. 고종 구년(1872)에 영종정경에 추증이 되셨어. 배위는 장천부원군

이종무(본관 장수)의 따님이고. 글쎄, 우리 집안은 크게 벼슬을 한 인물은 없는 걸로 알고 있는데, 물론, 있기야 있을 수도 있지만, 아빠가 알기론 있어도 크게 되지는 못한 걸로 알아. 아마도 이런 영향 탓이 아니겠냐.

2007년 5월 27일, 경기도 의왕시 우리집, 이건희(李建熹,49), 이승희 조사.

성품이 착한 덕천군

조사자의 아버지인 구연자가 문중 어른들에게 어렸을 때 들었다고 하였다.

덕천군은 인품이 착하다고 했잖아. 그래서 더 말하는데, 이런 일도 있다고 하네. 잘 받아 적어 봐. 태종대왕 때 덕천군이 총관으로 임금을 모시고 조회에 참석하였는데, 조회라는 것이 지금의 조회와 같은 의미일 것이야. 조회 마치고 나가다 아들 첫돌이라 간단하게 식사나 하자 했는데, 갑자기 임금이 "벌레가 있다!"라고 하면서 화를 내면서 궁녀는 물론, 모두 벌받을 준비를 하는데, 덕천군이 혼자, 벌레로 독물이 아니니까, 참아달라고 했다네. 그래서 임금이 화를 누그러뜨렸다고 하는 설도 있어. 이런 일만이 아니라 덕천군은 자기 집에 도둑이 든 걸 보고 잡아 가두는 것이 아니라 돈을 꿔주고 뭐, 농사도 하고. 이렇게 검소한 생활을 했다는구나. 이런 시조가 계시니 우리도 지금 있는 거고, 또 이런 점은 지금 우리가 본받아야 하는 거 같다. 너희들 둘 다 나태하고 아주 게으르고, 요즘 예의도 없어지고, 도대체 나이를 먹으면 더 나아져야지! 본받아. 본받아.

2007년 5월 27일, 경기도 의왕시 우리집, 이건희(李建熹,49), 이승희 조사.

신궁 이성계

　조사자의 외삼촌인 구연자가 아버지(외할아버지)로부터 전해 들었다고 하였다.

　이 이야기는 이성계가 동북면 병마사로 있을 때 일이라고 해. 어느 날 원나라 군사가 압록강을 넘어 의주까지 쳐들어 왔는데, 이성계가 군사 이백 명을 이끌고 나가 치열한 전투를 벌였어. 전투가 끝나자 이성계가 이렇게 말했대. "이번 싸움에서 나는 적의 왼쪽 눈만을 노리고 쏘았도다." 그래서 병사들이 그 말을 확인하기 위해 이곳저곳에 쓰러져 있는 원나라 군사들을 살펴보았지. 그리고 탄성을 질렀어. "아니! 모두 왼쪽 눈에 화살이 꽂혀 있어!" "정말 놀랍군!" "이건 완전 신궁수야!" 이때부터 이성계는 명궁수 중의 명궁수인 '신궁수'라는 이름으로 온 나라에 이름을 떨쳤다고 해.

2008년 6월 1일, 서울시 관악구 사당동 외삼촌댁, 이선포(43), 심황석 조사.

태조 이성계와 함흥차사(咸興差使)

　조사자의 아버지인 구연자가 아버지(할아버지)에게 들은 이야기라고 하였다.

　태조가 이성계인 거는 알지? 조선의 첫 번째 왕이야. 니가 과제 때문에 얘기 해달라니까 해주는 건데, 아빠도 어렸을 때 들어서 잘 기억이 안 난다, 야. 이성계가 조선을 세우고, 조선을 이끌고 있었는데 말야, 이성계한테는 아들이 있었대. 그게 누군지 알아? (이방원은 아는데, 다른 아들은 모르지.) 알긴 아네? 이성계는 이방원이라는 아들이 있었는데, 이방원은 그러니까 이성계가 나라 일을 할 때 어려운 일이 생길 거 아냐? 응? 그때마다 이방원이 큰 공을 세워서 이방원은 당연히 자기가 세자가 될 줄 알았나봐. 근데 이성계가 무슨 생각인지 이방원 말고 다른 아들, 아들, 이름이 뭐였지? 방, 뭐였는데. 이름은 이따가 기억나면 얘기해 줄게. 아무튼 그 아들한테 세자를 하라고 시킨 거야. 그러니까 에, '니가 왕이 되야 하는데, 왕이 되려고 니가 노력을 했는데, 석은이(동생)이 된' 거지. 이해가? (응. 근데 아빠 나 이거 들어본 거 같은데?) 아빠가 얘기 했었나? 음. 다른 얘기는 없는데, 음, 그래도 들어.(웃음) 어쨌든 이방원이 화가 났겠지? 화가 나서 그 왕이 된 아들의 충신 정도전을 죽이고 왕이 된 아들도 입막음을 했대. 이게 이방원의 왕자의 난이라는 거야. 이성계는 이방원의 이런 짓거리를 용서할 리가 없지. 그래서 다른 아들 정종한테 왕위를 물려주고 에, 거기가 어디였었냐? 함흥! 함흥으로 가 있었대, 이성계가. 함흥에 가 있는 동안 정종이 어찌해서 물러나고 이방원이 왕이 되었는데, 형제간의 우애 같은 건 없어도 효심은 남았었는지 이성계의 화를 풀어 보려고 함흥으로 신하들을 문안인사를 보냈대. 근데 이성계가 어떻게 했을 거 같애? (빨리 얘기해줘.) 이성계가 화가 많이 났는지 문안인사 온 사람들을 다 죽였대. 뭐 기억에는 화살로 쏴 죽였다는 얘기도 있고, 그랬는데 이성계가 이방원이 보낸 사람들을 다 죽이니까 누가 함흥, 이성계가 있는 곳에 가고 싶겠어? 그치? 근데 박순(朴淳)이라고, 이성계가 아끼는 친구라고 해야 하나? 박순이 간다고 했대. 박순도 이름이 맞나 모르겠는데, 박순이 이성계한테 갈 때 엄마 말하고 애기 말하고 두 마리를 가지고 갔대. 그리고서는 애기말을 나무에 묶어 놓고 엄마 말하고 떨어트렸더니 엄마 말이 앞으로 가지도 못하고 뒤로 가지도 못하고 엉거

주춤 서 있더라는 거야. 그걸 이성계가 보고 박순에게 이유를 물으니까 박순이 '애기 말이 나무에 묶여 있어서 엄마 말이 걱정되고 떨어져 있기 싫어서이다.' 이런 식으로 이야기 하면서 동물도 부모와 자식의 정이 있는 거라고 얘기를 했대. (헛기침) 그 다음에는 어떻게 되었는지 기억 안 나는데, 아무튼 이성계는 박순을 서울로 돌려보내지 않고 음, 같이 생활 하게 되었는데, 어느 날 박순과 이성계가 지붕에서 떨어져 죽을 것 같은 쥐새끼를 봤대. 근데 그 쥐새끼가 자기 새끼를 안고 놓지를 않더라는 거야, 자기가 죽을 판인디. 이 모습을 보고 박순은 서울로 돌아가겠다고 울고, 이성계는 그 모습이 불쌍했는지 어쩐지 서울로 가라고 했대. 박순은 당장 함흥을 떠났는데, 에, 이성계 신하들이 박순을 죽여야 한다며 소란을 일으켰나벼. 이성계는 어쩔 수 없이 그 함흥 근처에 무슨 강인데, 그 강을 박순이 건넜을 거라 생각하며 칼을 쥐어주고 죽이라고 했다네? 그래서 신하들이 박순을 찾으니까 그 무슨 강에 겨우 와서 배에만 올랐지 강은 건너지 못했다는 거야. 운도 지지리도 없지 그치? 그래서 신하는 박순의 허리를 베었대. 박순이 죽은 걸 알고 이성계는 서울로 돌아간다 했대. 미리 갔었으면 이런 일이 없었을 걸. 아, 그러니까 이성계도 오죽 화가 났으면 사람들을 다 죽였겠냐. 아빠가 들은 얘기는 이게 끝인데 함흥차사라는 말 알지? 아무런 연락이 없을 때 쓰는 말, 말이여. 그 말이 이성계가 사람들을 다 죽여서 사람들이 돌아오지 못하고 있는 그 때에 나온 말이래. 아, 근데 아까 그 왕자 이름이 뭐였는지 기억이 안 난다.

2008년 5월 23일, 충청남도 당진군 본인 집, 이명섭(李明燮,55), 이소정 조사.

이성계가 꾼 꿈의 해몽

조사자의 아버지인 구연자가 아버지(할아버지)에게 들은 이야기라고
하였다.

이성계의 예지몽에 대해 얘기해줄게. 음, 이성계가 꿈을 꿨어. 그게
무슨 꿈이냐 하면 말이지. 조선의 왕이 될 거라는 그런 꿈이었어. 이성계
가 꿈을 꾸었는데 자기가 큰 기둥만한 서까래를 들고, 아 서까래라는
걸 아나? (응, 알아.) 그래, 그러니까 음, 서까래 세 개를 짊어지고 '어의정,
어의정' 이러면서 큰 문으로 들어가는 꿈이였어. 그 꿈을 꾸고 수염이
기다란 할아버지를 만났는데, 그 할아버지가 꿈 얘기를 듣고 해몽을 해주
었대. 이성계가 짊어진 서까래, 그러니까 임금이라는 뜻이고, (이해 안
가는데 다시 얘기해줘.) 종이 가져와봐. 한문으로 쓰면서 얘기해야 할
거 같다. (여기 있어.) 그러니까 임금 왕(王)자, 서까래 세 개는 임금 왕자
를 말하고 대문으로 들어가면서 '어의정, 어의정' 요렇게 말한 것은 어의
정(御衣廷)에서, '어의'는 옛날에 왕들이 입는 옷 있지? 그걸 얘기 하는
거야. 그리고 '정'은 조정, 정치에 설 것이라는 뜻이라고 하면서 머리를
조아렸대. 근데 이성계가 의심이 많은지 친구를 시켜서 다시 그 꿈에
대한 이야기를 하고 오라고 그랬대. 그래서 친구가 가서 다시 꿈 얘기를
하니까 그 할아버지는 친구한테 서까래 세 개를 지고 있는 것은 구(口),
그러니까 입을 뜻하는 건데, 뭐라고 얘기해야 하지? 아, 아무튼 어의정의
대문 앞에서 입을 벌리고 있는 꿈이니까 거지가 될 꿈이라고 얘기했다는
거야. 똑같은 꿈인데도 이렇게 저렇게 해석하다니,(웃음) 재미있지? (응.)

2008년 5월 23일, 충청남도 당진군 본인 집, 이명섭(李明燮,55), 이소정 조사.

황제나 왕이 되는 명당

조사자의 아버지인 구연자가 아버지(할아버지)에게 들은 이야기라고
하였다.

옛날에 어떤 분인지는 모르겠는데, 그 분이 전주이씨의 어떤 분이야.
그 분이 자신의 조상님의 시체를 묻으면 그 자손들이 황제가 되고, 왕이
되는 바위를 찾아서 시체를 묻었대. 그런 바위가 있으면 나도 묻어 볼까?
(웃음) 농담이구. 근데 그 바위에 시체를 묻으려고 바위를 찾으려 나서니
까 하인 녀석이 쫄래쫄래 따라오더라는 거야. 근데 그 하인 녀석은 주
씨 성을 가졌어. 그 어떤 분에게 바위의 전설을 듣고, 하인도 자신의 조상
의 시체를 가져왔더래. 거기까지는 좋았지. 그 분이 시체를 묻는 걸 하인
에게 시켰는데 하인이 말야, 자신의 조상은 일층에다가 묻고, 그 시체
위에 그 분의 조상님의 시체를 묻었다는 거야. 그래서 명나라 황제 주원
장(朱元璋) 알지? 그 사람이 그 하인이 묻는 시체의 후손이래. 시체를
묻었기 때문에 주원장이 황제가 된 거지. 그리고 같은 시기에 태조 이성
계가 조선의 왕이었지? 이성계는 전주이씨 그 분이 묻었던 시체의 후손
이구. 그래서 이성계와 주원장이 같은 시기에 왕이 될 수 있었던 거래.

2008년 5월 23일, 충청남도 당진군 본인 집, 이명섭(李明燮,55), 이소정 조사.

효령대군 이야기

조사자의 아버지인 구연자가 아버지(할아버지)에게 들은 이야기라고
하였다.

너 우리 집안이 전주이씨 무슨 파인지 아냐? (예전에 들은 적 있어. 효령대군파 아냐?) 맞어. 너 효령대군 릉 못 가 봤지? 아빠가 예전에 효령대군이 있는 청원사6)라는 곳을 간 적이 있어. 거기에서 보고 들은 걸 얘기해 줄게. 이런 것도 괜찮나? (헛기침) 청원사에는 효령대군 릉이 있어. 거기에서 그 릉을 관리하는 거래. 근데 그 청원사에 말야, 효령대군 비가 있는데, 거기에 효령대군에 대해 써 있더라구. 효령대군은 어렸을 때 다른 형제들보다 똑똑하고 온순하고 형제애가 깊고, 거기다가 충성심도 깊었대. 그것만이 아니라 화살도 잘 쏘아서 태종하고 사냥을 나갔을 때 쏘았다 하면 백발백중이라 모두들 놀랐다는 거야. 태종이 병에 걸렸을 때 극진히 간호하고, 효심이 많이 깊었대. 아, 이런 얘기도 있었다! 명나라인가? 아무튼 그 사람들과 술자릴 가졌는데 효령대군이 세종에게 술을 권하더라는 거야.(헛기침) 근데 기가 막힌 건 세종이 효령대군에게 일어나서 두 손으로 술잔을 받았다는 거야. 왕이 말이야. 그 모습이 너도 이해가 안 가지? 응? 명나라 사람들은 효령대군에게 '왜 세종이 술잔을 저렇게 예의를 갖추고 공손히 받느냐?' 하고 물었나봐. 그러자 효령대군이 '우리나라에서는 임금과 신하의 구분도 엄격하지만 형제간의 우애도 중요하다.'면서 '형님의 잔을 어찌 한 손으로 받을 수 있겠느냐?' 했대. (손뼉 치면서) 왜 효령대군이 왕이 되지 못했냐, 이 얘기를 빠트렸다. 인품으로 봤을 때는 당연히 왕을 했어야 했지만, 효령대군의 형인 양녕대군이 왕의 자리를 거부한 걸 보고, '형님이 거부한 걸 내가 어찌 하겠느냐?' 이러면서 세종에게 왕의 자리를 물려주었대. 그리고 나서 왕자로 누릴 수 있는 부귀영화를 다 버리고 자연과 함께 하며 물아일체의 삶을 사셨대. 그것도 초가집에서 말이야. 우리 조상님이 그렇게 인품이 좋으셨으니까 자랑스러워 할 일이지? (웃음)

2008년 5월 23일, 충청남도 당진군 본인 집, 이명섭(李明燮,55), 이소정 조사.

---

6) 효령대군의 사당인 청권사(淸權祠)를 잘못 말함.

보위를 사양한 양녕대군

조사자의 아버지인 구연자가 어릴 때 아버지와 주변 사람들에게서 들었다고 하였다.

아빠 집안 이야기? 허허, 우리 집이야 양녕대군파지. 사실 나도 집안 이야기는 잘 몰라. 양녕대군은 다들 알잖아. (괜찮으니까 얘기해주세요.) 양녕대군은 세종대왕 큰 형이지. 원래는 양녕대군이 보위를 이을 세자였는데, 알지? 양녕대군이 첫째고, 세종대왕은 셋째셨잖아. 근데 양녕대군이 딱 보니까 자기 동생이 그렇게 뛰어났나봐. 그래서 멀쩡하던 사람이 술 먹구, 놀구, 미친 사람인 척을 해가지고 자기 동생이 왕이 되게 한 거야. 그러고 동생이 왕이 되게 만들고 나서도 놀기 좋아하는 미친 사람이라고 모함을 받아가지고 귀향살이도 하고, 참 굴곡이 많았다더라. 그리고 돌아가시고 나서 '묘비를 세우지 말라.'고 유언하셨대. 근데 후손들이 묘비를 세웠더니 그게 벼락을 맞았는지 댕강 부러졌대. 참 신통하지.

2008년 5월 12일, 서울시 개봉동 우리집, 이재균(李在均,59), 이영현 조사.

羅州林氏

52
나주임씨

순수혈통 집안 나주임씨

나주임씨 중앙화수회에 고문으로 있는 구연자는 종문의 족보와 역사를 쓰기 위해 중국과 우리나라 전국을 돌아다니며 관련자료를 접하고 알게 되었다고 하였다.

영모정에 걸은 시, 아까 영모정 얘기했는데, 여기가 금은당이라고 종가를 당호를 지었데, 금은당이라고, 한터여, 한터에서 육백 년간 종가 종손이 양자도 없이 쭉 살아와. 그것이 여 기 나와. 그것이 자랑이지. 어느 집안에 그런 집안이 있다냐? 종가에 양자도 없고 바로 적자손으로 쭉 나오는 거지. 여그도 저기잡고 나와, 그렇께 그게 자랑이여, 나주임가에.

2007년 6월 8일, 서울시 종로구 내수동 75 용비어천가 오피스텔 726호
나주임씨중앙화수회 사무실, 임균택(林均澤,83), 임세정·임재홍 조사.

임씨 성의 유래

나주임씨 중앙화수회에 고문으로 있는 구연자는 종문의 족보와 역사를 쓰기 위해 중국과 우리나라 전국을 돌아다니며 관련자료를 접하고 알게 되었다고 하였다.

나도 중국 갔다가 거, 배간1)이 은나라 때, 국문학이니까 알것구나. 은나라 때 조앙2)이 폭정을 하지 않았냐? 작은아버지 배간이가 "그러지 말라."고 간헌3)하지 않았냐, 하도 간언하니까, 그렁쌍께, 그 무엇이냐 그, 그 조왕이 작은아버지를 살해했어. 무시한 거야, 콩팥이 모모, 아홉 개인가 그런 이유 달아가지고, 배를 갈라가지고 죽였어, 배간이, 그때 부인이 진씨부인이여, 그것이, 그것이, 그런께, 이것도 복사를 해가지고, 중국에 배간이, 그것도 내력이 나와, 근디 내가 복사를 해놨나. 거그 임가가 동남아에 있는, 동양에 있는 임가는 일본이고, 일본, 중국, 대만, 필리핀, 버마, 심지어는 태국, 전부가 임가들이 많이 살아야. 중국 가면 다 모여, 모임 있어가꼬, 거그다와 한국도 그 모임이, 임가가 시믈네 번4)이야, 나주, 선산, 평택 해가꼬, 시믈네 번이 조직이 있어, 그 조직에서 중국 가서 제사, 배간이 제사 땜에 가. 배간이 은나라 때 삼천백여 년 때5) 그 사당이 하남성에 고대로 있어, 그것을 니들이 알아야겠다.

2007년 6월 8일, 서울시 종로구 내수동 75 용비어천가 오피스텔 726호
나주임씨중앙화수회 사무실, 임균택(林均澤,83), 임세정·임재홍 조사.

---

1) 중국 은(殷)나라 말기의 왕족인 비간(比干). 조카인 주왕(紂王)의 음란함을 간하다가 죽음을 당하였음.
2) 중국 은나라의 마지막 왕인 주왕(紂王). 폭군으로 널리 알려짐.
3) 간언(諫言).
4) 스물네 개의 본(本)이 있다는 말임.
5) 3100여 년 전이라는 말인 듯.

일제시대 최고 부자 임호상(林昊相)

나주임씨 중앙화수회에 고문으로 있는 구연자는 종문의 족보와 역사를 쓰기 위해 중국과 우리나라 전국을 돌아다니며 관련자료를 접하고 알게 되었다고 하였다.

아, 단대, 단대 학교가 우리 임가 터다, 전부다 일정 때 최고 부자는 임호상씨라고 있었어. 경찰이 앞에 보초도 스고 한 집여. 대한민국에 최고 부자여. 단국대 거시기가 그래가지고, 손자가 재산 가만가만 다 뺏어가지고, 그래가지고 영구히 몇 대손까지 다 먹여살린다고 해놓고, 떡 다 먹어놓고는 쫓아 내뿔자나. 그래서 재판하고 날리 났었지. 몇 년 전만해도 단대 나쁜 놈들이여, 단대, 재단 이사들이 <u>흐흐흐흐.</u>

2007년 6월 8일, 서울시 종로구 내수동 75 용비어천가 오피스텔 726호
나주임씨중앙화수회 사무실, 임균택(林均澤,83), 임세정·임재홍 조사.

엄격하면서도 호방했던 임세온(林世溫)

조사자의 큰아버지인 구연자가 어려서 집안 어른들에게 들은 이야기라고 하였다.

임세온이라는 나주임씨 사람이 있었는데, 그 아버지가 서울로 데려갔어, 아들을. 그니까는 임세온을. 근데, 자신은 서울이 싫다고 하고 그냥 시골에서 살기를 원했단 말야. 임세온이 아버지가 임종유 인데 상당히 부자였나벼. 엄청나게 많은 땅과 노비를 상속받아서 엄청난 농사를 지었

다는 거야. 그리고 이 임세온은 화초 괴석허고, 연못으로 정원을 가꾸지 않았다고 허고, 임세온은 집안에서는 엄격했는데, 마을에서 아픈 사람이 있으면 자기가 도와주고, 좋은 일, 슬픈 일 참여해서 도와주고, 돈이 많으니까. 돈을 많이 물려받았는데, 보통 사람이라믄 자기가 다 가질라고 하는데, 임세온은 동생허고, 누이한테 재산을 나눠주구, 또 다른 지역에서 생활하는 형제들의 생활도 도와줬어. 나중에, 말년에는 식량이 모잘라서 빌리기도 했는데 아무튼 부자였어. 임세온의 엄격함과 호방함과 관대함은 후대 사람에게도 많은 영향을 미쳤고, 임세온의 물심의 지원이 있었으니까. 마음껏 관직생활도 할 수 있었지.

2008년 5월 17일, 경기도 안성시 구포동 큰아버지댁, 임성기(林成起,56), 임은지 조사.

해남의 열녀 임씨

조사자의 큰아버지인 구연자가 어려서 집안 어른들에게 들은 이야기라고 하였다.

진도가 고향인 임씨 처자가 있었어. 이 임씨는 열다섯 살에 해남 두모 마을로 시집을 갔단 말야. 지금에서는 생각도 못헐 나이에 시집을 간 거지. 옛날에는 어릴 때 시집을 많이 갔어. 만약 은지가 그때 시집갔으면 벌써 아들 하나가 떡하니 있을 지도 모를 일이지. (웃음) 암튼 임씨가 시집을 갔는데, 남편이 병에 걸려 일찍 죽고 만 거야. 일찍 남편을 잃으니 앞으로 살아갈 일이 막막한 거야. 거기다 참말로, 팔자도 드럽게 사납지. 시아버지는 앞을 보지 못하는 맹인인 거야, 맹인. 앞 못 보는 장님이야.

그런데도 임씨는 정성껏 시아버지를 봉양하며 살았어. 이 소식을 전해들은 친정부모가 가만히 있겠냐 이거야. 그래서 친정부모는 임씨를 개가시킬려고 병세가 위급하다고 하고 친정에 들리라고 딸을 불렀어. 그래서 임씨가 어떻게 했을까? 당장 친정으로 달려간 거지. 지 부모가 아프다는데 어케 한담? 그걸 당장 가야지. 갔는데 병석에 누워있어야 할 부모님이 멀쩡하니 있는 거야. 그때 딱 부모가 말을 했어. '개가하라.'고. 근데 이 임씨는 '장님인 시아버지가 집을 홀로 지키고 있으니, 얼른 돌아가야 한다.'고 하는 것이야. 그리고는 친정집을 떠나 부렸지. 딸의 뜻을 바꿀 수 없다고 생각한 이 친정 부모가 마을의 청년들을 동원했어. 왜 동원했냐 하믄 임씨를 당장 잡아오라고 그런 거야, 강제로. 잡으러 쫓아갔는데 임씨가 도망갈라고 하니 앞에 바다가 놓여 있어서 더 이상 도망갈 수가 없었던 거야. 다급해진 임씨가 기도를 한 거야, 천지신명께. '비나이다, 비나이다.' 이럼서. 제발 좀, 바다 좀, 건너가게 해달라고. 그러자 이때 갑자기 딱허니 호랑이가 나타났네. 임씨가 이 호랑이를 타자 호랑이가 바다를 건넜어. 그래서 그 청년들로부터 도망칠 수가 있었지. 이후에 임씨는 평생 시아버지를 봉양하며 모시고 살다 죽었다. 이런 이야기가 있어.

2008년 5월 17일, 경기도 안성시 구포동 큰아버지댁, 임성기(林成起,56), 임은지 조사.

동첩열녀(童妾烈女) 임씨

조사자의 큰아버지인 구연자가 어려서 집안 어른들에게 들은 이야기라고 하였다.

　조 판서라는 사람이 있었는데, 원래 아내가 두 명이 있었고, 많은 소실을 거느리고 있었어. 이 조 판서가 늙어서 벼슬을 관두고 은거를 했는데, 항상 시하고 서예를 공부하고, 여자를 곁에다가 두웠어. 근데 이 조 판서가 여자를 좋아해서 여든 세가[6] 넘어서 스무 살의 나주임씨를 동첩으로 맞이한 거야. 흠, 솔직히 이해하기가 좀 힘들긴 해. 늙은이가 노망났다고 하지, 요즘 세상엔. 아무튼 결혼을 해서 팔 개월 동안은 같이 지내다가 조 판서가 죽었어. 이 조 판서가 죽자 제일 슬퍼했던 사람이 임씨였대. 죽었으니 장사를 치뤄야겠지? 장사를 치르고 며칠 후에 임씨는 스스로 자살, 아, 자결을 한 거여. 그래서 세상 사람들은 임씨를 동첩열녀라 칭송한다는 옛날이야기가 있어.

2008년 5월 17일, 경기도 안성시 구포동 큰아버지댁, 임성기(林成起,56), 임은지 조사.

임씨 막내딸의 지혜

조사자의 할머니인 구연자가 평소 알고 있던 이야기를 직접 해주었다.

　옛날에 임씨 가문에 딸만 셋이 있는 집안이 있었어. 어느 날 아버지가 딸 셋을 모아 놓고 '너희들은 뉘 덕에 사니?'하니까 첫째 딸 하구 둘째 딸은 '부모님 덕에 살지, 뉘 덕에 사나요?' 이러구 막내딸은 '내 복에 살지, 뉘 덕에 사나요?' 이러구 말했어. 그랬더니 아버지가 돈 벌어서 공부까지 하게 해줬는데 괘씸하다고 생각하구 언니들은 바리바리 싸서 시집을 보내구, 막내딸은, 옛날 장터에 가보면 있어. 거기 가서 아버지가 가만히

---

6) 여든 살이. 80세가.

서서 보니까는 노총각이 숯을 한 짐 지고 와서 (큼큼.) 있길래, 아버지가 '여보, 여보, 날 좀 보소.'하니까는 노총각이 '예.'하고 쫓아가니까. 아버지가 노총각을 말끔히 씻기구, 그 날로 막내딸이 있자나? '얘 데리구 살어.' 하구 딸을 줬어. 딸이 신랑을 쫓아가보니까 신랑 엄마가 있는데, 꼬부랑 할머니에 오막살이 집이드랴. 아주 산속에, 산속에. 신랑이 '점심 좀 싸달라.'구 해서, '어디 가냐?'니 '숯 팔러 간다.'고 하는 거야. 그래서 여자가 밥을 안 싸주고 쌀두 없구 노란 좁쌀뿐이야. 부인이 '거기가 어디냐?'구 하니, 그러구 부인이 신랑을 쫓아갔어. 갔더니 아궁이를 받치는 돌이랑 기둥을 보니 금돌이드랴. 부인이 '숯을 팔지 말구 금돌을 팔라.'구 했어. '그 금돌을 팔면 사러 오는 사람이 있으니, 팔면 돈을 아무 소리 말고 지어오라.'고 했어. 금돌을 하나 팔았어. 집으로 오니까 신랑이 '널찍한데 가서 농사를 짓자.'고 하드랴. 이제 금돌이 시 개에서 두 개가 남았자녀. 부인은 '금돌을 마저 팔아오라.'고 했어. 하나를 마저 팔아서 아주 좋게 해놓고 살았어. 아버지가 요년을 내쫓았길래 궁금해서 물어보니, '아주 부자로 산다.'고 하드랴. 그래서 아버지가 딸집에 가보니 자기 딸이 아주 부자로 살걸랑. '너 어떻게 돈을 벌었냐?'고 하니 '다 내 복이라우.' 아버지가 '나를 얼만큼 사랑하니?' 그랬더니 '고기의 소금만큼 사랑한다.'고 하니, '이런 괘씸한 년이 있나.'하고 집에 와서 마누라한테 고기하고 소금 없이 나주고, 소금 (없이) 나주고 하니, 고기에 소금을 찍어야 맛이 나지. 맹고기를 먹으니 아무 맛이 없어. 이때 아버지가 느낀 거여. '역시 막내딸이 기뜩하구나.' 허구.

2008년 5월 23일, 경기도 안성시 숭인동 우리집, 배현숙(裵賢淑,79), 임은지 조사.

豊川任氏

53

풍천임씨

사명대사 임응규(任應奎)

조사자의 작은할아버지인 구연자가 어렸을 때 아버지(증조할아버지)에게 들었다고 하였다.

사명대사 알지? 그 양반이 우리 할아버지야. 실제 이름이 임응규라고, 법명은 그 모였더라? 할아버지한테 옛날에 들었는데, 글쎄 아무튼 그 사람이 우리 집안사람이야. 슬기, 사명대사의 아는 거 있냐? (조사자 : 그 분이잖아요! 일본 통신사로 갔던 분! 아, 우리 할아버지예요? 우와!) 그래, 일본 통신사로, 일본 정가를 서늘하게 하셨지. 거기다가 조선인 포로 삼천여 명을 송환하셨던 분이야. 또, 임진왜란 때 승병을 일으켜 평양성과 수도탈환에 공을 세우셔서 우리 집안에 유명한 분이시지. 너 아직 그 나이 먹도록 이것도 모르고 있었단 말이야! 헛배웠어. 그럼 너, 그것도 모르겠구나! 사명대사비7)라고 저기 전라도에 가면 있는데, 글쎄 그것이 나라에서 무신 일이 일어날 것 같으면, 글쎄 그 비석에서 땀이

흐르듯 물이 흐른다는 거야. 그래서 그 지방 사람들은 그 비석을 신성시
여긴다는구나.

2007년 5월 24일, 경기도 양주시 덕정리 할머니댁, 임제순(任制巡,71), 임슬기 조사.

효자 임일기

조사자의 작은할아버지인 구연자가 어렸을 때 아버지(증조할아버지)
에게 들었다고 하였다.

임일기라고, 글쎄, 회암리에 효자문 모르나? 저번에 한번 할머니랑 같
이 본 거 같은데, 그니까 옛날에 임금이 하사하시길 열녀, 효자문을 하셨
는데, 우리는 효자문이 있어. 그 분이 어떻게 그런 거냐 하면, 어머니가
노환으로 병환이 깊은데 가난해서 봉양할 수가 없는 거야. 그런데 노모의
병은 그, 잉어를 고아 먹으면 낫는다고 길승이[8] 그런 게야. 그런데 가난
해서 잉어는 구할 수가 없었는데, 갑자기 글쎄 소나기가 쏟아지면서 마당
에 잉어 한 마리가 뚝! 하고 떨어진 거야. 그래서 글쎄, 그것을 고아 어머
니를 봉양해 병이 나았다는 전설이 있는데, 이에 감동해 나라님이 그
효를 칭찬해 효자문을 세운 거야.

2007년 5월 24일, 경기도 양주시 덕정리 할머니댁, 임제순(任制巡,71), 임슬기 조사.

---

7) 표충사비라고도 함. 경상남도 밀양시에 있는 표충사(表忠祠)에 있음.
8) 길 가던 스님이.

충간공 임현(任鉉)

조사자의 작은할아버지인 구연자가 어렸을 때 아버지(증조할아버지)에게 들었다고 하였다.

이 양반을 말할 것 같으면, 그러니까 문무를 모두 겸비한 강직한 양반이셨다고 해. 그 옛날 전쟁 때 그, 남원부사로 남원을 사수하기 위해서, 그러니까 한 삼천 명의 관병과 의병들을, 한 일만 명의 병력으로 싸운 거야. 그게 어느 정도인지 알겠냐? (조사자 : 아니요. 잘 모르겠어요.) 그러니까 일본군은 그보다 더한 한 이십만 명을 상대로 용맹하게 싸우다가 전사하셨다는구나. 그래서 그 모냐, 충렬사에 위패를 모셨다가 남원 만인총으로 옮겨서 매년 남원에서 추모제가 열린다는데.

2007년 5월 24일, 경기도 양주시 덕정리 할머니댁, 임제순(任制巡,71), 임슬기 조사.

조선 최초의 여성 성리학자 윤지당(允摯堂) 임씨

조사자의 친할머니인 구연자가 남편(할아버지)에게 들었다고 하였다.

윤지당 임씨는 잘 모르지? 그니까, 이 분은 그러니까 옛날 조선시대에 유명한 저술을 남기면서 당시 여성으로서 힘겹게 높은 학문을 가지셨던 분이셔. 당시 사회는 여자들이 무슨 공부였겠냐? 할머니 때도 여자는 다 집안 살림만 했는데, 너네가 좋은 시대에 태어난 거야! 그러니까 글쎄, 그 우리나라 최초의 여성 성리학자로 유교 경전 등, 그 학문의 깊이를 헤아릴 수 없을 정도였다고 하는구나. 이런 것이 다 그 오빠에게서 영향을 받아서 나중에 남편이 일찍 죽고 혼자서 학문을 쌓았다고 하는구나. 우리 슬기도 커서 그런 사람이 되야 할 텐데. 그래! 몇 년 전에는 오월의 인물로 문공부에서 선정되기도 했었어.

2007년 5월 24일, 경기도 양주시 덕정리 할머니댁, 최정자(崔貞子,72), 임슬기 조사.

54
거창장씨

居昌章氏

시조 장종행(章宗行)

조사자의 큰아버지인 구연자가 아버지(할아버지)로부터 들었다고 하
였다.

큰아버지도 아주 오래 전에 아버지로부터 전해들은 얘기라 기억이 가
물가물한데, 우리 집안에 시조 할아버지로 장종행(시호는 충헌)이라는
분이 계셨더란다. 그 분은 원래 중국 송나라 사람인 장감으로, 송나라
말에 우리나라에 왔던 거고, 그 후 고려 충렬왕 때 봉익대부, 판도판서,
예문관대제학 겸 춘추관사를 지냈다고 하더라. 그 분에게는 장두민(章斗
民)이라는 아들이 있었는데, 고려 충숙왕 때 광정대부 판삼사사를 지내
고, 충혜왕이 원나라에 갈 때 함께 갔다지. 또 그 분이 고려 공민왕 때에는
상장군이 되어 홍건적을 물리치는 등 위대한 업적을 많이 남기셨다 하더
라. 니네들 맨날 우리 거창장씨를, 가진 사람들도 별로 없고, 그렇다할
위인도 없다고 자꾸 그러지만, 은주야, 우리가문에도 이렇게 큰 업적을

남기신 분들이 있다는 사실이 그래두 자랑스럽지 않냐? 아! 또 가문의 대표적인 인물로는 두민의 아들 영순(永巡)이라는 자가 대표적인 인물이라고 꼽히는데, 그는 고려의 절신 이양중(李養中)의 사위로 공민왕 때 한 몫 했었지, 후손 참장(參莊)은 공양왕 때 돈령부 부정을 지내고, 조선이 개국되자 벼슬을 버리고 거창군 웅양면 한현촌으로 가서 그곳에 정착하게 되었다고 하드라. 가문을 빛낸 위인들로는 이 정도가, 큰아버지가 아는 전부여.

2006년 4월 18일, 서울에 계신 큰아버지 댁, 장영진(章永眞,70), 장은주 조사.

할아버지와 빗자루귀신

조사자의 아버지인 구연자가 어렸을 때 친할머니로부터 들은 이야기로, 친할아버지가 겪은 실제이야기라고 하였다.

친할아버지가 옛날 군수 시절에 있었던 일일 것이다. 할아버지는 평소 약주를 즐겨하셔서 그날도 여지없이 약주를 드신 후 집으로 돌아오시는 길에, 집에 오려면 산을 몇 개를 넘어야 하는데, 어느 순간엔가 꼬마동자가 할아버지를 뒤따라오며, "할아버지! 나랑 같이 가, 나랑 같이 가." 하면서 따라왔더란다. 할아버지는 어릴 때부터 어른들한테 들은 얘기도 있고 해서 인적 없던 산에 갑자기 꼬마가 따라오는 것을 기이하게 여겨 뒤도 돌아보지 않고 빠른 걸음으로 계속 집으로 향하셨다 한다. 그럼에도 불구하고 꼬마는 계속해서 뒤를 따라오며, "할아버지, 같이 가요."라고 외쳤고, 문득 괜찮은 생각이 떠오른 할아버지는 무슨 생각에선지 뒤를 돌아꼬마를 반갑게 맞으며, 그 아이를 등에 꽁꽁 묶어 업은 후 재촉하여 집으로 가셨다는 거야. 그런데 마을 불빛이 보일 즈음 꼬마아이가 갑자기 내려달라 하며 다그치더라는 거야. 이에 할아버지는 아랑곳하지도 않고 집에 마당까지 급하게 도착하셨는데, 내려보니 등에 있던 것은 꼬마아이가 아닌 빗자루였다고 한다. 온 식구들을 다 마당으로 불러낸 후 그 중 할머니께 도끼를 가져오라하셔서 도끼로 그 빗자루를 내려치니 빗자루에서 웬일이니, 피가 나오드라는 거야. 기막히지 않냐?

2006년 4월 20일, 우리집 아버지 서재, 장정진(章正眞,67), 장은주 조사.

동호정(東湖亭)과 차일암(遮日巖)

조사자의 아버지인 구연자가 가지고 있던 문헌자료를 보고 이야기해 주었다.

아마 임진왜란 때지. 선조의 의주 몽진을 도와서 공을 세운 사람이 있었는데, 그 사람 이름이 장재헌[1]이란다. 장재헌이 중심이 되가지고 천팔백구십오 년에 건립한 것이 동호정인데, 천구백삼십육 년에 중수가 있었다드라. 아빠도 십년 전엔가 가서 본 적이 있는데, 아마 지금까지도 남아 있을 꺼다. 동호정은 함양군 안의면에서 국도를 따라 전주 방향으로 한 삼십 분인가를 가면 나오는데, 주변에 있는 정자 중에 아마 제일 클 꺼야. 아마도 아빠 기억에 화림동 계곡의 정자 중 가장 크고 화려했던

---

1) 임진왜란 당시 선조의 몽진에 수행한 사람은 장만리(章萬里)이고, 동호정을 건립한 그 후손이 장재헌임.

것으로 기억하는데, 아무튼 그렇고. 강 가운데에는 노래 부르는 장소와 악기를 연주하는 곳이랑 또 술을 마시며 즐기던 곳이 있고, 여기를 차일 암이라고 하는데, 여기는 수백 평의 널찍한 암반이 있어 이곳이 풍류를 즐기던 곳임을 한눈에 알 수가 있지. 음, 동호정 마루에는 장마루가 깔려 있는데, 이것도 원래는 우물마룬가 그랬는데 나중에 변형되었다지. 얼마 전에 들으니 요즘 한참 함양군에서 원형복구 중이라 글더라.

2006년 4월 20일, 우리집 아버지 서재, 장정진(章正眞,67), 장은주 조사.

55
단양장씨

丹陽張氏

단양장씨 시조

조사자의 어머니인 구연자가 어려서 아버지에게 들어 평소에 알고 있던 이야기라고 하였다.

말을 어디서부터 해야 할지 모르겠다. 짧아도 괜찮겠어? (응, 괜찮아.) 어. 엄마가 단양장씨야. 엄마가 어렸을 때 들었던 이야긴데, 옛날에 전쟁이 일어났대. 그 전쟁이 얼마나 컸냐면 모든 사람들이 다 죽고, 남매만 살아남았대. 세상에 두 명밖에 없었던 거야. 그래서 어쩔 수 없이 부부가 되어야 했는데, 남매끼리 결혼이 쫌 그랬나봐. 그래서 지금 충북 단양에 있는 두악산에 올라가서 맷돌을 한 짝씩 굴려서 두 짝이 합쳐지면 결혼을 해야 한다는 하늘의 뜻으로 여겨 결혼을 하자고 했대. 그 다음에 어떻게 됐을 거 같애? (맷돌이 합쳐져야 단양장씨가 생겼겠지? 하하.) (웃음) 그렇지? 잘 아네. 산 아래로 굴러간 맷돌이 짝을 맞추고 하나가 되더래. 그래서 이 남매는 결혼을 해서 자녀들을 낳고 잘 살았대. 이 남매가 단양

장 씨의 시조라고 엄마 어렸을 때 할아버지한테 귀에 못이 박히도록 들었
지. 아까 얘기했던 두악산도 지금도 있고, 그 산을 뭐라고 한다더라? 아!
소금무지산이라고도 부른대.

2008년 5월 25일, 충청남도 당진군 본인 집, 장보현(張寶賢,43), 이소정 조사.

仁同張氏

56
인동장씨

인동장씨의 인물 장지연(張志淵)

조사자의 어머니인 구연자가 친정 식구들과 명절 때 이야기 하다 들었다고 하였다.

엄마가 본관이 인동장씨야. 너는 전주이씨, 전주이씨 해서 많이 들었는데 인동장씨는 처음 들었지? 인동장씨는 첫 시조가 왕이 아니라서 잘 모르는 거야. 엄마가 중학교 때 할아버지한테 천자문 배운 얘기 했었지? 엄마는 중학교 때 방학도 없었다고 했었잖아, 천자문 배우느라고. 천자문 배우면서 할아버지가 얘기를 참 많이 해주셨거든. 거기서 들은 거야 인동장씨는 시조가 왕이 아니라는 거. 그냥 장금용(張金用) 장군이었던 거야. 너도 저번에 들었을 걸? 설에 장항 갔을 때 첫째 외삼촌이랑 둘째 외삼촌이랑 장지연이 어쩌고 하고 얘기했었잖아, 왜. 엄마네 가문에 내세울 인물은, 니가 알 것 같은 인물은 장지연 선생이지. 독립 운동가였는데, 유관순이고 윤봉길이고 다 그렇듯이, 독립운동 하는 게 얼마나 힘들었겠어.

장지연 선생도 똑같이 그렇게 힘들게 독립 무슨 회니 뭐니 다 들어서 그렇게 하신 거야. 뭐 어쨌든 우리 집안에 인물 꼽으라면 장지연 선생이라고 말해야지. 얼마나 훌륭하신 분이니 그치? 한 집안에 사람이 얼마나 많아. 그런데도 훌륭한 일을 하면 이렇게 대대로 이름을 날리시잖아. 너도 전주이씨 집안에서 이름 날리려면 훌륭하게 살아야 돼. 이제 여자들의 시대가 온다잖아. 알았지?

2005년 5월 22일, 경기도 안양시 우리 집, 장유선(張有善,47), 이승주 조사.

임진왜란의 숨은 공신 장사진(張士珍)

구연자는 조사자와 같은 종문인으로, 인동장씨 태상경공파 35대손이다. 종친회에서 편찬한 자료집을 읽었고, 개인적인 호기심에서 많은 자료를 수집했다고 하였다.

일단 우리 인동장씨의 역대 선조님들 중에서 가문의 빛난 인물들이 많습니다만, 자세한 이력이 나와 있지 않는 경우가 많아요. 그러니깐 되게 안타까워요. 먼저 장사진 어른에 관한 걸 말씀드릴게요. 임진왜란이 일어나서 군위에서 왜군과 싸우다가 한쪽 팔을 잘렸대요. 그런데 굴하지 않고 끝까지 저항하다가 순절하셨대요. 성주 등지에서 의병으로 활약했던 봉한(鳳翰)이란 사람하고, 홍한(鴻翰)이란 사람이랑 이름을 여기저기 넓게 떨쳤다고 해요.

2005년 6월 10일, 조사자의 자택, 장병삼(張炳三,53), 장용준 조사.

충신 장안세(張安世)

구연자는 조사자와 같은 종문인으로, 인동장씨 태상경공파 35대손이
다. 종친회에서 편찬한 자료집을 읽었고, 개인적인 호기심에서 많은 자료
를 수집했다고 하였다.

두 번째로 장안세 어르신에 관한 이야기입니다. 고려조가 망하고 나서
벼슬을 버리셨다고 합니다. 불사이군의 충절을 지키셔서 개성에 두문동
이라는 곳에 들어가서 가지고 은거하면서 평생을 보내셨고, 또 그분 아들
이 중양(仲陽)이신데 역시 한성좌윤이라는 벼슬을 내려서 회유를 유도하
던 태조의 부름을 거절하시고, 일생을 은거해서 절의를 지켰다고 나와
있네요.

2005년 6월 10일, 조사자의 자택, 장병삼(張炳三,53), 장용준 조사.

독립운동가 장두환(張斗煥)

구연자는 조사자와 같은 종문인으로, 인동장씨 태상경공파 35대손이
다. 종친회에서 편찬한 자료집을 읽었고, 개인적인 호기심에서 많은 자료
를 수집했다고 하였다.

장두환 어르신에 대한 이야기입니다. 충남 천안 출생이세요. 건국훈장
독립장을 천구백육십삼 년에 받으셨어요. 일제치하에서 항일비밀결사
단체인 대한광복단에 입단해가지고 충청도 책임자로 활동하시고, 김한

종(金漢鍾), 김교태(金敎泰), 황학성(黃學性)이라는 분들과 같이 충청 지역의 친일부호 명부를 만드셨었고, 그 해 십일월에는 대한광복단 명의로 격문을 작성해서 백여 명의 자산가에게 발송해서 군자금을 모으셨다고 써 있네요. 천구백십팔 년 일월 이십사일 김한종의 명령을 받고 김경태(金敬泰), 임봉주(林鳳柱)와 함께 친일관리인 아산군 도고면의 면장 박용하(朴容夏)라는 사람을 살해하는 등, 친일파 처단 활동을 했다는 기록이 있어요. 그렇게 활약을 많이 하시다가, 단원 중에 이종국(李鍾國)이라는 사람이 밀고를 해서 조직이 발각되고 체포됐다고 하네요. 공주에서 사형 선고를 받고 항고하시고, 천구백십구 년 경성 복심법원에서 징역 십 년형을 선고받았으나, 천구백이십일 년 사월 마포형무소에서 복역 중 옥사하셨다고 자료가 있어요.

2005년 6월 10일, 조사자의 자택, 장병삼(張炳三,53), 장용준 조사.

〈시일야방성대곡(是日也放聲大哭)〉을 지은 장지연

구연자는 조사자와 같은 종문인으로, 인동장씨 태상경공파 35대손이다. 종친회에서 편찬한 자료집을 읽었고, 개인적인 호기심에서 많은 자료를 수집했다고 하였다.

이 분은 정말 유명하신 분입니다. 위암(韋庵) 휘(諱) 지연(志淵) 선생님이십니다. 일제 때문에 을사조약이 강제로 맺어진 게 천구백오 년인데, 그리고 삼일 후에 황성신문에 〈시일야방성대곡〉을 발표하신 분입니다. 뜻은 '이날에 목 놓아 통곡하노라.'라고 풀이할 수 있습니다. 이 분은 황성신문 사장이셔서 일본군 헌병들한테 검열을 안 받고 출간을 할 수 있었습니다. 그 후에 체포되셨습니다. 황성신문도 문을 닫았구요, 하지만 그 글을 쓰셔서 우리나라 독립운동에 큰 영향을 미쳤다고 봅니다. 그 당시에 여러 신문들이 일제의 만행을 규탄하고 나섰고, 민중들도 이제 울분을 토하며 떨쳐 일어날 수 있었던 신호탄이 된 겁니다. 이 지연 선생님 업적을 두고 평가한 글이 있었습니다. 뭐라고 했냐하면, '장지연이 보여준 실천적 지식인의 모습은 비록 바람 앞의 등불처럼 깜박거리던 나라의 운명을 되살리는 데는 실패했지만 이후 대대적으로 전개됐던 국권회복 운동의 서막을 알리는 신호탄이었다.' 이런 기록이 있습니다.

2005년 6월 10일, 조사자의 자택, 장병삼(張炳三,53), 장용준 조사.

인동장씨의 선산

조사자의 아버지인 구연자가 할아버지로부터 어릴 때 들었다고 하였다. 구연자는 종갓집의 맏아들로 태어났기 때문에 어릴 때부터 어른들의 사랑을 많이 받았고 집안에 관련된 이야기도 많이 들었다고 한다.

옛날에 경상도인가 그쯤에 부자가 살았는데, 그 부자가 풍수에 관심이 많아서 좋은 자리를 찾고 다녔어. 그런데 어느 스님이 어떤 곳을 찍어주면서, 그곳은 호랑이가 숲에서 나오는 모양의 아주 좋은 자리라고 했데. 그런데 그 자리는 반드시 그 자리를 쓴 사람이 호환을 당하고 나서야 좋게 된다고 말한 거야. 그래서 부자는 자기 후손들이 잘 되는 이런 자리는 쓸 수가 없다고 생각했겠지. 그런데 마침 이 부잣집에서 머슴으로

있던 인동장씨 하나가 옆에서 이 얘기를 듣고 있었어. (머슴?) 응, 인동장
씨에 머슴도 있었나봐, 하하. 그래서 그 인동장씨는 부자한테 '그 자리를
자신이 쓰겠다.'고 한 거야. 그래서 부자는 장씨한테 그 자리를 주었고,
장씨는 그곳에 할아버지를 모셨다. 그리고 나서 장례를 마치고 얼마 되지
않아서 그 장씨는 스님의 예언대로, 말처럼 호랑이에게 물려 죽었어. 그
런데 정말 그 사람이 죽은 다음부터 바로 우리 집안은 자손이 대대로
출세하고 부귀영화를 누리게 되었데.

2008년 5월 25일, 인천시 부평구 청천동 우리집, 장천훈(張天勳,55), 장주희 조사.

여헌(旅軒) 장현광(張顯光) 선생과 치마바위

조사자의 아버지인 구연자가 할아버지로부터 어릴 때 들었다고 하였
다. 구연자는 종갓집의 맏아들로 태어났기 때문에 어릴 때부터 어른들의
사랑을 많이 받았고 집안에 관련된 이야기도 많이 들었다고 한다.

너 여헌 장현광 선생 아냐? 장현광 선생이 보은에 있을 때 마을 사람들
이 존경하고 따랐데. 그래서 선생이 벼슬을 버리고 고향에 돌아간다고
하니까, 사람들이 선물을 가져왔어. 그런데 장현광 선생은 검소하고 깨끗
한 사람이라서 선물들을 다 거절하고 고향 인동으로 갔어. 계속 가다가
부인이랑 앉아서 쉬고 있는데, 아내 치마를 딱 보니까 속곳치마가 비단옷
인 거야. 장현광은 가난해서 부인한테 그런 비단옷을 해준 적이 없었거든.
너무 놀라 가주구 '어디서 난 거냐?'고 물어보니까, '마을 사람들이 고향
으로 돌아가는 게 섭섭하다.'고 선물로 준 거라는 거야. 근데 쯤 전에

장현광 선생은 검소하고 깨끗한 사람이라 그랬잖아. 그래서 선생이 부인한테 그랬어. '자기는 가난으로 남한테 폐 끼친 적이 없었는데, 비단옷을 선물로 받아서 안타깝다.'고. 부인이 그 말을 듣고 마음이 어땠겠냐. 막 미안했을 거 아니야. 그래서 보은에서 받은 선물을 보은에 다시 돌려주는 것이라면서 비단치마를 벗어서 바위에 올려놓았어. 왜냐면 그 바위가 보은 바위니까. 그러고는 인동으로 갔지. 그래서 지금 보은에 있는 그 바위를 치마바위라고 한데.

2008년 5월 25일, 인천시 부평구 청천동 우리집, 장천훈(張天勳,55), 장주희 조사.

장씨가 잘 되는 솔례 땅

조사자의 아버지인 구연자가 할아버지로부터 어릴 때 들었다고 하였다. 구연자는 종갓집의 맏아들로 태어났기 때문에 어릴 때부터 어른들의 사랑을 많이 받았고 집안에 관련된 이야기도 많이 들었다고 한다.

대구에 솔례라는 마을이 있어. 이 솔례에는 말이야. 장씨가 들어와서 살면 재산도 늘리고 잘 산다는 소문이 있었거든. 그래서 그 말을 믿고 인동장씨 몇몇이 거기로 가서 살았어. 그리고 너 어사 박문수 아냐? 어사 박문수도 솔례 땅이 사람살기 좋은 곳이라고 말했는데 그 후로 현풍곽씨도 솔례 땅에 살았데. 처음에는 장씨 할아버지랑 곽씨 할아버지랑 친하게 지냈는데, 장씨 할아버지가 '솔례에는 장씨가 살면 잘된다.'는 얘기 때문에 지금 장씨가 살고 있는 인동이랑 바꿔 살자고 했어. 인동도 좋은 데고 사람 살기에 그렇게 나쁜 곳이 아니니까 바꿔서 살면 장씨한테도 좋고

곽씨한테도 나쁠 거 없다고 하면서 곽씨를 조른 거야. 그런데 장씨가 자꾸 졸라대니까 곽씨도 짜증이 나는 거야. 원래 곽씨가 솔례에 살았고 잘 살고 있었는데, 갑자기 소문만 듣고 와서 사는 곳을 바꾸자니까 짜증이 났겠지. 그래서 곽씨 할아버지가 장씨 할아버지한테 내기를 걸었어. '솔례 땅에서 같이 자면 그 땅 주인한테는 반드시 무슨 일이 일어날 거니까 그날 밤에 자기와 같이 자자.'는 것이야. 그래서 장씨랑 곽씨는 같이 솔례 땅에서 잤어. 막 자다가 곽씨가 목이 말라서 잠깐 깼는데 옆에 장씨를 보니까 장씨 입에 함박꽃이 피어있는 거야. 곽씨도 놀랐겠지. 그래서 곽씨는 땅을 뺏길까봐 장씨의 입에 있는 꽃을 빼서 자기 입에 물고 원래 자기 입에 폈었던 것처럼 하고 다시 잤어. 그래서 다음날 아침에 두 할아버지가 일어나서 장씨는 곽씨 입에 핀 꽃을 보고, 착한 장씨는 솔례는 곽씨 땅이라고 생각하고 떠났어. 역시 장씨는 착해. 지금까지도 솔례에는 곽씨가 잘 살고 있데. 근데 거기가 원래 장씨 터라서 지금도 장씨가 거기 가서 살면 잘된데.

2008년 5월 25일, 인천시 부평구 청천동 우리집, 장천훈(張天勳,55), 장주희 조사.

장씨부인과 장자못

조사자의 작은아버지인 구연자가 아버지(할아버지)로부터 어릴 때 들었다고 하였다. 막내아들인 구연자에게 어릴 적부터 할아버지는 옛날이야기를 많이 해주었다고 한다.

옛날에 장씨라는 부자가 대전인가 대군가에 살고 있었는데, 하루는 스님이 그 집에 시주를 하러 갔데. 근데 그 장씨가 놀부같이 못되가지구 쌀을 줘야하는데 소똥을 퍼준 거야. 그래서 그 부인이 미안해가지구 절로 돌아가려는 스님을 쫓아가서 '잘못했다.'고 '미안하다.'고 했데. 그러니까 스님이 산을 올라가면서 그 장씨부인한테 '뒤는 돌아보지 말고 자기를 따라오라.'고 했다. 뭐 선물을 주려고 했나. 그런데 이 여자가 바보같이 뒤를 돌아본 거야. 뒤돌아보자마자 막 하늘에서 천둥 벼락이 치면서 그 장씨네 집은 물바다가 되고 그 장씨부인은 그 자리에서 돌이 됐데. 그래 서 지금은 없는데 예전에는 그 대전인가 대군가에 물바다 돼서 연못된 거, 그 연못이 있었데. (웃음)

2008년 5월 25일, 인천시 부평구 청천동 우리집, 장정훈(張楨勳,39), 장주희 조사.

潭陽田氏

57
담양전씨

담양전씨의 시조 전득시(田得時)

조사자의 외할아버지인 구연자가 특별히 누구에게 전해들은 기억은 없으나 어릴 때부터 자연스럽게 집안 어른들께 들어서 알고 있다고 하였다.

시조가 전득시. 고려 때 벼슬 많이 한 분이시다. 장원 급제해서, 문과에 급제해서 담양에서 큰일 하신 분이시지. 그, 그 분이 그래서, 담양에서 자리를 잡고 터를 이어나가신 거야. 그래서 담양에 후손이 퍼졌지. 그 분이 담양전씨 시조 전득시야. 참지정사도 다 지내신 분이시지.

2007년 6월 4일, 경기도 부평시 외할아버지댁, 전봉로(76), 남송이 조사.

58
옥천전씨

백제 개국공신 전섭(全攝)

조사자의 셋째 작은할아버지인 구연자가 족보에 기록되어 있는 내용을 보고 알게 되었다고 하였다.

옥천전씨는 우리 때, 할아버지에서는 한참 내려와야 되는 거거든? 섭(攝)자 할아버지야. 글자 하나. 원 할아버지, 우리 아주, 전씨 시조 할아버지는, 그, 백제, 저기 온조왕, 셋째, 동명왕의 셋째 온조가 와서 백제를 건국할 적에, 거기, 열 사람을 데리고 와서 백제를 건국했는데, 그때 거기서, 그때 중국 그, 한나라의 무제가 한반도에 거기, 한사군, 그 한사군을 만들었을 때, 그때, 그, 저, 중국에서 온 사람들이 많이 있었는데 그 중에, 그, 우리 전씨 성을 가진 사람들허고, 고 사람들이 온조왕 도와서 백제를 건국한 거야. 그 때, 그 도움 준 전씨 중 한 분이 그, 섭 자, 섭 자 할아버지인 거야. 그래서 모시고 가가지구 그 나라를 세웠는데, 그 할아버지가 이십삼 세손이야. 지금 오디 계시냐 하면은, 서울특별시, 그, 흠(헛기침),

어, 금방 생각 안 난다, 외국어대학 있는 데, 이문동. 이문동 외국어대학 자리, 그 자리가 전부 할아버지 영토였는데, 거기 이제 외국어대학이 거기 있어가지구, 바로 외국어대학 옆에가 그 할아버지가 계셔. 그러니까 서울 한복판에 계신 거지. (묘지가요?) 응, 묘지가. 그 외국어대학. 그래갖고 그 할아버지는, 그 할아버지는 이, 거기에 누각두 있고, 제실두 있구, 전부 그래갖고, 관리인이 다 있어가지구 관리를 허구, 거기서 인제 환성, 그 분이 환성군이신데, 환성군 할아버지. 그 호를 따서, 고 바로 그, 환성 빌딩이라구 크게, 큰 빌딩을 하나 지어가지구, 그 빌딩에서, 그 인제 이, 종실의 운영을 하면서, 이, 그, 거기서 뭐, 이자, 세 나오는 거 가지구, 거기서 이제 장학금도 주고 있다구. 그런 정도의 할아버지시라고 그러니까. 지금 현재두. 그런데, 고기가 이제 개발이 돼가지구, 환성빌딩은 작년, 그렇게 인제, 처분을 해가지구 그 밑에다 다시 넓게 샀지. 응, 이제 사서, 그런, 그럴 정도로 허신 할아버지라구.

2008년 5월 24일, 충남 홍성군 홍북면 봉신리 할아버지댁, 전원근(全元根,73), 전은영 조사.

옥천전씨의 세 파

조사자의 셋째 작은할아버지인 구연자가 족보에 기록되어 있는 내용을 보고 알게 되었다고 하였다.

전학준(全學俊)이라고, 또 할아버지가 한 분 계시는데, 그 분은, 그 할아버지에서 이십삼 대손이야, 이십삼 대손인데, 그, 그 할아버지는 이북에 계셔, 산소가. 그래서 우리가 관리를 못 하고 있지. 그런데 그 전학준

할아버지의 고손자 되시는 할아버지가 유(侑) 자 할아버지가 있어. 유
자, 한 자야. 이십삼 세지. 유 자 할아버지가 그런께 인제, 학 자 준 자
할아버지, 전학준 그 할아버지, 고 다음에 아들이 효격(孝格), 그 다음에
손자가 대부(大富), 대부 증손자가 필(弼.) 고러고서 그, 고손자가 유자
할아버진데, 그 유자 할아버지가, 아, 그 유자 할아버지는 지금, 저, 의정
부에 계셔. 그, 저, 산소가 의정부에 계시고, 그 유자 할아버지가 아들을
셋을 낳으셨는데 근제, 그 학, 학준 할아버지 그 위에는 거의 다, 인제
이북에 계시는 거지. 그렇허고서, 유자 할아버지가 인제 학자, 준자 할아
버지, 녹음 되냐, 지금? (네.) 그래. 학자 준자 할아버지의 아들이 효격,
손자가 대부, 증손자가 필준, 고 다음에 고손자가 유자 할아버지신데,
그 유자 할아버지가 아들을 셋 낳으셨어. 셋 낳으셨는데, 큰 아들이 광은,
고러고 두째 아들이 인숙, 셋째 아들이 숙(淑)자, 한 자야. 숙, 숙 할아버
지. 그 숙자 할아버지가, 우리가 인제, 에, 판도판서 그, 옥천에 인제, 그
유자 할아버지도 홍성에, 저기 저, 원래, 그 할아버지도 옥천에 허셨구,
학자 준자 할아버지두 전부 다 옥천이니까. 거기서 대표적으로 된 분들이.
그래서 그 유자 할아버지 세 아들, 그러니까 말하자면 막내아들이, 이,
숙자 할아버지신데, 숙자 할아버지가 인제 그, 판도판서, 거기 인제 그,
옥천에 옛날 관성, 관성군. 말하자면, 홍성군수처럼 관성군에서 존재하신
분이야 그 분이. 숙자 할아버지가. 그래서 숙자 할아버지가 판서, 판서기
땜에 우리 인제, 옥천전씨면서두, 판도판서기 땜에 우리, 그, 옥천전씨,
그러니까 홍성파, 같은 옥천전씨라도 늬들이 전부가, 판서공파라고 허야
며, 우리가. 그 가운데 할아버지, 인숙 할아버지는 봉상대부파, 고 위에
큰할아버지가, 저기, 저, 전서공파라구 그러거든? 그래서 같은 옥천전씨,
유자 할아버지라 하더라두 에, 전서공파가 있구, 봉상대부파가 있구, 판
도판서파가, 여기선 인제 판서공파라 그랬는데, 그니까 우리는 판서공파
라 이거여. 셋째, 그 막내 할아버지 손이기 땜에. 그리고 그 유자 할아버지

허고 유자 할아버지 막내아들, 그 할아버지의 그 밑에 할아버지들은 지끔 그, 유자 할아버지, 그 유자 할아버지가 삼형제 낳았다고 했지? 그 유자 할아버지하고 막내 할아버지 모셔져 있는 사당이 음력으로 삼월 중간 정일 날 제사를 지내는데, 거기, 그 계시는 분은 두 문화재로 잡혀 있어, 거기는. 그래가지고 그 분은 옥천군수, 문화원장, 이 분들이 같이 와서 제사를 지내. 제사가 그 정도로 굉장하지. 할아버지도 거기를 한 번도 안 빠지고 참석을 해, 거기를.

2008년 5월 24일, 충남 홍성군 홍북면 봉신리 할아버지댁, 전원근(全元根, 73), 전은영 조사.

의좋은 형제, 전팽수(全彭壽)와 전팽령(全彭齡)

조사자의 셋째 작은할아버지인 구연자가 족보에 기록되어 있는 내용을 보고 알게 되었다고 하였다.

쭉 또 나와서, 숙 자 할아버지의 고손자 쯤 되는 분들이, 그 분들 중에서 고손자 쯤 되는 분들이 인제, 에, 어, 성우, 성정, 성욱, 성경 삼형제 분들이 거기서 최고로 주름잡으신 분들인데, 그 삼형제 분이 인제, 삼형제 중에서 우리가 인제, 가운데, 그 중간에 거기서 성우, 성정, 성욱, 이름으로는 팽조, 우리 그 큰 할아버지는 팽조. 두째 할아버지는, 우리 할아버지는 인제, 에, 팽, 아이고, 갑자기 생각 안 난다, 아, 팽수. 우리 할아버지는 팽수. 그러고서 셋째 할아버지는 팽영. 그렇게 나가거든? 우리 할아버지는 팽수 할아버지야. 그, 팽수 할아버지. 고 할아버지 손이야, 그러니까. 팽수 할아버지의, 그러니까 그 삼형제 중에서는, 너는 인제 가운데 손이야. 우리가, 홍성이. 그래서 옥천에는 막내 손들이 있어. 팽영, 이름은 팽영이구, 그 분, 막내 할아버지는 워디까지[1] 가신 분이야. 청백리라구, 너들 대충 알아? (아니요.) 몰라? (네.) 어, 청백리면은 우리 대한민국으로 따지면, 조선으로 따질 적에, 최고 권위가 있구, 지금으로 따지면은 그, 노벨상 탄다구 허나? (네.) 거기에 참석하신 분이야. 요 분이. 우리 할아버지, 인제 팽수, 우리 할아버지는 인제 팽순데, 이 할아버지는 인제, 호가 송호야. 송호신데, 그 족보에 보면은 그 할아버지는 저기, 이, 경상도, 안동? 안동인가? 아, 경상북도 어디로 가 인제, 그, 말하자면 인제, 부임 났는데, 홍성 군수 나듯. 글루 보낼, 나라에서 정했는데, 우리 할아버지는, 팽수 할아버지는 '내 동생이 아픈데, 그 벼슬가면 뭐 허나?' 하셔가지구 청백리까지 가셨던 그 분, 동생을 병간해주느라고, 그러니까 의가 보통 좋은 게 아니지. 그래 갖구, 자기는 벼슬도 버리고 동생을 인제 이렇게, 어, 병간호 하셔서, 나중에 다 나선 동생이 출세해가지구 거기, 그, 그 할아버지는 옥천에 영정도 모셔 있고 그래, 그 할아버지는. 영정도 모셔 있구. 옥천에 가면 또 굉장하지 거기가. 그러고 그 가운데 분이, 그러니까 세 형제 중에 팽수 할아버지, 그 분이 형제를 낳으셨어. 열자, 구자, 이렇게. 에, 두 아들을 두었는데, 그 열자 할아버지는 논산 그짝, 어디냐, 충청북도 적하, 그짝에서 살구 있구.

2008년 5월 24일, 충남 홍성군 홍북면 봉신리 할아버지댁, 전원근(全元根,73), 전은영 조사.

---

1) 어디까지 만큼. 벼슬이 높이 되었다는 말임.

홍성 초대군수 전영립(全永立)

구연자가 아버지(증조부)에게서 듣고, 후에 공부하여 알게 되었다고
하였다.

홍성으로 오시게 된 동기는, 그, 삼형제 분들이 굉장히, 아주 굉장히
옥천에서 주름을 잡고 하시던 분들이신데, 거기서 이제, 아까 말한 팽수
할아버지, 삼형제 중 가운데 할아버지의 둘째 아들 되시는 분이 영자,
입자, 우리 지금 홍성판데, 홍성 와가지구서 아주 이름을 아주 바꿔버린
거야. 나는 아주 홍성서 그냥 살 거다, 그래서 원래는 이름이 구자, 한
글자. 우(위)에 할아버지, 그 형님은 열자, 이 분은 구자로 그, 팽수 할아버
지가 이름을 지어주셨는데 홍성 와서 살기 위해서 자기는 영원히 아주
여기서 살겠다, 그래서 길 영자 하고, 설 입자 해서 영, 입, 나는 영원히
여기서 자리를, 터를 잡는다는 뜻으루 그래서 영자 입자로 그렇게 하셔가
지구, 그 분이 수가[2] 통정대부, 그 분도 홍성에, 따지면은 홍성으로 따지
면은, 그 인제, 군수로 부임하신, 지금으루다 군수 되시는 분이지. 초대
홍성 군수로 부임 해 오셔가지구 그 분이. 그래서 하셔가지구 상하리란
이름도 다 그 분이 만들었구, 상하리라는 건 그 분이, 이, 아랫사람은
위엣 사람을 항상 존경하는 그런 마음으로 삶을 살아야한다, 응? 그런
뜻으로 해서 상하리에 상산이 있고 하산이 있는데, 상하리라는 데가. 그
래서 거기가 상하리라는 이름도 생기게 됐고, 그 할아버지가 돌아가셔가
지구 그 산소되는 디(데)가 그 분을 모셨다는 뜻으루 시묘, 모셨다라는
모실 시(侍)자, 묘, 무덤 묘(墓)자해서 그 분이 시묘골이라고 이름도 지어
가지구, 그렇게 지금 전설로 내려오고 있는 거야. 니가 아빠랑 한번 가봤
다며, 산소? 그 꼭대기 잘 해놓은 산소가 인제 그, 시묘골이야. 그래서

---

2) 수(綬)가. 받은 벼슬(의 품계)가.

인제 그렇게 모셔 가지구, 그 할아버지는 지금 할아버지한테는 십이 대 할아버지야. 그 분은 지금 내 뒤로 십이 대니께, 일 대가 몇 년을 잡느냐면, 삼십 년을 잡는 거야, 일 대를? 삼십 년. 그렇지? 그러면은 내가 십이 대니까, 십이 대면은 일삼은 삼, 삼이는 육, 그러면 삼백육십 년 전, 할아버지가. 그치? 응. 이제 그렇게 되는 거야. 상하리에서 토대를 잡으신 덕분에, 우리 인제 이쪽, 홍성파 전부가 된 거야.

2008년 5월 24일, 충남 홍성군 홍북면 봉신리 할아버지댁, 전원근(全元根, 73), 전은영 조사.

통정대부 전훈창

구연자가 아버지(증조부)에게서 듣고, 후에 공부하여 알게 되었다고 하였다.

그 할아버지가 인제, 지금 상하리에 모셔지고 있는 그 할아버지가 그 분이 또, 어, 말하자면은, 그 분, 전훈창이라고 전영입 할아버지의 고손자 되는 분이야. 그 고손자 분은 훈자 창자. 그 분도 통정대부 계셨던 분인데, 그 분은 이, 그 분도 산소, 할아버지가 잘 만들어놓고 했는데, 작은 할아버지가 가서 벼삭도 하고[3] 다 하고 했는데, 그 할아버지도 할아버지가 이렇게 잘 해서 할아버지가 잘 해놨거든? 근데 그 할아버지는 홍성에서, 홍성군에서 여덟 부자가 있었는데, 그 부자 중에 한 할아버지, 옛날에는 먹고 사는 게 제일 중요하기 땜에 그때에 다른, 그, 이, 원들이 이렇게 부임을 하면 그 할아버지한테 가서 꼭 인사를 하고, 이제 집무를 시작했다는

---

3) 비석도 만들어 놓고.

그런 전설도 있고 그래. 이게 인제 마지막 얘기지? 워쨌든, 그렇게 명백하고, 출중하신 할아버지들의 맥을 우리가 타고 나서, 항상 자신감을 갖고 살고 있는 거야.

2008년 5월 24일, 충남 홍성군 홍북면 봉신리 할아버지댁, 전원근(全元根,73), 전은영 조사.

천안전씨

천안전씨 시조 전악(全樂)

조사자의 아버지인 구연자가 어렸을 때 집안 어른이 말하시는 것을 들었다고 하였다.

우리 집안에 내려오는 얘기를 해달라고? 음, 그럼 우선 우리 집안의 시조에 대해서 얘기해줄게. 모든 전씨의 시조는 전섭(全攝)이야. 내가 예전에 우리 집안 시조가 백제 개국공신이라고 얘기해줬지? (헛기침) 전섭이 백제 개국공신이었어. 그런데 전섭의 십육세손인 전 악이 우리 천안전씨의 시조야. 전악은 고려 장군이었어. 왕건이 대구 팔공산에서 전투를 했던 때가 있었는데, 거기서 전악이 다른 두 명의 전씨 일가들과 함께 싸웠다고 들었어. 그러다가 적에게 포위를 당했는데, 장군 한 명이 왕건으로 가장하고 적을 유인하는 동안에 왕건이 극적으로 탈출했지. 그리고 전악 등은 모두 그 자리에서 전사했대. 그 뒤 삼국통일을 달성한 왕건이 전악을 천안군에 봉했기 때문에 후손들이 본관을 천안으로 삼았고, 우리가 천안전씨가 된 거지. 이제 우리가 왜 천안전씨인지 이제 알 겠지?

2008년 5월 23일, 광주시 월계동 우리 집, 전현식(全賢植,51), 전지연 조사.

녹두장군 전봉준(全琫準)

구연자가 집안 어른들에게 들은 내용도 있고, 어렸을 때 혼자 알아본 내용도 있다고 하였다.

음, 이번에는 전봉준에 대해서 얘기해줄까? 전봉준은 너도 알지? 녹두 장군 전봉준. 전봉준이 동학농민 운동의 지도자라는 것도 알고 있겠고. 전봉준이 우리와 같은 천안전씨야. 우리의 선조인 거지. 아 참, 전봉준이 왜 녹두장군이라고 불렸는지 알고 있어? 전봉준은 체격이 그, 굉장히 왜소했던 모양이야. 그래서 녹두라고 불렸다던데. (헛기침소리) 그래서 나중에 녹두장군이라는 별명이 붙은 거지. 전봉준의 고향은 고창이었는 데, 전봉준이 동학운동으로 체포된 뒤에 전씨들이 모여 살았던 고창 당촌 이 불타서 전씨들이 몰살당했어. 전봉준의 고향이 정읍이라는 설도 있는 데, 그게 정확하지는 않아. 그건 뭐 나도 잘 모르겠으니까 일단 넘어가고. 그가 태어난 게, 천팔백오십삼 년도였던가? 어쨌든 가난한 농부였던 아 버지가 민란의 주모자로 잡혀서 처형이 되면서 동학에 가입해서 고부의 접주가 되었대. (기침) 그러다가 고부의 군수 조병갑이 백성을 괴롭히면 서, 이제 사리사욕을 채우니까 여기에 분개를 해 가지고 농민들과 함께 동학군을 만들어 농민운동을 일으킨 거야. 전봉준을 중심으로 한 동학군은 탐관오리를 내쫓고 전주까지 점령을 했는데, 관군과 일본군이 합세해서 대응을 하니까 한 때 휴전했어. 그러다 다시 일본군에 대항해서 치열하게 싸웠는데 결국에는 패했지. 그래서 전봉준이 체포되어 사형을 당했고, 이런 내용은 아마 예전에 학교에서 배운 내용이겠고, 어쨌든 이러한 전봉준이 우리 선조라는 게 중요한 거니까.

2008년 5월 23일, 광주시 월계동 우리 집, 전현식(全賢植,51), 전지연 조사.

전홍술(全洪述)과 전충우(全忠佑)

구연자가 학교에 다닐 때 역사에 대해 배우면서 우연히 홍술과 충우에 대해 알게 되어서 큰 할아버지로부터 얘기를 들었다고 하였다.

뭐 사실 홍술과 충우는 그렇게 유명한 인물들은 아니야. 너도 들어본 적은 없을 거야. 나도 우연히 그 사람들에 대해서 알게 돼서 그 분들이 우리 집안의 선조라고 하길래 큰아버지께 여쭤본 거니까. (생각 중) 음, 큰아버지도 뭐 별로 알고 계신 건 없으셨고, 다만 그 홍술이 고려조에서 문하시중 평장사를 지내고 영산군에 봉해졌고, 그분의 아들인 충우는 환계군에 봉군되었다는 것 정도? 아 그런 얘기도 해주셨다. 홍술이 태조 아래에 있었는데, 그 홍유라는 이름을 하사받았대.[1] 그런데 홍술이 그 고려 개국공신이라는 말도 있고 장군이라는 말도 있는데 서로 다른 인물인지 아니면 동일 인물을 말하는지는 잘 모르겠어.

2008년 5월 23일, 광주시 월계동 우리 집, 전현식(全賢植,51), 전지연 조사.

---

1) 전홍술(全洪述)과 홍유(洪儒)는 별개의 인물임.

전충우의 손자 전인량(全仁亮)

뭐 나도 자세히는 알지는 못하고 이런 얘기를 들었었지. 점점 얘기가 바닥이 나는데. 나도 들은 내용이라 뭐 정확하게 알려면 좀 찾아봐야 할 텐데, (잠시 말이 없다가) 할아버지도 큰아버지도 뭐 다 돌아가셨으니까. 뭐 생각나는 대로 말하는 거니까 그건 좀 네가 고려를 좀 해야 되고. 따로 뭐 조사를 해 봐도 되고. 아까 그 홍술하고 충우에 대해 말했지? 인량은 충우의 손자고, 인량은 처음에 그 한림학사가 되었고, 한림학사를 걸쳐서 우의정까지 이르렀다고 해. 송나라에 사신으로 다녀온 후에 천양군에 봉해져 가지고 영평군에 봉해진 아들 단(旦)과 지공거에 오른 승(昇)과 함께 명성을 날렸다고 하는데. 역시 인량도 그렇게 유명한 인물은 아니지만 뭐 우리 가문을 대표하는 인물 중의 한 분이지.

2008년 5월 24일, 광주시 월계동 우리 집, 전현식(全賢植,51), 전지연 조사.

전신(全信), 전윤장(全允藏), 전몽성(全夢星)

이제 내가 생각나는 인물들에 대해 얘기를 해줄게. 자세히 알지는 못해 가지고 아까처럼 대표적인 인물들이 뭐 어떠한 사람이었던가에 대해 말해줄게. (생각 중) 음, 그 신은 승의 아들로 숭경부승, 대제학, 동지밀직사사 등을 거쳐가지고 충혜왕 때 그 감찰대부에 올랐고, 상의회의 도감사를 지냈다고 들었어. 근데 이제 윤장이라는 분은 충목왕 때 동지밀직사사를 지냈는데 충목왕 때 첨의참[2] 자리에 올랐다고 하지. 몽성은 정유재란

---

2) 첨의평리(僉議評理).

때 몽진, 김덕흡 등과 함께 의병을 모집을 해서 수차에 걸쳐 왜적을 무찔러 당대에 이름을 떨쳤다고 하지. 뭐 그러고 보면은 우리 가문에는 용맹한 뭐, 장군이나 뭐, 개국공신들이 많은 것 같애. 뭐 이렇게 우리의 뿌리를 알고 선조들에 대해 아는 것도 중요한 일이니까 이렇게 조사를 하는 김에 잘 알아두는 것도 아주 좋은 기회인 것 같다.

2008년 5월 24일, 광주시 월계동 우리 집, 전현식(全賢植,51), 전지연 조사.

동래정씨

임진왜란에서 순절한 정운길(鄭雲吉)

조사자의 종조부인 구연자가 어릴 때 증조부에게 들었다고 하였다.

조선시대에 말이여, 과거, 그러니까 무과지. 무과에 급제하고 나서 도사에 올랐는데, 이것이 지금 먼 자린지는 잘 모르겠고, 이 분이 임진왜란 때 왜놈들하고 의병을 일으켜서 싸우다 돌아가셨지. 글고 아들, 순(淳)이라고 있었는디, 아버지를 따라서 같이 순절했지. 그리고 나서 그 처한테, 근게 남편하고 자식까지 죽어버렸쓴게 열녀정려빈가를 세워줬다드마. 원래 우리 집안이 좀 대가 곧고 강직했다이.

2005년 6월 11일, 전북 고창군 고창읍 교촌리 종조부댁, 정진모(76), 정찬주 조사.

시인 정지윤(鄭芝潤)

조사자의 종조부인 구연자가 어릴 때 증조부에게 들었다고 하였다.

이번에는 좀 유별한 사람인디, 그래도 사람들한테 존경은 많이 받았다드만. 이 분은 성함이 정지윤이라는 분이었는디, 니가 국문과라고 했지? 이 분이 시인이였어. 조선시대 분이였는디, 그러니까 이 분이 근게 자유분방 했지. 양반이라고 행세하고 그런 사람이 아니라 호탕하고 절개가 있었지. 그 분이 참 똑똑해서 아무리 어려운 글귀도 한번만 보면 대번에 알아버렸다드라. 글고 그 분의 시가 권력이나 돈에 대한 것을 비판했다는구만. 그러니까 정치하는 사람들 많이 비꼰 거지. 그리고 이 분이 술도 좋아 하셨다드라. 글고 너 김정희 알재? 그 분하고도 친했었다고 들었던 것 같은디.

2005년 6월 11일, 전북 고창군 고창읍 교촌리 종조부댁, 정진모(76), 정찬주 조사.

광해군을 등진 정영방(鄭榮邦)

조사자의 종조부인 구연자가 어릴 때 증조부에게 들었다고 하였다.

이 분도 조선시대 분인디, 성함이 정영방이여. 이 분은 학자였는데, 성리학을 배우고 진사시험에 합격 했다드만. 근디 이때 광해군이 들어서 가지고, 광해군 알재? 폭군으로 알고 있을 것인디. 하도 몹쓸 짓만 해버린게 벼슬을 버려버리고 학문만 했다드만. 뭐 별것을 한 것은 아닌디,

이런 사람도 있다는 것이다.

2005년 6월 11일, 전북 고창군 고창읍 교촌리 종조부댁, 정진모(76), 정찬주 조사.

의병 정호인(鄭好仁), 정호의(鄭好義) 형제

조사자의 종조부인 구연자가 어릴 때 증조부에게 들었다고 하였다.

이 분들은 조선 때, 그러니까 임진왜란 때 의병을 일으킨 분들이었는
디, 그 당시 왕이 문종인가 됐을 것이다. 그 분 위폐를 어디다가 안치
했다드만. 그리고 형인 호인이라는 분은 전쟁 중에 일본으로 구 년 동안
이나 끌려갔다 왔다드만. 돌아오고 나서 벼슬에 봉직 되었다고 하드라.
글고 동생 호의라는 분도 임진왜란 때 형인 호인이라는 분하고 의병으로
공을 많이 세웠다고 하드라.

2005년 6월 11일, 전북 고창군 고창읍 교촌리 종조부댁, 정진모(76), 정찬주 조사.

서예에 뛰어난 정난종(鄭蘭宗)

조사자의 외할아버지인 구연자가 책을 보다 알게 되었다고 하였다.

정난종은 조선 전기 문신이야. 천사백오십육 년 식년문과에 급제하여,
이후 ≪세조실록≫과 ≪예종실록≫의 편찬에 참여했지. 또한 훈구파의

중진으로 성리학에 밝았단다. 그리고 서예에도 매우 능했는데 특히 조
맹부체가 뛰어났어. 작품에는 <원각사비음기>, <낙산사종명> 등이 있
단다.

2006년 6월 12일, 인천광역시 주안 2동 외할아버지 댁, 정윤권(鄭允權,78), 김규연 조사.

정서(鄭敍)의 〈정과정곡〉

조사자의 외할아버지인 구연자가 책을 보다 알게 되었다고 하였다.

정서는 문장에 매우 뛰어났지. 그런데 천백오십일 년 그러니까 의종
오 년에 참소를 받고 동래로 귀양을 가게 되었어. 왕으로부터 곧 부르겠
다는 약속을 받았지만 이십 년을 기다려도 연락이 없었지. 그래서 정서는
연군의 정을 가요로 읊었단다. 이를 ≪악학궤범≫에서는 <삼진작>이라
했고, 후세 사람들은 <정과정곡>이라고 이름 지었지.

2006년 6월 12일, 인천광역시 주안 2동 외할아버지 댁, 정윤권(鄭允權,78), 김규연 조사.

영의정 정광필(鄭光弼)

조사자의 작은 외할아버지인 구연자가 어머니(외증조할머니)와 형(조
사자의 외할아버지)에게 들었다고 하였다.

　우리 동래정씨는 신라 유리왕 이 년에 그 여섯, 그 촌장으로 만들어졌잖아, 응? 그래서 그중에 정씨가 들어있거든? 니네, 너 손씨도 들어있고. 정씨, 손씨, 그 여섯 성씨 중에 그때 촌장이 되면서 만들어졌고, 그리고 우리 동래정씨는, 우리 예전에 어르신들로부터 들어보면, 그 영의정, 영의정을 제일 많이 구 대가 하셨는디, 그래서 그 영의정을 많이 지낸 집안이라고 그래가꼬, 옛날에는 그 양반, 상놈을 엄청 따졌잖아? 지금 같지 않고. 그래서 참 그 양반 행세를 했던 집안이고, 지금도 그 부산 동래에 가면 그 산이 있고, 음식을 항상 아무 때나 그냥 돈 안내고, 음식을 먹을 수 있는 곳들이 준비가 돼 있단다. 원래 옛날부터 내려온, 옛날부터 그 돈이, 그 자본이 많이 있는 거 같더라고. 옛날 어르신이 족보 만드시고, 그 행사하실 때 보면, 집안 모임에 보면, 잘 다녀오셨거든? 그니까 이제, 근디 그 중에서도 수천[1] 정광필이라는 어르신이 계셨는디, 그 분이 잉? 영의정이랑 또 뭐지? 응, 그 좌의정하시고서 영의정하셨어. 조선시대 초에. 기묘사화 띤가, 조광조? 조광조 구하려다가 안 되서 물러나셨는디, 많이들 하셨는디, 책도 지으셨었고, 암튼 그래도 영의정 핸 분들 많이들 계신디, 그 중에 내가 아는 분, 응. 이 분이여.

2006년 5월 26일, 서울시 관악구 봉천동 작은 외할아버지 댁, 정윤홍(鄭崙泓,63), 손미혜 조사.

열린 사상의 정여립(鄭汝立)

　조사자 외할아버지의 소개로 조사자의 어머니와 친척으로 친분관계가

---

　1) 수찬(修撰). 조선시대 홍문관(弘文館)의 정6품 벼슬. 구연자가 다음에 이야기할 정여립의 벼슬을 정광필의 벼슬로 혼동한 듯함.

있는 구연자를 만났다. 구연자는 오래 전 동래정씨 문중의 책을 읽고 알게 되었다고 하였다.

정여립 같은 선조의 경우는 이제 조선시대의 문신이셨단다. 이 분은 왕의 미움을 사서, 결국 그 당파싸움이지? 옛날로 얘기하면 동인과 서인으로 나뉜 당파싸움이 많이 있었잖니. 서로 증오하는 당파싸움이 우리나라에 많이 있었잖아. 근데 이제 당파싸움하는 중에, 정여립이라는 사람이 어려서 클 때부터 총명하고 명석했었대. 이제 이런저런 일로 인해서 역모를 꾀했다고 이렇게, 인제 동인 서인 싸움 가운데, 그 뭐야 정여립, 이 분이 왜놈들을 격퇴시키고, 대동계를 추진했었단다. 이 분이 성리학 질서에 반대가 되는 불순사상이라는, 그런 상소가 선조 왕한테 올라가서, 그런 계기로 인해서 선조한테 미움을 받게 됐거든? 그러니까는 지금 우리나라 호남 영남, 이런 민심이 아무래도 정여립 쪽으로 쏠리다보니까 왕이 사회적 불안을 느끼므로 인해서, 선조가 왕으로써는 자질이 부족한 것을 이 분이 비판을 했었던 기지, 그 때 당시에. 이 분은 사상적으로도 임금은 꼭 정해진 것이 아니라 누구든 될 수 있는 것이라고 주장해 오셨거든. 그래서 그때 요동하는 민심을 가라앉히려고 정여립을 역모로 엮어서 죽였다고 하는데, 그때 당시에는 눈이 아파서 눈물을 흘려도 정여립 때문에 운다 해서 처형당한 사람도 많이 있다 고로고, 또 인제 임재를 옮기다보면 사랑하는 여자랑 헤어져서 그럴 수도 있지 않겠니? 근데 그럴 경우에도 눈물을 보이면 정여립 때문에 그런다고 능지처참을 당하는 관례가 있었을 정도로, 그러니까는 지금으로 얘기하면 요즘 정세로 보자면 의로움으로 왕따를 당한 거지, 지금 정세와 비슷한 거 같구나.

2006년 6월 6일, 서울시 서초구 서초동 법무사사무실, 정금범(鄭金釩,69), 손미혜 조사.

왜구를 격퇴한 정언충(鄭彦忠)

구연자는 오래 전 동래정씨 문중의 책을 읽고 알게 되었다고 하였다.

일반적으로 정씨 집안은 대대로 문신들이 많다고들 알고 있는데, 정언충이라는 이 분도 동래정씨의 위대한 위인 중에 한 분이라고 할 수 있지. 이 분은 무신으로서 일본놈들과의 싸움에서 많은 승리를 이끄신 분이란다. 임진왜란 싸움에서 최초의 첫 번째로 승리를 이끄신 분이지. 되게 여러 가지 많은 작전으로 일본놈들을 혼쭐을 내주셨는데, 그 이렇게 수로, 보급로를 막아서 일본군들을 힘들게 해주셨단다. 그래서 우리나라에 이케 들어오게 힘들게 하는 데에 큰 공헌을 세우신 분이란다. 그래서 여러 군데에 그 여러 지방에 벼슬에도 머무르셨던 자랑스러운 조상님 분들 중의 한 분이라고 말할 수 있지.

2006년 6월 6일, 서울시 서초구 서초동 법무사사무실, 정금범(鄭金釟,69), 손미혜 조사.

清州
鄭氏

61
청주정씨

시조 정극경(鄭克卿)과 후대의 분파

조사자의 할아버지인 구연자가 족보를 보고 알게 되기도 하였고, 구연자의 조부모와 집안어른들로부터 전해들은 것도 있다고 하였다.

너가 이제 이십구 대손이란 말이여, 할아버지가 이십칠 대손이니깐. 우리 청주정씨는 고려 중엽에 별장 극경이란 분을 시조로 모신 청주의 큰 성이여. 이것이 인저1) 하나여, 이? 이후 칠 대에 이르러 설헌(雪軒) 선조 오(頻)와 설곡(雪谷) 선조 포(誧)의 두 파로 갈라지지, 이? 우리는 이 중에, 설곡파 후손에 속한다, 이것이 이제, 시작이여.

2006년 6월 11일, 충남 천안시 성환읍 우리집, 정인용(鄭寅容,82), 정효선 조사.

---

1) 이제.

조선 개국공신 정총(鄭摠)

조사자의 할아버지인 구연자가 족보를 보고 알게 되기도 하였고, 구연자의 조부모와 집안어른들로부터 전해들은 것도 있다고 하였다.

구 대조 총(摠)자 할아버지 대에 와서, 우리 총자 할아버지는 태조 이성계가 이씨조선을 세우자, 주청사로, 주청사 이? 주청사로 청나라에 사신으로 가셨다가, 지금으로 말하면 쿠데타지, 이? 이성계가 인저, 고려조를 없애지 않았어, 응? 쿠데타를 일으키고 저기했는데, 인저 그, 뭐냐, 옛날에는 청나라에[2] 가서 승인을 맡아야 되여, 이? 그르니까는 가서 저기해서, 승인을 맡으러 인저, 가서, 우리 할아버지가 가셨단 말이여? 총자 할아버지가? 가셨는데, 거기서는, 청나라에서는, 야단이 났을 거 아니여. "너 어떻게, 고려조를, 쿠데타를 일으켜서 너가, 이씨 조선을 만들었느냐, 이? 괘씸한 놈들."이라고 말이여. 그래서 할아버지가 대신 벌을 받은 겨? 응? 그래가지고 가서, 거기서 귀향을 가셨어. 저기, 중국의 악주란 데로다가 귀향을 가셨는데, 그 후 어떻게 됐는지 모르는 거지, 이? 가다가 돌아가셨는지, 가셔서 살다가 돌아가셨는지 그건 지금 모른단 말이야. 거기서 돌아가셨어요. 그래서 우리 정씨 집안에서는 인제, 경기도 광주에다가 인제, 그 시체가 없으니깐, 그때 할아버지가 입으셨던 옷 같은 거, 문구 같은 거, 그런 거는 저기 해서, 그걸 의관장이라고 하는데, 경기도 광주에 모셨다가, 실전(失傳)되어 버렸어. 왜 실전이 되었냐면은, 거기 할아버지를 찾으러 가서, 참배를 하러 갔다 오면은, 사람들이 죽고, 오고 그랬어, 후손들이. 자꾸 거기 갔다 오면은 죽고, 죽고 하니깐은, 무서워서 못 가는 거야, 사람들이. 그래서 나중에 그것이 산소자리를 잃어버리고 말았단 말이야. 실전이 되어 버렸어. 그래서 이성계는 그 할아버지의 공로를 생

---

2) 명나라를 잘못 말함.

각하고, 그래서 개국 일등공신으로다가 추대해 주시고 문민공이라는 시
호를 내려주셨단 말이야. 그리고 그 할머니께서는 경순택주로서 낙안(樂
安)김씨이시란 말이야. 경기도 지금 양평에 지금 모셔져 있어, 할머니는,
이? 지금 산소에 가면은 산소도 있고, 다 있지.

2006년 6월 11일, 충남 천안시 성환읍 우리 집, 정인용(鄭寅容,82), 정효선 조사.

대명외교의 일등공신, 정곤수(鄭崑壽)

조사자의 할아버지인 구연자가 족보를 보고 알게 되기도 하였고, 구연
자의 조부모와 집안어른들로부터 전해들은 것도 있다고 하였다.

그 다음에 이제 십오 대조에 내려와서, 곤(崑)자, 수(壽)자, 곤수 할아버
지, 충익공, 시호가 충익공이여, 이? 이 양반은 임진왜란 당시 선조, 선조
를 모시고 피난살이를 하고? 옆에 꼭 저기해서, 말하자면 왕을 모시고
있었단 말이여. 그러다가 인저, 명나라에 원군을 보내달라고 청원을 하러
가셨어요. 청병을 하러 가셨다가 성공했어. 그래서 그 명나라에서 많은
군대를 보내주셔설랑, 임진왜란을 물리쳤단 말이여, 응? 그래, 그 공으로
다가 백사 이항복 선생과 함께 임난[3] 일등공신으로다가 책봉되셨다구.
그게 곤자, 수자 할아버지의 공로여, 알았어? 지금 저기, 사당에 모셔져
있는 할아버지가 바로 이 분이라구.

2006년 6월 11일, 충남 천안시 성환읍 우리집, 정인용(鄭寅容,82), 정효선 조사.

---

3) 임난(壬亂). 임진왜란.

성리학의 대가, 정구(鄭逑)

조사자의 할아버지인 구연자가 족보를 보고 알게 되기도 하였고, 구연자의 조부모와 집안어른들로부터 전해들은 것도 있다고 하였다.

곤자 수자 할아버지의 인저, 그 제씨(第氏) 되시는 분이, 그 동생, 바로 밑에 동생 되시는 분이 계셨어. 이 양반은 한강(寒岡), 이름은 구(逑)자. 문목공이라고 이렇게, 시호를 받으셨는데, 이 분은 여러 가지 벼슬을 하시다가, 하셨구, 퇴계 이황 선생의 수제자로서 퇴계학, 성리학의 대가이시다, 이? 그라고 지금은 성주라는 곳에 혜연서원이[4]라고 하는 데, 거기에 지금 모셔져 있다구.

2006년 6월 11일, 충남 천안시 성환읍 우리집, 정인용(鄭寅容,82), 정효선 조사.

이순신을 살린 정탁(鄭琢)

조사자의 할아버지인 구연자가 족보를 보고 알게 되기도 하였고, 구연자의 조부모와 집안어른들로부터 전해들은 것도 있다고 하였다.

한강 할아버지와 동시에, 동시대의 아까 인저, 설헌, 설곡 두 파로다 갈라졌다고 그랬지? 설헌공파에서는 약포(藥圃), 탁(琢)이라는 선조가 계셨다고, 응? 그 양반은 시호가 정간(貞簡)공이여, 정간공. 임진왜란 당시 이순신을 백의종군케 선조께 상소하여서 성공하여 임난을 퇴치하는

---

4) 회연서원(檜淵書院).

데 공이 크셨던 분으로, 지금 도정서원5)이라는데 모셔져 있다, 이 말이야.
이순신은 그 당시 당파 싸움으로다가 저 아래 귀향 가 있었단 말이여?
그렇게 죄인으로서 참전을 했다는 게, 백의종군이라는 게, 그런 말이여.
이순신을 선조께 상소해가지고설랑 말이여. 그라고 예천에 가면은 충정
사6)라고, 그 사당이 있어가지고, 거기에 지금 모셔져 있어요. 도정서원이
라는 데도 모셔져 있고, 충정사에도 모셔져 있고. 구(逑)선조와 탁(琢)선
조의, 그러니까 구(逑)자는 한강할아버지 얘기고, 탁(琢)자는 약포할아버
지 얘기고. 두 선조는 다 같이 퇴계의 문하생으로서 퇴계학 발전에 공이
큰, 대학자이시다, 대학자.

2006년 6월 11일, 충남 천안시 성환읍 우리집, 정인용(鄭寅容,82), 정효선 조사.

---

5) 도정서원(道正書院).
6) 정충사(靖忠祠).

62
하동정씨

하동정씨의 시조 정도정(鄭道正)

조사자의 외할아버지인 구연자가 아버지(외증조부)에게 전해 들었다고 하였다.

지혜야, 너희 신씨는 시조가 한 명이지? (네, 신숭겸이라는 분이예요.) 역시 한 명이구나. 우리 정씨는 특이한 케이스인 것 같아. 파에 따라서 시조를 다르게 생각하고 있거든. (정말요? 그럼 시조가 여러 명이예요?) 응. 파가 여러 개로 나눠져 있으니까 여러 시조가 있어. (와, 진짜 특이한 것 같아요. 여태껏 시조가 한 명인 것만 봤거든요.) 내가 그 여러 시조는 다 모르고, 할아버지의 파에서 말하는 정씨의 시조에 대해 말해줄게. (네.) 정도정이라는 사람이 우리 시조야. 이 사람은 신라 경덕왕 때 하동에서 이거하여 호장인가, (호장이요?) 지금으로 말하면 군인 같은 거라고 할 수 있지. (아.) 음, 아무튼 하동지역을 지키는 사람이었어. 그때는 신라가 서서히 몰락해가고, 백제가 치고 들어오고, 고려가 세워진 혼란스러운 시기였어. (진짜 혼잡했을 시기네요.) 응. 그렇지. 그 시기에 정도정은 승승장구하는 고려의 대세에 항거했을 수도 있었는데, 하동을 지키고자 여러 가지 노력을 했어. 그래서 하동을 지켰지. 나중에 왕이 그걸 알고 자신의 모든 것을 걸어 하동을 지킨 정도정을 하동을 본관으로 삼게 해줬어. 그래서 하동정씨는 그 때부터 시작되었다고 할 수 있지. (아! 그렇게 정씨가 시작됐네요.)

2008년 5월 4일, 서울시 서초구 방배동 외할아버지댁, 정창원(鄭昌源,79), 신지혜 조사.

정인지(鄭麟趾)의 효심

구연자가 하동정씨 모임에서 들었다고 하였다.

예전에 정인지라는 사람이 있었어. 언제 적 사람인지는 나도 자세히 모르겠네. 허허. (하하.) 그 사람은 과거에 문과 부분에서 장원급제하고, 여러 가지 나랏일을 한 인물이야. (우와, 장원급제요? 정말 실력이 좋으셨나 봐요.) 음, 그랬으니 장원급제를 했겠지? 왕이 정인지를 정말 믿고 좋아했는데, 정인지가 왕에게 상서했어. '자신은 열세 살 때 부모님을 떠나서 성균관에 유학을 하다가 벼슬을 받아 어버이를 봉양할 겨를도 없이 살았다.'고. '그런데 어미는 일찍 돌아가시고 이제 아버지만 남으셨는데, 나이가 칠십이 넘으셨으니 얼마 남지 않으셨다.'고. '그러니 얼마간이라도 아버지 곁에서 보살피면서 살 수 있도록 해달라.'고 한 거지. 그런데 그 뜻은 받아들여지지 않았어. 국사를 편수하는 일을 맡았고, 또 너무나 중요한 일들을 맡았기 때문에 외임을 시킬 수 없다고. (나라에 중요한 일을 맡으셨군요!) 응, 그렇지. 그렇지만 왕이, '효성이 기특해 해마다 역마를 주어 가볼 수 있게 해줄 것이며, 어버이를 보살피는 일을 도와줄 것이다. 그리고 일이 끝나면 자네의 소원을 들어주겠다.'고 말하면서 그를 위로했다는 얘기가 있어. (오.) 왕이 얼마나 친애하던 사람이면, 자신을 떠나겠다는데도 화를 내지 않고, 최대한으로 도움을 주려고 했겠니. (와, 정말 왕이 아끼는 사람이셨나 봐요. 그냥 안 보내줘도 왕한테는 손해 보는 일은 없을 텐데.) 그러니까. 하하.

2008년 5월 4일, 서울시 서초구 방배동 외할아버지댁, 정창원(鄭昌源,79), 신지혜 조사.

63 昌寧曹氏

창녕조씨

창녕조씨 시조 조계룡(曺繼龍)

조사자의 아버지인 구연자가 아버지(할아버지)에게 어릴 적에 들은 이야기라고 하였다.

옛날 한 여인이 용과 결혼했어. 그 여인은 오랫동안 아이가 없어 근심하고 있었거든? 음, 경남 창녕에 화왕산이라고 있는데, 거기에 연못이 세 개 있어. 그곳에 가서 기도하면 효험이 있다는 소문을 듣고, 그 여인이 화왕산으로 가서 기도를 올렸지. 그러고 집으로 돌아온 여인에게 드디어 태기가 있는 거야. 열 달 후에 아기를 낳고 가만히 누켜 놓았는데, 겨드랑이 밑에 뭐가 보이는 거야. 우리 조(曺)자 한자 있지? 아기의 겨드랑이 밑에 조(曺)자가 엷게 쓰여져 있는 거야. 가만 보니 신기한 거야. 그래서 여인의 아버지가 왕에게 이러이러한 일이 있었다 하면서 고했지. 왕은 이 일을 기이하게 여겨 용의 아들이라는 뜻의 계룡이라는 이름을 붙여주셨어. 또 창녕이라는 본관을 주서 갖구, 조계룡님이 창녕조의 시조가 되신 거지. 나중에 조계룡은 왕의 딸과 결혼을 하였구. 나중에 왜구가 쳐들어왔을 때 조계룡이 바다에 나가니 왜구들이 "아, 저분은 하늘의 아들이시로다." 이러면서 도망갔어. 창녕에 가면 '창녕조씨득성지비[1]'라고 있어. 이 득성비 옆에 세 개의 작은 못이 있지. 이야기에 나오는 바로 그 연못이야. 나중에 마산 고모댁에 가면 우리도 그 연못에 가보자.

2006년 6월 4일, 서울시 강서구 염창동 우리 집 거실, 조영석(曺永奭,55), 조민경 조사.

창녕조씨 시조 조계룡

조사자의 어머니인 구연자가 할아버지(외증조부)로부터 어릴 때 들었다고 하였다.

창녕조씨가 어떻게 생겼냐면은. 창녕조씨는 창녕인 거는 알지? 경남에 창녕군 창녕읍에 산이 있어. 화왕산이라고 . 화왕산에 가면 연못이 세 개 있고 아홉 개의 샘이 있거든. 예전에 이광옥이라는 사람이 있었어. 그 집에 딸이 하나 있었는데. 이름이 예향인가 머 그렇데. 엄청 예쁘게 생겼나봐. 그런데 어렸을 때부터 엄청 많이 아팠었데. 계속. 그래서 머 진짜 허준만큼의 명의를 찾아가도 안 낫는 거야. 아무리, 아무리 해도. 좋은 약을 써도, 좋은 걸 해도 낫지를 않는 거야. 온 집안의 사람이 굉장히 속상해 하고. 걔를 어떻게든 낫게 할려고. 이광옥도 굉장히 노력을 많이 했나봐. 그런데 어느 날 스님이 찾아와서 화왕산에 가면 아주 신령스런 연못이 있는데 거기 가서 목욕을 하고 기도를 하면 완쾌가 된다고 했어.

---

1) 창녕조씨득성지비(昌寧曺氏得姓之碑).

그래서 지푸라기라도 잡자는 심정으로 예향이라는 그 여자애가 거기 가서 목욕을 하고 기도를 했데. 근데 정말 너무 신기하게 너무 깨끗하게 완쾌되어서 집에 온 거야. 그래서 집에 와서 지내고 있는데 태기가 보이는 거야. 태기가 먼지 알아? 임신한 것처럼 입덧하고 태기가 보여 가지고 자기는 결혼도 하지 않았는데 애를 낳았어. 그 애가 남자 애였데. 그러고 나서 꿈을 꾸는데, 어떤 밤에 자는데, 어떤 장부가 나타나서, "내가 화왕산 연못의 용의 아들이다. 내가 바로 그 애의 아버지이다. 네가 목욕을 해서 내 아이를 가진 것이다. 그 아이는 최소한 한 지방을 다스리는 높은 사람이 되거나 우리나라로 치면 장관 정도는 될 것이다." 그러고 나서 잠에서 깬 거야. 그래서 진짜 신기하자나, 너무 특이하자나? 너무 특이해서 그 사실을 아빠한테 얘기했어. 근데 그 애가 태어났을 때 겨드랑이에 조씨라는 한자, 조(曺)자를 뚜렷하게 쓰여서 태어났거든. 그래서 아빠가 그 얘기를 듣고 그 당시 왕, 그 당시 왕이 진표왕[2]이였어. 진표왕한테 얘기를 하니깐. 임금님이 겨드랑이 밑에 조(曺)자를 성으로 하고 용의 아들이라 계룡(繼龍)이라고 하고, 그게 창녕조씨의 시조 조계룡(曺繼龍)이라는 거야.

2007년 5월 30일, 경기도 수원시 우리집, 조영애(曺英愛,56), 이국희 조사.

열녀 창녕조씨

조사자의 어머니인 구연자가 할아버지(외증조부)로부터 어릴 때 들었다고 하였다.

---

2) 신라 제26대 진평왕.

통영의 한 바닷가에 부부가 살았는데 부부가 사이가 대게 좋았나봐. 남편이 고기를 잡으러 바다에 나갔는데 그날따라 비가 유난히 많이 왔대. 남편이 그 비 때문에 휩쓸려 죽었다는 것 같애. 둘이 사이가 너무 좋아가지고, (부인이) 속상해 있다가 (부인도) 바다에 빠져가지고 죽었나봐. 며칠 있다가 마을사람들이 바닷가에 나와 봤는데 부인이 빠져죽고 나서 바닷가에 시체가 떠올랐는데 남편이랑 부인이랑 같이 껴안고 떠올랐다는 거야. 정말 신기하잖아. 동네사람들이 너무 신기해서, 그 부부의 너무나 사이좋음이 너무나 아름다워 가지고, 굉장히 거대하게 장례식을 치러 줬다고 하나 봐. 그러고 나서 동네사람들이 치러주고, 얼마 있다가 거 가서보니깐, 거 주위에 있는 나뭇잎을 벌레들이 파먹었는데, 거기에 머라고 써 있었냐면은 '열녀 조씨' 라고 적혀 있었는데. 그게 창녕조씨 사람이었대. 그리고 '열녀 조씨'라고 써 있었어. 벌레들조차도 이 부부가 너무나 사랑하는 사이고, 이 부인이 정말로, 정말로 지아비를 섬긴 열녀구나 해서 나라에서도 상을 줬다고 하더라고.

2007년 5월 30일, 경기도 수원시 우리집, 조영애(曹英愛,56), 이국희 조사.

효자 조경수

조사자의 어머니인 구연자가 할아버지(외증조부)로부터 어릴 때 들었다고 하였다.

조경수는 어렸을 때부터 효성이 지극하기로 유명했었는데. 늘 두 어버이께 입에 맞는 음식 등을 공양하고 정성을 다하여 받들며 지내고 있는데,

아버지가 아프신 거야. 병환에 드신 거지. 이를 어째. 어떻게든 아버지를 낫게 할려고 별별 노력을 다하는데, 기도하고 다 하는데 낫지를 않아. 그런데 사람들에 소문에 의하면 황흑계(黃黑鷄), 황색하고 흑색이 빛나는 진귀한 닭이 있어. 그 닭만이 병환을 치유할 수 있다고 하는 거야. 그래서 조경수가 미친 듯이 그 닭만 찾으러 다녔지. 그런데 어디 그 닭이 찾기 쉽나. 거의 전설적인 닭인데. 하지만 그래도 신념을 가지고 온 지역을 다니면서 결국에는 찾아냈어. 찾았어. 월악산. 월악산에서 그 황흑닭을 찾았어. 그래서 그날, 닭을 잡은 그날 밤, 조경수가 꿈을 꿨는데 한 노인이 나타나서 하는 말이, "이 닭은 너의 지극한 효성으로 인하여 얻어진 것이니 병의 치료는 물론 여생을 건강하게 지내실 것이다."하고 말했다는 거야. 정말로 아버지께서 그 닭을 드시고 그 끙끙 앓았던 병이 싹 다 깨끗이 낫고 칠순까지 살았다는 거지.

또 있어. 또 신기한 이야기가. 그 조경수 아버지가 병환 중에, 추운 겨울날에, 아주 추운 겨울날. 바닷물이 다 꽁꽁 얼어붙은 그런 추운 겨울날에 생선을 드시고 싶어 하시는 거야. 그런데 바다가 다 얼었는데 무슨 생선이 있어. 그래서 조경수가 바닷가에서 바다를 보면서 울었어. 우니깐 갑자기 바다에서 싱싱한 농어가 뛰어나오는 거야. 그리고 꽁꽁 얼어붙은 바다에 조개가 여러 개 있네. 그래서 그것을 가지고 아버지께 드렸다는 거지.

2007년 5월 30일, 경기도 수원시 우리집, 조영애(曺英愛,56), 이국희 조사.

64

한양조씨

한양조씨의 시조 조지수(趙之壽)

조사자의 큰아버지인 구연자가 아버지(할아버지)에게 들었다고 하였다.

한양조씨는 송 태조의 후손인 익의 둘째 아들 지수를 시조로 해. 지수는 고려 명종에서 희종 때 벼슬을 했었어. 아들 휘(暉)가 쌍성총관을 있었고, 증손인 림(琳)과 돈(暾)이 각각 쌍성총관과 검교밀직부사를 지냈었어. 관향인 한양은 지수의 선계로부터 살아온 세거지였단다.

2007년 5월 13일, 충남 아산군 탕정면 큰아버지댁, 조국형(53), 조성태 조사.

한양조씨의 번창 유래

조사자의 친할아버지인 구연자가 아버지(증조부)에게 들었다고 하였다.

한양조씨 사람이 장가를 갔는디, 첫날밤에 신부가 아이를 낳은 거여. 신랑은 병풍을 쳐 놓고 거기서 애를 낳게 하고는, 장모에게 자기가 "밤참을 먹는 습관이 있는디, 오늘 저녁에 또 허기가 지니간 미역국과 밥을 먹구 싶다."고 했구, 흐흠, 신랑은 이것을 신부에게 먹게 하구는 "우리가 백년해로하니 아무 걱정말구 시키는 대로 하라."고 했지. 새벽이 되구 아이를 솜에 싸서 동네 앞에 있는 도랑의 다리 밑에다 버렸어. 신랑은 다음날 신행을 하면서 말이여, "엊저녁에 내가 이상한 꿈을 꿨는디, 하늘에서 용 한 마리가 이 동네 어느 곳에 있는 다리 밑으로 들어가는 것이여. 그 다리로 가라."고 종에게 일렀는디, 그 집 종이 다리 밑에서 솜에 싼 사내 아기를 데려온 거여. 신랑은 "이런 큰 횡재가 없다."하면서 엄청 좋아한 거여. 그래서 아이를 받구 신부가 탄 가마에 넣어주면서, "곱게 키우자."고 말한 거여. 부부는 아이를 키우면서 금슬이 좋았어. 하루는 신랑이 아이를 갖게 된 이유를 물었지. 신부는 자기가 "원래 꽃을 좋아했는디, 지금부터 열 달 전 밤에 꽃구경을 하는 중에 꽃 속에서 어떤 총각이 나와서 자고 갔다."고 고백한 거여. 그러자 신랑은 "알겠으니 이 아이나 잘 기르자."고 했지 뭐야. 답답할 노릇이지 참. 그걸 보고 어떻게 가만히 있어? 그 후 부부는 계속 애들을 낳으면서 세월이 흘러 서당에 다니게 된 거여. 부부는 큰 아이가 다른 새끼들보다 뛰어나서 자신들이 낳은 애들보다 더 좋아한 거여. 하루는 서당에서 돌아온 큰애가, 서당 애들이 주워온 애라고 맨날 놀리는 거여. 참다못해 칼을 가지고 에미 앞에 와서는 지가 "어디서 왔냐?"고 묻는 거여. 그래서 에미는 솔직히 말했지. 애는 그 말 듣고 집을 나가 버렸으여. 애비는 나갔다가 들어와서 이 소리 듣고 병들어 죽었지. 삼년 뒤에 집 나간 애가 돌아왔는디 그림자가 없는 거여. 화신의 아들이 되었던 것이재. 큰애가 통곡을 그치고 애비 "장례를 지냈나?"고 물었는디, "좋은 자리 못 잡아서 삼년이나 외빈에 있다."고 한 거여. 다음날 삼형제가 묘자리를 잡으러 갔는디, 큰물이 지면 산사태가 나는 산등에 끝에 이르러 큰애가 애비 묘자리로 쓰자고 그런 거여. 동상들은 물에 떠내려갈 자리인지라 망설였는디, 형도 안되겠다 싶어 그냥 호미로 땅을 팠는디, 학 두 마리가 공중으로 휙 날아가는 것이여. 동상들은 형의 말을 안 들었던 것을 후회하고, "이런 자리는 또 있다."구 "걱정말라."구 하구 집으로 돌아온 거여. 에미는 자기가 복이 없어 그렇다면서 한탄한 거여. 그래서 큰 아들이 더 좋은 자리가 있다믄서 배타고 가면 섬에 있다고 한 거여. 며칠 뒤 출상날이 되어서 상여를 메고 갈 인부들을 준비하려는디, 형이 준비할 필요가 없다고 한 거여. 그 말 하자마자 상여 메는 사람들이 잔뜩 나타난 거여. 형이 동생 내외 네 식구 데리가는디, 상여꾼들이 힘들고 피곤해서 다른 인부가 대기했다가 메고 가는 것이여. 바닷가에 이르렀는디, 없던 배가 두 척이 나타난 거여. 형은 두 척 중 작은 배는 상여를 뫼시구, 큰 배에는 동상 내외를 태우고, 상여꾼들은 거기 가믄 또 있으니 타지 말라구 하구 작은 배에 탄 거여. 두 배는 돛대도 닻도 없었는디, 동상들 탄 배가 겨우 얼마쯤 가자, 형이 탄 작은 배가 쑥 빠져 나가는 것이여. 형은 동상들 보고 너희들은 나를 못 따라 온다면서 아버지를 자기가 안장한다고 너희는 집으로 가라고 한 거여. 그러고는 하늘에 별 흐르듯이 사라져버려 동상들은 그만 상여를 잃어버리고 말은 거여. 그 후 세월이 흘러서 삼대 후손이 중국에 사신을 가게 된 거여. 남경을 가기 위해서 소상팔경을 지나는디, 물 가운데 수목이 울창하고 경치가 대단히 좋은 섬이 나타난 거여. 그래서 섬 구경을 하려고 배에서 내려 그 섬에 있는 동네로 가니 거대한 절이 있구, 거기서 어린 중이 하나 나오더니 국궁재배를 하는 것이었으. 아이 중은 "'스님이 모시고 오라.' 해서 왔다."고 하며, "따라 들어오라."고 한 거여. 따라 들어가니 한 스님이 "내가 너네 사대조쯤 되니 나한테 인사를 드려라."라고 한 거여. 그래서 사신은 절을 하고 생각해보니 고조할아버지의 시체를 싣고 갔다는 전설이랑 똑같은 걸 안 거재. 이튿날 아침을 먹구 나서 스님은 "오대조 산소에 성묘하러 가자."구 해서, 사신은 절 뒤의 산으로 따라 간 거여. 거기에서 묘를 능같이 굉장히 크게 만들어 놓았는디, 스님은 "그 비를 읽어보라."구 한 거여. 비의 작은 주석에는 오대손의 이름이 쓰여 있었구, 그가 중국 사신으로 들어와서 성묘하구 갈 것이라구 적혀 있었던 거여. 사대 전에 미래의 일을 미리 알구 써 놓았던 것이여. 그래서 조선 오백 년 동안 한양조씨가 번창했다구 그러더라.

2007년 5월 13일, 충남 아산군 탕정면 큰아버지댁, 조병석(趙秉石,93), 조성태 조사.

회덕의 몰세불망비

조사자의 친할아버지인 구연자가 아버지(증조부)에게 들었다고 하였다.

(조달봉이라는 분이) 집 한 칸을 장만 못하고 회덕면 학교에다 창고 하나 지어 놓으셨단 말이여. 그러하고 효종대왕하고 아주 친절해. 그래가지고서 인조가, 효종대왕의 아버지 인조가 돌아가시고, 저, 또 효종, 그러니께 병자호란에 효종의 형제가 중국 사람한테 잡혀가지구, 그러니께 지금 남한산성에서 저 강화로 피난 갔다가 잡혀간 거여. 남한산성 포위당

할 적에 할 수 없이, 말로는 할 수 없이 그 사람한테 항복을 하고는 그 아들 둘이 잡혀갔단 말이여. 그래서 효종이, 그 양반들이 고초를 겪고 있다가 임경업이 구해 가지구 와서, 그 분들이 할라고, 북벌을 할라고, 중국을 칠라고 할 적에 내 십 대조께서도 그 양반하고 동의를 했던 거여. 그러다가 그 부자가 돌아가서, 그냥 굶어서 돌아가셨단 말이여. 그래서 충효정문이라고, 충신정문이라고 해가지구, 여기 온양 가면 부자 정문인데, 그 양반 애비는 효자구 그 양반은 충신이라 해서 정문이 있구, 지금 대전 회덕에 가면 '몰세불망비'라 해 가주고, 세상이 망해도 잊을 수가 없다고 하는 것을 회덕군민들이 비를 세워서 그 면 앞에 있는 거여.

2007년 5월 13일, 충남 아산군 탕정면 큰아버지댁, 조병석(趙秉石,93), 조성태 조사.

돌팔매꾼 조씨

조사자의 친할아버지인 구연자가 아버지(증조부)에게 들었다고 하였다.

함안에 살았던 조씨가 있었는데, 편모슬하에 성장하면서 밥만 먹으면 산으로 돌팔매질을 했었어. 그 조씨 돌팔매질은 나중에 포수 경지에까지 이르러, 나는 새나 산짐승을 모조리 잡아 홀어머니를 봉양하며 살았던 거여. 이때에 임진왜란이 일어나 그도 별 수 없이 왜군에 쫓기는 몸이 되어 진주성으로 밀려 갔는디, 진주성에서 조씨의 솜씨가 진가를 발휘했는데, 돌팔매에 맞고 쓰러진 왜군이 백여 명에 달했단다.

2007년 5월 13일, 충남 아산군 탕정면 큰아버지댁, 조병석(趙秉石,93), 조성태 조사.

조광조(趙光祖)의 죽음

조사자의 둘째이모인 구연자와 어머니(조현자, 趙玄子, 44)가 아버지 (외할아버지)에게 들은 이야기라고 하였다.

나 옛날이야기에 약해야. (전에 외할머니나 외할아버지한테 들으셨던 이야기요.) 근디 뭐 가문에 관한 거여야 된다매. (네. 그, 조상들이나, 위인 들 이야기도 들으신 거 있으시면 좀 해주세요.) 아아, 그래? 조광조였나? (조현자 : 아, 응. 맞어.) 너 알어? (아니요. 모르겠는데…) 그 말은 들어봤 재? 역적으로 몰리믄 연좌죄라고 해가꼬 삼족을 멸한다. 이거.(네. 들어본 것 같아요.) 근디 그게 잘 모르겠는디. 아버지 말로는, 아 근께 니 외할아 버지. 응? 근디 할아버지대, 아버지대, 아들대. 아니믄 친가, 처가, 외가를 의미한다고 했어. 근디 조선시대에 역적으로 몰렸다고 다 죽여버린 거는 아니였단 말이여. 근께 흔하지 않았다는 거재. 내가 언제 아버지한테 조 광조가 역적이였냐, 이런께 어렸을 때 말이여. 근께 아, 나이 먹어아꼬 생각이 안 난디. 뭐 세력이 있냐. 그게 반대를 해선가? 그래아꼬 죽음을 당한 거여. 역적이라고 모함을 받고? 이렇게 말을 했던 거 같애. 아, 안하 믄 안되겠냐이? (해주세요오.) 너무 어렸을 때여가꼬 생각이 안 난디야. 아무튼 그 사람이 우리 한양조씨를 쓴다 이거재. (조현자 : 아, 언니는 그거를 생각을 못하냐. 예원아. 근께 정책을 한디. 지금도 그러냐, 이렇게 해야 한다, 또 반대해서 저렇게 해야 한다. 잉? 근디 그때 조광조 무리가 있잖어. 흠, 역모를 했다고 혐의를 받은 거재. 실재로 역모를 했다고 찍히 지는 않았어. 그, 그, 자백이 필요했는디, 조광조 무리들은 끝까지 인정을 안했다고. 근께 역모를 했다, 이렇게 죄가 인정되믄 삼족을 멸한다. 이랬 다 했지? 근디 역모 죄가 성립이 안된께 가족들은 처벌을 안 당했재. 근께 뭐, 나도 기억이 잘 안 난다야. (웃음) 왕이 살려줄라고 했는디, 그 반대하는 것들이 너무 설쳐댄게 유배를 보냈는디. 사약? 사약을 먹여서 죽었어.) 아, 맞다, 맞다. 아버지가 조광조가 역모를 했다고 쳐도 일가친척만 해당된다. 이랬다. 걱정을 말라고. (웃음) 지금 우리 말이여, 한양조씨들. 멀쩡하다고 막 그랬다.

2007년 5월 26일, 전남 목포시 상동 우리집,
조순옥(趙,順玉49)·조현자(趙玄子,44), 박예원 조사.

忠州池氏

65

충주지씨

지씨의 시조 지경(池鏡)과 훌륭한 조상들

조사자의 아버지인 구연자는 평소 족보에 관심이 많았고, 풍부한 지식을 가지고 있었다. 지금은 건강이 안 좋아 병원에 입원 중이라 채록하는 데 많은 어려움이 있었다.

너 본관이랑 몇 대 손인지 아빠가 말해 줬는데도, 대학생이 이런 것도 아직도 모르고 뭐했냐? (지씨 위인들은 알긴 아는데 채록해야 되서.) 아빠가 전에 알려준 거, 몇 대 손인지, 문파랑 시조는 알지? (다 알지.) 음. 그럼 자, 충주지씨는 중국 홍농 출신인 지경을 시조로 하고 있지. 집에 있는 거, 거 뭐냐? 베란다 책장에 큰 거, 엄마가 버리라고 소리 지르던 책 있지? 그 책이 족보야. 충주지씨족보에 의하면 경은 구백육십 년대에 그, 뭐지? 아, 태학사로서 고려에 사신으로 왔다가 정착하여 벼슬을 얻고, 또 얻어서 높은 자리에 앉게 되었지. 그 후에 육 세손 종해(宗海)라고, 역시 벼슬을 얻고 또 얻어 높은 자리에 봉해져 충주에 세거하였으므로, 후손들은 본관을 충주로 삼아 세계를 이어온 거야. 쭉 말하자면, 시조 지경의 아들에 지해관(池海貫), 지도관(池道貫) 형제가 있고, 지해관의 아들에 지윤(池瀟), 지영(池瀛) 형제가 있으며, 지영의 아들에 지득상(池得尙), 지응상(池應尙)이 있었지. 아, 그리고 시조 지경의 묘는 평안도 중화 당악산 화산정에 있어서 가 볼 수 없자나. 근데 너 이세 지해관의 묘는 어딨는 줄 알어? 집 뒤 황희 정승의 반구정 알지? 황씨들 몰려 사는 데, 사목리 반구정에 있어, 임마. 대학생이라는 게 아직도 그런 거 하나 모르고.

2006년 5월 27일, 경기도 고양시 일산 백병원, 지동윤(48), 지청 조사.

충주어씨의 유래 – 지중익(池重翼)이 어중익(魚重翼)이 된 사연

조사자의 아버지인 구연자는 평소 족보에 관심이 많았고, 풍부한 지식을 가지고 있었다. 지금은 건강이 안 좋아 병원에 입원 중이라 채록하는 데 많은 어려움이 있었다.

너, 그리고 우리 육 대손인 지중익의 유래는 알고 있냐? (아니.) 충주어 씨라고, 우리 충주지씨에서 분파된 셈이지, 음. (지씨에서 어씨로 바꾼 거야?) 음. 굳이 바꾸었다기보다는 충주어씨 시조 어중익은 원래 지씨였는데, 태어날 때부터 체모가 기이하고, (체모? 그게 몬데?) 그냥 털이지, 모야. 또한 겨드랑 밑에 비늘 셋이 있었지. (비늘이 달려 있었다고? 아빠 이건 그럼 전설 같은 거 아니야? 있을 수 없는 일이자나.) 음. 그것이 사실인지는 아빠도 잘 모르지. 하지만 그렇게 전해 내려오는 것인데, 또 요즘 물고기 인간, 이런 게 많자나? 털이 특이하고 비늘이 있다고는 하니 그럴 수 있었겠지 모. 그것을 본 고려 태조가 친히 불러서 말했지. 태조가 말하기를, "너는 몸에 비늘이 있으니 바로 고기로구나."하고 어(魚)씨 성을 내린 거야. (근데 성을 바꾸라고 해서 무조건 바꿔야 하나?) 음. 그때 당시의 태조의 말은 법이니까 그럴 수밖에 없었겠지. 하여, 지중익이 어중익이 되었는데, 지금의 충주어씨가 바로 그 어중익의 후예가 된 셈이지. (아!)

2006년 5월 27일, 경기도 고양시 일산 백병원, 지동윤(48), 지청 조사.

종두법의 보급자 지석영(池錫永)

조사자의 아버지인 구연자는 평소 족보에 관심이 많았고, 풍부한 지식을 가지고 있었다. 지금은 건강이 안 좋아 병원에 입원 중이라 채록하는 데 많은 어려움이 있었다.

(아빠, 지석영은 잘 몰라?) 알지. 지석영은, 근대에 와서는 우리나라에 우두법을 처음으로 보급한 의학자자나? 우두법이 뭔지, 종두법이 뭔지는 아냐? (응. 그 소한테 막 주사해서 그거잖아?) 대충은 아네. 지석영이 천팔백칠십육 년, 뭐냐 그거, 수신사 수행원으로 일본에 갔다가 종두법을 배워 온 박 누구지?[1] 아무튼 그 사람한테 종두법을 익힌 거야. 일본에 건너가 우두법을 배우고 돌아와서는 전주 등지에서 우두국을 설치하여 종두의 전국 보급을 시작하였단다. 지석영은 종두법을 받아들여서 천연

---

1) 박영선(朴永善)을 말함인 듯.

두 예방에 큰 공을 세운 것이지. 일부 사람들이 지석영을 미워하고 헐뜯었지만, 지석영은 거기에 굴복하지 않고 종두에 필요한 기구를 계속 사들이며 천연두 예방에 힘썼던 거야. 그리고 종두법을 배우기 위해 일본까지 찾아다니며 열심히 노력했지. 그래서 친일이고 어쩌고 그딴 소리가 들리고, 그리고 우리나라 최초의 의학대학을 세워 의사 양성에 힘쓰셨고, 또한 남을 위해 봉사하는 의학 정신을 우리나라에 심어 주신 분이시기도 하고. (아!)

2006년 5월 27일, 경기도 고양시 일산 백병원, 지동윤(48), 지청 조사.

지청천(池靑天) 장군의 업적

조사자의 아버지인 구연자는 평소 족보에 관심이 많았고, 풍부한 지식을 가지고 있었다. 지금은 건강이 안 좋아 병원에 입원 중이라 채록하는 데 많은 어려움이 있었다.

지청천 장군은 알지? 아빠가 독립기념관에 데리고 갔을 때 동상으로도 봤지? 천구백십구 년 신흥무관학교의 교관으로 있을 때 학생들을 일일이 점검하던 장군은 한 학생이 군복의 단추를 잠그지 않은 것을 발견했고, 장군은 그 이유를 물어보자 학생은, "단추를 잊어버렸습니다." 고 대답했고, 장군은 "잊은 것이 아니고 잃어버렸군."하며 그 학생을 호되게 질책했지. 너 국문과니까 왜 그랬는지 알지? (응, 알지. 나 2학년이야, 아빠.) 그래서 이렇게 말했어. "'잊어버렸다'와 '잃어버렸다'의 구분도 제대로 못하냐?"고. "조국의 독립을 위해 싸우는 군인은 생각이 바로 되어야 하고,

바른 생각은 바른 언어에서 나온다."고, "조국의 말도 제대로 모르는 군인이 어떻게 조국을 찾겠냐?"고 "당장 학교를 자퇴하라."고 했지. 그 학생은 조국 독립을 위해 헌신할 기회를 달라고 여러 차례 간청한 끝에 겨우 그 위기를 모면할 수 있었고. 그런 심오한 뜻이 깃들어 있었다는 거야. 이해가 가냐? (아, 그렇구나.) 또한 장군은 국비 유학생으로서 일본 육사를 졸업한 뒤 조국독립이라는 일념 하나로 목숨을 걸고 독립군으로 탈출하셔서 독립운동에 일생을 바치신 분이시기도 하단다. (역시, 나랑 이름이 똑같잖아. 지청천.)

2006년 5월 27일, 경기도 고양시 일산 백병원, 지동윤(48), 지청 조사.

지청천 장군의 형 지운영(池運永)

조사자의 아버지인 구연자는 평소 족보에 관심이 많았고, 풍부한 지식을 가지고 있었다. 지금은 건강이 안 좋아 병원에 입원 중이라 채록하는 데 많은 어려움이 있었다.

지운영은 누군지 알어? (아니.) 아까 아빠가 말했지? 지청천의 형이야. (아. 화가인가? 암튼 그쪽 사람이지?) 응. 그니까 이 사람은 한 마디로 뛰어난 예술가였어, 조선후기에. 시, 서, 화에 뛰어난, 그러니까 한자 그대로 뭐겠어? (시서화? 그림 이름이야?) 이런 멍청한 자식. 시는 시, 서는 글, 화는 그림에 뛰어난 삼절이였다, 이 말이지. 특히 산수화랑 인물화에 그렇게 뛰어났다지. 신선도도 그렸는데, 그것도 그리 뛰어난 작품으로 알려져 있어, 그게. 근데 원래 이름이 운영(雲英)이 아니였어, 개명을 한 건데, 아, 원래 이름은 뭐였더라? 또 갑자기 말하려니까, 생각이 또 안나, 허허. 개명을 한데는 또 이유가 있었겠잖어? 한참 좋은 일 하시려다 그리하신 거지, 일본 도쿄랑 요코하마에서 친일파를 암살하려다가 잡혀서는 유배된 다음에 풀려나와서 지금 우리가 부르는 운영으로 개명하고 은둔 생활 하신 거지, 뭐. 아는 거 끄집어내서 설명하자면 이렇다. 대충 다 알겠냐? (응. 많이 알았지.)

2006년 5월 27일, 경기도 고양시 일산 백병원, 지동윤(48), 지청 조사.

慶
州
崔
氏

66
경주최씨

한말 거유 면암 최익현(崔益鉉) 선생

조사자의 큰아버지인 구연자가 어릴 때 할아버지(증조부)로부터 들었
다고 하였다.

너도 잘 알고 있겠지만, (웃음) 최씨 가문은 대대로 기풍 있는 선비집안
이란다. 돌아가신 네 할아버지만 해도 아흔 살이 다 돼서 돌아가실 때까
지 방안에서 양반다리 하고 앉아계시는 거 너도 자주 뵈었지? 한 치도
자세를 흩트리시는 적이 없으셨잖니. (손사래를 치며) 큰 아버지 어릴
때만 해도 마을 서당에서 천자문 배우고 그랬거든. 그땐 얼마나 공부하기
싫었는지. 너희들 공부하기 싫어하는 거와 비슷했을 게야. 산으로 들로
친구들과 막 쏘다니다 할아버지께 혼도 많이 났단다. 아주 가까운 항렬엔
크게 이름난 분은 없으셔도 기개 높고 대쪽 같은 선비들이 많이 있었다고,
예전에 할아버님께서 말씀해 주시곤 했지. 그때 들은 분 중에 구한말,
익(益)자 현(鉉)자를 쓰시던 분만큼 지조 있던 분도 없지. 큰 아버지도

아주 어릴 때 그 분의 얘기를 들었는데, 얼마나 지조 높은 분이셨는지 일본이 단발령인가를 강제로 실시했는데, "목은 잘라도 머리는 못 자른다, 못 자른다."시며 결코 뜻을 꺾지 않으셨다는구나. 너도 아마 학교에서 그 분에 대해 배웠을 거야. 학문도 굉장히 높은 분이어서 따르는 사람들도 많았다는 구나. 게다가 왜놈이 우리나라를 강제로 뺏으려 했을 때는 의병장으로도 활동하시기도 하셨지. 끝내는 왜놈에게 붙잡히셨는데 왜놈들이 그 어른을 두려워하면서도 어찌하지 못해 일본으로 끌고 갔다는구나. 그러니 그 분이 거기서 살고자 하셨겠니? 일본이 주는 음식을 개가 주는 음식이라고 생각하고 결국 굶어서 돌아 가셨다지, 아마. 끝까지 뜻을 굽히지 않으신 지조 높은 양반이셨단다. 알겠지? 응?

2006년 4월 27일, 전라남도 장성군 큰 아버지 댁, 최병준(崔炳俊,66), 최송이 조사.

고려시대 재상 최승로(崔承老)

조사자의 아버지인 구연자가 어릴 때 종친회에서 들었다고 하였다.

사람들이 최씨 고집 얘기하면서 최영 장군을 경주최씨로 잘못 알고 있는데, 아빠가 알기론 경주최씨가 아니야. 본관이 동주라지 아마? 최씨 성은 신라시대 최치원 선생을 시조로 하는데, 다른 모든 최씨의 뿌리가 경주최씨니까 자랑스럽게 생각해야지. 너 아직 한 번도 족보 본 적 없지? 네 이름도 거기에 올라가 있으니까 나중에 한 번 봐라. 그 최치원 선생의 아들 중에 승(承)자와 로(老)자 쓰시던, 고려시대 높은 학식을 가진 분이 있었단다. 아빠 어릴 때 종친회에서 어른들께 얘기들은 분인데, 열 살

땐가에 논어를 임금님 앞에서 암송할 정도로 천재였다더구나. (12세 때
: 조사자 정정) 엄청나게 공부를 많이 하시고 학식이 높은 분일뿐만 아니
라 의기가 있는 분이셔서 잘못된 제도에 대해 임금님께 건의도 많이 하셨
는데, 그때는 불교 중심이던 나라에서 불교와 관련된 행사를 금지 시키고
스님들의 횡포도 엄하게 다스리는 유교정치를 펴신 분이란다. 나중에는
지금 국무총리 같은 나라의 재상이 되어서 여러 가지 잘못된 제도를 시정
하고 많은 제도를 만들어 고려 태조 이후 여러 임금님을 섬기면서 고려
왕조의 기틀을 잡으신 큰 어른이지. 그럼.

2006년 4월 17일, 서울시 영등포구 우리집, 최병수(崔炳洙,60), 최송이 조사.

동학 창시자 최제우(崔濟愚)

조사자의 큰아버지인 구연자가 어릴 때 할아버지(증조부)로부터 들었
다고 하였다.

우리 가문엔 이름난 선비들이 많지만 그 중엔 종교를 창시한 분도
있어. 큰 아빠가 알기론 지금 천도교라고 알려진 종교가 우리 경주최씨
성을 가진 분(최제우)이 창시한 거라는데 그 분 이름이 정확하게 생각이
안 나네. 허허, 음, 하여튼 그 분도 양반 출신이셨는데 일찍 부모를 잃고
전국을 방랑하면서 그 당시에 우리나라에 많은 물의를 일으키던 서양
종교(천주교)에 대항하는 민족 신앙(동학)을 만드셨는데, 교리 내용이
‘사람은 곧 하늘’이라는 사상이었단다. 각지에 교회(접소)를 설치하고 설
교(교화)하였는데 농민 사이에 급속하게 퍼져, 특히 전라도, 경상도 지역

에서는 대단했던 모양이다. 나라에서는 지금 기독교에서 말하는 이단 뭐 이런 식으로 몰아서 그 어른(최제우)을 잡아다 처형했는데, 나라가 외국에 좌우되고 백성이 살기 어려웠을 때라서 아마도 새로운 희망 같은 걸 안겨 주었는지, 나중에 농민들이 들고 일어나서 농민혁명을 일으키는 계기가 되었단다. 그 왜 '새야, 새야, 파랑새야.' 라는 노래 만든 녹두장군이라는 사람 있잖니? 그 사람도 그 농민혁명과 관련된 사람이라며? 큰아빠가 알기론 나쁜 이유로 농민들이 들고 일어나지는 않았으니 종교를 만든 그분도 꽤 훌륭한 일을 하신 분인 것 같구나.

2006년 5월 5일 경기도 의정부시 큰 아버지댁, 최병연(崔炳淵,62), 최송이 조사.

동학 2대 교주 최시형(崔時亨)

조사자의 큰아버지인 구연자가 어릴 때 할아버지(증조부)로부터 들었다고 하였다.

그 종교(동학)를 창시한 어른이 처형되고 그 뒤를 이어 그 분 아들(최시형)이 교주가 되었는데 여기저기 도망 다니면서 설교(포교)를 하다가 충청지방에서 탐관오리의 악정을 기회로 농민들의 봉기에 앞장섰단다. 왕에게 종교를 자유롭게 믿게 해 달라거나 탐관오리를 벌하라는 내용의 상소를 했는데, 왕도 그 기세에 눌려 급한 불이라도 꺼야겠다는 심정으로 겉으론 여하튼 들어주는 시늉을 했던 모양이다. 예나 지금이나 정치하는 놈들이 다 그렇듯 눈 가리고 아웅 하듯이 약속해놓고 뒤로는 왜놈들의 힘을 빌어 싸움을 벌였는데 그 때 등장한 사람이 녹두장군(전봉준)일

거야, 아마. 맞을께나. 음, 꽤 많은 수였는데도 대나무, 쟁기 같은 무기 들고 총 든 놈들하고 싸운다는 게 뻔해서 몇 번의 싸움에서 크게 패하고 피신 다니다가 붙잡혀서 결국은 자기 아버지처럼 처형되었다는구나. 비록 실패했어도 부패한 나라와 정치가들에게 힘없는 백성들이 저항하는 데 우리 가문의 한 어른이 일조했느니 또한 자랑스런 어른이라 할 수 있는 게지.

2006년 5월 5일, 경기도 의정부시 큰 아버지댁, 최병연(崔炳淵,62), 최송이 조사.

한말 독립운동가 최부잣집 마지막 부자 최준(崔浚)

조사자의 사촌오빠인 구연자가 종친회 자료 및 조선시대 부호관련 서적을 통해 알게 되었다고 하였다.

글쎄다. 뭐 어지간한 분들은 너도 다 아는 분들일 테니 좀 근래 분들 중 가문의 이름을 빛낸 분을 얘기해 주지. 오빠도 예전에 가문에 대해 좀 관심이 있어서 족보로도 살펴보고 종친회 자료도 뒤적이고 했는데, 얼마 전에 최 부잣집에 대해 좀 자세히 알게 되었단다. 사실 최씨는 고려 때와는 달리 조선시대에 와서는 퇴조를 보여 잘 알려지고 명망 있는 인사가 그다지 많지 않거든. 그 중에 최치원 시조의 이십팔 대손 최준 선생이 단연 돋보인단다. 선생은 경주시 교동에 있는 최부잣집에서 태어나셨는데 경주 최부잣집은 십이 대 삼백 년 동안 만석꾼을 유지했던 집안으로, 이 가문이 이렇게 오랫동안 부를 누릴 수 있었던 이유를 사람들은 그 집안의 열 개의 가훈에서 찾을 수 있다는구나. 만 석 이상의 재산은 가지지 말라는 사회 환원 정신, 시집온 며느리들은 삼년 동안 무명옷을 입으라는 몸에 밴 검소, 절약 정신 등 하나하나 훑어보면 욕심을 내지 말고, 주위의 가난한 사람들을 보살피라는 내용으로 최부잣집은 이러한 가훈을 끊임없이 실천, 정당하게 부를 축적하고 그 부를 적절히 사회에 돌림으로써 서민들의 존경을 받는 부자로서의 의무에도 충실한 부호였단다. 최부잣집의 터를 일군 사람은 최진립(崔震立)이란 분으로 임진왜란과 정유재란 때 의병으로 왜적과 싸우신 분이고, 그의 아들 최동량(崔東亮)이 부를 크게 일으킨 이래 최 부잣집은 부자로서의 절제와 베풂을 삼백 년 동안 실천했으니 존경받을 만한 부자였던 셈이지. 큰 흉년이 들었을 때는 바깥에 큰 솥을 내걸고 곳간을 헐어 주린 이를 구제하기도 했단다. 어떤 연구에 따르면 최부잣집은 조선시대 흉년 때마다 경상북도 인구의 십 퍼센트에 이르는 사람에게 구휼을 베풀었다는구나. 최준 선생은 그런 기풍을 가진 집안의 마지막 최부자로서 나라가 망한 일제시대를 사신 분이란다. 독립운동가 안희제(安熙濟)라는 분과 함께 의기투합해 백산상회라는 회사를 차리셨는데 상해에 있던 김구 선생에게 엄청난 독립운동 자금을 가져다주었기 때문에 회사는 언제나 적자였단다. 언제나 손해를 보면서도 진정 우리나라를 위해 노력하셨던 선생은 해방 직후, 국가의 앞날을 위해 나라를 이끌어 나갈 인재를 길러야 한다며 모든 재산을 기증해 영남대의 전신인 대구대와 계림대를 세우고 만석꾼 지위를 스스로 버리셨단다. 존경받는 부호였던 최부잣집의 전통을 더욱 빛내신 분이자 독립운동에 힘쓴 최씨 가문의 자랑이시지 싶다.

2006년 5월 27일, 경기도 의정부시 큰아버지댁, 최민성(崔珉誠,36), 최송이 조사.

경주 최부자

조사자의 큰아버지인 구연자가 어렸을 때 아버지(할아버지)의 동생들과 함께 벌초 하러 갔다가 듣게 된 이야기라고 하였다.

음, 먼저 최씨 애길 해줄게. 최씨가 부자가 많다는 애기 들어 봤니? 그게, 부자라는 게 자랑거리이기도 하지만은, 그게 애시당초 근본이 좋은 거라고 생각을 해, 나는. 어, 옛날에 들은 건데, 최씨 집안은 진사라는 그 벼슬까지는 유지해도 이상 넘어가는 벼슬을 꺼렸대요. 그 이상 되면 금방에 유배형을 당하고, 그 집안 여자들이 졸지에 그 남의 집 종 신세가 되니깐 그걸 꺼렸대. 그리고 재산을 다 사회에 환원을 했대요. 그 환원 첫 번째 방법이 그 옛날에 그 소작료 있지? 그걸 낮추는 방법이 있었다구. 또 흉년에는 논을 안 사고, 또 가진 사람이라고 떵떵거리지 않고, 과객을 후하게 대접하고, 오히려 더 머리 빠지게 고민했다는 거지. 부자도 그거 힘들다. 최씨가 부자가 많다는 그 애기가 다 총명하게 대처를 하고 남을 배려하고 그래서 그런 게 아닌가 싶어. 요즘 보면은 돈 흥청망청 쓰고, 부자라고 남 무시하고 그러는 거. 경주최씨들은 그런 사람 없어야겠지? 허허허.

2007년 5월 13일, 경기도 성남시 분당구 이매동 아름마을 큰아버지댁,
최홍기(崔弘基,65), 최정원 조사.

내초도(內草島) 금돈시굴(金豚始窟)

조사자의 큰아버지인 구연자가 어렸을 때 아버지(할아버지)에게서 들은 이야기라고 하였다. 할아버지는 자신의 할아버지로부터 들었다고 했다.

우리가 경주최씨 가문이잖니? 경주최씨 시조가 그, 그 신라 말 최치원, 그 사람을 든다구. 최치원이 학문에 어찌나 뛰어나던지 중국까지 소문이 나고, 암튼 공부에는 최고였대. 원래 경주최씨 시조가 그 금색 돼지에서 낳다구 해서는 '돼지 최씨' 라고도 불리는데, 이게 설화야. 지금 그 어디드라? 호남평야 있는 군산시에 내초도에서 있었던 일이라던데. 최치원 아버지가 그, 저, 하루는 내초도라는 섬으로 사냥을 갔다가 누런 돼지한테 붙들려서는 바위 밑에 토굴로 끌려가서는 몇 달 동안 살았는데, 그 누런 돼지한테 태기가 있어가지고는 열 달 후에 아들을 낳았대. 그 아들이 이제 자라가지구선, 아버지가 아들을 데리고 육지로 나올려고, 나올려고 해도 못 나오고, 그 누런 돼지랑 같이 짐승처럼 살았대요. 하루는 어미돼지가 옆에 섬으로 이제 사냥을 나가고 없는 사이에 아버지가 아들한테 사실을 다 얘기를 하면서, "최치원이 너를 육지로 데리고 나가서는 공부를 시키고 싶은 생각이 있는데 빠져 나갈 수가 없다."고 한탄을 했대. 이걸 듣고서는 아들이 "어미돼지가 날마다 해놓은 나무토막이 있다."고, "그거를 그저 엮어 가지고 몰래 배를 만들어서는 나가자."고 했대. 인저 그러고 있는데, 돼지가 또 나무를 하러 갔대. 그 사이에 그 나무를 가지고서는 배를, 그니까, 뗏목이지, 그게? 그걸 타고 육지로 나오는데 어미돼지가 뒤에서 헤엄을 쳐서는 쫓아오고 있었대. 그게 어찌나 쫓아오던지 배에 발이 닿을랑말랑 해가지고는 그 아들이 꾀를 내서 나무토막 하나를 물에 던져줬더니만 그게 아까워서는 물어서는 얼른 또 섬에 갖다 주고, 또 쫓아오고 해서 그걸 반복했더니, 글쎄 그 돼지가 인제 힘이 다 빠져서 죽은 거야. 허허허, 인저 그게 살아가지고 육지에 닿으니까, 아버지가 아들이 너무 총명해서 열심히 공부를 시켰는데 그 아들이 엄청나게 큰 인물이 됐대요. 그게 바로 그 유명한 경주최씨 시조 최치원 조상님이셔. 어찌나 아부지가 그 얘기를 해주시던지, 그 얘기 덕에 우리가 다 잘된 게 아닌가 싶어.

2007년 5월 13일, 경기도 성남시 분당구 이매동 아름마을 큰아버지댁,
최홍기(崔弘基,65), 최정원 조사.

경주최씨의 시조 소벌도리(蘇伐都利)

조사자의 큰아버지인 구연자가 어렸을 때 할아버지에게 들은 이야기였는데, 다시 기록해 놓은 것을 보고 고모가 이야기해 주었다.

음, 큰아빠가 이거 기록해논 거 보고 해두 되는 거냐? (네, 상관없어요.) 그 경주최씨 시조이신 소벌도리공이라고 있어. 이름 희한하지? 처음으로 형산으로 내려와서 돌산 고허촌이라는 곳에 그 대인이 되시었는데, 어, 이때 옛 조선유민이 동해 산곡간에 흩어져 있었다구. 그 집단으로 살고 있었는데, 진한육부라고 했어. 국사책 보면 많이 나오지, 이런 말? 그때는 임금이란 게 없고, 그 육촌장이라는 게 있었는데, 소벌도리께서 제 촌장들하구 임금을 세우자고 결의를 하고 높은 곳에 올라서는 남쪽을 바라보니까는 이상한 기운이 땅위에 서리고 붉은 알 하나가 있어서 쪼개 보니깐 동남이 알 속에서 나왔대. 소벌도리가 천자의 연생으로 그걸 생각하고는

동천에서 목욕을 시켜서 정성껏 양육을 하고, 열세 살이 되던 여름에 왕으로 추대를 했더니, 그게 그, 신라 개국한 박혁거세라구. 그리구 후에 유리왕 때 신라 육부 이름을 고치고 사성을 했는데, 그, 그 고허부를 사량부라고 해서 그걸 최씨라 했어. 이 최(崔)자가 높은 산하고 사람, 그리고 흙을 두 개 포개서 만든 문자야. 이게 '천자에게 받은 땅을 다스린다.'라는 뜻이 담겨 있는 거지. 그래서 최씨 성을 가지고 있는 사람들은 하늘 아래 모든 것을 다스릴 수 있는 인신 최고의 신분표시다 했지. 이게 그 최씨 시조야. 큰아빠도 이걸 듣고 잘 기억해 놨었는데 역시 말이 어렵다 그치?

2007년 5월 13일, 경기도 성남시 분당구 이매동 아름마을 큰아버지댁,
최홍기(崔弘基,65), 최정원 조사.

관음보살의 아들 최승로

조사자의 외할머니인 구연자가 해인사에서 합숙할 때 스님으로부터 들었다고 하였다.

옛날에 신라 시절에 최승로라는 사람이 있었는데, 그 사람은 신라에서 포석정의 비극이 있던 경애왕 사년에 태어난 사람인데, 그의 아버지는 원보라는 벼슬에 있어서 최은함(崔殷含)이라 하는 사람이었어. 늦도록 아이가 없었어. 은함은 중생사라는 절에 가서 관세음보살 앞에서 정성을 다해서 기도를 드렸더니 아들을 낳아서, 그 때 낳은 아들이 승로야, 승로야. 근데, 그런데 그 사람은 모든 인생사의 그, 이, 절의 관음보살이 기적을 낳게 해줘서, 곧 이제 그 아이를 낳게 해줬다고 하여, 큰, 잘 되 가고

있었는데, 이 중, 관음보살의 탱화는 중국에서 우리나라를 동경해서 건너 온 유명한 화공이 그린 거였어. 그 화공은 이제 전하지 않으나 장승요(張僧繇)라고 이름만 있구. 근데 관세음보살에 빌어서 나온 최승로가 석 달도 채 못 되었을 때인데, 포석정의 변이 일어나면서 후백제의 견훤이라 는, 그 후백제의 그 사람들이 습격을 해서 서울은 수라장이 되고 말 때 관리들은 더욱 위험에 처해 있을 그 무렵, 은함도 할 수 없이 어린 승로를 안고 중생사에 찾아가서 관음보살님한테 다시 맡기고, 그리고는 아기를 포대기에 싸서 관음보살상에 대좌 밑에 감추고는 그 자리에서 울며불며 그 자리를 떠났는데, 적병이 물러가고 다시 평화로운 날이 돌아오는까지 는 (잠시 생각하다가) 보름이 넘었어. 보름이 넘어가지고, 그리고 그 동안 에 어떻게 되었나 싶어서 며칠 만에 피한다는 것이 이제 이렇게 돼, 보름 이 넘고 보니까 '아이가 죽었거니~' 생각하고 절망을 했는데, 그래도, 그래도 하는 마음에 은함은 절망을 안고서 중생사로 찾아가서 둘러보다, 둘러보다 떨리는 손으로 아이가 감추어둔 부처님의 좌대 밑에, 대좌 밑에, 대좌 밑이라는 것은 부처님이 앉아있는 방석 밑을 말하는 건데, 그 옆을 열어 보니 그 사람은 그냥 크게 놀랠 정도로 정말 참 기적을 낳았어. 은함이 놀라서, 놀라서 눈을 부릅뜨고 의심할 지경이었는데, 그때 왜 그 랬냐면, 그냥 한 보름이 넘도록 그 아이를 거기다 놔두고서는 자기가 피난을 갔다 왔는데, 애가 죽었거니 했는데, 죽기는커녕 아주 토실토실 살이 쪄갖고서는 금방 목욕한 것처럼 피부도 부드럽고, 젖 냄새가 입가에 남아있으며, 생긋생긋 웃는 무심한 얼굴을 보고 그냥, 은함은 기적을 받 고서 감사하게 여겼는데, 이것이 기적이라고 할까. 놀라운 기적이라고 할까. 관세음보살님의 값이라고 할까. 그냥 부처님이 점지해주셔서, 보름 동안 젖을 먹이고 그냥 피난을 갔는데도 그냥 젖을 먹여서 재워준 것 마냥 아주 아이가 토실토실 살이 찌고 벙글벙글 웃을 정도가 되었으니까, 최승로는 정말 관세음보살님의 아들이라고 생각할 정도로 자알 키웠는데, 그런 불교의 발전을 위해서, 불교가 탄압을 받을까 싶어서, 그게 응, 유교 교리를 위해 고려 왕조를 통치를 할려고 했는데, 그것도 잘 안되고, 최승로의 행적이 흥미만 느낄 뿐이지, 그 사람은 원체 재주가 많아 갖고 고려 왕건 태조 앞에서 논어를 강의할 정도로 아주 재주도 많았어. 그래서 태조는 신동이라고 생각하여 참 굉장히 큰 기대를 갖고 그냥 부처님께 귀염을 받아가면서도 그 인성이 대단했다고 하는데, 그의 간신들이 하도 시샘이 많아 갖고, 그 해나 아마 살아가는데 편치 않았겠지. 그런 사람이 었어.

2007년 5월 30일, 경기도 안양시 비산3동 외할머니댁, 라봉해(羅鳳海,67), 이지혜 조사.

서자로 태어난 최제우

조사자의 외할머니인 구연자가 6살 때 아버지가 얘기해 주신 것을 들 었다고 하였다.

최제우라고 하는 사람은 우리나라 옛날에 천주교 들어올 그 무렵에 최초로, 그 무렵에 처음으로 받아들인 사람인데, 그 당시에 천주교라는 것을 이해라는 것을 못했지만, 경주최씨의 시조인 최치원 선생이 참 불운 을 맞아서 가야산으로 숨어 들어갈 그 무렵에 최씨 집안에 큰 인물이 날 꺼라고 그런 얘기를 하였는데, 그 때 태어난 것이 최제우인데, 최제우 는 태어날 때 서자로 태어났어. 서자가 몬가 하면, 정실부인 죽고 아버지 가 다시 재취한 한씨 부인한테서 그 아이를 낳는데, 주위에서는 그것을, 재주 있는 아이가 태어난 것을 안타깝게 생각을 했는데, 원래 소년시절부터 최제우는 자랄수록 용모도 좋고, 훤하고, 생각도 깊고, 행동도 다른 아이들보다 더욱 의젓하고 어린이답지 않게, 참 사물 이치를 깊히 파고들면 그렇게 따지는 바람에 어른들도 말을 잘못했다가는 신동이한테 말을, 말이 막히곤 그랬는데, 소년 최제우는 늘 정치와 사회에 관심이 매우 많고, 세상일에 그렇게 관심이 많았어. 자신이 서자라서 벼슬을 하지 못하는 것을 항상 안타깝게 생각하는데, 아버지인 근암(近庵)1)도 차마 그 말을 하지 못하고, 그렇게 소년 최제우는 신분 차이 때문에 굉장히, 그 세상에, 그 뭐, 세상에 모든 그 이치가 이상하단 것을 생각하고는 서양에서, 나라에서 들어온 천주교라는 것에서 많은 관심을 가지고, 천주교에는 신분의 차이라든가 뭐, 그 쌍놈과 양반, 그런 거 가리지 않고, 참, 그런 것에 다 받아들이고 오로지 하나님을 믿는다는 그런 거 때문에 그냥 관심을 갖고 있었는데, 그 당시에 다른 아이들은 서당에 다니는 책을 읽고 서당에서 공부를 하고 있는데, 얘는 벌써 서당에서 다른 아이들이 배울 수 있는 책은 모조리 다 읽은 그 상태이고, 그래서 그 아이들도 좀 서당에 안 가도 될 정도가, 그 아이들하고도 그렇게 자기가 뛰어나다 보니까 친구가 되지 않고 그러는데, 그 무렵에 또 아버지도 또, 아주 청렴결백한 사람이라 아들이 과거나 뭐 그런데 딴 사람들처럼 에저저 합격을 해가지고선 무슨 그 벼슬 하면은, 그 모든 벼슬이라는 사람이, 전부 백성들의 재물을 뜯어먹는 사람이다 보니까, 그런 것이 항상 못마땅하게 생각하고 있어서, 아들이 탐관오리나 되는 것을 바라지도 않았고 벼슬에도 나갈 수도 없는 거니까 신분을 전부다 감추고 살았어.

2007년 5월 30일, 경기도 안양시 비산3동 외할머니댁, 라봉해(羅鳳海,67), 이지혜 조사.

---

1) 최제우의 부친인 최옥(崔鋈,1762-1840)의 호.

동학을 창도한 최제우

조사자의 외할머니인 구연자가 6살 때 아버지가 얘기해 주신 것을 들었다고 하였다.

최제우가 이제 성인이, 그때는 일찍 결혼하니까. 울산에 산다는 곽씨라는 사람하고 결혼을 했는데, 본래 최제우는 본래 산수나, 그, 저, 뭐, 벼슬 같은 거, 그런 거 관심이 없고, 산수의 경치나 자연풍경이나 세상, 세상 그런 거 돌아가는 걸 항상 관심 있게, 관심을 갖고 있었는데, 그 날 아버지한테 얘기를 못했어. 아버지인 근암이 자신이 남들이 아는 그런 신분을 남들이 알을까 봐 걱정이 되어서 항상 조심을 하고 있는데, 최제우는 항상 그것이 마음에 걸려가지고 배우고 싶고 더 넓게 모든 것을 더 알고 싶은데, 그렇게 아버지 때문에 그 말을 못하고서는 집에서 그냥 슬렁슬렁 지내다보니까 너무 그냥 답답하고 속이 상하고 그럴 무렵에, 최제우가 결국은 아버지한테 허락을 맡아서 "그럼, 니 맘대로 한번 해봐라." 해서 그냥 벼슬을 집어치우고서는 치술령이라 하는, 옛날의 금강산이라는, 치술령이라는 고개를 넘어서 금강산으로 들어가면 비로봉을 돌아보는 그런 코스가 있는데, 그런 코스를 돌아보아서, 다 비로봉에서 이제 산수를 돌아다보고 있는데 한 신선을 만났는데, 거기서 신선의 가르침이 너무 빨리 집으로 돌아가라고 하여 이상하다 싶어서 그 분의 말을 듣고 집에를 오니까 벌써 그냥 아버지가 세상을 떠날라고 하는 그 무렵이라. 그래, 아버지 돌아가시는 걸 보고 삼년상을 치르고, 그리고 인생에 대한 의문이 자꾸 이제 허무함을 느끼고 무상을 느끼고 그러니까 그 해 그냥 어떻게 작은 마음을 감추지 못하고 어슬렁거리고 있는데, 그 때 그 무렵에는 중국에서는 아편전쟁이 일어나서 영국에 지고, 그냥 그 상태로 난리가 나고, 그럴 때 서양에서 이제 그 들어온 그 천주교, 그러니까 천주교라는 것이 들어왔고, 그냥 국민들이 배는 고프고, 그 못 먹고 살으니까, 그런 것보다는 실지로 급급한, 먹고 사는 것이 급급하기 때문에 그런 것을 직접 하는 것이 좋겠다 싶어가지고 그냥 부인을 친정에다가 보내고 십여 년간 유희재회를 해가지고, 정말 참 사람이 살아나갈 수 있는 그런 길을 모색하다가, 그래도 세상 참, 남들 뜻대로 안되니까 그냥 부인을 다시 친정으로 데리고 와서 내리 살면서도 그래도 항상 그 천주교라는 것에 대해서 참 자기가 생각하는 것과 모든 것이 비슷하고 하니까, 거기에 대한 마음이 있으니까 동학교라는 그런 것을 세워가지고서는 동학이라고 하는 것은 천주교라고 말하는, 동학이라는 것인데 그것을 세워가지고 천주교를 받아들이게 되었지. 천주교를 받아들이게 되었는데, 하루는 어느 스님이 와서 요기를 하는데 오랫동안 이제 정말 자기는 이 부처님을 모시고 기도를 하고 그래서 전부 무슨 깨달음이 없고 그래서 자기가 백일을 잡고 기도를 하고 그러는데, 백일 만에 어디 탑 위에인가 이상한 책이 있어서 그것을 펴보니까 도저히 알 수 없는 글씨가 써 있고는, 이 글을 알아볼 수 있는 사람을 찾으러왔다고 하면서 최제우한테 맡겼는데, 글을 알아보니까 최제우 또한 그 부호를 이상한 글씨를 영 알아볼 길이 없어서 그렇게 하다가 나중에 공부 공부하고, 연구 연구하다가 그 뜻풀이를 해 주고, 스님이 내린, 아, 그것이 내린 것이 부처님이 아니라, 하느님이 내리신 책이라고 하면서 그 말을 하고 사라졌는데, 그 결과 최제우는 마음속에 이제 뿌리가 박혀서는 신령님이 그 뭔가를 알게 해주고, 그 날부터 더욱 열심히 기도를 올리고 그리고 나서 하늘의 뜻을 받들고서는 이제 나중에 천주교의 천주교인이 되었다는 그런 얘기가 있는데, 천주교의 제일 어뜩하면 실제라고 할 수도 있고, 온 우리나라에 들어온 천주교를 제일 먼저 받아들이는 하느님의 사도라고 볼 수 있고, 이 사람은 그리고 동학을 천주교의 한 미파로 생각하여 탄압을 많이 받다가 결국은 아마 그렇게 해서 돌아가셨을 꺼야 아마. 천주교 탄압 속에서 그렇게 돌아가신 양반이기 때문에 천주교의 실재로도 볼 수 있는 그런 분이야. 최제우는.

2007년 5월 30일, 경기도 안양시 비산3동 외할머니댁, 라봉해(羅鳳海,67), 이지혜 조사.

어려운 문제 풀고 장가든 최치원

조사자의 외할머니인 구연자가 해인사에서 합숙할 때 스님으로부터 들었다고 하였다.

경주최씨, 이제 그 분, 경주최씨 조상은 최치원이라고 하는데, 그 분은 신라 제사십육대 문성왕 때 육두품 직위였던 최견일(崔肩逸) 씨의 아들 인데, 그 분이 어느 고을 사또로 발령을 받았을 때인데, 그 때는 그 고을에 가는 사또마다 하나같이 이상한 괴변이 일어난다는 소문에 걱정을 했었 는데, 정말 부임한 지 얼마 되지 않아 최치원 아버지가 한밤중에 잠을 자는데 회오리바람이 휘이 불어오더니 바람과 함께 촛불이 꺼지면서 순 식간에 아내가 없어진 거야. 그래서 이상한 생각이 들어서 걱정을 하고 있는데, 그래도 얼마간 시간이 지나니까 그 또 다시 바람이 불면서 돌아 온 것이 부인이었어. 그분이 이상하다 생각했더니 부인이 하는 소리가 "이제 내 치마고리에다가 명주실을 꼭 꼽으라."고 해서 명주실을 꼽아놓 고, 다음날 아니나 다를까 또 바람이 불어오니까 또 아내가 사라져버렸어. 그런데 이 실이 다 풀어지는 것을 보고 명주실을 따라서 살살 뒷산으로, 뒷산으로 올라가다보니까, 어느 큰 동굴 속으로 들어간 것이야. 그래서 그 동굴을 또 어떻게 해가지고서 동굴 속으로 들어갔는데, 아, 정말 들어 가 보니까, 아, 그곳은 정말 신선이 사는 곳처럼 꽃도 피고 좋은 곳이었었 지. 근데 그 저, 최견일 씨가 가만히 방안을 들여다보니까, 아니 자기 아내가 어떤 금돼지를 무릎에 비우고서는 앉아있는 것을 보고서는 놀래서 그냥 참 정말 참 까무러치기 직전이었는데, 그 아내가 살짝 하는 소리가, "어, 신선계의 사람들은 사슴 가죽만 보면 당장 죽는다고 들었는데 참말이니까?" 하고 살짝 그 사람한테 물으니까, 그 금돼지한테 물으니까, "그렇다."고 했거든. 그러니까 그냥 기분이 좋아. 대답하는 것을 보고서는 어떻게든 허리춤에 차고 있던 가죽 주머니 끈을 갖다가 살짝 끄내 와 보니까, 그게 사슴 주머니, 그 놈을 즐근즐근 씹어가지고 그것을 갖다가 금돼지 뒷통수에 몰래 붙였지. 마누라 시켜서 그랬더니, 그냥 금돼지가 죽어버렸어. 그래서 그냥 그 자리에서 그냥 아내의 손을 붙잡고서는 이제 도망을 쳐가지고서 집에를 왔는데, 집에 와 가지고서는 얼마 있다가 애기를 낳았는데, 그 애기를 낳고 하니까, 아버지가 의심이 생기기도 하고, 걱정스럽기도 하고, 그 아이를 갖다 버리라고 했어. 그래서 그냥 갖다 연못에다가 버렸드니, 아, 연못에 그냥 버렸는데 용의 아이를 붙들고 그냥 백학들이 다 날라와서 그냥 감싸고, 밤이면은 그냥 선녀들이 내려와서 젖을 먹이고 이러면서 길렀단 말야. 안되겠어서 그놈을 다시 길에다 버렸더니, 길에다가 버리니까 소나 말이 그것을 밟고 지나가지 않고 다 피해서 가고 그냥 그렇게, (소나 말, 거기서부터 다시 해주세요.) 그래, 그 아이를 갔다가 길가에 내다버렸더니 그 다음에는 소나 말들이 증말 밟지 않고 건너가고 이제 빙빙 돌아가고 하는데, 가만히 보니까 정말 이 아이가 보통 아이는 아니구나 싶은 생각이 드니까, "아휴, 아니라."고 집에, 애네를 도로 집에다가 할 수 없이 기르고 있는데, 그 아이가 크니까 달라지는 거야. 한 벌써 몇 달 말 배우면서부터 천자문을 주울 줄 외우고, 공부도 너무 잘하고, 이제 그렇게 하다가 이제 어떻게어떻게 하다가 열한 살이 되었어. 열한 살이 되었는데 정승의 딸들이 공부하는 별초당(別草堂)이라는 곳이 있었는데 옛날에는. 아, 별초당에 들어갈 틈이 없어. 들어가고 나오고 할 때 혼사를 하고 싶었는데 그 별초당을 들어가자고 생각하니까 자기가 이제 지체 높은 사람들의 집안이니까, 이제 그 사람들은 거울을 보는 것을 즐기니까, 거울을 고치는 사람을 변장해서 별초당에 들어갔어. 그래 이제 별초당에 들어가 가꼬 거기를 보니까 중말 거기에는 나 정승이라는, 정말 당대의 최고의 벼슬아치인 나 정승의 딸이 별초당에서 글공부를 하고 있는데, 나 정승의 딸도 참 인물이 좋고 재주가 많았는데, 그 사람을 이제 꼬셔볼려고 자꾸 그래도, 그렇게 해도 잘 안되고 만날 길이 없으니까, 하루밤에는[2] 화초밭에 숨었어. 별초당 화초밭에 숨어서 가만히 있으니까 중말 참 그러다가 그날 달이 잘 떠오르니까 나 정승의 딸이 이제 후원을 거늘다가 달을 쳐다보고 꽃을 보고 하는 소리가 자기 혼자 홍에 겨워서 시를 읊었는데, 그 시를 읊는 것이 너무나도 좋은 음성인 것이, "화소함전성미청(花笑檻前聲未聽)이라." 이렇게 그 시를 읊으니까, 그 시의 뜻은 '꽃은 울타리 밑에서 웃어도 소리가 안 나네.' 이제 이런 시를 그렇게 하니까, 이제 그 다음에는 화답이 있어야 되는데 화답을 하는 곳이 없어. 화답을 하는 사람이 없는데, 그 시를 듣고 최치원이 화원의 꽃 뒤에 숨었다가 "조제임하(鳥啼林下)에 누간난(淚看難)이로다." 그 말은 몬 말인가. '새는 수풀 아래서 울어도 눈물은 보이지 않는도다.' 이제 이렇게 얘기하니까 그냥, 그 나 정승의 딸이 깜짝 놀래가지고서는 이제 얼릉 집으로 들어가고, 방으로 들어가고 했는데, 옛 사람들은 정말 이렇게 시를 서로 주고받고 하는 그런 재주를 겨뤘다고 하는데, 그 무렵에는 이제 신라가 어렵고 부패하고 그러니까 당나라에서 알기를 우습게 알아가지고서는 뭐든지 문제를 보내가지고서는 "이제 그 문제를 풀지 못하면은 니들은 이제 거시끼 한다."라고 이런 식으로 맨날 핍박을 하는데, 그, 이제 문제가 왔는데, 그 나 정승이 그것을 다 받아서 풀어야겠는데 정말 참 풀 수도 없고, 이제 그 문제를 풀어가지고 나 정승이 제일

---

2) 어느 날 하루는.

높은 사람이니까, 중계자여서 다 얘기를 해야겠는데, 아 그걸 그냥 풀 길이 없어. 근데 정말 참 어떻게어떻게 하다가 정승들과 중국에 도착을 해가지고는 최치원하고, 최치원 데리고 온다니까 최치원이한테 데리고, 최치원을 데리고 갔어. 그런데 최치원이 하는 소리가 "단단차중물(團團此中物)이여, 반백반황금(半白半黃金)이로다. 야야시지조(夜夜時知鳥)[3]나 함정미토음(含情未吐音)이로구나." 이렇게 하니까 이게 몬 말인가 하면, '단단하고 뚜렷하고[4], 이 가운데 이 물건은 반은 희고 반은 황금인데, 밤마다 때를 아는 새요, 뜻을 머금고 소리를 뱉지 못하도다.' 이제 이렇하니까 중국 천자가 그 말이 틀렸거든. 자기가 보낸 것은 그게 아닌데, 그러니까 천자가 답이 틀렸다고 말하기를, "방중에 불부운(房中不浮雲)이요. 석상에 성연무(石上成烟霧)로구나."라고 이러니까, '방 가운데는 구름이 일지를 아니하며, 법 가운데는, 돌 위에 풀이 크지 않는도다.[5]' 라고 얘기를 하니까, 이제 최치원이 한마디 하는 소리가 "여본하상객(汝本何狀客)으로 오입봉황지(誤入鳳凰地)라."니까, 네가 근본이 어느 땅 손님인데 그릇 봉황의 땅에 들었다. 라고 하느냐, 이런 말을 이렇게 서로 옛날에는 주고받고, 주고받고 하니까 어느 정도 되니까, "그러믄 너는 무엇이냐?" 하니까, "나는 근본 영주산에 신선으로 매일 오색구름을 타고 하늘나라에 오르내리고, 하루아침에 운무가 그냥 어둡기로 구름, 구름같이 검은 까마귀 떼에 들어섰다 나갔다한다." 이런 식으로 얘기를 하니까, "그럼 그 함지박을 열어봐라." 그랬어. 그러니까 함지박을 진짜 열었어. 열으니까 진짜 정말 그 속에는 계란이 들었어. 자기네들이 계란을 보냈는데, 이 사람들이 생각할 때 그 함지 속에 계란이라는 것을 모르고서는 그 시조 대답이 틀렸거든. 가만히 생각해보니까 신라로 가는 동안 보름이요,

---

3) 야야지시조(夜夜知時鳥)를 잘못 말함.
4) '둥글고 둥근'이라는 뜻임.
5) '바위 위에는 안개가 자욱하도다.'라는 뜻임.

신라에서 오는 동안 보름이요, 이제 그 동안에 부화가 되가지고 병아리가 된 거야. 그래가지고서는 천자가 졌거든. 그래서 져서 할 수 없이 증말 영특하다고 해갖고는, 이제 정말 최치원네 일행을 전부 신라로 보냈어. 그래서 최치원이가 신라로 잘 돌아왔는데 신라에서는 그러다 저러다 그 나 정승하고 가기 전에 그걸, "만약에 이 문제를 풀면 나 정승의 딸을 나에게 주시오." 이래가지고 정말 참 위급한 상황이라서 그러자하니까 할 수 없이 그 딸을 갖다가 결혼을, 혼사를 시켜가지고 하고 있는데, 그렇게 당대의 높은 벼슬을 하고, 그 사람의 장모가 나 참 사위가 되쓰니까 벼슬을 해야 하는데 벼슬을 할 뜻이 없어. 왜 그러냐면 그 나라에는 하도 문란해가지고는, 그 문무백관들이 문란해가지고, "이런 곳에서는 내가 벼슬을 할 필요가 없다." "무슨 소리야? 이그그." 그렇게 살다가, 얼마간 살다가 최치원이가 "나는 산수가 좋은 곳으로 이제 떠난다."고 여기저기 다니다가 "해인사, 그 좋은 곳으로 들어가서 이제 지내겠다." 해인사에서 그냥 참 공부를 많이 하시고 그러는데.

2007년 5월 30일, 경기도 안양시 비산3동 외할머니댁, 라봉해(羅鳳海,67), 이지혜 조사.

쌍녀분의 신녀들과 노닌 최치원

조사자의 외할머니인 구연자가 해인사에서 합숙할 때 스님으로부터 들었다고 하였다.

그 옛날에는 열두 살 때, 이제 당나라에 가서 정말 참 좋은 벼슬도 하고, 율무현6)이라는 현에가7) 되었는데, 항상 고을 남쪽 초헌화8) 가서 놀아가서, 초헌화 앞에는 항상 쌍녀분이라는 오랜 무덤이 있었는데, 예로부터 많은 명인들이 노는 곳인데, 그 어느 날 정말 참, 쌍녀분에서 시를 지었더니 홀연히 두 신녀를 거느린, 그 쌍녀분의 주인공들이 나타났어. 그 낭자들하고 이제 그, 얘기도 주고받고 저녁이면 그러면서 신선이 돼서 놀다가 그 해인사에 들어가서, 그 정말 참 신선들하고만 놀았어. 밤이면 신선들이 내려와서 같이 시문답을 주고받기도하고, 그저 밥을 먹으면 그 신선, 그냥 신녀들이, 선녀들이 갖고 오는 정말 참 하늘의 밥을 받아먹으면서 그렇게 사시다가 그 현판도 많이 써서 정말 해인사에 가면은 최치원 그, 그 분의 현판을 그린 글씨도 많고 그렇게 했는데, 그 분이 마악 저녁이면 정말 사람이 지어주는 밥을 안 먹고 신선들이 짓는 밥도 잘 먹고 신선들하고 놀다가 열여섯 살 되던 해 그 아버지가 보내주고자 하는 소금장사하고, 동생은 파장사하는데, 청혼을 하는데 이런 식으로 그 말도 많고 옛날말도 많아져, (녹음상태 불량) 도 없어서 고민하다가 그 안되겠다 싶어서가지고, 최치원 선생님께 그 해인사에서 오랜 신선으로 살아가다가 나중에 참 신수가[9] 되어서 돌아가셨다고 하는데, 그 분이 돌아가셨는데 그 시신을 볼 수가 없어. 신선이 돼서 올라갔단 말도 있고, 그저 그런 말이 있긴 있는데, 그게 하나의 전설이었었는지는 몰라도 하튼 최치원 그 분의 시신을 봤다고 하는 사람은 없는데, 지금도 해인사엘 가면 최치원, 그 분의 그 글귀가 항상 현판에 걸려 있고, 그것이 증말 참 당대의, 옛날에, 정말 참 시대를 못 만났던 그 최치원 그 분의 일생이라고 볼 수 있는데, 그 하나의 전설처럼, 하나의 신선처럼 그렇게 우리는 그렇게 알고 있지. 그 분이 경주최씨 시조였었다 하는 그런 얘기가 있어.

2007년 5월 30일, 경기도 안양시 비산3동 외할머니댁, 라봉해(羅鳳海,67), 이지혜 조사.

---

6) 율수현(溧水縣).

7) 현위(縣尉)가.

8) 초현관(招賢館).

9) 신선이.

朗
州
崔
氏

67
낭주최씨

사천관 최지몽(崔知夢)

조사자의 할아버지인 구연자가 어릴 때 아버지(증조할아버지)에게 들었다고 하였다.

이 분은, 우리 성씨 시조 알지? 그 분이 최상흔[1]이란 분인데 그 분 아들이 최지몽이라는 분이란 말이야. 이 분이 뭐더라, 그거, 그거, 별 보는 거. (아, 그게 아마 천문이요?) 응. 그래, 천문. 그리고 점을 잘 봤단 말이야. 어릴 때부터 그쪽으로는 천재적으로 잘해서 이름을 날리게 됐어요. 그래서 어릴 때 하도 유명해지니까 왕건이 불렀단 말이야. 고려를 세운 뒤였으니까 태조이지. 태조 앞에서 자기 재능을 보여줬더니 왕건이 칭찬을 엄청 했지. 그 다음에 관직을 내려준 거야. 열여덟 살, 열아홉 살 정도밖에 안됐었는데 말이야. 그게 몇 살 정도지? (고3 정도일 걸요?) 그래?

---

1) 최흔(崔昕)을 잘못 말함.

아무튼 간에 그렇게 계속 벼슬을 가지고 있었단 말이야. 그런데 혜종 때 어느 날에 점을 봤는데, 안 좋은 기운이 있는 거야. 그래서 왕한테 그것을 말해서 왕을 살렸지. 왕규라는 신하가 반역 같은 것을 일으키려고 한 걸 미리 알아낸 게 바로 최지몽 덕분이다 이 말이야. 그리고 또 누구더라, 경종 때에도 점을 봐서 살렸다더라. 그렇게 계속 왕실에 위기나 역모 같은 것을 점을 통해서 미리미리 알아내니까 왕들이 보기에는 고맙고 계속 남아줬으면 하는 신하겠지. 그래서 나이를 먹어도 쉽게 벼슬자리를 떠나지 못했어요. 팔십이 넘어서 돌아가셨으니까 거의 육십 년 넘게 일을 했던 거지. 그 옛날에 팔십 살 넘게 살기도 힘든데 그 나이까지 계속 일을 했으니 얼마나 대단하신 분이야.

2008년 4월 13일, 경기도 이천시 할아버지댁, 최종환崔種丸,75), 최광제 조사.

황용리 장서마을

조사자의 할아버지인 구연자가 어릴 때 아버지(증조할아버지)에게 들었다고 하였다.

장서마을이라고, 우리 낭주최씨가 만든 마을이 있어. 거기가 어디냐, 나주. 응, 그래. 나주말이야. 전라남도 나주시에, 봉황면에, 황용리에, 마을이 몇 개 있는데, 그 중에 장서마을이라는 게 있어. 낭주최씨 조상 중에 최안우(崔安雨)2)라고 고려말에 벼슬을 하시던 분이 계셔. 한창 신돈이라는, 그 놈 때문에 고려 전체가 시끄러울 때, 그만뒀다가 신돈이 없어진

---

2) 최안남(崔安南)으로 기록된 곳도 있음.

다음에 다시 벼슬로 돌아오셨어. 그런데 고려가 망한 다음에 그 분은 조선에서는 일을 안 하고 산 속으로 들어가 버렸단 말이야. 그러니까 그 나머지 가족들은 어떻게 해서든 살아야할 꺼 아니냐. 그래서 이리 저리 여러 마을 다니다가 최안우, 그 분의 사 세손, 그러니까 고손자, 고손자 중에 최윤문이라는 분이 계셨어. 그 분이 이 장서마을을 만들고는 최윤문의 둘째 아들인 음, 누구더라? 중, 중 뭐였는데. 아무튼 최 중 뭐시기부터 장서마을에서 제대로 살게 된 거지. 그런데 이 장서마을이 왜 장서마을이냐. 문무를 오래오래 유지하라는 뜻에서 장서로 부르게 되었다는 얘기도 있고, 봉황새를 길들인 마을이라는 뜻이 있다고는 하는데, 뭔가 확실하지는 않으니까. 지금 이 마을에 낭주최씨가, 이십 집 정도는 낭주최씨지. 다른 성씨도 있긴 있는데 그렇게 많지는 않고 대부분 낭주최씨가 살고 있지.

2008년 4월 13일, 경기도 이천시 할아버지댁, 최종환崔種丸,75), 최광제 조사.

68

전주최씨

전주최씨의 초기 계보

조사자의 아버지인 구연자가 어렸을 때, 집안 어른들에게 들은 이야기
라고 하였다.

전주최씨 중에서도 우리 안염사공파(按廉使公派)는 가장 후대에 생겨
난 것으로 추정되고 있다. 아빠가 전에 네가 물어봐서 말한 적 있제?
우리 시조가 최아(崔阿)라는 고려시대 문장가라꼬. 그 분도 물론 훌륭했
지만, 아, 아이다. 그 사람이 훌륭했기 때문에 그 자손들도 대대손손 뛰어
날 수 있었던 것 같다. (아.) 그 사람 큰 아들 이름이 용생(龍生)이었는데,
무슨 벼슬이고? 그 지성?[1] 아무튼 우리 경상도 안염사가 되었따고 하드
라. 이때 고려는 원나라에 조공도 바치고 하믄서 어린애들을 원나라로
보내주고 있었다고 하든데, 국사시간에 들어본 적 있나? (기억나는 것

---

1) 지평이라는 벼슬을 말하려 했던 것 같음.

같은데?) 아무튼 원나라로 보내진 사람들은 귀족들의 종노릇을 하면서 살게 되었는데, 그 중에서 뛰어난 애들은 황제에 내시도 하고, 황제에 부인이 되기도 했다고 하드라. 그렇게 해서 황제 부인의 오빠랑 사랑 받았던 내시 무리들은 고려를 완전히 장악해버려 가지고 나라가 못살게 된 적이 있었따드라. 그 상황에서 잘 보이려는 무리들이 생기겠제? 그래서 그걸 폭로하고 바로 잡으려고 했던 대표적인 사람이 바로 최용생이었다드라. 대단한 사람이제? (물을 마심) 이야기를 많이 할라니까 목이 왜 이래 아프노.(웃음) 좋은 일을 할라니까 방해꾼이 생기는 거라. 주원지라는 사람이 왕에게 나쁘게 일러바쳐가지고 경상도 사천으로 귀양을 가게 됐다드라. 이것 때문에 안렴사공 후손들은 경상남도를 중심으로 살게 되었다드라. 그러니까 지금도 진주를 비롯한 경남 서부지역에 많이 살고 있다고 하드라고. 우리도 지금 경남에 살고 있는 거다. 알겠제?

2008년 5월 4일, 경남 거제시 신현읍 상동리 우리집, 최경호(崔慶鎬,45), 최민지 조사.

안렴사공파의 시조, 문성공(文成公) 최아(崔阿)

우리 전주최씨의 시조인 최아라는 분은 문성공이라는 시호를 받았다 하드라. 고려 언제고? 충숙왕 때인가? 그때 문하시중이라는 큰 벼슬을 했다 하드라. 대단한 분의 자손이라는 생각이 들제? 근데 하나 안타까운 거는 태어나서 살고 죽었던 시기가 정확하게 나타나 있지 않데? 종친회 같은 데서도 그래서, 아들들의 나이로 추정을 하고 있다드라. 최아의 선조가 정확하게 나온 것이, 저, 아직 안 돼 있어 가지고. 그래서 문성공을 시조로 하고 있지만, 자세히 알 수 없는 일이라고 말하는 사람들도 있다

하대? 자식들도 잘 키워냈고, 높은 벼슬을 했다아이가. 또 문장이 뛰어났다는 이야기를 들어봐서는 진짜 대단한 남자였던 것 같드라. 아빠가 별내용 없는 이 얘기를 해주는 거는, 우리 조상이 그만큼 훌륭하다는 거를 말하고 싶어서니까, 이것도 맞나? 아무튼 우리 시조는 훌륭한 분이었다는 얘기를 한 거니까 자부심을 가져도 괜찮다. 이 얘기는 지금 니 할아버지 있제? 할아버지도 아빠한테 몇 번씩이나 이런 얘기를 똑같이 했다는 거 아니가. (웃음) 그 때는 재미없고 했는데, 내가 니한테 또 하고 있네. 니도 느그 자식들한테 꼭 전달해주라. 알겠제?

2008년 5월 4일, 경남 거제시 신현읍 상동리 우리집, 최경호(崔慶鎬,45), 최민지 조사.

휴정공 서산대사 최여신(崔汝信)

구연자가 중학교를 다닐 때 국사 선생님에게 들었던 이야기라고 하였다.

우리 집안에 문장가만 있는 줄 알았는데, 중학교 가서 국사 선생님한테 배우니까 꼭 그런 거는 아니드라. 그거를 알게 해준 사람이 바로 서산대사였는데, 진짜 자랑스러웠다니까. 선조조에 승병으로 나서 가꼬 왜적들의 간담을 싸늘하게 만들었다 아이가. 휴정공 서산대사를 빼놓코 말할 수 엄써서 얘기 해줄깨. 태몽부터 진짜 신기했다든데, 들어본 적이 있나? (아니요.(웃음)) 노파가 찾아와가꼬 아들을 잉태했다꼬 축하해 주는 꿈을 꾸었다고 하드라. (옆에 있던 어머니 : 태몽인지도 몰랐겠구만. (웃음)) 또 머라카드라? 스님이 될 운명을 타고 난 것 같았다고 하데. 세 살 인가?

네 살인가? 쯤에 꿈에서 어떤 노인이 꼬마 스님을 보러왔다맨서 들어 안아 뺏다 하대[2]? 그라면서 하는 말이 '이름을 운학이라 지으라.'하고 갔다드라. 어리면서도 애들하고 놀 때도 특이하게 놀았다드라. 돌을 세워 놓고는 부처라 하고, 모래를 쌓아 올려놓고는 탑이라고 하면서 절에 온 것처럼 놀았다고 하드라. 그 뭐라 하노? 속담도 있다아이가. '될 성 부른 나무' 머라 하는 거 있다 아이가.(될 성 부른 나무는 떡잎부터 알아본다. 이거요?) 그래 그거. 엄마, 아빠 다 죽고 나서 성균관에 들어갔다 하대? 절을 돌아다니다가 불경을 연구하게 됐다는데, 그 길로 머리 깎고 중이 됐다드라. 그런데 임진왜란이 일어나가지고 불경보다는 나라를 지켜야 한다면서 전국에 있는 큰 절에 같이 싸우자는 글을 보냈다드라. 그래가지 고 모은 승병들로 관군을 도와가지고 큰 승리를 얻었다드라. 그라고 나서 는 높은 산에 있는 큰 절들을 왕래하니까 따르는 제자가 정말 많았다고 하대. 진짜 대단한 것 같다. 맞제?

2008년 5월 4일, 경남 거제시 신현읍 상동리 우리집, 최경호(崔慶鎬,45), 최민지 조사.

전주최씨의 분파

조사자의 어머니인 구연자가 시집와서 시숙(큰아버지)에게 들었다고 하였다.

최씨들은 모두 신라건국 초기에, 경주 어디더라? 경주 남쪽지역에 있 었던 촌민의 후손들이래. 그래서 어떤 사람들은 '최씨들은 모두 경주최씨

---

2) 들어 안아 버렸다고 하데?

에서 분파되었다.'고 말하는 사람들도 있어. 근데 그건 말이 안 되는 얘기야. (생각 중) 왜냐하면 지금 경주최씨에서는 최치원을 시조로 삼고 있거든. 그러니까 진짜로 경주최씨에서 분파가 되었다고 하면 전주최씨가 최치원의 후손이라는 말이거든. 근데 최씨의 분파관계로 보면 최치원 윗대에서 분파가 된 최씨도 많아. 예를 들어보면, 갑자기 말하려니까 생각이 안 나네. (생각 중) 전주최씨의 시조인 최언휘[3]도 최치원과 출생년도가 십이 년밖에 차이가 안 나거든. 예전에 들었는데, 충남 보령에 있던 어떤 절에서 최언휘가 최치원의 종제라는 것이 적혀있는 비문을 찾았대. 최언휘는 최치원의 사촌동생이라는 거야. 즉 최언휘는 최치원의 사촌동생이라서 최치원의 할아버지 대에서 분파가 되었다는 거지.

2008년 5월 18일, 서울시 동작구 상도동 우리집, 배미용(裵美容,50), 최희정 조사.

전주최씨의 계보

조사자의 어머니인 구연자가 시집와서 시숙(큰아버지)에게 들었다고 하였다.

전주최씨는 계보가 복잡한데 설명하려니까 더 헷갈리네. 음, 전주최씨에는 본관은 동일한데 시조가 다른 네 개의 계통이 있어. 사개 파의 선조 모두 전주에 봉군을 받는 등의 인연으로 전주를 근거지로 가문을 창립했어. 그런데 서로 간의 관계는 아무도 모른대나봐. 어쨌든 최균(崔均), 최군옥(崔群玉), 최아(崔阿), 최순작(崔純爵)을 시조로 하는 파들이 있고,

---

3) 최언위(崔彦撝)는 최치원의 사촌아우로 경주최씨임.

이 중에서 가장 많은 인물은 최균파에서 나왔어. 너는 최균파의 판서공파인거 알지? 자랑스럽게 생각해. 어쨌든 전주최씨는 조선시대에서 많은 인물을 배출했는데, 조선시대에 대제학도 있고, 문과 급제자도 백 명도 넘게 배출해서 최씨 중에서 가장 빼어났다는 소리를 들었어. 너도 조상님들의 명성에 걸맞게 공부 좀 열심히 해.

2008년 5월 18일, 서울시 동작구 상도동 우리집, 배미용(裵美容,50), 최희정 조사.

세상사에 둔한 인조반정의 1등 공신 최명길(崔鳴吉)

조사자의 어머니인 구연자가 시집와서 시숙(큰아버지)에게 들었다고 하였다.

병자국란의 명상인 최명길 조상님을 알려나? 이 분은 전주최씨 가문을 명문가문으로 만드신 분이야. 몸집은 작았는데 앉아있는 모습은 산처럼 크게 보이고 무섭게 느껴졌대. 한 마디로 카리스마가 있으셨다는 소리야. 그런데 머리는 똑똑하셨는데 파란색과 초록색도 구분하지 못할 정도로 세상사는 잘 살피지 않으셨대. 엄마가 알고 있는 유명한 일화 몇 개가 있는데 말해 줄께. 자세히 들어봐. 어느 날인가 조카가 당나귀를 타고 왔는데 '네 말의 귀가 어찌 그리 기냐?'하고 하시니까 조카가 웃으면서 '이것은 나귀이지 말이 아닙니다.' 이러는 거야. 말인지 당나귀인지 구분을 못하셨던 거지. 또 호조판서를 하실 땐가? 정확하지는 않은데 아마 맞을 꺼야. 중요한 거면 네가 인터넷 찾아봐. (웃음) 어느 관청에서 기와 오백 장을 달라고 했나봐. 그런데 오백 장은 너무 많으니까 한 우리를 주라고 하셨대. 그랬더니 주위에 있던 사람이 모두 크게 웃는 거야. 기와 한 우리는 천 장을 말하는 건데, 우리의 세상사에 둔한 조상님은 백 장으로 잘못 알고 계셨던 거지. (웃음) 인조반정의 일등공신 체면이 말이 아니지?

2008년 5월 18일, 서울시 동작구 상도동 우리집, 배미용(裵美容,50), 최희정 조사.

鐵
原
崔
氏

69
철원최씨

최영(崔瑩) 장군

조사자의 어머니인 구연자가 어렸을 적 아버지(외할아버지)에게 들은 이야기인데, 위인전을 보고 더 자세히 알게 되었다고 하였다.

최영 장군 알지? '황금을 돌같이 보라.'고 하신. 너 옛날에 <백 명의 위인들> 노래 그거 잘 불렀잖아? (응.) 옛날부터 엄마가 너한테 귀에 박히게 말했지만, 최영 장군이 엄마 조상이야. 최영 장군은 "내가 평생 탐욕했다면 내 무덤에 풀이 날 것이다."라고 유언을 하셨어. 최영 장군이 돌아가시고 그 무덤을 보니 정말 풀 한 포기가 나지 않은 붉은 무덤이었지. 이건 너무나 유명한 이야기여서 알지? 또 딴 이야기는 홍산대첩이야 기이야. 고려시대에 왜구가 쳐들어오자 박인규[1]가 싸웠지만 전쟁터에서 전사했지. 고려군은 점점 사기가 떨어졌어. 싸우는 걸 두려워하고 있었지.

---

1) 박인계(朴仁桂)를 잘못 말함.

이때 최영 장군은 육십이 넘은 노인이었어. 최영 장군이 나가 싸우고 싶어 했지만, 우왕은 자신의 안전을 위해 최영 장군을 곁에 두고 싶어 했어. 얼마 후, 최영 장군은 홍산이라는 곳으로 출정했어. 홍산은 지금 부여고. 음, 이때 나무 위에 있던 적이 활을 쏴서 최영 입술을 뚫은 거야. 하지만 최영 장군은 말에서 떨어지지 않고 입술을 뚫은 화살을 뽑아 그 화살로 나무 위에 적을 쓰러뜨리고 진격해 나갔어. 이에 감동한 군인들은 최영을 따라 왜구를 격침했지.

2006년 6월 4일, 서울시 강서구 염창동 우리집 거실, 최동심(崔東心,52), 조민경 조사.

청주한씨

한(韓)씨의 유래

조사자의 할아버지인 구연자가 어릴 적에 우연히 집안 어른께 들었다고 하였다.

어, 우리 청주한씨의 유래는 말이야. 예전에 고조선이라고 알지? 그 단군왕검의 고조선 있자나? 왜, 곰이랑 호랑이랑 마늘 먹고 그런 거. 그 고조선 다음에 기자조선이라고 있는데, 그때부터 기원이 시작되는 거야. 우리는 말야, 청주한씨거든. 너도 그건 알지? 그치? 우리는 청주한씨란 말이야. 우리는, 그니까 기자의 후손이라고 할 수가 있어.

2005년 4월 24일, 충남 공주시 할아버지 댁, 한기동(韓饑凍,74), 한송이 조사.

한씨조선(韓氏朝鮮)

조사자의 할아버지인 구연자가 어릴 적에 우연히 집안 어른께 들었다고 하였다.

아까, 왜 한씨는 기자의 후예라고 했자녀? 그렇게 한씨는 멀리 고조선 시대에 그 뿌리를 두고 있단 말이야. 우리 한씨 종친회 같은데 가보면, 한씨 역사책 같은 게 있단 말야. 거기에 잘 보면, 아까 기자조선 있지? 그 기자조선의 마지막 왕이 있어, 준왕이라고. 마지막 왕이 있는데, 그 준왕의 후대에 우 뭐? 삼형제가 있어. 삼형제가 있는데, 이름은 잘 기억이 안나. 우 뭔데? 그런데 우자 돌림 형제[1]인데, 그 사람들이. 그 우자 돌림 형제가 각각 기씨(奇氏)랑 선우씨(鮮于氏), 선우씨 알지? 선우. 왜, 남궁 이런 거, 두 글자 성 말이야. 그 선우하고 한씨가 되었다고, 삼형제가 각각. 그러나 종래 우리가 기씨조선으로 알려졌던 고조선 사회는 말이야 실상 '한씨조선'이고, 그 아까 말했던 준왕은, 기억나지? 준왕, 마지막 왕 말이야, 마지막 왕. 그 왕이 '기준'이 아니라 '한준'이고, 따라서 한씨는 기자의 후예가 아니라 말이야, 우리나라의 고유한 씨족이라는 말이 있어.

2005년 4월 24일, 충남 공주시 할아버지 댁, 한기동(韓饑凍,74), 한송이 조사.

한씨의 시조 한란(韓蘭)

조사자의 할아버지인 구연자가 어릴 적에 우연히 집안 어른께 들었다

---

1) 마한 원왕(元王)의 세 아들인 우평(友平), 우량(友諒),우성(友誠)임.

고 하였다.

우리 한씨에 시조에 대해서도 말해도 되겠지? 그래, 우리의 시조는 한란이라는 분이야. 우리 청주한씨 시조 한란은 지금 충청북도 영동군이라는 데가 있다고, 거기서 탄생하여서 향학을 일으키고 말이야, 청주에 부농이 되었다고. 부농을 이루었는데, 이때에 왕건이, 왕건 알지? 태조 왕건 말이야. 그 사람이 고려를 창업하는 데 우리 시조가 공을 세워 개국 공신이 되었으니, 그 우리 시조의 벼슬은 삼중대광 태위라는 거였다고.

2005년 4월 24일, 충남 공주시 할아버지 댁, 한기동(韓饑凍,74), 한송이 조사.

시조 한란의 공적

조사자의 할아버지인 구연자가 어릴 적에 우연히 집안 어른께 들었다고 하였다.

옛부터 전하는 말에 의하면 말이야, 우리 시조인 한난이라는 분 말이야. 옛날에 태조가 견훤을 정벌하려, 견훤은 알지? 후백제의 견훤 말이야. 그 견훤을 정벌하러 청주 고을에 당도하자 우리 시조 태위공께서 군례(軍禮)을 갖추고 말야, 이를 맞이하여서, 창고에 비축한 곡식이 있을 거 아니야, 부농이었으니까, 그니까, 그 곡식을 죄다 풀어서 십만 군사를 배불리 먹이고서, 우리 시조가 말야, 참전하여 전공을 세웠어. 그래서 고려 왕조의 터전을 다졌으니 참으로 위대한 분이야. 알았니?

2005년 4월 24일, 충남 공주시 할아버지 댁, 한기동(韓饑凍,74), 한송이 조사.

청주한씨의 분적과 여러 조상들

조사자의 할아버지인 구연자가 어릴 적에 우연히 집안 어른께 들었다고 하였다.

우리 한씨는 한국의 최고 오래 된 역사를 지닌 이른바 삼한갑족이야. 본관은 말이야, 응? 오늘날 한씨 거의가 청주(淸州) 단본을 내세우고 있는데 말이지, 여기 문헌을 봐봐. 여길 보면, 문헌에는, 응? 청주 외에 평산, 한양, 안변, 양주, 곡산, 부안, 개성 등 십여 본이 기록되어 있지, 이렇게. 그리고 모두 청주에서 분적 되었다고 말이야, 주장들은 하고 있으나, 그게 언제 어떻게 분적 되었는지는 분명하지 않게 나와 있어. 그리고 말이야, 고조선시대의 왕실이었던 한씨는 고려 후기에 이르러 많은 인물을 배출하였는데 말이야, 우선 조선시대에 문과, 우리나라에 문과라는 게 있다고. 문과, 무과, 이렇게 문과, 또 급제자, 상신, 공신, 대제학을 배출하였어. 또 말야, 우리 한씨에 왕비들이 많다고, 알고 있을지 모르겠지만 말야, 왕비들이 아주 많아. 그게, 왕비도 한 여섯 명을 배출하였다, 우리 한씨가.

2005년 4월 24일, 충남 공주시 할아버지 댁, 한기동(韓饑凍,74), 한송이 조사.

조선시대 한씨 왕비들

조사자의 할아버지인 구연자가 어릴 적에 우연히 집안 어른께 들었다고 하였다.

왜 지난번에 왕비들이 많다고 했자녀? 우리 청주한씨에 왕비들이 많다고. 내가 그 말을 할라고 그래, 지금. 조선조만 보아도 말이야, 너 생각에 어떤 성씨가 가장 많은 왕비를 배출했을 것 같냐? 생각해봐라. 우리나라에서 많다는 김씨, 박씨가 아니라 우리 청주한씨가 가장 많은 왕비를 배출해내었어. 총 사십오 명의 왕비 중에서 말이지, 우리 청주한씨가 다섯 명의 왕비를 배출했거든. 여흥민씨랑, 파평윤씨도 우리만큼은 아니지만, 참 많은 왕비를 만들어냈다고. 그런데 우리가 제일 많어, 왕비는. 거기다 안변한씨까지 포함하면 그냥 한씨만으로는 총 여섯 명이지, 우리 한씨가 말야. 태조 이성계의 왕비 신의왕후라고 있어. 그 분이 안변 한씨여. 그리고, 덕종이랑 예종의 왕비가 모두 청주한씨지. 덕종의 비가 소혜왕후인데, 그 사람이 그 유명한 인수대비시다. 왜, 많이 나오지? 사극 같은 거에도. 연산군 할머니 말이여, 인수대비. 그리고, 성종의 공혜왕후, 예종의 장순왕후는 왜, 한명회라는 사람 있지? 그 분의 딸들이여, 그 분들이라고. 인조 때의 왕비도 있고, 아주 많어, 우리 가문의 왕비들이.

2005년 4월 24일, 충남 공주시 할아버지 댁, 한기동(韓饑凍,74), 한송이 조사.

청주한씨 충간공파

조사자의 할아버지인 구연자가 어릴 적에 우연히 집안 어른께 들었다고 하였다.

우리 청주한씨의 세계는 말이야, 우리 시조 한란의 후대에서 약 삼십여 파로 나뉘는데 말이야, 그 중 후손이 많기로는 양절공파라고 있어. 그리고 그 담에 문정공파, 그 다음으로 충간공파야. 우리가 충간공파란 말이야, 충간공파. 그리고 몽계공파, 관북파, 충성공파 등 여섯 파가 우리 청주 한씨의 절대다수를 차지하고 있다고. 그 중에 우리 충간공파는 말이야, 고려 말기의 이부상서를 지낸 한리(韓理)를 시조로 한다. 그 사람이 충간공이라, 우리가 충간공파가 된 거야. 그의 아들 승순(承舜)이란 사람의 세 아들의 후손에서 번창하였어. 특히 승순의 세 아들 중에서 말이야, 서룡(瑞龍)이란 사람의 아들 오형제가 아주 빼어났다고. 서구(瑞龜)라는 사람은 수양대군의 심복으로 계유정난에 공을 세워 정난공신에 오르고 높은 벼슬에 이르렀어.

2005년 4월 24일, 충남 공주시 할아버지 댁, 한기동(韓饑凍,74), 한송이 조사.

청주한씨의 시조 한란

조사자의 친할아버지인 구연자가 예전에 들은 이야기라고 하였다.

한난 할아버지, 한란 할아버지가 우리 한씨의 시조여. 한란 할아버지는 기자, 기자의 후예여. 우리 한씨가 예전 고려시대, 조선시대 적에 세력을 떨쳤어. 훌륭한 위인들이 줄줄이 가문을 빛을 내신 거여. 이 한난 할아버지가 기자의 후예인디, 고려 태조가 후백제 견훤을 정벌할 때 싸우고 도움이 되어 삼한을 통합허는 데 큰 공을 세웠어, 이분이. 이런 공을 세우고 또 높은 자리에 오르시고 하였어. 그리고 쭉 청주에 살은 것이여. 청주 방정리에 오랫동안 살으시면서 우리가 청주를 본관으로 하게 된 거여.

2005년 4월 23일, 충청남도 당진군 당진읍 용연리 할아버지 댁,
한건상(韓建相,74), 한지혜 조사.

청주한씨의 유래

조사자의 큰아버지인 구연자가 예전에 집안 어른들로부터 들었다고
하였다.

우리 청주한씨 유래는 후조선, 기자조선에서 시작이야. 마한의 원왕한
테는 아들이 셋이 있었는데 그 이름이 우평(友評), 우량(友諒), 우성(友
誠)이었대 나라가 망해가니 우평은 고구려에 벼슬을 얻어서 선우(鮮于)
씨가 되고 둘째 우량은 신라에 벼슬자리로 나가 우리 청주한씨가 되고,
흠, 그리고 막내 음, 그 우성은 백제에 벼슬을 얻어 기(奇)씨가 되었단다.
그러니까 우리나라 한씨는 모두 기자의 후예들인 거지. 그리고 우리 청주
한씨의 시조인 한란(韓蘭)이라는 분은 충북 영동에서 나신 분인데, 향학
을 일으키시고, 아, 그러니까 향학이란 게, 고려시대에 지방에서 아이들
을 가르치기 위해서 만들었던 교육기관, 말하자면 서당이랄까, 그런 거지.
응. 그래, 향학도 일으키시고 농업도 일으켜서 삼중대광 태위라는 벼슬도
받으셨어.

2006년 6월 3일, 경기도 파주시 문산읍 할머니댁, 한동한(韓東翰,56), 한새별 조사.

효심 깊은 형제

조사자의 큰아버지인 구연자가 예전에 집안 어른들로부터 들었다고
하였다.

중유(仲愈)라는 분이 계셨어. 그 분이 효성이 워낙에 독실하셔서 어머

니가 유암을 앓게 되니까는 자기 다리 살을 잘라드려서, 어머니가 그걸 자시고 병이 다 나으셨다고 해. 그리고 중유라는 분 동생이 계유(季愈)라고 하는데, 그 분도 어머니 병을 낫게 하려고 자기 다리 살을 잘라서 어머니를 오 개월이 넘게 드렸지. 그 사실을 알고는 나라에서 이 형제 효심을 크게 칭찬해 주고 큰 상도 내려주고 그렇게 했지.

2006년 6월 3일, 경기도 파주시 문산읍 할머니댁, 한동한(韓東翰,56), 한새별 조사.

단오 때면 붉게 물드는 유지(柳池)

조사자의 큰아버지인 구연자가 예전에 집안 어른들로부터 들었다고 하였다.

우리집안 어르신 중에 종유(宗愈)라는 분이 임진왜란 때 경북 천산(天山)아래 응? 유지라는 못 위에서 왜군을 맞아 싸우셨지. 왜군, 응? 일본 놈들 말이야. 그 왜군을 맞아가지고, 왜놈들 목을 치고 대군사를 다 물리치시고는 장렬히 전사하셨어. 근데 그날이 음력 오월 오일 단옷날이었는데, 아직도 그 유지라는 연못은 단오 때만 되면 물이 발갛게 물든다고 하더라고.

2006년 6월 3일, 경기도 파주시 문산읍 할머니댁, 한동한(韓東翰,56), 한새별 조사.

효성이 지극한 한후유(韓後愈)

조사자의 큰아버지인 구연자가 예전에 집안 어른들로부터 들었다고 하였다.

그래, 전에 후유라는 조상님이 계셨다고 해. 그 분은 평소 부모님에 대한 효성이 지극해서 아버지가 많이 아프시니까는 목욕재계를 하고서는 글을 지어서 명산에 가서 아버지의 목숨을 자기 목숨으로 대신해달라고 기도를 했는데 그 내용이 아주 구슬펐다고 하지. 또 할머니와 어머니가 다들 장수를 누렸는데 또 자주 아프셨지. 이제 당신도 늙고 아들이 넷이나 있었는데 그래도 그게 또 대신 시중을 못 들게 하고 아침저녁으로 곁을 지켰다네. 또 밤에 가서 "자라." 하고 명하면 나오고, 나와도 허리띠도 안 푸르고 자주 방에 들러서 아프신가 안 아프신가 하다가 코를 골기 시작하걸랑 나와서 잠이 들곤 했대. 근데 또 그 분이 그렇게 어머니, 할머니를 살피다가 엄동설한에는 하얀 수염에 또 하얗게 성에가 끼고 그랬다네.

2006년 6월 3일, 경기도 파주시 문산읍 할머니댁, 한동한(韓東翰,56), 한새별 조사.

한명윤(韓明胤) 부부의 충신문과 열녀문

조사자의 큰아버지인 구연자가 예전에 집안 어른들로부터 들었다고 하였다.

임진왜란 때 영동에서 의병들을 모아서 아주 용감하게 싸우신 분이 계시지. 그 분이 전쟁에서 공을 세우니까 조정에서 그 충성하고 용맹한 거를 가상히 여겨서 그 품계를 올려주고, 그니까는 품계가 벼슬자리가 더 높은 걸로 올라갔다는 거지 응? 조방장, 주방장도 아니고 조방장, 그거는 벼슬이름인데, 쉽게 말하면 장군 같은 거야, 응? 근데 그 분이 임진왜란 끄트머리에 그 일본놈들이랑 전투를 하시다가 전사를 하신 거야, 전쟁터에서 돌아가신 거지. 그르니까는 또 그 부인도 남편을 따라서 죽은 거지. 그거를 또 순절이라고 해. 그니까는 선조는 이 분이랑 부인이랑 기리는 마음을 가지라고 고향에다 충신문하고 열녀문을 세워주셨대. 그 분이, 이름이, 아이고, 뭐더라? 그래! 명륜인가 명윤인가.

2006년 6월 3일, 경기도 파주시 문산읍 할머니댁, 한동한(韓東翰,56), 한새별 조사.

청주한씨의 유래

조사자가 청주한씨 중앙종친회 전무인 구연자를 찾아가 평소 알고 있던 이야기를 들었다.

학생, 우리 한씨 집안의 내력을 아나? 파가 어디라구 했죠? 어? 장송공파? 어디 보자. 나중에 새로 갈라진 파 같은데, 아버지랑 조부님 돌림자가 뭐야? 학생은 돌림자가 '재(載)'자 라고 했지? 삼십사 대손이고. 기특하네. 요즘 젊은 사람들 자기 뿌리 같은 건 별로 관심 없는 사람이 태반인데. 좋은 과제 내주셨네. 공부 열심히 하고. 자, 가만있어 보자. 아버지는 희(熙) 자 쓰시고 할아버지는 순(順) 자 쓰신다고? 족보를 좀 봐야 되겠네. 우리 한씨는 역사가 길어. 한, 고조선, 저 전부터 있었으니까 무척 오래 된 거지. 이건 여기 우리 대동족보에도 나와 있는 얘긴데 한자로 써 있어서 학생이 혼자 보긴 어렵고 해석한 게 한글로 있으니까 나중에 또 한 번 자세히 읽어봐요. 유래가 꽤 긴데 조선시대가 지나고서, 으, 기자조선이라고 있어. 기자조선. 응? 거기서 기원을 했는데 그때부터가 시작이라고 보면 돼. 삼한이라는 나라 알죠? 응? 국사 시간에 배웠지? 마한 진한 변한, 이렇게 있잖아, 어 거기 마한 왕 중에 원왕이라고 있었어, 그 왕이 아드님이 셋 있었는데, 그 중에 둘째아들이 우량이라는 분인데, 나중에 나라가 쇠해 가지구, 약해져 가니까 삼형제가 각자 딴 나라로 가서 세 개 성씨의 시조가 됐단 말이야. 응? 우량, 그 분이 신라로 가서 청주한씨의 시조가 된 거지. 그래서 우리나라 한씨는 모두 기자의 후예가 되는 거죠. 응, 근데 그 기자라는 분이 누구냐면, 은나라 주왕의 숙부. 작은 아버지 알지? 숙부인데, 그 주왕이 무지 폭군이어 가지고 잔인하고, 그래서 왕으로는 부족한 사람이었던 거지. 그래서 나라가 점점 망해갔어. 그래서 그 기회를 틈타 가지구 주나라 무왕이 나라를 손에 넣고 기자한테 말했는데, 기자는 의리상 신복은 될 수는 없다고 하고 고조선으로 망명했어. 근데 때마침 웬일인지 단군조선이 종말을 고하게 되어 가지구 백성들의 추대를 받아서 후조선을 건국하고 예의로 교화하여 예의군자국이 되었다고 전해요. 이건 인터넷에서도 찾아볼 수 있는 기본적이고 기초적인 얘기야. 이 정도는 웬만한 뿌리에 관심 있는 사람들 같으면 다 알고 있다니까. 그럼, 이 정도는 알고 있어야지. 또 다른 얘기도? 으, 가만 있어보자, 음.

2006년 6월 2일, 서울 종로구 내수동 167번지 세종로 대우빌딩 복합동 602호 청주한씨 중앙종친회 사무실, 한규영(韓圭永, 47), 한재준 조사.

한씨의 시조 태위공 한란

조사자가 청주한씨 중앙종친회 전무인 구연자를 찾아가 평소 알고 있던 이야기를 들었다.

아, 시조 얘기 해달라고? 어 그렇지. 우리 시조가 난초 란(蘭)짜 써가지구 한란이라고 하는데, 그 분이 충북 영동에서 나서 사셨는데 열심히 농사져서 부자가 된 거야. 마침 그때 왕건이 고려를 세웠을 때야. 아, 그래가지구 그때 한창 견훤을 정벌할라고 청주 고을에 태위공께서 군사를 데려가 가지구 그 마을 창고에 모아둔 곡식을 풀어서 군사들 힘내라구 배불리 먹여서 참전해서 공을 세웠지. 참으로 위대한 일 한 거지. 우리는 양반 집안이야. 상놈이랑은 달라. 태위공 묘지는 충북 청원에 있구, 후손들이 비석 같은 거 만들어 놨지. 정성의 표상으로. 저기 충북 영동 가면 태위공이 태어난 데라구 해서 기념비 하나가 세워져 있어.

2006년 6월 2일, 서울 종로구 내수동 167번지 세종로 대우빌딩 복합동 602호 청주한씨 중앙종친회 사무실, 한규영(韓圭永,47), 한재준 조사.

월북 작가 한설야(韓雪野)

조사자가 청주한씨 중앙종친회 전무인 구연자를 찾아가 평소 알고 있던 이야기를 들었다.

자네 국문과 학생이랬지? 어디학교? 상명대? 거기 여대 아니었나? 언제 바뀌었지? 그럼 작가 중에 한설야라고 아나? 소설가인데. 일본에서 유학하셨던 분인데, 나중에 강경파 좌익이 되셨지. 빨갱이는 아니고. 옛날 책인데 ≪황혼≫이라는 책이 있어요. 나이 많이 드신 분들은 그래도 좀 아실 거야. 시대를 좀 잘 못타고 나신 분인데 나중에 그 분이 통일되고나서는 월북해서 작가생활 하셨다는데, 육십이 년 말에 생사불명이 됐어요. 방황하다가 어느 순간 행방을 모른다고 다들 그래서. 살아계셨음이 분 자손들은 북한에 있을 거구. 그 아마 나이가 내 나이쯤 먹었을 거야. 이 분은 그 얘기 말고는 특별히 없네. 나머지는 저 분한테 들어요.

2006년 6월 2일, 서울 종로구 내수동 167번지 세종로 대우빌딩 복합동 602호 청주한씨 중앙종친회 사무실, 한규영(韓圭永,47), 한재준 조사.

명장 한규직(韓圭稷)

청주한씨 중앙종친회 경기도 지부장인 구연자에게 평소에 알고 있던 이야기를 들었다.

내가 아는 얘기는 두 갠데 괜찮아요? 그, 저, 조선 후기 때 무신이신 분이 있는데, 그 분이 어렸을 때부터 무술능력이 출중하셨다고 그래요. 여러 직책을 맡으셨는데 군수, 좌수사, 절도사, 포도대장, 부사 직위를 맡아 역임하셨는데, 이 분 성격이 호탕하고 과격해서 포도대장 시절에 죄인들이 치를 떨었다더라고. 워낙 혹독하게 벌을 내려가지고 그랬을 거야. 그 일로 백성들 원망을 사서 천배도 가셨는데 금방 왕이 풀어나게 해주시고 신식군대를 지휘했다지. 그래서 힘을 펼친 명장이라고 해. 근데 그 해 갑신정변이 터졌거든? 그래가지구 변장하고 왕을 만나러 갔다가 그 분이랑 반대측에 있던 사람들한테 피습당해서 돌아가셨지. 난폭하고 남자다운 명장이었다더라고. 아마 그, 저 박정희 사령관 정도 됐을까? 비슷한 모습이었겠지? 응, 그런 거예요.

2006년 6월 2일, 서울 종로구 내수동 167번지 세종로 대우빌딩 복합동 602호 청주한씨 중앙종친회 사무실, 한상택(韓常澤,51), 한재준 조사.

동학 지도자 한수용(韓秀龍)

조사자의 아버지인 구연자가 아버지(할아버지)에게 들은 이야기라고 하였다.

동학하면 흔히 난이라고들 하는데, 난이 아니래. 집안 어른 중에 한(韓)자 수(秀)자 용(龍)자라는 분이 계신데, 전봉준, 김계남 이 분들이랑 같이 동학을, 처음에 동학난을 주도해서 싸웠어. 이 어른이 얼마나 훌륭한 분이냐 하면, 동학은 충청도 이북에 있는 동학을 북접이라고 했고, 전라북도 쪽에 있는 동학을 남접이라고 하는데, 말하자면 전봉준씨는 그 당시 사실은 동학교도가 아니거든. 학자야, 양반 학자인데, 아버지가 많은 고초를 당해서 그런 거고, 동학을 지도한 분이 이 한수용씨인데, 이 어른이 패해가지고 동학난이 진압을 당하는데, 나중에 숨을 곳을 찾았는데 재실이라는, 시골에 가면 사당 같은 데를 말하는 데, 그 재실에 가서 숨어계시다가 그 재실에서 그 재실지기더러 "나는 이제 어차피 잡히는데 어떻게 할 수가 없고, 그러지 말고, 차라리 내가 남의 손에 잡힐 바에야…" 그 당시 많은 포상금이 걸려 있었거든. "고발을 하고, 그 동안 나를 지켜주고 해서, 했으니까, 네가 날 고발하고 보상금을 네가 받아라." 해서 재실지기를 시켜서 잡혀 돌아가신 분이야. 그만큼 의리가 있고, 그가 정읍 사람이거든. 본받아야 할 사람이지.

2006년 5월 27일, 경기도 용인시 처인구 유림동 1-1, 한영두(韓英斗,48), 한현수 조사.

시묘살이를 표창한 효자비

조사자의 아버지인 구연자가 작은아버지(작은할아버지)에게 들은 이야기라고 하였다.

너도 벌초하러 갔다가 봤을 거다. 저기 봉계동 웃동에 가면 마을 입구에 조그마한 비석 하나 있자녀? 그게 이조말 때 우리 집안 어른 한 분이 효도를 많이 했다고 효자상 받은 거래.(조사자 : 그 분 성함은요?) 성함은 잘 모르고, 그 사람이 뭘 그렇게 효도를 했냐면, 어렸을 땐 그냥 겨울에 부모님 이부자리 차갑다고 항상 자기 전에 미리 들어가서 데펴 놓고, 어머니나 아버지가 아프면 그렇게 지극정성이더래. 될성부른 나무는 떡 잎부터 안다고, 그러다가 아버지가 돌아가셨데. 그래서 삼년상을 시작한 거야. (시묘살이요?) 어, 그래 그거. 근데 어머니가 홀어머니자나? 그 시묘살이를 하면 어머니 혼자 계시니까, 반 시묘살이를 한 거지. 원래는 묘 옆에 움막 짓고 거기서 살아야 하자나? 근데 그렇게 못하니까 집에서 일종의 출퇴근을 한 거지. 그 묘자리가 무선에 있었다는데, 봉계동서 무선까지 하루도 안 거르고 갔다 온 거야. 그 때 또 농사도 지어야 하니까 새벽만치 일어나서 묘에 갔다 오고, 낮에 일 하고, 또 저녁에 갔다가 밤늦게 와서 자고. 그런 식으로 하루에 서너 시간씩 잠을 잤대. 그렇게 삼년상을 다 마치고 이제 결혼해서 처자식이랑, 홀어머니 모시고 사는데, 어머니가 또 돌아가신 거야. 이번엔 움막 짓고 삼년상을 했더래. 그 얘기가 이 입 저 입 통해서 멀리 소문나니까 고을 원이 그 얘기를 들은 거지. 그 때는 여수시가 아니라 순천군이었데. 아무튼 그 순천군 원님이 그 효자 얘기를 듣고 효자상을 내려서 봉계동에 비석이 세워진 거래.

2006년 5월 27일, 경기도 용인시 처인구 유림동 1-1, 한영두(韓英斗,48), 한현수 조사.

청주한씨 시조 한란

조사자의 아버지인 구연자가 여기저기서 주워들은 이야기라고 하였다.

기자조선부터 기자조선 때, 아니 잠깐만, 다시, 우리 청주한씨는 기자조선 때 왕족으로 시작한 것이, 청주한씨의 우리가, 응? 옛날부터 내려오는, 응? 옛 어른들의 이야기인데, 그때의 기록은 남아있는 게 없고, 어, 우리 한씨의 어, 시조 할아버지는 어, 고려 초엽에, 한(韓)자 란(蘭)자 할아버지의, 한란 할아버지의, 로부터 우리시조로 해서 대표적인 파가 양절공파 충성공파, 몽계공파, 이 대체로 이 세 개의 파에서 어, 우리 조상은 양절, 양절공파의 속하는 어, 우리 수자 돌림이 삼십일 세손이, 으로 넘어왔고, 니는 삼십이 세손이다! (근데 난 돌림자 없는데.) 그러나마나 돌림 아니라도 너는 어쨌든 한란 할아버지의 삼십이 대손이고, (웃음) 우리 한란 할아버지는 청주에 있는, 거저, 거, 동네, 대머리, 대모리라는 동네에, (대머리? 대모리? 모리? 머리?) 대모리, 그러니까 대모린데, 대머리라고 그래, 대머리. (웃음) 대모리 한씨의, 거, 어, 시조할아버지가

거기에 계시는데, 매년 일 년에 한 번씩 거기서 제사를 지낸대. 라고 들었
는데 나도 한 번도 가보지도 모했어. (웃음)

2007년 6월 6일, 경기도 시흥시 자택, 한길수(韓吉洙,50), 한민혜 조사.

조선시대 6명의 한씨 왕비

조사자의 아버지인 구연자가 아버지(할아버지)로부터 들은 이야기라
고 하였다.

그 담에 우리 청주한씨는, 어, 물론 남자들도 조선시대에, 고려시대
때고 고렇고, 조선시대 때도 고렇고, 어, 유명한 학자들도 많이 나오고
했지만은, 그 유명한 것은, 우리 조선시대 때에 왕비가 여섯 명이나 탄생
했다는 것을 우리 청주한씨의 가문에서는 자랑으로 여기고 있고, 어, 우
리 할아버지 때부터도 들은 얘기로는, 하여간 그것을 남자, 한씨는 남자
보다는 여자가 더 출세했다는, 거저, 내려오는 말들이 있는데, 에, 이성계
의 조선의, 거저, 태조 이성계의 부인도 한씨에서 낳는 태종 방원이, 잠깐,
아빠 전화 왔다. (통화를 한 뒤) 뭔 얘기 했노? (태종 방원.) 태조 이성계의
부인이 한씨부인이 있었고, 그 담 뭔 부인이 있었는데, 그건 모르겠고.
하여간 거, 에, 이씨조선의 적통들이 거, 태조 이성계의 왕비, 한씨의 피를
이은 이씨 왕조를 우리 한씨 가문에서는 굉장한 가문의 자랑으로 생각을
하고 있대. 그 담에 그, 한명회의, 거, 어, 여식들이 왕비를 두 명이나
낳고, 그 담에 그 이후에도 거, 우리 한씨가 왕비를 더 탄생시켜서 조선시
대 때 여섯 명의 왕비를 탄생시킨 것을 우리 한씨 가문으로써는 굉장한

자랑으로 생각하고, 어, 끝.

2007년 6월 6일, 경기도 시흥시 자택, 한길수(韓吉洙,50), 한민혜 조사.

영의정 한명회(韓明澮)

조사자의 아버지인 구연자가 여기저기서 주워들은 이야기라고 하였다.

조상 중에서, 여러 사람들이 충신과 문신과 무신을 길러냈는데, 그 중에서 대표적인 우리, 이, 할아버지 중 한 명이 한명회 할아버지인데, 이 분은 태종 십오 년에서 성종 때 돌아가신 분인데. 임금을, 임금을 세 분을 모시면서 어, 벼슬은 영의정과 여러 벼슬을 하면서 어, 응? 조선의 거, 저, 어, 기반을 닦은 그러한 거, 정승으로써 한씨 가문에서는 어, 굉장히 이, 존경하는 우리, 우리할아버지로 이렇게, 거, 저, 생각하고 있어.

2007년 6월 10일, 경기도 시흥시 자택, 한길수(韓吉洙,50), 한민혜 조사.

청주한씨의 유래

조사자의 어머니인 구연자가 이야기를 잘 기억하지 못하여 조사자의 외삼촌에게 전화하여 들은 이야기를 전해주었다. 조사자의 외삼촌은 이 이야기를 돌아가신 부모님에게 들었다고 하였다.

한란이라는 분이 계시는데, 그 분이 엄마 가문의 시조다, 시조. 김수로
왕이랑 같은 개념이다. 고려 때 분이신데, 농사에 관심이 많으셨다더라.
그래가지고 농사로 부자가 됐다. 그렇게 살고 있는데 왕건 알제? 왕건이
고려를 세우려고 했잖아. 견훤이랑 막 싸우고. (왕건, 안 봤더니 잘 모르겠
다. 아무튼 그래서?) 드라마 가지고 그러노? 이런 건 기본으로 알고 있어
야지. 그래서 고려를 세우려고 하는데 그게 혼자 가지고 안 되잖아. 그
때 엄마 시조 할아버지랑 왕건이랑 견훤 이길려고 견훤한테 갔거든. 거기
서 왕건 도와가지고 고려를 세웠단다. 그래서 그 공으로 직책도 높아지고
그랬다 카더라.

2008년 4월 26일, 경상북도 포항시 덕산동 자택, 한미원(韓美媛,49), 김혜현 조사.

문혜공 한강(韓康)

조사자의 어머니인 구연자가 이야기를 잘 기억하지 못하여 조사자의
외삼촌에게 전화하여 들은 이야기를 전해주었다. 조사자의 외삼촌은 이
이야기를 돌아가신 부모님에게 들었다고 하였다.

이 분이 하신 일이 엄마가 아는 분 중에서는 제일 멋있더라. (뭔데?
다 기억할 수 있나?) 모르면 외삼촌한테 전화해야지. 엄마가 막내잖아.
그래가지고 이런 얘기 잘 모른다. (알았다, 아는 대로 다 말해도가.) 이
분도 고려시대 분이신데, 잘 모르겠는데 김해에서 벼슬 일을 하셨거든.
지금도 재산 있으면 재산세 내야 되잖아. 그런 거처럼 그때도 토지세가
있었는데 사람들이 가난하니깐 세금을 다 못 내는 거야. 그게 자꾸자꾸

미뤄져가지고 쌓아지니깐 나라에 안 좋제? 그래서 이 분이 거기로 부임하면서 전쟁나면 쓸라고 남겨둔 토지를 백성들에게 줘가지고 농사를 시킨 거야. 그래서 풍년이 됐다 아이가. 백성들도 가난했는데 거기서 벗어나고. 그걸 잘 해가지고 그게 인정받아서 벼슬이 높아졌거든. 그래서 왕이 있는 곳으로 와서 일을 하게 된 거야. 왕이 이제 죽을 때가 돼가지고 이 분한테 충고를 해달라고 한 거지, 죽기 전에 해야 할 일 같은 거 알제? 그래서 왕에게 막 말을 했는데, 왕이 그걸 다 못 이루시고 돌아가신 거야. 그 뒤로도 계속 능력이라고 해야 되나, 이 분이 하신 일이 다 인정받아서 벼슬이 계속 높아졌다고 카더라. (이게 다가? 끝났나?) 아, 그리고 이 분 아들들도 다 잘 됐다 하더라. 니도 좀 잘 해서 혜준(동생)이도 잘 되게 해봐라. (지금 녹음하고 있는데 그런 얘기 하면 어떡하노. 크크크) 알았다. 이제 내가 아는 건 끝났다.

2008년 4월 26일, 경상북도 포항시 덕산동 자택, 한미원(韓美媛,49), 김혜현 조사.

세조의 즉위를 도운 한명회

조사자의 어머니인 구연자가 이야기를 잘 기억하지 못하여 조사자의 외삼촌에게 전화하여 들은 이야기를 전해주었다. 조사자의 외삼촌은 이 이야기를 돌아가신 부모님에게 들었다고 하였다.

이 분은 조선시대 사람이다. 니 조선시대 좋다고 했제? (응, 조선시대가 제일 좋다. 집중 잘 될 거 같다.) 그래 들어라. 이 분이 우리 한씨를 유명하게 만드셨다 아이가. 단종알제? 단종이 어렸을 때 왕이 됐잖아.

(조선왕조실록 어딨어? 그거 보면서 하자.) 그래 갖고 와 봐라. (갖고 온 후) 여기 봐봐라 단종 나와 있제? 단종이 어렸을 때 왕이 되니깐 뭐 힘이 있나. 옆에서 부추기는 대로 하지 뭐. 그래서 여기 수양대군 보이제? 수양대군 옆에서 이 분이 수양대군을 왕으로 할려고 노력했거든. 그래서 결국 수양대군이 왕이 된 거야. 지금 이명박 대통령 되니깐 포항 난리 났제? 이명박 형도 국회의원 나가고. 그런 거처럼 옛날에도 자기가 모시던 사람이 왕이 되면 그게 공으로 인정된다 아이가. 그래서 이 분도 지위가 엄청 높아지신 거지. 지금 생각해보면 아무것도 아닌 거 같지만 왜 숙청알제? 잘못하다간 죽을 수도 있는 일을 수양대군을 위해서 한 거 아이가. 수양대군이 왕이 되니깐 단종을 모시던 사람들 힘이 약해지나 세지나? (당연히 약해지지.) 그래, 그래가지고 단종을 모시는 사람들끼리 단종을 복위시키려고 운동할라하는데 이걸 좌절시킨 거야. 그렇게, 그렇게 세월이 흘러가지고 우의정도 하고 좌의정도 하고 영의정까지 해먹은 거야. 머리가 엄청 똑똑했다더라. 딸들도 왕비로 만들고, 결국 죽긴 했지만. 부인도 사별하고. 늙어서 병이 드니깐 성종이 특별히 신경 써서 보살펴주고, 그 정도였다 하니깐 할 말 다 했제.

2008년 4월 26일, 경상북도 포항시 덕산동 자택, 한미원(韓美媛,49), 김혜현 조사.

金海許氏

71
김해허씨

허씨의 유래

조사자의 할아버지인 구연자가 아버지(증조부)께 어렸을 적 배웠다고
하였다.

니, 허씨라고 있는 거 알제? (네, 할아버지. 제 친구들 중에서도 허씨
있어요.) 그래. 그 친구들 무슨 허씨고? (무슨 허씬지는 잘 모르겠는데요)
쯧쯧쯧, 어찌 친구들 이름도 모르고 사노. (아빠 : 나도 내 친구들 본관
모르고 사는데, 무슨 상관이오.) 그래서 요새 삭막하다는 말이 나오는
기라. 어찌 지 친구들 본관도 모르고 살 수 있나 말이다. (할아버지, 근데
허씨가 왜 나왔어요?) 아, 그래 그 허씨가 우리 김해김씨 종자에서 나간
거 알고 있나 말이다. (진짜요?) 오냐. 그래, 우리 김해김씨 조상은 김수로
왕이제? 그 부인이 바로 허황옥이라고, 인도 사람인 기라. 인도에 있었다
는 아유타국의 공주였는데, 김수로왕이 나라를 세우고 칠 년쯤 됐을 끼라.
그때까지도 후사가 없으니께 인자, 신하들이 '신들 딸내미 중에서 제일로

이뻐고 말도 잘하는 처녀하나 골라가 결혼하십시오.' 카니까 왕이 '하늘 명령으로 내려왔으니까 배필도 다 하늘 명령으로 정해질 것이다.'라고 한 거지. 그래가 또 시간이 한참 갔어. 하루는 신하들하고 같이 망보러 나갔다가 시뻘건색 배 한 척이 쭉 들어오는 걸 본 거라. 그래 그 배가 창원에 왔는데, 배 속에서 공주랑 시녀랑 같이 나온 거라. 그래 공주가 한다는 말이 '나는 아유타국의 공주인데, 자다가 일어나니까 부모님이 어제 꿈에 천상님을 만났는데, 가락국의 김수로왕은 하늘에서 내려 보낸 사람이라 성스러운 사람인디, 아직 베필도 못 정하고, 그랬으니 가서 짝을 짓도록 해라.'라고 했다고 말을 한 거라. 그래갖고 작별해 와서 김수로 왕이랑 혼인을 하게 됐다 이 말이다. 근데 아, 왜, 만나서 결혼하면 얼라들[1] 낳는다 아니가? 그래가 이짝에도 얼라를 열 명이나 낳았어. 첫째 놈은 왕위 이어야 한께 그냥 김씨로 두고, 둘째랑, 셋째랑, 그래도 왕비가 다른 나라 공주니까, 공주 성도 좀 주야 될 꺼 아이가? 그래갖고 허씨 주고. 나머지 일곱 놈은 '그냥 필요 없다.' 해가[2] 절에 들어가라고 한 거라. 그래가 들어간 데가, 지금 하동에 보며는 칠불사라고 있거든? 거기 '하동 칠불' 해갖고 들어가서 부처가 된 거라. 그래가 그 절 이름이 칠불사다 이 말이다, 내 말은. 그래가 김해김씨, 허씨 이래는 잘 결혼을 안 한다 이 말이다. 니도 나중에 사윗감으로 허씨만 데리고 오지 마라. 알긋나? (모두 웃음)

2006년 5월 6일, 경남 거제시 하청면 유계리 할아버지 댁, 김재곤(金在琨,70), 김은애 조사.

---

1) 아이들을.
2) 해가지고.

김해허씨의 유래

조사자의 외할아버지인 구연자가 어릴 때 아버지(외증조부)로부터 들었다고 하였다.

이게 숙제라 그거지? 그러면 또 하나 얘기 해줘야겠구만. 김수로왕 알지? 김수로왕에게 원래 본 부인이 있었어. 그런데 그 부인이 자식을 못 낳는 거야. 그래서 어떻게 해. 첩을 들여야지. 그런데 뭐시냐? 그 수로왕은 우리나라 사람을 첩으로 들이긴 싫었던 거야. 그래서 들여온 사람이 저 어디냐? 인도. 그래 인도 사람이었어. 인도 어디 공주인데 어디인지 기억이 가물가물하네. 그렇게 들어와서 아들들을 줄줄이 낳아줬지. 그래서 수로왕이 소원을 들어준다고 했다는데, 그 때 이 사람이 말하기를, 자기네 나라에는 사람 이름에 성 같은 게 없다고, 성을 지어 달라 한 거야. 그래서 지어준 게 니 엄마가 쓰는 김해허씨야. 그래서 그 사람의 이름은 허황옥이 된 거지. 많은 아들 중에 두 명의 아들한테만 허황옥이, 그 사람의 소원에 따라서 자기의 성을 따다가 허씨가 되었어. 그러고서 계속 자손들이 자손을 낳고, 또 자손을 낳고, 그렇게 해서 우리 동네가 허씨들이 모여 사는 동네가 된 거지 뭐.

2007년 4월 28일, 충청북도 진천시 광혜원 외할아버지댁,
허의영(許義寧,79), 오선영 조사.

陽川許氏

72
양천허씨

미수 허목(許穆) 선생

조사자의 큰할아버지인 구연자가 아버지에게서 들은 이야기라고 하였다.

우리나라 허미수 선생 말이나 하나 허여 보카(해볼까)? (아, 네.) 저, 그렁저렁 이거 한 서른 댓 곡지[1] 뒈지만느네 만(모두) 헷자 무슨, 밤새낭 (밤새도록) 갈아도(말해도) 만(모두) 갈지(말하지) 못 헤염직 하고(못할 것 같고).

허미수 선생이 그 때예, 거 송우암 시절이라서. (음.) 거 송시열 시절이 랐는디(시절이었는데), 그 송우암하고 딴 당이라 놔서 그 원쉴 지어났겄 다. 거 허미수가. (음.) 송우암하고 서로 원수여. 하여도 서로 그자, 이논할 말은 이논하멍도 원쉬로 취급하였는디, 한 번은 중국에서 무슨 궤망한 거, 이제, 글을 보내서, "이것을 짝을 체와 달라." 하니, 백관이 모여 앉아

---

1) 노래나 이야기를 세는 단위.

도 원, 그걸 원 나시(끝내) 해석을 못 헤연 짝을 못 체왔는디, 송우암이 그 때예 정승으로 있는 때난(때이니), "원쉬지만네(원수지마는) 이젠, 이 건 허미수안티 가아야 이제, 이것을 이제, 이것을 이논할 건디, 이거 아이 뒈겠다." 저, 글말로 갇더구나마는(말하더구나마는) 나, 워, 글말로 한 건 마딱(모두) 잊어부러. 에, 또, 아, 글을 모르니 잊어부린거주. 헤연, 가네(가서) 이젠, 손지(손자)가 싯다네(있다가), "원수가 들어옵네다." 허 미수 선생 손지가, "머언 원수가?" "송시열이가 들어옵네다." "아, 들어오 면 어찌." 허연 오란(와서), 안에 들어가도 못하고, 원수지간이난, 원, 뭐. 낭간에 터억 앉안(앉아서), 바레도(보지도) 아녀여(아니해). "아, 선생에 이논할 일이 있어서 왔소." "먼(무슨) 이논이오?" "어, 그, 지금 중국의서 무슨, 그 요망한(요망스러운) 글을 이제 헤서 짝을 체와 오라고 해서 이제 보내었는디, 이것을 원 백관이 모여 앉아도 아는 사름이 없어서 선생안티 이논하레 왔소." "글 안 읽어 왔어?" 허미수가 당장 그 말을 해여. (음.) "글 읽으면 어찌, 거 모른 걸 어떻게 하요?" "아무렇게나 아무렇게 해서 보내믄 뒈여." 허연(해서) 똑 그대로 허연 보내난(보내니) 그건 뒈여 부런 (되어 버렸어). 한디, 그건, 이건, 중간에 참, 그 송우암광 그자 허여난 말, 경허연(그리 해서) 이젠, 헤연 이제, "경 허여신가(했는가)." 허연 송 우암은 그냥 그 낭간(난간)에 앉았는디, 손지보고, "그 자 갔어?" 손지도 또 대답을 잘 허여서. "그 자는 가고 우암은 계십니다." (웃음) 경허난(그 러니) 그자 '으음'헤연 잠잠. 잠잠헤연 하니 하, 이젠 거야며헤도(우무래 도)원수지간이라, 가불랜(가버리라고) 헴고나(하고 있구나) 허연 그자 가들가들 일어사. 허허허허. 우암은 오라 불더라 허여(와 버리더라 해). (음.) 견(그래서) 그대로 허연 글을 보내난(보내니) 뒈고 헸는디, 그 송우 암도 이제 상당히 긔영(그렇게) 참 명현이지마느네 궤묘한 것은 당추 허미수만 못하고, 허미순 그 예이에는 벨네(별로) 그 열성이 엇어나신가 라(없었던 모양이어서) 그 예이 말한 디는 송우암은 그자 참 훌륭한 이로 말허여.

허미수 할으바님이 그 허미수 아버지를 난 보니, 관상을 잘 하던가라(했던 모양이어서) 그 허미수 할으바님이 인기관상을 헤연 보니 이녁(자기) 아들이 원 걸인지상이여. (아, 아.) 이건 그 동녕바치(거지). 저, 이건 걸인이라 말이여. 아이, 이것이 이거 우선 어디, 그, 신부를 잘 맞아들여야 이 자식이 걸인이 아이 뒈서(아니 되어서) 잘 살지, 경(그리) 아이믄(아니 하면) 아이 뒈겠다고 해서, 그냥 이건 머어, 그, 양반, 무슨 상놈, 그런 것도 생각 아녀고(생각 아니하고), 그 당신 인기 관상에 맞는 그 신부만 맞아들이젠(맞아들이려고) 참, 양식을 져서 그냥 삭시(색시)를 구하기로 하는디, 그 대사에는 머, 그, 딸이나 참 그 누겐(누구는) 참, 물 질레도(물 길러도) 아이 뎅기곡(아니 다니고), 종년이나 이제 물 질레도 뎅기곡 하지마느네, 종년이고 아무게고, 이런 머, 쌍것덜이고 아무거고, 그 아덜 걸인만 멘들지 말(않을) 신부만 있으며는 그 신부를 맞아들일라고, 이제 허여서, 참, 할으바님, 그, 이, 허미수 할으바님이 이젠 양식 지고 나섰다 말이여. 나섰는디, 아무리 물질레영[2] 뎅기멍 봐도(다니면서 봐도) 어느 종년도 별네(별로) 원, 그 걸인을 면허염직한(면할 것 같은) 그 색씨가 하나또(하나도) 없어. 허였는디, 에, 집의도 아이 돌아오라 보곡(아니 돌아와 보고), 그자 양식 정(져서) 뎅기멍(다니면서) 그자, 돈 언마(얼마) 그자, 돈 언마(얼마) 그자, 지곡(지고) 허연(해서) 그자, 참, 장남(머슴) 멧 개(몇 개)그자, 지왕(지워서) 뎅기멍(다니면서) 그자, 색시를 찾는데, 어느 산찔을 걷다가 이제는 날이 저물어서 이젠, 어딧 사름 사는 고을도 당기지 못하게[3] 뒈었다 말이여. 한디, 그자 발 가는 냥 그자, 그 인가처만 당기젠(당기려고) 산중에서 가다가 어디 불이 베롱허연[4] 들어갔다 말이

---

2) 물 길엘랑. 물을 길러 다니는 길엘랑.

3) 당기지 못하게. '사람 사는 고을도 찾아가지 못하게'의 뜻.

4) 불이 희미하게 켜져서. '베롱하다'란 불빛이 희미하다의 뜻.

여. 들어간 보니, 그자 신 삼는 할으방이(할아버지가) 하나 있어. "이, 넘어가단(넘어가던) 사름, 인제 밤이 들어서 잘 디가 없어서 이거 불 싼 딜(켠 데를) 봐 가지고 왔습니다." "마, 이레 들어오시라."고 허연 청허여 네, 그자 덕덕덕덕 앉안(앉아서) 그자, 신 삼앙(삼아서) 두드령(두드려서) 싸곡5) 그자, 이거라. 그자 업이 그거여. 한디, "어, 거, 밤이 경(그렇게) 뎅기니(다니니) 어디 간(가서) 머, 밥도 못 얻어먹어실꺼소, 그, 어떵 그 이제, 음식이나 머 있거들랑(있거든) 한쌀(조금) 지어 오라." 영 하난(이 리 하니) 그 신 삼는 할으방이 딸가라(딸더러) 하는 말이여. 거 어멍은 웃고(어머니는 없고) 딸만 신(있는) 모냥이여. 얼굴을 베이지 아이고(보 이지 않고) 음식을 허연 난(놓아서) 때 허여오니 할으방냥으로6) 앗아단 놔아(가져다가 놓아). 바래바니(바라보니) 추접하고7) 더럽고 시상(세상) 원 이걸 어떻게 입에 앗아간다(가져간다) 말이여. 원, 바래니(보니) 늑늑 해서8) 원, 더러와서 원, 먹을 생각이 없돼, 노인미춰9) 주인의 들어가서 이제, 주인에 들어가지고 주인이 먹는 걸 아이(아니) 먹을 수가 웃단 말이 여. 그 놈을 이제 먹어보니 이것은 눈으로 봄광은(보기와는) 달라서 세상 먹어본 디(바) 웃은(없는) 그, 맛 좋은 음식이라 말이여. 원 세상 그 향기 가 거언하고(그윽하고) 참, 상당이 맛 좋은 음식이여. 헤연 그 음식을 먹고 이젠 하는 말이, "이 음식을 누가 지었습니까?" "예, 저, 우리 집의 그 겨집바이(계집애) 하나 있는데, 그 지(자기) 어멍도(어머니도) 어린 때 죽어 부리고(죽어버리고) 그자, 나도 다시 장개도 아이 가고, 그저,

---

5) 싸고. '싸다'란 짚신을 삼아서 단단하고 오래 신을 수 있도록 짚신 바닥을 조인다는 뜻.

6) 할아버지대로. 할아버지 손수.

7) 더럽고.

8) 기름기 많은 고기 따위를 먹었을 때 다시 먹을 생각이 없이 속이 좋이 않은 모양을 '늑늑하다'라 함.

9) 보잘 것 없는 노인. '미춰'란 물건 가운데 제격에 들지 못하는, 보잘 것 없는 것.

그거 믿어네(믿어서) 때나 하랜(하라고) 헤연 살암서(살고 있어)." "그럽니까. 저가 가이를(그 애를) 메누리로 데려가면 어떱니까?" "아, 데려가라." "한디, 얼굴을 한 번 보겠습니다." "얼굴은 보자 말자 할거, 얼굴 보곡 하간 거(여러 가지 것) 할 테이거들한(할 터이면) 당추 원, 다라갈(데려갈) 말 하지 말라."고. 겨니(그러니) 얼굴은 그른 걸로[10] 알았다 말이여. 음식을 지어온 건 보니 기특하여서 그냥 메누리로 삼기로 헤여네(해서). 건(그것은) 눈에, 그 눈가리와 가지고[11] 그 눈에 경(그렇게) 변색허연 베인 거지, 그 보기 싫지도 아이한 거지만은, 경헤네(그리 해서). (음.) 또 얼굴도 역불(일부러) 곱쪄서(숨겨서) 그, 이상한 얼굴을 멘드라 부린 거여. 자기 자체로. 경했는데 이제는, "자, 머, 그 얼굴도 경(그렇게) 조사 아녀곡(아니 하고) 달아가겠다고(데리고 가겠다고) 함니 여기서 다 날 방 가아야 좋지 아이냐(아니하냐)?"고. 에, 거 보통 사름이 아이랐지(아니었지). 그 신은 삼앙(삼아서) 그자 그걸로 업허여(업을 삼아) 사는 할으방(할아버지)이라도. 이젠 그 신랑 그 생년월일을 다 말하랜(말하라고) 허연 말하니까니, 그것에 놔서 사주도 고남하고[12] 허여서. "이만 하민 관차녀다(괜찮다). 좋다. 아무 년 아무 달 아무 날랑그네 데려가라." 견(그래서) 이거 원 섭섭하기가 이, 짝이 없어. 원 인기 관상을 해서 원, 이 우리 아달 걸인 뒈지, 걸인을 면하기 위허여 가지고 이제 뎅기는디(다니는데), 원, 신부의 얼굴이야 어떻게야 생겼는디 보들(보지를) 못하니 대단 섭섭하뒈 할 수가 읏어(없어). 머, 만날 뎅겨 봐도 원, 어디 맞인디(알맞은데) 읏고(없고) 하니, 이건 지친 장시로[13] 이젠 거긔 하기로이젠 징정(결정)을 헤여 놓고 날짜 다 받고 허연 오라네(해 와서), "어느 제랑(언제나)

---

10) '좋지 않은 것으로'의 뜻으로 쓴 것.
11) 가려서, 눈에 속여서.
12) 신랑 신부의 사주 궁합을 맞추어 보고.
13) 피곤한 장사로. 물건을 파는데 살 사람이 없어 할 수 없이 이익을 못보고 파는 장사.

이 달이, 날이 돌아오랑(돌아와서) 그 신부 얼굴을 한 번 보란.” 해연, 이제 해연, 막 지드리는(기다리는) 게 아마도 한 달 지드림이 참 십년 지드리는 거 만인 지드려네(기다려서), 이젠, 하 이젠, 그 날은 당허여네(당해서) 사뭇 와라차라14), 마 참, 머, 사령덜 멧(몇) 십 명 거느려 놓고 머, 사뭇 가네(가서), 이제 허연, 이젠. “신부를 이제 데리러 왔노라.”고 헨 들어간(들어갔어). 잔치는 어들로 하느냐 하며는 거긔서는 집 족안(잡이 좁아) 하나네(하니까) 어디 친족간으로, 딴 들로(딴 데로) 간(가서) 하는디, 신부를 네, 내세운 걸 보니 박세기 쭝에도(바가지 중에도) 그런 둘펀남박15)이 읍서(없어). 허허허허. 얼굴이 참 보자 말자 랑 거 없다고 했는디 원, 얼굴 봐서 당추 원 놈(남) 부끄러와서 데려갈 수가 읍다 말이여. 하, 이 그 허미수 선생 할으바님도 가았는디, 그 하인들이며 머, 그, 저, 상객간 사름들이며 나무리는 소리가 머어. “할으방도(할아버지도) 양석(양식) 정텡기멍(져서 다니면서) 저런 메누리 아이면 원 시상(세상) 사름이 웃어서(없어서) 저런 신부를 맞아들인다.”고, 막 나무래니, “에에, 이젠 그냥 두고 그냥 갑시다.” 해서 그냥 모셔가지 아녀서(아니 해서) 그냥 가기로 한다 말이여. 하니 할으방은16) 초신(짚신) 한 베(켤레) 후욱 들어데끼멍(들어 던지면서), “이 신 신고 가라. 여자는 남편을 따라, 남자를 따라가는 것이 사실 아이냐.”고 하니, “두고 간다고 하지만 너는 따라서 가야 한다.”고. “예에, 그리 허겄습니다.” (그건 누가요? 자기 아버지가요?) 어, 그 신 삼는 할으방이. (아!) 딸을 경 허연(그리 해서) 초신 한 베 후욱 들어 데끼멍, “신영 가라.” 이거라 말이여. 경허니(그러니) 할 수 웃이(할 수 없이) 그냥 그 두루 판(덜 파낸) 남박(나무 바가지) [웃으면

---

14) 높은 어른이 행차 할 때 말을 몰고 군중을 물러서게 하는 소리.

15) 나무바가지를 파다가 중도에서 완성시키지 않고 내버린 모양으로 얼굴이 못생긴 것을 비유.

16) 할아버지는. 신부의 부친을 말함.

서] 닭은 얼굴에 이제 그 초신 한 베 신고 텁삭 텁삭 달롸오라 가니(따라와 가니), 아, 이제는 할 수 웃이 달롸가니(따라가니), 이젠 또 구경꾼덜이라도 보민(보면) 놈(남) 부끄러울 거니 할 수 웃이 이젠. "가마 안트레(안으로) 들여노라."고 허연 이젠, 들여 난(들여 놓아서) 이젠, 모시고 오는디, 어디 오다가 높다한(높은) 아마도 이 남조손오롬17) 닭은 옆으로 이제 넘어간 모냥이여. 넘어가는디, "여긔 좀 이제 여긔서 쉬며는 내가 오좀을 눅겠다." (신부가요?) 으, 소필 하겠다고. 아, 그것아울롸(그것마저) 더 밉상불라(밉상스러워) 하긴 하뒈 어쩔 수 읍다 말이여. 하니까 이젠, 가매를 투욱 노니(놓으니) 이젠 나아와네(나와서) 오줌사(오줌이야) 누는디(누는지) 똥사 누는디, 거 높다한 본대기로 그자 막 꼭대기레 좌악 쫙 올라가. 원, 원, 어찌야 미운지 원, 귀인 데강이가 하나토 웃어18) (웃음) 그 하 조은 얼굴에. 허허허허. 경 헤도(그리해도) 할 수가 업다 말이여. 인제 이으음이(조금 오래) 시니(있더니) 오좀 똥 눅는 냥도 웃고(없고) 그자, 그 봉대기에(봉우리에) 잘끈 앉았다가 내려오라 가지고(내려와서) 가매(가마) 안터레(안으로) 툭 들어앉아. "거 이상하다. 오줌 마릅다고 핸 나온 사름이 오줌 눅는 냥고 웃고, 그 높다한 본대기에 원 앉았단 바로 그자 오란(와서) 앉으니." '거 이상허다. 이것이 그 음식을 지어 온 걸 보니, 눈엔 경 헤도, 맛이 그렇금 향기가 있고 좋으니, 높다한 본대기에 무슨 연고가 있언(있어서) 이건가? 거 참.' 씨아방(시아버지)은 생각했쥐. 허미수 선생 할으바님은 했지만네, 원, 얼글은 참 보자 말자 할 거 웃고— 이건 부끄러와서 아이뒈겠다고 해서, 집의 모셔다가 머 함치 머 나무레언(나무라서) 어디 사름 못 바래는 들로(못 보는 대로) 한 구석으로 그자, 아 형님이민 허, 뒷구석에 그 집 모양에(모양으로) 살짝한 들로 짓어네(지

---

17) 산 이름.

18) 귀여운 데가 하나도 없어. '귀인 데가리' '귀인 데강이'란 '귀인 머리'라 직역되는 말인데 '귀여운 데'의 뜻.

어서) 그자 뚝 살리고, 이제 하님년(종년) 하나 그자 부름씨(심부름) 하랜
(하라고) 탁 그자 그디 매견 내불언(맡겨 내버렸어). 하난 그자 이건 머,
그릴 하고 저릴 하고,[19] 그자 그대로 그자, 그 하님년 밥이나 앚다(가져다
가) 노민(놓으면) 그자, 먹음 뿐. 해연 그자 날도 가고 달도 가고 그자,
해도 가고 허연 요라 해가(여러 해가) 지났는데, 이젠 허미수 할으바님이
죽들 아녀?[20] 이젠, 늙어 이젠, 죽언 하니, 이젠 지서를 청허여 가지고
그자 그 지서 저 지서 텡기멍 청헤다네. 인제, 경핸(그래서) 참, 그 허미수
선생 아방은(아버지는) 그, 다시 곧 장갤(장가를) 보내연 딴 디(딴 데)
보내어네(보내어서) 딴 살이로(딴 살림으로) 이제 살아불고, 그 할망,[21]
그 신부는 그자 따로 그자 조용한 들로(조용한 데도) 그냥 매견(맡겨서)
하님년 하나 그자 부름씨(심부름) 하랜(하라고) 매견 내부리니, 그자 대
가에 부자칩이고 하니 그자, 밥만 들러다(들어다가) 노민(놓으면) 그자,
먹엉 그자, 목숨이나 보존헤였지. 보존허연. 장서가 난(나서), 이제 그
지서 저 지서 이제, 청헤여 텡기다 어뜩 생각허연 보니, 허미수 선생 아버
지가, 생각에, '암만 얼굴이 보자 말자 할 것 웃지만은(할 것 없지만) 이러
한, 그 참, 부모 상을 만나도 이것이 그 제라한 그 큰 부인안티 가서 이런
말을 여쭈지 아이 하는 것은 내가 이거 큰 죄다.' 하여서 이제, 들어갔다
말이여. 들어간(들어가서) 그 때는 보니, 그 놈의 두루 판[22] 남박(나무
바가지) 얼굴이 어디사 가부려신디(가버렸는지) 간 꼿(곳)이 웁서(없어).
'이것이 그 부인이 아닌가?' 생각이 들어간 그자, 얼굴만 단단이 바렘만
하고(보기만 하고), 그자 펀두룽허였다[23] 말이여, 하님년 보고, "이디(여

---

19) 그리하든 저리하든 내어 버렸다는 말.
20) 죽지를 않는가? 죽었다는 말.
21) 할머니. 부인을 뜻함.
22) 덜 파낸, 다 파지 않은.
23) 어리둥절했다, 놀라서 아무 말도 못했다.

기) 큰 마누라 어디 갔느냐?" "거기 앉았습니다." 기여니(그러니), 그 말
도 대답 못하곡 울럿이(우두커니) 앉아서 바렘만 헨(보기만 했어). 그
땐 보니 어딧놈의 얼굴산디(얼굴인지) 천아 일색이여. 이거 천하미인이
여. '거 이상하다. 참, 그 우리 아바님이 원, 음식 지은 게 이렇게 하더라
하니 원 변색을 하여서 이 사름 이렇게 한가?' 그자 앉안 바렘만 허연(보
기만 해). 말을 못허였다 말이여. 그 상 만나시니(만났으니) 영 한(이런)
그 말도 못허연 하니, 부인이 먼저 말하는 거여. "아이고, 이제 선생은
상을 만났다고 허여도 날가튼(나 같은) 무심한 사름은 이렇게 구들 방안
에 가만이 앉아서 밥 허여다 주민 먹음만 하고 너무 무심했습니다. 허니.
어떻게 해여서 이제 장은 지날라고 하십니까?" 먼저 말을 하니 이제는
대답을, '하, 이렇게 훌륭한[웃으면서] 인물을 내가 그냥 그 옥방살이 모
냥에(모양으로) 살리면서 한 번 돌아보도 아녀졌구나.' 허여 가지고 이젠
말하기를, 참, "그 아무 지서도 청하고 아무 지서도 청하고 허다가." 참,
바른 대로 말했디. "내가 생각은 허연 보니 아아, 당신이 얼굴이 그렇게도
보기 싫을지언정 이러한 부모상을 만나고 큰 일을 닥쳐도 이논 못하는
것은 내가 큰 죄다 해서 오늘은 들어왔노라." "아이, 그럴 겁니다. 절부떠
(저부터) 먼저 가서 이논할 것을 내, 저가 이제 잘못했습니다. 하는디
지서를 그 지서 저 지서 청허였자 안됩니다. 아무 지서 하나만 청허고,
청헤여서 어딜 가서 산을(묏자리를) 보느냐 하며는 내가 올 때에 그 높다
한 본대기로 거, 저, 소피하겠다고 허연 올라가지 아넙니까? 그 봉대기에,
그 오래 앉아난 딜(앉았던 데를) 가아 가지고, 에 그자, 이음이(조금 오래)
앉앙 놀암시며는(놀고 있으면) 그 지서가 말을 아녀하,[말을 취소하고]
어, 말을 하나 또, 말을 아니 하거들란(아니 하거든), '여긔 어떠합니까?'
고 허여서 물어보라"고. "경해서(그리해서) 하며는 그 때 깨달아 가지고
그 지서가 그 자리를 정허여 줄 것이고, 또 에, 택일을 어딜 가서 허여
올 것 같으냐 하며는 저 아무 산 중에 사는 그 늙은 백 쉰 난 중이 이시니

그 중안티 가서 택일을 헤여 오라야(해 와야) 할 것입니다." 한디, 아이,
참, 트망에(틈에) 오꽃 떨어 부려졌저(떨어져 버렸다.) 말하다 보민 떨어
진다.[라고 해서 중간에 이야기가 빠졌음을 말하고] (웃음) 그 부인을
그 상 만났다고 허여서 이논할라고 들어간 데 아이라. (음.) 그 하님년
보고 그 부인이 한 말이, "지서를 만이 청허여 뎅긴다 하니 반찬은 내가
당할 테이니 그대로 가서 이제 마누라. 그 마누라님께 여쭈어라." 겨난(그
러니) 그대로 가네(가서) 이젠, "나리님, 이제 그 참, 부인되는 그 신부
어른이 이렇게 이렇게 말합니다." "그러 건 그리 하라. 그게 어떤 수단으
로 반찬을 당한다 하더냐?" 지서를 열 청허여 오고 스물을 청헤어 오고,
아, 그, 숭어를 이제 잡아가지고 해서 내어 노는디, 지서를 청허여 오는디
(오는지) 멋사(무엇이야) 청허는디, 방안에 가만이 앉으니 멧이사(몇이
야) 청허여 오는디 모르는디, 그 사름 쉬정을 알아가지고 하나 국 끌리고,
하나 따악 그 반찬으로 구어 놓게끔 그 쉬정을 따악 체와. 열을 빌며는
열 직시 따악 체와 놔, 수물을 빌민 수물 직시 따악 그자, 하나 굽국(굽고)
하나 국 꿀리게끔 허여서 두썩(두 개씩) 딱딱 헤영, 하나 남도 아이곡(아
니 하고) 부죽도 아이게(아니 하게), 이제 단 하나를 청한 땐 또 하나
직시 경허고(그리 하고), (방안에 앉은채로요?) 앉아두서24) 경허니(그리
하니), "거 이상하다. 이제 하님년가라(종년더러) 이제, 하 물어봐야겠
다." "그 여자가 거 어떻게 어떻게 하여서 이 반찬을 하여 오느냐?" "모르
겠습니다. 거 저, 보면은 그자 그 바구니를 하나 가지고 가서 그자 절,
절(물결), 그 저 바당물(바닷물), 바당 가으로(바닷가로), 이제 가 가지고
그자 바당 결이(바다 물결이) 그자 추울락하는 통엔 드자 바구니로 포옥
거리먼 그 숭어 한 바구니썩(한바구니씩) 잡아옵니다." "하, 그러냐?"
'이렇게 훌륭헌 부인을 그냥 옥방살이 모냥에(모양으로) 가두와 나 두고

---

24) 앉아서, 앉은 채로.

(놓아 두고) 나는 돌아보도 아녀서(아니 해서) 이거 내가 큰 죄를 지어졌다.' 고 허여, 그 때에 참 들어간 보니, 아잇, 당추 그 얼굴은 어디야 갔는디, 그만 원, 그 변색을 해서 그 참 천하 미인이 되었거든. 경한디(그랬는데), 어, 그 때엔 참 그렇게 이논해연 하니, "그 참, 지서하그네 그, 그 지서 저 지서 청해 밧던들(청해 봐도) 소용이 웃고(없고), 아무 지설 청해여그네(청해서) 하곡, 그 참, 백십난 그 중신디(중한테) 강(가서) 택일을 해어 오라. 해어오라야(해 와야) 합니다." 허연, 그대로 해어네(해서) 참 거 놉다한(높은) 봉대기에 그, 이음이 앉안 놀아난 딜(놀아난 데를) 가네(가서) 하니, 지서가 말을 아녀여(아니해). 그자 영(이렇게) 사방더레(사방으로) 살핌만(살피기만) 해연, 그자 잠잠허여네(잠잠해서) 멧 시간을 맞아 바도 원 말을 아녀니(안하니), "여기에 어떠합니까?" "게메(글세, 나도 말을 할까 말까, 여기 테왔는가[25] 말았는가 해서 말을 목했노라. 여기 좋다. 산만 테와시민 아주 좋다. 조선 팔도 강산에 벨네(별로) 이보단 좋은 디가 어디 합니까?" "에, 게믄(그러면) 자리[26]는 어디 합니까?" "여기 좋다." 해서 자리 따악 정해연 참 제열[27]해 두고 나려오란(내려와서) 이젠 어느 산 중에 백 쉰 난 중은 산다고, 이제 말을 들어서, 이젠 찾아간(찾아가서) 택일 할라고 하니 택일을 해줘야지. "머, 택일하는 그 전문가가 만하고(많고) 만허여서 선생덜토 만한디, 나 같은 늙이신디 먼 택일을 하레 왔느냐?" 이젠 암만 사정해봐도 아니 해 준다 말이여. 아, 사실대로 그제는 원 토팔 아녈(아니 할) 수가 읍서(없어). 이거 택일을 아녀주니(아니 해주니). "이렇게 이렇게 보통 사름 아닌 우리 부인이 있습니다. 하니 그 부인의 지시대로 왔으니 할 수 읍이 선생이 택일을 허여 달라." 고 하니, "그러면 할 수 읍다." 고 해서 거기서 택일을 해여네(해서), "한데,

---

25) 타고 났는가. '여기에 묘를 쓸 수 있는 운명을 타고 났는가'의 뜻.
26) 묘를 쓸 정혈 자리.
27) '제열' 이라고 함은 정혈을 잡아 하관할 위치와 방위를 정하는 것.

아멧던가(어쩌했든가) 그자, 우리 나라서 명현 하나은 나겠다.” 고, 경해
네(그리 해서) 택일하는 그 중도 말허연(말해). 거기 장을 했는디, 장한
지 후제(장사한 후에) 참, 그 허미수 아방이(아버지가) 그디(거기) 들어텡
여네28) [조사자 : 웃음] 미수 선생을 유태 가전 나았는디, (음, 본처에
났구나.) 에, 그 제라한, 참, 그 튼 처에 났주(낳았지). 낫는디, 참, 공부
처음은 참, 막히더라 허여. 글쎄 한 번은29) 천 번을 말아 줘사(말해 주어
야) 알더라 허여. [조사자 : 아] 허였는디 터짐 시작허난(터지기 시작하니)
이건 참, 머, 막 터젼(터졌어). 해연 참 훌륭케 됐는디. 그 선생이 어떵
했느냐 하면은 아산현감으로 그 베슬을 얻어가지고 아산현감으로 살아
나서(살았었어). 살 때에다가, 아마 그 어느 바당(바다) 가까운 딘 모냥이
여. 한디 바당에 물이 부꺼가지고 이제 하며는, 이 고을 참, 사름이 멧
개 죽고, 이제 토지를 망친다고 해서, 비석을 허여네 새기는디, 둘을 해서
새겨가지고, 하나는 그 허미수 선생이 그 사는 관사, 그, 마리(마루) 아래
곱져 두고(숨겨 두고), 하나는 거 간(가서) 세우니, 그 물이 아명 부꺼도
그데(거기로) 올라온들(올라오지를) 아이더라 하여 (아니더라 해). 하니,
그 때에도 당파가 만헤여서(많아서) 한디, 그 곱져 둔(숨겨 둔) 건어떠냐
하며는 후세에 그 비석을 딴 당에서 베슬해서 오면은 무찔러 분다고,
결해서 그 하나는 곱져 둔거라 말이여. 하니, 아닌게 아이라, 이제 딴
들로(딴 데로) 요새 말로 하민 발행 나가지고 가 부리니 참 그, 현감이
들어오랐다 말이여. 들어오니, 딴 당이라노니. “이건 머 요망하게 이디(여
기) 머, 비석을 머 새왔느냐?” 고 해서 그민 부찔러 부렸다 말이여. 뒷날
또 뒷날 되어가니 와할락 부끄대연30) 그냥 그 고을이 참 망해여, 토지도
막 손상으 시키고 하니, 하, 이젠 누게가(누구가) 이제 그, “허미수 선생이

---

28) 큰 처에게 출입해서.
29) 한 자(글자)를 이라고 할 것을 잘못 발음한 듯 싶음.
30) 부풀어서, 해일이 넘쳐서.

그렇게 한, 그 기묘한 그 술을 가진 선생이 해연 세운 것을 무찔러 버리니 기영….” “그러나, 그러거들란 그대로 또 새겨서 세우라.” 고 하되 그대로 새견 세우니 될 게 머여(뭣이야). 머, 그대로 그자 막 부꺼대니. 경허니 이젠 할 수 읍이 이젠 고을은 망해여 가고 이논을 갔지. 간 하니, “그럴 줄 아랑쓰노라. 그럴 줄 알아서 내가 둘을 해어네 하나는 그 관사 마리 아래(마루 아래) 곱전(숨겨) 놔 뒤시니(놓아 두었으니) 걸 다시 가서 세워 보면 알 도레가 있을 것이라.” 고. 또 그대로 그 선생이 맨든 비석은 앗단 (가져다) 세우니, 그 물이 머 까딱 아녀서(아니 해서) 되었다고. 경한 선생 인디, 한디, 어떻게 했느냐 허며는, 또 그 때에 허적이라고, 그 허적이도 정승까지도 올라갔어. 허적이가 조곰 건방 건방.[31] 사춘 아주. 허미수 선생 사춘인디, 어느 절간에 간(가서) 공부를 하는디, 보니 중 하나가 그자 느량(항상) 보민 눈물로 낯을(얼굴을) 씻어 눈물이 다알 달달달달. 들구(계속) 울어. 그 때엔 그, 이 우리 참, 유교 선배덜은 양반이고, 중은 쌍놈이랐거든(쌍놈이었거든). 경하니, 이 “어째 우느냐?” “그런 것이 아 이라, 이 굴이, 저 뱀, 큰 붉은 뱀이 사는디 그 놈의 뱀에 조화로 해여가지 고 이제, 한 멧 해에 한 번씩 그자, 중 하나를 들러먹지 못하면 큰 곤란을 시키니, 이번은 내가 들어갈 차례가 되니 내 목숨을 잃으게 되니 울지 아일(아니 할) 수가 읍다(없다).” 고. “그러냐.” 고 핸 선배가 명령 내리우 민 원, 중들은 머 쌍놈덜이라 원 까딱 해어 볼 수가 없더라 허여. “남(나무) 멧 통 어딜 갔던지 준비하라. 낭 멧 통을 해 들이라.” 허여 놓고, “지름 멧 통 이제 준비허여 들이라.” 하니, 그 머, 선배의 명령이라 원, 명령을 걸 수가(거역할 수가) 읍다 말이여. 만딱(모드) 찰련(차려서) 이제는, “그 디 가 낭(나무를) 싸이고 지름을 비와 놔서(부어 놓아서) 그디(거기) 그 굴에 불을 살르라!”[32] 살라네, 마악 불을 부떤(불어서) 머, 나뭇이 저,

---

31) ‘건방지다’의 어미가 줄어진 것.
32) 불사르라. 불을 질러라.

천지가 캄캄하게 불이 붙어서, 한디, 그 굴 안으로 먼 빨간 불이 솟아난 어드레(어디로) 가거든. "머 그저 기영 허여신가?" 그저 그 뿐이여. 허였는디, 허미수는 그것부터 알아 부렀어. 집에 가네(가서), "네 멀 하젠 그, 아니 된 것을 죽였느냐? 큰일 났다. 너 장개를 못갈 것이라. 장개는 가면 집이 망할 테이니까니 장개를 가지 말라." 고 하니, 에, 장갠 아이 갈 수가 있시어(있어)? 할 수 읍이 허연 간 한디, "거 가지 말라고 하되 이거 아이 갈 수도 엇고(없고), 장개는 이젠 벌써 가안 놓고, 유태를 가져서 아이를 낳게 되거들랑 나신디(나한테) 똑 전기허여 달라." "그렇겠노라." 허여서 전기핸 이젠 간 보니, 막 사못 참, 아인 해산하게 되어네, 이젠 나안(낳았어). 낳았는디. "큰 동이에 물을 떠 오라." 물 떠오니 아잉 그디 들이치니까니 아, 거 방금 난 아이가 물에 촬촬촬촬 희거든(헤엄치거든). (아, 와!) "이것 보라. 이거 뱀 정기 아이냐. [조사자 : 웃음] 이 놈 놔 두민 집 망할 거니까니 강물에 강(가서) 던져 불라(던져 버리라)." "형님 말 듣겠습니다." 고 허여네(해서) 하적이가 그냥 그 말을 들어서 강물에 간 던져부려. 돌 갈아매연 들이쳔 나오도 못하게 허연. 참 희여도 못하게 허연 죽여부런(죽여버렸어). "또 유태를 가져서 이제 또 낳게 되거들랑 전기하라." 또 하니, 또 가서, "이번도 죽여! 이번도 가서 던져불라." 고 시 번찌는(세 번째는) 전기허여 간 보니 또 나서(낳았어). 하니 그 암만 사정이 주만네 원 뱀 정기지만네 원 사름의 새끼를 너무 경 할 수가 업다 말이여. "이거 사정이 딱하니 할 수 읍다." 허연. 내버려 둔댄(내버려 둔다고). 그대로 내부런(내버렸어). 이 아이가 참 상당이 얌전하고, 참 훌륭해여. 그 공부도 참 막 잘하고, 해서 이제 참, 그자, 과걸 그자, 처음 조그마한 과거로 차차차차 올라가는 데 참, 이 제주도 지서로 된 그 구자춘이 참 그, 내무부 장관도 되영, 그 모냥에(모양으로) 이젠 정승 자리에 가았다 말이여. (어? 어! 웃음) 그 때에는 얌전함이랑(얌전하기는), 아이 그 때, 또 중간에 빠졌다. [이렇게 이야기를 수정하고.] 빠진 건 어떠냐 하면은 그 조캐(조카) 보고 이제 조캐가 어떵 했는댜 하면은 중간의 어디 과거 보래 가다네(가다가), 이제 아니, "그, 저, 니가 똑 나말대로 아니하민(아니 하면) 니 목숨도 일러 부릴(잃어버릴) 것이고 아이된다." 고, 그 조캥 늘 달래멍 이제 하니, 삼촌 말을 참 그 큰아방 말을 잘 들어. 잘 들었는디 한 번은 이제 과건가 어디 보래 가다가 아젠 날이 저물어 가지고 어쩐 집에 간(가서) 이제 불 싸진 디엔(켜진 데라고) 들어간(드렁가서) 이젠, 어기 주인을 멎언[33] 보니, 삼 홀에미가 사는 디여. 씨할망도 홀에미, 씨어멍도 홀에미, 메누리도 메에미, 삼홀에미가 사는디. (웃음) 거 간 이젠 밤을 자는디, 이제, 이제는 그 집에선 어떻게 했느냐 하면은 이젠 대는 ㄴ아전이 쓿어졌시니 아무 종이라도 들어쳐 가지고 이 제일, 그 어린, 그 신부 그, 메누리. (대만 이으려구요?) 응. 저, 그 아모 종으로나 인종이라도 들이청, 그자, 대만 이으젠 여산(생각)을 해서 이젠 그 여제를 그레(거기로) 디무니[34] 삼촌이 막 무신 생각 허여서 영 거절해 부렸다 말이여. 그 허미수 선생 무수완(무서워서). 이젠 또 무슨 잘못한 일을 했다고 거 우리 삼촌, 우리 큰아버진 휜이(환하게) 이제 귀신가찌 아는디, 알아가지고 할 테이니 이것을 영 거절한다고, 거절해연. 경(그래서) 나오라 부니 (나와 버리니) 길에서 삼홀에미가 만딱(모두) 자살핸 죽어부렸다 말이여. (자살해서 죽었어요?) 에, 에, 살째기 해도 그 큰아방은 훠언이 안다 말이여. 알거니 이건 알아서 가민 막 용하곡 따리곡 할 거난 그걸 무시여서(무사워서) 영 거절해 부렸다 말이여. 하니, 허연 이젠 죽었는디(죽었는지) 살았는디 건 몰랐는디, 머 가다가 머, 그 큰아방신디 오란, 머 큰아방이라> 참 오춘이지. 허, 허적이다가 그 허미수 사춘이난, 오춘이신디 오랑 이논하곡 무스거 허젠 머 들어오란 하니, "저레 가라. 보기 싫다." 고 허연. 이젠 먼 델로 업데면서, "아이고, 삼촌님, 무슨, 저의 죄를 모르겠습

---

33) '주인 멎다'란 '남의 집에 유숙하다.'의 뜻.
34) 들여 놓으니.

니다. 깨달어 주십서." 허여 먼 들로 업데연 하니, 이제, "들어오라." 들어
오라서 "너 오늘 살인을 했다." "하, 살인 아니했습니다." "네가 오는 도중
에, 그 저, 밤 자다가 사실 약시 약시한 일이 없느냐?" "아, 그렇습니다."
"왜 거, 거절했느냐?" (음.) "아, 저, 삼촌이 무사와서 그 삼촌님은 이렇게
아니끄니 또 무슨 욕을 할런가 몰라서 무수와서 거절을, 강제로 거절을
했습니다." "거, 홀에미덜 가 자살허연 시 홀에미가 다 죽었다. 이거 놈의
(남의) 종, 인종 하나토 데우지 아녔다고 허여서 그냥 다 자살허여 부렸
다." "거 살인한 거이 아이냐?" 고. 한디, 그 때에 어떻게 허였느냐 하면은
아, 과거는 반(봐서) 오단 또 들려시니, 하는 말이, 허미수가, "저어, 너
이거 너 아방하고 나는 사춘 형제지간이지만네 족보를 따로 하라. 너넨
너넨만 하곡, 난 나만 하곡 그렇게 해여겄다." 고 ㅎ새ㅓ 족볼 따로 메연
내어놨다 말이여. 내여 놓은 연훈 이제 어떻게 했느냐 하면은 허미수
선생은 이젠 니라에 멧 번 장계, 장곌 들어가지고 이 사춘을 떼여 데껴
부렸어(떼어 던져 버렸어). 그건 후에 어떻게 된 걸 훤이 알아 부렸다
말이여. (음.) 떼어 데껴둰(떼어 던져두고), 그자, 참, 그 사춘은 사춘대로
그자 쭈욱 그자, 그 족볼 맨들고 허적이 집인 그자 그대로 딴 족보를
해연 했는디, 그 과거를 해서 차차차차 경 올라가는 게 아마 정승 자리에
를 가아지니, 머 얌전하던 사름이 그만 마음이 딴 마음이 되어서, "머
아문들 머 뒤집엉 왕 노릇 하민 그만이라." 고, 머 뒤집나고 그만 뒤집어
엎으젠 하단 일이 아이되어서, (웃음) 그만 죽게 되니 삼종이 멀시길 꺼아
이라? 하니, 족보를 가가(가서) 조사허연 보니 대대 독신으로 그자 맷
대 내려오다가 그자 그 집 메기란(그 집 뿐이란) 말이여. "에, 에, 이 집도
맹랑하다." 핸 내 부련. 하니 허미순 살아난. (아!)

2008년 5월 10일, 서울시 관악구 인헌동 큰할아버지댁, 김상득(金相得,79), 김서영 조사.

73
연주현씨

대기만성한 현덕수(玄德秀)

조사자의 아버지인 구연자가 전부터 족보와 뿌리 찾기에 관심이 있어서 여러 자료도 읽어보고 친지들에게 전해들은 것이라고 하였다.

저기, 고려시대에, 저, 현덕수라는 분이 계셨어. 그 분이 우리 조상님인데, 이 분 아버지가 저기, 현담윤(玄覃胤)이야. 현담윤은 알아? 저기, 우리 시조되시는 분이야. 저기, 그래가지고 잉, 저, 현덕수라는 분이 이제 서울에 가가지고, 저기, 공부를 했거든? 근데 이 사람이 저기, 머리가 나빠서 그랬는지 어쨌는지 시험을 봤다 하면, 잉? 똑 떨어지는데? 그래서 해도 해도 안되니까이 병도 나고 해가지고, 저기, 집으로 돌아갔어. 갔는데 나라에 일이 난 거야. 저기, 어떤 놈이 난을 일으켰는데[1], 잉? 저기, 해가지고 저기, 현담윤 장군이랑 현덕수가 힘을 합처 가지고, 저기를 다 물리

---

1) 고려 명종 4년(1174)에 일어난 조위총(趙位寵)의 난을 말함.

치고 공을 세워가지고, 둘이서 관리도 하고 그랬다는 얘기야.

2006년 5월 27일, 서울시 신도림동 대림 아파트 902동 1202호,
현도길(51), 현주연 조사.

나서서 나라 지킨 현담윤(玄覃胤)

조사자의 아버지인 구연자가 전부터 족보와 뿌리 찾기에 관심이 있어
서 여러 자료도 읽어보고 친지들에게 전해들은 것이라고 하였다.

저기, 현담윤이라는 분이, 우리 최고, 저기, 시조이신데, 이 사람이 저
기, 고려시대 사람이야. 이 사람이 또 머리가 좋아가지고 책도 많이 읽고
그랬거든? 근데 책만 읽다가, 저기, 이래서는 안 되겠다 싶어가지고, 나라
가 이제 어지러우니깐 잉? 책은 그만보고 저기 해야겠다 생각한 거야.
이. 그때 당시에 고려에, 막, 저기, 가 처들어 와가지고 난리가 나있는데
잉. 저기, 이제 나가서 싸운 거지. 그래가지고 나중에 잉. 인자 이기고
나서 왕이 관직을 주고, 저기랑 결혼도 하게 해주고 그랬던 거야. 잉.

2006년 5월 27일, 서울시 신도림동 대림 아파트 902동 1202호,
현도길(51), 현주연 조사.

南陽洪氏

74
남양홍씨

어린 시절의 홍경래(洪景來)

조사자의 아버지인 구연자가 문헌을 통해 알게 된 이야기라고 하였다.

예전에, 학교에서 '홍경래의 난' 이라고 배웠었지? 응? 그 홍경래 얘긴데, 조선시대 때 홍경래라는 사람이 있었단 말이야. 그런데 그 사람이 말이야. 어렸을 때 얘긴데, 홍경래가 어렸을 때, 그러니까 한참 서당에 다닐 무렵에, 서당에서 훈장한테 글을 배우고 있었단 말이야. 응? 근데 훈장이 어떤 걸 가르치고 있었냐면, 중국에 진시황 있지? 진시황을 암살하려다가 죽은 사람이 있었는데, 형가라는 사람인데, 그 사람이 진시황을 죽이려다가 잡혀서 죽었었지. 그래서 훈장이 홍경래한테 그 죽은 형가, 응? "그 자객을 두고 시를 지어보아라." 한 거지. 근데 이때 홍경래가 지은 싯구가 뭐였느냐 하면, 음, "추풍역수장사권이요, 백일함양천자두[1]

---

1) 추풍역수장사권(秋風易水壯士拳) 백일함양천자두(白日咸陽天子頭). 서당 훈장이 "가을바람은 역수 장사(형가)의 주먹이요, 빛나는 태양은 함양에 있는 천자의 머리이

를” 이라고 했을 꺼야. 가만 있자. 그게, 음, (책을 통해 확인) 그래. 그렇게 시를 읊었는데 응? 그 훈장이, 그 홍경래가 읊은 시를 따라서 그냥 읽어봤어. 근데, 이래. 홍경래가 갑자기 훈장한테 “그건 아니다. 그렇게 읽는 게 아니다.” 그러면서 다시 읊어보는데, 주먹으로 바닥을 쿵쿵 치면서 읊은 게 그 기백이 장난이 아닌 거야. 하하하하. 그 시 내용이 뭐였냐면, 이래. “그 형가의 주먹으로 중국천자 머리를 박살내겠다.” 뭐 이런 내용이 었어. 근데 그걸 그래 읊었으니, 기백이 넘쳐났던 거지. 그걸 보고 훈장이 “나는 더 이상 너를 못 가르치겠다.” 그러고 도망갔대. 홍경래 그 사람은 이래 대단하지. 어릴 적부터, 응? 보통 사람이 아니었던 거야. 그러니까 나중에 난도 일으키고 했었지.

2006년 4월 8일, 서울시 양천구 신정동 우리집, 홍성태(洪性泰,50), 홍서연 조사.

어두운 역사 속의 홍규(洪奎)

조사자의 아버지인 구연자가 어릴 때 할아버지(나의 증조부)께 들었다고 하였다.

이번 얘기는, 아마 고려, 시대 때? 응. 고려, 그, 응. 그, 누구 왕 때냐? 어쨌든. 홍(洪)자 규(奎)자 쓰는 분이 있었지. 근데 그때 고려에서 당시에 처녀들을 뽑아서 원나라로 보냈었단 말이야. 이래, 그 당시에는 원나라에 공물도 보내고, 해서 여자들을 뽑아서 보내고 했는데, 그때 이 홍규라는

다”라고 풀이하자, 홍경래는 “가을바람 부는데 역수 장사의 주먹으로, 대낮 함양 천자의 머리를 친다.”라고 달리 풀이했다는 이야기임.

사람이, 응? 높은 직위에 있는 사람이었단 말이야. 이래, 근데 그때 대신들 딸이건 서민들 딸이건 상관없이 그냥 다 보내버렸었단 말이야. 그래서 이 홍규라는 사람이 자기 딸은 보내기 싫잖아. 그치? 그래, 안 그래? (그래요.) 그지. 그래서 안 보내려고 머리를 빡빡 깎아버린 거야. 하하. 근데 이게 들키지 않았으면 괜찮았을 텐데, 그게 딱 들켜버린 거야. 그래서 어땠겠어? 이래, 재산은 다 뺏기고, 응? 심지어 귀양까지 가게 된 거야. 이게, 응. 한 나라의 대신이었단 말이야. 이 홍규라는 사람이? 근데, 이래 한 나라의 대신이라는 사람도 자기 딸을 못 지키고, 지키지 못해서 뺏기고, 재산은 다아 몰수당하고 자기는 귀양 가고 그랬었다구. 이게 응? 얼마나 안타까운 일이야. 그러니까 나라에는 힘이 있어야 되는 거야. 응? 아빠가 아는 얘기는 이것밖에 없는데? 응? 응. 끝이야. 하하하.

2006년 5월 7일, 서울시 양천구 신정동 우리집, 홍성태(洪性泰,50), 홍서연 조사.

홍건적의 난과 홍언박(洪彦博)

조사자의 할아버지인 구연자가 어릴 때 들었던 이야기인데, 정확히 누구에게 들었는지는 기억이 나지 않는다고 하였다.

아가, 오느라고 힘들었지? 응, 어디 보자. 이 할애비도 아는 게 별로 없는데. 허허, 가만있어봐. 에, 우선 고려시대 때 얘기부터 해볼까? 흐음, 그러니까 말이야. 그 홍규라는 사람 얘기는, 아아, 들었다고 그랬나? 애비가 했구만. 허허허. 그럼 다른 사람이, 음, 홍 언(彦)자 박(博)자 쓰시던 분이 있었단 말이야? 근데 이 분이 거 언제 적 분이냐, 하면 그러니까 말이야? 공민왕 때. 공민왕 알지? 그래. 응, 공민왕 때 홍건적의 난이라고 일어났었단 말이야? 그러니까 말이야. 그때 중국 원나라에서 내려와 가지고 난을 일으킨 거야. 응. 근데 이, 이때 다 서울을 버리고, 응? 서울을 버리고 피난을 가야된다고 그런 거지? 근데 이때 이 홍언박이라는 사람만, 그러니까 서울을 지켜야 된다고 했던 거야. 근데 이, 결국은 서울을 떠나야 되서 응? 왕을 따라서 같이 떠났었어? 그래서 말이야. 그때 그 홍언박이라는 분이 "경비를 줄여라." 하고, "그런 건 안 된다." 하고 충언을 아끼질 않았던 거야? 그렇지? 충언이지? 그래서 민심이 안정이 되고, 홍건적의 난, 그것도 이제 안정이 되고 그랬던 거야. 그러니까 말이야 그때는 그렇게 세상이 어려웠는데 이 홍언박이라는 분이 크게 일을 하셨던 거야.

2006년 5월 7일, 강원도 원주시 할아버지댁, 홍은식(洪恩植,71), 홍서연 조사.

나라를 구한 홍순언(洪純彦)

조사자의 할아버지인 구연자가 문헌을 통해 알게 되었다고 하였다.

이제 유명한 얘기를 해보자. 허허허, 이 분은, 그래. 이 분은 조선 때 분인데, 이 분이 홍 순(純)자 언(彦)자 쓰시던 분인데, 그러니까 이 분이 젊었을 때 일이야. 이 사람이 그, 지금으로 말하면 통역 같은 거 있지? 외교활동 같은 거 하면서 통역하고 했단 말이야? 근데 이 사람이 연나라에 갔었어어? 그러니까 말이야, 그때 그 사람이 술집에를 갔었는데, 어떤 여자가 상복을 입고 있었단 말이야. 그래서 이 사람이 "왜 상복을 입고 있느냐?” 하니까 그 여자가 그래. 응? “부모가 원래 벼슬을 하다가 다 죽었다.”는 거야. 그러니까, 근데 이 여자가 “가난해서 장례를 못 지낸다.” 하는 거야? 그래서 자기가 몸을 팔아서 돈을 번다고 그런 거야. 그래서 그 사람이 “얼마나 필요하냐?” 해서 그 돈을 준 거야. 근데 그게, 그 돈이 엄청나게 많았지. 근데 그, 그 순결은, 허허허허, 그건 보장을 해주었다. 그런 말이야? 그걸 어떻게 감당했을 꺼야. 그래서 말이야, 그러고 나서 응? 몇 년 뒤에 그 사람이 중국에 갈 일이 있었는데? 사람들이 그 사람을 기다리고 있는 거야? 그러니까 말이야. 그게 어찌 된 일이냐. 그게 그때 그 여자가, 요즘으로 치면 그, 장관 정도 되는 양반의 아내가 돼 있는 거야? 그래서 은혜를 갚는다고 그런 거지. 그래서 그 뒤로 양국의 문제가 수월하게 풀렸어? 근데 그게 그래가지고서는, 그 뒤에 임진왜란이 일어났어? 그러니까 말이야 그때, 거기서 후원병도 보내주고 해서, 도움을 크게 받은 거지? 그래서 말이야, 이 분이 나라가 어려울 때 크게 도움을 주신 분이었지.

2006년 5월 7일, 강원도 원주시 할아버지댁, 홍은식(洪恩植,71), 홍서연 조사.

청렴결백한 홍명구(洪命耉)

조사자의 할아버지인 구연자가 어릴 때 들은 이야기라고 하였다.

날씨가 좋다. 그치? 으음, 이 얘기는 명심보감, 알지? 응응. 그래. 거기 실려 있는 일화야. 그래. 허허, 시작해볼까? 그, 그래. 홍명구라는 분이 계셨어. 근데 이 분은 충렬이라는 호를 갖으신 분이었는데. 그래, 이 분

집에 도둑이 들었단 말이야? 그러니까 말이야, 그래. 그, 도둑이 들어왔는데 글쎄 솥뚜껑에? 응, 솥뚜껑에 먼지가 앉아있었던 거야. 허허허. 그래 도둑이 그걸 보고 돈 꾸러밀 두고 간 거야? 훔치러 와서 두고 간 거야. 허허허, 그래서 그때 다음날이 돼서, 그래. 이 홍명구, 이 분이 그걸 보고 방을 써 붙였는데, 그게 '돈을 잃어버린 사람은 찾아가라.' 이런 내용이었단 말이야? 그래 이 얼마나 청렴한 분이시냐 말이야? 응? 허허허허, 사람은 작은 일을 보고도 그 사람의, 그 됨됨이를 알 수 있는 거야. 자아, 이제 내려가자?

2006년 5월 8일, 강원도 원주시 할아버지댁 뒷산의 정자, 홍은식(洪恩植,71), 홍서연 조사.

남양홍씨의 유래

조사자의 아버지인 구연자가 예전에 할아버지에게 들었다고 하였다.

(아빠, 내가 조사하다보니까 남양홍씨가 당홍계하고 토홍계하고 나뉘던데, 그게 어떻게 된 거야?) 그게 어떻게 된 거냐하면, 아빠도 들은 거라 정확하진 않은데, 그게 뭐냐면, 남양이 옛날에 당성이었대. 당홍이 그러니깐, 당성홍씨라는 말이었던 거지. 그리고 그 당성이 나중에 남양이라는 지명으로 바뀌어서 우리 본관이 남양이 된 거야. 남양 홍. 아, 그런데 당홍이라는 말이 당나라에서 귀화한 홍씨라는 말이 있기도 하고. (그럼 토홍계는?) 글쎄, 토홍계는 잘 모르겠네. 아무튼 우리는 당홍계야. 너네 할아버지가 홍겸식, 아마 삼십사 대손이고, 아빠하고 너네 작은 아빠가 '성'자 돌림이야. (어? 그러네. 여기 항렬표 보니까 34 표, 식 35 성, 지

36 기, 의. 오빠가 홍진의니까 딱 떨어지네. 신기하다, 오와! (함께 웃음))

2007년 5월 26일, 인천시 남동구 구월1동 우리집, 홍성원(洪性元,53), 홍미정 조사.

고려 개국공신 홍은열(洪殷悅)

조사자의 아버지인 구연자가 예전에 할아버지에게 들었다고 하였다.

그 남양이 지금은 경기도 화성 알지? 거기 화성군 일대야. 우리는 고려 개국공신 홍은열이 중시조로 1세 조상이 돼. 홍은열은 원래 이름이 홍유였는데, 고려 개국에 크게 공을 세워서 태조가 이름을 은열로 하사한 거야. 그 은나라의 '부열[2]' 같다고 해서. 그는 고려 태조 왕건의 오른팔이었어.

2007년 5월 26일, 인천시 남동구 구월1동 우리집, 홍성원(洪性元,53), 홍미정 조사.

조선 남아 홍순언

조사자의 아버지인 구연자가 예전에 할아버지에게 들었다고 하였다.

당홍 인물의 일화 가운데 가장 유명한 것은 홍순언의 일화야. 홍순언이 젊었을 때 연나라에 가게 되었는데, 어느 날은 술집을 찾아갔어. 거기서

---

2) 중국 고대 은(殷)나라의 명재상인 부열(傅悅).

홍순언은 한 여인을 만났는데, 그 여인은 벼슬하던 부모가 갑자기 죽었는데 집이 가난하여 장례를 치를 방법이 없어서 몸을 팔고 있었어. 그래서 홍순언은 그 여인에게 자기가 대신 그 비용을 줬어. 그 여자의 순결도 보장해주고. 그러다가 몇 년 후에 국가의 일로 중국을 가게 됐는데, 그곳에서 예전의 그 여자를 만나게 되고 그 여자의 도움으로 일을 무사히 해결하게 돼. 남자다운 기상이 빛을 발한 거지. 그리고 그 후에는 일본이 우리나라를 침략하는 것을 중국의 후원병으로 무사히 물리치게 돼, 임진왜란 때. 홍순원은 국가 흥망이 좌우 될 때마다 큰 공헌을 세운 거지.

2007년 5월 26일, 인천시 남동구 구월1동 우리집, 홍성원(洪性元,53), 홍미정 조사.

혁명아 홍경래

조사자의 아버지인 구연자가 예전에 할아버지에게 들었다고 하였다.

홍경래의 난 알지? 걔의 어릴 적 일화가 하나 있는데, 홍경래는 어려서 서당에서 훈장에게 글을 배웠어. 어느 날은 훈장이 진시황을 암살하려다 잡혀 죽은 형가를 두고 시를 지으라는 말에, 시를 지었는데 훈장은 그 시를 뜻 없이 흥얼거렸어. 그런데 홍경래는 화가 난거야. "선생님, 그렇게 읽는 게 아니라."고. 홍경래는 다시 시를 읽으며 분노에 차 방바닥을 내리쳤대. 이에 훈장은 무서워서 도망쳤다는 얘기가 있어. 아무튼 그 후 홍경래는 과거에도 응시했지만 낙방하고, 세도정치와 당쟁과 지역차별에 속속들이 병든 조선을 바로잡는 길은 혁명밖에 없다고 생각하고 과거를 단념하고 산으로 들어갔어. 그리고는 군사훈련을 실시했지. 부자들도 포섭하여 자금을 대게 하면서. 드디어 천파랙십일 년(순조11) 극심한 흉년으로 인심이 혼란해지자, 십이월에 혁명을 일으켰어. 하지만 끝내 한계를 맞이하지. 그래도 기층사회에서 성장한 인물로 대규모의 항쟁을 주도한 점에서 중세사회의 극복에 중요한 단계를 이룬 인물이야.

2007년 5월 26일, 인천시 남동구 구월1동 우리집, 홍성원(洪性元,53), 홍미정 조사.

고려의 명필 홍관(洪灌)

남양홍씨 남양군파 마천공계 종친회장인 구연자가 평소 알고 있던 이야기라며 들려주었다.

고려 때 빼놓을 수 없는 남양홍씨 인물은 중시조의 육 세손 홍관 어른이지요. 고려 인종 사년(1126년)이던가, 이자겸의 난 때 임금을 호위하다가 척준경의 무리에게 살해되어 순절한 분인데 학문으로 보거나 충절로 봐도 정몽주 선생과 맞먹는 당대의 인물이랍니다. 홍관은 신라 김생(金生)의 필법을 이어 당대의 명필로 꼽힙니다. 숙종 때 왕명에 의해 집상전의 편액과 회경전의 병풍에 서경(書經) 무일편을 썼구요, 해동역사에 보면 보문각, 청연각의 글씨를 비롯해 보전화루의 병풍과 편액도 그 어른이 남긴 필적이라고 전합니다.

2007년 5월 26일, 남양홍씨 남양군파 마천공계 종친회 사무실, 홍순교, 홍미정 조사.

남양홍씨 가문

조사자의 어머니인 구연자가 어려서 아버지(외할아버지)로부터 들은
이야기라고 하였다.

엄마? 엄마는 남양홍씨지. 남양홍씨 시조가 누구냐고? 홍은열이라는
분일 걸? 얘, 엄마도 자세히는 모르겠다. 어, 그건 엄마 아빠한테 들었어.
고려, 조선 때 남양홍씨에서 예조판서도 지내고, 업적 남겼던 분들이 많
았대더라. 아, 그리고 되게 잘사는 가문이었어, 홍씨가. 그 십대 가문에
들었었을 걸? 지금도 몰라서 그렇지, 남양홍씨 사람들 되게 많아. 홍씨면
거의 남양홍씨일 걸. 응, 그럴 거야. 홍씨는 남양홍씨 하나 있는 걸로
알고 있는데. 진주강씨는 강씨 고집 센 걸로 유명한데, 남양홍씨는 차분
하고 온화해서 잘 모르나보다?(웃음)

2009년 5월 27일, 우리집 거실, 홍수연(洪水妍,45), 강영선 조사.

남양홍씨의 팔효문(八孝門)

구연자는 남양홍씨 인터넷 카페에서 활동하고 있는 분으로, 실시간
대화를 통해 조사의 취지를 알리고 전화 연결을 해서 들었다.

남양홍씨에 대해 들려줄 게 뭐가 있나? 아, 팔효문이라고 들어봤어요?
팔효문을 정려문이라고 부르기도 하는데, 이 팔효문은 조선 후기에 남양
홍씨 문중의 효행을 기리기 위해 세웠던 것이에요. 충신이나 효자, 열녀

의 행실을 알리기 위해 세우는 것 같이 말이에요. 이 팔효문이 옛날에 한국 전쟁 때인가, 그때 없어져서 다시 지어진 것이라고 해요. 팔효문이 기리는 사람들, 그러니까 남양홍씨 사람들은 부모님을 잘 봉양하고 효행이 지극했었어요. (네에. 그럼 이 팔효문은 지금 어디에 남아있나요?) 아, 이 팔효문은 거기, 경기도 연천군에 남아있어요.

2009년 5월 28일, 전화 통화로 구연, 홍종순(洪種順), 강영선 조사.

남양홍씨 시조 홍은열

조사자의 할아버지인 구연자가 아버지(증조할아버지)에게 들었다고 하였다.

홍씨가 어디서 왔냐면 고구려, 고구려 영류왕 때 당나라 사신 홍은열[3]이가, 어, 으, 온, 와가지고, 온 후손이 그 남양홍씨야, 응? 그 남양홍씨는 경기도 화성군 남양군에, 에, 해안가가 있거든? 중국에서 배 타고 왕래하기 좋은 곳에. 근데 그 홍은열이가 누구냐면은 고구려, 고려 개국공신이야, 응? 고려, 고려 개국공신. 근데 그 후손들이 지금 남양홍씨인데, 우리 홍씨는 중랑장파 후손이야. 그 파가 몇 개 있는데, 중랑장파 후손인데, 조선시대 때 응? 과거급제를 많이 했는데, 전주이씨가 최고 많고, 파평윤씨 고 다음에, 세 번째로 남양홍씨가 과거 급제 제일 많이 해가지고 중앙, 응, 응, 집권에 그냥 기여를 했단 말야. 그래서 조선시대 때 응? 홍국영[4]

---

3) 고구려 때 사신으로 온 인물은 홍천하(洪天河)이고, 그 후손으로 고려 건국에 공을 세운이가 홍은열임. 홍은열은 남양홍씨 당홍계(唐洪系)의 중시조로 알려져 있음.

이 대표적인 세도정치로 인해서 홍씨 가문에 의한 중앙정치를 응? 워, 워, 엄청나게 오랫동안 했단 말야. 그래서 홍, 홍국영이 세도정치 해가지고 이제 혜경궁 홍씨5)하고 다 나오잖아? 홍봉한6)이 그때 인제, 그 세도정치를 하게 되니까, 그때 막 중앙에서 싸움이 벌어져가지고, 홍씨들이 지방으로 많이 쫓겨나가, 와, 응? 그, 그렇게 했던 세력인데, 조선시대 후기에 와서는 그 갑신정변을 일으킨 홍영식이가 있어, 어? 홍영식(洪英植)이가 초대 저거, 인제 우정총국을 만들었던 분인데, 삼일천하로 인해서 갑신정변 때 잉? 했다고 해서 이 사람이 쫓겨났지, 중앙에서. 그때부터 홍씨 가문이 조선 후기 때에 중앙, 공, 정치에서 다아 쫓겨나가지고, 우리 증조할아버지가 그, 그, 응? 삼촌이 충남 당진에 있는 면천현감으로 오, 왔는데, 따라왔어, 증조할아버지가 어린나이에. 그러고서 인제 거기 와서 삼촌이랑 살다가 인제 응? 그 후손이 인제 아버지가 됐고, 우리가 됐지.

2009년 4월 18일, 충청남도 당진군 합덕읍 할아버지댁, 홍순원(洪淳元,89), 홍정훈 조사.

---

4) 홍국영은 풍산(豊山)홍씨임.
5) 혜경궁 홍씨 또한 풍산홍씨임.
6) 홍봉한 또한 풍산홍씨임.

75
장수황씨

황희(黃喜) 정승

조사자의 어머니인 구연자가 이전에 구전 되어오던 것을 장수황씨 인
터넷을 보고 구체적으로 알게 되었다고 하였다.

이야기? (응.) 지금 해? (어.) 장수황씨 이야기라고 하면 황희 정승
있잖어. 어, 황희 정승이 장원급제를 했나? 그래가지고 어디 고을로 가는
중이었는데, 가다가 보니까 이 고을 사또가 어떤지, 음, 그러니까 정치를
잘하는 사또인지 아닌지가 궁금한 거야. 그래서 논에서 일하고 있는 사람
한테 물어 볼라고 하니까, 대놓고 말하기가 민망하셨든지 이렇게 말씀
하셨데. 아, 논에 소 두 마리가 일하고 있었던 거였고, 어, 뭐라고 하셨냐
면 농부한테 '그 두 마리 소 중에 어떤 소가 더 일을 잘합니까?' 이렇게
물어보셨는데, 농부가 가만 다가오더니 귀에다 속삭이면서 '오른쪽에 있
는 소가 일을 더 잘 합니다.' 하더라는 거야. (응.) 그래서 이상하잖아?
왜 그냥 말하지 않고 귓속말로 하는지, 그래서 물어봤는데, '왜 귓속말로

하냐?'고 물어본 거야. 어, 그러니까 농부가 하는 말이 '하찮은 미물도 자기 욕하는 걸 아는데 어떻게 소가 못 알아듣겠냐?'고 그러니까, 황희 정승이 거기서 깨달은 게 있어서 그 담부터 남 욕을 안 하고 다녔다고. (남 욕?) 아니 그렇게 말하면 좀 그렇고, 단어가 생각이 안 난다. 어! 허물을 말하지 않았다고, 뭐 그런 이야기가 있어. (또 다른 얘기는 없어?) 다른 거? (응.) 글쎄, 잘 생각 안 나는데. 뭐, 아! 동전을 하나 연못에 빠쳤는데 하인더러 '저거 가지고 오면 동전 3개를 주겠다.'고 하더래. 그래서 하인이 물을 퍼가매[7] 그 동전을 건졌더니 동전 3개를 주서서, 하인이 '왜 그러냐?'고 했던 거야. '왜 하나 가질라고 3개를 버리냐?'고 그랬더니, 황희 정승이 자기한테는 손해가 나지만 나라나 너한테는 이득이 되는 일이라고 했다는 말이 있어.(아!)

2006년 6월 11일, 경기도 안성시 금산동 주은청설아파트 103동 801호,
황정숙(黃貞淑,48), 안헌수 조사.

열녀 황씨려

구연자가 예전에 아버지(외할아버지)로부터 들었다고 하였다.

(어, 엄마, 이제 해.) 이건 되게 짧은 거야. 별로 안 길어. 이런 것도 해도 되냐?(응, 괜찮아.) 옛날에 황씨에 열녀가 있었는데, 이름이 황씨려? 뭐 그러했는데, 타고난 품성이 어찌나 온순했는지, 그리고 얌전하고 착해서 열일곱에 시집을 갔다나봐. 시집을 가더니, 그 뭐냐, 그 원래 이뻤다고

---

7) 퍼가면서.

했잖아, 그러니까, 스무살이 되니까, 이 이쁜 게 활짝 핀 거야. 그런데 어느 야밤중에, 그 어떤 못된 놈이 이 여자를 건드릴려고 오른손을 잡으니까, 이 아이가, 아이가 아니지. 하여튼 절개를 지켜야 된다면서, 그 은장도로 자기 손가락을 잘라 버렸다는 이야기야 . 뭐, 그런 정조를 마을 사람들이 다 알았다 뭐, 그런 내용이지 별 거 있냐.

2006년 6월 11일, 경기도 안성시 금산동 주은청설아파트 103동 801호,
황정숙(黃貞淑,48), 안헌수 조사.

사후에도 수수께끼를 푼 황희 정승

조사자의 큰할아버지인 구연자가 아버지에게 들은 이야기라고 하였다.

중국에서 옛날 조선이란 우리나랄 조금 엿봐서 뭐이든지 어려운 걸 걸루젱(물으려고) 하였던 모양이지. (어떻게 하려고요?) 뭣을 걸루와서 모르면은 벌을 주던지 뭐 벌금을 받아가던지. (수수께끼처럼요?) 에, 에. 기영해서 뭣을 몰람직한 걸 걸루던지. 중국에서 거밀[8] 하나 잡아서 (거미요?) 거밀 하나 잡아서 석 달만 달 멕영 보내라고. 앙이 받아들이 수가 있어. 받아들연. 벨 걸 주어도 아니 먹어. 이제 곧 죽을 모냥이여. 먹이지 아니하문 석 달 아니 먹으문 죽으니까. 기여이 그 신하덜이 많이 이거 연구하여당 멕여봐야 안먹어. 기여니 한 정승이 있다가, "황해 황 정승, 죽었주게, 산 때에 뭔 의견이 이신 줄 모르니까, 그 정승은 뭐이던지 잘해

---

8) 학(鶴)을 거미로 착각해서 말했는데, 나중에 잘못 말했음을 알고 수정했다.

서 중국에서 뭐이던지 물어 오민 대답을 하고 보냈는디, 그디나 한 번 강 유언이나 하였는가 강 물어보라."고. (돌아가셨는데요?) 돌아가신디. 간 보니 그디는 식솔덜이 있는디 빈곤하게 살암더라. 하여, 사는디 참 때거리 읍이(먹을 식량 없이) 사는디, "정승님 계신 때에 무신 남긴 말이나 없십니까?"하니 대번 이영 간드라(말하더라) 하여. "중국에서 온 작거미는, 아니 학기새, 하기새. (이제까지 '거미' 라고 하던 게 잘못되었음을 알고 수정함.) 중국에서 온 학은 작거미를 먹고 간다." 이렇게 간드라고 (말하더라고). 하기새를 보내면서. 그 말 들어서 오랏어(왔어). 기여니 엇는 집이라 먹을 만이(만큼) 버태셔 줬주게(줬거든). "뭣이라고 하더나?"하니, "황해 황정승 살 적에는 중국에서 온 학은 작거밀 먹고 산답니다." (작거미가 뭐예요?) 그 저 솔남밧디(소나무 밭에) 강(가서) 보문(보면) 꼴 그어진 거미가 만하매(많다니까). (목에 이렇게 금 그어진 거요?) 으, 으. 독거미 말고, 작거미. 걸 잡아다 주니 함치 뭐 허위여(허비어) 먹어. 아, 이젠 걸 잘 멕여서 석 달 멕연 보내연. 옛날 황 정승 이신 때만 사름이 시카부댄(있을까보다고) 하단 보난 요 사름이 남아시난 건드리지 말자고, 기영 간더라(말하더라) 하여. 기영 하여난 말 한번 들어봤주게. (황 정승 살 때엔 잘 알았네요?) 황 정승 산 때엔 뭐 척척하게 말 보내믄 대답을 하고 보내었는디 이젠 죽었젱 소문나시니 기영하였더니만 또 안 사름이 있는 모양이니 황 정승 대신에 조선에 또 있다고, 죽어도 또 있다고 겁을 내고 하더라 하여.

2008년 5월 10일, 서울시 관악구 인헌동 큰할아버지댁, 김상득(金相得,79), 김서영 조사.

平海黃氏

76
평해황씨

조선개국공신 황희석(黃希碩)

조사자의 외할아버지인 구연자가 어릴 적 할아버지에게 들었다고 하였다.

평해황씨 중에 조선 창업을 도운 분이 계신단다. 황희석이라는 분인데 고려 말 쯤에 왜구 때문에 전라도가 시끌시끌해지니까 파견돼서 수습하시기도 했었지. 그렇게 공적을 쌓아가다가 이성계의 요동원정군에 포함되게 되었단다. 그런데 그 요동원정군이 위화도 회군을 한 것은 알지? (네.) 그래, 바로 그 회군에서 이성계 아래로 들어갔단다. 위화도 회군이 성공하자 그 뭐더라? (책을 뒤적거리다가) 아, 여기 있구나. 동지밀직사사라는 관직에 승진하셨고, 회군공신이라는 것에도 책봉되셨지. 이성계가 말에서 떨어져서 위기에 몰리자 병사들로 보호하면서 공로를 세우기도 했었고, 정몽주가 죽은 뒤에 그 나머지 일파를 정리하는 임무도 수행하셨단다. 그러니까 조선 건국에 나름대로 중요한 공로를 세웠던 거지.

그래서 조선개국공신에도 포함이 되셨던 거지. 그렇게 해서 결국엔 상의 중… (잠시 머뭇거리다가) 으, 상의중추원사에 올라가셨지. 나중에는 지중추원사라는 관직을 맡게 되었다가 결국 돌아가시고는 만단다. 그런데 황희석, 그 분이 아플 때, 이성계가 직접 국의를 보내서 치료하게 했단다. 그 만큼 신임이 높았다는 얘기지.

2008년 5월 18일, 경기도 고양시 일산구 외할아버지댁, 황긍(黃堎,78), 최광제 조사.

해월(海月) 황여일(黃汝一)

조사자의 외할아버지인 구연자가 어릴 적 할아버지에게 들었다고 하였다.

우리 황씨 조상 분들 중에서 황여일이라는 분이 계셨단다. 어릴 때 가난한 집안에 비해 뛰어난 실력을 가졌기에 어릴 때부터 유명했단다. 그렇게 문장을 계속 쌓고 여러 시험을 보다가 별시문과에서 을과에서 일등으로 합격하게 된단다. 그러면서 여러 곳에서 자신의 일을 하면서 여러 공을 쌓고 있었지. 그러다가 임진왜란이 터지고는 만 거야. 그런데 이 황여일, 이 분은 문신이라고는 하지만 무신이라고 해도 될 만큼 그쪽, 뭐지? 그 쪽, 병법 쪽에서도 뛰어나셨던 모양이더라. 그래서 공을 계속 쌓던 도중 권율 장군 알지? 요 앞에 있는 행주산성에서 왜군을 막아낸 권율 장군. 그 권율 장군이 문무 모두 뛰어난 인재가 필요하다면서 황여일, 이 분을 데려갔지. 거기에서도 물론 활약을 하셨던 모양이란다. 그렇게 자신의 이름을 날리고 있을 때, 명나라에 사신이 가야하는 경우가 생겼단다. 그 때 황여일, 이 분께서 사신으로 가서 일을 잘 해결하고 오셨 단다. 그 후에 선조 다음에 누구지? 그, 그, (광해군이요.) 아, 그래, 광해 군. 광해군일 때 동래 알지? 그 동래의 부사로 부임하게 된단다. 그 때 동래는 전쟁의 후유증이 있기도 했었고 왜적들 때문에 어지러운 상황이 있었는데 부임하고 꾸준한 노력 덕분에 많이 나아졌다고 하더라.

2008년 5월 18일, 경기도 고양시 일산구 외할아버지댁, 황긍(黃堩,78), 최광제 조사.

평해황씨의 시조

조사자의 외할아버지인 구연자가 어릴 적 할아버지에게 들었다고 하 였다.

우리 평해황씨가 어떻게 만들어 졌는지 전해져 오는 얘기가 하나 남았 는데, 그것을 해주마. 예전에 신라시대 비슷한 시기에 황락(黃洛)이라는 분이 계셨단다. 그 분이 한나라에서 신하였는데 베트남으로 가는 사신으 로 출발하였단다. 그런데 가던 길에 파도가 쎄서 우리나라에 들어오게 된 거야. 그리고는 쭉 살게 된 것이 평해황씨가 시작되게 된 것이지. 그 황락이라는 분의 후손에서 그, (다시 책을 살펴보고는) 어, 그래, 여기 있네. 갑고(甲古), 을고(乙古), 병고(丙古)라는 삼형제가 있었단다. 각자 아들마다 땅에 군으로 봉했었는데 그 중에서 첫째인 갑고가 기성군(箕城 郡), 그러니까 지금의 평해에 봉해지게 된 거지. 그래서 그 갑고에서부터 우리 평해황씨가 시작되게 됐다고 이야기가 내려온단다. 그렇지만 아마 도 실제로는 중국 사람이던 황락이 우리나라로 귀화하지 않았을까 생각

된단다. 평해 위치로 보면 신라쪽으로 보이지. 따지고 보면 우리 평해황
씨는 중국 쪽에서 흘러온 성이라고 할 수 있는 거란다.

2008년 5월 18일, 경기도 고양시 일산구 외할아버지댁, 황긍(黃堷,78), 최광제 조사.

김동욱

성균관대학교 대학원 졸업(문학박사)
현재 상명대학교 한국어문학과 교수

저서 : 천안의 구비문학, 구비문학대관, 고려사대부작가론,
　　　 따져가며 읽어보는 우리 옛이야기 등
역서 : 천예록(공역), 동패락송, 기문총화, 동상기찬,
　　　 청야담수, 수촌만록, 현호쇄담, 국토산하의 시정,
　　　 교역 태평광기언해, 실사총담 등

우리 가문의 인물전설

2010년 5월 4일 초판 1쇄 펴냄

엮은이 김동욱
펴낸이 김흥국
펴낸곳 도서출판 보고사

등록 1990년 12월 13일 제6-0429호
주소 서울특별시 성북구 보문동7가 11번지 2층
전화 922-5120~1(편집), 922-2246(영업)
팩스 922-6990
메일 kanapub3@chol.com
http://www.bogosabooks.co.kr

ISBN 978-89-8433-817-3 93810
ⓒ 김동욱, 2010

정가 38,000원
사전 동의 없는 무단 전재 및 복제를 금합니다.
잘못 만들어진 책은 바꾸어 드립니다.